博士论文
出版项目

中国古典小说在日本江户时期的流播

The Dissemination of Chinese Classical Novels in Edo Period

周健强　著

中国社会科学出版社

图书在版编目(CIP)数据

中国古典小说在日本江户时期的流播/周健强著.—北京：中国社会科学出版社，2021.12
ISBN 978-7-5203-9367-6

Ⅰ.①中… Ⅱ.①周… Ⅲ.①古典小说—小说研究—中国 Ⅳ.①I207.41

中国版本图书馆 CIP 数据核字(2021)第 239235 号

出 版 人	赵剑英
责任编辑	郭　鹏
责任校对	刘　俊
责任印制	李寡寡

出　　版	中国社会科学出版社
社　　址	北京鼓楼西大街甲 158 号
邮　　编	100720
网　　址	http://www.csspw.cn
发 行 部	010-84083685
门 市 部	010-84029450
经　　销	新华书店及其他书店
印　　刷	北京君升印刷有限公司
装　　订	廊坊市广阳区广增装订厂
版　　次	2021 年 12 月第 1 版
印　　次	2021 年 12 月第 1 次印刷
开　　本	710×1000　1/16
印　　张	33.75
插　　页	2
字　　数	467 千字
定　　价	189.00 元

凡购买中国社会科学出版社图书，如有质量问题请与本社营销中心联系调换
电话：010-84083683
版权所有　侵权必究

出 版 说 明

为进一步加大对哲学社会科学领域青年人才扶持力度，促进优秀青年学者更快更好成长，国家社科基金 2019 年起设立博士论文出版项目，重点资助学术基础扎实、具有创新意识和发展潜力的青年学者。每年评选一次。2020 年经组织申报、专家评审、社会公示，评选出第二批博士论文项目。按照"统一标识、统一封面、统一版式、统一标准"的总体要求，现予出版，以飨读者。

全国哲学社会科学工作办公室

2021 年

序

稗官小说在古代中国长期被视为不登大雅之物，故其典籍文本的存藏传承，较之经史诗文相对不足，白话小说尤甚，因此，迨二十世纪二三十年代，中国小说研究作为一门专学兴起之际，研究者常常苦恼于文献资料的匮乏，如同郑振铎所云："小说戏曲，更是国内图书馆不注意的东西，所以，要靠几个国内图书馆来研究中国的小说戏曲，结果只有失望"（《巴黎国家图书馆中之中国小说戏曲》，载《小说月报》1927年11月10日出版之第18卷第11期）。然而，就在这段中国小说专学的艰难草创期间，东邻日本却频频传来发现中国小说早期珍本的消息，不断刺激着国内学者的学术神经。兹以1926—1931年间事为例：

1926年3月，盐谷温选取在内阁文库新发现的元刊讲史平话五种之一《三国志平话》，以玻璃板影印出版，这是此书的首次公开影印；

6月26日，盐谷温复在东京帝国大学作《关于明代小说三言》的学术演讲，为配合演讲，他从内阁文库、帝国图书馆、宫内省图书寮等机构，借出中国小说善本27种陈列展示，其中有中国学者从未见过的明天许斋刻本《全像古今小说》、明衍庆堂刊本《喻世明言》、明尚友堂刻本《二刻拍案惊奇》等，琳琅满目，惊艳一时；

8月17日，日本东京帝国大学学生辛岛骁至北京拜访鲁迅，赠送盐谷温影印本《三国志平话》，并出示《内阁文库书目》及《舶载书目》所录中国小说资料，其数量及质量，令鲁迅感到惊讶，他过录后以《关于小说目录两件》为题，连载于《语丝》1927年第146期（8月27日出版）、第147期（9月3日出版）；

9月28日，长泽规矩也在尾州德川邸藏书中（即今之名古屋蓬左文库）发现明金陵兼善堂刊足本《警世通言》，这是明版三《言》中最为稀见者，他忍不住"手之舞之，足之蹈之"（长泽规矩也《蓬左文库观书记》，收入刘倩编《马隅卿小说戏曲论集》，中华书局2006年版，第116页）；

10月，长泽规矩也致函《北新周刊》杂志，通报了日本近期新发现的中国小说珍本情况，信中不无自得地声称："贵国戏曲小说之已泯于贵国者，敝国往往犹存。"编辑部将来函题为《日本所存之元明本小说戏曲》，刊载于《北新周刊》1926年第11期（10月30日出版）；

10月27日，马廉完成对盐谷温《明代之通俗短篇小说》的翻译，加上约占原文篇幅五分之二的学术按语，连载于《孔德月刊》1926年第1、2期（分别于10、11月出版）；

12月30日，董康赴日避祸，据其《书舶庸谭》日记，1927年1月10日，他从内阁文库书目，摘抄成《日本内阁藏小说戏曲书目》一文，随即刊于《国学》1927年1月10日出版之第1卷第4期，其中明清通俗小说就有五十余种，文末云：以上各种，"俟赴东京调查后，当为一一区别优劣也。"董康此文是国内首次公布日本内阁文库所藏中国小说情况，这进一步激发了国人赴日本乃至欧美访查中国小说的意愿。

1927年10月10日，长泽规矩也至北京拜访马廉，带来"《目睹书录》二十册及《书目》一册、抄《金童玉女娇红记》一册、抄《全相平话武王伐纣》一册"等小说文献资料，马廉感慨不已："阅之殊觉惭愧，中国小说戏曲素不重视，今人即欲研究而藏书家多不注重此类，以致太半流入东瀛，反让彼邦人士代为整理，殊属可耻"（《隅卿日记选钞》，收入刘倩编《马隅卿小说戏曲论集》，第295—296页）。

1928年春，长泽规矩也再次访华，向马廉出示了在内阁文库新发现的明代"清平山堂"所刊话本十五篇照片，马廉等人即以"古今小品书籍印行会"名义，于1929年秋将此十五篇题为《清平山堂话本》影印出版。马廉由此留意清平山堂所刊书籍，1933年秋，他在宁波旧书店购得的一包残书中，意外发现了从天一阁流出的《雨窗集》《欹枕集》，凡话本十二篇，且与内阁文库所藏均不重复。

1931年9月，孙楷第因编纂《中国通俗小说书目》，深感日本所藏，若仅据长泽规矩也等人著录转引，"未得目睹，或名称歧异，或内容不详，非读原书，无从定其异同"（孙楷第《日本东京所见中国小说书目》自序），遂亲赴东京，先后调查了内阁文库、帝国图书馆、宫内省图书寮、尊经阁、静嘉堂、成篑堂以及盐谷温、长泽规矩也、文求堂田中庆太郎等公私所藏，归国后编就《日本东京所见中国小说书目》，由国立北平图书馆、中国大辞典编纂处联合出版于1932年，该目详尽著录了97种中国小说的版本情况，第一次集中展示了日本对于中国小说的丰富收藏。

此后，中国学者王古鲁、傅芸子、李田意、章培恒、胡从经等人，又曾先后赴日调查中国小说；与此同时，日本学者太田辰夫、伊藤漱平、泽田瑞穗、大塚秀高、金文京、矶部彰、中川谕等人，也致力于日藏中国小说的调查研究。经过中日两国学者的共同努力，一大批中国小说的孤本和善本，陆续得到著录、拍摄、复制、影印、整理、出版和研究。二十世纪九十年代编印了两套大型的中国小说文本库，即上海古籍出版社的《古本小说集成》与中华书局的《古本小说丛刊》，日本藏本均在其中占据举足轻重的地位；而从单部小说作品来看，《三国志演义》、《水浒传》、《西游记》、三《言》二《拍》等小说的学术研究以及作品整理，亦皆有赖于日本藏本，始得深入展开。譬如在存世的《西游记》古本文献中，两部宋刻本《大唐三藏取经诗话》（今藏日本大仓集古馆）、《新雕大唐三藏法师取经记》（今藏日本石川武美纪念图书馆）均藏于日本；对取经故事形态演变具有重要学术价值的明刊孤本杨景贤《西游记杂剧》，今藏日本宫内厅书陵部；出版时间最早的明刊"世德堂"系统本《新刻出像官板大字西游记》二十卷一百回，已知存世共三部半，日本现存两部半，分藏于天理大学图书馆、日光轮王寺、广岛市立中央图书馆浅野文库（此本仅残存后十卷五十回），剩下的一部现藏中国台北"故宫博物院"，而此书实际上是国立北平图书馆1933年从东京村口书店购买回来的，也属于日本旧藏本；明刊《李卓吾先生批评西游记》不分卷一百回，已知存世有十二部，存藏于日本的有七部；明刊简本系统《西游记》，已知存世共有五种七部藏本，存藏于日本的有四种五部。很显然，如果离开了日本藏本，中国古典小说名著《西游记》的成书演变、早期刊印研究，甚至文本整理出版，恐怕都无法获得足够的学术支撑。

可以毫不夸张地说，一部二十世纪的中国古代小说学术史，乃与日本所藏中国小说的持续调查发现，紧密相连，递相推进。此种情形，自然引发我们的好奇和追问：如此丰富的中国小说典籍，究竟何时传入日本？它们在日本又是如何流播传承的？如何被阅读接受的？对于日本小说创作和理论又产生了怎样的历史影响？凡此云云，正是周健强博士这部书稿所要回答的核心问题。

2014年，周健强考入北大中文系，跟随我攻读博士学位。通过一段时间的接触交流，他给我留下了两个颇为深刻的印象：一是健强对于书籍有着超乎寻常的喜爱，流露出"书痴"特质。早在清华大学（本科）和北京语言大学（硕士研究生）学习期间，他就养成了博览群书的习惯，从作品原典到学术著作，从东方考据学到西方理论书，他都读得津津有味。北大读博五年，他是北大图书馆的"读霸"，三次被评为年度"未名读者之星"，最多一年的全年借书量高达729册。2016年10月，他获得去日本早稻田大学访学一年的机会，指导教授是著名汉学家稻畑耕一郎先生。早大附近书肆林立，世界闻名的神保町书肆街也离得不远，健强可谓如鱼得水，时常逡巡流连于古书店中，购买了大量的书籍资料。期间，我恰好也有在早大学术访问三个月的机会，从高田马场到神保町，从东京古书会馆到西部古书会馆,从山本书店到原书房,师徒两人多次"邂逅"于旧书堆中,会心一笑,奇书共赏,留下了一段愉快难忘的时光。一年后,健强结束访学回国,居然寄回了六十多箱书籍,蔚为壮观,他几乎把所有留学经费都花在了购书上,甚至还"挪用"了未婚妻打算用于结婚的有限积蓄;不仅如此,健强争分夺秒地借阅早大图书馆的藏书,自己购买了一台二手扫描仪,日夜不停地扫描与研究沾边的资料,忙碌得就像是一位复印店伙计。而正是这些购买、扫描的日文学术资料,为他后来撰写博士论文提供了文献保障。另一个印象是健强拥有一名古代文学专业学生所难得的外语能力,他通晓英语和日语,粗通法语,这不仅让他能够自如地检索使用外文学术文献,也时而带给他新鲜独特的视角和论题。

正是基于上述两个印象,我推荐并支持健强选择《中国古典小说在日本江户时期的流播》(以下简称《流播》)作为博士学位论文题目,因为,这样一个跨文化、跨语言、跨区域视野下的书籍史和阅读史课题,既要求研究者具备出色的外语能力,更需要他对书籍和阅读本身,怀有纯粹的热爱和深切的感悟。我以为,健强是合适的承担者。事实上,健强进入课题的速度很快,沉浸其中,乐此不疲,而且日渐生机勃发,期间虽然也曾就部分章节设计,有过几次增删调整,但总体上他皆能从容应对,不断自我修正和自我成长,最终如期交出了一份厚重的学术成果,并获评为北京大学优秀博士学位论文(2019)。他的这段经历表明:一名研究者能够找到真正契合自己情性和趣味的研究论题,这不仅是取得学术成功的重要前提,也是值得感念的福分。

按照中国小说在日本江户时期的流播环节和特点,《流播》书稿分设"传入与获取"、"阅读与训点"、"翻译与评点"、"翻刻与选编"四章,每一章设置的问题都非常具体,论述是否落到实处,考察是否深入细致,观点是否有所创新?一望而知,不容敷衍。今读《流播》全文,大多言之有物,言之有据,言之有理;新资料,新问题,新探索,在在皆是;尤足称道者,书稿提出和解决了不少学术真问题。此处，不妨举两个我个人较为关注、也可以说是困扰多年的问题：

一个是关于中国小说传入日本的时间和数量问题。之前中日学界多从《舶载书目》入手，统计传入的数量和名目。宫内厅书陵部现存的《舶载书目》，始于元禄七年（1694），止于宝历四年（1754），中间还有一些缺失，实际仅有51年的书籍输入记录，共录中国小说约200种，文言小说76种，白话小说124种。但这一统计数字，与日本公私图书馆所藏中国小说的实际数量，相差甚远；更为关键的是，根据已有的调查研究，日藏中国小说中明版相当丰富，诸如《三国志演义》、《西游记》、《水浒传》、三《言》二《拍》等小说名著的明版，甚是可观，而它们的名目却大多没有出现在《舶载书目》中（该目所载实以清代版本为主）。那么，日本现存的这些明版中国小说究竟从何而来？答案自然要跳出《舶载书目》去寻找，但是从哪里入手呢？健强在资料准备阶段的广收博览，开始发挥作用。他找到江户幕府《御文库目录》（日本东北大学图书馆狩野文库藏本）、《骏河御让本目录》、《日光天海藏主要古书解题》、《宽文书籍目录》以及林罗山藏书目录等数份较为可靠的江户前期公私藏书资料，据此整理出宽文六年（1666）之前传入日本的中国小说书目，共计177种（不计复本），文言小说141种，白话小说36种，详参《流播》附录5。这一数字，几乎接近了《舶载书目》著录的中国小说总数，它以如此可观的典籍存在，打开了《舶载书目》之外中国小说传入日本的新天地，具有学术开创性和启发性。

事实上，除上述几种藏书资料外，还有搜检的空间，譬如尾州藩德川家《御书籍目录》保留了宽永、庆安时期的购书清单，其中就有若干中国小说，仅宽永十年（1633，明崇祯六年）买入的31部唐本中，就有白话小说4部，即《廉明公案》2册、《百家公案》3册、《陈眉公案》（即《新镌国朝名公神断陈眉公详情公案》）2册、《警世通言》12册，而这4部明版中国小说，如今皆安然存藏于名古屋的蓬左文库，这提醒我们：在早期书籍目录不足的情况下，调查日本现存的明版或清初刊本中国小说实物，利用购买记录、书叶上钤盖的藏印或墨笔题识，也能筛选出一批在元禄七年（1694）之前传入日本的中国小说，这是一条"文献"之外的"实物"筛查路径。需要指出的是，搜检、统计《舶载书目》之前传入日本的中国小说清单，并非只是为了追求数量的扩增，《流播》借助两份书单的比较，发现其中文言、白话小说所占比例的多寡，恰好颠倒了，结合其它史料，健强提出了一个学术新判断：江户前期以林罗山为代表的日本文人，对中国小说的兴趣在于文言小说、尤其是志怪，至元禄以降始逐渐转向白话小说，而这一转向背后，实际隐含着日本社会文化和文学风尚的历史嬗变。此学术判断，不仅可信，而且富有学术的原创价值。

  我关注的另一个问题是，江户以来传入日本的中国小说数量巨大，日本同属汉字文化圈，又是一个能够熟练使用汉字雕版技术印刷书籍的国家，照理说，其翻刻的中国小说文本应不在少数。然而，二十多年来我留意搜求，遍访东京、京都、大阪的古旧书肆以及网络上的日本"古本屋"，购获及经眼的中国小说和刻本，殊为寥寥；翻检长泽规矩也编《和刻本汉籍分类目录》（1976年编、1980、2006增补），著录的和刻本中国小说也只有数十种；即便是最新的《江户时期中国小说翻刻书目》（参见《流播》附录2），健强根据近二十种日本书目资料，辑录自庆长八年（1603）至庆应三年（1867）二百六十余年间日本刊行的中国小说，亦仅得66种，其中文言小说57种，白话小说竟然只有《肉蒲团》《水浒传》《照世杯》《阊娱情传》（即《如意君传》）《杜骗新书》《王阳明先生出身靖乱录》6种，如果勉强算上日本人选编三《言》而刻成的《小说精言》《小说奇言》《小说粹言》，也不足10种，这真是一个少得令人惊讶的数字。

  那么，为何会出现如此反常情形呢？《流播》在第一章第三节之二"江户时期的白话小说阅读"、第二章第二节《训点：阅读边界的扩展》及第四章第一节《和刻中国小说种类及趣味的变迁》等篇，皆曾涉及对此问题的探讨，其核心观点为：江户时期日本人的白话阅读能力整体上不足，而从文言文阅读中发展起来的汉籍"训点"（仅标注日本读音和语法，不作字词解释），扩展施加到白话小说，因白话语词障碍，无法发挥出原有的阅读辅助功能，因此，和刻中国白话小说受到较大的限制。健强的这一解释，新颖而又切合史实，即以宽保、宝历年间颇为热衷于中国白话小说收集、阅读和出版的京都风月堂为例，其和刻本三《言》最后一部《小说粹言》（第一至五回，宝历八年，1758）版权页上，列有拟"近日发行"小说2种，即《小说粹言》第六至十回、《水浒传》第十一回以下；"嗣刻"小说4种，即《小说奇观》十回、《西游记》百回、《连城璧》十二回、《照世杯》四回，但上述6种小说实际未能正式刊出，风月堂这一雄心勃勃的出版计划的夭折，表明和刻本中国白话小说当时所遭遇的市场效益以及读者反响，大概都不太如人意。与此形成鲜明对比的是，和刻中国文言小说以及中国白话小说翻译本（参见《流播》附录3）的出版数量，均远多于和刻中国白话小说。很显然，白话语词确实构成了中国通俗小说在日刊刻流播的一个阻碍性因素，而在之前的研究中，此因素并未得到足够的关注。

类似于这种基于新材料，产生新问题，提出新观点的文字，在《流播》诸章节中还有不少，譬如关于中国小说在江户时期的书价与租售，关于日本文人群体阅读中国小说的实例和细节，关于江户文人的中国小说评点实践及其对评点家金圣叹的隔空回应等等，书稿所述所论，皆有令人注目的学术新推进。

这些学术成绩的取得，与健强在文献方面下足了功夫，密不可分。一方面，健强充分利用日本现存各种公私汉籍书目以及江户时期唐本输入档案，统计制作了《〈舶载书目〉著录小说编年》、《江户时期中国小说翻刻书目》、《江户时期白话小说翻译书目》、《〈元账〉〈见账〉〈落札账〉中的小说书价》、《宽文六年前输入日本的中国小说目录》等五份附录，为书稿的相关判断与立论，奠定了坚实的学术基础；另一方面，健强发挥日语优势，检阅参考了大量日本学者的研究成果，尤其是对石崎又造、麻生矶次、长泽规矩也、中村幸彦、德田武诸学者的论著，时加征引，频予回应，藉此确立自己的研究起点，并努力让《流播》成为一种真正意义上的"接着说"。譬如关于江户时期的著名小说家曲亭马琴，日本学界的先行研究已很丰富，还整理出版了《曲亭马琴日记》五卷、《马琴书翰集成》七卷、《马琴研究资料集成》七卷等书。健强从书札日记中，细心爬梳、勾沉出马琴与殿村篠斋、小津桂窗、木村默老等友人之间借阅、传抄、谈论、品评中国小说的资料，据此为例，提出学术新观点：江户时期中国小说的阅读方式，存在从"私人"（以林罗山为代表）独览到"文人共同体"（以马琴为中心）共阅的转变，而这一阅读方式的转变，体现了中国小说在日流播接受的不断扩展。健强的研究和论断，允称独具慧眼，推陈出新。再譬如收罗了众多日本历代文人笔记的《日本随笔大成》（81 册）、《续日本随笔大成》（22 册）、《未刊随笔百种》（12 册）、《日本随笔全集》（20 册）等丛刊，皆为煌煌巨制，它们的身影，时或出现在神保町书店的"店头本"中以及各种特价书市上，书价虽低廉，但考虑到寄费高昂，一般人不敢问津，而健强居然把这几套大书全都买回了中国，这一"书痴"举动，却对后来《流播》的撰写多所助益。上述随笔丛刊收录的文人笔记，诸如清田儋叟《孔雀楼笔记》、胜部青鱼《剪灯随笔》、曲亭马琴《玄同放言》《羁旅漫录》、汤浅常山《文会杂记》、伊藤东涯《盍簪录》《秉烛谈》、石川雅望《梦醒遣怀》、大田南亩《一话一言》、山东京传《骨董集》等等，载有许多涉及中国小说流播史的珍贵资料，健强仿佛打开了一个宝库，左右采撷，运诸笔端，那些关于日本文人如何购买、借阅、评点中国小说的章节文字，于是变得生动、丰满、扎实起来，相信这些也将是《流播》吸引读者的精彩段落之一。难能可贵的是，在《流播》征引的第一手资料中，有相当部分原为日文，均由健强自行译为中文，有些文献还是较为雅驯的古日语（如第一章第三节所引曲亭马琴《半闲窗谈序》），健强也将其译为同样古雅的文言文，可谓曲尽其意，相得益彰。

毋庸赘言，《流播》研究对象的主体是书籍，但健强攻读的又是文学博士学位，因此，如何避免将论文做成纯粹的书籍史研究？如何能够贯彻落实文学专业的旨趣？这也是必须要考虑的问题。就目前的书稿内容而言，健强寻求书籍史研究与文学史关怀有效结合的种种努力，清晰可见：他始终关注着日本文人对于中国小说"文学趣味"的变迁，从文言到白话，从志怪到世情，恰与江户社会文化的世俗化以及町人文学的兴起，互为表里。他从浩繁史料中搜检出江户文人对于中国小说的文学性评论，从林罗山、风月堂主人，到曲亭马琴、田能村竹田，从小说观念到小说理论，点点滴滴，阐幽发微。健强还不时将学术探究的笔触，伸向中国小说对于日本小说的文学影响层面：譬如在第二章第二节《训点：阅读边界的扩展》中，他追踪了"破落户""帮闲""面皮"等七个《水浒传》中的白话语词，在《太平记演义》《如是我闻》《困谈》《谭海》等日本汉文小说中的使用情况，借此探讨中国小说在白话语言方面对日本小说的影响；在第三章第一节《翻译与文人读者的形成》中，健强又考察了《通俗三国志》等通俗军谈以及《通俗忠义水浒传》《通俗金翘传》《通俗醒世恒言》等翻译小说的问世及流传情况，借此探讨中国小说在文体观念和叙事艺术等方面对日本小说的影响。当然，也不必讳言，中国古典小说究竟对日本小说产生了哪些实质性的文学影响，《流播》目前的论述还颇为单薄，仍存在不小的提升空间。事实上，这一深入到创作内部的学术论题，属于文学跨文化受容研究的核心命题，它需要研究者既熟悉中日小说史，又对相关小说文本进行大量的细勘，方能获得切中肯綮的认知和判断。健强在探讨江户时代通俗军谈对包括"浮世草子""读本"在内的日本小说产生的影响问题时，不无"心虚""露怯"地写道"限于篇幅，相关的问题将另文探讨"，我想，大概是受学位论文撰写时间的限制，健强还未能完成通俗军谈与"浮世草子""读本"的文本细勘，故无法展开深论，这自然是一个遗憾，但也未尝不是为读者诸君以及健强自己指明了未来拓展的学术方向。

记得当初我和健强一起商定博士论文提纲时，论文考察的时间下限，原本定在日本昭和前期（大约1945年之前），拟设第五章，侧重从"学术研究"角度，考察中国小说在近代日本的流播和接受。最终也是因为受到时间限制，只能忍痛割去了。不过，现在反思这个第五章，恐怕也有暂时割去的学术理由。从明治至昭和前期，中国小说在日流播呈现出繁盛的姿态，小说典籍的持续输入，文本的翻译及影印整理出版，评论与研究的重大推进，中国小说史教材编纂与课程开设，诸面向齐头并进，争奇斗艳，令人目不暇接；不仅如此，若与江户时期相比，近代日本的中国小说流播具有了若干时代新特质，概括起来主要有两个：一是"机制性"，即流播不再是随意偶发的，而是在机制中稳定推进，譬如中国小说典籍的输入，主体由北京来熏阁、东京文求堂为代表的中日旧书店承担运营；中国小说的翻译、评论和研究，由森槐南、笹川种郎、狩野直喜、盐谷温、青木正儿等为代表的一批新兴职业学者（以大学教授为主）展开完成，并且逐渐成为一门专学；中国小说阅读研究的后备人才，则由东京大学、早稻田大学、京都大学等为代表的大学机构负责培植，代代相传，星火燎原，凡此，均保障了这种流播行为的可持续性。二是"互动性"，江户时期中国小说在日本的流播，几乎是封闭的单向的，但到了近代，情况大为不同，中日两国往来频繁，旧书业的商业合作，留学生的互派互遣，学者和出版人的交流互访，学术研究的切磋探讨，中日两国的书籍与学问，时刻处在一个流动的模式和状态之中。这种"机制性"和"互动性"，既助推了中国小说在日流播的繁荣，也大大增加了流播的复杂性，因此，仅仅设立一个第五章，显然无法深细地完成论述，与其勉而为之、浅尝辄止，不如暂时割舍，且待来日。

我知道，健强对于这个悬想中的近代流播课题，大概也已有了初步的思考和资料准备，在《流播》最后的《余论》中，他以东京文求堂与中国小说典籍输入为例，向读者预展了那片即将到来的灿烂风景。我热切期待，在《流播》出版之后，健强能够一鼓作气，再接再厉，写出一部《中国古典小说在近代日本的流播》，作为本书的姊妹篇；而这篇付梓在即的博士论文，可以成为他学术生涯的美好起点和亮丽底色。我也希望并祝愿健强，能够永远保持对于书籍和学问的纯粹热忱，简单快乐地徜徉在漫长的"取经之路"上，不断取得学术精进，同时也收获一份饱满而又蓬勃的幸福人生。

潘建国
2021 年 10 月 5 日

摘　　要

　　本书分别从古典小说的传入、流通与收藏，古典小说的阅读与训点，古典小说的翻译与评点，以及古典小说的翻刻与选编等四个角度，考察江户时期中国小说在日本的流播情况。

　　第一章首先以《取经诗话》为例，分析了宋代典籍在镰仓时期的传播，以及近代日本对寺庙藏书的重新发现。其次探讨了江户时期舶载小说数量与种类的变迁，并以"三言二拍"作为案例，详细考察了舶载小说在江户时期的流播及其进入现代学术视野的过程，并探讨了以汉籍刊刻与贩卖为主的唐本屋在江户时期的存在方式以及江户时期汉籍书价的变迁。再次考察了江户初期林罗山的中国小说藏书，认为他既继承了室町时期读书五山禅寺的传统，又处于近世书籍贸易与汉籍和刻事业初兴之际，还长年掌管幕府文库，并与当世名家保持密切的书籍往来，成为中国小说在日传播史上重要的节点。最后将目光转向江户时期白话小说的阅读，认为江户前期白话小说读者极少，到江户中期的正德、亨保年间，经过荻生徂徕与伊藤东涯分别在江户与京都的倡导，白话小说才逐渐进入文人的阅读视野，江户后期白话小说逐渐成为文人群体的普遍话题。

　　第二章首先考察了志怪小说在江户前期的传播，指出江户初期传奇小说逐渐流行，并对日本小说产生深远影响，而《小说字汇》之类辞书为不懂白话的文人阅读中国小说提供了极大的便利。其次探讨了训读在白话小说传播中的意义，认为江户时期刊刻的白话小说，训点之后往往仍难以索解，但白话小说的翻译借鉴了训读方式，促进了白话小说的传播与接受。最后考察了京都书肆风月堂的白话小说刊刻活动，指出他与其他书肆频繁借阅、讲读《水浒传》《欢喜冤家》《肉蒲团》等小说，甚至与木村蒹葭堂、平贺源内等主流文人一起评判三都学士，大大促进了白话小说等"俗趣"的扩展。

第三章首先分别考察了江户时期的两次白话小说翻译高潮，即元禄到享保年间的历史演义小说与宝历到文化年间的世情、神魔小说，认为两次高潮在译者、影响力上都有所不同。其次探讨了江户时期白话与文言小说的评点，认为虽然白话小说早已传入日本，但其中附加的评点长期受到忽视，直到清田儋叟的《水浒传批评解》，日本文人才开始尝试评点小说，并随着曲亭马琴《水浒后传批评半闲窗谈》的出现走向自立，两人均在与金圣叹的交锋中展开自己的评点。

第四章首先整理了江户时期和刻的文言与白话小说，并将中国小说的和刻划分为过渡阶段的宝永元年之前、白话小说兴盛期的宝永二年到明和七年、众声喧哗时代的明和八年到庆应三年三个时期，其次考察了类书、丛书对文言小说阅读的影响，指出它们的传入逐渐改变了此前文言小说单行为主的流播方式，并刺激了故事类书等蒙学读物的相继涌现，也促进了翻译意识的自觉。最后分析了选编汇刻对白话小说阅读的影响，认为"小说三言"的刊行推动了江户时期小说观念的变迁，使得"小说"一词逐渐超越了语体差异，成为文言与白话叙事文学的总称，也改变了世人对小说的偏见，促进了江户后期专业小说家的出现。

余论部分指出，文求堂的发展历程典型地展示出日本书店从传统到近代的转型，书店主人田中庆太郎既在东京外国语学校接受汉语教育，成为掌握汉语会话能力的少数人之一，又熟稔文史版本之学，成为介于"中国通"与汉文学者之间的独特存在。他从中国大量买进小说典籍，并详考版刻、广储善本，使得文求堂成为通俗文学研究者的公共图书馆。

关键词：中国古典小说；江户时期；翻刻；翻译；评论

Abstract

    This book attempts to examine the spread of Chinese fiction in Japan during Edo period from four perspectives: the transportation of Chinese novels, the circulation and collection of Chinese novels, the reading and Kundoku of Chinese novels, the translation and commentary of Chinese novels, and the reprint and compilation of Chinese novels.

    Chapter one first takes *Tripitaka's Search for Buddhist Sutras* as an example to analyze the spread of Chinese books in Kamakura period and the rediscovery of temple collections in Modern Japan. Then focuses on the changes of the transportation of Chinese novels in Edo period. Taking *Sanyan Erpai* as an example, I investigate the dissemination of Chinese novels in Edo period and how they began to attract the attentions of modern researchers. Then I turn to the Tohonya in Edo period, which mainly focused on the publication and sale of Chinese books. The changes of the price of Chinese books in Edo period are also discussed. Then turns to the collection of Chinese novels by Hayashi Razan in early Edo period. Traditionally, the monks would read Chinese books collected in Zen temples in Muromachi Period. Hayashi Razan carried on this tradition, who was in charge of the shogunate library for many years. He lived in a time when Sino – Japanese book trade was becoming more and more prosperous, and the publishing business was booming. He also kept close contact with the most famous scholars of his time and held an important place in the history of the dissemination of Chinese novels in Japan. Finally, I turn to the reading of Chinese vernacular novels in Edo period. There were few literati who would read vernacular novels in early Edo period. In the mid Edo period, corresponding to the appeals of Ogyu Sorai in Edo and Ito Dogai in Kyoto respectively, vernacular novels gradually attracted the literati's attention, and finally became the common topic of the literary community in late Edo period.

Chapter Two first examines the popularity of supernatural novels in early Edo period, pointing out that the Tang romances began to prevail in early Edo period and had a far-reaching impact on Japanese novels, while dictionaries such as *Shosetsu Jii* were very helpful for literati who did not understand the vernacular Chinese and could not directly read vernacular novels. Then I discuss the significance of annotation (Kundoku) for the dissemination of vernacular novels. The vernacular novels reprinted in Edo period with Kundoku were still hard to understand. While the translation of vernacular novels drew lessons from Kundoku and promoted the dissemination and acceptance of vernacular novels. Finally, I investigate the publishing activities of Fugetsudo, a Kyoto Bookstore, and point out that he frequently borrowed and read Chinese vernacular novels such as *Water Margin*, *Huanxi Yuanjia*, and *The Carnal Prayer Mat*. He even commented the literati of Edo, Kyoto and Osaka with other famous scholars of his time such as Kimura Kenkado and Hiraga Gennai, which greatly promoted the expansion of the Chinese vernacular novels and the taste for popular literature.

Chapter Three first examines the two climaxes of the translation of Chinese vernacular novels in Edo period, namely the historical novels from Genroku to Kyoho period, and the social or supernatural novels from Horeki to Bunka period. Those two climaxes held tremendous differences in translator and influence. Then I discuss the comments of Chinese vernacular and classical novels in Edo period. Although vernacular novels had been transported into Japan for a long time, the comments of Chinese critics had been neglected until the Japanese scholar Seita Tansō tried to lecture on *Water Margin*. Different from Seita Tansō, Kyokutei Bakin was a novelist, who regarded the reading and creation of novels as his profession. His most important critical works were almost dialogues with Jin Shengtan. In his later years, he completed *Hankan Sōdan*, which got rid of the shadow of the critics in Ming and Qing Dynasties and became a mature criticism.

Chapter four first investigates the reprints of Chinese novels in Edo period, and divides them into three periods: the transition period, the flourishing period for vernacular novels, and the diversified times. Then I explore the influences of the encyclopedias and collections of Chinese classical novels in Edo period, and point out that their transportation had gradually changed the transmission of Chinese classical novels, stimulated the emergence of encyclopedias of stories, and also promoted the consciousness of translation. Finally, I analyze the influence of anthologies on the reading of vernacular novels. The *Shosetsu Sangen* changed the concept of the novel in Edo period, making the word "novel" transcend the stylistic differences and become a distinguished name for classical and vernacular narrative literature. It eliminated the prejudice of the world towards the novel, and contributed to the emergence of professional novelists and novel commentaries in late Edo period.

The Conclusion maintains that the development of Bunkyūdō showed the modern transformation of Japanese bookstores. Tanaka Keitaro received Chinese language trainings in Tokyo University of Foreign Studies, and became one of those few people who had mastered Chinese conversation skills. He was familiar with Chinese literature and history, and lived between "China expert" and Sinologue. He transported a large number of

Classical novels from China, carefully studied their editions and stored rare books, which made Bunkyūdō a public library for the researchers of vernacular Chinese literature.

Keywords: Chinese Classical Novels, Edo Period, Reprint, Translation, Commentary

目　　录

绪论 …………………………………………………………（1）

第一章　中国小说的传入与获取 ……………………（21）
第一节　中日书籍贸易与舶载小说 …………………（21）
一　宋籍入日与寺庙藏书的再发现：以《取经诗话》
　　为例 ………………………………………………（21）
二　中国小说传播的阶段特征：以《舶载书目》
　　为例 ………………………………………………（51）
三　舶载小说的重新发现：从江户到大正的
　　"三言二拍"学术史 ……………………………（67）
第二节　小说流通中的书商和书价 …………………（92）
一　唐本屋与中国趣味的扩展 ……………………（92）
二　高贵的文雅：书价变迁对文化生活的影响 …（106）
第三节　收藏、借阅与文人共同体 …………………（140）
一　江户初期的书籍史意义：林罗山的中国小说藏书 …（140）
二　从私人到文人共同体：江户时期的白话小说阅读 …（171）

第二章　中国小说的阅读与训点 ……………………（193）
第一节　为阅读小说正名 ……………………………（193）
一　"怪谈"的兴起：江户前期小说的传奇趣味与
　　文体自觉 …………………………………………（193）

二　《小说字汇》的时空坐标：白话小说传播方式的
　　　　扩展 …………………………………………………… (211)
　第二节　训点：阅读边界的扩展 ……………………………… (229)
　　一　另类的翻译：训读与白话小说的传播 ……………… (229)
　　二　风月堂的"俗趣"：白话小说阅读风气的扩展 …… (248)

第三章　中国小说的翻译与评点 ………………………………… (266)
　第一节　翻译与文人读者的形成 ……………………………… (266)
　　一　通俗军谈与翻译小说的兴起 ………………………… (266)
　　二　稗史以为恒言：石川雅望与江户后期的白话小说
　　　　翻译 …………………………………………………… (282)
　第二节　评点与传统小说观念的兴衰 ………………………… (301)
　　一　清田儋叟、曲亭马琴与金圣叹的交锋：江户时期
　　　　白话小说批评的路径 ………………………………… (301)
　　二　从齐贤到田能村竹田：江户时期文言小说评点的
　　　　轨迹 …………………………………………………… (321)

第四章　中国小说的翻刻与选编 ………………………………… (336)
　第一节　和刻中国小说种类及趣味的变迁 …………………… (336)
　　一　江户开府到宝永元年（1603—1704）：承上启下的
　　　　过渡阶段 ……………………………………………… (338)
　　二　宝永二年到明和七年（1705—1770）：白话小说的
　　　　兴盛期 ………………………………………………… (345)
　　三　明和八年到庆应三年（1771—1867）：众声喧哗的
　　　　时代 …………………………………………………… (352)
　第二节　丛书、类书与中国小说选编 ………………………… (358)
　　一　江户时期文言小说的流播方式：对类书、丛书的
　　　　考察 …………………………………………………… (358)

二　选编、汇刻与白话小说的传播："小说三言"下的观念变迁 …………………………………………………………（375）

余论　中国小说在日流播的近代转型：以文求堂为例 ………（389）

附录1　《舶载书目》著录小说编年 ……………………………（411）

附录2　江户时期中国小说翻刻书目 …………………………（428）

附录3　江户时期白话小说翻译书目 …………………………（465）

附录4　《元账》《见账》《落札账》中的小说书价 ……………（468）

附录5　宽文六年前输入日本的中国小说目录 ………………（470）

参考文献 ……………………………………………………………（484）

索引 …………………………………………………………………（505）

Contents

Introduction .... (1)

Chapter 1   The Transportation and Acquisition of Chinese Literature .... (21)

1. Book trade between China and Japan and the transportation of Novels .... (21)

    1. The transportation of books printed in Song and modern rediscovery of Temple Collection: Taking *Tripitaka's Search for Buddhist Sutras* as an Example .... (21)

    2. Periodic characteristics of transportation of Chinese novels based on Hakusai Shomoku .... (51)

    3. The rediscovery of Chinese novels transported to Japan: An academic history of "Sanyan Erpai" from Edo to Taisho Period .... (67)

2. Bookstore and price in the circulation of Chinese Books ...... (92)

    1. Tōhonya and the expansion of Chinese taste .... (92)

    2. The cost of elegance: changes of book price and their influences on cultural life .... (106)

3. Collection, book lending and literati community .... (140)

1. The significance of early Edo Period in book history: Hayashi Razan's Chinese novel collection ……………………………………… (140)

2. From privacy to literati community: The reading of vernacular novels … (171)

Chapter 2　Reading and Interpretation of Chinese Novels ……………………………………… (193)

1. Defend the reading of Chinese novels ……………… (193)

1. The rise of kaidan: Obsession with Chinese Romances and the consciousness of style in novels of early Edo Period ……………… (193)

2. The coordinate of Shosetsu Jii: The influences of Chinese Vernacular Novels ……………………………………………………………… (211)

2. Kundoku: To broaden the appeal of Chinese Novels ……… (229)

1. Alternative Translation: Interpretation and the Spread of Vernacular Novels ………………………………………………………… (229)

2. Fugetsudo's interest: the expansion of Chinese vernacular novels …… (248)

Chapter 3　The Translation and Commentary of Chinese Novels ……………………………………… (266)

1. Translation and literati readers ……………………… (266)

1. Japanese historical romances and the rise of novel translation ………… (266)

2. Fascinated by vernacular novels: Ishikawa Masamochi and the translation of Chinese vernacular novels ……………………………… (282)

2. The Commentaries and Development of Traditional Novel Concept ………………………………………………… (301)

1. The confrontation between Seita Tansō, Kyokutei Bakin and Jin Shengtan: development of vernacular novel criticism in Edo period ……………… (301)

2. From SaiKen to Tanomura Chikuden: development of commentaries on classical Chinese novels in Edo Period ········· (321)

Chapter 4 The Reprint and Compilation of Chinese Novels in Japan ········· (336)

1. A history of the reprint of Chinese novels in Japan ········· (336)
   1. 1603—1704: Transition Period ········· (338)
   2. 1705—1770: Flourishing Period for Vernacular Novels ········· (345)
   3. 1771—1867: Diversified Period ········· (352)
2. Series, encyclopedias and Chinese Novels ········· (358)
   1. A study of Chinese classical novel's spread based on series and encyclopedias ········· (358)
   2. Anthologies, collections and the spread of Chinese vernacular novels: The influences of *Shosetsu Sangen* on literary thought ········· (375)

Conclusion. Bunkyūdō and the Modern Transformation of Japanese Bookstores ········· (389)

Appendix 1. A Chronicle of Chinese Novels Recorded in *Hakusai Shomoku* ········· (411)

Appendix 2. A Bibliography of Chinese Novels Reprinted in Edo Period ········· (428)

Appendix 3. A Bibliography of Chinese Vernacular Novels Translated in Edo Period ········· (465)

Appendix 4. The Price Information of Chinese Novels Recorded by Nakasaki Custom ⋯⋯⋯⋯⋯⋯⋯⋯（468）

Appendix 5. A Bibliography of Chinese Novels Transported to Japan Before 1666 ⋯⋯⋯⋯⋯（470）

References ⋯⋯⋯⋯⋯⋯⋯⋯⋯⋯⋯⋯⋯⋯⋯⋯⋯⋯⋯⋯（484）

Index ⋯⋯⋯⋯⋯⋯⋯⋯⋯⋯⋯⋯⋯⋯⋯⋯⋯⋯⋯⋯⋯⋯⋯（505）

绪　　论

　　无论书目著录还是文献收藏，中国古典小说在日本的流播均蔚为大观。以书目著录为例，平安时期编纂的《日本国见在书目录》著录的典籍中有四百余种不见于《隋书经籍志》《旧唐书经籍志》《新唐书艺文志》，成为研究唐前小说文献的重要参考。[①]《西游记》最早的小说雏形《大唐三藏取经诗话》自从明治年间从日本高山寺流出以来，学术界围绕着这部书的成书与刊刻年代聚讼纷纷，王国维、鲁迅、李时人、张锦池等多位研究者各持己见，自从日本学者矶部彰在1250年完成的《高山寺圣教目录》中发现这部小说以后，[②] 它的宋刻本身份才确定下来。

　　无论平安时期的《日本国见在书目录》，还是镰仓时期的《高山寺圣教目录》，目前均只有书目留存，藏书均已散佚，而江户时期幕府、大名、寺庙等不仅留下数量众多的书目资料，其藏书也大都相对完整地保存至今，时间上又与白话小说盛行的明清时期重合，其文献价值与《日本国见在书目录》《高山寺圣教目录》不可同日而语。江户时期幕府曾多次遣人整理官库藏书，最后一次编纂的《元治增补御书籍目录》保留至今，官库藏书也相对完整地纳入国立公文书馆，几乎能与藏书目录一一对应，成为中国古典小说研究的

[①] 郝敬：《〈日本国见在书目录〉著录小说书考略》，《古籍研究》2013年第2期。
[②] ［日］矶部彰：《大唐三藏取経詩話と栂尾高山寺：鎌倉時代における唐三藏物語の受容》，《東北アジア研究》1997年第1号。

宝贵资料。一般文库藏书多次整理编目时往往将早年目录遗弃，但尾张藩却比较完整地保存了各个时期的藏书目录，几乎能据此对中国小说在江户时期的流播情况进行编年，其藏书也大部分留存至今，成为名古屋市蓬左文库汉籍藏书的主体，这种藏书目录更是古典小说研究中不可多得的参考资料。此外，日光山轮王寺慈眼堂、水户藩彰考馆、加贺藩尊经阁、丰后国佐伯文库、官学昌平黉等，其目录与藏书均保存至今，其中不乏汉文小说，慈眼堂的尚友堂原刊本《拍案惊奇》、万卷楼刊本《东度记》，尊经阁的顺治年间写刻本《无声戏》十二回，佐伯文库的康熙年间写刻本《连城璧》、酌元亭写刻本《照世杯》均为海内孤本。中华书局出版的《古本小说丛刊》搜集影印古典小说的珍本、善本、孤本，其中收录的一百六十余种小说版本中，有上百种收藏在日本。这些小说很多是在江户时期传入日本，但具体的流播途径以及江户文人对中国小说的接受情况仍有待调查，本书便是对这一问题的初步尝试。

一　选题缘起

　　日本的江户时期（1603—1867），大体对应于中国的万历到同治年间，这二百余年间中日两国保持着密切的典籍文化交流。仅据《舶载书目》的不完全记载，自元禄七年（1694）到宝历四年（1754）的六十年间，就有两千五百种左右的典籍通过长崎港传入日本，其中包含小说二百种左右。如果将《汉魏丛书》《唐宋丛书》《古今逸史》等丛书中的小说分立出来，那么六十年中就有近三百种小说传入日本，超过典籍总数的1/10，仅仅浏览这份不完整的书目，就能体会到江户时期中国小说传播之广。

　　除了购买，江户时期日本还大量翻刻、翻译、评论中国小说。据《官版书籍解题》《和刻本汉籍分类目录》《增订庆长以来书贾集览》《德川时代出版者出版物集览》等各种书目的著录，江户时期翻刻中国小说约七十种，如果将同种小说的各种版次都包含在内，那么这二百年间日本共翻刻中国小说二百次左右，其中部分小说的底本可能已经佚失，这些和刻本成为小说版本研究的重要参考资料。据各种书目的记载，这段时期仅白话小说就翻译了四十种左右，文人学者的随笔、书函、日记中还保存着对中国小说的大量评论，像清田儋叟的《水浒传批评解》、木村默老的《后西游记国字评》、曲亭马琴的《水浒后传批评半闲窗谈》等都是相当可观的批评著作，其中不乏独到的见解。

江户时期传入日本的中国小说并不只是数量庞大，还成为日本文学演进的推动力。中国趣味和汉文修养曾是文人学者身份认同的标志之一，中国小说的接受历程，从某种程度来说也是日本小说的成长史，不同时期呈现出明显的阶段性差异。江户初期浅井了意、林罗山等人阅读的主要是《剪灯新话》《棠阴比事》之类带有志怪、公案色彩的文言作品，对应于日本"怪谈"小说的流行时期。从江户中期（享保、宝历年间）开始，冈白驹、泽田一斋等人训点、翻刻"三言二拍"、《照世杯》等白话小说，引起都贺庭钟、上田秋成等早期读本作者的翻案仿作。江户后期（宽政之后）翻译了《平妖传》《女仙外史》《西游记》等长篇小说，伴随着振鹭亭、山东京传等后期读本作者的借鉴与模仿，冯梦龙、凌濛初、李贽、金圣叹、李渔等人的序跋、评点深刻影响了当时的创作，甚至对中国小说的评论成为不同观念的交锋阵地。当曲亭马琴表达出对山东京传"演剧体"小说的不满时，向中国白话小说学习成了他标新立异的口号之一。同时，中日两国现代文学的确立都经历过激烈反传统的过程。一般认为坪内逍遥的《小说神髓》促成了日本现代小说的诞生，而他在书中对曲亭马琴等传统小说家的批评之一正是他们模仿了李渔、金圣叹。这种独特的存在，让中国小说深刻参与到江户文学的建构中，因此它的阅读与传播也就超出了单纯的娱乐消遣，具有更严肃的意义。

目前，江户时期中国小说输入、翻刻、翻译、评论等方面的资料还没有得到系统的整理,长泽规矩也、中村幸彦、大庭修、德田武等学者从事过相关的工作,但尚未看到这一时期相对完整的小说目录,有些记载仍分散在幕府、诸藩及长崎的官方档案或文人学者、学校书肆的藏书目录里。在现代的学科划分中,日本汉学或者汉文学处于日本文学和中国文学的交界点,受到的关注较少,日本学者三浦叶在1952年前后称"当时没听说我国还有其他专门研究汉学的人,除史学家外,恐怕只有我一人了"[①]。

近些年来情况有所改变,学术界逐渐倾向于探索传统小说与现代小说之间的延续性,江户时期开始被视为从中世(镰仓、室町时期)到现代(明治、大正时期)的过渡阶段,中国小说被解读为日本文学"现代性"的动力,而不是阻碍,中村幸彦称:"前期读本作者大都阅读中国白话小说,嗜爱它们的批评。到了近代,在西欧文学及其文学观的洗礼下,近代小说曙光初现。在此之前,中国小说与中国的批评对小说的进步厥功甚伟,应该高度评价这一点。"[②] 中、日两国都有学者从事小说名著在日传播情况的个案研究,以及冈岛冠山、冈白驹、上田秋成、曲亭马琴、山东京传等江户文人与中国古典小说的关系研究,研究中经常用到《舶载书目》《德川幕府藏书目》《尾张德川家藏书目录》《曲亭藏书目录》《南葵文库藏书目录》等各种文献资料,但多为个别小说著录情况的调查。江户时期输入日本的中国小说具体有多少、分别在什么时间传入、其中哪些被翻译或翻刻,这些问题还没有得到相对清晰的解答,以至于不同学者从事个案研究时不得不重复查找资料。

除了资料目录的整理,中国古典小说在日本传播情况的细节还有很多模糊之处。比如,由于大庭修对《舶载书目》等唐船持渡资料的整理,我们大体能够估测江户时期输入日本的中国小说,但这些典籍是在哪里刊刻的?为什么输入日本的汉籍具有明显的阶段性

---

① [日]三浦叶:《明治の漢学》,汲古書院1998年版,第2页。
② [日]中村幸彦:《近世小説史》,中央公論社1987年版,第13页。

特征？这些书进入日本后怎么流通到读者手中？价格会不会超出普通文人的购买能力？中国小说又是如何被翻刻、翻译的？这些刻本或译本的读者是哪些人？明清时期的白话小说往往带有评点，江户文人怎么看待李渔、金圣叹、毛宗岗等人的评语？由于资料、语言等种种限制，这些问题尚未受到学术界的足够关注，本书试图对它们做出初步的探讨。

二 现有研究

（一）江户时期中国小说传入、获取研究

幕末日本有过激进西化的文化选择，传统汉学逐渐衰落，现代学术开始确立，西方学术规范引入日本，受到学院内研究者的关注，之前不登大雅之堂的小说也正式成为研究对象，在成立不久的大学中接受现代学术训练的学人对这种风气尤为敏感。但是，当时精力主要集中在小说本身的研究上，中国小说在日本的传播和影响还没有纳入研究视野，直到1933年长泽规矩也还不无遗憾地说"中国小说戏曲与日本文学的关系，除了《游仙窟》以外，直到近些年几乎没有人关注"[1]，因此这方面的研究起步是比较晚的。

江户幕府时期，第三代将军德川家光为控制基督教的渗透而颁布锁国令，宽永十二年（1635）规定中国商船只能在长崎港停靠，此后正式的对华贸易就限于长崎一港。而书籍贸易是中日文化交流的重要内容，中国典籍绝大多数都是通过长崎港的商船输入日本，除此之外虽然也有部分汉籍通过朝鲜与琉球间接传到日本，但数量相对较少。长崎港不仅带来了大量的典籍，长崎唐通事还直接推动了白话文学的传播。同时，小说的传入和书籍贸易、唐本收藏、贷

---

[1] ［日］長沢規矩也：《江戸時代に於ける支那小説流行の一斑》，载《長沢規矩也著作集》第1卷，汲古书院1985年版，第131—147页。

本屋（租书店）等也联系紧密。

长泽规矩也较早整理了输入日本的中国小说目录。他调查了宫内省图书寮、内阁文库、蓬左文库、静嘉堂文库的藏书情况，整理出其中的小说戏曲藏本，在1927年发表了《日本现存戏曲小说类目录》①一文，爬梳出小说105种。虽然四个机构的藏书不能等同于江户时期传入的所有典籍，但也在一定程度上反映了中国小说传播情况的概貌。值得注意的是，长泽规矩也是从藏书机构而非目录入手，调查的是现存的小说典籍，其中不包括曾经传入日本、后来又损毁或佚失的小说。

此后，继续探讨中日文化交流的现代学者是中村久四郎，《近世中国对日本文化的势力影响：以近世中国为背景的日本文化史》②是他在东京帝国大学的博士学位论文，论文第二章《近世中国与本邦的学术及政治》第三节《文学》、第四节《文字言语学》谈及江户时期中国小说典籍以及汉语白话的流传情况，文中称清代小说戏曲有五十多部传入日本，并被翻刻、翻译或翻案，《水浒传》《笑林广记》、李渔与金圣叹的评点等对近世小说影响深远。他还提及冈岛冠山编纂的唐话辞书、荻生徂徕及门下弟子们对汉语白话的重视、清朝舶来的唐音口语等。中村久四郎是史学名家，小说研究非其所长，相关论述只是点到为止，并未深入展开，《文学》部分对小说的介绍只有两页，舶载典籍的数量也不太精确，但基本勾勒出了江户时期中国小说在日传播的框架。

大庭修是书籍贸易研究的专家，他在1967年出版了《江户时代唐船持渡书研究》③，系统梳理了江户时期汉籍输入的过程，深入探

---

① ［日］長沢規矩也：《日本に伝はつてゐる支那の戯曲小説》，《鴟笛》1929年第8号；后载《長沢規矩也著作集》第5卷，第35—38页。

② ［日］中村久四郎：《近世支那の日本文化に及ぼしたる勢力影響》，《史学雑誌》1914年2月第25卷第2号至1915年2月第26卷第2号。

③ ［日］大庭脩：《江戸時代における唐船持渡書の研究》，関西大学東西学術研究所1967年版。

讨了幕府贸易政策的变更、商船所载汉籍的出版地以及书籍价格等相关问题，详细考察了《赍来书目》《商舶载来书目》《大意书》《书籍元帐》等汉籍输入相关的文献目录，将其整理后以"资料编"形式附在书后。目录中收录了大量的中国小说，至今仍是江户时期汉籍传播研究的重要工具。

1972年，大庭修影印刊行《舶载书目》，并以《解题》形式详细调查了该书目的编纂过程，深入探讨了它与《分类舶载书目》《舶来书目》等其他书目的关系。《舶载书目》逐年著录商船所载汉籍，有些年份还附有目录与解题，编者可能是长崎奉行中川忠英，编纂时或许参考了书物改役向井家的旧记。青木正儿、近藤杢、长泽规矩也等人都曾利用《舶载书目》研究江户时期传入日本的中国小说，但这些资料长期收藏在日本宫内厅书陵部，查考多有不便，这次影印刊行极大地便利了中日书籍贸易研究。1984年，大庭修又出版了《江户时代中国文化受容研究》①，根据之前的调查，继续探讨长崎商船所载书籍的比例、长崎港的书籍检查制度、各种书目资料的内容以及幕府将军德川吉宗对汉籍的利用等，将书籍贸易中更多的细节呈现在研究者面前。

1978年西冈晴彦发表了《江户时代渡来的汉籍：一、小说戏曲》②，整理了江户时期传入日本的小说戏曲。1984年中村幸彦刊发了《唐话流行与白话文学输入》③，文章在1954年京都大学文学部讲义的基础上增补改写，这是首次正式刊出。他根据元禄元年《唐本目录》、东北大学狩野文库《御文库目录》《舶载书目》、大庭修《唐船持渡书研究》所附目录、《日光山义库书籍目录》、萩藩藩学教授山县周南《馆来目录解》、都贺庭钟《过目抄》等资料，考察了江户时期传入日本的白话小说，并根据以上各种文献整理了小说

---

① ［日］大庭脩：《江戸時代における中国文化受容の研究》，同朋舎1984年版。
② ［日］西岡晴彦：《江戸時代渡来漢籍について1 小説・戯曲》，《法文論叢文科篇》1978年版第40号。
③ ［日］中村幸彦：《近世比較文学考》，中央公論社1984年版，第7—51页。

输入的目录。文章旁征博引，除常见文献外还利用了很多罕见资料，是目前为止比较完整的白话小说传播研究。遗憾的是，文中所列书目没有编年，很难看出不同时期小说输入的阶段性特征。

1996年出版的《岩波讲座日本文学史第10卷 十九世纪的文学》收录了德田武的《中国故事集的盛行及其影响》①，文章按照"蒙求物""类书故事集""传奇小说故事集""世说新语补充物""本邦撰述"等五种类型追溯了"中国故事集"这类特殊典籍在整个江户时期的传播过程。文中涉及的大都是文言小说，每个标题下罗列同类作品的翻刻或翻案，在一定程度上反映出文言小说的传播史。

除了对江户时期汉籍输入情况的总体研究外，还有学者整理了各藩的藏书目录，其中就包含中国古典小说。2003年大塚秀高完成了丰后佐伯藩藏书的整理工作，最终成果就是《江户时代汉籍的流传：以佐伯文库为例》②。佐伯文库的书目按照四部分类，子部小说家类著录作品44种，其中既有《太平广记》《夷坚志》《魏晋唐宋明五朝小说》《虞初新志》等卷帙浩繁的巨制，也有《阅微草堂笔记》之类晚近的作品。矶部彰《日本江户时代诸藩及个人文库的烟粉小说搜集》③一文调查了昌平黉、京都朝廷、秋田藩明德馆、三春藩秋田家、白河藩松平家、德山藩毛利家、佐伯藩毛利家、平户藩松浦家等公家、武家文库以及海保渔村、太田南亩、屋代弘贤、吉田松阴等个人文库收藏的烟粉小说，认为在江户中期唐话学盛行的背景下，诸藩大名不仅收藏经史典籍，很多也热衷于阅读白话小

---

① [日]德田武：《近世近代小说と中国白话文学》，汲古书院2004年版，第20—51页。
② [日]大塚秀高：《江户时代いおける汉籍の流伝：佐伯文库を例に》，平成十三年度—平成十四年度科学研究费補助金研究成果报告书，2003年。
③ [日]矶部彰：《日本江户时代の诸藩及び個人文库の烟粉小说蒐集について》，载《東アジア出版文化研究 ほしづくよ》，東アジア出版文化国际研究拠点形成及びアジア研究者育成事业チーム2010年版，第261—281页。

说，德山、佐伯两藩尤其明显。文章在长崎舶载记录和幕府藏书之外，将目光转向大名的小说收藏活动，让我们在江户、京都、大阪等中心城市之外，了解到中国小说在地方的传播情况，大大拓展了现有的研究。

目前，关于江户时期汉籍流传的资料主要有：

1. 长崎港的记录，如《书籍元帐》《大意书》《舶载书目》，很多已经由大庭修整理出版。

2. 幕府、大名、官学及寺院的藏书目录，如《御文库目录》《德川幕府藏书目》《尾张德川家藏书目录》《佐伯侯藏书目录》《昌平学库书目》《日光山文库书籍目录》。

3. 文人学者藏书目录，如《林家书目》《曲亭藏书目录》《南亩文库藏书目录》。

4. 书肆及贷本屋的藏书目录，如唐本屋清兵卫《唐本目录》、京都大学藏贷本屋《大惣本目录》。

5. 随笔杂记，如《琼浦杂缀》《正斋书籍考》等。

6. 和制类书或汉语辞书，如《训蒙故事要言》《绘本故事谈》《小说字汇》《俗语解》等。

现在这些资料还没有得到充分的利用，尤其没有出现涵盖文言与白话小说、编年或分期著录的《江户时期中国小说输入书目》，因此也就不太容易对不同时期中国小说的传播情况做出比较具体的分析。比如：从室町末期到江户初期，日本叙事文学经历了由御伽草子到假名草了的演变，慨叹人世无常、向往佛教净土的观念逐渐被珍视日常生活、推崇伦理教化所取代，一般认为这是汉籍输入及儒家思想带来的影响，其中引领风潮者是浅井了意、林罗山等江户初期的文人学者。但是，文学思想的转变应该在主流人物的阅读经历中有所反映，而目前这方面的研究还比较薄弱，原因在于江户初期的汉籍传播还未得到相对完整的呈现。

江户时期的随笔、日记中经常出现购买、阅读"新渡书"的记载，这在一定程度上反映出文人学者对"唐本"的兴趣，这种兴趣甚至超出了书籍的内容，阅读"新渡书"本身就成了接受新知或标新立异的姿态。借阅、传抄、品评新渡汉籍是文人雅趣的典型表现，以中国趣味相标榜的文人尤为明显，以至于式亭三马在《浮世风吕》中刻意塑造了一个叫"孔粪"的儒生，在他眼里日本样样不如中国，甚至大言不惭地声称唐诗之所以有"白发三千丈"是因为大国之人头发长。到了近代，传统的文人雅集转为汉学者或师生之间的读书会，形式虽变，对华风汉籍的嗜好却一如既往，其中体现出的时代差异和人文情怀值得后人追慕。但是，目前还没有看到相关的研究。

汉籍传入日本后，并未直接进入流通领域，而是通过中间商或贷本屋（租书店）抵达读者手中。江户初期的书籍主要是活字印刷，数量较少，内容也多以经史或诗文为主。从宽永中期开始，雕版印刷逐渐取代活字印刷成为主流的出版形式，但直到元禄年间书籍刊刻并未普及。这段时间的出版以官版或者为幕府服务的书店为主，如为将军及御三家提供汉籍的著名书商唐本屋清兵卫。宽永年间，面向普通读者开放的贷本屋（租书店）已经出现，到了江户中期几乎蔓延全国，他们的主营书籍之一就是小说。整个江户时期，书籍价格比较高，经常超出一般文人的购买能力，舶来汉籍尤其昂贵，贷本屋成了白话小说的重要流通渠道。

1928年蒋田稻城出版了《京阪书籍商史》[①]，两年后上里春生出版了《江户书籍商史》[②]，两书分别追溯了近世京都、大阪、江户三地书籍出版与流通制度的沿革，并对不同时期出版潮流的变化做了比较详细的考察。由于近世区域发展的不平衡，三个城市刊行的典籍占据江户时期所有刊行物的绝大多数，这两部著作与1977—1982年陆续刊出的《京都书林仲间记录》《大阪本屋仲间记录》《江户本屋出版记录》等原始资料一起，呈现出江户时期出版业兴衰递嬗的整个过程。

---

① ［日］蒋田稻城：《京阪書籍商史》，出版タイムス社1928年版。
② ［日］上里春生：《江戸書籍商史》，出版タイムス社1930年版。

前田爱1961年发表了《出版社与读者：以贷本屋的功能为中心》①，将小说传播与出版社、贷本屋研究相结合，认为幕府政策及流行趋势的变化，会通过出版社、贷本屋等传递给读者。1967年广庭基介发表了《江户时代贷本屋略史》②，从庶民教育的角度重新解读了江户时代贷本屋的发展历程。1977年今田洋三出版了《江户的本屋：近世文化史的侧面》③一书，选择不同时期代表性的书商与贷本屋，描述他们随着幕府政策与市场潮流的变动而此消彼长的过程，让书商与贷本屋由阅读史的背后走向前台，用刊行过程中的大量细节充实了江户时期的阅读史。

长友千代治1982年出版了《近世贷本屋研究》④，1987年出版了《近世的读书》⑤，两书都是对江户时期书籍流通的专门研究，他钩稽梳理了出版史上的众多资料，充分利用书店的记录、读书日记以及书信等材料，详细探讨了贷本屋在近世书籍阅读和流通中发挥的作用，并把大众读者与书商和贷本屋的关系纳入研究视野，补充了近世典籍传播中的重要一环。1988年弥吉光长出版了《大阪的书店与唐本输入》⑥，集中探讨了汉籍输入长崎后在大阪的流传过程，以及书店在汉籍流通中发挥的作用。1997年大庭修的《御书物师·唐本屋清兵卫》和《大名收藏家》⑦，分别调查了御用书商唐本屋清兵卫及前田纲纪、毛利高标、市桥长昭等地方大名的汉籍收藏，展

---

① ［日］前田愛：《出版社と読者：貸本屋の役割を中心に》，《国文学：解釈と鑑賞》1961年第26期。
② ［日］広庭基介：《江戸時代貸木屋略史》，《図書館界》1967年第18卷第5—6号。
③ ［日］今田洋三：《江戸の本屋さん：近世文化史の側面》，日本放送出版協会1977年版。
④ ［日］長友千代治：《近世貸本屋の研究》，東京堂出版1982年版。
⑤ ［日］長友千代治：《近世の読書》，青裳堂書店1987年版。
⑥ ［日］弥吉光長：《大坂の本屋と唐本の輸入》，ゆまに書房1988年版。
⑦ 均收入［日］大庭脩：《漢籍輸入の文化史：聖徳太子から吉宗へ》，研文出版1997年版。

现出江户时期汉籍传播的诸多层面。

（二）江户时期中国小说翻译、翻刻研究

最早研究江户时期中国小说翻译情况的论文是1912年刊出的《中国小说的翻译：〈剪灯新话〉与〈伽婢子〉》[①]，作者是藤井乙男。文章探讨的是江户前期中国小说的翻译与日本怪谈小说的盛行，尤其关注浅井了意和《剪灯新话》的传播，并高度评价了冈岛冠山、冈白驹及都贺庭钟对中国小说的引入介绍之功。当时中国小说研究的论著并不罕见，但中日小说关系的研究还比较少，这篇文章对《剪灯新话》翻译与翻案的梳理至今仍具有很高的参考价值，尤其考虑到后来的研究逐渐向江户中后期白话小说的流行阶段倾斜，江户前期文言小说传播情况的研究相对薄弱。

1927年青木正儿发表了《水浒传在日本文学史上的影响》和《冈岛冠山与中国白话文学》[②] 两篇文章，前者讨论了传入日本的《水浒传》版本、冈岛冠山的翻译、田文瑟和陶山南涛等人的评论、曲亭马琴与山东京传的仿作等，后者集中探讨冈岛冠山讲授汉语白话、编纂汉语辞书、翻译汉文小说的活动，对冈岛冠山的生平和著述做了详细的整理与考证。

1933年，长泽规矩也发表了《江户时期中国小说流行的一斑》[③]，细致地总结了中国小说的翻译情况，并按时间顺序列出了翻刻、翻译小说的书目，其中包含四十余种译本。尽管现在看来这份书目仍有缺漏，但限于文献条件，当时已经是非常详尽的考察。

---

① ［日］藤井乙男：《支那小説の翻訳：剪燈新話と伽婢子》，《芸文》1912年第3卷第9号。

② ［日］青木正児：《水滸伝が日本文学史上に布いてゐる影》《岡島冠山と支那白話小説》，载《青木正児全集》第2卷，春秋社1970年版，第266—274、275—286页。

③ ［日］長沢規矩也：《江戸時代に於ける支那小説流行の一斑》，《書誌学》1933年第1卷第4号，1933年版。

在藤井乙男、青木正儿、长泽规矩也等先行研究的基础上，近藤杢 1939 年刊发了长文《日本近世中国俗文学小史》①。文章对文言及白话小说的翻刻、翻译和翻案都做了更为详细的考察，所列翻译小说的书目在长泽规矩也书目的基础上有所增补，基本是对已有研究的总结。

1940 年石崎又造出版了《近世日本中国俗语文学史》② 一书，集中讨论江户时期白话小说的传播过程，对这一问题做了目前为止最为完备的考察。他尤为重视唐通事、黄檗宗僧人两个群体在引领白话风气上发挥的重要作用，细致梳理了荻生徂徕及门下弟子学习、推广汉语白话的经过，同时追溯了白话风气由江户向京都、大阪扩展的具体过程，将白话小说的翻译、翻案与汉语白话的传播密切结合起来，努力还原当时文人接受汉语白话、翻译或仿作白话小说的背景，而不是单纯地整理小说书目。书后所附的《近世俗语文学书目年表》包含江户到明治时期汉语辞书及中国小说翻刻、翻译、翻案的详细信息，几乎穷尽了当时能搜集到的所有资料。

石崎又造的精力主要放在江户前中期，对江户后期白话文学的发展情况讲得比较简略，后来他又发表了《冠山以后中国语学的流行》③，但继续从事这一研究的主要是麻生矶次，他在 1946 年出版了《江户文学与中国文学》④ 一书，将石崎又造未充分展开的部分做了更细致的研究，不过麻生矶次的角度与石崎又造有所不同，不是从唐话学入手，而是努力在中国白话小说中寻求日本小说的源头，同时注意二者在艺术手法上的承继关系。中村幸彦 1951 年发表了《古

---

① [日] 近藤杢:《日本近世支那俗文学小史》,《東亞研究講座》1939 年第 87 辑。
② [日] 石崎又造:《近世日本に於ける支那俗語文学史》,弘文堂書房 1940 年版。
③ [日] 石崎又造:《冠山以後に於ける支那語學の流行について》,《書誌学》1934 年第 2 卷第 5 号至 1935 年第 4 卷第 2 号。
④ [日] 麻生磯次:《江户文学と中国文学》,三省堂 1946 年版。

义堂的小说家们》①，从另一角度补充了石崎又造的研究。石崎又造重视的是荻生徂徕、冈岛冠山等在江户的唐话活动，而中村幸彦考察的是冈岛冠山之后、伊藤东涯古义堂的同人们在京都的唐话活动，追溯了朝枝玫珂、陶山南涛、胜部青鱼等人学习汉语、阅读白话小说的经过。

此外，在石崎又造之后仍有学者陆续研究江户时期中国小说的翻刻与翻译，但兴趣大多转向了个案研究，如高岛俊男的《水浒传》翻译研究②、周以量的《太平广记》和《夷坚志》翻译研究③，川上阳介的《笑府》《开卷一笑》《照世杯》翻译研究④，翻译小说目录的整理在相当长的时期内并没有新进展。值得注意的是，2012年哈佛大学海德博格完成了博士论文《中国的时空坐标：18世纪日本对中国白话小说的拳拳之忱》⑤，集中探讨了1680年到1815年间日本对中国白话小说与戏曲的翻译、仿作和评论，着重分析了冈岛冠山的白话翻译以及白话小说传入日本后引起的文化反思。文章在某种程度上延续了石崎又造的思路，但重心在理论阐发而非文献整理，这是英语世界第一篇以中国白话小说在江户时期的传播为题的博士论文。

实藤惠秀和小川博1956年编成《日本译中国书目录》，在日本学生放送协会内部发行；修订增补后1981年由香港中文大学出版社刊行。该目录收录1660—1978年这三百年间翻译成日文的中

---

① ［日］中村幸彦：《古義堂の小説家達》，《国語国文》1951年第21卷第1号。
② ［日］高島俊男：《水滸伝と日本人：江戸から昭和まで》，大修館書店1991年版。
③ 周以量：《近世日本における中国小説の流布と受容：太平広記と夷堅志を中心に》，博士学位论文，東京都立大学，2001年。
④ ［日］川上陽介：《近世日本における中国白話文学研究》，博士論文，京都大学，2006年。论文研究的是《笑府》《开卷一笑》《照世杯》在江户时期的翻刻与翻译。
⑤ William Christopher Hedberg: *Locating China in Time and Space: Engagement with Chinese Vernacular Fiction in Eighteenth-Century Japan*, Ph. D. dissertation, Harvard University, 2012.

国典籍，内容涵盖哲学、历史、社会科学、自然科学、文学等众多领域，是目前为止规模最大的中国典籍日译目录，中国小说列在"文学"下属的"中国文学·东洋文学"中，与诗文、戏曲等文体混排，并未单独立目。该书收录江户到大正时期古典小说译本200种左右，但有些只是书肆广告中的待刊译本，实际并未刊行，还有同书异名和漏收的情况，仍有待完善。

长泽规矩也1976年编纂了《和刻本汉籍分类目录》①，1980年刊行补正版，2006年继续刊行增补补正版。这是目前为止最为完备的和刻本目录，子部小说家按杂录、异闻、琐语、传奇小说分类著录文言小说，集部戏曲小说类著录白话小说。全书收录文言、白话小说70余种，大体反映了江户时期中国小说翻刻情况的概貌。

截止到目前为止，江户时期翻译的中国小说已经得到初步整理，但同一译本有时在江户、京都、大阪三地以不同名称分别刊行，而且板片常在书商间流转，后来刷印时更改书名的现象也不罕见。同时，白话小说的版本较为复杂，翻译时往往并不标明所用底本，译者有时还参照多个版本，比如中村绫通过对诸多版本的比较，认为冈岛冠山的《通俗忠义水浒传》以容与堂本或四知馆本为底本，另外还参考了其他很多本子，因此文本上呈现出比较复杂的面貌，②这就给书目整理增加了不少困难，有时往往还需调查曾有哪些版本传入日本。

（三）江户时期中国小说评点研究

如果说输入、和刻、翻译中国小说目录的整理已经取得一定进展，那么江户时期中国小说评论资料的整理还没有值得称道的成

---

① ［日］長沢規矩也：《和刻本漢籍分類目錄》，汲古書院1976年版，1980年補正版，2006年增補補正版。

② ［日］中村綾：《日本近世白話小説受容の研究》，汲古書院2011年版。

果。这固然因为"评论"概念比较模糊，难以划定边界，而且在现代学术确立之前，小说评论大多通过序跋、随笔、书函、日记等途径表现出来，形式上往往是只言片语的评点。同时，传统时代没有现在的小说观念，评论文字经常混杂在经史考证中，需要在浩如烟海的文献资料中爬梳分辨。

比如，江户文人表达文学见解的工具之一是随笔，训点《照世杯》的清田儋叟很多评论收录在《孔雀楼笔记》中，京都唐话学者胜部青鱼的小说评论零星出现在《剪灯随笔》里，曲亭马琴评论《水浒后传》的文字集中在《半闲窗谈》里，而单是《日本随笔大成》列在曲亭马琴名下的随笔就有11种。江户时期的随笔大都收录在《日本随笔大成》（全三期外加别卷共81册）、《续日本随笔大成》（外加别卷共22册）、《未刊随笔百种》（共12册）、《燕石十种》（6册）、《续燕石十种》（3册）、《新燕石十种》（8册）、《日本随笔全集》（20册）、《百家随笔》（2册）、《百家说林》（10册）、《随笔文学选集》（12册）、《续随笔文学选集》（6册）、《随笔百花苑》（15册）、《影印日本随笔集成》（12册）中，总计200余册，其中虽有部分重复，数量仍相当可观。1926年刊行的《日本随笔索引》收录随笔214种1060卷，1932年刊行的《续日本随笔索引》收录随笔178种861卷，二者合计近400种2000卷，还不包括1932年以后新发现的作品，其中绝大多数完成于江户时期。

除了文献的庞杂，江户时期中国小说评论在某种程度上受到忽视，也是因为近代小说正以否定江户文学为起点。拉开日本小说近代化序幕的是坪内逍遥的《小说神髓》，他在这部书的序言中称："近来所有刊行的小说、稗史，如果不是马琴、种彦的糟粕，就大多是一九、春水的模仿品，因为最近的戏作者们，专以李笠翁的话为师，以为小说、稗史的主要目的就在于寓劝惩之意……因为根据我国过去的习尚，总认为小说是一种教育手段，不断提倡劝善惩恶为小说的眼目，而实际上，却一味欣赏那种杀伐残忍的、或非常猥亵的物语。至于其他严肃的故事情节，却很少有人肯于一顾"①，其实针对的正是曲亭马琴、柳亭种彦等人在李渔影响下对中日两国小说的评论。日本最早的小说史是水谷不倒领衔、成于众手的《列传体小说史》②，封面题签却是"坪内逍遥、水谷不倒共著"，实则坪内逍遥未参加任何章节的撰写，只是审阅者。

目前对江户时期中国小说评论的研究，多以个案为主，尤其是浅井了意、都贺庭钟、上田秋成、曲亭马琴、山东京传等受白话小说影响较大的作家，而且经常从比较文学的角度入手。1927年青木正儿在《今古奇观、英草纸与蝴蝶梦》③一文中指出，都贺庭钟的短篇小说集《英草纸》中有三篇取材于《今古奇观》，并详细考察了都贺庭钟的改编方式。1931年田中浩造在《伽婢子的翻案态度》④ 中总结了浅井了意对《剪灯新话》《剪灯余话》的翻案方式：将人名、地名和时间更换为日本式，用平实自然的客观描写改编恐怖故事，淡化超自然性，突出现实色彩，让幽鬼带有人情味，化阴郁的志怪故事为优美的童话。

1935年久保天随在中国"台北帝国大学"刊发了《剪灯新话对东洋近代文学产生的影响》⑤，全文长达134页，详细考察了《剪灯新话》在中国、朝鲜和日本文学史上产生的影响。他认为从室町末期的《奇异杂谈集》、江户初期的《伽婢子》《怪谈全书》、江户中期的《雨月物语》到江户后期的《浮牡丹全传》《怪谈牡丹灯笼》等都从《剪灯新话》汲取了营养，其影响之大在中国文学中无与伦比。

---

① ［日］坪内逍遥：《小说神髓》，刘振瀛译，人民文学出版社1991年版，第17页。
② ［日］坪内逍遥、水谷不倒：《列伝体小说史》，春阳堂1897年版。
③ 载《青木正儿全集》第2卷，第111—115页。
④ ［日］田中浩造：《伽婢子の翻案態度》，《月刊日本文学》1931年11月。
⑤ ［日］久保天随：《翦燈新話と東洋近代文学に及ぼせる影響》，"台北帝国大学"文政学部《文学科研究年報》1934年第1辑。

同年 11 月，长泽规矩也发表了长文《对日本文学产生影响的中国小说：以江户时代为主》①，追溯了中国从六朝到清代、从文言到白话各种类型小说对日本文学产生的影响，尤其重视江户时期《剪灯新话》、历史演义及三言二拍的翻刻、翻译与翻案。这篇文章既描摹了中国小说在日本的影响史，也提纲挈领地勾勒出中国小说的发展史。

1936 年麻生矶次发表了《读本的产生及中国文学的影响》②，在中国白话文学传播的背景下研究江户中期读本小说的产生，他认为《水浒传》和三言二拍等白话短篇小说为读本小说情节、背景、人物、视角和节奏的设置提供了重要的借鉴，正是在中国白话小说的滋养下，读本小说才得以成立。这篇文章的突破性在于，将之前泛化的比较研究落实到叙事手法的具体分析中，在故事原型的追索之外，进一步挖掘中日小说艺术性上的承接。十年后，麻生矶次再次把相关研究总结成《江户文学与中国文学》③ 一书，继续探讨了江户中后期对中国小说"文学性"的接受史，成为比较文学研究的典范。

接下来中村幸彦陆续发表了《古义堂的小说家们》④《上田秋成的物语观》⑤《泷泽马琴的小说观》⑥《都贺庭钟的中国趣味》⑦、《读本初期的小说观》⑧，对重要读本作家的小说观做了细致的梳

---

① ［日］長沢規矩也:《日本文学に影響を及ぼした支那小説：江戸時代を主として》，载《長沢規矩也著作集》第 5 卷，第 275—306 页。
② ［日］麻生磯次:《読本の発生と支那文学の影響》，载《日本文学研究》，大阪屋号書店 1936 年版，第 3—132 页。
③ ［日］麻生磯次:《江戸文学と中国文学》，三省堂 1946 年版。
④ ［日］中村幸彦:《古義堂の小説家達》,《国語国文》1951 年第 21 卷第 1 号。
⑤ ［日］中村幸彦:《上田秋成の物語観》,《国文学》1958 年第 23 号。
⑥ ［日］中村幸彦:《滝沢馬琴の小説観》,《国文学論叢》1966 年第 6 辑。
⑦ ［日］中村幸彦:《都賀庭鐘の中国趣味》,《泊園》1978 年第 17 号。
⑧ ［日］中村幸彦:《読本初期の小説観》，载《中村幸彦著述集》第 1 卷，中央公論社 1982 年版，第 235—247 页。

理。这些作家都接受了中国小说的影响,他们的文学观念往往通过对中国小说的评论反映出来,因此这些文章大体构成了江户中后期对中国小说的主流评论。

1980 年德田武发表了《马琴稗史七法则与毛声山的〈读三国志法〉》[①],对马琴与毛宗岗的小说观念做了比较细致的比较,认为二者有诸多相似之处,尤其是在正统论的读史方法上。五年后又发表了《森岛中良的〈警世通言〉笔记》[②],研究了东京大学东洋文化研究所藏森岛中良手校本《警世通言》上的评语。评语除了文字辨正外,还有对小说第三、四、五、二十六卷四卷所做的本事考证,以及对第十一卷所做的点评。虽然森岛中良的评语不算复杂,但作为中国小说评论的个案,仍具有较高的价值。后来他又出版了《秋成前后的中国白话小说》[③] 一书,以上田秋成为中心,探讨日本对中国小说的接受过程。作者尤其长于中日文本的比较,从细节上考证故事源流。他认为相对于中国小说原著,日本的翻案小说在结构上趋于细密化、叙述上去除冗余趋于简朴、情感上更加柔婉细腻。

近年随着学术界对"近世"与"近代"小说之间延续性的强调,江户作家的小说观念也受到重视,探讨上田秋成、都贺庭钟、曲亭马琴、山东京传等读本作者小说思想的论著日益增加,研究者对他们的评价也越来越高。王晓平的《明清小说批评和前期读本作者》《明清小说批评和曲亭马琴》[④]、森润三郎的《曲亭马琴翁

---

① [日] 德田武:《馬琴の稗史七法則と毛声山の読三国志法》,《文学》1980年6月。
② [日] 德田武:《森島中良の警世通言書き入れについて》,《近世文芸研究と評論》1985年第28号。
③ [日] 德田武:《秋成前後の中国白話小説》,勉誠出版2012年版。
④ 两篇文章均收在王晓平《近代中日文学交流史稿》,湖南文艺出版社1985年版。

与和汉小说的批评》①、马兴国的《中国古典小说与日本文学》②、李树果的《日本读本小说与明清小说》③、崔香兰的《马琴读本与中国古代小说》④、勾艳军的《日本江户时代小说家的明清小说评论》⑤《日本近世小说观研究》⑥、神田正行的《水浒传的作者与马琴：今古独步作者罗贯中的发现》⑦、汪俊文的《日本江户时代读本小说与中国古代小说》⑧、周娜的《山东京传的读本对中国古代文学、文化的接受研究》⑨，都是其中比较出色的研究成果。

截止到目前为止，关于都贺庭钟、上田秋成、曲亭马琴、山东京传等人小说观的研究较为常见，讨论不断深入，但其他作家对中国小说的评论似乎还没有引起国内学者的足够关注，尤其是小说评论资料的整理尚有待完善。在用力较多的曲亭马琴研究中，公开出版的日记与书信资料还没有得到充分的利用。中国小说的传播与接受贯穿整个江户时期，但目前的研究重心尚在中后期，江户前期中国小说的评论仍有可以开拓的空间。

---

① ［日］森潤三郎：《曲亭馬琴翁と和漢小説の批評》，载《日本文学研究资料丛书·馬琴》，有精堂1986年版，第35—59页。
② 马兴国：《中国古典小说与日本文学》，辽宁教育出版社1993年版。
③ 李树果：《日本读本小说与明清小说》，天津人民出版社1998年版。
④ 崔香蘭：《馬琴読本と中国古代小説》，溪水社2005年版。
⑤ 勾艳军：《日本江户时代小说家明清小说评论》，《明清小说研究》2007年第3期。
⑥ 勾艳军：《日本近世小说观研究》，博士论文，天津师范大学，2008年。
⑦ ［日］神田正行：《水滸伝の作者と馬琴：今古独步の作者羅貫中の発見》，《近世文藝》2009年第89卷。
⑧ 汪俊文：《日本江户时代读本小说与中国古代小说》，博士论文，上海师范大学，2009年。
⑨ 周娜：《山东京传的读本对中国古代文学、文化的接受研究》，博士论文，北京外国语大学，2015年。

第 一 章

中国小说的传入与获取

第一节 中日书籍贸易与舶载小说

一 宋籍入日与寺庙藏书的再发现：以《取经诗话》为例

汉籍在日本的传播源远流长，早在奈良、平安时期日本文人便大量阅读汉诗汉文。除了经史典籍之外，文言小说也广为传布，《搜神记》《列仙传》《冥报记》等魏晋志怪时时见于公私书目，《长恨歌传》《李娃传》《任氏传》等唐传奇也经常出现在平安时期的物语与随笔中，而白话小说却直到江户时期才引起众多文人的关注，并对日本文学产生清晰可见的影响。严绍璗曾指出，日本上古与中世时期，汉籍的传播往往需要"数十年甚至数百年的间距"，直到江户时期这种时间差才大体消除。① 但是，《大唐三藏取经诗话》的存在却是明显的例外。它作为现存最早的白话小说之一，刊刻不久后便在镰仓初期传入日本，长期埋没于高山寺经藏中，历经战乱兵燹，很少见于著录征引，直到近代从高山寺流出，才重新引起中日学者的关注，并刷新了中国小说史的书写。自从重见天日以来，学术界围绕着成书与刊刻年代聚讼纷纷。它究竟是宋刊还是元刊、更接近

---

① 严绍璗：《汉籍在日本的流布研究》，江苏古籍出版社1992年版，第61页。

于唐代变文还是宋时说经、对《西游记》人物与故事的演变起到了什么作用，这些都是争议已久的话题。相比之下，很少有人从中日典籍交流的角度展开讨论。它于何时、由何人、以何种方式带到日本，经过怎样的渠道流入高山寺，在镰仓初期产生了何种影响，近代又如何被重新发现？

（一）元刊宋椠之争

该书现存两种刻本，一种题为《大唐三藏取经诗话》，小字本，分上中下三卷十七节，下卷末题有"中瓦子张家印"，近代曾辗转于鸟尾小弥太、三浦梧楼等人之手，现存于大仓集古馆。另一种题为《新雕大唐三藏法师取经记》，大字本，分一二三卷，曾为近代文人德富苏峰所藏，现存于御茶之水图书馆。两种刻本均钤有"高山寺"藏书印，是京都栂尾高山寺的旧藏。关于其刊刻年代的判定，众多学术名家各执一词，一时难有定论。

德富苏峰乍从书肆看到《取经记》时，便根据版本特征与"高山寺"印章断为宋本，后来见到《取经诗话》也归为宋椠。辛亥革命后罗振玉与王国维流寓京都，王国维见到《取经诗话》后，乙卯（1915）春在《宋椠〈大唐三藏取经诗话〉跋》中特意提到"中瓦子张家印"的题款，并引吴自牧《梦梁录》认为这是南宋临安书肆，据此认为《取经诗话》为南宋刊本，并且是"南宋人所撰话本"[①]。罗振玉得知两书消息后，也分别从三浦梧楼与德富苏峰处见到《取经记》与《取经诗话》原书，将《取经记》影印收入《吉石庵丛书》初集，在跋语中指出两书"称名虽异，而实是一书"，"且皆为高山寺旧藏，而此刊刻为精"，并根据"敬"字缺笔断为宋椠。罗、王二人从书肆与避讳角度，得出了与德富苏峰相同的结论，但王国维后来在《两浙古刊本考》中却将《大唐三藏取经诗话》列为"辛元杂本"，虽仍指出"中瓦子张家"即《梦梁录》中所谓保佑坊

---

① 王国维：《观堂集林》，河北教育出版社2001年版，第844页。

前的"张官人经史子文籍铺",却下延刊刻时间而未加其他说明。①

1925年北新书局刊行的《中国小说史略》中,鲁迅也由"中瓦子张家印"谈及《取经诗话》的刊刻年代,称"张家为宋时临安书铺,世因以为宋刊,然逮于元朝,张家或亦无恙,则此书或为元人撰,未可知矣"②,他并未明确《取经诗话》的刊刻时间,只是指出仅以书肆名称难下定论。德富苏峰读到《中国小说史略》后,于1926年11月14日在其主持的《国民新闻》上发表《大唐三藏取经记》一文,称"鲁迅未见两书原版,不明是非。若得一见,必不疑其为宋椠。其纸质、墨色、字体皆然,非只因张家为宋代临安书铺"③,并引罗振玉对书中避讳缺笔的分析,指出该书确为宋本。除此之外,他还从"高山寺"这一线索入手,进一步指出"两书均从京都梅尾高山寺逸出,该寺以明慧(笔者按:原文如此,当为明惠)上人及红叶闻名于世,书中可见高山寺印记,阅《高山寺藏书目录》,亦可证此"④。明惠与高山寺藏书目录正是判断《取经诗话》刊刻年代最重要的两个线索,而德富苏峰并未据此深究。仅凭阅历与鉴识难以取得共识,由此导致版本争议一直持续下去。

德富苏峰文章发表以后,福冈诚一很快将其寄给鲁迅,鲁迅1927年1月15日便在《北新》杂志发表《关于〈三藏取经记〉等》加以回应,文中将德富苏峰的论据总结为三点:一、纸墨字体是宋;二、宋讳缺笔;三、罗振玉称其为宋刻。他自称见到的只是罗振玉影印本,虽然无法判断纸墨,但"前朝的缺笔字,因为故意或习惯,也可以沿至后一期",而罗振玉断《宣和遗事》为宋代平话,鲁迅

---

① 谢维扬、房鑫亮主编:《王国维全集》第7卷,浙江教育出版社2009年版,第60页。
② 陈洪主编:《民国中国小说史著集成》第1卷,南开大学出版社2014年版,第232页。
③ [日]德富苏峰:《蘇峰書物隨筆 8 典籍清話》,ゆまに書房1993年版,第133—134页。
④ [日]德富苏峰:《蘇峰書物隨筆 8 典籍清話》,第133页。

却认为是元人所作,故其论断也不足为凭。①

正当版本问题争议未决之时,1935年长泽规矩也又在日本《书志学》杂志上发表了《大唐三藏取经记与大唐三藏取经诗话》一文,他亲见德富苏峰收藏的《取经记》原本,认为是宋本无疑,但据罗振玉影印本,也怀疑另一部《取经诗话》是元明翻刻本。待见到大仓集古馆收藏的《取经诗话》原书之后才知其确为宋本,而罗氏影印多有失真之处,进而指出鲁迅的误判很可能是受罗振玉影印本之累,"周树人或疑,而罗氏无一语相疑,盖因是否得见原本之别"②。他校对两书之后,认为《取经记》误刻较少,"若刊本仅此二种,则《取经记》早出,而《诗话》将其翻刻为较雅致的巾箱本。若另有更早之坊刻本,则两书均从其衍出。从《诗话》版式之精来看,以下观点是不成立的,即《取经诗话》早出,后刻的《取经记》改正其误脱"③。这篇文章似乎厘清了版本分歧的由来,指出元刊说只是罗振玉影印不佳导致的假象,同时将话题引向了《取经诗话》与《取经记》的先后关系上。

到此为止,中日两国学术界基本都认为《取经诗话》与《取经记》各存一部孤本,原来均为高山寺旧藏,至于何时传入日本、如何重见天日、是否存在其他版本或抄本,均不为人知。直到1959年执教于龙谷大学的日本学者小川贯一发表《大唐三藏取经诗话的形成》一文④,该书的流播过程才逐渐明朗。他从该校图书馆中另发现一部《大唐三藏取经诗话》抄本,署名为"前田慧云藏",书末有221字跋文,落款为"延享元甲子年初夏三十日,华严兼真言宗贤首院住持比丘照谷",文中称照谷于癸亥(1743)初秋曝书之际,

---

① 鲁迅:《鲁迅全集》第3卷,人民文学出版社2005年版,第406—407页。
② [日]長沢規矩也:《大唐三藏法師取經記と大唐三藏取經詩話》,載《長沢規矩也著作集》第5卷,汲古書院1985年版,第375—376頁。
③ 《長沢規矩也著作集》第5卷,第379—380頁。
④ [日]小川貫弌:《大唐三藏取經詩話の形成》,《龍谷大學論集》1959年第362号。

自书库发现唐本《大唐三藏取经诗话》，因不见于前人征引，特抄录校对。跋文还称第一节缺三百字，第七节与八节之间缺六百字左右，与现存状态一致，可见早在江户时期《取经诗话》便已残缺不全。跋文页背面注明"明治三十四年十月借岛田蕃根翁藏本赁人写之含润道人前田慧云"。小川贯一还指出，京都大学图书馆与大阪南村文库各藏有一部《取经诗话》写本，与龙谷大学藏本一样有延享元年识语，京都大学本可能是岛田蕃根旧藏，南村文库本或许是照谷手抄本。他认为没有刊记的《取经记》更正了《取经诗话》的误脱，因此较晚出，大概是南宋末期临安书肆刊本。

小川贯一暗示《取经诗话》三个抄本之间的关系，约略是住持照谷曝书时抄录高山寺所藏刊本，该抄本流出后辗转藏于南村文库，岛田蕃据此另抄一部并流入京都大学，而前田慧云又据岛田抄本再抄一部存于龙谷大学。三人中照谷大概是江户中后期僧侣，生平资料不详；前田慧云（1857—1930）则是净土真宗本愿寺学者，曾任龙谷大学校长；[①] 岛田蕃根（1828—1907）为幕末藩士，酷爱收藏古书，明治维新后曾致力于《大藏经》的编辑出版。[②] 在纸墨书肆、文字校勘等角度的研究难以得出确切结论之际，小川贯一开辟了版本探讨的新路径，即《取经诗话》在日本的传播。他提到附有宽永十年（1633）识语的《高山寺圣教目录》卷上著录了"玄奘取经记二部"，指的就是《取经诗话》与《取经记》，但他依据的高山寺目录很可能是江户时期的转抄本，而非高山寺所藏原本，因此不能据以判断《取经诗话》的入藏年代。该文的重心仍在于各节内容的复述、佛教在唐宋时期的发展以及故事源流的演变等。

1960年太田辰夫、鸟居久靖两人合译的《西游记》上下两卷由平凡社出版，下卷附有《取经诗话》的译文，以及太田辰夫比较详细的解说。他的关注点回归到文字校勘上，不同意长泽规矩也的看

[①]《日本近现代人名辞典》，吉川弘文馆2004年版，第951页。
[②]《日本歷史大辞典》第5卷，河出书房新社1981年版，第402页。

法，认为不能单从误刻的数量上判断版刻先后，更重要的是误刻的性质。两书文字各有讹误，但《取经记》讹误而《取经诗话》修正之处，大多通过文脉关系就能判断；可是《取经诗话》讹误而《取经记》加以修正的部分文字，不能通过推测文脉修正误刻。因此，他认为《取经诗话》的刊行早于《取经记》。除此之外，他还从语言角度作了分析，认为《取经诗话》成书于五代到北宋时期的可能性最大。[①] 1966 年，太田辰夫又发表了《大唐三藏取经诗话考》一文，[②] 继续推进版本问题的讨论，指出"鲁迅怀疑《取经诗话》为原本，笔者也持此见；但若怀疑内容也属元代，笔者认为并无确凿的根据"[③]。他明确区分了刊刻时间与成书时间，由于缺乏有说服力的新证据，对前者未下断语，同时从汉译佛典体制、毗沙天门信仰、善无畏三藏传说的影响等角度入手，试图探讨《取经诗话》的成书时间。通过这两篇论文，太田辰夫在一定程度上回避了对纸墨、行款、书肆等版本标记的主观推测，将讨论重心转移到文献可征的方向上，启发了后来的研究。但说话体制、故事源流、叙述方式等文学因素的演变也存在一定的模糊性，若无清晰的断代标志，学术界对此达成共识也颇不易，而刊刻时间恰恰能为成书年代提供明确的下限。

与太田辰夫在日本的做法类似，李时人、蔡镜浩两位学者也全面分析了《取经诗话》的内容与形式，把刊刻年代的讨论推进了一步，并将注意力转到了成书时间上。他们于 1982 年发表了《〈大唐三藏取经诗话〉成书时代考辨》[④] 一文，指出《取经诗话》有十五

---

① ［日］太田辰夫：《大唐三藏取経詩話解説》，载太田辰夫、鸟居久靖译《西遊記·下》，平凡社 1960 年版，第 405 页。

② ［日］太田辰夫：《大唐三藏取経詩話考》，载《西遊記の研究》，研文出版 1984 年版，第 19—51 页。

③ ［日］太田辰夫：《西遊記の研究》，第 23 页。

④ 李时人、蔡镜浩：《〈大唐三藏取经诗话〉成书时代考辨》，《徐州师范学院学报》1982 年第 3 期。

节标题中有"处"字,这是唐五代"变文"的遗留痕迹。《取经诗话》每一节中都有书中人物"以诗代话"的情况,而宋代话本的诗词多依托说书人口吻,因此《取经诗话》只能产生于唐五代。他们注意到安西榆林窟西夏壁画《唐三藏取经图》中已经出现猴行者,而佛教故事人物往往是世代累积的产物,认为《取经诗话》只能是西夏以前相当长时期内的作品。除此之外,两位学者还从《取经诗话》的宗教色彩、语言特色等不同角度入手,认为它的最后写定不会晚于晚唐、五代。

李、蔡的文章刊出后引起了学术界的注意,张锦池对此明确提出了不同见解。[1] 针对《取经诗话》标题中的"处"字,张锦池认为这虽然受到了变文的影响,但却不用于叙述中韵散交替处而创为标题,书中人物吟唱诗歌也跳出了一段诗、一段话联珠间玉的程式,改为每节皆以话起,以诗结。总之,与其归于唐五代变文,不如说是新体制的雏形。他注意到"入大梵天王宫第三"中罗汉问玄奘是否会讲《法华经》,认为这是北宋试经度僧制度的体现。他根据各种痕迹,认为《取经诗话》的成书年代上限不会早于北宋前期,甚至不会早于仁宗年间,而下限不会晚于南宋高宗年间。

曹炳建也不同意李、蔡两位学者的看法,他在 1995 年发表了《也谈〈大唐三藏取经诗话〉的成书时代》一文,[2] 认为"……处"这种标题形式上接近唐、五代变文,分节标目却同于宋元话本,因此《取经诗话》当是从唐、五代变文到宋元话本的过渡。他还引用各种资料证明《取经诗话》反映的密宗、净土宗思想与宋代佛教观念并不矛盾,还指出《取经诗话》第十七节的"陕西""京东路"两个地名到了宋太宗至道三年才出现。综合种种证据,他还是谨慎地将《取经诗话》的成书年代断为南宋。

---

[1] 张锦池:《〈大唐三藏取经诗话〉成书年代考论》,《学术交流》1990 年第 4 期。
[2] 曹炳建:《也谈〈大唐三藏取经诗话〉的成书时代》,《河南大学学报》(社会科学版) 1995 年第 2 期。

自从明治时期《取经诗话》重获藏书家与学术界关注之后，始终未有学者沿"高山寺"这一线索详细追溯该书在日本的流播过程。德富苏峰先后看到高山寺流出的《论语》卷子本、宋版《取经记》与《取经诗话》、宋版《庐山记》《明惠上人传记》与《明惠上人遗训》《和名类聚抄》《明惠上人临终记》，一再查考《高山寺圣教目录》，并多次撰文纪念高山寺开山明惠上人，此中详情且容后叙。以其藏书之富、赏鉴之精、学识之广，却对寺中旧藏典籍的入藏时间、历代沿革、流出经过均不甚了了。这并非因他疏于考辨，实是由于高山寺藏书未经整理，一般人难以入寺查阅，只能根据散出的典籍以及辗转抄录的藏书目录隐约推测大概。直到1968年由东京大学文学部教授筑岛裕领衔组建"高山寺典籍文书综合调查团"，才着手整理寺内文书，并从1970年开始以《高山寺资料丛书》为名陆续出版相关资料，其中的第十四册《高山寺经藏古目录》于1985年刊行，至此学者方能直接利用高山寺藏书目录从事典籍流播研究。

在这种便利条件下，1997年矶部彰发表了《大唐三藏取经诗话与栂尾高山寺：镰仓时期唐三藏故事的接受》①，以确实可靠的资料为依据，彻底解决了《取经诗话》的刊刻年代问题。他从《高山寺经藏古目录》收录的《高山寺圣教目录》第五十五甲中，发现了"玄奘取经记二部"即《取经诗话》与《取经记》的记载。此前小川贯一曾从该目录的宽永十年（1633）抄本中发现这一信息，但并不能从抄本判断目录的编撰年代，因此也就无法推测《取经诗话》与《取经记》入藏高山寺的具体时间。而高山寺所藏《圣教目录》是宽永十年抄本的祖本，虽然该目录无序跋，但包纸上写有"乂渊房灵典奉后嵯峨院之命撰进"，落款为建长二年（1250），时当南宋理宗淳祐十年。据此推测，《取经诗话》与

---

① ［日］矶部彰：《大唐三藏取経詩話と栂尾高山寺》，《東北アジア研究》1997年第1号。

《取经记》在1250年前便已入藏高山寺，确为南宋刻本无疑。

高山寺开山明惠上人自十九岁开始记录梦中所见，直到临终前一年才搁笔，所录《梦记》流传至今，成为考察明惠性情学识的重要资料。矶部彰从明惠上人《梦记》中找到几处可能与《取经诗话》有关的记载，推断两书是明惠上人在世时传入寺中的。而明惠于日本贞永元年（1232）圆寂，时当南宋理宗绍定五年。于是该书的刊刻时间也就以此为下限，王国维、鲁迅、太田辰夫等人的元刊说并不成立，《取经诗话》与《取经记》的宋版身份这才确定下来。只是由于该文以日语写就，尚未译成中文，目前国内学术界仍有部分学者撰文探讨两书的刊刻时间，行文至此，不再赘述。

（二）明惠与《取经诗话》的关联

据明惠弟子喜海所撰《梅尾明惠上人传记》记载，高山寺开山明惠于承安三年（1173）生于纪伊国在田郡。父亲名为平重国，本是高仓上皇的武士，在明惠八岁时死于源平之乱中，母亲也于同年病故。于是明惠随落发为僧的伯父上觉入高野山神护寺，十六岁时出家。由于当时正值平安末期，身为摄政或关白的外戚、以退位上皇为中心的院政、在位天皇以及源平武士等集团之间纷争不断；而神护寺地处京畿之地，寺中僧侣与宫廷贵族往来密切，战乱之际常有失势者前来避难，致使明惠历览世情，崇佛之意愈重，甚至生出西行天竺求法之念，并为此作了各种准备，只是最终因故未能成行。建永元年（1206），明惠从后鸟羽上皇获赐梅尾高山寺，苦心经营，使其成为兼修华严与密教的名刹，贞永元年（1232）以六十之龄在寺中圆寂。他广泛收藏和汉典籍，又勤于著述，致使高山寺藏书颇丰，且多有珍本。

明惠首次流露天竺求法之意是在建久六年（1195）。当时他辞去东大寺职务，前往纪伊栖原的白上峰结庵修行，传记称"依西域、慈恩等传记（笔者按：当指玄奘撰《大唐西域记》与玄奘弟子撰《大慈恩寺三藏法师传》），访勘诸处遗迹，或寻求法高僧巡礼之迹，下笔以假名集注，号为《金文玉轴集》"①，因读《大唐西域记》《大慈恩寺三藏法师传》而兴巡礼佛迹之念。建仁二年（1202），明惠公开对弟子言道想云游西方、瞻仰佛迹，但春日明神托身明惠伯母，阻止了这一举动。② 三年后的元久二年（1205），明惠再兴巡礼之念，拣选五六人同行，并预为谋划，准备"从大唐长安城出发，至中天竺王舍城，依先贤旧记，寻堪道路里程"③，但临行前又身染重病，疼痛难忍。为卜前程，便在释迦本尊、春日明神和善财童子座前各置"渡"与"不渡"两签，并称若有一处抽得"渡"签便起行。但释迦座前一签掉落神坛，最终没能找到，剩下的另一签是"不渡"，春日明神和善财童子座前抽到的两签也都是"不渡"。明惠这才不得不收起西行的想法，在高山寺说法著书，直至圆寂。

前述附有建长二年（1250）包纸的《高山寺圣教目录》，编纂时间最迟也不过是在明惠圆寂后十八年，其中著录的典籍大多是明惠在世时所收藏，颇能反映他的性情趣味。目录中除了华严、俱舍、密教经典外，还有多种汉籍外典，如第九十五乙著录有《文选》一部六十卷、《老子经》二卷、《史记》十二卷、《论语》一结、《注千字文》一卷、《齐民要术》十卷，④ 显示出明惠对内外典籍的普遍兴趣。而《取经记》出现在第五十五甲，著录为"《玄奘取经记》二部"，同一子目下还有《西方瑞应传》一卷、《天竺往生传》一卷、玄奘碑文一卷，第五十四甲著录有《西域传》二部各十二卷、《慈恩传》二部各十卷、《法显传》一卷。⑤

---

① ［日］久保田淳、山口明穂校注：《明惠上人集》，岩波书店1994年版，第117页。
② ［日］田中久夫：《明惠》，第65—66页。
③ ［日］久保田淳、山口明穂校注：《明惠上人集》，第134页。
④ ［日］高山寺典籍文書綜合調査團編：《高山寺經藏古目錄》，東京大学出版会1985年版，第45页。
⑤ ［日］高山寺典籍文書綜合調査團編：《高山寺經藏古目錄》，第29—30页。

《西域传》与《慈恩传》或许就是建久六年（1195）明惠在栖原白上峰结庵修行时读到的玄奘传记，明惠出于天竺求法之诚，对有此经历的法显传记以及天竺的往生灵应故事也颇加青眼。另外，目录中还收藏了与悉昙梵字相关的大量典籍，如《悉昙字纪》五本、《梵语千字文》二本、《唐梵文字》一卷、《悉昙野老记》一卷、《天竺字源》七卷、《悉昙藏》八卷、《翻梵语》十卷等，计有三十二部，均收录在第五十三甲子目中，① 可见明惠为赴西行巡礼，对天竺语言也曾用力钻研过。

《梅尾明惠上人传记》中并没有提到《取经诗话》与《取经记》，查考明惠和歌集与梦记，也未发现关于这两部书的明确记载。不过，明惠数次发愿西行巡礼，所谓"如来亲持无上正法，灭后尚余圣教遗迹。当习求如来本意，以补生其灭后之憾。如厌学圣教、障于行法，当求西天诸处遗迹"②，却最终未能如愿。他向往真正到过天竺的玄奘，曾在给叔父上觉僧人的信中提到：

> 谈及玄奘法师，读"恨生不遇圣、幸睹遗迹"，及"挂想祇园，背令府而出流沙，践铁门而登雪岭"之文，不禁长叹。此等先德，居于大国，生于圣代，委诸修佛之心，尚思如来圣迹，舍身求法，令人哀叹不已。③

"恨生不遇圣、幸睹遗迹"及"挂想祇园，背令府而出流沙，践铁门而登雪岭"均出自《大唐西域求法高僧传》，然而《高僧传》中并非用以描绘玄奘，而是玄照。④ 除此之外，奥部勋详细查考《明惠上人梦记》，找到两条可能与《取经诗话》有关的记录，即承久二年的《梦记》：

---

① ［日］高山寺典籍文書綜合調査團編：《高山寺經藏古目錄》，第28页。
② ［日］奥田勳：《明惠：遍歷と夢》，東京大學出版会1978年版，第48—49页。
③ 参见［日］奥田勳：《明惠：遍歷と夢》，第60页。
④ 参见王邦维校注《大唐西域求法高僧传》，中华书局1988年版，第9—10页。

> 同十一月十三日夜梦，正一心坐禅，忽有大猕猴近前，予教之使修禅观。猕猴从教学禅法、结定印、结跏坐，然坐不如法云云。①
>
> 同十八日晨，坐禅中，见有小猿似坐柴薪中，此后思虑频有滞碍。又有大猿，见之生厌。然此小猿，为大猿还童也。或为吉相欤？②

矶部彰还注意到承久二年五月上旬的梦记中出现了"灵鳗"，他认为这与建长二年《高山寺圣教目录》第五十五甲所载《明洲育王山灵鳗传》一卷有关，称："很难断言梦中'大猕猴'等是否与《取经诗话》书中所载猴行者护法神有关，但同一部《梦记》中的灵鳗之梦，恐怕与高山寺所藏《明洲育王山如来舍利宝塔传并护塔灵鳗菩萨传》直接相关。（中略）或许明惠读此书的印象在梦中再现。如果二者一致，则此书传入时间当为承久二年前后。鉴于宋刊《灵鳗传》与明惠之梦的呼应，考虑到猴行者与梦中'大猿猴'相呼应，或许也不为牵强附会之词。"③

承久二年的《梦记》还有一条："十二月夜，梦中又现一马。善渡险地，又识路途，自外至房中。病废之人，凭此识途之马，当不至身历苦难。"④ 这个情节未出现在《取经诗话》中，但《大慈恩寺三藏法师传》中记载，玄奘西行至瓜洲为西域人石槃陀授戒，石槃陀护送玄奘至沙漠五烽时，携来一位熟悉伊吾程途的胡人老翁，骑一匹瘦马。老翁劝玄奘不要继续西行，玄奘不愿返回：

> 胡翁曰："师必去，可乘我马。此马往返伊吾已有十五

---

① ［日］久保田淳、山口明穂校注：《明惠上人集》，第74页。
② ［日］久保田淳、山口明穂校注：《明惠上人集》，第85页。
③ ［日］矶部彰：《大唐三藏取経詩話と栂尾高山寺》。
④ ［日］久保田淳、山口明穂校注：《明惠上人集》，第75页。

度，健而知道。师马少，不堪远涉。"法师乃窃念在长安将发志西方日，有术人何弘达者，诵咒占观，多有所中。法师令占行事，达曰："师得去。去状似乘一老赤瘦马，漆鞍桥前有铁。"既睹所乘马瘦赤，漆鞍有铁，与何言合，心以为当，遂即换马。①

明惠的梦境很可能与《慈恩传》的记载有关。他一直对玄奘心怀仰慕，当时又在读《取经诗话》，或读完不久，日有所思夜有所梦。只是梦中不可能一一重现书中情境，而是将同为玄奘传记的《慈恩传》情境混入其中。当然，也可以说明惠可能正在读《慈恩传》而不是《取经诗话》，于是梦中才会出现老马识途、善渡险地的场景。但是考虑到同在承久二年，前几条《梦记》还出现《慈恩传》中未载的猿猴、树上童子，将这个梦解读为对《取经诗话》情节的再现更合情理。

总之，《明惠上人梦记》中有以上几处很可能与《玄奘取经记》有关的场景，而且都出现在承久二年（1220），此前此后都未发现类似的记载。鉴于种种迹象推测，建长二年《高山寺圣教目录》第五十五甲中的"玄奘取经记二部"即《取经诗话》与《取经记》很可能是承久二年前后传入高山寺的。

如果两部《玄奘取经记》确实在承久二年左右传入高山寺，又是谁赠与明惠的？矶部彰认为可能是明惠从宋商手中购得两书，也可能是入宋僧行弁或荣西将《取经诗话》与《取经记》带给明惠上人，② 只是一笔带过，并未提供文献依据。直接购自宋商的推测难以查考，姑且不论，后两种情况恐怕尚需推敲。

行弁在历史上并未留下什么痕迹，笔者查考高山寺文书仅发现

---

① 孙毓棠、谢方点校：《大慈恩寺三藏法师传》，中华书局1983年版，第13—14页。

② ［日］矶部彰：《大唐三藏取经诗话と栂尾高山寺》。

一处与行弁相关的记载,即寺内所藏抄本《大方广佛华严经卷》卷二十三、二十四末尾的识语,称"八十华严经一部八帙之内 依明惠房之御劝进 为生生世世值遇结缘 专信心书写之",落款为"于时建历元年六月十五日未克许书写了 求法沙门行弁"①。行弁曾奉明惠之命,与寺中其他僧侣共同抄写《华严经》,可见他很可能是明惠在高山寺的弟子。但除此之外再未见到其他与明惠交往的资料,《元亨释书》《本朝高僧传》等佛教史传中未见行弁生平经历,《古典籍综合目录》《日本古典文学大辞典》《日本历史大辞典》等工具书中也没有与之相关的信息,甚至查找不到现存或亡佚的行弁著作。至于"入宋僧"身份,木宫泰彦曾在《日中文化交流史》中详细梳理南宋时期的入宋僧名单总计109人,其中不见行弁;榎本涉的《南宋·元代日中渡航僧传记集成》中也没有行弁的名字。总之,行弁入宋并将《取经诗话》与《取经记》带给明惠的说法只是一种猜测,并无可靠证据。

至于入宋僧荣西,笔者认为将《取经诗话》与《取经记》赠给明惠的可能性也很小。《元亨释书》称荣西前后两次入宋,第一次是仁安三年(1168),"夏四月乘商舶泛瀛海,著宋国明州界","秋九月共源理归船楫,以所得天台新章疏三十余部六十卷呈座主明云"②。第二次是文治三年(1187),拜谒天台山临济宗虚庵怀敞,得禅宗法要,建久二年(1191)返回日本,不闻携带何种典籍。荣西先学天台宗,第二次入宋返程后宣扬禅宗,成为日本临济宗初祖,也是京都五山之一建仁寺的开山祖师。自宋返日后不久,荣西便赴京都宣扬禅道,受到所谓"南都北岭"(奈良的三论、华严、法相等六宗与京都的天台、真言等宗派)旧派僧侣的排挤攻击。

---

① [日] 高山寺典籍文書綜合調查團:《明惠上人資料第二》,東京大學出版會1978年版,第1114—1115页。
② [日] 黑板勝美:《新訂增補国史大系》第31卷,吉川弘文館2000年版,第42页。

明惠与荣西交往并不多，可能主要是私人情谊与礼尚往来，如荣西从宋朝携回茶种赠给明惠，以至于高山寺成为著名的产茶之地。同时，明惠兼修华严与密宗，对当时的新兴宗派多有批评，甚至特意撰写《摧邪轮》批判专修念佛的主张，虽然直接针对的是开创净土一宗的法然，但对兴起中的禅宗一脉也不乏非议之词。师事明惠的高山寺僧证定在《禅宗纲目》开篇便直言不讳地称"华严宗所立顿教，达摩所传禅宗，为同为异耶"①，接着一一分剖两派关系，批判色彩很明显。与荣西一样学习宋代禅风的还有大日能忍，《元亨释书》称"有能忍者，闻宋国宗门盛，遣其徒附舶扣问育王佛照光禅师。照怜异域之信种，慰诱甚切，寄以法衣及赞达摩像"②，能忍与荣西成为禅宗初兴时的代表人物。明惠本人在《却废忘记》中明白无误地说"所谓达摩宗，并不适于俗家人等"③，为明惠作传的田中久夫认为"达摩宗之说，即大日能忍与荣西等人所倡导、具有宋朝风格的禅宗，这几乎不言自明。明惠见识过荣西建仁寺僧侣团的作为，相当了解才出此言"④。

荣西与明惠宗派不同，虽然也曾有禅法上的交流，但二人对禅的理解各异。以思想倾向而论，《取经诗话》之类带有志怪色彩的说话故事不太容易引起荣西的关注，荣西本人也未曾编撰过类似的著作。他若购入此书，可能初衷便是赠予对玄奘和西行求法感兴趣的僧众。如前所述，明惠读玄奘传记并发愿赴天竺求法始于建久六年（1195）于纪伊栖原的白上峰结庵修行之时，而早在四年前荣西便已从宋朝返回日本，不太可能预知明惠发愿西行之事。

---

① ［日］证定：《禅宗纲目》，载《日本思想大系》第15卷鎌倉舊佛教，岩波書店1971年版，第390页。
② ［日］黑板勝美：《新訂增補国史大系》第31卷，吉川弘文館2000年版，第43页。
③ ［日］明惠：《却廢忘記》，载《日本思想大系》第15卷鎌倉舊佛教，第116页。
④ ［日］田中久夫：《明惠》，吉川弘文館1961年版，第193页。

同时，高山寺始建于建永元年（1206），据《高山寺缘起》记载，"土御门天皇建永元丙寅十一月，后鸟羽院（笔者按：已经退位的上皇，土御门天皇之父）宣旨，以梅尾高山寺院内别赐明惠上人，仍以此所永为华严兴隆之胜地，寺号高山寺"①，此时荣西自宋返日已长达十五年。1191年荣西返回日本之时明惠尚在神护寺修行，二人并不熟识。但高山寺开基后，第二年便发生专修念佛的净土主张被禁、流放法然与亲鸾等事，明惠与荣西的分歧日趋明显，往来日疏。待禅宗地位确立之后，《沙石集》《杂谈集》等后来编撰的说话集多次谈及荣西与明惠的交往，但二人在世时相关的文献记载很少。田中久夫认为，在《元亨释书》《开目抄》等佛门典籍确立了荣西的临济禅祖师地位之后，世人才盛传明惠与荣西的交往故事。② 总之，荣西入宋，将《取经诗话》与《取经记》带给明惠的可能性也不太大。

（三）庆政与明惠的交往及书物传递

笔者认为最可能将两部书带入高山寺的是僧人庆政。这就需要探讨庆政与明惠的交往、庆政是否曾入宋、入宋能否携回大量典籍，在宋期间有无余裕收集《取经诗话》之类介于内典与外典之间的书籍，以及庆政是否与明惠一样对《取经诗话》之类佛教传说感兴趣。

庆政，出家后又称证月房（或写作胜月房、松月房、照月房，日文中同音），生于文治五年（1189），小明惠十六岁，为著名的摄关九条家之后。其父是曾担任土御门天皇摄政、太政大臣的九条良经，祖父九条兼实于后鸟羽天皇时也曾担任摄政、关白、太政大臣。此外，其弟九条道家曾在仲恭天皇与四条天皇时期担任

---

① ［日］塙保己一等：《続群書類従》第27辑上，続群書類従完成会1942年版，第369页。

② ［日］田中久夫：《明惠》，第209页。

摄政、关白。① 他生于公卿贵族之家，撰有《闲居友》《比良山古人灵托》等名著，与宫廷缙绅往来密切，《续古今和歌集》《续拾遗和歌集》《风雅和歌集》《新千载和歌集》等敕撰歌集录有庆政与公卿贵族赠答的多首和歌。他于文永五年（1268）去世，其生平经历少见于文献记载。《比良山古人灵托》数部写本的注释中称庆政"名证月上人，峰殿（笔者按：即九条道家）之兄，襁褓之时掉落，致背骨突出，故入释门"②，可见他自幼残疾，早岁出世，因此虽生于摄关家却未走上仕途；虽与九条家亲族往来密切，但在院政衰落、源平争战的宫廷武家政治中并未留下足迹。高山寺旧时藏有一部波斯文书，明治维新后从寺中流出，文书左端有识语：

> 此是南番文字也，南无释迦如来，南无阿弥陀佛也。两三人到来舶上望书之，尔时大宋嘉定十年丁丑于泉州记之。为送遣本朝辨和尚禅庵，令书之，彼和尚殊芳印度之风故也。沙门庆政谨记之。③

此处的"辨和尚"当指明惠上人。奥田勋称："（明惠）文治四年（1188）十六岁随上觉出家时始称'成弁'，二十余年以'成弁'为名，后半生的二十多年却称'高弁'。"④ 由此文书可见，庆政曾于宋嘉定十年（1217）入宋，并在福建泉州遇到波斯商人。他念及明惠潜心西行求法，便请这位商人以波斯文写下了佛教真言，

---

① 据［日］橋本進吉：《慶政上人の事蹟》与《慶政上人伝考》，载《橋本進吉博士著作集》第12册，岩波書店1972年版，第152—169、170—190页；［日］平林盛得：《慶政上人伝考補遺》，载《日本文学研究資料叢書　說話文学》，有精堂1972年版，第286—295页。
② 《日本文学研究資料叢書　說話文学》，第287页。
③ ［日］羽田亨：《日本に傳はる波斯文に就て》，载《羽田博士史學論文集　言語・宗教篇》，東洋史研究会1958年版，第206—214页。
④ ［日］奥田勋：《明惠：遍歷と夢》，第73—73页。

赠予明惠。据此推想，庆政早在入宋前便与明惠有故，且深知他崇仰天竺佛迹，现存文献中也能找到不少佐证。

《明惠上人歌集》中第115首和歌前提到"书于松尾胜月上人庵室"①，所谓"松尾胜月上人"即庆政。第116首和歌也注明是庆政的酬答，并附有庆政的问候语，第117首和歌仍是对庆政赠歌的回应。庆政在《比良山古人灵托》中也提到了明惠。这部书是延应元年（1239）庆政为弟九条道家病愈而祈祷时，和附于九条道家二十一岁侍女之体的天狗之灵的问答记录。此时明惠已然圆寂，其中有一条提到：

> 问：明惠僧往生何处？答：明惠僧高弁，往生于都率内院，绝无可疑。近来真正出世解脱者，此外更无人。②

采用的虽是庆政问、附体之灵回答的形式，但庆政特意问到明惠圆寂后的归处，可见对其颇为萦怀，而天狗之灵称明惠为近来唯一的"出世解脱者"。灵异之言无法确考，多半是借此说出庆政心中所思，可见二人相交之厚。《新千载和歌集》收有明惠与庆政唱和的和歌：

> 以松风为宴坐之友，以朗月为诵习之缘。高弁上人
> 和歌云：云开月朗心无碍，松风拂入解脱门。
> 此歌当有酬答。庆政上人
> 和歌云：更深朗月云间影，岭上松风独晚拂。③

这次和歌赠答的具体时间不详，但以"高弁"的署名而言，当是

---

① 参见［日］久保田淳、山口明穗校注《明惠上人集》，第37页。
② 《宝物集　闲居友　比良山古人灵託》，岩波书店1993年版，第472—473页。
③ 《新千载和歌集》卷第9释教歌，载《新编国歌大全》第1卷，角川书店1987年版，第618页。和歌汉译仅求达意，不符合近体诗规律。

明惠晚年所作。《续古今和歌集》也收录有庆政的和歌：

> 月夜访高弁上人居处，往日互道初心。良友仙去，睹物思人，抚今追昔：
> 和歌云：秋月下逢君，月在独心悲。①

此时明惠已逝，庆政重访明惠故居，回想此前共同参佛论道时的情景。眼前的秋月曾多次见证两人的往来酬答，如今故人辞世，见月伤怀，于是写下了这首和歌。

从以上诸种资料可以看出，明惠与庆政时或互访，酬唱赠答，交谊深厚。庆政曾入宋，启程前便知明惠"殊芳印度之风故"，于是在泉州购入波斯文书，赠给明惠，有文献与实物可证，两部《玄奘取经记》很可能也是庆政自宋返日时携赠明惠的。

早在奈良、平安时期，日本便定期派遣隋使、遣唐使来华，返回时往往携带经典。但宋以前版刻不盛，书籍以抄本为主，市肆少有贩书为业者，手录费时费力，不用说传到日本较难，即便唐代文人获取典籍也颇不易，井上进调查之后指出，"在唐代，除了字帖、韵书等有限的几种书，购买一些特定的书籍几乎是不可能"②。平安时期最澄、空海等入唐八家所携典籍数量有限，如最澄带回230部460卷，空海带回216部461卷，常晓带回31部62卷，圆行带回69部125卷，圆仁带回137部201卷，惠运带回122部180卷，圆珍带回441本1000卷，宗叡带回134部143卷，③多数在五百卷以下，只有圆珍所携典籍达到千卷。自承和五年（838）以后，日本不再派遣唐使，此后历经五代至北宋，雕版兴盛，印本日多，入宋僧携回的典籍便大为增加。永观元年（983）

---

① 《续古今和歌集》卷第16，载《新编国歌大全》第1卷，第348页。
② [日]井上进：《中国出版文化史》，李俄宪译，华中师范大学出版社2015年版，第65页。
③ [日]和田萬吉：《日本文献史序说》，青裳堂书店1983年版，第38—40页。

奝然乘宋人商船来华，仅携回的刊本《大藏经》便达 481 函 5048 卷，以卷数论近乎入唐八家所携典籍总和的两倍。延久四年（1072）成寻入宋，向神宗上表请求巡礼五台山，表文中提到他随身携带"天台真言经书六百余卷，灌顶道具三十八种"①。《参天台五台山记》中频繁出现购买书籍的记载，仅熙宁六年（1073）成寻获赐的新经便达四百一十三卷，② 这只是他所收藏典籍的一部分。随后京都泉涌寺开山俊芿入宋，据信瑞撰《泉涌寺不可弃法师传》记载，俊芿回国时携带"律宗大小部文三百二十七卷，天台教观文字七百一十六卷，华严章疏百七十五卷，儒道书籍二百五十六卷，杂书四百六十三卷，法帖御书堂帖等碑文七十六卷，杂碑等不能委记、都庐二千一百三卷"③，这种规模已是遣唐僧所不可想象。此前经常看到日本文人僧侣哀叹典籍难求，这时大量汉籍刊本传入日本，以至于开始出现相反的抱怨，庆政去世十五年后出生的吉田兼好，在随笔《徒然草》中称"唐物除药类外虽缺亦无碍。书籍之类于我国已广为流布，故亦能书写也。唐船航路多难，若尽载无用之物运来我邦，大蠢事也"④，可见汉籍传入日本数量之多。庆政自宋朝携回的典籍卷数不详，但在这种氛围下，所获当不在少。

关于庆政入宋之事，《续古今和歌集》卷九载有藤原家隆送别庆政的和歌，注称"值庆政上人远渡唐土，作歌以赠"⑤，《本朝书籍目录》著录有《证月上人渡唐记》⑥，可惜现已不存。庆政入

---

① ［日］成寻：《参天台五台山记》，白化文、李鼎霞校点，石家庄花山文艺出版社 2008 年版，第 38 页。
② ［日］成寻：《参天台五台山记》，第 281 页。
③ 《大日本仏教全書》第 115 卷，仏書刊行会 1917 年版，第 527 页。
④ ［日］清少纳言、吉田兼好：《日本古代随笔选》，周作人、王以铸译，人民文学出版社 1988 年版，第 420 页。
⑤ 《続古今和歌集》卷 9，载《新編國歌大全》第 1 卷，第 335 页。
⑥ ［日］長沢規矩也、阿部隆一编：《日本書目大成》第 1 卷，汲古書院 1979 年版，第 86 页。

宋是在建保五年（南宋嘉定十年，1217），根据之一便是前述高山寺旧藏波斯文书"大宋嘉定十年"的识语。至于什么时候返回日本，具体时间难以确证，桥本进吉引《续类从所收拾遗往生传》中"建保七年正月廿七日夜于西峰方丈草庵写之了"，即庆政这一时期在京都草庵抄录《拾遗往生传》的记载，推测他在建保七年（1219）正月前已回日本。南宋赵汝适曾以朝散大夫提举福建路市舶，兼权泉州市舶，他于理宗宝庆元年（1225）撰《诸蕃志》，该书卷上"倭国"条载日本"多产杉木、罗木，长至十四五丈，径四尺余，土人解为枋板，以巨舰搬运至吾泉贸易，泉人罕至其国"①，由此可见日本来华船只多从泉州登岸。桥本认为庆政便是从泉州返回日本，他已经登船出帆等待启程，忽遇南番人，并从后者手中得到波斯文书以转赠明惠。②

这一时期很多入宋僧将福州东禅、开元二寺刻印的《大藏经》带回日本，其中也包括庆政，木宫泰彦认为"庆政既到泉州，极有可能顺便访问了中途的福州，或许就是他印刷《大藏经》带回国来"③。庆政入宋确曾携回福州版《大藏经》，其中的《大方广佛华严经》卷廿三有"日本国僧庆政舍周正刁"刊记，④可见他很可能在福建各地搜罗典籍，购入后运回日本。以同时期其他入宋僧搜集典籍之富，除了福州版《大藏经》，庆政可能还带回别的典籍，只是少见确切记载。

值得注意的是，庆政入宋正值建阳刻书业的兴盛时期。《玄奘取经记》二部中的《取经诗话》为宋浙本已无疑问，根据矶部彰

---

① ［宋］赵汝适：《诸蕃志》，中华书局1996年版，第155页。
② ［日］桥本进吉：《慶政上人の事蹟》，《橋本進吉博士著作集》第12册，第158页。
③ ［日］木宫泰彦：《日中文化交流史》，胡锡年译，商务印书馆1980年版，第348页。木宫泰彦还提到，高山寺也藏有东禅寺版《大藏经》。
④ ［日］桥本进吉：《慶政上人傳考》，载《橋本進吉博士著作集》第12册，第172页。

的说法,《取经记》当是福建刻印的版本,① 中野美代子通过对泉州开元寺东西塔浮雕的研究,也证明了南宋时期印度神猴和玄奘取经故事在泉州的广泛传播,她认为"泉州讲述的西游记故事比《取经诗话》更早,却远为详细,更接近明刊本《西游记》"②。不管《取经记》是否刊刻于福建,庆政于南宋到达泉州时,大量西域商旅正往来于这个国际都市,当地的神猴与天竺取经传说又丰富多彩,最适合贩卖《取经诗话》的地域无过于此,庆政若在泉州街头市肆购得《取经诗话》也颇合情理。

还有一种可能,即庆政在临安或其他江南都市购入《取经诗话》。早在北宋时便有裔然、寂照、成寻等知名日僧来华,赴天台山与五台山巡礼参佛。南宋偏安江南,北方已落金元掌握,自明州、泉州登陆的日僧虽难以北渡寻访长安、洛阳等名山古刹,但往往会在江南诸地访师巡礼,而禅宗五山十刹均在临安、明州、福州、台州等繁华之地,入宋禅僧尤其留意踏勘。③ 由于《证月上人渡唐记》现已不存,庆政在南宋的游历没有确切记载,但大多数入宋僧都会在临安寺庙挂锡,他循旧例前往也合常情。如果这种假设成立,那么在临安市肆见到《取经诗话》的可能性也是存在的。无论如何,庆政确有很多途径接触《取经诗话》与《取经记》。

《取经诗话》讲述的是玄奘西行取经的奇幻经历,带有浓厚的宣教色彩,类似日本佛教说话集。早在平安初期便已出现《日本灵异记》之类宣扬因果报应的劝化故事集,但佛教说话的兴盛却是在平安中期至镰仓前期,正当明惠、庆政在世之时。书多冠以"往生传"之类名称,并深受《冥报记》《法苑珠林》等中国典籍的影响。《高山寺圣教目录》中广泛收录此类著作,如第四十四甲著录《往生要集》三卷,第五十四甲著录《冥报记》三卷、《往生瑞应传》一卷,

---

① 《中国古代小说总目》白话卷《大唐三藏取经诗话》条,山西教育出版社2004年版,第41页。
② [日]中野美代子:《孫悟空はサルかな》,日本文芸社1992年版,第165页。
③ [日]木宫泰彦:《日中文化交流史》,第338页。

第五十五甲著录《三宝感应录》三卷、《新修往生传》三卷、《西方瑞应传》一卷、《天竺往生传》一卷、《日本灵异记》三卷、《日本感应录》二卷等,可见明惠对佛教说话颇为钟情,而庆政也同享此好。他曾于建保七年(1219)至贞应元年(1222)先后亲自抄录《续往生传》《拾遗往生传》《后拾遗往生传》《三外往生记》《新修往生传》等多种佛教说话集,① 正值自宋返日后不久。他撰写的《闲居友》更是镰仓初期佛教说话集中的代表作,其中第一篇"真如亲王渡天竺之事",讲述的就是平城天皇第三子真如亲王为求法而入唐,问学于法味和尚,心有不足进而远渡天竺,中途葬身虎吻。庆政讲到真如亲王发愿前往天竺之时,称"忆及玄奘、法显昔日行迹,程途险恶,令人生悲"②,与明惠在白上峰起心西行的经历颇为相似。《闲居友》第二篇讲述如幻僧都故事,对如幻的真实经历做了很多改动,增加了熊野山修行与播磨国结庵的情节,原田行造详考此篇之后,称"这种构想大概与明惠修行生活的变迁有关,建长四年明惠失望于东大寺尊胜院的佛法生活,遂从高雄辞去,建久六年在纪伊国汤浅栖原白上峰结庵,笃志修行,此篇盖受此事启发"③,整部《闲居友》多处与明惠有关,甚至将明惠的师承故旧写入书中。除了自己编撰佛教说话集之外,庆政还与另一部佛教说话《发心集》的作者鸭长明关系密切,具有浓厚说话色彩的《取经诗话》,除了投明惠之好外,庆政见之也当心动。

假如庆政在携回福州版《大藏经》与波斯文书的同时,也将两部《玄奘取经记》放入归囊,那么能否找到他在承久二年前后将这两部书带入高山寺的痕迹?

桥本进吉从续类从所收《拾遗往生传》中"建保七年正月廿七日夜于西峰方丈草庵写之了"的记载,推测庆政在建保七年

---

① 《橋本進吉博士著作集》第12册,第161页。
② 《宝物集 闲居友 比良山古人霊託》,第360页。
③ [日]原田行造:《中世説話文学の研究》上卷,櫻楓社1982年版,第254页。

(1219)正月前已回日本。承久二年,也就是明惠梦记中出现猿猴、树上童子、识途之马等与《取经诗话》有关场景之际,庆政正在抄录《三外往生记》,宝生院藏《三外往生记》庆政抄本跋语中称"承久第二秋　于西峰方丈草庵书之"①,这时他正在京都松尾西山,与京都梅尾高山寺相隔不远。《明惠上人歌集》第116首和歌前注有"同上人处寄来",即这首和歌由庆政写赠明惠,时当释迦涅槃日,以此表达对世尊的追思,和歌大意是："如何今如昨,佛去法杳然。"② 下附题识为:

　　词云：日前曾言及参佛之事,今日自行修持,不及往参,祈蒙见恕。拭泪追思,惶恐谨言。二月十五日　沙门庆政谨上

接下来第117首和歌前注明："奉复　顷接专使,谨致谢忱,否则定候台驾。"和歌内容译为中文则是："路遥思远国,泪下难自抑。"下附题识为:

　　词云：昨候台驾,君谓自行修持,得无涅槃会之持诵欤?念此心悲,遥寄追思,惶恐敬白。贞应三年如来入灭日　沙门高弁上③

这几首赠答和歌是明惠与庆政在二月十五日即释迦涅槃日前后所作,落款为贞应三年,即西历1224年,《明惠上人歌集》的第57首前也注明"渐至二月十五日,作歌以赠　性禅"④,即性禅赠给明惠的和歌,同在释迦涅槃日。对明惠如此虔诚奉佛之人来说,这一日尤其值得纪念。

---

① 参见《橋本進吉博士著作集》第12册,第161页。
② [日]久保田淳、山口明穗校注：《明惠上人集》,第37页。
③ [日]久保田淳、山口明穗校注：《明惠上人集》,第37页。
④ [日]久保田淳、山口明穗校注：《明惠上人集》,第22页。

考虑到庆政与明惠的密切关系,他们既在贞应三年释迦涅槃日互赠和歌,而庆政在中国泉州之时便已知明惠"殊芳印度之风故",因此特意为他携回波斯文书,那么庆政回日本以后当会找合适的时机把所购文书转赠明惠。两人交深情厚,居处相近,庆政又专为明惠访求文书,其意甚笃,返回京都后便当择日奉赠,不至迁延日久。庆政于建保七年(即承久元年,1219)正月廿七日前回到日本,最大的可能是他在建保七年释迦涅槃日将波斯文书与两部《玄奘取经记》赠给明惠。查《庆政上人传考》年谱,建保七年即承久元年有这样一条记载:"同年二月廿六日,营造法隆寺舍利堂,盖庆政发愿为之。《法隆寺别当次第》范圆法印条:承久元年己卯二月廿六日,营造舍利堂,二年造毕。"① 也就是说,建保七年二月廿六日庆政正在忙着营造舍利堂。庆政在建保五年入宋,建保七年正月前回日本,返回之日不会在营造法隆寺舍利堂之前太久。这座舍利堂"两年造毕",显然工程较大,这时庆政正忙于筹备营造中,或许无暇旁顾。《庆政上人传考》年谱承久二年条的记载有"抄录《后拾遗往生传》及《三外往生记》"②,营造舍利堂的工程或已大体完工。庆政很有可能在这一年与明惠相见,将波斯文书与两部《玄奘取经记》相赠。对"殊芳印度之风故"的明惠来说,释迦涅槃前后收到这两种典籍,当是最乐见的。

联系贞应三年释迦涅槃日庆政与明惠"顷接专使"的酬答,二人互赠和歌当是派人递送,这一天对明惠来说殊不寻常。承应二年两人或许也有类似的和歌赠答,请寺中弟子转达或本人亲至。无论如何,叵能是在承应二年左右,庆政将波斯文书与两部《玄奘取经记》赠与明惠,以至于《明惠上人梦记》承应二年条目中屡次出现与《取经诗话》有关的内容。

---

① 《橋本進吉博士著作集》第 12 册,第 173 页。
② 《橋本進吉博士著作集》第 12 册,第 174 页。

（四）高山寺寻珍：《取经诗话》的重新发现

《取经诗话》进入高山寺后长期不为人知，随着镰仓、室町时期禅宗五山十刹的兴起，南都北岭的旧派佛教逐渐淡出文人视野。到了江户时期，很多人只将高山寺当作产茶盛地，即便辗转得知其中藏有典籍，也难以入寺阅览。江户中期见闻广博的国学家上田秋成在随笔《清风琐言》中提到高山寺，便只称荣西自宋归国携来茶种，转赠栂尾明惠，当时盛放茶种之壶仍存于高山寺中。① 江户后期国学者冈本保孝在随笔《难波江》中称自己看到过高山寺的《寺社展阅书目》，其中著录有《玉造小町子盛衰书》一卷，却无缘过目，不知为何时写本。② 查《高山寺圣教目录》，第九十八乙确实录有《玉造小町子盛衰书》一卷，③ 而冈本保孝见到的高山寺《寺社展阅书目》或许是《高山寺圣教目录》的抄本，此时尚少为人知。同一时期以藏书著称的小山田与清在《拥书漫笔》中博论典籍、自矜藏富，曾在空海著作目录中见有《篆隶万象名义》，却数十年无缘得见，直到友人以写本相赠，称原书藏于高山寺，这才知寺中有此珍本。④ 江户后期书志学者近藤守重的《右文故事》以精于考辨著称，他本人也曾担任红叶山文库书物奉行，得览幕府官库珍本。他在追溯宋本源流时，称"僧奝然、明惠之徒赍来不少宋本，至今栂尾高山寺中明惠携来典籍甚多"⑤，"赍来"云云，显是误将明惠视为入宋僧，且论述汉籍版本时始终未及高山寺藏本，可见也未亲览寺中珍籍。直到明治、大正时期寺庙藏书日益散出，古本书肆致力于搜求唐抄宋椠与五山刊本，许多珍稀汉籍才重入藏书家之眼。

高山寺藏书何时、因何缘故流出寺中，已无从查考。仅从古书肆这一线索入手，笔者查到大阪书肆松云堂明治三十三年（1900）

---

① 《日本随筆大成》第 2 期第 6 册，吉川弘文馆 1974 年版，第 170 页。
② 《日本随筆大成》第 2 期第 21 册，第 152 页。
③ ［日］高山寺典籍文書綜合調查團編：《高山寺經藏古目錄》，第 47 页。
④ 《日本随筆大成》第 1 期第 12 册，第 389—390 页。
⑤ 《近藤正斋全集》第 2 卷，国书刊行会 1906 年版，第 505 页。

的售书目录《书籍月报》中大量出现高山寺藏书,部分钤有寺中方便智院印。其中"古写经卷子本"有①:

《梅尾明惠上人传记》 题识为高辨(笔者按:即明惠)真迹,有名款

《金刚界胎藏界》 有高山寺朱印,书法雅致,为楷书中逸品。

《性灵集》第七 建久七年书写有高山寺印

《华严经贤圣颂》行书灵动 高山寺高辨笔迹

《梵网经》天福元年 执笔假名比丘长真 跋云天福元年七月八日巳刻于西山高山寺如法道场书写

《大佛顶法》种子并图样 与然本 梅尾方便智院朱印

《大随求陀罗尼》高山寺朱印

《灌顶集记》金刚界高山寺印 有朱笔题语

《菩萨戒本》高山寺印

《光明真言事》宽喜三年沙门空真 有方便智院印 古文书

《大方广佛华严经》正治二年四月一日跋 成辨上人高山寺印

《大智度编》第卅一 性圆笔 有高山寺印 题跋见于备考中

《大千国土经》 三藏圣教序 有高山寺印 麻纸

《曼荼罗次第法》 天长七年修法神护寺 有虫蛀 带书箱 建久四年校合 有高山寺朱印

《胎藏诸说不同记》承安久寿校合 六条天皇御宇年号 有高山寺印 带书箱

《僧玄澄自画观世音像》有高山寺印 卷轴装

---

① [日]鹿田松雲堂:《書籍月報》第 59 号,松雲堂自印本 1900 年版,第 19—22 页。

《僧玄澄自画天台大师肖像》玄澄为梅尾明惠上人弟子

松云堂主人鹿田静七未曾说过自己如何得到这些珍贵的古写本。明治三十八年（1905）鹿田去世后，史学家幸田成友曾在松云堂同年发行的《古典聚目》第六十九号上发表《鹿田静七翁小传》，其中提到他"嗜好古典，可谓出自天性。为商用计，奔走于四国、中国、九州、东京等地。忙中偷闲，阅览足利学校、真福寺及其他古刹名家藏本"[①]，可见前往寺社搜寻典籍是松云堂常为之事。珍稀写本一经发现往往备受瞩目，这十余种古抄卷子此前不见于记载，却同时出现在售书目录第五十九号中，很可能是鹿田静七亲自从高山寺僧侣或与其熟识之人处访求得来，而下一期售书目录未曾著录这些写本，多半很快被人买去。

松云堂所售高山寺藏书以古写经为主，刊本较少，即便鹿田静七见到《取经诗话》，可能也不以为意。但松云堂是关西地区最知名的古本书肆，两京藏书家均关注其售书目录。经此一举，世人已知高山寺藏有大量珍本，此后高山寺之名一再见于书肆、藏书家笔下，钤有"高山寺"印章的典籍逐渐成为古书业界争购的对象。东京书肆文行堂主人多年之后，始终记得明治三十四、五年（1901、1902），自家曾将钤有"高山寺"印的《性灵集》售予德富苏峰，[②] 事距松云堂展出高山寺旧藏古抄本仅有一两年之差。就连1931年到东京执教的英国语言学家弗兰克·霍利（Frank Hawley）都了解高山寺藏书，他所收藏的几部最珍贵典籍便包含平安时代高山寺藏《药种抄》写本与高山寺本《三宝类字集》[③]。东京书肆弘文庄主人反町茂雄最得意的收藏之一也是高山寺旧藏《和名类聚抄》平安末期写

---

① ［日］鹿田松雲堂：《古典聚目》第69号，松雲堂自印本1905年版，第2页。
② ［日］反町茂雄：《紙魚の昔がたり》明治大正篇，八木書店1990年版，第250页。
③ ［日］反町茂雄：《蒐書家　業界　業界人》，八木書店1984年版，第44、46页。

本，称是弘文庄"目前为止在一部书上花费的最高金额"，这部书1931年甚至被日本政府指定为"国宝"①。高山寺藏书一时声名大振，以至于作伪者日多，真假难辨，早在明治三十八年（1905）富冈谦三便称：

> 我邦所谓古本屋，大多未脱商贩本性。揣摩顾客脸色，在书价上二三其手，炫耀虫蛀陋本以贪方外之利，如是者其罪尚轻。或有伪造金泽文库、高山寺印章，妄钤古书，或裁断覆刻识语，以古版欺人，此辈终不免为社会蠹虫。②

这种作伪之风，正是由于高山寺藏书的价值为嗜书好古之人所认可。书肆争购与妄钤伪章虽然令初涉书业者侧目，但也在很大程度上为高山寺做了宣传，以至于德富苏峰初遇《取经记》，见到"高山寺本"几字便格外留心，最终成就了一段汉籍佳话。

德富苏峰曾在《唐三藏取经记发掘记》一文中回顾了发现该书的经过。③ 1905年，他路过村幸书店看到一部《唐三藏取经记》，"下书'高山寺本'，随手翻开一阅，其中掉出零零落落的十四五枚散叶，几乎是触手即破的危险状态。可是字体并不简单，我一眼就瞥见是宋版"④。他凭"高山寺"题款、字体以及个人阅历断之为宋本，并以七十五钱的极低价格买下，欣喜之余重加裱装。后来得知三浦梧楼藏有一部《大唐三藏取经诗话》，便前往三浦府上求阅，并影拍十部赠与几位爱书之人。后来校阅两书，发现内容大体相同，进而追溯"高山寺"藏书，发现"二者赫然见于高山寺藏书目录，

---

① ［日］反町茂雄：《一古書肆の思い出》第4卷，平凡社1989年版，第512页。
② ［日］鹿田松雲堂：《古典聚目》第69号，第1页。
③ ［日］德富苏峰：《〈唐三藏取經記〉堀出しの記》，载《蘇峰自伝》，中央公論社1935年版，第617—621页。
④ ［日］德富苏峰：《〈唐三藏取經記〉堀出しの記》，第618—619页。

可见均从该寺逸出"①。德富苏峰查考的"高山寺藏书目录"未知其详,该寺现存《高山寺圣教目录》第五十五甲下著录有"玄奘取经记二部"②,即指《取经诗话》与《取经记》。如前所述,后来矶部彰正是从这一目录入手,最终解决了两书的刊刻时间问题。

其实德富苏峰早在邂逅《取经记》之前便曾目睹过高山寺藏书,甚至其购藏典籍便发端于此。他在自传中回顾早年经历,称"我关注古版本始于明治三十五年(1902)四月,当时赴大阪拜访内藤湖南,一览他收藏的正平翻刻本《论语》、高山寺影写本《论语》卷子等,顿时鼓起兴趣"③。明治三十八年(1905),即偶然购入《取经记》的同一年,他还在东京琳琅阁书店看到宋版《庐山记》残本,由卷首的"高山寺"印鉴判断是寺中旧藏,又以极低的价格买下。④ 两年后的1907年,他发表了《读明惠上人传》一文⑤,高度评价了这位高山寺开山僧侣的佛法、学识与人格,同情他潜心赴印度求法而不得的无奈,称其"欲渡天竺而勘察道路里程,却不蒙神佛所允,饮恨而止",是"真正的释氏之徒"⑥。文中提到的《明惠上人传记》与《明惠上人遗训》均为高山寺旧藏,后从寺中流出,而《取经诗话》入藏高山寺,主因便是明惠上人对西行求法僧的钦慕,只是德富苏峰所论未及此。1928年他又在东京大学史料展览会上看到《和名类聚抄》,指出"此为高山寺旧藏,高山寺书目《圣教目录》第九十六著录有《和名类聚抄》十卷,盖即此书"⑦。两年

---

① [日] 德富苏峰:《〈唐三藏取經記〉堀出しの記》,第620页。
② [日] 高山寺典籍文書綜合調查團編:《高山寺經藏古目錄》,第30页。
③ [日] 德富苏峰:《蘇峰自伝》,第613页。
④ [日] 德富苏峰:《蘇峰自伝》,第624—626页。
⑤ [日] 德富苏峰:《明惠上人伝を読む》,载《蘇峰文選》,民友社1916年版,第966—978页。
⑥ [日] 德富苏峰:《明惠上人伝を読む》,第978页。
⑦ [日] 德富苏峰:《蘇峰書物隨筆 5 読書と散步》,ゆまに書房1991年版,第29页。

后，德富苏峰发表了《明惠上人》纪念明惠七百周年忌辰。① 再过一年又发表《明惠上人临终记》②，文中称这部《临终记》为"高山寺塔头方便智院所藏珍籍，现存《高山寺书目》中明确载有此书"，但"如何流入世间，实不可思议"③。

于是，大约七百前年刻于江南并传入高山寺的《取经记》再现于世，刷新了中国小说史的书写。

二　中国小说传播的阶段特征：以《舶载书目》为例

江户时期，中日之间保持着密切的贸易往来，大量汉籍通过商船传入日本，并被翻刻或翻译成日文，对日本文学的演进产生了不可估量的影响。中国小说的传入对日本文学、文化的发展影响深远，尤其是元禄到宝历时期这七十余年，其间自荻生徂徕的"萱园译社"到伊藤东涯的古义堂相继涌现出很多稗官大家，冈岛冠山享保年间自萱园返洛并与古义堂结交，成为连接两大唐话团体的枢纽人物，自此舶载小说甚至江户文学本身风气为之一变，并开启了日本小说的新面向。目前，《剪灯新话》、《三言二拍》、《水浒传》等小说在江户时期的传播情况已经引起学术界的广泛关注，并出现了很多高水平的研究著作，但在个案之外，少有学者系统梳理江户时期传入日本的中国小说，而这份工作对考察中日文学关系颇有价值。

从织丰时代到江户初期，中日贸易比较自由，自 16 世纪后期开始，九州萨摩的岛津氏就与明代频繁通商。④ 西川如见在《长崎夜

---

① ［日］德富苏峰：《明惠上人》，载《蘇峰書物随筆　7　書窗雜記》，ゆまに書房1993年版，第222—227页。
② ［日］德富苏峰：《明惠上人臨終記》，载《蘇峰書物随筆　8　典籍清話》，ゆまに書房1993年版，第415—419页。
③ 《蘇峰書物随筆　8　典籍清話》，第415页。
④ ［日］木崎弘美：《長崎貿易と寛永鎖国》，東京堂出版2003年版，第15—19页。

话草》中称："唐船初来长崎津，为永禄五壬戌年，至津内户町之浦，其时唐土为明朝，不许渡海日本。"① 第三代将军德川家光为控制基督教的渗透而颁布锁国令，宽永十二年（1635）规定中国商船只能停靠于长崎港，此后正式对华贸易仅限于长崎一港。幕府在长崎设有"书物改役"，自贞享二年（1685）开始由向井家世袭，主要负责审查商船载来典籍是否与基督教相关，并为幕府选购汉籍。② 由于职责所在，向井氏详细保留了大量档案记录，内容涉及舶来典籍的目录、解题、价格等，成为研究中日书籍交流的重要资料。目前为止篇幅最大、著录典籍最多的《舶载书目》可能就是长崎奉行中川忠英根据向井家旧记编纂而成。③ 元禄七年（1694）到宝历四年（1754）前后涵盖61年，除去缺省的年份实为51年，其中元文二年与元文三年著录在一起。1972年，大庭修影印刊行宫内厅书陵部所藏《舶载书目》，并以《解题》形式详细调查了该书目的编纂过程。

青木正儿、近藤杢、长泽规矩也等人都曾利用《舶载书目》调查江户时期传入日本的中国小说个案，1984年中村幸彦刊发了《唐话流行与白话文学输入》④，考察了江户时期传入日本的白话小说，是目前为止比较完整的白话小说传播研究。遗憾的是，文章并未编年整理小说书目，很难看出小说输入的阶段性特征，而且内容仅涵盖白话小说，并未将文言小说纳入视野。

---

① ［日］西川如見：《長崎夜話草　原城記事》，長崎市1926年版，第29页。按：永禄五年版即1562年版，是年版干支为"壬戌"，"壬戌"当为笔误。
② ［日］金井俊行：《增補長崎略史》上卷"贞享二年版"条有"向井兼丸任书物改，切米三十俵，二人扶持，为谱代席。因发现唐船输入书籍《寰有诠》中记载天主事，故也"，長崎市1926年版，第87页。
③ ［日］大庭修：《江户时代中国典籍流播日本之研究》，戚印平等译，杭州大学出版社1998年版，第157页。
④ ［日］中村幸彦：《中村幸彦著述集》第7卷，中央公論社1984年版，第7—51页。

(一)《舶载书目》著录典籍的统计分析

1.《御文库目录》著录的元禄七年前购入典籍

《舶载书目》记载的仅仅是元禄七年到宝历四年这60年间传入日本的部分典籍，有很多典籍见于《商舶载来书目》而《舶载书目》未见著录。粗略核对一下，这类典籍约有50余种。不过，《舶载书目》所载的典籍，包括重复著录的部分在内共有2500种左右，其中还包括《历朝杂说》《古今逸史》《秦汉逸书》《汉魏丛书》《唐宋丛书》等汇集数十种文言笔记的丛书。从《舶载书目》入手分析60年间的汉籍输入情况，可从一个侧面展现出江户时期中国小说传播的概况，但为了便于比较，还可根据东北大学狩野文库藏《御文库目录》，将元禄之前输入日本的小说略作回顾。中国白话小说的文体特征比较明显，而文言小说边界较为模糊，本书谈到的文言小说基本参照朱一玄、宁稼雨、陈桂声编著的《中国古代小说总目提要》文言部分与石昌渝主编的《中国古代小说总目》文言卷的著录情况。原则上两种总目中只要有一种著录为文言小说，本书就将其视为文言小说。

如前所述，由于数据缺乏，元禄之前输入日本的汉籍较难考察，东北大学狩野文库藏《御文库目录》逐年著录了宽永十六年（1639）至享保七年（1722）红叶山文库采购的典籍目录，同时掺入宽永十六年以前的汉籍，但并未逐年著录。据近藤正斋《好书故事》，"庆长七年六月于江户城南富士见亭建御文库，廿四日收储金泽文库等图书，是为江户御文库之始"，"（宽永）十六年乙卯七月八日，于红叶山建御书物藏"[①]，宽永十六年即御文库迁至红叶山的时期，《御文库目录》中宽永十六年以前的部分汉籍，可能是德川家康从金泽文库、足利学校等其他文库移来。幕府向来对中国商船载来的汉籍具有优先购买权，虽然《舶载书目》并未涵盖元禄七年（1694）之前输入的汉籍，但仍可根据《御文库目录》逐年的著录，

---

① ［日］近藤正斋：《近藤正斋全集》第3卷，国书刊行会1906年版，第262页。

在一定程度上考察宽永十六年到元禄六年这 55 年间输入日本的小说典籍。

值得注意的是,《舶载书目》与《御文库目录》(宽永十六年至元禄六年)涵盖的时限均为半个世纪左右,著录的典籍总量也较为接近,具有一定的可比性。

笔者根据《御文库目录》,分析了元禄七年之前输入的汉籍。《御文库目录》共著录汉籍 3403 种,其中元禄十六年红叶山文库建成之前,幕府所藏汉籍已达 737 种,从宽永十六年至元禄六年(1693)新增典籍 2666 种,已然超过《舶载书目》所载典籍的总数(2490 种)。《御文库目录》共著录小说 160 种(含少量重复著录),宽永十六年以后新增小说 108 种,其中文言小说 86 种,白话小说 22 种。相形之下,《舶载书目》共著录小说 200 种,其中文言小说 76 种,白话小说 124 种。二者的对比见表 1:

表 1 　　　《御文库目录》与《舶载书目》著录典籍比较

	时限	典籍总数	小说总数	文言小说	白话小说
《御文库目录》(宽永十六年之前)		3403	160	128	32
《御文库目录》(宽永十六年至元禄六年新增)	55 年	2666	108	86	22
《舶载书目》	61 年	2490	200	76	124

可以看出,元禄七年之前已经有大量汉籍传入日本,而且仅红叶山文库收藏的小说就与《舶载书目》的著录差相仿佛,但两份目录中文言与白话小说的比例恰好相反,这在一定程度上反映出元禄七年以后白话小说日渐流行。

考虑到御文库为幕府书库,重复购入同一典籍的情况并不多见,而《舶载书目》是对唐船实际载来典籍的记录,常有重复著录,因此元禄七年传入的典籍原则上应该大大超出《御文库目录》的著录。比如宽文二年(1662)以后,《御文库目录》著录的典籍量陡然下降，每年新增典籍多为个位数，最多也不过宽文十一年（1671）的32种，甚至有九年完全没有新增典籍。同样的，万治元年（1658）以后新增小说也明显减少，每年仅有一两种。之所以如此，很可能是因为新近传入日本的典籍御文库已有旧藏，并非舶来典籍逐年减少。同时，御文库事关幕府藏书的严肃性与将军的个人趣味，小说比例很可能低于实际载来者。由于笔者尚未发现其他更为完备的目录，只能根据《御文库目录》间接考察元禄之前传入的小说，但《御文库目录》与《舶载书目》的比较，需要考虑到以上各种因素。

2.《舶载书目》著录的中国小说

《舶载书目》对中国小说的著录，呈现出以下几种特征：

第一，虽然不同时期商舶载来的典籍多有变化，但小说数量始终很少，在典籍总量中所占的比例也比较低。有些年份著录的典籍总量较少，据此统计小说比例具有一定的偶然性。在典籍总量超过40种的年份中，小说所占的比例仅在元禄十三年（1700）略微超过20%，占到22.22%，宽保元年（1741）小说占到典籍总量的20.66%，其他年份多在5%—8%左右。《舶载书目》有著录的61年中，输入日本的小说数量仅占典籍总量的8.03%（即在2490种典籍中，小说有200种，包括重复著录）。将61年中的小说种数做成图表，以年份为横坐标、典籍种数为纵坐标，即为图1：

可以看出，61年间小说的载来数量没有贯彻始终的规律性，小说输入的几个高峰期分别是：元禄年间（元禄七年到元禄十五年）、正德年间（宝永七年到正德三年）、享保年间（享保九年到享保十二年）、元文年间（元文二、三年到宽保元年），以及宽延四年和宝历四年。后文将会针对这几个时期的特点作进一步的分析。

第二，在200种小说（包含重复著录）的具体构成中，白话小说有124种（包括重复著录），占小说总量的62%，文言小说有76种（包含重复著录），占小说总量的38%。乍一看，似乎白话小说的数量远胜于文言小说。需要注意的是，《历朝杂说》《古今逸史》《秦汉逸书》《汉魏丛书》《唐宋丛书》等大型丛书多著录为一种，

56　中国古典小说在日本江户时期的流播

其中往往包含数十种文言小说。由于小说之外的典籍也存在这种现象，为便于比较，计算小说在典籍总量中的比例时均将丛书算为一种。

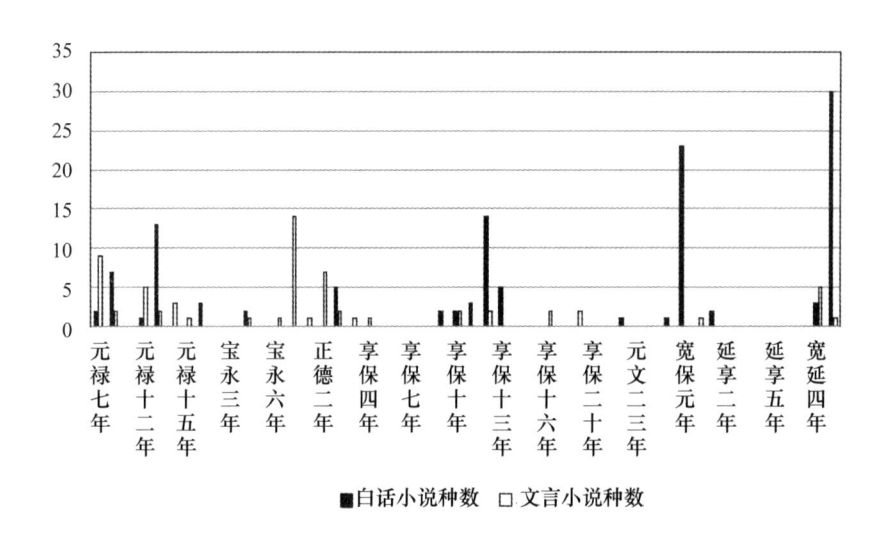

图1　《舶载书目》逐年著录小说柱状图

第三，舶载小说最多的年份是宝历四年（1754），即《舶载书目》著录的最后一年，所载31种典籍均为小说，其中白话小说30种，文言小说1种，即《汉魏丛书》，丛书中包含文言小说8种。在所有的年份中，宝历四年情况比较特殊，小说在典籍中的比例是100%。如前所述，61年中小说在所有典籍中所占比例的平均值仅为7.38%。

第四，输入汉籍最多的年份是正德二年（1712），总共216种。其次是正德元年（1711），总共189种。再次是宝永七年（1710），总共188种。将61年中的典籍著录情况做成图表，以年份为横坐标，以典籍种数为纵坐标，即为图2：

从中可以看出，61年中有5个峰值，分别是元禄年间（元禄七年到元禄十五年）、正德年间（宝永七年到正德三年）、享保年间

(享保九年到享保十二年)、元文年间（元文二、三年到宽保元年），以及宽延四年，这与小说输入的几个峰值基本一致。

第五，重复著录的小说中，著录次数最多的是《水浒传》（11次，另有一次是《四大奇书》合刻），其次是《三国演义》（9次，另有一次是《四大奇书》），再次是《西游记》（7次，另有一次是《四大奇书》），《说郛》（5次），接着是《平山冷燕》（4次）、《女仙外史》（4次）、《仙佛奇踪》（4次）。最后，重复著录3次的小说分别有《金瓶梅》《锦香亭》《太平广记》《西湖游览志》《山海经》。

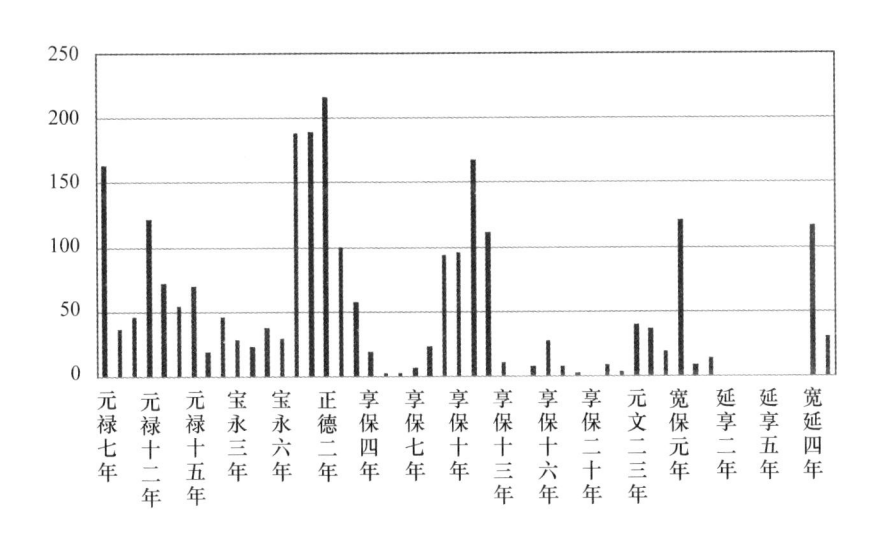

图2　《舶载书目》逐年著录典籍总量柱状图

(二) 对典籍著录情况的进一步分析

1. 小说及典籍总量输入的几个高峰期

第一个高峰期是元禄七年到元禄十五年。《舶载书目》的记载始于元禄七年，即1694年。这一时期的幕府将军是德川纲吉，他从延宝八年（1680）开始担任幕府将军，直到宝永六年（1709）由德川家宣接任。元禄元年（1688），柳泽吉保成为德川纲吉的侧用人。元禄九年（1696），31 岁的荻生徂徕受聘于将军纲吉的宠臣、当时执掌最高实权的柳泽吉保。柳泽吉保与德川纲吉均酷爱汉学，他亲自讲述儒家经典并写作汉诗，且通"唐音"即汉语。① 此前的元禄五年（1692），荻生徂徕已经完成了《译文筌蹄》，对传统上训读汉籍的方式提出批评，认为"读书作文一唯和训是靠，即其识称淹通、学极宏博，倘访其所以解古文之语者，皆似隔靴搔痒；其援毫撼思者，亦悉侏僑鸟言，不可识其为何语。……故学者先务，唯要其就华人言语，识其本来面目"②，于是元禄时期的政治、知识精英德川纲吉、柳泽吉保、荻生徂徕相聚一堂。

这也是德川时代对外贸易限制比较少的一段时间，据长崎奉行报告，从宽文二年（1662）到宝永五年（1708）贸易量至为庞大，流出的铜达到一亿多贯，日本境内的金银铜面临着枯竭的危险，以至于幕府不得不考虑限定贸易总额。③ 据木宫泰彦统计，元禄七年（1694）的赴日商船是 70 艘，元禄十五年（1702）甚至达到 80 艘，这是从元禄到江户末期赴日商船的最高值。④ 实际上，从元禄元年（1688）开始，德川幕府规定的商船限额就是 70 艘，到了元禄十年（1697）将限额增加到 80 艘。⑤ 以后的商船限额逐渐减少，到了宽延三年（1749）甚至减少到 15 艘。也就是说，元禄年间当是幕府允许赴日贸易商船数量最多的时期。在种种有利条件的影响下，元禄时期输入日本的典籍数量相当庞大。

第二个高峰期是正德年间。正德五年（1715）幕府出于金银铜的大量外流，开始实行所谓"正德新令"，即给抵达长崎港的商船发

---

① ［日］吉川幸次郎：《仁斋　徂徕　宣长》，岩波書店 1975 年版，第 108 页。
② ［日］荻生徂徕：《荻生徂徕全集》第 5 卷，河出书房新社 1977 年版，第 17 页。
③ ［日］木宫泰彦：《日中文化交流史》，胡锡年译，商务印书馆 1980 年版，第 649 页。
④ ［日］木宫泰彦：《日中文化交流史》，第 639 页。不过，限于当时的记载，其中既包括从清朝开来的商船，也包括越南、柬埔寨、暹罗等中国以外各地的商船。
⑤ ［日］木宫泰彦：《日中文化交流史》，第 656 页。

放"信牌",规定持有信牌的商人才能进行正常的贸易往来,同时将商船限定为 30 艘,贸易总额限定为银 9000 贯。① 正德年间的典籍输入高峰期正值"新令"颁布前夜,从宝永七年(1710)到正德三年(1713)四年间著录的典籍是 693 种,占《舶载书目》著录典籍总量 2490 部的 27.83%,而年数仅为 7.84%。值得注意的是,元禄、正德时期输入的典籍虽然总量很多,但小说尤其是白话小说比例并不高。这一时期正是以荻生徂徕为中心的"唐话"活跃时期,长崎通事出身的冈岛冠山应邀为荻生徂徕等讲授汉语的"译社",活动时期正是正德元年(1711)到享保九年(1724),② 冈岛冠山也在撰写其汉语教材《唐话纂要》,以江户为中心的"唐话"学习刚刚起步,白话小说尚未受到知识精英的广泛关注,这段时间对白话小说的最大需求应该来自长崎通事。

按照石崎又造的说法,唐通事的汉语学习要经历漫长而艰苦的过程,最初从《三字经》《大学》《论语》《孟子》《诗经》等汉籍学习发音,接着从《二字话》《三字话》《长短话》等学习词汇,进一步掌握《译家必备》《养儿子》《三折肱》《医家摘要》《二才子》《琼浦佳话》《两国译通》等唐通事编辑的材料,这样才能毕业。此后继续阅读《今古奇观》《三国志演义》《水浒传》《西厢记》等小说与戏曲文本,想再提高则需阅读《福惠全书》《资治新书》等汉籍。其他的教科书还有《俗语汇编》《译官杂字簿》《华语详解》以及冈岛冠山的《唐话纂要》《唐语便用》等入门书。③ 而正德三年(1713)输入日本的白话小说恰恰是《水浒传》《金瓶梅》《女仙外史》这几种,且同一年输入的《金瓶梅》与《女仙外史》各有两部。

---

① [日]松浦章:《清代帆船与中日文化交流》,张新艺译,上海科学技术文献出版社 2012 年版,第 98 页。

② [日]石崎又造:《近世日本に於ける支那俗語文學史》,弘文堂書房 1940 年版,第 101 页。

③ [日]石崎又造:《近世日本に於ける支那俗語文學史》,第 14 页。

第三个高峰期是享保九年（1724）到享保十二年（1727）。和正德年间相似，第三个高峰期持续时间也是四年，期间著录的典籍总共有469种，占《舶载书目》著录汉籍总量的18.84%，年数仍只占7.84%。

此时冈岛冠山、荻生徂徕等人的"译社"已经解散，冈岛冠山从江户迁洛，此后活跃于京都大阪之间。用石崎又造的话来说，江户唐音学"走上了凋零之路"[①]；不过这也正是冈岛冠山与冈白驹集中精力关注白话小说的时期。白话小说在江户时期的翻译、翻案与阅读，主要受到了冈岛冠山、冈白驹等唐话学者的影响，"冠山以前的浑词小说即白话体小说几乎不见踪迹，只有《游仙窟》与《剪灯新话》两书中偶或夹杂白话，但总体而言称为文言即所谓汉文小说是没有疑问的"[②]。冈岛冠山于享保十年（1725）完成二卷本的《唐话类纂》，享保十一年刊行《唐译遍览》，同年刊出《唐音雅俗语类》《唐话便用》[③]，享保十二年完成《水浒全传译解》，享保十三年又完成《忠义水浒传》的训点。[④] 冈白驹在《小说精言》序中称述小说源流，认为白话小说"独至于平常俚言，不啻耳之侏离，即载之笔亦谓之鴃舌，惟攻之象胥，学者不讲。夫国音自资用，奚必华音？而至读不能句，实学人之大阙也"[⑤]。正是这些白话教材与白话小说的训点、译解，开启了翻译、翻案中国白话小说的热潮。

《舶载书目》这四年中著录的小说数量虽不算多，但白话小说所占比例之高却是前后各个时期都不曾出现过的，而且时值冈岛冠山在京阪间专注于唐话教材与白话小说译解之际，还与古义堂门人钻

---

① ［日］石崎又造：《近世日本に於ける支那俗語文学史》，第143页。
② ［日］石崎又造：《近世日本に於ける支那俗語文学史》，第182页。
③ 刘芳亮：《冈岛冠山的唐话学》，《华西语文学刊》2013年第2期。
④ ［日］石崎又造：《近世日本に於ける支那俗語文学史》附录二：《近世俗語俗文学書目年表》。
⑤ ［日］冈白驹、沢田一斎施训：《小説三言》，ゆまに書房1976年版，第12—13页。

研唐话、讲读小说的活动同时。冈岛冠山出身于长崎通事，又与幕府权臣熟识，对长崎港载入的汉籍、尤其是作为通事唐话学习材料的白话小说有很多接触机会。而且他恰在享保十三年辞世，从这一年开始，《舶载书目》著录的汉籍总量由享保九年的94种、享保十年的96种、享保十一年的167种、享保十二年的112种骤然缩减到享保十三年的11种、享保十四年的1种、享保十五年的8种、享保十六年的28种。此后数年始终在十种以下，直到第四个短暂的高峰期，即元文年间。

第四个高峰期元文年间（元文二、三年到宽保元年）名义上有五年，其实《舶载书目》将元文二年（1737）与元文三年的书目著录在一起，实际上只有四年。这四年著录的典籍有217种，占《舶载书目》著录典籍总量的8.71%，年份仍占7.84%。可以说，这个高峰期并不算突出，只是之前的享保末年与之后的宽保、延享年间著录的典籍非常少，相形之下才作为峰值出现。尤其是宽保元年著录的典籍有121种，数量庞大，不过这可能是个别船只的偶然现象。同一时期《舶载书目》著录的小说数量也存在同样的问题，从元文二年到元文五年只载来一种小说，即元文五年的《东周列国志》，而宽保元年（1741）的121种典籍中共有22种小说，均为白话体，其中仅《水浒传》就重复著录了7次。无论从典籍总量还是小说数量上看，元文五年（1740）都是个特殊的年份，与前后几年的萧条景象大相径庭。总之，或许把元文年间的高峰期看做偶然现象更合适。

第五个高峰期是宽延四年（1751）和宝历四年（1754）。宽延四年即宝历元年，而《舶载书目》未著录宝历二年、宝历三年的情况，因此这两年并未前后接续，不过二者也有类似点，即著录典籍较多，形成峰值。宽延四年的典籍总量是117种，其中小说11种，包括3种白话小说《水浒传》《金瓶梅》与《新世弘勋》。宝历四年的典籍总量是31种，全部为小说，其中白话体30种，文言体1种。两年中的典籍总量是148种，占《舶载书目》著录总量的5.94%，而年份占3.92%。可以看出，这个高峰期也并不算突出，只是这两年输入的白话小说数量比较多，所占比例也较高，虽然年份短，中间又有缺省，难以得出规律性的结论，不过白话小说的输入量还是值得关注的。

同时，此前40多年中著录的小说多是一部或两部，而宽延四年的《水浒传》注明是"廿四部"，《金瓶梅》是"十一部"。前面提到日本从"正德新令"开始实施信牌制度，此后的赴日商船多由有经验的商人掌管，此前几十年已经陆陆续续有白话小说传入，而宽延四年（1751）的商船带来24部《水浒传》、11部《金瓶梅》，显然是考虑到这两种小说在日本很受欢迎。同时，除了这两种，其他小说多著录为一部，最多的也只是两部。从这两种小说的载来数量可以隐约窥见宝历年间《水浒传》和《金瓶梅》在日本的流行程度。

冈岛冠山于享保十二年（1727）完成《水浒全传译解》、享保十三年完成《忠义水浒传》训点，均在宽延四年之前不久。大约同一时期，在京都师从伊藤东涯的陶山南涛根据研读经验，编著《水浒传解》两部，于宝历七年（1757）刊行了第一至十六回。① 十几年后，建部绫足在安永二年（1773）刊行了以《水浒传》为根据的翻案小说《本朝水浒传》初编十卷，一名《芳野物语》。作者预定为初、后、三编百余条，但三编以下未成而人已殁。② 这时上田秋成、伊丹椿园、建部绫足等读本小说的作者已经登上文坛，开始引领中国白话小说的翻案潮，接着便是曲亭马琴、山东京传等江户后期读本作者的活跃时期。从京阪到江户，《水浒传》《金瓶梅》《三国演义》等白话小说的风行时代已呼之欲出。

2. 文言与白话小说比例的变化

从《舶载书目》的著录还可以看出一个大致的趋势，即从享保年间开始，小说的构成中白话体与文言体的比例发生了逆转。

---

① 马兴国：《中国古典小说与日本文学》，辽宁教育出版社1993年版，第170页。
② ［日］铃木畅幸：《江户时代小说史》，教育研究会1932年版，第387页。

从元禄七年到享保八年（含享保八年）23 年中著录的小说是 89 种，其中白话小说 34 种，在小说中的比例是 38.20%。文言小说是 55 种，在小说中的比例是 61.80%。如果将《历朝杂说》《古今逸史》等丛书中包含的文言小说析出单独计算，则 23 年中著录的小说有 169 种，其中白话小说 33 种，占 19.53%，文言小说 136 种，占 80.47%。可以看出，这 23 年里传入的小说并不算少，但白话小说比较罕见。

享保九年（1724）到宝历四年的 27 年（宽文二年、宽文三年著录在一起）著录的小说是 101 种，其中白话小说 86 种，在小说中的比例是 85.15%。文言小说是 15 种，在小说中的比例是 14.85%。白话小说占绝对多数，与前 23 年形成鲜明对比。

再看单独年份的比例，从元禄七年（1694）到享保八年（1723）的 23 年里，白话小说数量超过文言小说的年份共有 5 年（将丛书算为一种的情况下），分别是元禄八年、元禄十三年、元禄十六年、宝永四年和正德三年，其中元禄十六年著录的 3 种小说均为白话体。而享保九年到宝历四年的 27 年里，白话小说在数量上超过文言小说的年份共有 9 年，其中享保十一年、享保十三年、元文元年、元文五年、宽保三年这五年中著录的小说均为白话体。

很明显，以享保九年为界，《舶载书目》著录的前后两个时期载来小说的构成发生了显著的变化。这种变化与日本汉学（儒学）学者的文学观念、幕府将军德川纲吉与侧用人柳泽吉保对唐话的热衷、以荻生徂徕为中心的萱园学派所从事的"汉文直读"运动、京都"古义堂"门人集体阅读白话小说以及冈岛冠山、冈白驹等的唐话教学和小说译解当有一定关系。

荻生徂徕的活动时期在正德、享保年间，大体处于白话小说输入的前半时期。虽然他的"汉文直读"对当时的知识精英产生了很大影响，但其主张是以"唐音"读经典、以汉文进行诗文创作，通过对"古文辞"的熟练掌握理解儒学要旨。石崎又造提到徂徕一派曾阅读《水浒》《西游》等白话小说，或许当时町人中也有俗文学的爱好者，①但白话文学的兴盛期是在荻生徂徕的"译社"结束、冈岛冠山自江户迁到京都后从事《水浒传》的译解（享保十二年）和训点（享保十三年），以及冈白驹的《小说精言》（宽保三年）、《小说奇言》（宝历三年）和泽田一斋的《小说粹言》（宝历八年），即所谓"日本三言"刊行之后。而这一时期正是享保九年以后，即《舶载书目》著录白话小说的后一时期。

值得注意的是，享保九年传入日本的两种小说均为白话体，分别是《三国志演义》和《西游真诠》；享保十年著录的4种小说也有两部是白话体，分别是《西游记》和《忠义水浒传》；享保十一年的3种小说均为白话体，分别是《忠义水浒传》《西游真诠》和《拍案惊奇》；享保十二年的16种小说有14部是白话体，除了《平山冷燕》《玉娇梨》与《两交婚》外，基本都是历史演义题材。

江户初期精通汉学的文人学者大多不通汉语白话，正德年间荻生徂徕组织"译社"，向唐通事及黄檗宗僧人学习汉语白话，从此白话小说逐渐受到文人学者关注，雨森芳洲在《橘窗茶话》中称"我东人欲学唐话，除小说无下手处"②。自正德到宝历年间，荻生徂徕门人在江户、伊藤东涯门人在京都先后阅读并讲释白话小说，两个群体的活跃时间正是江户时期白话小说最为流行的阶段。

江户时期所谓"稗官五大家"，除了冈岛冠山与冈白驹之外，其他三位（松室松峡、朝枝玖珂、陶山南涛）均出自京都伊藤东涯的"古义堂"门下。伊藤东涯本人嗜读小说，在其编纂的汉文辞书《名物六帖》中，还出现了《龙图公案》《水浒传》《拍案惊奇》等白话小说，《东涯家乘》元禄七年（按：即《舶载书目》起始的年份）记载"是岁始观新渡俗解之书"③，所谓"俗解之书"不知具体

---

① ［日］石崎又造：《近世日本に於ける支那俗語文学史》，第123页。
② 《日本随筆大成》第2期第7卷，吉川弘文馆1994年版，第365页。
③ 参见［日］中村幸彦《古義堂の小説家達》，载《中村幸彦著述集》第7卷，第195页。

何指，这一年的舶载书中有白话小说《隋史遗文》，"俗解之书"或许与此有关。享保十一年东涯为冈岛冠山的《唐译便览》作序，序中追溯唐话的演变，称"生于本国而求通华音，在于后世而求知上世，亘古之以为迂且烦，而不肯读书也。然苟有得乎其本，则亦何苦难为"，还提到自己与冈岛冠山的交往，"（冠山）尝自东来，求序其所辑《唐译便览》"①，享保九年荻生徂徕的"译社"解散，两年后伊藤东涯为冈岛冠山的唐话著作撰序，唐话风气由江户转至京都，冈岛成为连接萱园与古义堂的关键人物。

恰在伊藤东涯为《唐译便览》撰序之后，享保十二年至十四年，古义堂书库频繁出现门人借阅《水浒传》的记录，②陶山南涛在宝历年间撰成《忠义水浒传解》，在自叙中称"往年，余友尝有松峡秦虞臣（按：即松室松峡）、玠珂德济（按：即朝枝玠珂）者，夙服华学，染通声音，且好读野史小说，其平生之束帖应酬輙于是，坐谈谐谑輙于是，非敢衒奇淫僻者，要之习惯熏陶也。时冕（按：即陶山南涛）弱冠，兄事二子，乃亦诱掖冕从事于斯，始觉有资于读书"③，古义堂中小说阅读并非个别嗜好，堪称门风。

青木正儿把江户时期中国俗文学的接受分为三个阶段：以文言小说戏曲为主的庆长到元禄时期、俗语小说戏曲极盛期的宝历到宽政时期、俗文学衰落期的享和到庆应时期。④长泽规矩也基本认可青木正儿的分期标准，并对各个时期流传的中国小说情况做了一定的介绍，⑤中村幸彦、德田武等从事江户时期中日比较文学研究的大家基本都是沿着这个思路从事更细致的研究。铃木畅幸将江户时期的

---

① ［日］冈嶋冠山：《唐訳便覧》序，五车楼享保十一年版序刊本。
② ［日］中村幸彦：《古義堂の小説家達》，第201页。
③ 《唐话辞书类集》第3集，汲古书院1970年版，第4页。
④ ［日］青木正儿：《国文学と支那文学》，载《青木正儿全集》第2卷，春秋社1970年版，第347—392页。
⑤ ［日］長沢規矩也：《江戸時代に於ける支那小説流行の一斑》，《書誌学》1933年第1卷第4号，后收入《長沢規矩也著作集》第5卷，汲古书院1985年版，第131—147页。

小说分为以京都、大阪为中心的京阪时代（庆长到宝历前，即 1603 年到 1764 年）和以江户为中心的江户时代（明和到幕末时期，即 1764 年到 1867 年）①。可以看出，江户时期接受中国俗文学的过程与日本小说的演进若合符契，前期关注文言小说，后期盛行白话小说，转折点就在京阪时代的后期，即享保年间。

此时冈岛冠山、冈白驹、泽田一斋等人陆续训点、译解白话小说，和刻《水浒传》《小说精言》《小说奇言》《小说粹言》均完成于享保至宝历年间，流风所及，翻刻、翻案、评论白话小说成为一种时尚，并陆续出现都贺庭钟、上田秋成、山东京传、曲亭马琴等翻案大家，江户时期的文学景观就此一变。无论从《舶载书目》小说构成的逆转还是江户文学的演进来看，享保年间恐怕都是承前启后的时期。

小结

综上所述，从《舶载书目》的著录可以看出，从元禄七年（1694）到宝历四年（1754）唐船载入日本的小说呈现出几个特点：(1) 在典籍总量中所占比例低，仅为 8% 左右。(2) 200 种小说中，白话小说占六成左右，文言小说仅为四成。(3) 宝历四年（1754）加载小说最多，共有 31 种，其中 30 种为白话小说，而加载典籍总量最多的是正德元年（1711）与正德二年（1712）。(4) 重复载入次数最多的小说先后是《水浒传》《三国演义》《西游记》《说郛》。(5) 元禄七年至十五年、正德年间、享保九年至十二年、元文年间、宽延四年与宝历四年是汉籍加载的几个高峰期，其中元禄、正德、享保三次高峰期尤其明显，他们分别对应着贸易限制少、荻生徂徕"萱园译社"和伊藤东涯古义堂门人热衷唐话并嗜读白话小说的三个特定时期。(6) 自享保九年开始，舶载小说的构成比例发生了逆转，由文言小说为主转变为白话小说为主，正是这一年前后，冈岛冠山由江户萱园返洛，伊藤东涯为其著作撰序，由此唐话风气自江户转

---

① [日] 铃木畅幸：《江户时代小说史》，教育研究会 1932 年版，第 21 页。

移到京阪间，稗官五大家大多进入白话小说翻译或讲授的活跃期，流风所及，日本文学也逐渐为之改观。

三 舶载小说的重新发现：从江户到大正的"三言二拍"学术史

20世纪初古典小说研究刚刚起步时，三言二拍的发现与阐释曾经是中日两国学术界的标志性事件，盐谷温、新岛骁、长泽规矩也、鲁迅、马廉、孙楷第、郑振铎、叶德均、赵景深、谭正璧等均为此倾注过心血，而盐谷温的发现之功尤其受到后人的纪念；但三言二拍之所以被纳入研究视野，与盐谷温所受教育及其留学德国、浸淫欧洲汉学的经历密不可分，法国汉学家德理文、雷慕莎、儒莲，英国汉学家翟里斯都曾对其学术志趣和研究对象有推波助澜之力，这是盐谷温在文章中坦然承认的。而《拍案惊奇》《二刻拍案惊奇》早在1910年便已著录在法国国家图书馆的目录中，早于盐谷温的"发现"14年；伯希和在盐谷温刊行《关于明代小说三言》之前一年，在《通报》上发表了《论今古奇观》，根据对三言二拍的调查考证出《今古奇观》的刊行时间。关于欧洲汉学界对盐谷温的影响，以及伯希和对"二拍"的关注，笔者尚未看到学术界的探讨。

随着1926年三言二拍的发现，原本不受重视的《小说精言》《小说奇言》《小说粹言》等江户时期的翻刻小说也逐渐纳入学术视野，青木正儿、长泽规矩也、近藤杢、石崎又造等人先后于1932—1940年间考察了江户时期三言二拍等白话小说的翻译与传播，近年来中、日、美三国均出现了与此相关的多种专著或博士论文，但关注的重点大多是翻译与翻案，而三言二拍何时传入日本、公私藏书目录中如何著录、文人学者如何阅读接受，曾经盛极一时的三言二拍又如何被人"遗忘"，以至于需要重新"发现"，这些问题大都未得到详细的梳理。

（一）江户前期三言二拍的传入与流播

盐谷温考证，三言二拍从最早的《古今小说》到最晚的《二刻拍案惊奇》，刊刻时间大约在 1621—1632 年之间，而选刻三言二拍的《今古奇观》大约成书于 1632—1644 年之间。① 目前，江户时期中日书籍贸易的主要资料是《大意书》《书籍元账》《直组账》《见札账》《落札账》《舶载书目》《商舶载来书目》等长崎的交易账目以及据此编纂的书目。这些文书中最早著录《警世通言》者为《舶载书目》，宽保三年（1743）亥十四番船携来《警世通言》八本，有天启甲子豫章无碍居士序，三桂堂王振华谨藏，可一主人评，无碍居士校，全四十卷；②《商舶载来书目》享保十六辛亥年（1731）著录有"《今古奇观》一部二套"③，三言二拍中的其他小说未见著录。如果以这些材料为依据，则三言二拍与《今古奇观》约在刊刻百年后传入日本。但来源于长崎的资料最早只能追溯到元禄七年（1694），而且现存长崎文书多有残缺，并非当时书籍贸易的完整呈现。如果将目光转向公私藏书目录，三言二拍在江户时期的传播情况将会面目一新。

在笔者视野中，最早收藏三言二拍的是日光山轮王寺僧人天海、尾张藩初代藩主德川义直与幕府官库。自江户初期以来，轮王寺慈眼堂的天海藏书一直少为人知，享和三年（1803）志村凤山曾抄录慈眼堂书库的外典目录，辗转流入东京大学图书馆，1940—1941 年长泽规矩也在调查东大藏书时发现这一目录，在授课时透露了慈眼堂藏有不少小说珍本甚至孤本的信息，课上的丰田穰又将其转告东京文理科大学讲师王古鲁，中国学术界才逐渐得知天海藏书，④ 但这

---

① ［日］盐谷温：《明の小説三言に就て》，《斯文》1926 年第 8 编第 5、6、7 号。中译文为《关于明代小说〈三言〉》，载《中国文学研究译丛》，北新书局 1930 年版，第 3—62 页。若无特别说明，本书引文均出自此译文。

② ［日］大庭脩编：《舶載書目》下，関西大学東西学術研究所 1972 年版，第 35 册第 16—17 页。

③ ［日］大庭脩：《江戸時代における唐船持渡書の研究》，関西大学東西学術研究所 1967 年版，第 717 页。

④ 参见［日］長沢規矩也《日光慈眼堂の小説書について》，载《長沢規矩也著作集》第 5 卷，汲古书院 1985 年版，第 426—429 页。

些典籍至今秘不示人，只有轮王寺特许的少数人才得入库阅览。据长泽规矩也编《日光山天海藏主要古书解题》，其中有《拍案惊奇》四十卷，明崇祯中安少云尚友堂刊本①；天海于1643年去世，此本当在1643年之前传入日本。

尾张藩宽永年间（1624—1643）的《御书籍目录》"酉年买本"条目下著录有"《警世通言》十二册"，注明为"唐本"②。宽永时期仅有一个"酉年"，即宽永十年癸酉，公历1633年。1616年德川家康去世后，他在骏府的部分藏书分赐尾张、纪伊、水户三家，文献学上称为"骏河御让本"，川濑一马整理的《骏河御让本目录》中未见《警世通言》。③ 而德川义直于1616—1650年间就任藩主，④由此看来此书是德川义直在藩主任上所得，并非德川家康转赠。江户时期尾张藩的藏书目录普通人难得一见，明治时期废藩置县，1912年成立的蓬左文库接管了尾张德川家的藏书，并逐渐对外开放。继盐谷温在内阁文库发现"三言"之后，长泽规矩也又于1916年发现了蓬左文库所藏的十二册《警世通言》，与《御文库目录》的著录一致，很可能就是德川义直藏本，此间详情见于《蓬左文库观书记》⑤。

自初代将军德川家康开始，幕府书库（家康在世时为骏府文库，去世后转移至江户城红叶山，史称红叶山文库或枫山官库）陆续从长崎购买商船载来的汉籍，日本东北大学狩野文库藏有《御文库目录》，逐年著录幕府书库享保七年（1722）之前购入的典籍，其中

---

① ［日］长沢规矩也：《日光山天海藏主要古書解題》，日光山輪王寺1976年版，第116页。
② ［日］名古屋市蓬左文库监修：《尾張德川家藏書目録》第1卷，ゆまに書房1999年版，第217页。
③ ［日］川瀬一馬：《駿河御讓本の研究》，載《日本書誌学之研究》，大日本雄弁会講談社1943年版，第572—674页。
④ ［日］工藤寛正编：《江戸時代全大名家事典》，東京堂出版2008年版，第594页。
⑤ 刘倩编：《马隅卿小说戏曲论集》，中华书局2006年版，第116—119页。

正保二年（1645）著录有《柏案惊奇》二本①，"柏"当为"拍"之误写。明治维新以后随着内阁制度的创始，新成立的内阁文库接管了枫山官库的藏书，《内阁文库汉籍分类目录》中著录有"《二刻拍案惊奇》三九卷《宋公明闹元宵》杂剧一卷，明凌濛初，明崇祯五序刊（尚友堂）（枫）"②，末尾的"枫"字表示此书原为枫山官库所藏，据此看来，枫山官库购入的可能是《二刻拍案惊奇》，而非《拍案惊奇》的初刻，只是编纂目录时省去"二刻"两字。

从以上三种目录的著录来看，《警世通言》《拍案惊奇》均在1643年之前传入日本，而《二刻拍案惊奇》在1645年之前传入。《警世通言》有天启甲子（1624）年豫章无碍居士序，成书最迟不到20年就已传入日本，而《二刻拍案惊奇》有睡乡居士"崇祯壬申冬日"即1632年序，最迟也在成书13年后传入日本。江户初期汉籍外典藏书目前可考的似乎只有幕府官库《御文库目录》、尾张藩《御书籍目录》、日光山天海藏书和公文书馆的林罗山藏书四种，其他公私机构或个人的藏书虽然散见于各种图书馆，但尚未编集成目。与尾张藩同为"御三家"之一的水户藩，自二代藩主德川光国时藏书事业始成规模，他在明历三年（1657）于江户驻地开设史局，后改名为彰考馆，广收典籍，现存《彰考馆图书目录》中有《拍案惊奇》十本，③ 不过该目录为1918年编成，并未注明典籍的购买时间，难以确定《拍案惊奇》何时入藏。

总之，目前可考的江户初期四种藏书目录中，三种著录有三言二拍，而且距离成书时间最迟不到20年。可以想见，江户初期传入日本的三言二拍刊本很多。不过，当时日本的汉学教育以文言训读为主，精通白话者大概只有长崎译官、以"唐音"读经的黄檗宗僧人以及远渡日本的明朝遗民，直到正德、享保年间荻生徂徕的萱园、

---

① ［日］大庭脩：《東北大学狩野文庫架蔵の旧幕府御文庫目録》，《関西大学東西学術研究所紀要》1970年第3期。
② 《内閣文庫漢籍分類目録》，内閣文庫1956年版，第438页。
③ 《彰考館図書目録》，彰考館文庫1918年版，第1229页。

伊藤东涯的古义堂先后热衷于学习"唐话",主流文人才逐渐培养出白话阅读能力,因此,江户初期文人学者的著作中对三言二拍的翻译或引用较为罕见。

在幕府、大名与僧人的收藏之外,图书流通中最早出现三言二拍的是元禄元年(1688)田中清兵卫的《唐本目录》①。据《庆长以来书贾集览》,田中清兵卫是正德(1711—1716)到天明(1781—1789)年间江户的"唐本屋",即经营汉籍的书肆,同时作为"御书物所"向幕府、大名出售典籍,出版"武鉴"(武士家谱),② 尊经阁文库另藏有贞享四年(1687)呈递加贺藩主前田纲纪的《唐本屋清兵卫同善兵卫唐本价格账目》。③ 任职于幕府的新井白石,日记中也经常出现"朔日,召唐本屋清兵卫,赴职"④"宫内、四郎左卫门回信,称今日令清兵卫将《经解》藏本一帙带入宫内"⑤ "十一日,清兵卫携来《通鉴》《六经》《政要》抄本等九书"⑥ 等关于田中清兵卫的记载。大庭修在解题中称,这份《唐本目录》可能是水户藩通过田中清兵卫购买的汉籍目录。目录中有《拍案惊奇》,但未注明册数,或许就是前述《彰考馆图书目录》中的《拍案惊奇》十本。田中清兵卫服务的对象不止幕府、水户藩和前田藩,而且除田中清兵卫之外,正德时期见于《庆长以来书贾集览》的唐本屋还有京都的八郎兵卫,⑦ 虽然没有其他资料可以确证,但这一时期市场中流通的三言二拍很可能不止于此。

---

① 全文收录于[日]大庭脩《元禄元年版の唐本目录》,《史泉》1967年第35—36期。

② [日]井上和雄编:《慶長以來書賈集覽:書籍商名鑑》,高尾書店1970年增订版,第58页。

③ 全文收入[日]大庭脩《漢籍輸入の文化史》,研文出版1997年版,第259—261页。

④ [日]新井白石:《新井白石日記》上,岩波書店1952年版,第51页。

⑤ [日]新井白石:《新井白石日記》上,第59页。

⑥ [日]新井白石:《新井白石日記》上,第68页。

⑦ [日]井上和雄编:《慶長以來書賈集覽:書籍商名鑑》增订版,第58页。

除了收藏，部分学者还曾留下阅读三言二拍的记录。最早在著作中提到三言二拍的是儒者田中大观，他曾随黄檗宗僧人大通元信学习"唐话"，著有《大观随笔》，至迟在享保二十年（1735）大观逝世前完成。书中称："尝观小说名《警世通言》者，中有说钱过当处，则上方有评云：宋人小说，凡说赏劳及使费，动是若干两、若干贯，何其多也！盖小说是进御者，恐启官家减省之端，是以务从广大，观者不可不知。乃信彼中钱物固贵，而其大多过当者，本出文人弄笔之间也。"① 实为《警世通言》卷十九《崔衙内白鹞招妖》的眉批。

与田中大观同时或稍后，江户中期鸿儒伊藤东涯也曾留下阅读三言二拍的痕迹。他编有类书体典籍《名物六帖》，目录前有正德甲午岁（1714）正月自序，大约此时已经成书，后来时加修订。伊藤氏元文元年（1736）去世，生前只于享保十年（1725）刊行了第一帖，第二帖刊行于去世后的宝历五年（1755）。该帖《人品笺三》《舟车舆马》门的"扛夫"条，引《拍案惊奇》"雇了几个扛夫抬出去殡葬了"②，即卷十三《赵六老舐犊丧残生　张知县诛枭成铁案》中的文字；"看马的"条，引《拍案惊奇》"遂认他这看马的做叔叔"③，即卷二十二《钱多处白丁横带　运退时刺史当舠》，文字略有出入。"贾侩典当"门的"店小二"条，注出《古今小说》。④ 由此看来，伊藤东涯最晚也当在辞世的1736年前读到《拍案惊奇》与《古今小说》。

1743年，即伊藤东涯去世后七年，风月堂刊行了冈白驹从《醒世恒言》中选择四篇编成的《小说精言》。冈白驹在序言中称"独至乎平常俚言，不啻耳之侏离，即载之笔，亦谓之缺舌，惟攻诸象胥，学者不讲。夫国音自资用，奚必华音？而至读不能句，实学人

---

① 《大観随筆》卷一，国立公文书馆藏卷写本。
② ［日］伊藤東涯：《名物六帖》第二帖人品笺三舟車與馬，宝暦五年刊本。
③ ［日］伊藤東涯：《名物六帖》第二帖人品笺三舟車與馬。
④ ［日］伊藤東涯：《名物六帖》第二帖人品笺三賈儈典當。

之大阙也"①，表达了对学者们冷落白话小说的不满，从此三言二拍的其它选本陆续出现，盐谷温曾在《关于明代小说〈三言〉》中详加考察，此后中、日、美三国学者多有探讨，笔者不再赘述。但冈白驹的《小说精言》（1743 年刊）中翻刻了《醒世恒言》卷九《陈多寿生死夫妻》、卷二十一《张淑儿巧智脱杨生》、卷三十三《十五贯戏言成巧祸》，《小说奇言》（1753 年刊）翻刻了《醒世恒言》卷十《刘小官雌雄兄弟》，泽田一斋的《小说粹言》（1758 年刊）翻刻了《警世通言》卷三《王安石三难苏学士》、《初刻拍案惊奇》卷三十三《张员外义抚螟蛉子　包尤图智赚合同文》，这些篇目均未收录在《今古奇观》中，可见冈白驹读过《醒世恒言》，泽田一斋读过《警世通言》与《初刻拍案惊奇》。

（二）江户后期三言二拍的收藏与阅读

日本文学研究者经常以宝历（1751—1764）为界，将江户时代划分为前后两期。自从冈白驹的《小说精言》（1743）、《小说奇言》（1753）和泽田一斋的《小说粹言》（1758）刊行以来，很多知识人通过和刻本读到三言二拍中的故事，同时相继涌现出多种翻案小说，相关的研究也比较多。但相对而言，三言二拍原书的流传受到了学术界的忽视。其实这段时间公私藏书机构仍在收藏三言二拍，同时选刻本《今古奇观》与《小说精言》等也日益流行；随着幕府屡次"禁异学"，由荻生徂徕的萱园、伊藤东涯的古义堂门人先后推动的"唐话"热潮逐渐退去，儒生与白话小说渐行渐远，富商、医者、小说家等群体成为三言二拍的主要收藏与阅读者。

笔者查考江户后期书目，仅在丰后佐伯藩与曲亭马琴的藏书中发现《古今小说》与《警世通言》的记载。丰后佐伯藩八代藩主毛利高标（1755—1801）雅好典籍，号称宽政三位学者大名之一，在

---

① ［日］冈白驹、沢田一斎施訓：《小説三言》，ゆまに書房 1976 年版，第 12—13 页。

任时大大扩展藩府藏书，尤其酷爱白话小说，佐伯文库至今仍为中国古典小说的宝库。日本东北大学藏有佐伯藩的《以吕波分书目》，著录文政十一年（1828）之后的藩府藏书。据《以吕波分书目》记载，此前一年佐伯藩将1723部、20758册珍本典籍献予幕府，[①] 该书目或为整理献书后的典籍而编，其中"计"部著录《警世通言》十本。[②] 1984年日本学者梅木幸吉曾整理过当时发现的佐伯文库各种藏书目录，汇编为《佐伯文库的藏书目》，其中子部小说家类另有《古今小说》五册四十卷，为佐伯藩的幕府献纳本。[③]

曲亭马琴晚年欲为子孙谋得"御家人"身份，苦于钱财不足，不得不于天保七年（1836）卖掉部分藏书。水谷不倒曾考察过这一事件，指出马琴所售典籍中包含《今古奇观》一部，当初的买价为二百匹（约合18匁），天保七年卖价为二朱（约为7匁）；另有《拍案惊奇》一部，买价为二分二朱（约为36.25匁），卖价为二朱（约为7匁）。[④] 这两部书不见于《曲亭藏书目录》，[⑤] 或为晚年购置。

除去丰后佐伯藩与曲亭马琴，江户后期其他藏书目录中并未发现三言二拍的收藏信息。如果将目光转向长崎的书籍贸易文书，则《舶载书目》的时间下限为宝历四年（1754），并未涵盖江户后期传入日本的典籍；这一时期主要的资料是《赍来书目》《书籍元账》《书籍见账》《直组账》《落札账》，其中也未著录三言二拍，但《今古奇观》却频繁出现，如：

1.《赍来书目》著录文化二年（1805）丑六番船载来《绣

[①] ［日］磯部彰编：《東北大学所蔵豊後佐伯藩以呂波分書目の研究》，東北大学東北アジア研究センター2003年版，第419页。

[②] ［日］磯部彰编：《東北大学所蔵豊後佐伯藩以呂波分書目の研究》，第223页。

[③] ［日］梅木幸吉：《佐伯文庫の藏書目》，梅木氏1984年私版，第184页。

[④] ［日］水谷不倒：《古書の研究》，载《水谷不倒著作集》第6卷，中央公論社1975年版，第198页。

[⑤] 《曲亭藏書目録》载《日本古典文学影印叢刊32 近世書目集》，日本古典文学会1989年版，第185—264页。

像今古奇观》一部贰套。①

2.《文政十二年（1829）丑五番船直组账》著录《今古奇观》拾部，原价七匁五，加价三匁五分，总计拾匁五分。②

3.《天保十四年（1843）卯临时拂会所请达物书籍见账》著录《今古奇观》贰部，竞标的富士屋出价十一匁、高中出价十匁九分、のと屋出价十匁。③

4.《天保十四年卯临时拂落札账》著录《今古奇观》贰部，小本各贰套，总计十二册。竞标的富中出价廿匁，木下出价十七匁，大坂屋出价十六匁八分。④

5.《天保十五年辰六番割会所请达物书籍见账残》著录《今古奇观》一部二套，竞标的金泽屋出价十四匁，永见屋出价十三匁二分，木下出价十三匁一分。⑤

6.《天保十五年辰贰番割落札账》著录《袖珍今古奇观》贰部贰堂（按：原文如此，疑为"套"之误）各八册，竞标的大坂屋出价十一匁，村卜出价十匁六分，长冈出价九匁一分。⑥

7.《天保十五年辰六番割落札账》著录《今古奇观》壹部壹套拾贰本，竞标的永见屋出价十五匁八分，长冈出价十四匁壹分，安田屋出价十三匁四分；⑦ 同一账目另著录《今古奇观》壹部贰套总计十六本，竞标的金泽屋出价十四匁，永见屋出价十三匁二分，木下出价十三匁壹分。⑧

8.《弘化二年（1845）巳二番割落札账》著录《今古奇观》六部，竞标的菱屋出价拾壹匁八分，铁屋出价九匁壹分，

---

① ［日］大庭脩：《江戸時代における唐船持渡書の研究》，第260页。
② ［日］大庭脩：《江戸時代における唐船持渡書の研究》，第584页。
③ ［日］大庭脩：《江戸時代における唐船持渡書の研究》，第592页。
④ ［日］大庭脩：《江戸時代における唐船持渡書の研究》，第604页。
⑤ ［日］大庭脩：《江戸時代における唐船持渡書の研究》，第596页。
⑥ ［日］大庭脩：《江戸時代における唐船持渡書の研究》，第609页。
⑦ ［日］大庭脩：《江戸時代における唐船持渡書の研究》，第613页。
⑧ ［日］大庭脩：《江戸時代における唐船持渡書の研究》，第615页。

永见屋出价七匁五分。①

另外，书肆和泉屋喜兵卫抄录了天保二年至三年（1831—1832）的《新渡唐本市控书》②，即刚刚传到日本的汉籍目录，著录汉籍1987种，其中"词曲·戏曲·小说"类包含两部《今古奇观》，买家均为河太五，价格分别为17匁与21.5匁，③却未著录三言二拍。内阁文库还藏有一份《购来书籍目录》④，按伊吕波顺序著录舶来汉籍的书名、套数、运载船名以及书价。据大庭修考证，这些典籍在天保六年（1835）到弘化元年（1844）之间传入日本。目录中有《今古奇观》一部，1837年舶来，价格为6匁，⑤但依然未著录三言二拍。

由此看来，与清代一样，江户后期《今古奇观》逐渐在书籍贸易中取代了三言二拍。不过不同于中国，江户时期还发生了另一种情况，即《小说精言》《小说奇言》《小说粹言》也在取代《今古奇观》的位置。

三河国渥美郡设有羽田文库，以神官羽田野敬雄的藏书为主，其中包含汉籍404部3009卷，⑥《羽田文库藏书目录》中有《搜神记》《列仙全传》《博物志》《棠阴比事》《肉蒲团》等多种汉文小说，还有《小说精言》《小说奇言》《小说粹言》等选刻小说，⑦却未收藏三言与《今古奇观》原书，尽管《今古奇观》并非罕见。江户后期读本小说大家曲亭马琴的《曲亭藏书目录》中有《平山冷

---

① ［日］大庭脩：《江戸時代における唐船持渡書の研究》，第627页。
② 全文收录于《彌吉光長著作集》第3卷，日外アソシエーツ1980年版，第269—290页。
③ 《彌吉光長著作集》第3卷，第286页。
④ ［日］大庭脩：《内閣文庫の購来書籍目録〔翻刻〕》，《関西大学東西学術研究所紀要》1968年第1辑。
⑤ ［日］大庭脩：《内閣文庫の購来書籍目録〔翻刻〕》，第61页。
⑥ ［日］藤井隆编：《近世三河·尾張文化人藏書目録》第2卷，ゆまに書房2005年版，第247页。
⑦ ［日］藤井隆编：《近世三河·尾張文化人藏書目録》第2卷，第172页。

燕》《石点头》《醉菩提》《隋史遗文》等白话小说，却并未收藏《古今小说》《警世通言》《醒世恒言》。江户后期著名的贷本屋（租书店）大惣屋藏有《通俗今古奇观》《通俗醒世恒言》《通俗赤绳奇缘》（《卖油郎独占花魁》的日译）①，却未收藏三言二拍或《今古奇观》。由于贷本屋以大众读者为服务对象，其典籍选择很能反映当时的阅读倾向。

虽然三言二拍较少见于藏书目录，但并未从阅读视野中消失，知识人或小说家的随笔日记中还可见到阅读三言二拍的记载，只是频率仍难与《今古奇观》相比。

俳人胜部青鱼（1712—1788）著有《剪灯随笔》，对中日文学多所评骘，是江户时期至为难得的小说评论资料，可惜尚未受到学术界的关注。书中卷三提到"卖油郎之事，初见于《小说奇言》，此外出于《赤绳奇缘》，详见《今古奇观》"②，《卖油郎独占花魁》首见于《醒世恒言》，后收入《今古奇观》，而胜部青鱼仅谈到《今古奇观》，很可能并未看到《醒世恒言》；另一处提到"小说多妄，但偶有足观之事。《今古奇观》载，一少年书生萧秀才（忘其名），孤贫，独居读书，其家对面有土埋神祠"③，即《今古奇观》卷十八《刘元普双生贵子》，原为《初刻拍案惊奇》卷二十《李克让竟达空函　刘元普双生贵子》，胜部青鱼只论《今古奇观》，很可能并未看到《初刻拍案惊奇》。

江户中后期小说家都贺庭钟（1718？—1794？）向来被视为读本小说的开创者，他大量阅读传入日本的汉文小说，其《英草纸》《繁野话》等小说频繁取材于三言二拍。天理大学图书馆藏有都贺庭钟的读书札记《过目抄》十三册，其中包含《今古奇观》（乾隆乙

---

①　[日] 柴田光彦編：《大惣蔵書目録と研究本文篇》，青裳堂書店1983年版，第666页。

②　[日] 勝部青魚：《剪燈随筆》卷三《今古奇観の一話》，載 [日] 森銑三等編《随筆百花苑》第6卷，中央公論社1983年版，第296页。

③　[日] 森銑三等編：《随筆百花苑》第6卷，第294页。

丑重镌，墨憨斋手订，植桂楼藏版）和《拍案惊奇》（姑苏原本，消闲居精刊），① 据稻田笃信等人的调查，《过目抄》中著录的典籍可能是宽延到明和年间都贺庭钟所读。②

前文已述曲亭马琴藏有《今古奇观》与《拍案惊奇》，他初次看到《拍案惊奇》可能在文政十三年（1830），其读书笔记《著作堂杂记》中有"《拍案惊奇》十八卷，合十册，俗语小说，题目抄录仿《西洋记通俗演义》《西游记》"③。马琴日记中也多次出现《拍案惊奇》，如天保二年正月十日"高松家老木村亘来信。为庆贺新年，特赠京扇三把、并言欲借《拍案惊奇》"④，木村亘即木村通明，曾评点过《三遂平妖传》《后西游记》《金瓶梅》等白话小说以及马琴的《八犬传》，二人在中国小说阅读中同气相求，马琴的日记与书信中多有与其交往的文字，两人彼此借阅的书籍不止《拍案惊奇》一种。

同年正月十七日，马琴又写到"顺便往冈田屋嘉七处，请借《拍案惊奇》《狯园》《秋灯丛话》三书。然，《拍案惊奇》去春购入，中有缺叶，借阅该书，欲补足也"⑤，据《日本古典籍书志学辞典》⑥，冈田屋嘉七为江户初期到明治年间书肆，佐久间氏，堂号为尚古堂。文政七年（1824）刊行的《江户买物独案内》"本屋"条有"诸宗御经类、芝神明前、唐本、和本、佛书、石刻、和汉法帖、书物问屋，尚古堂冈田屋嘉七"，即冈田屋嘉七经营"唐本"（舶来

---

① 参见《中村幸彦著述集》第 7 卷，第 38 页。
② ［日］高田衛监修：《江戸怪異綺想文芸大系第 2 卷 都賀庭鐘集 伊丹椿園集》，国书刊行会 2001 年版，第 768 页。该书收录都贺庭钟《過目抄》全十三册中的最后一册。
③ 《曲亭遺稿》，国书刊行会 1911 年版，第 452 页。按：《曲亭遺稿》中收录的《著作堂雜記》并非全本，故名《著作堂雜記抄》。
④ ［日］紫田光彦新订增补：《曲亭馬琴日記》第 2 卷，中央公論新社 2009 年版，第 294 页，
⑤ ［日］紫田光彦新订增补：《曲亭馬琴日記》第 2 卷，第 299 页。
⑥ ［日］井上宗雄编：《日本古典籍書誌学辞典》，岩波书店 1999 年版，第 81 页。

汉籍）的买卖，其中还包括《拍案惊奇》等白话小说。同年二月一日写到"午后，清右卫门来。（中略）另，奉寄木村亘书信一封、《拍案惊奇》一部，今日送抵府上，令清右卫门持去"①，二月二十七日写到"木村亘来信，先前所借《拍案惊奇》，今返还"②。回溯整个经过，木村通明正月十日欲借马琴所藏《拍案惊奇》，马琴或许早已得知冈本屋嘉七另藏一部较为完整的版本，于是正月十七日借来校补自己的藏本后，在二月一日将《拍案惊奇》借给木村通明，木村在26天后看完并返还。

除去《拍案惊奇》，曲亭马琴日记还在天保三年和天保五年多次提到《今古奇观》，如天保三年七月四日写到："午后，飞脚屋伊势松坂殿村佐六，送一纸包来，速速开封。此前该人曾有书信，言明将借来《今古奇观》《野作纪事》《金兰筏》等，重七百匁。六月十五日寄出，与书信同于二十日后之今日抵达。"③所谓飞脚，即江户时代负责运送书信、金银和包裹的邮递员，根据上下文判断，"此人"实为伊势松坂的富商兼藏书家殿村篠斋，酷爱和汉小说，曾评点马琴的《八犬传》，两人多有书信往来。查马琴书信集，此前三天他曾寄书与殿村篠斋，称："日前所论《野作》之事写本五册，并《今古奇观》《金兰筏》，允借于吾，十四日同付飞脚。每承厚爱，不胜感激。敬候书达。"④马琴此时身在江户，距离伊势松坂不过五六百公里，从殿村处借得的《今古奇观》经过二十天才送达，可见异地文人之间书籍往来耗时之久。从七月五日开始，连续十几天的日记均有阅读《今古奇观》的记载，自到七月十七日"予将《今古奇观》中熟字、诗句等抄入《杂记》，毕"，即12天后才读完《今古奇观》。所谓《杂记》或指前述读书笔记《著作堂杂记》，但现存

---

① ［日］紫田光彦新订增补：《曲亭马琴日记》第2册，第308页。
② ［日］紫田光彦新订增补：《曲亭马琴日记》第2册，第326页。
③ ［日］紫田光彦新订增補：《曲亭馬琴日記》第3册，第151页。
④ ［日］天理図書館編：《馬琴書翰集　翻刻篇》，天理大学出版部1980年版，第60页。

《著作堂杂记抄》天保三年未曾著录《今古奇观》，相关记载或已佚失。

上述留下阅读小说痕迹的知识人，无论胜部青鱼、都贺庭钟，还是曲亭马琴、木村通明、殿村篠斋，均非正统儒者。胜部青鱼是寂寂无闻的西宫医者，存世著作只有《剪灯随笔》；都贺庭钟也以医为业，兼写小说；曲亭马琴出身武士，却脱离主家、以戏作谋生；殿村篠斋身为伊势富商，以国学与和歌著称；木村通明是高松藩家老，颇有治世之才，却非正统学者，生平著作也以小说与歌舞伎评论为主。如果说江户前期林罗山、荻生徂徕、伊藤东涯等名儒还曾热衷于收藏或阅读小说，甚至成为"唐话"与白话小说热潮的主要推动者，那么江户后期白话小说的阅读主体已经转向商人、医者或小说家，以汉学立身的儒生逐渐远离白话小说，至少公开场合谈论甚少，也难得形诸文字。比较一下前后两期汉学家的著作，就会发现其中的差别。

江户前期主流汉学者林罗山（《怪谈》《狐媚抄》《梅村载笔》）、室鸠巢（《骏台杂话》《鸠巢小说》）、中江藤树（《为人抄》《鉴草》）、贝原益轩（《京城胜览》）、熊泽蕃山（《三轮物语》《源氏外传》）、荻生徂徕（《萱园随笔》《风流使者记》）、雨森芳洲（《多波礼草》《橘窗茶话》）、伊藤东涯（《名物六帖》《盍簪录》）等基本都撰有小说杂纂类著作，而江户后期的主流汉学者如江村北海、山本北山、市河宽斋、赖山阳、广濑淡窗、佐藤一斋、藤田幽谷等却少有此类著作。这固然与学术分流与学者的专门化有关，也反映出幕府屡次"禁异学"导致昌平官学与诸藩学塾的儒生日益埋头于经史。[①] 自享保年间开始，"文人意识"逐渐增强，具有汉学修

---

① 江户后期藩校藏书中也有白话小说或其译本，如彦根藩弘道馆藏有《通俗战国策》《通俗三国志》《通俗十二朝军谈》《通俗元明军谈》《通俗南北军谈》《吴越军谈》《续后三国志》，甚至还有《西游记》三册，只是仅录书名与册数，不知是否为白话小说《西游记》。参见［日］朝仓治彦监修《彦根藩弘道馆书籍目录》，ゆまに书房2005年版。藩校所藏小说多为历史演义，意在从中汲取历史知识。

养的服部南郭、祇园南海、彭城百川、宫崎筠圃、柳里恭等书画名家更热衷于诗文雅趣，①"文人"世界也与小说渐行渐远，限于篇幅，此中问题笔者将另文探讨。这时认真阅读三言二拍等白话小说的，恐怕多为商人、医生、小说家等群体。明治时期从事中国文学研究的新一代学者，其父祖辈或者授业之师往往以汉学或汉诗著称，对白话小说并不熟识，江户前期林罗山、中江藤树、荻生徂徕、伊藤东涯那种兼具诗文与小说素养的汉学家已为数不多，于是当盐谷温在内阁文库、长泽规矩也在蓬左文库发现江户时期枫山官库与尾张藩收藏的三言二拍时，才有发现新天地之感。

（三）"发现"三言二拍：大学教育与英法汉学

盐谷氏为汉学世家，在学界知交甚广，盐谷温便曾求知于多位学术名家。他在学习院中等科时跟随市村瓒次郎学习中国史长达三年，当时的教授还有白鸟库吉、荻野由之、横井简治、安井小太郎等名儒或史家；②盐谷温与安井小太郎有通家之好，安井又为盐谷温尽媒妁之责，两家来往密切。③无论从家庭出身、大学学科设置还是授课教师来讲，除森槐南之外他所接受的教育很少涉及白话小说，或许在远赴欧洲留学之前读过的白话小说也屈指可数。

盐谷温1899年考入东京大学（当时正式名称为"帝国大学"，1897年京都帝国大学成立后改名为"东京帝国大学"，1947年恢复建校时的旧称"东京大学"）文科大学汉文学科，1902年毕业。据他本人回忆，当时汉文学科分为经、史、文三个小班，他所在的是史班，而非文班，④初衷是从事中国历史研究。此前从汉文学科毕业且以中国文学研究为业的有狩野直喜（1895）、藤田丰八（1895）、

---

① ［日］中村幸彦：《近世文人意識の成立》，载《中村幸彦著述集》第11卷，中央公論社1982年版，第378页。
② ［日］塩谷温：《天馬行空》，日本加除出版1956年版，第63页。
③ ［日］塩谷温：《天馬行空》，第71页。
④ ［日］塩谷温：《天馬行空》，第56页。

久保天随（1899）、铃木虎雄（1900），① 这些学者的父祖辈也大都是传统的旧藩士或汉学者。盐谷温的父亲盐谷青山、伯祖盐谷宕阴都是昌平官学出身的一代名儒；狩野直喜幼年父母双亡，祖父为肥后细川藩藩儒，自己也曾就学于具有儒教之风的济济黉②；铃木虎雄的祖父开创汉学塾长善馆，父亲继任馆主；③ 久保天随的父亲是信浓国高远藩藩士，只有藤田丰八的父祖均为德岛县美马郡郡里村的旧家，不以学识见长。④

根据明治十九年的《帝国大学文科大学学科课程改正》⑤，东京大学汉文学科学制三年，每年都有《东洋哲学》《中国经学》《中国历史》《汉文学》课程，这项制度一直沿用到盐谷温入学时。由于大学成立不久，师资缺乏，授课者往往是旧派汉学家。据盐谷温回忆，学制要求汉文学科经、史、文三班每周一课程各异，经班是"中国哲学史"，史班是"中国法制史"，文班是"中国文学史"，但现实中三门课程均由儒学者根本通明讲授易经，三班同时上课，不过经班将其当做哲学史，史班将其当作法制史，文班将其当作文学史。听到有人提出异议，根本通明声称"《易》中既有哲学，兼备法制、文学，换言之，《易》为万物根本，通于《易》即可"⑥。最后一学年的授课教师有星野恒，讲授内容为唐宋八家文与《左传》。盐谷温说："我根据中国研究会的官命，留学中从事中国文学尚未开拓的戏曲小说研究。回国后立于大学讲坛，正欲别开生面，却被

---

① ［日］三浦叶：《明治の漢学》，汲古書院1998年版，第213页。
② ［日］狩野直祯：《祖父狩野直喜传略》，载［日］狩野直喜《中国学文薮》，周先民译，中华书局2011年版，第2页。
③ ［日］東方学会编：《東方学回想》第2卷，刀水書房2000年版，第115—120页。
④ ［日］小柳司气太：《文学博士藤田豐八君略伝》，载［日］藤田豊八等《東西交涉史の研究南海篇》，荻原星文館1943年版，第1页。
⑤ 参见《東京大学百年版史·資料二》，東京大学出版会1985年版，第639—640页。
⑥ ［日］塩谷温：《天馬行空》，第56页。

(星野恒）斥责为'不袭传家之业，舍唐宋八家而趋就金圣叹，意欲何为'"①。

汉文学科的讲师，史班有那珂通世，文班有盐谷青山（盐谷温之父）与森槐南。盐谷青山为传统汉学家，那珂通世专攻中国史，均未涉足中国小说研究。森槐南1899年就任东京大学文科大学讲师，讲授的课程除唐诗外，还有元曲《西厢记》以及汉唐小说，②盐谷温自称森槐南为其"中国戏曲小说的启蒙"③。神田喜一郎编有《森槐南遗稿：中国诗学概说》，在序言中称"昔，彼为东京帝国大学文科大学讲师，门人森川竹磎将授课所用手稿汇而成编"，并提到除此之外尚有《词曲概论》《汉唐小说史》《作诗法讲话》等数种，④则《中国诗学概说》《词曲概论》《汉唐小说史》《作诗法讲话》可能均为森槐南授课讲义，其中与小说相关者为《汉唐小说史》与《作诗法讲话》。除此之外，森槐南在盐谷温1906年赴欧之前还曾发表过《话说中国小说》（1891—1892），翻译过《鹤归楼》（1889—1890）与《水浒后传》（1893—1895），并与森鸥外、三木竹二、依田学海、幸田露伴、森田思轩合评过《水浒传》（1897）。⑤

《汉唐小说史》全十三回，体例与大学课程相符，仅涉《山海经》《穆天子传》《搜神记》《世说新语》《虬髯客传》《霍小玉传》《李娃传》《柳毅传》《枕中记》《南柯记》等文言小说，论及故事梗概与目录源流的演变，虽然对小说研究有推进之功，却并未超出传统子部之学。⑥《作诗法讲话》在末章《小说概要》中论及中国小说发展史，篇幅较短，文言部分与《汉唐小说史》多有重合。谈到

---

① ［日］盐谷温：《天馬行空》，第60页。
② ［日］盐谷温：《天馬行空》，第69页。
③ ［日］盐谷温：《天馬行空》，第70页。
④ ［日］森槐南：《中國詩學概說：森槐南遺稿》，临川书店1982年版，第1—3页。
⑤ ［日］溝部良惠：《森槐南の中國小說史研究について：唐代以前を中心に》，《中国研究》2008年第1期。
⑥ 《森槐南先生手稿漢唐小說史》，早稻田大学图书馆藏，出版时间与地点不详。

白话小说一再强调其"言文一致"符合现代小说观念,"今人最欣赏"①,呼应着明治时期日本小说的文体改革。书中借鉴郎瑛《七修类稿》或《水浒传》天都外臣序的说法,称白话小说源自宋仁宗时,起初是笔录说书内容如《宣和遗事》,谈到的作品主要是"四大奇书"、《女仙外史》《红楼梦》《儒林外史》等长篇小说。

《汉唐小说史》与《作诗法讲话》两门讲义具体于何时讲授已难加查考,尤其是《作诗法讲话》可能是晚年之作,讲授时盐谷温已经毕业,而且讲义出版当年盐谷温即赴欧求学。即便二者均在盐谷温就学东大(1899—1902)时讲授,也只能说森槐南为他打开了中国小说的门户,却未铺就白话短篇小说研究之路。如果走出课堂,那么1906年盐谷温赴欧之前日本已出版九部中国文学史,② 不过内容多限于诗文,古城贞吉甚至在《中国文学史》订正版的余论中称"士君子非无作传奇小说之意,而竟不为之者,性情卑劣之徒执笔墨,(士君子)耻于颓波浊流间争论短长。自古以来此类著作大都摈弃于文学之外,由是观之,岂偶然哉"③。盐谷温考入东京大学之前两年,笹川种郎出版《中国小说戏曲小史》④,小说部分专论白话而不及文言,详细讨论的作品只有《水浒传》《三国志》《西游记》《红楼梦》四种,谈到李渔只论戏曲而不涉小说。

总而言之,可以说盐谷温就学于东京大学时专攻史学,授课教师也多为旧派汉学家,或接受现代学术训练但从事经史诗文研究的新一代学者;只有森槐南担任东京大学讲师时,可能在诗文之余兼及戏曲小说,这对盐谷温走上戏曲小说研究起到了启蒙发凡之功,但具体到白话短篇小说却非森槐南所长。包括三言二拍在内的短篇小说尚在内阁文库、蓬左文库、佐伯文库、尊经阁文库等藏书机构

---

① [日]森槐南:《作詩法講話》,文会堂书店1911年版,第335页。
② 陈广宏:《中国文学史著作编年简表(1854—1949)》,载陈广宏《中国文学史之成立》,上海古籍出版社2016年版,第321—360页。
③ [日]古城贞吉:《支那文学史》,富山房1902年版,第585页。
④ [日]笹川種郎:《支那小説戯曲小史》,東華堂1897年版。

中少人问津。甚至不止学术训练，东京大学的汉文教育也延续着江户时期的传统，以和音训读和诗文创作为主，极少培养会话能力，课程设置中也没有类似内容，以至于 1908 年盐谷温在留学德国期间赴剑桥拜访汉学家翟里斯，见面后翟里斯问他能否以汉语对话，汉文学科出身的盐谷温以英文回答不能，但可以用德语交谈。①

从另一角度来看，东京大学汉文学科给盐谷温提供了扎实的外语训练。东京大学自 1877 年创立伊始便有文学部，学制四年，部内分史学、哲学、政治学的第一科与和汉文学的第二科，和汉文学科每年均有英语或英文学课程，而且连续三年必修欧美史学与哲学，②非常注重青年一代对西方文史研究的了解，1881 年学科改组后，甚至将第一科修习的第二外语扩展到整个文、理学部。③ 明治时期东京大学汉文学科培养的学者大多具有优秀的外语能力，很多学者掌握两种或两种以上西方语言。藤田丰八曾在上海东文学社教授王国维英文，还精通法文，曾经在大学讲授卢梭的《爱弥儿》；④狩野直喜从小就在济济黉学习英语，也能流利地用法语交谈；⑤ 久保天随通英文、德文，曾翻译歌德的《浮士德》；⑥ 铃木虎雄 13 岁入东京英语学校。⑦ 盐谷温本人在翟里斯面前称能以英文、德文会话，⑧ 多半也能阅读法文著作。当时东京大学的教师若要晋升职称，往往要有留学欧洲的经历，盐谷温也不例外。

据 1906 年 11 月 7 日《官报》"留学生出发"条记载："文部省外国留学生东京帝国大学文科大学助教授盐谷温、同东京高等

---

① ［日］塩谷温：《天馬行空》，第 101 页。
② 《東京大学百年版史·部局史 1》，東京大学出版会 1986 年版，第 413—414 页。
③ 《東京大学百年版史·部局史 1》，第 415 页。
④ ［日］東方学会编：《東方学回想》第 1 卷，刀水書房 2000 年版，第 199 页。
⑤ ［日］東方学会编：《東方学回想》第 1 卷，第 167 页。
⑥ 黄得时：《久保天随博士小传》，《中国中世文学研究》1962 年第 2 期。
⑦ ［日］東方学会编：《東方学回想》第 2 卷，第 121 页。
⑧ ［日］塩谷温：《天馬行空》，第 101 页。

工业学校教授松浦和平,均于去月三十日出发"①,先在慕尼黑大学学习德语一年,后赴莱比锡大学学习一年半。德国汉学家海尼士1930年称莱比锡大学"实为德国大学中唯一无二具有久而不断之汉学教授历史"②,但莱比锡的汉学研究以语言学为主,文学研究并非所长,盐谷温后来回忆这段留学经历时,最常提到的名字也多来自英法,称"意外的是,法国学者中有巴赞、茹理安、德尼等,翻译了诗曲、小说,我对此吃了一惊。这毕竟是对于中国语学研修的结果。这是纯文学方面的工作。面对在日语中都还没有见到适当翻译的《西厢记》《琵琶记》等的法语翻译本,实在感到汗颜"③,在抵达德国之前,他已对英法汉学有所了解,甚至学习汉语的教科书就是威妥玛的《语言自迩集》和翟里斯的《华英词典》。④

日本学术界逐渐遗忘了江户时期盛行的三言二拍等白话短篇小说,但法国却从来华传教士开始,白话短篇小说的翻译与改编不绝如缕。自1814年法兰西学院设立汉语教授席位开始,现代汉学逐渐确立,首任教授雷慕莎(1788—1832)就编纂过三卷本的《中国短篇小说》,收录《今古奇观》卷二十六《蔡小姐忍辱报仇》、李渔《十二楼》中的《合影楼》《夺锦楼》《三与楼》等短篇小说。他在前言中称"这些小说已展现在欧洲读者面前,希望它们能倍受珍视。(中略)期待着学者的一片热忱能满足票友们的好奇心,对中国某种次要文体如道德小说与短篇故事具备鉴赏品位的人,它能让你心有戚戚焉。这些作品通常篇幅不长,从艺术角度来说不能与传奇作家的鸿篇巨著相提并论。如果说小说背景

---

① 《官报》明治三十九年11月7日第7008号。
② 海尼士:《近五十年德国之汉学研究》,载李雪涛编《民国时期的德国汉学:文献与研究》,外语教学与研究出版社2013年版,第37页。
③ [日]盐谷温:《游学漫言》,《东亚研究》1912年11月号,参见李庆《日本汉学史》第2部,上海人民出版社2016年版,第349页。
④ [日]塩谷温:《天馬行空》,第101页。

与人物形象通常不够鲜明，我们却可以从中看到五花八门的故事与细节，引人注目，揭露越来越多的私人内心生活以及社会隐秘的家庭习俗"①，这已经超出了传教士或 18 世纪启蒙思想家们因陌生而对中国小说产生的幻想，近似严肃的文学批评。他还在自己翻译的《玉娇梨》序言中称：

> 那些短得多的作品，类似我们的 Nouvelles（短篇小说）一样小巧。如果把相同的汇集成册，可以容纳好几百篇。有些是用诗体写的，有些则是用文学笔调将其汇聚成编，往往多达数百篇。有些是韵文体，有些为文艺体。以散文写就者，常含相当数量的诗歌。有的通篇会话，这是所谓小说家们最钟情的，以至于部分章节整体就像三两个话篓子撑起的喜剧。②

盐谷温提到的德尼（Le Marquis d'Hervey de Saint Denys），现在多译为德理文（1822—1892），他在《三种中国小说》中翻译了《今古奇观》中的三篇小说，分别是卷三十九《夸妙术丹客提金》、卷十《看财奴刁买冤家主》与卷二十七《钱秀才错占凤凰俦》，正文之前附有《今古奇观》中已被译为英、法文的小说目录，共有 15 篇。他在序言中称：

> 这是包含 40 篇作品的小说集，以"官话"写成，起源于 13 世纪。一位中国编者在成了众手的珠玉宝库中慧眼识荆。初版《今古奇观》可以追溯到明亡前一个多世纪，它在 1368 至 1616 年间稳坐龙庭，远早于目下的鞑靼王朝初掌天下之时。

---

① Abel Reémusat ed. *Contes chinois*, Tome 1, Paris: Chez Moutardier, 1827, pp. V – Ⅵ.

② Jean – Pierre Abel – Rémusat Trad. *Iu – Kiao – Li, ou les Deux cousines*. Tome 1, Paris: Ernest Leroux, Editeur, 1885, pp. 26 – 27.

观察这个时代，对判断小说舞台上众多角色的音容笑貌与生活习性不无裨益。①

盐谷温留学德国时，欧洲汉学界的权威期刊是荷兰学者施古德（Gustaaf Schlegel）与法国学者考狄（Henri Cordier）共同主编的《通报》（T'oung Pao），1890年创刊第一卷就刊发了考狄的《〈今古奇观〉已译篇目》，② 在德理文整理的目录基础上做了增补。法国汉学界对白话短篇小说的翻译与研究始终未曾断绝，但由于图书收藏与阅览的困难，对象多为《今古奇观》或李渔的小说。虽然现代汉学研究早在19世纪初就已确立，但苦于资料缺乏，直到现代图书馆制度确立、各大机构的藏书目录编纂完成，汉学家们才对传到欧洲的小说文献有了系统的了解。

1870年以后随着工业化的发展，大学教育日益普及，知识阶层数量增加，以图书档案为基础的学术研究逐渐确立，欧洲各国相继建立近代实用性的图书馆，③ 以往国王、贵族或教会广储珍本、秘不示人的状态有了明显改观，英法两国汉学家也在致力于整理大学或公共图书馆的汉籍藏书。1902—1912年间汉学家古恒（Maurice Courant）为法国国家图书馆编纂完成《中、朝、日等图书目录》④，1903年汉学家道格拉斯（Robert Kennaway Douglas）编纂完成《大英博物馆汉文典籍与抄本增补目录》⑤，1915年汉学家翟里斯（Herbert A. Giles）编纂完成《剑桥大学图书馆威妥玛文

---

① Le Marquis D'Hervey – Saint – Denys, *Trois Nouvelles Chinoises*, Paris: Ernest Leroux, Editeur, 1885, pp. V – Ⅵ.

② *T'oung Pao*, Vol. Ⅰ, 1890, pp. 266 – 273.

③ Joris Vorstius, Siegfried Joost：《図書館史要説》，［日］藤野幸雄訳，日外アソシエーツ1980年版，第115页。

④ Maurice Courant: *Catalogue des livres chinois, coréens, japonais, etc.* Paris: E. Leroux, 1900 – 1912.

⑤ Robert Kennaway Douglas: *Supplementary catalogue of Chinese books and manuscripts in the British Museum*, London: British Museum, 1903.

库汉文与满文文献增补目录》①。这三部目录均著录了《今古奇观》,法国国家图书馆的《中、朝、日等图书目录》第 1 卷 (1902 年出版) 还著录《醒世恒言》一部,编号为 4246—4248;②《拍案惊奇》两部,编号分别为 4252—4254、4258;③《拍案惊奇二集》一部,编号为 4255—4257,④ 早于盐谷温在内阁文库的发现 22 年,编者古恒曾任里昂大学汉学教授,但主要关注对象为语言学,不以小说研究见长。

在盐谷温发表《关于明代小说三言》前一年,法国汉学家伯希和 1925 年在《通报》上发表了《论〈今古奇观〉》⑤,可能是欧洲汉学界最早利用《拍案惊奇》写成的论文。伯希和的原意是评论豪厄尔 (E. B. Howell) 编译的《今古奇观:庄子妻水性杨花等中土小说》,主要精力却放在了《今古奇观》故事来源与刊刻时间的考察上。他调查了大英博物馆、法国国家图书馆等藏书机构收藏的《今古奇观》与《拍案惊奇》《二刻拍案惊奇》,由笑花主人序言提到的"皇明"推测《今古奇观》刊刻于明亡前,又根据卷五《杜十娘怒沉百宝箱》中提到万历"在位四十八年",推测刊刻时间最早为泰昌元年,即 1620 年。笑花主人序提到《今古奇观》是从墨憨斋所纂"《喻世》《警世》《醒世》三言",以及即空观主人"爰有《拍案惊奇》两刻"中选刻而成,而《二刻拍案惊奇》有睡乡居士"壬申冬日"序,即 1632 年,于是将《今古奇观》的

---

① Herbert A. Giles: *Supplementary catalogue of the Wade Collection of Chinese and Manchu books in the library of the University of Cambridge*, Cambridge: Cambridge University press, 1915.

② Maurice Courant: *Catalogue des livres chinois, coréens, japonais, etc.*, Tome 1, Paris: E. Leroux, pp. 425 – 426.

③ Maurice Courant: *Catalogue des livres chinois, coréens, japonais, etc.*, Tome 1, pp. 426 – 427.

④ Maurice Courant: *Catalogue des livres chinois, coréens, japonais, etc.*, Tome 1, pp. 426.

⑤ Paul Pelliot: "Le Kin kou ki kouan", *T'oung Pao*, Vol. 24, 1925, pp. 54 – 60.

刊刻时间锁定在 1632—1644 年之间，与盐谷温、马廉的推测一致。

盐谷温的《关于明代小说三言》原本分三期连载于《斯文》杂志 1926 年第 8 编 5、6、7 号，在第二期连载时，正文后附有"追记"，称：

> 经神田博士提醒，注意到《通报》第二十四卷登载法国东洋学者伯希和与《今古奇观》有关之研究，遂一睹为快。论源流而引笑花主人序，述及三言与《拍案惊奇》，诚感佩之至，深自惭愧。其所见《今古奇观》，题为"喻世明言二刻"，且有"墨憨斋手定""吴郡宝翰楼"。今宇野博士渡欧，赴巴黎访伯希和，遂托其往国民图书馆调查原本。明春归来，或可请教新闻，欣然待之。①

伯希和论《今古奇观》的论文早于盐谷温一年发表，即 1925 年，而盐谷温在内阁文库发现三言是在 1924 年，不过迟至 1926 年才公布这一消息，两人独立从事与三言二拍相关的研究。而且，伯希和论文的日语译本 1927 年刊载在《斯文》杂志，② 也即连载盐谷温《关于明代小说三言》的同一份杂志，同一期还刊载了马廉《关于白话短篇小说三言二拍》的译文，这段学术公案如此结束，盐谷温成人之美的君子之风令人动容。

盐谷温离开德国后，旋即奔赴中国，开始了新的留学生活，这段时间与叶德辉的师生情谊已经成为一段学术佳话。1912 年 8 月 29 日的《官报》"学事：留学生出发及归朝"项记载"东京帝国大学文科大学助教授盐谷温本月一日归朝"③，自 1906 年 10 月 30 日离开日本，到 1912 年 8 月 1 日返回，结束了将近六年的留学生活，盐谷

---

① ［日］塩谷温：《明の小説三言に就て（二）》，《斯文》1926 年第 8 编第 6 号。
② パウル・ペリオ述：《今古奇観に就て》，《斯文》1927 年第 9 编第 4 号。
③ 《官报》1911 年 8 月 29 日第 26 号。

温的学术生涯已进入一片新天地。

小结

三言二拍成书后不久就已传入日本，被日光轮王寺僧人天海、尾张藩初代藩主德川义直与幕府将军等人收藏，但江户初期日本文人大多不通白话，其著作中对三言二拍的翻译或引用较少。由于荻生徂徕、伊藤东涯等当世名儒对"唐话"的热衷，文人阅读白话小说的能力逐渐提升，最迟自享保年间开始，田中大观、伊藤东涯、冈白驹、泽田一斋等人就已留下阅读三言二拍的记录。日本选刻三言二拍的"小说三言"刊行以后，这些小说流传日广，江户后期丰后佐伯藩与曲亭马琴均曾收藏《古今小说》或《警世通言》，但宝历以后的书籍贸易中再未出现三言二拍的记录，《今古奇观》却频繁出现在《舶载书目》等唐船持渡目录中，逐渐取代三言二拍，成为主要的阅读对象，同时，"小说三言"也在阅读与收藏中逐渐取代《今古奇观》。

从江户前期到江户后期，小说阅读群体发生了变化，由前期以汉学者为主，转变为后期的富商、医生或小说家为主，汉学家日益疏远小说。这种趋势延续到现代，明治时期的新一代中国文学研究者父祖辈多为以经史诗文立身的旧藩士或汉学者，最早在东京大学汉文学科授课的也大都是这些人。盐谷温等青年学者在大学里学到的往往是诗文，白话小说很少进入大学课堂，甚至对盐谷温有启蒙之功的森槐南对白话短篇小说也知之不多，以至于盐谷温初次接触江户时期曾经盛行的三言二拍时，才会有重新发现之感。东京大学为青年学子打下了良好的外语基础，又设置多门西方文史课程，为他们接受西方学术创造了条件。盐谷温留学德国期间对英法两国的汉学研究多所了解，尤其是法国的白话短篇小说翻译与评论。到1924—1926年之间，伯希和在法国、盐谷温在日本，几乎同时写下与三言二拍相关的研究文章，逐渐确立了三言二拍在中国小说史上的地位。

第二节　小说流通中的书商和书价

一　唐本屋与中国趣味的扩展

江户时期大量汉籍传入日本，并对日本的文化生活产生了不可估量的影响，中日两国越来越多的学者开始从事汉籍域外流播的研究，尤其是日本文人对诗文、小说的阅读与模仿。但是，汉籍从登陆长崎到流入读者手中往往经历诸多中间环节，而传统的文献学者（日本称为"书志学者"）关注的主要是舶载汉籍的目录、版本以及收藏、阅读、翻案等与文人有关的流播环节，运输、出售等市场流通活动往往受到忽视，或者仅从技术角度入手展开讨论，尤其是在汉籍传播中起到重要作用的唐本屋。日本学者铃木俊幸的《近世近代初期書籍研究文獻目録》收录2014年之前刊行的研究资料，其中关于唐本屋的研究只有一种，即大庭修《江户时代日中秘话》中不到一页的简短介绍。[1]

在笔者视野中，从20世纪后期以来，欧美学者逐渐将法国年鉴学派的书籍社会史思路带入江户时期出版文化研究中，立足于文化传播网络来考察书籍的出版与流通，而不只从物质形态与技术细节角度还原历史，用安德鲁·马库斯的话来说，就是"侧重考察阅读的环境，而不只是对象"[2]，如彼得·科尔尼奇关于江户时期书籍价格、广告等的研究，[3] 安德鲁·马库斯从知识传播角度对大惣贷本屋

---

[1]　[日] 铃木俊幸：《近世・近代初期書籍研究文獻目録》，勉诚出版2014年版，第91页。

[2]　Andrew Markus, "The Daiso Lending Library of Nagoya, 1767–1899", in Cynthia Brokaw, Peter Kornicki ed. *The History of the Book in East Asia*, Farnham: Ashgate, 2013, p. 509.

[3]　Peter Kornicki, *The Book in Japan: A Cultural History from the Beginnings to the Nineteenth Century*, Leiden: Bril, 1998, pp. 169–222.

的研究，① 玛丽·贝利通过地图、名所记、重宝记等实用书籍的出版对日本社会自觉与国家整合的考察，等等。② 日本学者也做过类似的尝试，如今田洋三在《江户的本屋：近世文化史的侧面》一书中力图将出版纳入整体的社会交流与知识演进中，而不只停留在传统的书志学。③ 但是，由于种种原因，唐本屋在江户时期知识传播中的价值仍未得到详细的考察。

（一）汉学修养的普及与汉籍和刻的兼营化：唐本屋的出版事业

所谓唐本屋，往往是指经营汉籍的书肆，尤其是店名中有"唐本屋"字样的书肆。与欧洲 17 世纪以后逐渐形成的出版商、印刷商、运输商、销售商等专业化的分工不同，整个江户时期大多数"本屋"往往兼营和汉书籍的出版、印刷与销售。在多数语境下，所谓"唐本屋"也就有了两层意义，即和制汉籍（包括刊本与抄本）的出版、汉籍中日版本（包括刊本与抄本，部分情况下甚至包含朝鲜刊本或抄本）的售卖。

据笔者调查，江户时期"唐本屋"最早见于万治三年（1660）刊行的《赤水玄珠·医案》，《赤水玄珠》卷三十六末有刊记"万治三年庚子季冬谷旦　洛阳室町鲤山　唐本屋田中清左卫门"④。田中清左卫门是江户初期京都的唐本屋，除《赤水玄珠·医案》外，另刊有《佛说观无量寿佛经疏抄》（五卷，宋代释知礼，万治二年）、《击蒙要诀》（二卷，朝鲜李珥，万治元年）、《新刻性理大全》（七十卷，明代胡广等，承应二年）、《本朝一人一首》（十卷，日本李

---

① Cynthia Brokaw, Peter Kornicki ed. *The History of the Book in East Asia*, pp. 509 – 538.

② Mary Elizabeth Berry, *Japan in print：information and nation in the early modern period*, Berkeley：University of California Press, 2006.

③ ［日］今田洋三：《江戸の本屋さん：近世文化史の側面》，日本放送出版協会 1977 年版。

④ ［日］岡雅彦編：《江戸時代初期出版年版表》，勉誠出版 2011 年版，第 589 页。

恕编，宽文五年）四种典籍，① 宽文五年（1665）以后的出版活动不见于著录，或许已停止营业。如果将田中清左卫门视为早期典型的唐本屋，那么其出版情况也有一定的代表性，即除了舶来唐本的翻刻之外，还曾出版朝鲜以及日本文人的著作，比如《本朝一人一首》就是昌平官学开创者林罗山之子林鹅峰编纂的日本汉诗集。类似的，京都的唐本屋刊行过新井白石编的汉诗集《停云集》，京都的唐本屋吉右卫门刊行过石左贞的《翠山楼诗抄》。

笔者根据《庆长以来书贾集览》②《德川时代出版者出版物集览》《日本古典书志学辞典》③《近世书林板元纵览》④《江户时代初期出版年表》等辞书，整理出整个江户时期冠以"唐本屋"之名的书肆共有25家，分别为：

京都：唐本屋（田中）清左卫门、唐本屋宇（卯）兵卫、唐本屋吉左卫门（玉树堂）、唐本屋吉右卫门、唐本屋吉兵卫、唐本屋佐兵卫、唐本屋新右卫门（大西堂）、唐本屋（田中）清左卫门、唐本屋（山形屋）清兵卫、唐本屋（山形屋）善兵卫、唐本屋忠兵卫、唐本屋德兵卫、唐本屋八郎兵卫、唐本屋又兵卫、唐本屋周吉

大阪：唐本屋（秋田屋）市兵卫

江户：唐本屋清兵卫（玉芝堂）、唐本屋太兵卫、唐本屋清二、唐本屋清之丞、唐本屋七右卫门

名古屋：唐本屋勘右卫门

地域不详：唐本屋海兵卫、唐本屋久左卫门、唐本屋惣兵卫

---

① ［日］矢島玄亮編：《德川時代出版者出版物集覽》，德川時代出版者出版物集覽刊行会1976年版，第146页。
② ［日］井上和雄編：《慶長以来書賈集覽：書籍商名鑑》，高尾書店1970年版。
③ ［日］井上宗雄等編：《日本古典籍書誌学辞典》，岩波書店1999年版。
④ ［日］井上隆明：《近世書林板元総覽》，青裳堂書店1981年版。

贞享二年（1685）刊行的京都风物指南《京羽二重》卷六《诸职名匠》将唐本屋与书物屋分列，其中唐本屋有山形屋清兵卫、山形屋善兵卫、囊屋宇兵卫，书物屋中有"儒医书　风月"，即风月堂。所谓"儒医书"也是汉籍，将其归入"书物屋"而与"唐本屋"区分，很可能意指唐本屋主要以舶载唐本的贩卖为业，和刻汉籍并非其主营对象；而书物屋大概以典籍的和刻与售卖为主，经营"儒医书"的风月堂也就以和刻儒学或本草类典籍起家。但早在《京羽二重》刊行之前，所谓的唐本屋田中清左卫门就已经刊行《赤水玄珠》《新刻性理大全》等"儒医书"，可见这种区分并不严格。

由于江户时期绝大多数书肆只有店名或地址，具体的经营情况不见于著录，前述25家唐本屋彼此之间或许存在承续关系；而宽延（1748—1751）之前江户书肆多为京都或大阪总店的分支，并非独立运营，往往是将京阪刊行的典籍运到江户销售，[①] 因此真正意义上的唐本屋未必达到25家。这些唐本屋的存续时间较短，而且除去情况不明的书肆之外，大多只活跃于江户前期。前述唐本屋田中清左卫门的出版活动仅限于承应二年（1653）到宽文五年（1665）短短的十余年中，京都的唐本屋宇兵卫活动时间为享保到延享年间，唐本屋八郎兵卫活动时间为正德到享保年间，唐本屋佐兵卫只在正德二年（1712）刊行过《杜律诗话》，唐本屋忠兵卫只在延宝三年（1675）刊行过《新编直指算法统宗》，唐本屋德兵卫只在明和元年（1764）刊行过《左逸》；江户的唐本屋七右卫门只在享保十二年（1727）刊行过《停云集》，唐本屋太兵卫只在宽文十二年（1672）刊行过《唐诗画谱》。

与此同时，江户时期和刻汉籍呈现出十分明显的特点，即大量汉籍往往刊行于宝历（1751—1764）之前，江户后期大都是前期刻本的重版或后印本，较少刊刻宝历之前未曾付梓的汉籍。以长泽规

---

① ［日］今田洋三：《江戸の本屋さん：近世文化史の側面》，第80—89页。

矩也《和刻本汉籍分类目录》中的小说典籍为例，其中著录的中国小说首次刊刻大都在江户前期，这与中日书籍贸易的趋势恰相对立。一般认为越到江户后期，商船载入日本的汉籍数量越多。大庭修曾调查过国立公文书院所藏《唐蛮货物账》，其中记载正德元年（1711）抵达长崎的21艘南京船只有3艘携来书籍，14艘宁波船也只有3艘携来书籍；① 而江户后期的文化元年（1804）赴日的11艘商船中10艘载有书籍，弘化、嘉永年间（1844—1854）几乎船船有书。② 如此看来，江户后期新传入的小说数量当不在少。根据西冈晴彦的调查，宝历之后约有70种小说首次传入日本，③ 虽然他的调查将宝历之前传入日本的部分小说归入了江户后期，以至于高估了江户后期舶载小说的数量，但宝历以后首次传入日本的小说仍不在少数，可是这些小说并未被日本书肆翻刻。

生活在延保三年（1675）到享保十一年（1726）的都锦，在小说《元禄太平记》中记载了京都、大阪两个本屋老板的对话，其中京都本屋老板说：

> 追本溯源，（京都本屋）多以和刻唐本发迹。其中《史记》《活法》之刊行，（本屋）七尾衰而小红废，《通鉴》道乙与金平两种训点本定于一板，《通鉴》之板片反雕《朱子文集》《杜氏通典》，此虽有益于世，书林何堪？《史记》《活法》亦同矣。如此，本屋关系恶化，如俗谚"一路推三车"，无一不溃，堪叹也。抑且近年禁止重版、类版，但大阪仿京都版权而重刊，江户亦仿大阪而有类版，令人忧心。曾有人言，可读《大明一统志》《朱子文集》之学者，多用唐本，不求和刻。若然，此等

---

① ［日］大庭修：《江户时代中国典籍流播日本之研究》，戚印平等译，杭州大学出版社1998年版，第29页。

② ［日］大庭修：《江户时代中国典籍流播日本之研究》，第29页。

③ ［日］西冈晴彦：《江户時代渡来漢籍について1　小説・戯曲》，《法文論叢文学篇》1978年第40号。

巨帙难售焉。纵然唐本流行，和本无人问津者，夥矣。所谓《宋学士全书》《四书正解》《吕东莱读诗记》《四书绪言》者，皆如此。当今之世，于黄钟大吕不屑一顾，而对好色本、重宝记之类趋之若鹜者，与日俱增矣。①

从这段话中可以看出，京都作为江户时期商业出版的发源地，早期以舶载汉籍的翻刻为主。或许由于利润丰厚、又没有明确的版权保护制度，书肆之间竞争激烈，重版或类版等侵权行为屡见不鲜，而汉籍价格的高昂可能也是影响其普及程度的原因之一。本章下一小节"高贵的文雅"对比江户前期汉籍在中国、舶来唐本、和刻汉籍和假名书的价格：

表2　　　　　　　　　　中日书籍价格比较

	书籍种数	册数	时间	每册折米（石）	折米量比较	资料来源
中国	17	227	1600—1706	0.195	4.333	《天海藏》等
舶来汉籍	67	439	1687	0.531	11.800	《唐本屋账目》
和刻汉籍	60	516	1681	0.045	1.000	《书籍目录大全》
假名书	49	149	1681	0.026	0.578	《书籍目录大全》

明末清初刊刻的典籍，经商人载入日本后售价约为中国的三倍，而和刻汉籍价格又是和刻"假名"典籍的两倍左右，普通读者难以接受，而将军、大名等特权阶层对价格并不敏感，更在乎的是汉籍的品质，于是"多用唐本，不求和刻"。同时，地方名主或町人等普通读者，往往热衷于好色本（市井小说）、重宝记（日用类书）等通俗读物。

大阪附近的肥料商三田净久酷爱读书，活跃于元禄时期，到享保末年的孙辈时家业衰落，将大量藏书廉价出售给京都本屋栗山弥

---

① ［日］中嶋隆校訂：《都の錦集》，国書刊行会1989年版，第95页。

兵卫。① 作为接受过较好的教育、家境也堪称富裕的商人，三田家藏书具有一定的典型性，能够反映出江户前期普通读者的阅读范围。享保末年三田家所售典籍共有174种、830册，其中佛书390册、和歌古典书110册，还有《町人囊》《男重宝记》《五常训》《武士训》等启蒙教育书50册，《西鹤织留》《日本永代藏》等市井小说39册，《寺子教训书》《新书学手本》等寺子屋（从事初等教育的私塾）教科书20册。从其藏书构成中可以看出，江户前期汉学并未普及到中下层读者中，普通读书人的知识素养往往只及于日用类书、和歌、小说等日本文艺，这与《元禄太平记》中京都本屋老板抱怨"当今之世，于黄钟大吕不屑一顾，而对好色本、重宝记之类趋之若鹜"差相仿佛，主要经营汉籍的唐本屋难以扩大顾客范围也在情理之中，他们恐怕只能争夺有限的特权顾客。

　　这种现象到了江户中期，随着教育形式的改变而逐渐改观。佐佐木清之丞认为元禄以前江户只有幕府的直辖学校，而到松平定信执政的天明七年（1787）以后，江户的808町几乎已被读书声笼罩，私塾已与官学并立，成为举足轻重的教育机构。② 自享保年间开始，服部南郭、祇园南海等知识人不再以幕府儒官、诸藩藩士作为进身之阶，转而以"文人"相标榜，③ 并设帐授徒，以"汉学塾"传授诗文或儒学。幕末时期，江户城区的122所私塾，平均每所塾生可达119名，④ 汉学已成为普通读书人的知识素养之一。这些"汉学塾"的招生对象不限身份，士农工商均可入学，他们在扩展中国趣味中发挥着关键作用。到了江户后期，不论身份如何，很多人都接受一定程度的汉学教育，汉籍阅读也逐渐扩展到普通民众中。以狂

---

　　① ［日］今田洋三：《江戸の本屋さん：近世文化史の側面》，第43—45页。
　　② ［日］佐々木清之丞述：《漢学塾を中心とする江戸時代の教育》，大空社1998年版，第1—3页。
　　③ ［日］中村幸彦：《近世文人意識の成立》，载《中村幸彦著述集》第11卷，中央公論社1982年版，第378页。
　　④ 李卓等：《日本近世史》，昆仑出版社2016年版，第429页。

歌和剧作名世的大田南亩（1749—1823），其藏书中汉籍几占 1/4；①在偏僻的三和国渥美郡羽田村，以和学立身的神官羽田野敬雄（1798—1881），其藏书构成为：皇典（日本典籍）1978 部 6979 卷，汉籍 404 部 3009 卷，梵洋合计 132 部 369 卷，②汉籍逐步商业化，成为中下层读者的阅读对象之一，而不只是特权者的把玩对象。江户后期汉籍价格明显下降，1843 年购买舶来汉籍的成本只有 1687 年的 1/5 左右，这也对汉籍流播范围的扩大起到不可低估的推动作用。

在汉籍读者日益扩大、普通读者阅读对象多元化的背景下，江户的须原屋市兵卫、大阪的河内屋茂兵卫、京都的菱屋孙兵卫等并不主营汉籍的本屋也开始大量刊行汉籍，兼营和汉典籍似乎成为江户后期书肆的普遍形态，甚至连著名的地本问屋（刊行净琉璃、草双纸、浮世绘等通俗文艺的书肆）茑屋重三郎也曾出版过《刘向列仙传》《孝经郑注》等汉籍以及《文字窍》之类的汉语学习书籍。③江户后期刊刻汉籍较多的，也已不再是以汉籍相标榜的唐本屋，而是须原屋市兵卫、河内屋茂兵卫、菱屋孙兵卫等兼营和汉典籍甚至以狂歌、画谱或读本小说为主的综合性书肆。专营汉籍的唐本屋在这种竞争下逐渐衰落，部分唐本屋存在于江户后期，但其出版活动大都不限于汉籍，而是将和歌、俳谐、随笔、小说等各种文类纳入经营范围，甚至主要出版物已非汉籍。

京都的唐本屋吉左卫门宝历十二年（1762）刊行江村北海的和文随笔《虫谏》，唐本屋八郎兵卫享保二年（1717）刊行《源氏物语》的注释书《源氏男女装束抄》，唐本屋周吉明和九年（1772）刊行《秋叶山绘图》，名古屋的唐木屋堪右卫门享保十七年刊行评判记《役者名古屋带》；江户后期的唐本屋新右卫门，刊行典籍见于著

---

① ［日］大田南畝：《南畝文庫藏書目》，載《大田南畝全集》第 19 卷，岩波書店 1989 年版，第 347—442 頁。
② ［日］藤井隆編：《近世三河・尾張文化人藏書目錄》第 2 卷，ゆまに書房 2005 年版，第 247 頁。
③ ［日］鈴木俊幸編：《蔦重出版書目》，青裳堂書店 1998 年版，第 180—181 頁。

录的共有四种，分别是明和元年（1764）的俳谐集《うやむやのせき》、安永五年（1776）的俳谐集《津守船》、文化四年（1807）的和文随笔《北国巡杖记》，三种均非汉籍，只有宽政九年（1797）的《六如庵诗抄后篇》为日本僧人六如的汉诗集。享保年间以后，唐本屋刊刻的典籍越来越多元化，甚至所谓"唐本屋"仅仅作为名衔，与其出版情况并无直接关联。

（二）从大名侍从到潮流推手：唐本贩卖与时代风气的转变

除了出版之外，唐本屋的主要业务是舶来唐本的贩卖，甚至原初意义上的唐本屋正是借此区别于出版儒书、医书的书物屋。如前所述，江户前期购买汉籍者主要是将军、大名等特权阶层，唐本屋主人主要作为舶来唐本的提供者出现在各种记录中。江户前期最著名的唐本屋为幕府的"御书物师"田中清兵卫，根据现存资料，他同时为将军、水户藩、甲府藩、加贺藩提供舶来汉籍。新井白石自元禄六年（1693）开始侍奉甲府藩主德川纲丰，他的日记中频繁出现唐本屋清兵卫向甲府提供汉籍的记载，如：

> 朔日，召唐本屋清兵卫，出仕。①
> 廿五日，（中略）向清兵卫借《德川记》，携来借金贰分。②
> 廿七日，（中略）官内，四郎左兵卫回信，称次日向官内呈递《经解》清兵卫藏本一帙。③
> 十五日，四时半出仕，讲《通鉴》《光武记》毕，次日清兵卫收纳《经解》。④
> 十一日，讲《通鉴》。今日清兵卫奉上《六经》《政要》写

---

① ［日］新井白石：《新井白石日记》上卷，岩波书店1952年版，第51页。
② ［日］新井白石：《新井白石日记》上卷，第53页。
③ ［日］新井白石：《新井白石日记》上卷，第59页。
④ ［日］新井白石：《新井白石日记》上卷，第60页。

本九帙。①

晦日，（中略）今日唐本屋清兵卫寄来孔像一幅。②

七日，近讲，令十一日出仕。今日恭承《历代图》并四书五经之事。当夜召唐本屋茂右卫门，嘱咐四书五经裱纸之事。③

取行幸卷物价金四拾三两，付与市正，令其付与唐本屋掌柜茂右卫门。④

唐本屋清兵卫向新井白石售卖或出借的先后有《德川记》《通志堂经解》《六经》《贞观政要》以及孔子像等和汉典籍，尤以舶来汉籍为主，可以说是新井白石的座上常客，甚至曾随新井白石侍奉甲府藩主（或许是向藩主讲解经史）。无论如何，唐本屋清兵卫在新井白石笔下仅为书籍侍从，替藩主订购汉籍，并未真正参与藩内的典籍讲读活动。

除了甲府以外，水户藩彰考馆藏有唐本屋清兵卫元禄元年（1688）的《唐本目录》⑤，大庭修认为水户藩主可能借此向唐本屋清兵卫订购汉籍；尊经阁文库藏有贞享四年（1687）田中清兵卫呈递加贺藩主前田纲纪的《唐本屋清兵卫同善兵卫唐本价格账目》⑥，即前田纲纪从唐本屋清兵卫与唐本屋善兵卫处所购汉籍的账目清单。另外，德川幕府的《幕府书物方日记》中也多次出现唐本屋清兵卫的名字，如享保五年（1720）二月二十六日的记载中有："右《尚书通考》，昨夜唐本屋清兵卫送来"⑦、享保六年十二月十五日的记

---

① ［日］新井白石：《新井白石日记》上卷，第68页。
② ［日］新井白石：《新井白石日记》上卷，第161页。
③ ［日］新井白石：《新井白石日记》下卷，第41页。
④ ［日］新井白石：《新井白石日记》上卷，第45页。
⑤ ［日］大庭脩：《元禄元年版の唐本目録》，《史泉》1967年第35—36期。
⑥ ［日］大庭脩：《漢籍輸入の文化史》，研文出版1997年版，第259—261页。
⑦ ［日］東京大学史料編纂所編纂：《幕府書物方日記 三》，東京大学出版会1966年版，第13页。

载中有"唐本屋清兵卫，此间赴长崎，以书付石近江守"① 等不一而足，唐本屋清兵卫不只向幕府出售舶来唐本，还奉将军之命，前往长崎访求所需汉籍。

在与将军、大名的来往中，唐本屋清兵卫往往只是提供汉籍的商贩或者奉命访书的侍从，虽然作为"御书物师"比普通书肆的地位略高，但二者并无本质不同。江户前期推动文化进程的多为僧侣、儒生或豪商，虽然这一时期汉学繁兴、文教隆盛，但提供重要文化载体汉籍的唐本屋并未扮演重要角色，远非角仓素庵、鹤屋喜右卫门、八文字屋自笑等主营佛典、和歌、浮世草子等典籍的书肆在文化史上声誉之隆，前文整理的 25 家冠以"唐本屋"之名的书肆大多寂寂无闻，甚至连主人姓氏都难以查考。

被贞享二年《京羽二重》归为"书物屋"的风月堂早期主要刊刻儒学及医学典籍，与唐本屋经营范围多有重合；虽为京都著名书肆，但江户前期影响力主要在出版界，主人并不以学识见长，未曾在思想界留名。到了江户中后期的宝历、明和年间，堪称中兴之祖的主人泽田一斋嗜好白话小说，曾就学于冈白驹，并刊行后者从《古今小说》《警世通言》《醒世恒言》《西湖佳话》中选刻的《小说精言》（宽保三年，1743）、《小说奇言》（宝历三年，1753），进而亲自动手完成《小说粹言》，从《警世通言》与《初刻拍案惊奇》中选刻五篇小说，于宝历八年（1758）刊行，形成日本的"小说三言"，成为白话小说风潮的引领者，对江户后期白话小说的翻译与翻案起到不可估量的推动作用。据《近世汉学者传记著作大事典》，泽田一斋除去《小说粹言》之外还曾翻译过《连城璧》，并著有《东海奇谈》一卷、《侠妓可淑传》一卷。②

江户前期书肆主人大多数是职业商人，很少留下个人著作，而

---

① [日] 東京大学史料編纂所編纂：《幕府書物方日記 三》，第 218 页。
② [日] 関儀一郎、関義直编：《近世漢学者伝記著作大事典》，関義直 1966 年版，第 251 页。

在某种程度上可以归入唐本屋的泽田一斋似乎是承上启下的书肆主人。他不同于此前的书商，开始呈现出文人学者的面孔，开启了江户后期学者型书商的新天地。泽田一斋不仅刊行了对江户后期读本小说影响深远的"小说三言"，还有著作传世。江户中期"稗官五大家"之一的松室松峡在延享元年（1744）四月二十四日的日记中称"风月庄左卫门能诗文，作小说文，事与华人相似"①，泽田一斋的名字见于江户后期的《典籍作者便览》，显然已经被视为文人阶层中的一员，而不只是一代书商。森润三郎在《考证学论考》中谈到风月庄左卫门：

> 号风月堂，本姓泽田氏，先祖宗智宽永年间定居于京都二条通衣棚东，代代以书籍印行贩卖为业。据其出版物之堂皇，可知为关东关西间屈指可数之大书肆，因之与大家鸿儒往来。元禄末至天明初，如主人重渊者，《平安人物志》著录为学者。重渊字文拱、奚疑斋，又号一斋，冈白驹门人，好中国小说，译述多止于稿本，仅于宝历八年刊行《小说粹言》五册。②

根据森润三郎的考察，泽田一斋的著作或许不止上述几种，可能还有一些不为人知的稿本，他的交际范围也不止于书肆，还以"学者"身份与"大家鸿儒"往来。泽田一斋晚年隐居伏见，现存其孙辈安永元年到安永二年（1772—1773）的《日历》，记录每天的经营活动。③ 其中既有与江户前期唐本屋清兵卫类似的内容，如为毛利佑伯潘主订购《通志堂经解》《福州府志》《吴县志》《韩苑新书》《本草针线》《广群芳谱》等汉籍，也有不同于江户前期的新现象，如《日历》中频繁出现阅读《水浒传》的记载，"太田丈助入来，《水

---

① 参见《日本古典文学大辞典》第3卷，岩波書店1984年版，第90页。
② ［日］森潤三郎：《考證学論考》，青裳堂書店1979年版，第240页。
③ 《彌吉光長著作集》第3卷，日外アソシエーツ1980年版，第291—383页。

浒传》终日"①"太田《水浒（传）》四回半场迄"②"长昔来，自第七（回）始《水浒》至暮"③。除了经营之外，书肆主人还集体阅读白话小说，这是此前所罕见的。

泽田一斋之后学者型书商不再罕见，如江户书肆茑屋重三郎，初代主人曾有狂歌、戏作类作品传世，并与大田南亩等戏作界名流觥筹交错。而经营汉籍的书肆，主人以学者见称于世者，最著名的就是和泉屋庄次郎的二代主人松泽老泉。松泽老泉是江户后期杰出的书志学家，曾主持刊刻《先哲丛谈》《大学章句纂释》《唐土名妓传》等在文化史上颇具影响力的典籍，个人编撰有《经籍答问》《汇刻书目外集》《经典释文盛事》《品物名数抄》《老泉漫录》等著作多种，④ 并与吉田篁墩、屋代弘贤、近藤重藏、狩谷掖斋等著名藏书家或学者往来频繁，而且不同于江户前期唐本屋在将军、大名面前近似侍从的身份，松泽老泉与吉田篁墩等人平等地谈论书史。如果说泽田一斋主要以翻译、刊刻白话小说闻名于世，其著作并非严格意义上的学问之书，难入汉学家之眼，那么松泽老泉已是纯粹的文献学者，即便与吉田篁墩等为伍也可无愧色。

江户后期涌现的泽田一斋、松泽老泉等学者型汉籍书商，不同于江户前期主要依附于将军、大名等上层特权者的唐本屋，他们在出版、贩卖汉籍的同时并不仅仅以盈利为目的，还对作为学问载体的汉籍倾注了一片热忱，并尽力与主流汉学者保持密切联系。除了传播物质形态的汉籍，也在逐渐提升个人学识，并将中国趣味扩展到更多的人群中。如果说江户前期的唐本屋在一定程度上孤立于其他书肆以及普通民众，那么江户后期随着教育的普及、市场的扩展，书商彼此之间以及与读者之间往往借助汉籍凝结成或隐或显的趣味共同体。

---

① 《彌吉光長著作集》第 3 卷，第 338 页。
② 《彌吉光長著作集》第 3 卷，第 342 页。
③ 《彌吉光長著作集》第 3 卷，第 377 页。
④ ［日］渡辺刀水：《松沢老泉の堂前隠宅記》，《書誌学》1936 年第 6 卷第 1 号。

风月堂的《日历》中频繁出现大和屋西田嘉兵卫的名字，其具体情况不详，但很可能是另一个书商，"大阪西田嘉兵卫来返还唐本，《庄子旁注》《宋学诠集》两书留于彼处，返还《花史》《两交》《五杂俎》三部"①、"付与西田嘉兵卫阅览：《郑论》三册，贰两三步；《历朝赋格》三册，四十三匁；《雅笑编》五册，壹两壹步"②、"西田嘉兵卫返还《雅笑编》五册，与先前所阅共十册；返还《历朝赋格》九册，与先前所阅共十二册"③、"付与大和屋嘉兵卫阅览：《唐十二家集》三册、八十六匁，《庄子要删》壹册、壹两三分，《仪礼经传》正一续一贰册、贰两贰步"④、"向大阪西田寄送暑热慰问信，并《苍霞草》六十五匁、《汤宾尹》金三步、《五经正统》监本全三两贰步"⑤。书商之间不再是《元禄太平记》中京都书肆主人所说的恶性竞争关系，"抑且近年禁止重版、类版，但大阪仿京都版权而重刊，江户亦仿大阪而有类版，令人忧心"，而是彼此扶持，互通有无，甚至与趣味相投者共同阅读《水浒传》等中国典籍，并在暑热之际慰问有加。松泽老泉的《当前隐宅记》中有与近藤重藏、俊卿迷庵、狩谷掖斋、涩江抽斋等四人合校《贞观政要》的记载，并曾借观伊豆般若院藏《大般若经》十卷，嗣后请近藤正斋模写跋文、利用屋代弘贤所藏奈良版作为板面，⑥ 多人共同完成《大般若经》的刊刻。

小结

唐本屋自江户初期见于记载以来，便兼营舶来唐本的贩卖和汉籍的和刻，其活跃时间主要是江户前期。当时汉学教育尚未普及，阅读汉籍者主要是将军、大名以及豪商等特权者，他们更倾向于购买昂贵的舶来唐本，而非和刻汉籍。到了江户后期，传授汉学知识

---

① 《彌吉光長著作集》第 3 卷，第 342 页。
② 《彌吉光長著作集》第 3 卷，第 345 页。
③ 《彌吉光長著作集》第 3 卷，第 348 页。
④ 《彌吉光長著作集》第 3 卷，第 353 页。
⑤ 《彌吉光長著作集》第 3 卷，第 361 页。
⑥ ［日］渡辺刀水：《松沢老泉の堂前隠宅記》。

的私塾日渐增多，普通人无论何种出身，均可接受一定程度的汉学教育，同时书籍价格明显下降，汉籍从特权者的把玩对象逐渐成为市场化的普通读物。随着知识素养的多元化，并不主营唐本的大型书肆也大量刊行汉籍，甚至成为江户后期主要的汉籍出版者，而经营范围较为单一的唐本屋逐渐衰落，或者兼营俳谐、和歌、随笔、评判记等和文典籍，与"唐本屋"的称号名不副实，新创立的书肆也极少再以"唐本屋"命名。

同时，江户前期唐本屋往往依附于作为将军、大名等上层特权者，本身并未在文化史上产生太大影响。到了江户后期，以风月堂主人泽田一斋和和泉屋庄次郎二代主人松泽老泉为代表，汉籍书商的学识逐渐提升，甚至成为文化潮流的引领者。他们除了出版、贩卖汉籍之外，还以学识结交当世文人学者，将中国趣味扩展到更广泛的读者群体中，并通过书肆之间或者书肆与读者的交流合作，以汉籍为中心建构起或有形或无形的趣味共同体。

二　高贵的文雅：书价变迁对文化生活的影响

江户时期中日保持着密切的书籍往来，大量汉籍通过长崎港输入日本，并对江户文人与文学产生了深远的影响，但由于文献资料少且内容零散，书籍流通中的诸多细节还未引起学术界的关注，尤其是与典籍接受史密切相关的书价。日本学者铃木俊幸曾编有《近世近代初期书籍研究文献目录》，收录从明治时期到2014年发表的研究成果，一个半世纪中日本只有17种论著涉及书价问题，[①]其中大部分谈论的是个人或诸藩的和本藏书，研究汉籍书价的只有1915年不到三百字的短文《百三十年前舶来唐本价格》[②]、1970年大庭修

[①] ［日］铃木俊幸：《近世・近代初期書籍研究文献目録》，勉誠出版2014年版，第249—250页。

[②] 无名氏：《百三十年前舶来唐本値段》，《典籍》（典籍保存会）1915年第4号。后影印收录在朝仓治彦监修《典籍関係雑誌叢書》第1卷，ゆまに書房1997年版，第257页。

发表的《关于禁书的两三种资料》对长崎圣堂文书的解读①,以及大庭修 1980 年出版的《江户时代日中秘话》里对弘化二年（1845）书籍底账中 8 种汉籍价格的介绍。② 这份文献目录尚有缺漏,但可见学术界对书价问题的研究较为薄弱。本小节拟探讨江户时期汉籍书价,并分析书价变动的原因及其对汉籍接受史的影响。

（一）江户前期汉籍书价

庆长八年（1603）德川家康受封征夷大将军,在江户开府,结束了战国群雄攻伐争霸的局面,江户时期自此开始。自 1567 年隆庆开关之后大量商船往来于中日之间,日本很多大名与明朝保持着密切的贸易往来,天下一统后依然延续着之前的趋势。第三代将军德川家光为抵制基督教的渗透,于宽永十二年（1635）颁布锁国令,逐渐将贸易对象限制在中国与荷兰,港口仅限于长崎一处,但中国商船仍活跃在日本海,将大量丝、茶、瓷、药与典籍运到长崎。目前,涉及江户初期汉籍流播的资料较为罕见,宽文（1661—1673）之前舶载的汉籍只能从日本东北大学狩野文库藏《御文库目录》《尾张藩藏书目录》《骏河御让本目录》与《日光轮王寺慈眼堂经藏书籍目录》等有限的藏书目录中得到部分信息,但是这些目录都未著录价格,不能据此推测江户初期的书价。

1. 前田纲纪的《唐本屋账目》

在笔者视野中,最早著录汉籍书价的资料是贞享四年（1687）的《唐本屋清兵卫同善兵卫唐本价格账目》③（后文简称《唐本屋账目》）,该账目现藏于日本尊经阁文库,大庭修在《汉籍输入的文化史》一书中全文排印。这是为幕府与大名订购汉籍的御用书商唐本屋清兵卫、唐本屋善兵卫,向加贺藩主前田纲纪呈递的汉

---

① ［日］大庭修:《禁书に関する二,三の资料》,《史泉》1970 年第 40 期。
② ［日］大庭修:《江户时代日中秘话》,徐世虹译,中华书局 1997 年版,第 58—59 页。
③ 原题为"唐本屋清兵衞同善兵衞より被召上候唐本代金付之帳",参见［日］大庭修《漢籍輸入の文化史》,第 259—261 页。

籍账册。前田纲纪作为加贺藩主，是江户时期少数的"国持大名"之一，即领有一国以上土地的大名，本人又雅好典籍，近代废藩置县后，其藏书构成今天尊经阁文库的主体。据川濑一马调查，前田纲纪自17岁开始搜藏典籍，直到82岁辞世，历经六十余年。他作为水户藩主、博搜典籍的德川光国外甥，与幕府亲藩有通家之好，又和五山禅寺、皇室公卿、林家学塾往来密切，得窥诸家秘籍。[1] 而且加贺藩财力雄厚，倾力于典籍文事又可减轻幕府将军对外样大名的猜忌，于是"尊经阁藏书"成为江户前期首屈一指的汉籍宝库。

《唐本屋账目》共著录典籍67种，除《皇明性理翼》外其他66种均注明册数与价格。由于江户时期货币政策前后不一，金银价值变动较大，为便于比较日本不同时期与中日不同地域的书籍价格，笔者将书价折算成了米价。

目前关于江户时期米价较为系统可信的调查是1933年中泽弁次郎的《日本米价变动史》，其中著录贞享四年日本大米1石合银60匁。[2] 由于江户书籍账册大多只录册数而不录卷数，为便于比较，笔者计算了每种典籍的册均折米量。《唐本屋账目》中著录的66种汉籍共有439册，平均每册折米0.305石。江户时期对商船舶来品断断续续执行所谓"丝割符"制，即由堺、长崎、京都、大阪、江户五座幕府直辖城市的特许商人组成"丝割符仲间"，垄断进口生丝的买卖，并逐渐延伸到其他商品。考虑到特权经营的种种弊端，幕府又时而中止"丝割符"制，转行限制较少的"市法买卖"，但由于日本国内对丝、茶等进口商品的需求量大，放松管制往往导致物价腾贵，于是市法买卖大多行之未久即遭废弃，《唐本屋账目》著录的贞享四年之前两年就经历过类似的政策转换。

---

[1] ［日］川瀬一馬：《前田綱紀（松雲公）の典籍蒐集とその意義》，载《続日本書誌学之研究》，雄松堂出版2007年版，第509—520页。

[2] ［日］中沢弁次郎：《日本米価変動史》，柏書房2001年影印版，第214页。

据《长崎略史》记载，贞享二年（1685）正月，"废市法买卖之法，唐、兰船货物内之白丝恢复割符法，其他货物相对买卖"[1]。江户初期书籍在舶来品中的比重较低，往往由经营织物的吴服屋与售卖药品的药种屋兼营，[2] 唐本屋清兵卫向前田纲纪提供的汉籍可能是享有"丝割符"特权的吴服屋或药种屋转卖而来。特许商享有对舶来商品的定价权，往往从中赚取巨额差价，前田纲纪购买的67种汉籍经过特许商和唐本屋两次转卖，可能已与长崎商船的初始定价相差数倍甚至十数倍，这在江户前期"丝割符"制下并非罕见。

2.《唐本屋账目》与同期中国书价及和刻本书价的比较

《唐本屋账目》中的书籍价格究竟高到何等程度？可以通过两种途径的比较来加以探讨，即同期的中国书价与和刻本书价。

和江户时期一样，明清时期书籍价格的资料较少。限于条件，很难比较同种典籍在中日两国同一时期的价格，只能根据现有资料做较为笼统的对比。笔者根据长泽规矩也《日光山天海藏主要古书解题》[3]（简称《天海藏》）、孙文杰《中国图书发行史》[4]（简称《发行史》）、井上进《中国出版文化史》[5]（简称《出版史》）、矶部彰《小说的购买层及其书价》[6]（简称《购买书价》）、大木康《明末江南的出版文化》[7]（简称《出版文化》）、袁逸《明代书籍价格

---

[1]〔日〕金井俊行：《增補長崎畧史》上卷，長崎市1926年版，第86页。
[2]〔日〕彌吉光長：《唐本の輸入と販路の考察》，《彌吉光長著作集》第3卷，日外アソシエーツ1980年版，第241页。
[3]〔日〕長沢規矩也：《日光山天海藏主要古书解题》，日光山輪王寺1966年版。
[4] 孙文杰：《中国图书发行史》，武汉大学出版社2015年版。
[5]〔日〕井上进：《中国出版文化史》，李俄宪译，华中师范大学出版社2015年版。
[6]〔日〕磯部彰：《小說の購買層とその價格》，载《西遊記受容史の研究》，多贺出版1995年版，第25—28页。
[7]〔日〕大木康：《明末江南的出版文化》，周保雄译，上海古籍出版社2014年版。

考》①（简称《明书价》）、袁逸《清代书籍价格考》②（简称《清书价》）等资料，整理出1588—1632年前后中国的书价，并按照彭信威《中国货币史》③（简称《货币史》）、黄冕堂《中国历代物价问题考述》④（简称《物价》），将书价中的制钱数（文）换算成银（两），同时梳理出相应年份的米价，计算出每册书折抵的米量，如下表3：

表中涉及17种典籍共计227册的价格信息，按各年米价加权平均后每册折米0.195石。《唐本屋账目》中的66种、439册汉籍平均每册折米0.305石，如果不考虑两国之间稻米生产率的差异，日本书价似乎是中国的两倍，实际上情况要更复杂。

虽然当时中日两国都用"石"作为稻米的容积单位，但实际含量并不一致。想要将中日书价转换为可以比较的数字，还需考察日本江户时期与中国明清时期每"石"的大小。中日两国的度量衡体系中，每石均为100升。据吴承洛《中国度量衡史》，清代1升合1.0355公升，⑤ 另据小泉袈裟胜编著《图解单位历史辞典》，1公升合0.554日本升，即日本1升为1.805公升，⑥ 明治政府法定日本1升为1.804公升。也就是说，日本江户时期的1石大约相当于同期清朝的1.74石。如果将中日每册书的折米量都换算成中国石制，那么1600—1706年之间中国每册书折米0.195石，《唐本屋账目》中的汉籍平均每册折米0.531中国石，日本书价是中国的2.723倍，对江户前期的文人学者来说，舶来汉籍仍是昂贵的精神资源。

---

① 袁逸：《明代书籍价格考》，载《书色斑斓》，岳麓书社2010年版，第98—109页。
② 袁逸：《清代书籍价格考》，载《书色斑斓》，第110—140页。
③ 彭信威：《中国货币史》，上海人民出版社2007年版。
④ 黄冕堂：《中国历代物价问题考述》，齐鲁书社2008年版。
⑤ 吴承洛：《中国度量衡史》，商务印书馆1993年影印版，第71页。
⑥ ［日］小泉袈裟勝：《図解単位の歴史辞典》，柏書房1989年版，第331页。

第一章　中国小说的传入与获取　111

表3　1600—1706年中国书籍价格

序号	书名	版本	刊刻时间	册数	书价（两）	米价（两/石）	册均价折米（石）
1	太上洽生法会伊始觉悟真人解悟真经①	许氏詹竹斋刊本	1600	5	0.200	0.600②	0.067
2	新刊训解直言书言故事大全③	唐氏世德堂	1606	4	0.461	0.600④	0.192
3	新编古今事文类聚⑤	刘氏安正堂	1607	76	3.000	0.600⑥	0.066
4	新编事文类聚翰墨大全⑦	刘宗器安正堂	1611	60	1.000	0.600⑧	0.028
5	新刻搜罗五车合并万宝全书⑨	树德堂刊本	1614	8	1.000	0.600⑩	0.208
6	新镌眉公先生批评冰列国志传⑪	苏州龚韶山刊本	1615	12	1.000	0.600⑫	0.139

① 版本与书价信息来自《天海藏》，第104页。
② 据：《物价》，万历中期庐、凤、淮、扬折纳公粮，米每石折银6钱，即0.6两。
③ 版本与书价信息来自《图书史》，第277页。书价原为70文，根据《货币史》，万历年间1两折合152文，70文即0.461两。
④ 同1600年米价，来自《物价》万历中期庐、凤、淮、扬折纳公粮。
⑤ 版本与书价，来自《出版史》，第180页。
⑥ 同1600年米价，来自《物价》万历中期庐、凤、淮、扬折纳公粮。
⑦ 版本与书价，来自《出版史》。
⑧ 同1600年米价，来自《物价》万历中期庐、凤、淮、扬折纳公粮。
⑨ 版本与书价信息来自《出版史》，第180页，并核对发出祥伸、小川阳—《中国日用类书集成》第8—9册，汲古书院2006年版。
⑩ 据《物价》，万历后期直隶京仓救荒平价，米每石实价6钱，即0.6两。
⑪ 书价信息来自《购买书价》，版本信息来自《中国通俗小说书目》，第258—259页。
⑫ 同1614年米价，据《物价》万历后期直隶京仓救荒平来。

续表

序号	书名	版本	刊刻时间	册数	书价（两）	米价（两/石）	册均价折米（石）
7	新刻出像点板昌真人梦境记①	百岁堂黄鲞	1615	1	0.200	0.600	0.333
8	新刻李袞二先生精选唐诗训解②	余毓可居堂	1618	4	1.000	0.600③	0.417
9	新调万曲长春④	福建书林拱唐金氏	万历	1	0.120	0.600⑤	0.200
10	新刻艾先生天禄阁汇编采精便览万宝全书⑥	建阳存仁堂	1628	5	0.100	1.159⑦	0.033
11	万宝全书⑧	刘氏安正堂重刊本	1628	5	1.000	1.159	0.333
12	宋文山先生全集⑨	武林钟越跃庵	1629	8	1.000	1.159	0.208
13	礼乐合编⑩	黄氏玉磬斋	1633	16	1.500	1.159	0.156

① 版本与书价信息来自《图书》，第 277 页。
② 版本与书价信息来自《图书史》，第 278 页。
③ 同 1614 年米价，据《物价》万历后期直隶京仓救荒平籴。
④ 书价与版本信息来自《购买书价》。
⑤ 同 1614 年米价，据《物价》万历后期直隶京仓救荒平籴。
⑥ 版本与书价信息来自《图书》，第 277 页。
⑦ 据《货币史》，崇祯年间（1628—1644）米价为 1 石 1.159 两。
⑧ 书价信息来自《出版史》，第 278 页，并核对东京大学东洋文化研究所藏书目录。
⑨ 版本与书价信息来自《图书史》，第 278 页。
⑩ 版本与书价信息来自《图书》，第 278 页。

第一章　中国小说的传入与获取　113

续表

序号	书名	版本	刊刻时间	册数	书价(两)	米价(两/石)	册均价折米(石)
14	金谿顺斋张先生策海①	徐天佐文昌堂刊本	1586 序	5	0.400	0.600	0.133
15	青莲露②	树德堂刊本	1632 之前	6	0.200	1.159	0.056
16	震川先生集③	归庄校刻本	1675	6	12.000	0.619④	3.333
17	大清律集解附例⑤	北京万古斋朱墨套印刻	1706	5	2.400	0.700⑥	0.800
总数/加权平均				227	26.581		0.195

---

① 版本与书价信息来自《天潢藏》，第 103 页。
② 书价信息来自《明书价》，并核对日本蓬左文库藏书目录。
③ 版本与书价信息来自《图书史》，第 387 页。
④ 据《物价》，1677 年河南米价为 650 文。《货币史》称 1671—1680 年北京银 1 两合 1250 文，1684 年北京 1 两合 800—900 文。取中间值为 1050 文，650 文即 0.619 两。《货币史》著录 1670 年北京米价为每石 454 文，即 0.432 两。此处采取中间值 7 钱，即 0.7 两。
⑤ 版本与书价信息来自《图书史》，第 387 页。
⑥ 据《物价》，1701 年徽州稻谷每石 5 钱 5 到 6 钱，1711 年河北粟米每石 8 钱。此处采取中间值比较详细的《物价》说。

"唐本"价高,代替者和刻本也就登上了历史舞台。自1603年江户开府到《唐本屋账目》的1687年,八十多年正是日本版刻事业方兴未艾之时,从活字版到整版,印刷技术不断改进,刊行部数不断增加,书籍本身的商业色彩也越来越浓厚,汉籍阅读正在成为上层文人、豪商之间流行的生活方式,以至于长友千代治将古活字本之前的版刻称为"商业出版前史"①。商船舶来的"唐本"已不足以应对不断增加的阅读需要,"和本"对"唐本"的替代以及"唐本"持有者对"和本"的歧视也就成了文化史中一道绮丽的风景。今田洋三在《江户的本屋》中称:"最高百部这种小部数的印刷对活字来说既便利又经济,但若是数百部,整版就更经济有利了,而且易于呼应需求。如此一来,整版印刷的转变、出版业者的登场,背后是读者的增加,并以京都町众文化活动的急速上升为条件,这些都毋庸赘言了。"②

那么替代性的和刻本价格如何？江户前期相关的资料依然较为罕见。宽永年间以后,随着出版业的主体由活字转向雕版,刊行典籍的数量大为增加,陆续出现了多种书肆刊刻目录,目前大都影印收集在庆应义塾大学斯道文库编纂的《江户时代书林出版目录集成》里,其中年代最早的是江户宽文年间刊行的《和汉书籍目录》,但并未著录典籍价格,最先标注价格的是天和元年(1681)刊刻的《书籍目录大全》③。这份目录只早于前田纲纪《唐本屋账目》六年,正好可以通过对比二者的书价,探讨江户前期舶载与和刻汉籍价格的差异。

天和元年《书籍目录大全》共分上、中、下三卷,按伊吕波(いろは)顺序编排子目,每个子目下又分儒书、医书、假名、佛书

---

① [日]長友千代治:《江戸時代の書物と読書》,東京堂出版2001年版,第3页。
② [日]今田洋三:《江戸の本屋さん：近世文化史の側面》,日本放送出版協会,1977年版,第26—27页。
③ 收录在[日]慶応義塾大学斯道文庫《江戸時代書林出版目録集成》第2册,井上書房1963年版,第161—207页。

四类，每种典籍注明册数、书名与价格，同种典籍往往包含多种版本，其中"儒书"集中了传统四部分类中除医学与佛教之外的全部典籍。笔者把该目录"儒书"子目中著录的常见汉籍整理为下表4：

表4　　　　　天和元年《书籍目录大全》中的儒书书价

序号	刻本书名	是否小说	册数	书价（匁）	米价（匁/石）	册卷均价折米（石）	子目
1	白虎通	否	4	6	76.350	0.020	も
2	白氏文集	否	38	80	76.350	0.028	は
3	楚辞全书	否	11	16	76.350	0.019	そ
4	传习录	否	7	10	76.350	0.019	て
5	大学	否	1	6	76.350	0.079	た
6	东坡诗集	否	27	60	76.350	0.029	と
7	杜诗集注	否	24	86	76.350	0.047	と
8	尔雅	否	11	26	76.350	0.031	ち
9	风俗通	否	4	4.6	76.350	0.015	ふ
10	公羊传	否	7	14	76.350	0.026	く
11	古文真宝	否	2	4.6	76.350	0.030	こ
12	谷梁传	否	7	14	76.350	0.026	こ
13	汉玉篇	否	7	7	76.350	0.013	か
14	翰墨全书	否	10	14	76.350	0.018	か
15	淮南子	否	20	26	76.350	0.017	ゐ
16	击壤集	否	8	17	76.350	0.028	け
17	近思录	否	4	9	76.350	0.029	き
18	孔子家语	否	5	8	76.350	0.021	こ

续表

序号	刻本书名	是否小说	册数	书价（匁）	米价（匁/石）	册卷均价折米（石）	子目
19	困学纪闻	否	15	40	76.350	0.035	こ
20	礼记集注	否	20	60	76.350	0.039	ら
21	列子	否	4	6	76.350	0.020	れ
22	刘向说苑	否	10	24	76.350	0.031	り
23	陆放翁诗	否	4	6	76.350	0.020	り
24	论语	否	2	3.6	76.350	0.024	ろ
25	蒙求	否	3	4	76.350	0.017	も
26	明季遗闻	否	4	8	76.350	0.026	め
27	阙里志	否	12	6	76.350	0.007	け
28	三国志	否	40	130	76.350	0.043	さ
29	三体诗	否	3	3.6	76.350	0.016	さ
30	山谷诗集	否	2	4.6	76.350	0.030	さ
31	诗经集注	否	8	9	76.350	0.015	し
32	诗人玉屑	否	10	13	76.350	0.017	し
33	十八史略	否	7	16	76.350	0.030	ち
34	释名	否	4	4	76.350	0.013	し
35	说文	否	5	14	76.350	0.037	せ
36	四书白文	否	3	4	76.350	0.017	し
37	四书集注	否	8	9	76.350	0.015	し
38	陶渊明全集	否	7	8	76.350	0.015	と
39	文章规范	否	8	14	76.350	0.023	ふ
40	颜氏家训	否	3	4	76.350	0.017	か
41	扬子法言	否	6	10	76.350	0.022	や
42	伊洛渊源录	否	10	14	76.350	0.018	い

续表

序号	刻本书名	是否小说	册数	书价（匁）	米价（匁/石）	册卷均价折米（石）	子目
43	韵镜	否	1	0.6	76.350	0.008	い
44	战国策	否	15	36	76.350	0.031	せ
45	中庸	否	1	1	76.350	0.013	ち
46	周易	否	8	9	76.350	0.015	し
47	才子传	是	5	6	76.350	0.016	さ
48	草木子	是	4	6	76.350	0.020	そ
49	辍耕录	是	16	26	76.350	0.021	て
50	鹤林玉露	是	9	16	76.350	0.023	く
51	剪灯新话	是	4	4.8	76.350	0.016	せ
52	开元遗事	是	1	0.8	76.350	0.010	か
53	冷斋夜话	是	2	3	76.350	0.020	れ
54	列女传	是	11	16	76.350	0.019	れ
55	列仙传	是	9	16	76.350	0.023	れ
56	山海经	是	7	16	76.350	0.030	せ
57	五杂俎	是	15	34	76.350	0.030	こ
58	小窗别纪	是	8	17	76.350	0.028	し
59	续博物志	是	4	1	76.350	0.003	そ
60	长恨哥	是	1	0.6	76.350	0.008	ち
总数/平均			516	1032.8	76.350	0.026（日制） 0.045（中制）	
小说总数/平均			96	163.2	76.350	0.022（日制） 0.038（中制）	
非小说总数/平均			420	869.6	76.350	0.027（日制） 0.047（中制）	

表中包含 60 种典籍，共 516 册，平均每册折米 0.026 日本石，折合成中国量制为 0.045 石。同一时期《唐本屋账目》中记载的舶来汉籍平均每册折米 0.531 石，也就是说，江户前期传入日本的明清刊本价格大约为和刻汉籍的十二倍，明清刊本在中国的售价大约是和刻本的四倍。

和刻本除去汉籍之外，还有所谓"假名"书，即和歌、物语、随笔、草子等日本古典文学作品。如果将和刻"假名"书与"儒书"价格做一番对比，汉籍价格的高昂就会更加明显。笔者将《书籍目录大全》第一卷第一子目（い）中著录的 49 种"假名"书共计 149 册稍加整理，平均每册折米 0.026 石，而同一目录中和刻"儒书"平均每册折米 0.045 石，"儒书"价格是"假名"书的 1.7 倍。

将汉籍在中国的售价、传入日本后的价格、和刻汉籍书价与和刻"假名"书价整理后，转换成中国量制，并以和刻汉籍的售价为"1"，比较其他三种形式的售价，就得到如下结果（见表5）：

表5　　　　　　　　江户前期和汉刊本书价比较

	书籍种数	册数	时间	每册折米（石）	折米量比较	资料来源
中国书价	17	227	1600—1706	0.195	4.333	《天海藏》等
舶来汉籍	67	439	1687	0.531	11.800	《唐本屋账目》
和刻汉籍	60	516	1681	0.045	1.000	《书籍目录大全》
假名书	49	149	1681	0.026	0.578	《书籍目录大全》

从上表可以看出，明末清初刊刻的典籍，传入日本后售价约为国内三倍。但和刻汉籍价格不到中国售价的 1/4，仅为舶来汉籍的 1/12，和刻汉籍价格又是和刻"假名"典籍的两倍左右，可见汉籍供不应求导致价格腾贵。

3. 故事类书的刊行以及和刻本对"唐本"的取代

江户前期汉籍需求之大,一方面固然由于元和偃武、天下承平,幕府奖励文事,学术界对此已多有探讨。除此之外,大量汉籍解题、和汉类书或故事集的刊行,在很大程度上普及了中国的文史掌故,让知识阶层看到众多汉籍的一鳞半爪,引起他们一窥全豹的兴趣。德田武在《中国故事集的盛行及其影响》[①] 一文中,曾经探讨了江户时期蒙求读物、故事类书、传奇小说集、世说体著作和日人所撰故事集的流行。如果以1687年为限,此前刊行的此类著作有:

元和、宽永中(1615—1644)刊《新编古今事文类聚》
宽永四年(1627)刊《语园》
宽永十五年(1638)刊《蒙求抄》
宽永十六年(1639)刊《禅院蒙求》
宽永十九年(1642)刊《传法蒙求》
宽永二十年(1643)刊《新刊音释校正标题蒙求》
正保四年(1647)刊《鉴草》
明历元年(1655)刊《劝孝记》
万治二年(1659)刊《续蒙求》
万治二年(1659)刊《勘忍记》
万治三年(1660)刊《智慧鉴》
万治四年(1661)序刊《古今逸士传》
宽文六年(1666)之前刊《新锓郑翰林类校注释金璧故事》
宽文七年(1667)刊《日本书籍考》(附林罗山撰《经典题说》)
宽文九年(1669)刊《新镌类官样日记故事大全》

[①] [日]德田武:《中国故事集の流行とその影響》,载《近世近代小说と中国白话文学》,汲古书院2004年版,第20—51页。

宽文九年（1669）刊《新刻邹鲁故事》
宽文九年（1669）刊《全一道人劝惩故事》
宽文十二年（1672）刊《分类合璧图像句解君臣故事》
延宝元年（1673）刊《愈愚随笔》
延宝四年（1676）刊《释书蒙求》
延宝五年（1677）刊《孝感篇》
延宝八年（1680）刊《蒙求详说》
天和二年（1682）刊《新语园》
贞享三年（1686）刊《合类大因缘集》

其中很多故事类书注明故事出处，如《语园》所引书先后有《列子》《三国志》《事文类聚》《世说》《列女传》《神仙传》《晋书》《后汉书》《高僧传》《明皇杂录》《开元遗事》《庄子》《列仙传》《史记》《韩非子》《类说》《文选注》《西京杂记》《吕氏春秋》《战国策》《才子传》等数十种汉籍，① 《新语园》新增《拾遗记》《朝野佥载》《国史补》《李太白集》《调谑编》《颜氏家训》《韩诗外传》《金石录》《南史》《天中记》《北梦琐言》《风俗通》《韩愈集》《孙盛杂记》《前赵录》《因话录》《会稽典录》《华阳国志》《文薮》《松窗杂录》《寰宇记》等近百种汉籍引书。② 单是这两部书就已涵盖百种汉籍，再考虑到其他故事类书，恐怕明清刊本的大部分都已进入江户文人视野，他们可以就此按图索骥，形成强大的购读需求。

日本文人热衷于搜求清代商船所载典籍，彼此之间书信往来经常探听新到典籍、借阅传抄罕见珍本。江户初期开创儒学新风的藤原惺窝先后向林罗山借阅《古文珠玑》《曲礼》《文锦》《杜集》

---

① ［日］一条兼良：《語園（古活字版複製）》，古典文库1978年版。
② ［日］花田富二夫等：《假名草子集成》第40卷，東京堂出版2006年版；《假名草子集成》第41卷，東京堂出版2007年版。

《荆川》《汉魏丛书》《文章轨范》《史抄》《明通纪》等多种典籍,①惺窝收到《古文珠玑》后兴奋至极,称"珠玑非珠玑,而古文之为珠玑,真珠玑也。快哉!快哉!我无十五城,何以谢焉"②。另一位深通汉学的藏书家菅玄同似乎曾向藤原惺窝推荐某部典籍,惺窝在书信中称述自己迫不及待的购书经历,"八钱价银,附此童赍持以去矣,渡与卖书汉,则足下先容之劳亦不尠,谢之有余",并称日前从菅玄同处借得"《琅琊》一篇,留在架上,不日还纳焉"③,可惜不知所购典籍为何。菅玄同家室豪富、广储典籍,林罗山也曾与其往来密切,并向他探询商舶新载之书,"今兹漳船到于萨肥之间,载来书册数笼,诸商已买得来于京否?足下想劳搜索之意,珍简奇帙,若有之,则毋令落它人之手里"④、"旧冬新渡之异书来,堕于足下手里乎"⑤,甚至指责对方将罕见典籍秘不示人,有负所托,"《祥刑要览》搜索出否?奈何足下之于此书,如登徒之于色、如酷吏之逮捕有罪、如明君之侧席幽人乎?此书到,必待告报,事事附孚信"⑥。

第三代将军德川家光为控制基督教渗透而颁布锁国令,宽永十二年(1635)规定中国商船只能停靠于长崎港,此后正式对华贸易仅限于长崎一港,整个江户时期中国商船只能在长崎港登陆,于是众多文人学者奔赴长崎求书游学。据《长崎先民传》记载,⑦ 1687年之前林罗山、林东舟、向井元升、安东省庵、南部草寿、北岛雪山、松永贞德等当时名流均曾流寓长崎。不同于江户后期赴长崎修习"兰学"的风潮,江户前期西行者大多是访求汉籍或者从事"象

---

① [日]藤原惺窝:《藤原惺窝集》上卷,思文阁出版1978年版,第161—169页。
② [日]藤原惺窝:《藤原惺窝集》上卷,第161—162页。
③ [日]藤原惺窝:《藤原惺窝集》上卷,第170页。
④ 《罗山先生文集》上卷,平安考古学会1918年版,第54页。
⑤ 《罗山先生文集》上卷,第51页。
⑥ 《罗山先生文集》上卷,第51页。
⑦ [日]若木太一等编:《長崎先民伝注解:近世長崎の文苑と学芸》,勉誠出版2016年版,第128—141页。

胥之学",即汉语白话。

如果从购买成本角度考量，在舶来汉籍供不应求的背景下，和刻本是"唐本"非常理想的替代品。但是江户前期和刻汉籍数量有限，而且文人学者着力搜求的往往是明清刊本，相比之下和刻本并不受重视，这与宋代版刻方兴而藏书家珍视古抄本、明代嘉靖后官私刻书剧增而文人佞宋大体类似。前田纲纪藏书就以权威善本为主，对民间书肆的刻本并不重视。历经几代人之后，和刻本才逐渐纳入藏书并占据半壁江山，而元禄、享保之际似乎正值风气转变之时。

江户前期私人藏书家不多，留存下来的藏书目录也较为稀见。笔者曾考察国立公文书馆现存林罗山（1583—1657）中国小说藏书的构成，即52种小说藏书里，37种为明刊本，1种朝鲜刊本，4种和刻本，其余10种为江户抄本。笔者另外考察了国立公文书馆现存林罗山全部汉籍藏书，422种汉籍中，和刻本107种，日本写本53种，朝鲜刻本15种，清写本1种，其余247种均为中国刻本。

稍晚的伊藤仁斋（1627—1705）、伊藤东涯（1670—1736）父子与林罗山同为一代儒宗，二人是京都学塾古义堂的开创者，活跃的时间分别为贞享、元禄之际和享保年间。日本天理大学图书馆所编《古义堂文库目录》中有《伊藤家旧藏书籍书画》，收录了伊藤家的世代藏书，但其中的汉籍目录并未注明收藏者，很难确定哪些典籍由仁斋、东涯父子经手。所幸《古义堂文库目录》著录了二人的手泽本，其中留有伊藤仁斋手泽的汉籍共14种，[①] 10种为和刻本，2种是江户写本，中国刊本只有2种。伊藤仁斋手泽本数量较少，或许带有一定的偶然性，而伊藤东涯手泽本汉籍却多达146种，[②] 除去法帖字画22种，实际著录汉籍124种，其中和刻本53种，江户写本26种，中国刊本46种，和刻本数量已经超过所谓

---

① ［日］天理大学附属天理図書館编：《古義堂文庫目録》，八木書店2005年版，第30—31页。

② ［日］天理大学附属天理図書館编：《古義堂文庫目録》，第115—130页。

"舶来唐本",与林罗山藏书大相径庭。

表6　　　林罗山与伊藤仁斋、东涯父子藏书中的和刻本比例

	数量（种）	和刻本	中国刊本	日本写本	备注
林罗山藏书	422	107	247	53	其他为朝鲜刻本与清写本
仁斋手泽本	14	10	2	2	
东涯手泽本	124	53	46	26	

林罗山、伊藤仁斋生活的时期大体相当于江户的初前期，而伊藤东涯去世的1736年已经是江户中期，天和元年（1681）的《书籍目录大全》、贞享四年（1681）前田纲纪的《唐本屋账目》均于父子二人在世时完成。从林罗山到伊藤东涯，和刻本由文人藏书中的一隅之地，逐渐与中国刊本双峰并立，其中固然与书肆及刊本数量的增加有关，而相形之下和刻汉籍价格的低廉当是更为重要的原因。

（二）江户后期汉籍书价

研究日本史的学者往往将宝历时期（1751—1764）作为江户时代的分水岭，此后幕府屡次陷入财政危机，士农工商的身份制逐渐动摇，商人力量日趋壮大，批判德川体制的声音不断出现，"尊皇"成为解决现实困境的选择之一。具体到文学领域，宝历年间小说"浮世草子"仅留余晖，八文字屋本风光不再，文学中心逐渐由"上方"的京都、大阪转向江户，小说形式也从假名草子、浮世草子转为读本、滑稽本、洒落本、黄表纸的天下。此后无论何种小说都或多或少地模仿中国作品，翻译与翻案小说层出不穷，各种冠以"通俗"或"国字解"题名的小说刊本不绝如缕。之所以出现这种现象，汉籍价格与传播形式的变迁是不可忽视的原因。由于从宝历到庆应年间跨度长达百余年，而且不同于江户前期，书肆、藏书家、藏书目录等明显增加，尤其是天保（1830—1844）以后，但书籍价格的资料仍非常有限。为避繁杂，笔者选择安永元年（1772）到弘

化元年（1844）作为考察对象，探讨江户后期汉籍价格的变化。

1.《日历》与《新渡唐本市控账》：流通中的书价

江户时期的书肆大多仅见于所刻典籍的刊记中，记载其日常经营活动的资料较为罕见，很多书肆只留下堂号，连主人名字都不可知。而风月堂却有安永元年到安永二年（1772—1773）详细的日记，即风月堂《日历》。最早关注这份资料的可能是书志学家弥吉光长，他于1973年将这份《日历》整理刊发在《日本古书通讯》34卷第7号，后收入《弥吉光长著作集》第三卷。① 《日历》的撰者是宝历八年（1758）刊行《小说粹言》的泽田一斋男孙庄左卫门，其时一斋仍在世，但已将风月堂的日常事务交由后者主持。

《日历》详细记载了风月堂两年中的经营活动，如安永元年十一月二十一日刻成《云上明鉴》，费用是银贰两；② 安永二年正月二十二日前往荒川，向酷爱汉籍的毛利佐伯藩主呈递所售唐本的价格；③ 四月十六日将《郑论》《历朝赋格》《雅笑编》三种典籍交给另一书肆大和屋嘉兵卫，并标明书价，让他考虑是否购买。④《日历》中频繁出现毛利佐伯藩主选购唐本的记录，并且多次注明书价信息。笔者将有效的信息整理如下：

表7　　　　1772—1773年风月堂《日历》中的书价信息

序号	书名	册数	价格（匁）	米价（匁/石）	册均折米（石）	备注
1	天中记		105	57.000		原为1两3步，金1两相当于4步，折合银60匁
2	千百年眼		25	57.000		

---

① 《彌吉光長著作集》第3卷，第291—383页。
② 《彌吉光長著作集》第3卷，第309页。
③ 《彌吉光長著作集》第3卷，第322页。
④ 《彌吉光長著作集》第3卷，第345页。

续表

序号	书名	册数	价格（匁）	米价（匁/石）	册均折米（石）	备注
3	春秋左传		435	57.000		原为6匁3步，疑为"6两3步"之误
4	曹大理集庄子旁注		75	57.000		
5	战国策		45	57.000		
6	福州县志		50	57.000		
7	吴县志		50	57.000		
8	苍霞草		65	57.000		
9	吴县志		75	57.000		
10	五经正统监本		210	57.000		
11	广群芳谱		180	57.000		卅两，疑为"三两"之误
12	郑论	3	195	57.000	1.140	
13	历朝赋格	3	43	57.000	0.251	
14	雅笑编	5	135	57.000	0.474	
15	唐十二家集	3	86	57.000	0.503	
16	庄子要删	1	195	57.000	3.421	
17	仪礼经传	2	150	57.000	1.316	
18	荒史左编	1	430	57.000	7.544	
19	本草针线	2	250	57.000	2.193	
总数/平均		19			2.105（日制）	
					3.663（中制）	

《日历》共著录19种汉籍的书价，其中只有8种注明册数，平均每册折米3.663石，这已是1687年《唐本屋账目》每册折米量

(0.531 石)的 6.898 倍，舶来汉籍的价格几乎翻了三番，而和刻汉籍的价格大体呈现下降趋势。《江户时代书林出版目录集成》收录了宝历四年《新撰书籍目录》和明和九年《大增书籍目录》，但二者均未注明书价，不能据以比较和汉刊本的售价。水谷不倒曾比较过延宝（笔者按：据阿部隆一考证，实为天和元年）、元禄、正德三种书林和刻目录中 49 种相同典籍的价格，结果大部分呈现递减趋势。① 如果《日历》反映的书价具有一定的典型性，那么从贞享到安永的八十余年中，"渡来唐本"价格越来越高，而和刻汉籍日益廉价，和汉刊本的价格差距大大增加。同时，享保七年（1722）幕府颁布出版令，禁止传布街谈巷议、男女私奔殉情等内容，禁止宣扬猥谈异说，禁止出版好色本等邪淫小说或诋毁他人先祖的著作，禁止议论幕府将军，新刊书籍必须注明作者与书肆。② 在利益驱动与法令限制下，风月堂把精力从刊刻转向售卖、从和本转向"唐本"也就不足为奇了。

风月堂《日历》之后，重要的书价资料是天保二年到三年（1831—1832）的《新渡唐本市控书》，③ 这是书肆和泉屋喜兵卫抄录的唐本书目，共著录典籍 1987 种，每种典籍注明价格。由于典籍数量庞大，笔者从中检出文言小说 34 种、白话小说 46 种，共计 80 部小说作品。该目录未注明册数，难以量化处理，仅将书名整理如下，以待后文其他资料中出现同一作品时加以比较：

> 文言小说：《蟫史》《广虞初新志》《万历野获编》《列女传》《宋刻列女传》《古今列女传》《山海经广注》《西湖游览志》《太平广记》《稗海》《国色天香》《一夕话》《花影集》《槐西杂志》《广东新语》《仇英列女传》《古今稗海》《古今列

---

① ［日］水谷不倒：《水谷不倒著作集》第 6 卷，中央公論社 1975 年版，第 193—196 页。
② ［日］牧野善兵衛：《德川時代書籍考》，ゆまに書房 1976 年版，第 55—56 页。
③ 排印本载《彌吉光長著作集》第 3 卷，第 269—290 页。

女传》《黄眉故事》《国色天香》《袖珍耳谈》《笑府广记》《情史》《宣和遗事》《万历野获编》《野获编》《聊斋志异》《列女传》《宋刻列女传》《宋刻绣像列女传》《五杂俎》《容斋五笔》《古今说海》《广虞初新志》

白话小说:《残唐五代史传》《西洋记》《杨家为传(按:疑为杨家将传)》《英云梦》《演义三国志》《绿牡丹》《画图像传(按:疑为画图缘传)》《岳武穆传》《韩湘子传》《镜花缘》《今古奇观》《金瓶梅》《金瓶梅小本》《五美缘》《五唐演义》《后水浒传》《后西游记》《红楼梦》《残唐五代传》《四大奇书》《二度梅》《十二楼》《辑湘子(按:疑为韩湘子)》《女仙外史》《水浒传》《水浒传七十回》《水浒传一二〇回》《水浒传小本》《隋唐全传》《西湖佳话》《齐公传(按:疑为济公传)》《醒心编》《说唐全传》《说岳传》《禅真逸史》《禅真后史》《禅真后史记》《双凤奇缘》《东西汉演义》《八仙录》《飞龙全传》《封神演义》《粉妆楼》《补红楼梦》《两度梅》《列国志》

2.《购来书籍目录》与唐船持渡书:商船登陆长崎时的标价

关于江户后期舶来汉籍的价格,另一份重要的材料是收藏于内阁文库的《购来书籍目录》①。该目录按伊吕波顺序著录舶来汉籍的书名、套数、运载船名以及书价。据大庭修考证,这些典籍在天保六年(1835)到弘化元年(1844)之间传入日本。由于典籍数量庞大,笔者仅整理了其中的小说资料。目录中共含小说 41 种,其中《一夕话》《白眉故事》《拍案惊奇》《如是我闻》《聊斋志异》《汉宋奇书》《广虞初新志》《列女传》《搜神记》《野获编》《红楼梦》《英雄谱》《笑林广记》《世说新语》14 种船名为"临时",难以考

---

① [日]大庭脩:《內閣文庫の購来書籍目録〔翻刻〕》,《関西大学東西学術研究所紀要》1968 年第 1 辑。

证载入年代。部分小说根据运载船只的不同，著录了多种书价，由于是购书目录，笔者选取了最低的报价，将其他27种小说的信息整理如下：

表8　　　　　　　　　《购来书籍目录》中的书价

序号	书名	语体	传入年代	价格（匁）	米价（匁/石）	书价折米（石）
1	仙佛奇踪	文言	1838	10	120	0.083
2	稗海	文言	1839	155	100	1.550
3	耳食录	文言	1839	4	100	0.040
4	广博物志	文言	1839	25	100	0.250
5	谐铎	文言	1839	2	100	0.020
6	绣像列女传	文言	1839	25	100	0.250
7	子不语	文言	1839	3	100	0.030
8	列仙传	文言	1840	4.2	70	0.060
9	儒林外史	白话	1836	5	120	0.042
10	东西汉演义	白话	1837	11	120	0.092
11	今古奇观	白话	1837	6	120	0.050
12	国色天香	白话	1838	5	120	0.042
13	南北宋全传	白话	1838	3	120	0.025
14	英烈全传	白话	1838	3	120	0.025
15	水浒全传	白话	1839	10	100	0.100
16	隋炀艳史	白话	1839	10	100	0.100
17	西洋记	白话	1840	10	70	0.143
18	忠义水浒传	白话	1841	15	80	0.188
19	金瓶梅	白话	1842	14.7	80	0.184

续表

序号	书名	语体	传入年代	价格（匁）	米价（匁/石）	书价折米（石）
20	说唐三传	白话	1842	10	80	0.125
21	贪欲报（按：疑为贪欢报）	白话	1842	4.3	80	0.054
22	西湖佳话	白话	1843	2.5	80	0.031
23	情史	文言	1836	17	120	0.142
24	容斋五笔	文言	1836	15	120	0.125
25	夜谭随录	文言	1836	10	120	0.083
26	世说新语补	文言	1837	5	120	0.042
27	太平广记	文言	1837	30	120	0.250

由于《购来书籍目录》未详细注明册数，与《新渡唐本市控书》一样不能做量化分析，但与风月堂《日历》和《新渡唐本市控书》相比，其中著录的书价极为低廉。如果比较三种目录对同一典籍价格的著录，其间的差异就会更加明显：

表9　《购来书籍目录》与《新渡唐本市控书》书价比较

序号	书名	日历（匁）	购来书籍目录（匁）	新渡唐本市控书（匁）
1	红楼梦		11	25
2	今古奇观		6	21.5
3	金瓶梅		14.7	30
4	聊斋志异		11	43
5	容斋五笔		15	80
6	水浒传		15	30
7	太平广记		30	100
8	天中记	105	30	

从上表可以看出，《购来书籍目录》记载的书价不到《新渡唐本市控书》的一半，与风月堂《日历》也相差甚远，欲考察其中的原因，就不得不结合另一类型的书价资料，即"唐船持渡书"。

风月堂《日历》与《新渡唐本市控书》均为汉籍登陆日本后的流通价格，按常理推测，在典籍数量有限、经销贩卖又由少数豪商垄断的前提下，流通价格往往远高于商船初抵长崎时的标价。记载汉籍登陆长崎时初始价格的资料基本都集中在天保十一年（1840）以后，大庭修在《江户时代唐船持渡书研究》中整理、排印了现存的书籍元账（初始交易的标价）、见账（投标商人记录的价格）、直组账（由中间人评估的书价）和落札账（长崎的成交价格），时间为天保十一年（1840）到文久二年（1862）。由于唐船持渡书著录的典籍量非常庞大，笔者检出了其中的小说资料，并计算出每册的价格，整理成正文后的附录4。见账与落札账往往根据投标者的不同，标出三种价格，由于实际交易中的规则是出价高者得，表中选取的均为最高出价。从表中可以看出，从1842年到1860年，书籍元账中著录的小说平均每册为0.497匁，而见账与落札账中的小说平均每册的价格分别为2.026匁与1.840匁，比元账标价高出4倍左右，可以想见商人竞标时哄抬书价的场景。

有了唐船持渡书的账目，就可以解决前面提到的问题，即内阁文库收藏的《购来书籍目录》为何明显低于《日历》和《新渡唐本市控书》中的价格？原因在于《购来书籍目录》中标注的是书籍元账中的价格，而后两者是在高于元账的落札账基础上，再经过不同层次中间商的加价，呈现在风月庄左卫门与和泉屋喜兵卫面前的价格，已经距离《购来书籍目录》标注的书籍元账甚远。如《购来书籍目录》伊部著录《医学指要》的价格为四匁、子一。[①] 而天保十

[①] ［日］大庭脩：《内閣文庫の購来書籍目録（翻刻）》，第35页。

一年（1840）的《元账》记载，子壹番船主刘念国载来的典籍中恰有《医学指要》，价格也正是四匁。① 《购来书籍目录》波部著录《佩文韵府》的价格为：①九百目，临时；②壹贯目，酉六、戌壹、戌四、亥二四；③九百目，亥七；④壹贯目，丑壹、丑二；⑤壹贯百目，亥八、子一；⑥壹贯三百目板佳，卯二。② 核对《元账》，天保十一年的子壹番船确实带来《佩文韵府》一部，标价也正是壹贯百目，③ 与《购来书籍目录》第五种书价信息相同；天保十二年丑壹番船、丑贰番船确实各带《佩文韵府》一部，标价均为壹贯目，④ 与《购来书籍目录》第四种书价信息相同。但是，现存《元账》并无子二、子三、丑五、丑六、丑七番船，而《购来书籍目录》中保留了这些商船所载典籍的书价，由此看来《购来书籍目录》可以弥补《元账》中缺失的部分，这也证明幕府在长崎选购汉籍很可能是按元账标价付款，远远低于市场流通中的书价，不能据此衡量普通读者购买汉籍需要付出的代价。

3. 不同时期与地域的书价比较

有了商船登陆长崎时的标价与《日历》《新渡唐本市控书》等流通中的价格，接下来就可以比较不同环节中的价格差异。《日历》记载的是风月堂在安永元年和安永二年的经营活动，距离唐船持渡书时间较远，涉及的典籍也比较少，难以量化比较。长崎竞标的书商是以落札账购入汉籍的，笔者对《新渡唐木市控账》与年代最早的1843—1845年《落札账》做了对比，形成下表：

---

① ［日］大庭脩：《江户时代における唐船持渡書の研究》，关西大学东西学术研究所1967年版，第455页。
② ［日］大庭脩：《内阁文库の购来书籍目录（翻刻）》，第36页。
③ ［日］大庭脩：《内阁文库の购来书籍目录（翻刻）》，第456页。
④ ［日］大庭脩：《内阁文库の购来书籍目录（翻刻）》，第462页、465页。

表10　　　《新渡唐本市控账》与《落札账》书价比较

序号	书名	市控账（1831—1832）（匁）	落札账（1843—1845）（匁）
1	今古奇观	21.5	20
2	金瓶梅	30	35
3	袖珍金瓶梅	13.5	11
4	列国志	12	27.3
5	容斋五笔	80	45.6
6	太平广记	100	45.6
7	西湖佳话	16	6.3
	平均	39	27.2
	米价	80	80

从表中可以看出，《市控账》的平均书价约为《落札账》的1.4倍。如果从《落札账》到《市控账》没有其他中间商，也不考虑幕府的冥加金等特许费，那么贩卖舶来唐本的利润就是40%，在传统时代这已是很高的利润。为了进一步考察江户后期的汉籍价格，可以与同期的中国书价作对比。

孙文杰在《中国图书发行史》中整理了《士礼居刊行书目》的书价，笔者根据孙文杰的研究，结合刊行年代的米价，将士礼居刊行的书籍价格整理如下：

表11　　　　　　《士礼居刊行书目》中的书价

序号	书名	刊刻时间	册数	书价（两）	米价（两/石）	册均折米（石）	备注
1	国语	1800	5	1.200	1.400	0.171	1800年江南大米1两3或1两4钱9，取中间值

续表

序号	书名	刊刻时间	册数	书价（两）	米价（两/石）	册均折米（石）	备注
2	汲古阁书目	1800	1	0.080	1.400	0.057	
3	国策	1803	9	2.000	1.400	0.157	
4	博物志	1803	1	0.160	1.400	0.114	
5	季沧苇书目	1805	1	0.120	1.400	0.086	
6	百宋一廛赋	1805	1	0.060	1.400	0.043	
7	梁公九谏	1806	1	0.060	1.400	0.043	
8	焦氏易林	1808	4	1.000	1.400	0.179	
9	宣和遗事	1810	2	0.260	1.700	0.076	
10	舆地广记	1811	7	2.400	1.700	0.202	
11	藏书纪要	1813	1	0.060	1.700	0.035	
12	三经音义	1813	1	0.320	1.700	0.188	
13	仪礼	1814	3	1.200	1.700	0.235	
14	汪本隶释刊误	1816	1	0.480	1.700	0.282	
15	船山诗选	1817	2	0.480	1.700	0.141	
16	周礼	1818	9	2.000	1.700	0.131	
17	洪氏集验方	1819	2	0.440	1.700	0.129	
18	夏小正附集解	1821	1	0.020	1.700	0.012	
19	伤寒病总论	1823	3	1.200	1.700	0.235	
	总数/加权平均		55	13.54	1.700	0.156	

从表中可以看出，1800—1823年十礼居刊行的19种55册典籍，平均每册折米0.156石，而《元账》中的小说平均每册折米0.010石，《见账》平均每册折米0.049石，《落札账》平均每册折米0.037石。也就是说，江户后期的书籍价格低于同期中国书价。为了让这种对比更明显，笔者将本书中涉及的所有书价信息做了归纳整理，而且不同于前文只分析《元账》《见账》《落札账》中的小说书价，这次选择三种账目保存比较完整且年代相邻的天保十三年（1842）《元

账》、天保十四年（1843）《见账》、天保十四年《落札账》为例，将三者著录的所有书价信息加以整理，见表12：

表12　　　　　　　江户前、后期中日书价比较

来源	时间	典籍种数	典籍册数	米价（两或匁/石）	册均折米（石）
明末清初	1600—1706	17	227	0.600—1.159 两	0.195
前田纲纪《唐本屋账目》	1687	67	439	104.400 匁	0.531
天和目录	1681	60	516	132.849 匁	0.045
风月堂《日历》	1772—1773	8	19	99.180 匁	3.663
士礼居刻书	1800—1823	19	55	1.400—1.700 两	0.156
元账	1842	50	599	139.200 匁	0.0315
见账	1843	103	2210	139.200 匁	0.117
落札账	1843	104	2437	139.200 匁	0.110

从表中可以看出，自前田纲纪的《唐本屋账目》到江户后期的《落札账》，汉籍价格剧降，如果用折米量衡量，1843年购买舶来汉籍的成本只有1687年1/5。仔细考察甚至不难发现一个令人费解的问题：士礼居所刊典籍平均每册折米0.156石，而同期运到日本的汉籍，每册标价（《元账》）折米后竟为0.0315石，相当于中国国内的1/5，最终卖出时（《落札账》）每册折米也只有0.110石，仍低于中国国内的售价。清代商人乘风破浪抵达长崎，所售书籍的价格居然比国内还低，其中的原因牵涉到中日货币政策、交易方式、贵金属价格等各方面的差异，笔者无力追究，但江户后期书籍价格的低廉却为事实。

江户时期最低的武士是所谓的"三两一人扶持"，即每年三两黄金的薪酬与1石8斗米。如果按照1842年的金价与米价折算，那么

江户相场1两黄金最低折银62.60匁,最高折银65.50匁,① 此处取中间值64.05匁。这一年各地米价在每石80匁左右,② 那么,"三两一人扶持"武士的年收入约为4.202石米,折合成中国石制就是7.311石。如果按1842年《落札账》的书价(每册折米0.11石),最低级武士一年的收入可买汉籍66.464册。

中国最低的文官是从九品,每年俸银为31.5两,外加禄米31.5斛。③ 清代2斛为1石,1842年米价是每石2.16两,④ 从九品官员每年的收入约为30.333石。雍正初年开始实行耗羡归公,向知县以上官员支付养廉银,经常是正俸的数十倍甚至上百倍。但从九品多为州县佐吏等杂职人员,额度极小,雍正六年湖南相当于从九品的典史、吏目、巡检养廉银是30两。⑤ 如果叠加上30两养廉银,从九品官员的年收入折米44.222石。1803—1846年间,每册书折米0.156石,那么从九品官年收入可购书283.474册。

表13　　1842年前后中日低级官员年收入可购书册数

	书价折米(石/册)	最低级官员年收入折米(石)	年收入可购书(册)
日本	0.110	7.311	66.464
中国	0.156	44.222	283.474
备注	日本采用的是1843年《落札账》书价,中国采用的是嘉庆年间(1803—1846)书价		

可以看出,1842年中日两国最低级官员购买汉籍的能力相差甚

---

① [日]今井尧等编:《日本史総覧4(近世1)》,新人物往来社1984年版,第572页。
② [日]今井尧等编:《日本史総覧4(近世1)》,第609页;[日]中沢弁次郎:《日本米価変動史》,第260页。
③ 黄惠贤、陈锋:《中国俸禄制度史》,武汉大学出版社2012年版,第518页。
④ 彭信威:《中国货币史》,第631页。
⑤ 曾小萍:《州县官的银两　18世纪中国的合理化财政改革》,董建中译,中国人民大学出版社2005年版,第186页。

远，中国约为日本的四倍。自享保时期以后，武士破产问题时常困扰幕府将军与诸藩大名。但到江户后期，武士收入途径逐渐增加，比如经商、写作、开办私塾的武士越来越多，据统计，江户城区124所私塾中，92所经营者为武士。① 而且，与中国知识精英多为士大夫不同，江户后期文人或汉学者的出身逐渐多元化，武士并不是唯一身份，甚至不是主要身份。江户初期本阿弥光悦、角仓素庵等文化名流就是商人出身，江户中后期町人中涌现的知识精英更是蔚为大观，而汉籍价格的下降、传播范围的扩展，也对文人意识的形成产生了不可低估的影响。

4. 汉籍与文人生活方式的变迁

加藤周一曾经把江户时期"文人"身份的特征概括为四点，即：现世享乐主义、热衷于艺术技能、对中国文物的倾倒和接近町人大众，② 这种"文人意识"直到江户中期逐渐清晰化，中村幸彦认为，直到享保时期南画传入，日本的"文人"才真正形成，并以服部南郭、祇园南海、彭城百川、宫崎筠圃、柳里恭等日本文人画的开创者为典型。③ 在文人的精神世界里，中国的诗文典籍占据着举足轻重的地位，这种现象之所以未在江户前期大量出现，一方面固然因为运载典籍的商船较少，舶来汉籍数量有限，另一方面也由于书价高昂，一般文人难以大量购买，这两种现象到江户后期都有明显改观。

大庭修曾调查过国立公文书院所藏《唐蛮货物账》，其中记载，正德元年（1711）抵达长崎的21艘南京船只有3艘携来书籍，14艘宁波船也只有3艘携来书籍；④ 而江户后期的文化元年（1804）

---

① 李卓等：《日本近世史》，昆仑出版社2016年版，第428页。
② ［日］加藤周一：《日本文学史序说》下卷，叶渭渠、唐月梅译，外语教学与研究出版社2011年版，第81—82页。
③ ［日］中村幸彦：《近世文人意識の成立》，载《中村幸彦著述集》第11卷，中央公論社1982年版，第378页。
④ ［日］大庭修：《江户时代中国典籍流播日本之研究》，戚印平等译，杭州大学出版社1998年版，第29页。

赴日的 11 艘商船中 10 艘载有书籍，弘化、嘉永年间（1844—1854）几乎船船有书。① 江户时代从前期到后期，输入汉籍量大为增加，价格锐减，如前所述，1843 年汉籍价格仅为 1687 年的 1/5。汉籍从将军大名、儒生豪商把玩欣赏的稀有品，逐渐成为普通知识人的阅读对象。

　　至江户后期，无论专攻领域是汉学还是和学，汉籍都成为不可或缺的藏品，现存江户时期藏书目录绝大多数都属宝历（1751—1764）以后。汉诗人村濑栲亭有《栲亭藏书目录》②，儒者吉田篁墩（1745—1798）有《留盦书屋储藏志》，朱子、阳明学者佐藤一斋（1772—1859）有《爱日楼书目录》，考证学者市野迷庵（1765—1826）有《青归书屋市野迷庵储目抄》，考证学者狩谷棭斋（1775—1835）有《求古楼书目》，南画家立原杏所（1785—1840）有《勤思堂书目》，本草学家木村巽斋（1736—1802）有《蒹葭堂书目》，精于有职故实的栗原信充（1794—1870）有《又乐居藏目》，和学者屋代弘贤有《不忍文库藏书目录》，读本小说家曲亭马琴（1767—1848）有《曲亭藏书目录》，随笔家山崎美成（1796—1856）有《好问堂藏书目录》，拥书万卷以上的私人藏家并不罕见。儒者、汉诗人、南画家或本草学者的藏书以汉籍为主自不待言，并不以汉学或诗文书画立身的歌人、戏作者甚至神官都大量收藏汉籍。以狂歌和剧作名世的大田南亩（1749—1823），其藏书中汉籍几占 1/4；③ 在偏僻的三和国渥美郡羽田村，以和学立身的神官羽田野敬雄（1798—1881），其藏书构成为：皇典（日本典籍）1978 部 6979

---

　　① ［日］大庭修：《江户时代中国典籍流播日本之研究》，第 29 页。
　　② ［日］和田萬吉：《日本文献史序说》，青裳堂书店 1983 年版，第 214—216 页。以下 10 种藏书目录均自此出。
　　③ ［日］大田南畝：《南畝文库藏书目》，载《大田南畝全集》第 19 卷，岩波书店 1989 年版，第 347—442 页。

卷，汉籍 404 部 3009 卷，梵洋合计 132 部 369 卷，[1] 以卷数论，汉籍在全部藏书中占将近 1/3。汉籍成为知识修养的主要来源之一，这与江户前期一代大儒藤原惺窝连《曲礼》《杜集》《文章规范》等常见书都需向林罗山借阅的现象已大相径庭。

江户前期各种故事类书与汉籍入门书曾为求知者提供了大量信息，方便他们按图索骥，在长崎或京阪书肆搜寻所需和汉刊本。江户后期（宝历以后），除了故事类书，更不断出现各种综合性或专题性的汉籍目录、解题等辞书，方便希慕中华文物的读者了解典籍内容或版本源流，更可充当购书指南。长泽规矩也所编《日本书目大成》中就曾收录此类著作，综合性目录如释敬首编《典籍概见》（1754 年刊）、兰陵山人编《掌中目录》（1782 年序刊）、近藤守重撰《正斋书籍考》（1823 年刊）、高井兰山编《掌中书名便览》（1827 年刊）、樾山精一编《官板书籍解题目录》（1847 年刊），以及未收入《日本书目大成》的田口明良编《典籍秦镜》（1813 年序刊本）[2] 等。专题目录如吉田一保编《和汉军书要览》（1770 年刊），以及未收入《日本书目大成》的荻生双松撰《经子史要览》（1804 年刊）[3]、秋水园主人编《小说字汇》（1791）[4] 等。这些辞书目录向士农工商普及文史掌故，扩展了汉籍的传播范围，也增强了江户社会对汉籍的需求，在这种情况下，以诗文书画作为身份认同之一的"文人"阶层才开始出现，并且在幕藩体制之外获得新的生存方式，即开办私塾或聚徒讲学。

江户前期汉学塾还只有中江藤树的"藤树书院"、伊藤仁斋的

---

[1] ［日］藤井隆编：《近世三河・尾张文化人藏书目录》第 2 卷，ゆまに書房 2005 年版，第 247 页。

[2] 影印收入［日］書誌研究会编：《書誌書目シリーズ15》全 6 卷，ゆまに書房 1984 年版。

[3] 影印收入［日］長沢規矩也编：《江戸時代支那学入門書解題集成》第 1 集，汲古书院 1975 年版。

[4] 影印收入［日］波多野太郎编：《中国文学語学資料集成》第 1 篇第 1 卷，不二出版 1988 年版。

"古义堂"等寥寥数种,江户后期新的汉学塾大量涌现,三宅米庵的怀德堂、菅茶山的"廉塾"、吉田松阴的"松下村塾"、三浦梅园的"梅园塾"为其中佼佼者。汉学塾创办者多为钦慕中国文物的文人或学者,前田勉曾将私塾与藩校对比,指出二者的区别为:"藩校时或强制就学,私塾可谓自发入学;进而,前者原则上限于武士,后者也向武士之外的庶民开放门户,超越了封建割据主义。"① 他们将汉籍阅读扩展到普通民众中,汉籍本身也成为他们立身处世的资本。

江户文人意识的先觉者之一服部南郭出身京都商家,少年应幕府侧用人柳泽吉保之招而入仕,却在30岁左右的盛年致仕,开塾讲授诗文。此后婉辞水户彰考馆之聘,终生再未步入宦途。② 或许正是因为社会对诗文汉籍的需求,已可支撑他在幕藩之外维持生计。据统计,江户城区的122所私塾,平均每所塾生可达119名。③ 汉学塾往往大量收藏汉籍,比如京都古义堂与大阪怀德堂都是典藏丰富的文库。古义堂自宽文二年(1662)一直延续到明治年间,其藏书迭经散佚,天理大学图书馆编《古义堂文库目录》著录该馆现存古义堂所藏汉籍仍达511部,④ 而大阪大学怀德堂文库藏书更是多达36000余种。⑤ 如此规模的塾生与典籍收藏是江户前期未见的,以汉籍为中介,近世文化生活的样貌逐渐改变。

小结

江户时代前后期,汉籍价格呈现出不同的面貌。前期(元禄以前)运载书籍的商船较少,书籍贸易也多由享有幕府特许权的商人垄断,而各种故事类书的刊行又将众多汉籍选篇展现在读者面前,

---

① [日]前田勉:《近世の読書会:会読の思想史》,平凡社2012年版,第147页。
② [日]中村幸彦:《文人服部南郭論》,载《中村幸彦著作集》第1卷,中央公論社1982年版,第130页。
③ 李卓等:《日本近世史》,第429页。
④ [日]天理大学附属天理図書館编:《古義堂文庫目録》,第295—328页。
⑤ 大阪大学怀德堂文库介绍,网址:http://www.let.osaka-u.ac.jp/kaitokudo/kaitokudo/mame_details.html?id=51,2018年6月26日读取。

导致需求增加、书价高昂。以前田纲纪的《唐本屋账目》为代表，舶来书籍价格约为同期中国售价的 3 倍。同时，日本的版刻事业方兴未艾，和刻汉籍数量逐渐增加，天和元年《书籍目录大全》反映出的书价只有舶来汉籍的 1/12，但江户文人学者对和刻汉籍的接受经历了曲折的历程，林罗山与伊藤仁斋、东涯父子藏书构成的对比反映出，直到元文元年（1736）和刻本才在私人藏书中与舶来汉籍平分秋色。

到了江户后期（宝历以后），汉籍价格可能仍在增长，但天保年间以后书价陡降。风月堂《日历》（1772—1773）著录的书价远高于其他资料，在笔者视野中是江户时期书价的峰值。此后汉籍书价明显下降，《新渡唐本市控书》中记载的市场流通价格与长崎书籍贸易的《落札账》相差不远，说明江户前期特许商垄断汉籍买卖、从中牟取暴利的现象可能大为缓解。更重要的是，由于交易方式、贵金属价差等原因，清代商船所载典籍在长崎的标价甚至低于国内售价，双方均从中获益，在一定程度上促进了汉籍的传播。由于汉籍数量增加、价格下降，私人藏书规模大大增加，收藏、阅读汉籍成为普遍现象，文人逐渐可以通过开设私塾、讲读诗文汉籍谋求生计，近世文化生活的样貌大为改观。

第三节　收藏、借阅与文人共同体

一　江户初期的书籍史意义：林罗山的中国小说藏书

无论就儒学、汉诗还是出版、教育来讲，林罗山都是江户初期重要的存在。他生于德川开府前 20 年，接受五山僧侣教育，后来成为德川家康侍从，侍奉四代将军。目前从思想史、汉诗史角度研究林罗山的论著已不胜枚举，但他在江户初期中国小说传播中承上启下的作用却还没有引起足够的关注，同时期传入日本的中国小说目录也尚未得到系统的整理。日本国立公文书馆保存着林罗山的大量汉籍藏书，其中小说数量颇为可观，本书试图考察林罗山小说藏书的数量、种类、来源和特色，并结合幕府官库、天海藏、骏河御让本和宽文年间江户书林刊刻目录，整理出宽文六年前输入日本的中国小说目录，在一定程度上还原同时代中国小说传播的概况，并据此探讨林罗山在私人藏书和中国小说接受史上的地位。

现有的研究或根据唐船持渡书、《舶载书目》等长崎港的档案数据，《御文库目录》《日光山文库目录》等幕府与寺庙藏书目录以及《唐本目录》《书籍目录》等贩卖或和刻目录来探究中国小说的传播与受容，较少看到从私人藏书和文集入手展开的研究，尤其是江户初期。在笔者有限的视野中，只有中村幸彦利用了《罗山林先生年谱》庆长九年所附的《既读书目》与林罗山撰《梅村载笔》中的汉籍目录，不过他的着眼点是白话小说，这两种目录并不以白话小说见长，仅有《西游记》《列国传》《三国志演义》《全相汉传》四种，罗山藏书及其文集中引用的小说文献并未引起中村幸彦的足够关注。目前对林罗山藏书的研究较少，笔者仅注意到岩仓规夫《苦心集书的爱书人林罗山之藏书》[1]与福井保《林罗山杂考》[2]两篇简短的介绍性文章，尚未看到较为详细的调查研究。

长崎的书籍检查主要是出于禁教目的，德川家康统一日本之前的书籍交易很少登记备案，大庭修整理的长崎档案中最早的《商舶载来书目》也已到了元禄六年（1693），《唐本目录》最早为元禄元年（1688），《御文库目录》最早为宽永十六年（1639），无论哪种目录起始年代都比较晚，很难据此推测江户初期中国小说的流传情况。比如，西冈晴彦调查唐船持渡书、《内阁文库购来书籍目录》《御文库目录》等资料之后，认为《酉阳杂俎》在正保元年（1644）、《搜神记》在万治二年（1659）、《唐人百家小说》在天和

---

[1] ［日］岩倉規夫：《集書に苦心した愛書家林羅山の藏書》，《出版ニュース》1957年第395期。

[2] ［日］福井保：《林罗山雜考》，载《內閣文庫書誌の研究》，青裳堂书店1980年版，第155—160页。

三年（1683）传入日本，① 实则林罗山在庆长九年（1604）之前就已读过《酉阳杂俎》《搜神记》，② 其生前藏书中也有《唐人百家小说》。如果主要根据既成目录，不考虑典籍收藏、阅读与引用的具体情况，可能会错估中国小说传入日本的时间。从文禄到宽永的50年间，大量汉籍尤其是文言小说传入日本，对整个江户时期影响深远，但具体的汉籍目录甚为罕见，作为江户初期最有代表性的文人，林罗山留下的资料恰好弥补了这一缺憾。

（一）林罗山收藏与编译的中国小说

1. 小说收藏

林罗山天正十一年（1583）生于京都，明历三年（1657）殁。江户前期儒学家，名信胜，又名忠，剃发后号道春，字子信，通称又三郎，别号罗洞、浮山、罗山子、胡蝶洞等。13岁入京都五山之一的建仁寺读书，后来从学于藤原惺窝。庆长十年（1605）成为德川家康侍从，前后侍奉四代将军；曾经掌管家康的骏府文库，并主持刊刻《大藏一览》《群书治要》，即著名的骏河铜活字本。林罗山三子鹅峰在《罗山林先生年谱》中称他"十二岁既通国字，读演史小说，粗窥见中华之书记"③，22岁既读汉籍已达440余部，其中包括《通俗演义三国志》《博物志》《酉阳杂俎》《列仙传》《长恨歌传》《剪灯新话》等二十多种汉文小说。

林罗山酷爱典籍，生前藏书颇丰，但多数毁于明历三年（1657）的江户大火，他在悲痛"多年之精力尽于一时"④之余猝然卧病，不到一年就含恨辞世。宽永七年（1630）林罗山在上野忍冈开办私塾，元禄三年（1690）五代将军德川纲吉将其移至汤岛圣堂，宽政九年（1797）改组为幕府官学，称为昌平坂学问所，林家藏书约两

---

① ［日］西冈晴彦：《江戸時代渡来漢籍について1（小説・戯曲）》，《法文論叢文学篇》1978年第40号
② 《羅山先生詩集》下卷附録卷一，平安考古学会1921年版，第4页。
③ 《羅山先生詩集》下卷附録卷一，第4页。
④ 《羅山先生詩集》下卷附録卷一，第33页。

万册尽数由学问所收管，其中大部分是林罗山与林鹅峰父子的收藏；① 明治维新后政府改组，1884 年根据太政官令第 11 号设立太政官文库，作为各官厅的中央图书馆，随着 1885 年内阁制度的创始，改称内阁文库，接管了昌平坂学问所藏书，1971 年再由国立公文书馆接管了内阁文库藏书，② 明历大火之后幸存的林罗山藏书大部分就保存在国立公文书馆。

公文书馆现存林罗山藏书多有"江云渭树"印，个别藏书无此印章但有林氏识语。土屋裕史曾整理公文书馆的林罗山藏书，③ 计有 437 部、4385 册。《罗山先生诗集》卷三十二有《丙申春点检藏书作一绝示向阳》④，丙申即明历二年（1656），正好是明历三年书库烧毁前一年。诗序中称：

> 我家藏书一万卷，或誊写，或中华、朝鲜本，或日本开板本，或抄纂，或墨点朱句，共是六十余年间所畜收也。尝分授向阳（按：即林罗山三子鹅峰）、函三（按：即林罗山四子读耕斋）者一千五六百部许，在我手者居多。

林罗山分授鹅峰、读耕斋的一千五六百部典籍只是藏书中的小部分，即便假设授子与自留的典籍各占一半，林罗山的藏书总数也有三千余部，而公文书馆现存的 437 部只占原来的 1/7，明历大火中损失的典籍数量仍相当庞大。

笔者根据《内阁文库汉籍分类目录》与土屋裕史的文章，将林氏藏书中的小说 49 种单独整理出来：

---

① ［日］国立公文书馆编集：《内阁文库百年版史》，汲古书院 1986 年增补版，第 31 页。
② ［日］国立公文书馆编集：《内阁文库百年版史》，第 1—24 页。
③ ［日］土屋裕史：《当館所藏林罗山旧藏書（漢籍）解題 1》，《北の丸：国立公文書館報》2015 年第 47 期。
④ 《羅山先生詩集》上卷，平安考古学会 1920 年版，第 361 页。

(1)《春渚纪闻》，江户初写本
(2)《南村辍耕录》，江户初写、林罗山手校手跋本
(3)《鼎刻江湖历览杜骗新书》，明张怀耿刊、林罗山手校、江户初写本
(4)《狐媚丛谈》，明草玄居刊、林罗山手校、江户初写本
(5)《李卓吾先生批点四书笑》，江户初写、林罗山手校本
(6)《搜神秘览》，江户初写本
(7)《棠阴比事》，朝鲜刊、林罗山手校手跋、元和五年写本
(8)《童婉争奇》，江户初写、林罗山手校本
(9)《疑狱集》，江户初写、林罗山手校本
(10)《新刊皇明诸司廉明奇判公案》，江户初写、林罗山手校本
(11)《冷斋夜话》，宽永二十年刊古活字本
(12)《列仙传》，宽永刊古活字本
(13)《唐才子传》，室町刊本
(14)《剪灯新话句解》，朝鲜刊、林罗山手校、手跋本
(15)《百川学海》，明刊本
(16)《新刊官板批评正百将传》，明万历序刊本
(17)《稗海》，明刊本
(18)《初潭集》，明万历刊本、后印
(19)《新刻耳谈》，明万历三十年余泗泉刊本、后印
(20)《新刻续耳谈》，明万历三十一年序刊本
(21)《新镌弧树哀谈》，明万历二十九年宗文书舍刊本
(22)《古今说海》，明嘉靖二十三年序俨山书院刊本
(23)《广百川学海》，明刊本
(24)《广列仙传》，明万历十一年序刊本
(25)《广谐史》，明万历四十三年序刊本

(26)《花鸟争奇》，明萃庆堂刊本

(27)《剪灯余话》，明成化二十三年双桂堂刊本

(28)《开卷一笑》，明刊本

(29)《琅琊代醉编》，明万历二十五序刊、林罗山手校、手跋本

(30)《蓬窗日录》，明万历十八年序刊

(31)《群谭采余》，明万历二十年序刊

(32)《新镌徽郡原板校正绘像注释便览兴贤日记故事》，明万历三十九年黄正甫刊本

(33)《山海经》，明万历二十八年格古斋刊本

(34)《山水争奇》，明萃庆堂刊本

(35)《说类》，明刊本

(36)《新刻出像增补搜神记》，明唐氏富春堂刊本

(37)《太平广记》，明刊、林罗山手校本

(38)《五朝小说》，明刊本（两部，分别存唐人百家小说与宋人百家小说）

(39)《五杂俎》，明刊本

(40)《西湖游览志》，明万历序刊本

(41)《小窗自纪》，明刊本

(42)《续百川学海》，明刊本

(43)《新镌全像一见赏心编》，明萃庆堂刊本

(44)《新编分类夷坚志》，明嘉靖二十五年序清平山堂刊本

(45)《桯史》，明刊本

(46)《玉堂丛语》，明万历四十六年序曼山馆刊本

(47)《新刊八仙出处东游记》，明余文台刊本

(48)《新镌陈眉公先生批评春秋列国志传》，明龚绍山刊本

(49)《新刻名公神断明镜公案》，明王氏三槐堂刊本

除此之外，笔者另行查考了《罗山先生文集》《罗山先生诗集》《徒然草野槌》《童观抄》《化女集》《狐媚抄》《怪谈全书》等林氏著作对中国小说的引用，除去与公文书馆藏书的重复，另外整理出29 种：

（1）《异苑》，见于《怪谈全书·元绪》，注出《艺苑》
（2）《续仙传》，见于《罗山林先生年谱》庆长九年既读书目
（3）《通俗演义三国志》，见于《罗山林先生年谱》庆长九年既读书目
（4）《艳异编》，见于《罗山林先生年谱》庆长九年既读书目
（5）《张文成游仙窟》，见于《罗山林先生年谱》庆长九年既读书目
（6）《璅语》，见于《梅村载笔》天卷
（7）《梦溪笔谈》，见于《梅村载笔》人卷
（8）《剿闯小说》，见于《林罗山诗集》卷三十二《读剿闯小说》
（9）《挥麈新谈》，见于《童观抄》
（10）《侯鲭录》，见于《徒然草野槌》上之二
（11）《续齐谐记》，见于《徒然草野槌》上之二
（12）《类说》，见于《徒然草野槌》上之三
（13）《湖海新闻》，见于《徒然草野槌》下之一
（14）《世说新语》，见于《林罗山文集》卷五十四《世说跋》，江户御文库藏，有金泽文库印
（15）《开元天宝遗事》，见于《林罗山文集》卷五十四《题开天遗事后》，和刻，林罗山手校
（16）《说郛》，见于《林罗山文集》卷五十四《题说郛七十三卷东谷所见后》，水户黄门君藏，林罗山以之校对家藏本

（17）《酉阳杂俎》，见于《林罗山文集》卷五十四《题酉阳杂俎后》，水户黄门君藏，林罗山以之校对家藏本

（18）《续说郛》，见于《林罗山文集》卷五十四《续说郛跋》，林罗山手校

（19）《后山谈丛》，见于《林罗山文集》卷六十五随笔一

（20）《坦斋笔衡》，见于《林罗山文集》卷六十六随笔二

（21）《前锁篇》，见于《林罗山文集》卷七十随笔六称《前锁篇》《后锁篇》二者为新到书，共六册，类似《百川学海》等，"聚小部之稗说，然未见总目"。

（22）《长恨歌传》，见于《林罗山文集》卷七十随笔六

（23）《博物志》，见于《林罗山文集》卷七十一随笔七

（24）《朝野佥载》，见于《林罗山文集》卷七十一随笔七

（25）《神仙传》，见于《林罗山文集》卷七十一随笔七

（26）《拾遗记》，见于《林罗山文集》卷七十一随笔七

（27）《湖海搜奇》，见于《林罗山文集》卷七十二随笔八

（28）《杂纂》，见于《林罗山文集》卷七十二随笔八

即便不考虑明历大火与藏书散佚，林罗山生平接触的中国小说至少也将近80种。公文书馆现存林罗山藏书仅占林氏藏书总量的1/7左右，那么林罗山实际收藏的中国小说也可能有百余种甚至数百种。

2. 小说编译

林罗山与江户初期主要的文人学者往来密切，范围从五山僧侣到儒家学者，从幕府公卿到豪商书贾，几乎涵盖了所有重要的读书人，他们互相借阅、抄录、代购典籍。不止如此，林罗山还将精英的知识以易于接受的形式，逐渐推广到更大的人群。如果说中世典籍的传抄与阅读带有私家传授的封闭倾向，那么江户时期版刻盛行、教育普及，对汉籍尤其是小说的阅读不再局限于接受经典教育的文人学者，林罗山似乎就处在二者的交界之处。

《罗山先生诗集》附录卷四中的《编著书目》列出了林罗山编撰的 147 部著作，结合其他资料，林罗山所著与中国小说关系较大的著作约为以下几种：

（1）《化女集》

《编著书目》称为"贞女倭字记"。一册，不分卷，岛原松平文库藏写本一部，它从《古列女传》《新续列女传》中选择 35 则与贞女有关的故事，译为汉字平假名混合体日文。

（2）《狐媚抄》

一册，不分卷，岛原松平文库、国文学研究资料馆鹈饲文库各藏写本一部，它从《狐媚丛谈》中选取 35 则故事，译为汉字片假名混合体日文。

（3）《怪谈》

五卷五册，元禄十一年（1698）江户中野孙三郎、京都福森兵左卫门刊，题名为"怪谈全书"，另有古写本《怪谈》《怪谈录》《奇异杂谈抄》。全书 32 话，从《后汉书》《吴越春秋》《搜神记》《幽冥录》《剪灯新话》等典籍中选择志怪故事，译为汉字片假名混合体日文。

（4）《棠阴比事加钞》

三卷三册，宽文二年京都山形屋七兵卫刊，包含《棠阴比事》原文与简单的注释，另有林罗山撰《棠阴比事谚解》写本，仅注释无原文。

（5）《徒然草野槌》

十卷，宽永（1624—1644）后期初版，题名为"埜槌"，庆安元年（1648）改名为"野槌"，析为十四卷。[①]《徒然草》的注释书，全书分 246 段，各段包含语句、人物、故事、掌故等的注释，大量引用《博物志》《长恨歌传》《酉阳杂俎》《搜神秘览》《续齐谐记》《类说》《湖海新闻》《侯鲭录》《孤树哀谈》《剪灯新话》

[①] 《日本古典文学大辞典》第 4 卷，铃木久解题，岩波书店 1984 年版，第 681 页。

等文言小说。

(6)《梅村载笔》

天、地、人三卷,有一册与三册两种写本。随笔,分 210 条,天卷多与宫中相关,地卷主要论中国文史典籍,人卷常引藤原惺窝语。一般认为天、地两卷为林罗山所撰,人卷混入了后人添加的内容。全书多处引用《搜神记》《西湖志》等文言小说,地卷还附有一份汉籍书目,按照"四书""五经""七书""三注""文""诗""史""字书""类书""家集""宋儒书附元明""明人家集""刑书""地志""医书""杂""释书""对语"18 类,著录汉籍数百种,仅"杂"类就有 207 种,其中包含《赏心编》《书言故事》《剪灯新话》《剪灯余话》《皇明世说》《吴越春秋》《搜神秘览》《艳异编》《湖海新闻》《广列仙传》《八仙传》《春渚纪闻》《琅琊代醉编》《游仙窟》《开卷一笑》《西游记》《列国传》《三国志演义》《全相汉传》《开元天宝遗事》《西京杂记》《广谐史》《花影集》等二十余部文言与白话小说。

(二)林罗山搜求典籍的方式

林罗山生活的江户初期出版业刚刚兴起,汉籍主要以明刊本或手抄本形式流传,这在林氏小说藏书中也有所体现:49 种小说中 35 种为明刊本,1 种朝鲜刊本,和刻本 3 种,其余 10 种为江户抄本。和刻本种数有限,具体到小说数量更少。庆长八年(1603)江户开府之前,日本刊行的典籍约有 500 种,其中小说只有 1 种,即室町时期刊行的《冷斋夜话》。[①] 根据长泽规矩也的《和刻本汉籍分类目录》,截至林罗山去世的明历三年(1657),新刻中国小说仍只有九种,按先后顺序大体是:《长恨歌传》《开元天宝遗事》《冷斋夜话》《剪灯新话句解》《列仙传》《鹤林玉露》《辍耕录》

---

① [日]吉沢義則:《日本古刊書目》,帝都出版社 1984 年版,第 330 页。

《游仙窟》《列女传》，① 如前所述，如果将明历大火中焚毁的藏书考虑在内，林罗山阅读和收藏的小说可能有百余种，和刻种数恐怕不及 1/10，江户后期盛行的贷本屋此时还不存在，即便有也处于萌芽状态，显然不能满足文人的阅读需求。

林罗山是成长于室町时期的最后一代人，在当时属于极其幸运的少数。少年入京都五山之一的建仁寺读内外经典，青年结交藤原惺窝、菅得庵、松平忠房、榊原忠次等藏书丰富、酷爱小说的良师益友，二十余岁成为德川家康的侍从，掌管骏府文库，饱览珍本古籍。对当时人来说，这种经历是可遇而不可求的，接下来就逐一讨论他接触汉籍的过程。

1. 读书建仁寺

首先，是京都建仁禅寺的读书经历。京都与镰仓的五山禅寺曾是室町时期中国典籍与文化的集中地，熟习汉文的禅僧常被足利将军聘为政治顾问，幕府的外交文书多由其执笔，直到江户初期入禅寺读书仍是通行的晋身之阶，与林罗山同为德川家康侍从顾问的三要元佶、西笑承兑便均为临济禅僧。据《罗山林先生年谱》记载，林罗山在 13 岁元服成人后，"登东山，入建仁禅寺大统庵古涧慈稽长老室读书……十如院永雄长老者，大通庵接邻也，先生时时往游。雄多藏书，先生粗就观之"②。

五山禅寺多置书库，而建仁寺两足院藏书更是京都五山中的佼佼者，"应仁之乱后京都争乱，文库多被烧毁，一时亲王、公卿家多将累代文书相寄，求得安稳"③。五山寺院不仅是修禅之所，更是讲读诗文、陶冶性情之地。《罗山林先生年谱》庆长元年丙申

---

① 据〔日〕長沢規矩也《和刻本漢籍分類目録増補補正版》统计，汲古書院 2006 年版。按：长泽规矩也将《新刊鹤林玉露》的初刻时间定为庆安元年（1648 年），《内閣文庫漢籍分類目録》将其判为庆长・元和间古活字版，笔者未见原本，暂从较为保守的后者。
② 《羅山先生詩集》下卷附録卷一，第 2 页。
③ 〔日〕小野则秋：《日本文庫史研究》上卷，临川书店 1979 年版，第 678 页。

条记载:"今兹永雄讲《南华口义》,其所援用,屡请先生校出之。雄又讲白氏《长恨歌》《琵琶行》,先生校雄所藏诸书,作之注钞入,人皆称奇才"[1],可见建仁寺不同塔头间常有切磋问讯或典籍借阅之事。林罗山自称庆长九年(22岁)之前已读汉籍440部(包括小说20余部),此时距其离开建仁寺刚满七年。他除了20岁时曾在长崎逗留月余外,似乎未有其他机遇大量阅览汉籍,甚至离寺后仍向永雄长老借阅典籍,"顷年借《文选》六臣注于永雄,每日读一卷,六旬而毕。又借前后《汉书》于永雄,数日一周览之"[2]。

庆应义塾大学斯道文库藏有《建仁寺两足院藏书胶片目录初编》[3],其中除禅门语录与传记外,另有《春秋经传集解》《周易注疏》《四书章句集注》等儒家经典、《国语》《史记》《汉书》《十八史略》等史部典籍、《庄子鬳斋口义》《鹖冠子》《淮南子》《郁离子》等子部著作、《楚辞集注》《六臣注文选》《杜工部七言律诗》《东坡集》等诗文集。尤其值得关注的是,目录中还有《山海经》《李卓吾批点世说新语补》《世说解》《棠阴比事》《剪灯新话句解》等文言小说以及《三国志传》《水浒传译解》等白话小说典籍,和林罗山22岁前已读的400余种汉籍多有重合,尤其是《山海经》《剪灯新话》《三国志传》等,建仁寺可能是他接触汉文小说的开始。两足院目录中还收有《罗山百五十韵和并鲜人诗等》《梅村载笔》等林罗山的著作,可以想见建仁寺在林罗山的汉籍阅读中扮演着重要角色。

时人延续着镰仓、室町时期的观念,认为除了京都公卿之外,禅宗或天台僧人最有资格成为汉学精英与幕府政治顾问,以至于德

---

[1] 《羅山先生詩集》下卷附録卷一,第2页。
[2] 《羅山先生詩集》下卷附録卷一,第3页。
[3] 《庆應義塾大学附屬研究所斯道文庫攝影建仁寺兩足院蔵書マイクロフィルム目錄初編》,《斯道文庫論集》2010年第45期。

川家康任用林罗山时，首先便是令其剃发出家。① 然而庆长二年（1597）建仁寺僧众劝他剃度时，林罗山坚执不从，潜出建仁寺，在室町时期到江户时期的过渡阶段，他选择的是另一条道路。

2. 与当世名家的书籍往来

其次，是与藤原惺窝、菅得庵、松平忠房、榊原忠次等人的书籍往来。离开建仁寺丰富的藏书之后，林罗山只能着意于个人搜求典籍，《行状》称其："然后遍读四库之书，由来不为藏书之家，而世上板行甚稀矣，故借请于处处，而见之写之。偶阅于市铺而求之，盖得一书，则不换万金，读之终编则天下至乐也。"②

林罗山早闻藤原惺窝之名，久欲一见，起初只能通过角仓素庵与惺窝保持书信交往，③ 直到庆长九年（1604）初次会面，此后往来密切。《惺窝先生文集》中收录了很多向林罗山借阅典籍的书信，如卷十一庆长十年诸多名为《与林道春》的书简："《敬轩札记》全册还来""《文宗》首卷还纳""《说苑》二册达几前。《程墨》三、《及第文》二、李沧溟三策，共盛瓮以还之。见未见之书，悉出厚意，甚慰""《天命图》还了""昨《刘子》还来，今朝《法言》亦还之""《宋播芳》四册还了""《公羊传》六册遣之"，等等。④ 林罗山自称早年书札少留副本，《罗山先生文集》中收录的基本都是二人论学的文字，涉及典籍借阅传抄的信函比较少，仅有零星信息透露出来。如《罗山林先生年谱》庆长十一年丙午记载"今岁惺窝赴

---

① 《羅山先生年版譜》庆长十二年版丁未："先生二十五岁……将赴江户，路过骏府（按：即德川家康处）。午憩之际，先生章语未半而相别。其后赐官暇归京，且蒙命不能辞而祝发，改名道春。"京都史蹟会编纂：《羅山先生詩集》下卷附録卷一，第15页。

② 《羅山先生詩集》下卷附録卷一，第36页。

③ 《羅山先生文集》卷二中有《寄田玄之三篇》，田玄之即角仓素庵，本姓吉田，江户初期京都豪商，从学于藤原惺窝，刊行了近世出版史上著名的"嵯峨版"，京都史蹟会编纂：《羅山先生文集》上卷，第12—23页。

④ ［日］公文书馆藏：《惺窩先生文集》卷十一，享保二年序刊本。

南纪，先生饯之惜别，惺窝手自执《延平答问》以授之"①，卷七十随笔六中提到："余尝见《参同契》诸家注，又借惺窝所藏邹诉注盛甀，后惺窝亦殁。既而万方求之未得焉。于朝鲜、于大明商舶觅之不来。"② 对照《惺窝先生文集》中的书信以情理度之，林罗山借自藤原惺窝的汉籍当不在少数。

菅得庵学儒于藤原惺窝，酷爱典籍，林罗山称"其家富，嗜书，或市或写。每岁蕃舶载来群书及魁本乃至倭语书等，大抵搜索而聚之，殆及数千万卷。寅酉从事于书绕，兹兹不倦"③。由于在爱书上趣味相投，林罗山常请菅得庵留意舶来典籍，《罗山先生诗集》里也保存着数首唱和诗。《罗山先生文集》卷五在"示菅玄东"（按：原文如此）标题下，收录了 16 封书信，④ 有的涉及书籍借还，"徐士彰《类奇》首卷还焉。拙本烂破，暂时校见了。惟倾惟幸！秘册不可少留，是以速返投之，毋为怪""《晋书》五册还璧，欲无瑕"，有的则是指责对方过于小气、不肯借书，"旧冬新渡之异书来，堕于足下手里乎？奈何所念在兹，且又所然诺之贾氏家流之《大学》新本并《经史质疑》写而赐之，何幸加旃，不翅熊掌与鱼耳，仰足下之鸿庇者在此事。又《祥刑要览》搜索出否？奈何足下之于此书，如登徒之于色、如酷吏之逮捕有罪、如明君之侧席幽人乎？此书到，必待告报，事事附寻信"，有的是嘱其代为搜购珍稀典籍，"今兹漳船到于萨肥之间，载来书册数笼，诸商已买得来于京否？足下想劳搜索之意，珍简奇帙，若有之，则毋令落它人之手里"，有的还对佛盛儒衰的世风表达不满，"然当世之文字多属于缁流，世人以为然。然则啜豆汤痕耶？嚼舍水滴乎？抑又嗅蔬笋气欤？不亦酸馅乎？且又未知其不食烟火乎？欲吞北方子夜之气乎？世之厌儒而入于老于佛者之所为，盖如斯"。菅得庵惨遭横死后，林罗山写下情真意切的《菅玄同碑铭》，回

---

① 《羅山先生詩集》下卷附録卷一，第 15 頁。
② 《羅山先生文集》下卷，第 429 頁。
③ 《羅山先生文集》下卷，第 67 頁。
④ 《羅山先生文集》上卷，第 48—56 頁。

顾两人二十余年的君子之交，因好友的陨落黯然涕下。

除了藤原惺窝、菅得庵等儒学师友，林罗山还与雅好藏书、耽读小说的大名们诗酒唱和，其中典型的是以藏书闻名的岛原藩主松平忠房与姬路藩主榊原忠次，两家大名均设有文库而且藏书目录保存至今。松平忠房与林罗山及其三子鹅峰、四子读耕斋等均交往密切，并师从于林鹅峰。《罗山先生诗集》卷九有《松平主殿头忠房亭四景》①，《鹅峰林学士诗集》卷二十四有绝句三首，前有题记，称"松平主殿头源忠房茶寮，标出十景……请题咏之。我翁赋四首，予与函三同作三绝句"②。鹅峰《国史馆日录》宽文五年九月二十三日记载"灯下寂寥，作《水月琵琶记》，是松平忠房所求，彼归城之时恳请，所约诺也"③，宽文五年十月三日称："风吹殊寒，自已半至未前，在馆，使安成读《增补信长记》改正之，是松忠房辑诸本所编也，余尝作之序，其趣在序中。"④ 两人多有书籍往还，松平忠房的著述还常请鹅峰或读耕斋撰序，如《本朝武家歌仙集》前有读耕斋万治三年（1660）序，称"尚舍君武门之世族，且嗜书籍，玩六艺之词花者有年矣"⑤，《增补信长记》前有林鹅峰宽文二年（1662）序，称：

> 尚舍奉御源忠房，素好本朝故事，每求旧记小说、演史草子，无不缮畜焉。顷岁在丹州采邑，抚民施令之暇，合考两部，订正异同，且据我先人罗山子所编信长谱，以叙其前后。⑥

癸卯仲冬（1663），林鹅峰还为松平忠房祖父松平家忠的日记撰

---

① 《羅山先生詩集》上卷，第117页。
② 《読耕先生全集》卷二十四，国立公文书馆藏元禄二年序刊本。
③ ［日］林鵞峰：《国史館日錄》第1卷，続群書類従完成会1997年版，第127页。
④ ［日］林鵞峰：《国史館日錄》第1卷，第132页。
⑤ 《本朝武家歌仙集》，岛原松平文库藏写本。
⑥ 《増補信長記》岛原松平文库藏写本，另收入《鵞峰林学士文集》卷八十三，ぺりかん社1997年影印版，第276页，二者文字全同。

序，称"余与忠房交际年久，忠冬（按：即松平忠房堂弟）亦相知"①。贞享五年（1688）松平忠房七十寿诞，林鹅峰有《忠房公七十贺寿词》，称述两家交谊，"余世交不渝，宿缘惟深。或谈经义，或递觞咏"②。松平文库大量收藏林罗山著作的抄本，《肥前岛原松平文库藏书目录》中有《童观抄》《多识编》《罗山先生文集》《棠阴比事谚解》等林罗山的二十余部著作。③

林罗山父子也与榊原忠次频繁往来，罗山诗文集中与榊原忠次的交往唱和非常多，如《罗山先生诗集》卷九《松平式部大辅忠次别墅十景》（按：榊原忠次本姓松平）、卷十一《正旦试毫》，《罗山先生文集》卷二十《西山石记》《分水岭记》结尾注明"右二记松平式部大辅忠次求之"。与此同时，林罗山的著作屡见于《榊原家御书物虫曝账》，如《春鉴抄》《童观抄》《卮言抄》④、《野槌》⑤ 等。林鹅峰称松平忠房"素好本朝故事，每求旧记小说、演史草子，无不缮畜焉"，榊原家也喜欢收藏中国小说，见于目录的就有《夷坚志》《西湖志》《剪灯新话》《列仙传》（以上见于《榊原家御书物虫曝账》），《世说新语补》《通俗三国志》《说郛》《游仙窟》（以上见于《榊原家（姬路·高田）书物目录》），除《世说新语补》外，这些小说也均见于林罗山阅读与收藏书目。松平家与榊原家数代交好，《福知山藩日记》中多次提及榊原家，榊原家《江户日记》也多次提到松平忠房。⑥《榊原家御书物虫曝账》

---

① ［日］林鵞峰：《鵞峰林学士文集》卷八十三，第281—282页。
② 《忠房公七十賀壽詞》，岛原松平文库藏写本。
③ ［日］島原公民館図書部编：《肥前島原松平文庫目録》，岛原公民館1961年版。
④ ［日］浅倉有子、岩本篤志编：《高田藩榊原家書目史料集成》第1卷，ゆまに書房2011年版，第61—62页。
⑤ ［日］浅倉有子、岩本篤志编：《高田藩榊原家書目史料集成》第1卷，第143页。
⑥ ［日］竹下喜九男：《好文大名榊原忠次の交友》，《鷹陵史学》1991年第17期。

中有《家忠日记》①、《松平氏系图》② 等与松平家相关的文书资料，《榊原家（姬路·高田）书物目录》中有松平忠房编纂的《本朝武家歌仙集》，③ 可以想见林罗山与松平家、榊原家的书籍往来。

3. 掌管幕府官库

最后是执掌德川家的骏府文库。庆长十三年（1608），林罗山成为德川家康侍从，执掌骏府文库，是年《罗山林先生年谱》称："先生二十六岁，赴骏府，日夜侍御前，读《论语》《三略》等，赐宅地并土木料及年俸，且掌御书库管钥，纵观官本。"④ 对读书人来说，这已经是莫大的鼓舞，林罗山在给菅得庵的信中称："方今我辈下书库藏书数万本，授银钥于吾侪……吾辈下许吾侪已有不斩异书之惠，则吾侪岂不念护书之戒哉？"⑤

骏府文库起始于庆长七年（1602），据近藤正斋《好书故事》，"庆长七年六月于江户城南富士见亭建御文库，廿四日收储金泽文库等图书，是为江户御文库之始"，庆长十二年（1607）家康隐退骏府之后，又在该地建立新文库，"（宽永）十六年乙卯七月八日，于红叶山建御书物藏"⑥。从庆长十三年（1608）到宽永九年（1633），骏府书库由林罗山掌管、富士见亭文库由林罗山母弟信胜掌管。⑦ 宽永十年（1634）幕府开始设立"书物奉行"一职，转由四位幕臣担

---

① ［日］浅倉有子、岩本篤志編:《高田藩榊原家書目史料集成》第 1 卷，第 110 页。

② ［日］浅倉有子、岩本篤志編:《高田藩榊原家書目史料集成》第 1 卷，第 311 页。

③ ［日］浅倉有子、岩本篤志編:《高田藩榊原家書目史料集成》第 2 卷，ゆまに書房 2011 年版，第 238 页。

④ 《羅山先生詩集》下卷附録卷第一，第 15 页。

⑤ 《羅山先生文集》上卷，第 53 页。

⑥ ［日］近藤正齋:《近藤正齋全集》第 3 卷，国書刊行会 1906 年版，第 262 页。

⑦ ［日］福井保:《紅葉山文庫：江户幕府の参考図書館》，郷学舎 1980 年版，第 18 页。

任文库管理员，此时林罗山已经执掌文库 26 年。他管理的汉籍经史子集八百余部，再加上骏府城内"草子仓"的日本国书，至元和二年（1616）德川家康去世时骏府文库藏书约有一千余部，一万余册；① 根据《御文库始末记》，正德年间（1711—1716）藏书量增至四万多册，② 百年间翻了两番。

查林罗山文集，经常看到阅读"骏府""秘府"典籍的记载，如《罗山先生文集》卷五十四《诗经跋》称"先年余在骏府时点《朱子诗传》"③，《题狐媚丛谈后》称"《狐媚丛谈》全部五卷藏在秘府"④，卷五十五《世说跋》称"江户御文库有古本《世说新语》一部，其印曰金泽文库，道春见之"⑤，其中的喜悦溢于言表。

林罗山还曾用各种版本校对手中典籍，如《罗山先生文集》卷五十四《五臣注文选跋》称"此本近岁米泽黄门景胜陪臣直江山城守某开板于要法寺，余请秋元但马守泰朝，而后泰朝告景胜而得之……后再借唐本加改正"⑥，《题后汉书后》称"元和八年壬戌三月，借称名院家本"⑦，《题说郛七十三卷东谷所见后》称"水户黄门君有《说郛》一部，与拙本校异"⑧，《棠阴比事跋》称"右《棠阴比事》上中下，以朝鲜板本而写焉"⑨，《寒山集跋》称"壬子腊月，借长啸子本以誊写"⑩。以上的"称名院"为镰仓时期北条实时设立的金泽文库所在地，德川家康曾将其部分藏书纳入骏府文库；

---

① ［日］福井保：《家康主の図書収集事績》，载《内閣文庫本考証》，青裳堂书店 2016 年版，第 14 页。
② 参见［日］福井保《紅葉山文庫：江戸幕府の参考図書館》，第 32 页。
③ 《羅山先生文集》下卷，第 184 页。
④ 《羅山先生文集》下卷，第 199 页。
⑤ 《羅山先生文集》下卷，第 195 页。按：原书卷五十四与五十五页码较为混乱，笔者各处引用均照录原书页码。
⑥ 《羅山先生文集》下卷，第 185 页。
⑦ 《羅山先生文集》下卷，第 189 页。
⑧ 《羅山先生文集》下卷，第 197 页。
⑨ 《羅山先生文集》下卷，第 198 页。
⑩ 《羅山先生文集》下卷，第 198 页。

直江山城守即直江兼续，兼通文武，庆长十二年（1607）在京都要法寺以木活字刊行《六臣注文选》；水户黄门即水户藩主德川光国，主持编撰《大日本史》，御三家之一，德川家康临终前曾将骏府藏书在尾张、纪伊、水户三家中分配，由林罗山督办；长啸子即木下长啸子，江户初期著名歌人。此时林罗山搜书的对象均是江户初期卓有成就的文人学者。

读书于建仁寺，交游于藤原惺窝、菅得庵、松平忠房，掌管骏府文库，林罗山接触到的汉籍不断增加，终成江户初期开风气之先的知识精英。如果将目光投向纵深处，那么他可以说是承上启下的过渡文人。

德川家康去世前骏府文库藏书一千余部，而明历二年（1656）林罗山的私人藏书已达一万卷、至少三千部，远远超出骏府文库，约为后者的三倍。德川家康去世前，将骏府文库部分典籍分授尾张、纪伊、水户三家，剩余典籍被送至江户，并新建红叶山文库，成为幕府最大的官库。根据东北大学狩野文库藏《御文库目录》的著录，宽永十五年（1638）前红叶山文库的汉籍为737部，仍远远低于明历二年林罗山的私人收藏。

除去公家与僧侣，此前很少有多达三千种、上万卷的私人汉籍藏书。日本现存较早的私人藏书目录是平安后期藤原通宪的《通宪入道藏书目录》，[①] 原本著录典籍170柜，现存82柜，其中包含汉籍185种。如果按比例推算，目录著录的汉籍总量当在380种左右，据估计仅为林罗山藏书的1/7；现存目录中有中国小说五种，分别是《魏文贞故事》《西京杂记》《十洲记》《搜神后记》《游仙窟》，与林罗山的收藏更是不可同日而语。镰仓时期禅僧圆尔辨圆于1235年入宋师事无准师范，1241年返日，他在华期间所得图书见于东福寺

---

① 载〔日〕塙保己一等编《群书類従》第28辑，續群書類従完成會1959年版，第545—555页。

《普门院经论章疏语录儒书等目录》，其中著录汉籍内外典仅 387 种，[①] 同样与林罗山相差甚远。而林罗山之后私人藏书家屡见不鲜，荻生徂徕、伊藤东涯、大田南亩、曲亭马琴、柳亭种彦等各种文人身后都有藏书目录，所收典籍动辄上千部，《南亩全集》中收录了大田南亩的四种藏书目录，其中一类甚至是专门的"稗史目录"[②]。林罗山庞大的藏书量，或许能在一定程度上代表江户初期私人藏书风气的转变。

（三）林罗山小说藏书的特点

从幕府文库及私人藏书等种种资料可以看出，江户初期已有大量汉籍传入日本，而林罗山生逢其时，又得窥五山禅寺、当世名家与骏府文库的藏书，成为汉籍传播史上承上启下的一环。如果进一步横向考察，将同时期传入日本的小说纳入视野范围，那么林罗山小说藏书的个人特色就会更加鲜明。

如前所述，江户初期并无商船载来汉籍的目录，现存舶载资料最早为元禄七年（1694），即林罗山去世后三十余年，只能通过其他途径考察林罗山在世时传入日本的汉籍。在笔者有限的视野中，可以借助东北大学狩野文库藏《御文库目录》[③]《日光山天海藏主要古书解题》[④]《骏河御让本目录》[⑤] 和《宽文书籍目录》[⑥] 四份资料，再加上林罗山藏书目录，间接追溯宽文六年（1666）之前载入日本

---

① 许红霞：《〈普门院经论章疏语录儒书目录〉中所载书籍传入日本的时间之辨疑》，《普门学报》2006 年第 33 期。
② 《大田南畝全集》第 19 卷，岩波书店 1989 年版。收录的四种目录分别是：《南畝文庫藏書目》《杏園稗史目録》《杏花園叢書目》《叢書細目》。
③ ［日］大庭脩：《東北大学狩野文庫架蔵の旧幕府御文庫目録》，《関西大学東西学術研究所紀要》1970 年第 3 期。
④ ［日］長沢規矩也：《日光山天海藏主要古書解題》，日光山輪王寺 1976 年版。
⑤ ［日］川瀬一馬：《駿河御讓本の研究》，载《日本書誌学之研究》，大日本雄弁会講談社 1943 年版，第 572—674 页。
⑥ ［日］斯道文庫编：《江戶時代書林出版書籍目録集成》第 1 册，井上书房 1962 年版。

的汉籍。其中《御文库目录》逐年著录幕府红叶山文库享保七年（1722）之前的新增典籍，《日光山天海藏主要古书解题》是德川家康侍从、天台僧天海的部分藏书目录，《骏河御让本目录》是元和二年（1616）德川家康去世后分赐尾张、纪伊、水户三家和德川家康之子秀忠的骏府藏书，①《宽文书籍目录》大约是宽文六年（1666）之前日本书林的刊刻目录。各份目录详细的著录情况笔者另文讨论，为行文方便，仅将上述五种资料的中国小说目录整理如附表5。

值得注意的是，其他四种藏书林罗山都有接触或阅览的机会。如前所述，庆长十三年（1608）到宽永九年（1633）林罗山掌管骏府御文库，其弟信胜掌管富士见亭文库，宽永十年设立"书物奉行"专职管理御文库后，林罗山仍有机会阅读官库藏书。宽永十六年后书库移至红叶山，他作为侍从有权借阅书库藏书，实际上此后林家频繁借书，已成惯例，② 且林罗山父子奉命修撰《宽永诸家系图》和《本朝通鉴》，多借助官库藏书。《罗山先生诗集》卷三十二《读剿闯小说》称"余读《剿闯小说》，惊明室之大乱"③，《剿闯小说》不见于公文书馆现存林罗山藏书，也未见于宽文六年以前的其他书目。《御文库目录》正保二年（1645）条有《剿闯小说》二册，林罗山读到的很可能是红叶山文库藏本，如果当真如此，那么也可证明直到1645年他仍在阅览官库藏书。

由于骏河御让本的分配即由林罗山主持，他对其中所涉典籍自然熟识，无需赘述。天海与林罗山同为德川家康文案侍从，均曾主持汉籍刊印，又都留下数量可观的汉籍藏书，虽然尚未查到二人间

---

① 日本书志学用语中的"骏河御让本"一般仅指分赐尾张、纪伊、水户三家的典籍，实际上主持其事的林罗山将大量珍籍送往江户，分赐御三家的只是部分骏府藏书，但由于德川家康去世后骏府文库移至江户，后为红叶山文库，后者承继了主体的骏府文库，因此习惯上并不将移至江户的典籍纳入"骏河御让本"中，笔者为便于追溯整体的骏府藏书，把秀忠继承的骏府藏书一并考虑在内，因此与通行概念有异，特此说明。
② ［日］福井保：《紅葉山文庫：江戸幕府の参考図書館》，第123页。
③ 《羅山先生詩集》上卷，第360页。

书籍往来的直接资料，但彼此交流的机会当不在少。庆长十九年（1614），德川家康为彻底铲除丰臣秀吉之子秀赖的势力，称其所铸京都方广寺梵钟的铭文对自己不敬，征集七名五山僧人的证文寻衅起事，此时林罗山与天海同为德川家康读解证文，并在老中宅邸盘问铭文作者；① 同年幕府向后阳成上皇借阅《日本后纪》《类聚国史》《贞观格式》等典籍，崇传与林罗山商议后，向天海提交呈奏文书；② 宽永九年（1632）二代将军德川秀忠去世，也是林罗山与天海共同商定秀忠谥号。③

庆长十七年（1612）天海奉德川家康之命担任日光山贯主，家康殁后又葬于此，此后林罗山多次作为将军扈从行经日光，如《罗山先生诗集》卷四称"元和三年（1617）四月十二日入日光山，二十日登中禅寺"④，"元和壬戌（1622）孟夏十七日，丁故大相国（按：即德川家康）七周忌，于是十三日大树自江城赴日光山"⑤，"（宽永）乙丑（1625）孟秋中旬，幕下（按：即三代将军德川家光）诣日光山，余奉扈从焉"⑥，《罗山先生文集》卷二十二有"宽永戊辰（1628）日光山斋会记"⑦ 等，诗文集与年谱中涉足日光的记载约有十数次。最后一次为承应二年（1653），即林罗山去世前仅四年，其时距天海圆寂已有十一年，《罗山先生行状》称"（承应）二年癸巳四月，值大峃院殿（按：即三代将军德川家光）三周年御忌景，九月先生携男靖登日光山，拜新庙，因拜东照宫，归程访足利学校古踪，阅上杉宪实父子寄纳之五经注疏、旧刊唐木，而偲得之"⑧。途经文

---

① ［日］铃木健一：《林罗山年谱》，ぺりかん社1999年版，第37页。
② ［日］宇高良哲编：《南光坊天海関係文書集》，青史出版2016年版，第31—32页。
③ ［日］铃木健一：《林罗山年谱》，ぺりかん社1999年版，第118页。
④ 《罗山先生诗集》上卷，第42页。
⑤ 《罗山先生诗集》上卷，第43页。
⑥ 《罗山先生诗集》上卷，第44页。
⑦ 《罗山先生文集》上卷，第250页。
⑧ 《罗山先生诗集》下卷附录卷三，第45页。

库、访求汉籍乃是林罗山欣然乐为之事，十数次登日光山有否观看天海藏书没有明证，但寺中典籍的概况林罗山可能已有耳闻。

最后是《宽文书籍目录》，这是江户初期书肆刊行典籍的目录，阿部隆一认为其刊行时间为宽文六年（1666）前后，其中著录的典籍多为宽文初年以前刊行。① 虽然是和刻本目录而非汉籍藏书目录，但可以由此推知相应的典籍应于宽文六年之前传入日本。由于《宽文书籍目录》在林罗山殁后十年左右刊行，他不可能看到这份目录，但考虑到汉籍从传入到和刻之间的时间差，可以将其视为林罗山生前传入日本的汉籍目录。林罗山收藏的汉籍除了抄本与宋元明刊本外，还有大量日本古活字刊本，公文书馆现存林罗山外典藏书中，有十种见于《宽文书籍目录》，如下表所示：

表14　　　见于《宽文书籍目录》的林罗山外典藏书

序号	书名	林罗山藏书	宽文书籍目录	备注
1	中庸集略	2册　元和、宽永间古活字本	1册	
2	孟子	5册　庆长古活字本	4册	
3	后汉书	34册　宽永古活字本	61册	
4	贞观政要	8册　庆长五年古活字本伏见版	17册	
5	脉语	1册　庆长十三年古活字本	1册	宽文目录作"名医脉语"
6	鹤林玉露	6册　庆长元和间古活字本	9册	林藏作"新刊鹤林玉露"
7	皇朝类苑	15册　元和七年古活字敕版	未注册数	林藏作"新雕皇朝类苑"

① ［日］斯道文库编：《江户时代书林出版书籍目录集成》第1册解题，第12页。

续表

序号	书名	林罗山藏书	宽文书籍目录	备注
8	蒙求	3册 元和、宽永间古活字本	3册	林藏作"新刊音释校正标题蒙求"
		1册		林藏作"标题徐状元补注蒙求"
9	冷斋夜话	3册 宽永古活字本	5册	
10	列仙传	1册 宽永古活字本	8册	

由此可见，在书肆购买和刻汉籍对林罗山来说实属寻常，笔者虽不敢下断语，但以他对典籍的耿耿之忱、搜求之广，宽文书籍目录中的汉籍很可能已然经眼。

总之，《御文库目录》、天海藏藏书、骏河御让本和《宽文书籍目录》中的汉籍，林罗山均有机会阅览，至少可以获知部分书目。这四份资料再加上公文书馆现存林罗山藏书，大致可以呈现出宽文六年之前输入日本的部分中国小说目录，还能据此窥见林罗山购买、收藏汉籍时的取舍，并探讨林氏藏书的特色。

目前学术界研究江户时期的中日书籍交流大多从《舶载书目》入手，其著录时间为元禄七年（1694）到宝历四年（1754），大约相当于江户中期，而江户初期中国小说的传播情况较少受到研究者的关注，现有的研究多集中在浅井了意的《伽婢子》《狗张子》与《剪灯新话》的源流关系上，同期载到日本的小说典籍种类与数量并未得到系统的整理，实则江户初期传入日本的中国小说总量可能不在《舶载书目》之下。笔者曾整理过《舶载书目》中著录的小说典籍，合计200种（包含重复著录），其中文言小说76种，白话小说124种；而仅仅根据《御文库目录》《日光山天海藏主要古书解题》《骏河御让本目录》《宽文书籍目录》和公文书馆现存林罗山藏书，宽文六年之前传入日本的中国小说已达177种（去除重复著录），与《舶载书目》的著录非常接近，其中文言小说141种，白话小说36

种。林罗山藏有这些小说中的 49 种,其中文言小说 45 种,白话小说 4 种,就私人藏书来说,已经相当可观。

与宽文六年前传入日本的中国小说总量相比,林罗山藏书呈现出两个鲜明的特点。

1. 大量收藏志怪小说

虽然林罗山收藏的文言小说不到宽文六年之前传入总量的 1/3,但见于其他目录的文言志怪小说如《耳谈》《列仙传》《广列仙传》《狐媚丛谈》《剪灯新话》《剪灯余话》《山海经》《搜神记》《太平广记》《夷坚志》等大都被其收入囊中,遗漏的仅有《冥通记》《拾遗记》《仙佛奇踪》《雪窗谈异》《酉阳杂俎》《虞初志》数种,其中除《酉阳杂俎》外均仅见于《御文库目录》,而《酉阳杂俎》仅见于《骏河御让本目录》,二者俱为官库藏书,幕府对新渡唐本优先采购,林罗山不能与之相争。且《罗山先生文集》卷七十一随笔七引《拾遗记》卷六任末好学之事,① 卷五十四《题酉阳杂俎后》② 称其曾见明李云鹄校本《酉阳杂俎》,则此二书已经眼。此外,《罗山先生文集》卷七十一随笔七引用《神仙传》,③ 其注释《徒然草》的《野槌》上卷之二引《续齐谐记》牵牛织女故事,④《林罗山年谱》庆长九年既见书目中有《续仙传》,⑤ 他编译的《怪谈》卷一《元绪》篇注出《艺苑》,⑥ 藏书中有白话小说《东游记》,随笔《梅村载笔》地卷"杂"类书目中有《八仙传》《西游记》,⑦ 总而言之,林罗山经眼的志怪小说已涵盖了传入日本的多数。

林罗山在其著作中频繁引用或提及中国小说,尤其是鬼狐志怪

---

① 《羅山先生文集》下卷,第 889 页。
② 《羅山先生文集》下卷,第 640 页。
③ 《羅山先生文集》下卷,第 890 页。
④ 《徒然草野槌》卷上之二,载《国文註釈全書》卷十四,国学院大学出版部 1909 年版,第 33 页。
⑤ 《羅山先生詩集》下卷附録卷一,第 10 页。
⑥ 《假名草子集成》第 12 卷,東京堂出版 1991 年版,第 15 页。
⑦ 《日本隨筆大成》第 1 期第 1 卷,吉川弘文館 1975 年版,第 38 页。

小说（日本称为"怪谈"）。由于他在江户初期大倡朱子学，鼓吹劝惩论的文学观，并大量创作汉诗汉文，现有的研究多从思想史或汉诗角度入手分析他的文学活动，将其视为以"载道"束缚诗文创作的典型，比如《罗山先生文集》卷六十六中有句常被引用的话"有道有文，不道不文，文与道理同而事异。道也者，文之本也。文也者，道之末也。末者小而本也者大也，故能固"①，并常被拿来与元禄、享保时期伊藤仁斋、荻生徂徕等淡化道德、重视天性的"人情论"文学观相对照，久保天随②、日野龙夫③、中村幸彦④等人都持类似观点。如果说林罗山的诗文具有较重的道学气，他的小说翻译、编纂与评论却没有明显的"劝惩"色彩，他对志怪小说的态度与前人多有不同，具有很大的开创性。

江户之前日本已有中国题材的怪谈小说，平安后期《今昔物语》震旦篇有从《法苑珠林》《冥报记》《大唐西域记》等典籍中翻译改作的佛教传说、《唐物语》部分内容出自《列仙传》，镰仓时期《沙石集》不乏取材于中国的灵应故事，室町时期的御伽草子里也可见中国背景的怪异奇谈。但是，之前的怪谈故事无论如何荒诞不经，作者很少单独欣赏其中的怪异趣味，往往将之纳入某种功利或说教框架中，旨在宣扬佛法的说话故事甚至以其作为虔信或果报的象征。林罗山却在大量抄录、阅读、翻译怪谈小说的同时，对超自然世界的存在充满怀疑，屡次断言怪力乱神之类纯属子虚乌有，而主要关注其中的怪异趣味。

《徒然草》第206段讲到某次有头脱缰之牛闯入检非违使（按：负责京都治安的官员）厅，众人建议将牛牵到阴阳师处问吉凶，使

---

① 《羅山先生文集》下卷，第373页。
② ［日］久保天隨：《近世漢学史》，早稻田大学出版部1907年版，第33—46页。
③ ［日］日野龍夫：《徂徕学派：儒学から文学へ》，筑摩书房1975年版，第5—20页。
④ ［日］中村幸彦：《幕初宋学者達の文学観》《文学は人情を道ふの説》，载《近世文芸思潮論》，中央公論社1982年版，第7—30、49—79页。

官的父亲认为牛不通人情，不用大惊小怪，最后确实没发生异常。林罗山在《徒然草野槌》中引《性理字义》评论这则故事道："大抵妖由人兴，凡诸般鬼神之旺，皆由人心兴之。人以为灵则灵，不以为灵则不灵；人以为怪则怪，不以为怪则不怪。"①《罗山先生文集》卷六十五的一则随笔称："俗所谓二十有四孝者，嘉语怪异，寔非有道之者所述也。"②《罗山先生文集》卷三十二有《怪力乱神问答》，针对"《易大传》《礼记》《论语》屡言鬼怪之事，然'子不语怪力乱神'者何哉"等问题，林罗山称："多闻阙疑，所告子张也。圣人亦有所不知，则疑而竟至于无疑焉。他人不然，语怪则恐有后学之疑，孟子所谓圣巧智力者，譬喻之一端也。……然屡言之则似狎侮，而而（按：原文如此）近好奇，是所以不语欤。"③林罗山对阴阳师判吉凶，以及二十四孝中七仙女下凡、以孝感天、鲤鱼自跃之类不羁之谈不以为然，认为虽然儒家经典中也记载了怪异之事，但这只是圣人用来说理的譬喻，怪异本身是工具而非目的，鬼神不足凭信。这种现实理性走到极端，在朝鲜使者面前几乎达到失礼的程度：宽永十三年（1636），朝鲜国王遣使赴日，林罗山在与使臣笔谈时质问朝鲜国史中的传说失实之处："闻说檀君享国一千余年，何其如此之长生哉？盖鸿荒草昧，不详其实乎？抑檀君子孙苗裔承袭远久至此乎？怪诞之说，君子不取也。"④《罗山林先生年谱》宽永十三年称："（林罗山）又揭朝鲜国书中所载疑问数件示之，不能答。"⑤

如果考察林罗山编译的《狐媚抄》和《怪谈全书》就会发现，书中的怪异故事少有寓意，更不引为凭信。常见的是为谈怪而谈怪，如《狐媚抄》中最短的一篇《薛夔》，结合《太平广记》卷四百五

---

① 《徒然草野槌》下之四，《国文註释全書》卷14，第199页。
② 《羅山先生文集》下卷，第356页。
③ 《羅山先生文集》上卷，第356页。
④ 《羅山先生文集》上卷，第156页。
⑤ 《羅山先生詩集》下卷附錄卷二，第24页。

十四《薛夔》，回译成中文就是：

> 薛夔者，唐贞元末人也，寓居永宁龙兴观之北。此处多妖狐，夜则纵横，逢人不忌。夔西邻为大名李太尉，鹰犬颇多，薛夔所望。借三猛犬，置家中，夜则纵犬而观。见三狐来，跨犬而乘，奔走庭中。及晓，犬已困殆，暂憩又乘，蹴踘犬背。犬稍留滞，鞭策备至。夔无奈何。竟徙。①

这则故事并非引譬说理，对不同寻常之事的欣赏把玩本身就是写作目的，类似的故事在《狐媚抄》《怪谈全书》中比比皆是，那种在怪谈中寄寓深意的例子较为罕见。如果将视野扩展到江户时期以前，那么传统的怪谈故事往往被纳入因果报应、本地垂迹的神佛信仰中，或者通过宠辱幻化、人生无常宣扬某种出世之思。心无挂碍地品味一则怪异故事，这种态度在江户之前似乎很少见，而林罗山虽然未曾宣之于口，却通过实际的阅读、翻译与再创作，展现出不同以往的怪谈小说观。国文学研究资料馆藏《狐媚抄》写本末尾有识语"右一册依钧命抄出献之，夕颜巷"，《编著目录》里《怪谈》下附注"怪谈二卷，宽永末年幕府御不例时应教献之，为被慰御病心也"②，《禁中故事》下附注"宽永年中，廷臣来江户，时屡访之。闻其所谈，有可以为证，则笔记之"③，这些近似小说的著作，大都是在亲朋好友契阔谈燕、或主君有恙宽慰病心之际完成，随机而作，没有计划，也就不可能在鬼狐之中暗寓寄托，这样反而将目光集中在怪谈本身的结构与"作意好奇"的趣味中。

2. 白话小说少，且半数为抄本

公文书馆现存林罗山所藏小说中，白话小说仅有《东游记》

---

① ［日］中村幸彦校訂：《狐媚抄　化女集》，西日本国語国文学会翻刻双書1963年版，第32页。
② 《羅山先生詩集》下卷附録卷四編著書目，第58页。
③ 《羅山先生詩集》下卷附録卷四編著書目，第62页。

《春秋列国志传》《廉明公案》和《明镜公案》4 种，不足文言小说 1/10，而宽文六年之前输入日本的白话小说为 36 种，相当于文言小说（141 种）的 1/4。由于数量较少，现存藏本难免带有一定的偶然性，难以从白话小说的比例中解读出太多信息，但林罗山相对忽视白话小说当为事实。现存四部白话小说，《廉明公案》和《明镜公案》为林罗山手校本，显然他曾读过这两部小说。然而与频繁引用文言小说相比，他很少在诗文撰著中留下阅读白话小说的痕迹，笔者仅找到一条记载，即《罗山先生诗集》卷三十二中提到阅读《剿闯小说》的记载，全文如下：

> 余读《剿闯小说》，惊明室之大乱，虽似杞天之忧、不关吾事，然作律诗一首以叹之，且命向阳、考槃二子并书其尾。
> 大明三百岁山河，闯贼横流蹀血波。
> 江左立王恢复志，平西讨逆凯旋歌。
> 神京噍类犹存否？轵房援兵终奈何。
> 莫问崇祯忠义士，当时碧葬不加多。①

文中所谓"向阳"即林罗山三子鹅峰，"考槃"即四子读耕斋。《御文库目录》正保二年（1645）条有《剿闯小说》二册，公文书馆现存《剿闯小说》明刊本一部，原为红叶山文库藏本，另存抄本一部，有"弘文学士院"朱印，则该抄本为林罗山三子鹅峰旧藏，很可能是从红叶山文库本抄出。另外，《罗山林先生年谱》庆长九年既见书目中有《通俗演义三国志》，② 林氏撰随笔《梅村载笔》地卷所附书目中有《西游记》《列国传》《三国志演义》《全相汉书》《唐书演义》五种白话小说。

相形之下，《御文库目录》中有《封神演义》《金瓶梅》《平妖

---

① 《羅山先生詩集》上卷，第 360 頁。
② 《羅山先生詩集》下卷附錄卷一，第 7 頁。

传》《水浒全传》《英烈传》《清平山堂》《拍案惊奇》《醒世恒言》等长、短篇白话小说27种，《日光山天海藏主要古书解题》著录小说15种，其中11种是白话小说，文言小说仅有4种，可见当时白话小说并非罕见。而公文书馆现存林罗山藏书中仅有4种，不同于官库与天海僧的收藏，这恐怕既是出自个人趣味，又与当时文人学者"白话"能力的不足有关。

江户初期精通汉学的文人学者大多不通汉语白话，林罗山也不例外。正德年间荻生徂徕组织"译社"学习唐话，还需向唐通事及黄檗宗僧人请教，雨森芳洲在《橘窗茶话》中称"我东人欲学唐话，除小说无下手处"①。此时日本有能力又有意愿阅读白话小说的，可能主要是唐通事。

由于唐通事的藏书资料比较匮乏，只能推测他们的白话小说阅读情况；或许直到江户中期的正德、享保年间，荻生徂徕的萱园和伊藤东涯古义堂门下涌现出冈岛冠山、松室松峡、朝枝玖珂、陶山南涛等稗官大家，唐话之风在江户、京都两地普及，文人培养出白话阅读能力之后，白话小说才能广为传布。前文曾据《舶载书目》的著录指出，自享保九年（1724）开始载入日本的小说典籍发生了逆转，之前以文言小说为主，此后则以白话小说为主，时值冈岛冠山由江户萱园返洛，伊藤东涯为其著作撰序，由此唐话风气自江户转移到京阪间，稗官五大家大多进入白话小说翻译或讲授的活跃期，此处不再赘述。

林罗山所藏四种白话小说中两种为抄本，而文言小说中抄本有《春渚纪闻》《杜骗新书》《狐媚丛谈》《四书笑》《南村辍耕录》《搜神秘览》《棠阴比事》《童婉争奇》《廉明公案》《疑狱集》十种，约为文言小说收藏总数的1/4。十种小说，见于《御文库目录》等其他四种书目的仅有《狐媚丛谈》（《御文库目录》）、《南村辍耕录》（《御文库目录》和《宽文书籍目录》）、《棠阴比事》（《宽文书

---

① 《日本随笔大成》第2期第7卷，吉川弘文馆1994年版，第365页。

籍目录》）三种，可见其中多数是罕见汉籍，较为难得。林罗山处于汉籍外典从传抄为主到刊本为主的转型阶段，其小说藏书的样态在一定程度上反映出过渡时期的典型特征。此前藤原通宪、圆尔辨圆等人的外典藏书无疑主要为抄本，此后中国小说藏家伊藤东涯、大田南亩、曲亭马琴等均以明清刊本或和刻本为主，其中涉及汉籍价格的变动、江户书林的壮大、贷本屋的兴起、"文人"意识的自觉以及日本小说形式的演进等各个层次的问题，由于篇幅所限，笔者将另文探讨。

小结

林罗山在江户时期中国小说的传播中发挥着承上启下的作用，他的私人藏书可能在三千部以上，达一万余卷，生前收藏的中国小说可能有百余部，甚至超出德川家康临终前的骏府藏书，展现出江户时期私人藏书的新纪元。他既承续了室町时代以来读书五山禅寺的传统，又处于近世和刊汉典与长崎商舶载籍方兴之时，并和藤原惺窝、菅得庵、松平忠房、榊原忠次等当世名家之间传抄代购，更曾掌管骏府文库、借阅红叶山藏书，积累起庞大的汉籍典藏，大大不同于此前的私家藏书，打开了中国小说流播日本的新局面。此后荻生徂徕、伊藤东涯、都贺庭钟、大田南亩、曲亭马琴、柳亭种彦等文人学者均收藏中国小说，"新渡唐本"和"稗史戏作"成为文人间交相传诵的话题。

江户初期中国小说的传播情况较少受到研究者的关注，同期载到日本的小说典籍种类与数量并未得到系统的整理。笔者根据公文书馆现存林罗山藏书、东北大学狩野文库藏《御文库目录》《日光山天海藏主要古书解题》《骏河御让本目录》和著录日本书林刊行典籍的《宽文书籍目录》，整理出宽文六年（1666）之前传入日本的小说目录，涵盖小说 177 种（剔除重复著录），与《舶载书目》的著录非常接近，其中文言小说 141 种，白话小说 36 种。林罗山很有可能看到过其他四种目录中的典籍或书目，他藏有这些小说中的 49 种，其中文言小说 45 种，白话小说 4 种。

综观宽文六年输入日本的汉文小说，林罗山的小说收藏呈现出两个特色，即文言志怪小说多、白话小说少且半数为抄本。除去仅见于幕府官库的数种小说，他将见于其他目录中的志怪小说大都纳入私人收藏。不同于此前功利性、教化性的阅读，他对超自然世界的存在充满怀疑，屡次断言怪力乱神之类纯属子虚乌有，却大量收藏、编译志怪小说，将目光集中在怪谈本身的结构与"作意好奇"的趣味中。林罗山生活的江户初期，文人学者缺乏足够的白话阅读能力，当时通"唐话"、读小说者可能主要为唐通事，此后荻生徂徕的"萱园"、伊藤东涯的古义堂分别在江户、京都两地宣讲唐话稗史，直到冈岛冠山由江户返洛的享保九年（1724），商舶载来的中国小说方由文言为主转向白话为主。

二 从私人到文人共同体：江户时期的白话小说阅读

江户时期大量白话小说流入日本，对日本文学影响深远，读本小说家大都受到白话小说的影响，甚至日本长篇小说正是在《水浒传》《三国演义》等章回小说的刺激下才逐渐成熟，中日学者对此多有探讨，但多从文本比较入手，关注日本文人如何翻案改写白话小说。然而江户时期从事小说创作的文人较为罕见，以近世最为成熟的小说形式读本而言，文人参与创作集中在宝历至宽政的三十余年中，此后大多由专门的小说家执笔。但是，白话小说的阅读贯穿整个江户时期，除了小说家之外，以学问著称的儒者或精通诗文书画的文人都曾涉足其中，以翻案为中心的研究很容易忽视这种不以创作为导向、仅仅出于兴趣的阅读，将大量精力集中在都贺庭钟、上田秋成、曲亭马琴等留下翻案作品的人物身上。如果将视野扩展到翻案之外的阅读，将关注对象从小说转移到随笔、序跋，将大大有助于重新审视白话小说在江户时期的传播。

（一）江户初期的白话小说阅读

江户时期始于1603年德川家康在江户开设幕府，但学术界一般认为文化史意义上的江户时期始于宽永时期。宽永年间三代将军德川家光为控制基督教的渗透而颁布锁国令，此后中日贸易仅限于长崎一港。在此之前已有大量汉籍传入日本，但由于贸易相对自由而且地域分散，没有留下完整的记录，中日书籍史研究者较少关注这一时期。东北大学狩野文库所藏《御文库目录》著录宽永十六年（1639）之前幕府收藏的白话小说已近十种，其中包括《全像西游记》《西洋记》《英武传》等名著，而宽永二十年（1643）去世的天台僧天海藏有《禅真逸史》《大宋中兴通俗演义》《东度记》《金瓶梅词话》《拍案惊奇》《李卓吾先生批评三国志》《水浒志传评林》等十余部白话小说，[1] 公卿、寺庙与私人也当藏有一定数量的白话小说，只是难以查考。

自奈良、平安时期文言小说已经成为贵族文人的案头常备读物，《源氏物语》曾引用《游仙窟》《李娃传》《任氏传》《周秦行纪》等唐代传奇，据传室町公卿一条兼良编撰的随笔《语园》曾取材于《西京杂记》《神仙传》《列仙传》《开元遗事》等笔记或志怪小说。到江户时期，文言小说已经成为文人修养的一部分，书信、序跋或随笔中多有引用。但是多数文人学者尚未具备白话阅读能力，虽然有数量可观的白话小说传入日本，却很少留下阅读痕迹，也未对当时的文化生活产生明显影响，学术界少有探讨。

近世朱子官学的开创者林罗山博览群书，成为江户初期最有典型意义的儒者。国立公文书馆现存林罗山藏书中有《东游记》《春秋列国志传》《廉明公案》和《明镜公案》四种白话小说[2]，其中《廉明公案》与《明镜公案》为林罗山手校本，显然曾完整阅读。《罗山先生诗集》卷三十二还提到阅读《剿闯小说》的经历，称"余读《剿闯小说》，惊明室之大乱，虽似杞天之忧、不关吾事，然作律诗一首以叹之，且命向阳、考槃二子并书其尾"[3]，可见林罗山

---

[1] ［日］長沢規矩也：《日光山天海藏主要古書解題》，日光山輪王寺1976年版。
[2] ［日］土屋裕史：《当館所藏林罗山旧藏書（漢籍）解題1》，《北の丸：国立公文書館報》2015年第47期。
[3] 《羅山先生詩集》上卷，平安考古学会1920年版，第360页。

对《剿闯小说》颇为关心。

比林罗山晚一代人的浅井了意撰有三十余种"假名草子"作品，并广泛取材于《剪灯新话》《剪灯余话》《续玄怪录》《宣室志》等中国典籍，堪称江户初期最有成就的小说家，其阅读范围具有相当的代表性，但笔者尚未在其"假名草子"中发现白话小说的翻案作品。他曾模仿室町时代的《语园》续撰《新语园》，自序中称"尝一条禅阁，博识洽闻，缀异邦之事实，为和字之语话，而布艺园，以授童稚。拟联句诽谐之警作，为初学之诱唱，名曰语园，盖小说语林之属类也"①，具有明确的"小说"意识，并广征博引汉籍资料，但其中无一部白话小说。

宽文十年（1670）刊行的《为人抄》卷一第二十五话《孔明之智谋至高之弁》谈到刘备托孤与诸葛亮七擒孟获之事，发兵南下之前一少年将军自称"某为云长第三子关索"②，关索故事不见于正史，当是从《三国演义》中译出。该书卷五第七话《贼臣董卓灭亡之弁》讲述王允设连环计，诱使吕布刺杀董卓，也是从《三国演义》中译出，并且增加了原书中没有的细节描写。③ 宽文十年刊本未注明撰者，序言中称"素性愚钝，疏于道心，师徒客座清谈，集而书于故纸"④，很可能是设帐授徒的儒者。元禄九年（1696）刊行的《书籍目录大全》将其归为"儒书"，并称撰者为"中江与右卫门"⑤，由于并无其他佐证材料，研究者对此多存疑。

无论林罗山还是《为人抄》的作者，所读白话小说均含历史演义，而且他们似乎并未明确意识到白话小说的文体特征，更倾向于

---

① 《假名草子集成》第 40 卷，東京堂出版 2006 年版，第 129 頁。
② 《假名草子集成》第 5 卷，東京堂出版 1984 年版，第 31 頁。
③ ［日］德田武：《本邦最初の三国演义の翻訳》，載《近世近代小説と中国白話文学》，汲古書院 2004 年版，第 52—65 頁。
④ 《假名草子集成》第 5 卷，第 5 頁。
⑤ ［日］斯道文庫編：《江戸時代書林出版書籍目録集成》第 2 冊，井上書房 1963 年版，第 213 頁。

将其看作史传笔记。《为人抄》译述刘备、诸葛亮、董卓等人的故事时甚至未曾提及《三国演义》，经过德田武的考证才追溯到《三国演义》原书。江户时期，白话小说中最早受到关注并被译为日文者，也正是历史演义小说。

元禄五年（1692）刊行的《通俗三国演义》是满文译本之后的《三国演义》第二个全译本，目录前有元禄己巳（1689）孟夏湖南文山序，称"虽俚词蔓说，不足以发蕴奥，要使幼学易解焉而已"①，翻译此书的目的在于历史启蒙。本书的译者向有争议，江户中期古义堂门下的田中大观在其《大观随笔》中称"近世国语书有《通俗三国志》，盖因罗贯中演义而以国语译之者也，天龙寺僧义辙著。义辙失其字，称辙藏主，地藏院其长老弟子也。有弟亦为僧，字月堂，失其名。盖义辙草创之，未成而逝，月堂继而成之，遂以上梓，而其刻本多月堂手书云"②，认为《通俗三国演义》由天龙寺僧义辙与其弟月堂译成。而元禄刻本中湖南文山序后有"梦梅轩章峰"印章，元禄八年（1695）刊行的《通俗汉楚军谈》徽庵跋文中称"东道有一士，与予亡兄章峰为友。一日来访之次，求记汉楚兴亡之事。章峰辞而不肯，士请之益坚矣，于是不得已而将著此书十五卷也。及七卷成，不幸而章峰罹疾卒，其后士又携之来求于余续貂尾"，由此可知章峰与徽庵曾共同翻译《通俗汉楚军谈》。此后学术界围绕章峰、徽庵兄弟是否为《大观随笔》中提到的义辙、月堂多有探讨，但无论如何，《通俗三国演义》的译者为天龙寺僧当无异议。

《通俗三国演义》的刊行，带动了历史演义的翻译热潮，自元禄到享保的三十余年中，书林先后刊行《通俗三国志》《通俗汉楚军谈》《通俗唐太宗军鉴》《通俗列国志》《通俗南北朝军谈》《通俗

---

① ［日］早稻田大学编辑部编辑：《通俗二十一史》第 4 卷《通俗三国志上》，早稻田大学出版部 1911 年版，第 1 页。

② ［日］田中大观：《大観随筆》，日本国立公文书馆藏写本，不分卷。

北魏南梁军谈》《通俗列国志十二朝军谈》《通俗宋史军谈》《通俗两国志》等多种历史演义小说的日文译本，后来早稻田大学出版部通称为"通俗二十一史"，于1911—1912年间铅印出版。这些通俗小说的译者并非主流文人，多数甚至难以考证生平。他们阅读历史演义小说的目的也并非如林罗山以及江户中期的伊藤东涯、陶山南涛、清田儋叟、胜部青鱼等人那样以增广见闻、培养趣味为主，而是具有自觉的启蒙与教化意识，序言中一再提到"读之者，于君臣父子夫妇昆弟朋友之间，自省而能为鉴戒，幸余之原志乎"[1]"庶观之者劝善惩恶，而为修身正心之一助，则幸莫大焉"[2]、"编之以次第，作之以和语，则至于晚读之士、童蒙之辈，必有立志，此亦教导之一术也"[3]"虽俚言之所演不足以见蕴奥，于劝惩惊惧之心，未必无小补云"[4]，强调不发空言、意在劝惩。这种阅读与翻译态度与江户后期读本小说家颇为相似，较少自得其乐的文人色彩。享保四年（1719）《通俗宋史军谈》的译者称"本邦自行《通俗三国志》已来，异邦历代帝王创业，并篡逆卖国乱臣贼士，及孝妇节妇淫妇妒妇，俱无不载通俗书"[5]，可是与历史演义小说的翻译形成系列、几乎涵盖整个中国史相比，其他题材的白话小说却少人问津。

到正德、享保之际，江户时期已至中叶，而阅读白话小说的风气尚未形成。当时以历史征战为题材的日本军谈颇为盛行，白话小说中与之类似的历史演义逐渐受到关注，但其他类型的白话小说很

---

[1] ［日］早稻田大学编辑部编辑：《通俗二十一史》第9卷《通俗唐太宗军鑑叙》，第1页。

[2] ［日］早稻田大学编辑部编辑：《通俗二十一史》第3卷《通俗两汉纪事叙》，第1页。

[3] ［日］早稻田大学编辑部编辑：《通俗二十一史》第1卷《通俗列国十二朝军谈序》，第1页。

[4] ［日］早稻田大学编辑部编辑：《通俗二十一史》第1卷《通俗列国志自序》，第2页。

[5] ［日］早稻田大学编辑部编辑：《通俗二十一史》第10卷《通俗宋史军谈序》，第1页。

少进入文人学者视野。即便是翻译《三国演义》《西汉通俗演义》《春秋列国志传》《大宋中兴通俗演义》等白话小说者也非主流文人，并未在文化史上产生太大影响。更重要的是，这一时期的白话小说阅读主要是个人化的，林罗山很少与藤原惺窝、菅得庵、松平忠房等知交好友分享白话小说的阅读经验，其随笔杂记中也罕有提及白话小说，历史演义的众多译者未曾留下小说借阅或评论的记载。虽然文人学者间多有诗文酬答、书籍传抄，但白话小说尚未进入公共的话语空间，梦梅轩章峰、清池以立、长崎一鹗等通俗小说译者渴望对话的并非彼此，而是有待教化的童蒙之辈。对文人学者而言，白话小说的价值仍有待发掘，首先将白话小说带入文人共同体的，正是荻生徂徕。

(二) 从萱园到古义堂：白话小说的文人会读

日本近代小说家内田鲁庵长期从事小说的翻译与创作，对日本传统小说的现代转型贡献颇多，他称"徂徕自圣人之道始，莫说兵学、律令，甚至连市井细故都通晓。（中略）以徂徕之见识与学养，却未撰小说，诚为日本文学史之恨事。倘时势变迁，徂徕必当染指小说"[1]，作为精研俄国小说的学者型作家，对荻生徂徕有此评价颇堪玩味。到荻生徂徕致仕柳邸、萱园讲学的宝永、正德年间，儒学者日趋保守，江户初期藤原惺窝、林罗山、中江藤树那种通观博览的阅读风气逐渐消失。荻生徂徕虽未创作小说，但他对白话小说倾注的热忱，有力地促进了其品位的提升。日本学者石崎又造曾详考荻生徂徕向中野㧑谦、鞍冈苏山、安藤东野、冈岛冠山等学习唐话的经历，但主要关注的是他与唐通事、黄檗僧的交往以及唐话组织"译社"的活动细节，而白话小说仅仅是"唐话"材料，本身并未引起徂徕师徒的兴趣。如果仅就白话小说的接受而言，荻生徂徕与此前文人学者并无根本的不同，尚未意识到其文学价值，但是从他

---

[1] ［日］内田鲁庵：《文坛炒豆》，载［日］稻垣达郎编《内田鲁庵集》，筑摩书房1978年版，第207—209页。

开始白话小说的阅读方式发生了改变。

荻生徂徕在《与都三近书》中追溯往事，称"二十五六时，还都教授。诸生贫窭者，其所旁引它经史子集及稗官诸小说，率粲然可听。退省其私，亦皆资诸先生所为云"，都三近即当世儒者宇都宫遯庵，曾标注《四书》《锦绣段》《千家诗》等，荻生徂徕青年时曾读其书，受其影响而接触小说。此处所谓"稗官诸小说"难考其详，可能仅指子部小说家类野史志怪。荻生徂徕在《送野生之洛序》中称："予始之得崎人苏山鞍生，次之得东野藤生。（中略）窥其人，倭其衣冠，华其笑语，莫不眙相顾，以为六十有六州之地所钟，何间气以生若人焉？其学大抵主《水浒》《西游》《西厢》《明月》之类耳，鄙琐猥亵，牛鬼蛇神，口莫择言，惟华是效。其究也，必归乎协今古、一雅嗲，以明声音之道乃止耳。"所谓"野生"即安藤东野，与中野撝谦同为荻生徂徕唐话师友，平石直昭《荻生徂徕年谱考》引太宰春台《撝谦中野先生碑》所谓"丙戌先生谢病，以妻子徙平安"，认为此序作于宝永三年（1706），即荻生徂徕41岁之时，① 十余年前他已开始讲授《译文筌蹄》②，批判"和训回环之读"，主张学习唐话发音、直读汉文，而且中野撝谦等人讲授唐话的教材就是白话小说，荻生徂徕当已读过一定数量的白话小说，但此时仍认为《水浒传》《西游记》"鄙琐猥亵"，可见这些章回小说仅仅是唐话资料，本身并未受到重视。

正德元年之前，荻生徂徕很可能已经读过不少白话小说，不过他阅读小说、学习唐话的目的在于追寻儒学经典的原始意义，因此很少将这种阅读体验行诸文字，他的小说阅读活动明确可考的是正德元年（1711）至享保九年（1724）这十余年间，即"译社"的存

---

① ［日］平石直昭：《荻生徂徕年谱考》，平凡社1984年版，第61页。
② ［日］荻生徂徕：《訳文筌蹄》初编卷首"题言十则"第一，"是编，予二十五六岁时所口说，僧天教及吉臣哉笔受成帙"，荻生徂徕二十五六岁，即元禄三四年（1690—1691），载今中宽司、奈良本辰也编《荻生徂徕全集》第5卷，河出书房新社1977年版，第16页。

续时间。① 荻生徂徕的文集中有《译社约》，文中称"东音之流传于今，岂尽涂山氏之遗哉？而士大夫所诵读以淑己传人者，壹是皆中国之籍，籍亦无非中国人之言者，是同人所为，务洗其欸，以如彼楚人之子出身于庄岳间者也"②，即希望学者阅读汉籍时能去除"欸舌"式的日本发音，正如《孟子》所谓将欲学齐地方言的楚人"引而置之庄岳之间数年"，令其每日听齐人谈话，久而久之自然学会齐国言语。《译社约》中还详细规定了聚会方式：

> 延齐人冈生为译师，会生补国子博士弟子员，就舍其宅中，不得数数出。出月仅六七，乃得俾其请出为会期焉。日必五十，其在上旬，为初五、为初十。中旬为望、为二十。二十为予横经藩邸日，则阙。下旬为二十五、为三十，小尽则阙。总而计之，为日或五或四，尚余二三以为生旁访其朋旧故人，时澣濯及诸营私事之日，则庶几乎其不借口有所迫以侵夺会期云。③

即请唐通事出身的冈岛冠山为讲师，每月初五、初十、十五、二十五、三十聚会，逢小月无三十则仅聚四日，发起人为荻生徂徕、徂徕兄弟荻生北溪与井伯明（生平不详）。译社的组织看似与江户时期的私塾或藩校区别不大，实则大相径庭。虽然也采用延师授课、聚徒就学形式，然而并非藩校、私塾中的素读、讲释，冈岛冠山与荻生徂徕等人并无尊卑之别。它更近似现代的读书会，并且有《唐话类纂》《唐话纂要》等作为学习教材，辅以《水浒传》《西厢记》等小说戏曲。除此之外，此前的宝永二年（1705），冈岛冠山已经刊行了《通俗皇明英烈传》；译社存续期的享保元年，冈岛冠山完成了《唐话纂要》（有享保元年林崇节、高濑学山序）。志同道合者定期

---

① 关于"译社"存续时间的考证，参见［日］石崎又造《近世日本に於ける支那俗語文学史》，第94—102页。
② ［日］荻生徂徕：《徂徕集》卷18，享保二十年江户大和屋孙兵卫刊本。
③ ［日］荻生徂徕：《徂徕集》卷18。

聚会，切磋学习，日本学者前田勉称之为"会读"，认为荻生徂徕正是这种读书形式的开创者之一。①

徂徕曾批评当时盛行的儒学讲释，称"今时之讲释，一言以蔽之，能言善辩者高居一座之上，无可质疑，所得亦寡。习之久者，拘于道貌岸然之理，其害深矣"②，认为讲释者不容置疑的传道方式有悖人情，而"译社"不取藩校、私塾的做法，更像文人结社。这种结社在正德之前较为少见，而江户后期屡见不鲜，但形式上多为诗文书画的鉴赏品评（如文政年间曲亭马琴、山崎美成、屋代弘贤等人的"耽奇会"），罕见以白话小说结社者。同时，文人习气大多随性不羁，除去精研"兰学"的社团之外，少有"译社"这样明确规定时间、场地、人员，并且持续十余年的读书结社。

荻生徂徕论文主张典雅复古，对俗文多有排斥，他对白话小说的关注不可过分高估，但这种集体阅读方式将白话小说带入学者的公共交流，大大扩展了其生存空间。当以唐话通达儒学原旨的意图淡化，文人不再以传道论政为己任，而是将诗文谐趣作为自我认同的标志之一，先前作为唐话工具的白话小说也逐渐彰显出自身的文学价值。日野龙夫曾详细考察过徂徕学派"从儒学到文学"的转化，认为正是从徂徕弟子服部南郭开始，真正的"文人"风格逐渐确立；③ 他关注的只是诗文领域，对白话小说来说情况也类似。萱园门下阅读白话小说者屡见不鲜，很多人不再视之为唐话教材，反而对小说本身产生兴趣，《水浒传》《西游记》《金瓶梅》等逐渐出现在随笔、书信中，成为汉学修养的一部分、文人交流中的重要话题。

冈山藩士汤浅常山曾亲炙于服部南郭，是荻生徂徕的再传弟子，并与徂徕另一高第太宰春台交往频繁。汤浅生前撰有随笔《文会杂

---

① ［日］前田勉：《江戸の読書会：会読の歴史》，平凡社2012年版，第80—95页。

② 《大日本思想全集》第7卷，大日本思想全集刊行会1931年版，第146页。

③ ［日］日野龍夫：《文人の成立：服部南郭の前半生》，载《徂徠学派：儒学から文学へ》，筑摩书房1975年版，第125—219页。

记》，记录荻生徂徕门中的读书生活，是考查萱园学风的重要资料，书中多处出现萱园门下阅读小说的记载，如"南郭云：《水浒传》较《西游记》更受中华称许，殊为赞赏，述闻者也。虽成书于元，至明方蔚为大观，妇孺皆喜"①，"南郭云：中华军事，不见于后世之文。详述者小说也，《三国志衍（按：原文如此）义》之类俗文"②等，可见服部南郭曾读过《三国志演义》《水浒传》《西游记》之类白话小说。汤浅常山本人也对其多有涉猎，书中多处提到白话小说的购买、借阅体验，如"《东周列国全志》二帙，俗语书，乾隆中成书，书林之前川携来。与《三国志演义》类似，共百回，缀集春秋战国之事也"③，"小说《观喜欢家》（按：原文如此）二帙，子叔（按：即井上兰台）所购"④，"《金瓶梅》二帙百回，梅村携来，首二卷为绘图，类似《水浒传》。有春图、康熙年序，云成书于凤州门人，又有序称为弇州所作。有《读法》等"⑤，《欢喜冤家》《金瓶梅》等白话小说成了萱园弟子共同的阅读体验。

享保九年、十年间（1714—1725）冈岛冠山从江户返回京都，直到享保十三年去世。期间完成的《唐译便览》前有享保十一年伊藤东涯序，称"生于本国而求通华音，在于后世而求知上世，亘世之以为迂且烦，而不肯读书也。然苟有得于其本，则亦何苦难为？而今之不可及古也哉"，并述冈岛冠山"尝自东来，求叙其所辑《唐译便览》。余素不谙华语，诺而未果。近刻成，书铺赍来催迫，（中略）操觚之士取而诵之，则其于求知古，亦庶几乎"。序文中虽多有褒词，但字里行间隐然透露出伊藤东涯与冈岛冠山并非深交，对唐话也并不特别热衷。江户萱园与京都古义堂多有龃龉，荻生徂徕正是通过对伊藤东涯之父仁斋的批判，

---

① 《日本随笔大成》第 1 期第 14 卷，吉川弘文馆 1975 年版，第 225 页。
② 《日本随笔大成》第 1 期第 14 卷，第 265 页。
③ 《日本随笔大成》第 1 期第 14 卷，第 168 页。
④ 《日本随笔大成》第 1 期第 14 卷，第 223 页。
⑤ 《日本随笔大成》第 1 期第 14 卷，第 233 页。

确立自己的学术立场,而徂徕门人对伊藤东涯也不乏非议,尤其是古义堂门人对小说远超萱园弟子的热忱。《文会杂记》曾引服部南郭语,称:

> 今时学问轻浮,无精密处,其说卒入社中。昔春斋(按:即林鹅峰)云《说郛》看过两遍、三遍,是何为也?未可苟同。一遍尚可,正所谓无用之物,何必读之?咄咄怪事也。唯东涯之学问,常览《说郛》等书。《郛》为坊间书肆缀集之俗书,非仿丛书之体。古人虽悦之,其书处处云《说郛》之事。予曾藏之,特沽换他书。此书竟读过三遍、四遍,诚为书物匮乏之世也。①

在服部南郭看来,一再阅读《说郛》之类俗书,作为学者有失稳重。连《说郛》都不应重读,白话小说更是等而下之。虽然他本人也曾读过《水浒传》《西游记》《三国志演义》,但往往出于趣味,并不深究。与萱园学人相比,古义堂确实涌现出多位精研小说者,始作俑者恐怕正是伊藤东涯本人。

东涯小荻生徂徕四岁,两人大体同龄,但性情、学问均不相同。《文会杂记》引太宰春台门下的松崎观海之说,称"春台博识,于古书极为精密。东涯于古书虽不精密,博识远胜春台。徂翁虽博识,未精后世之书,故《论语征》虽引古书,然后世之书,其说即便多有合于己见者,亦未援引,盖因罕观后世之书也"②。相形之下,荻生徂徕追求古雅,虽然为学唐话曾读小说,但对后世"俗书"少有倾心;而伊藤东涯虽然不通唐话,却一直乐读白话小说,并将其阅读体验形诸笔端,在随笔杂纂中多所引用。这种取向也并非伊藤东涯首倡,东涯之父、古义堂的开创者伊藤仁斋就曾表现出宽容广博

---

① 《日本随笔大成》第1期第14卷,第252页。
② 《日本随笔大成》第1期第14卷,第171页。

的阅读旨趣,与萱园动辄标榜秦汉的作风大异其趣。他在《童子问》中称"天下无全是之书,又无全非之书。盖降圣人一等,必不能无一短一长。虽大儒先生,必有小疵。虽稗官小说,抑或有至言,不可不取"①,这种态度对伊藤东涯及古义堂门人影响深远。

伊藤东涯曾仿白居易《白孔六帖》撰有《名物六帖》,是按天文、时运、地理、宫室、人品等类目整理的汉语辞书,条目后附有出处,前有享保十二年(1727)东涯自序。该书自享保年间开始刊行,至安政六年(1859)完成,从中可以看出伊藤东涯的阅读兴趣。《名物六帖》中引用的白话小说计有《龙图公案》《拍案惊奇》《古今小说》《五色石》《珍珠舶》《西湖佳话》《云合奇踪》《西游记》《水浒传》《八仙东游记》十种。② 如果《名物六帖》的主体部分已于享保十二年完成,那么这是江户时期的文人著作中首次出现如此数量的白话小说。

除了《名物六帖》,伊藤东涯还撰有随笔《盍簪录》与《秉烛谈》,其中均曾引用白话小说。《盍簪录》卷一"中国所称若干金者,古今之量不同"条,称"顷阅明末所著话本《拍案惊奇》者,第十五卷载,李生赁房负租钱,每年四金,共缺他三年租价"③ 云云,卷三"近代明清人书多用'和盘托出'字"条,谈到"《拍案惊奇》云:叫徒弟本空,托出一盘东西、一壶茶来,亦可并验矣"④。《秉烛谈》卷三"痴人说梦之事"条说到"又有'一日吃蛇咬,十年怕草索'之谚,出自《拍案惊奇》"⑤,卷五"和盘之事"称"近世有'和盘'之俗语。或云:一片婆心和盘托出,或云和盘

---

① 载[日]井上哲次郎、蟹江義丸編《日本倫理彙編》第5卷,育成会1901年版,第138页。
② [日]花房英樹:《名物六帖の引用書籍について》,《東方学報》1948年第16期。
③ 森銑三等编:《随筆百花苑》第6卷,中央公論社1983年版,第26页。
④ 森銑三等编:《随筆百花苑》第6卷,第59页。
⑤ 《日本随筆大成》第1期第11卷,第217页。

妙蕴。《西湖佳话》内有诗句'和盘都托出，闺阁惹风流'，毕竟为器物饮食以台盘托出之意，渊底无所保留，尽现于内"①，卷五"扮戏子之事"提到"《龙图公案》第一云'将银雇二道士，假扮轿夫'，此等为扮戏，甚明也"②。两部随笔对《拍案惊奇》《西湖佳话》《龙图公案》等信手拈来，可见伊藤东涯曾用心阅读，并不以引用"俗书"为耻。

个人的阅读经历固然可贵，但伊藤东涯在白话小说传播中更重要的价值在于，通过集体阅读培养出众多精研白话小说的学者，将小说阅读持续传承，并对本土小说的创作产生深远影响。古义堂藏有一部《四痴录》，记录享保十二年（1727）至享保十五年（1730）间门人的借书记录，其中享保十二年十月至享保十四年二月这一年零四个月中，《水浒传》先后被不同门人借出八次，③阅读《水浒传》成为门人交流的途径之一。江户时期精擅白话小说的"稗官五大家"，除冈岛冠山、冈白驹之外，陶山南涛、朝枝玖珂、松室松峡三人均出自古义堂。他们作为稗官大家并非像冈岛冠山一样出身长崎唐通事，作为儒者又不像萱园门人那样仅在诗文之余偶尔阅读白话小说，而是将大量、甚至主要精力倾注在白话小说中。

陶山南涛曾撰有《忠义水浒传解》，翻译解释《水浒传》中的白话语词。同门知交芥川丹丘在序言中称"南海陶君，去岁宦游山阴，今夏罢归京师。袖书壹帙，访余茅庐，谓余曰：冕少年与吾子师友田文瑟（按：即田中大观）先生，相与切劘崎阳之学，学就研精《水浒》《西游》诸稗官。平日说话，不假邦语，相得欢甚。既而文瑟卧病，不幸凤逝。吾子輾轕世故，余亦奔走东西，席不暇暖，而不废旧好，专精稗官"④，显然陶山南涛的崎阳之学（唐话学）并

---

① 《日本随筆大成》第 1 期第 11 卷，第 239 页。
② 《日本随筆大成》第 1 期第 11 卷，第 252 页。
③ 参见［日］中村幸彦《古義堂の小説家達》，载《中村幸彦著述集》第 7 卷，中央公論社 1984 年版，第 200—201 页。
④ 《唐話辭書類集》第 3 集，汲古書院 1970 年版，第 1 页。

非独学无友，而是在古义堂中与田中大观、芥川丹丘等砥砺切磋，并细读《水浒传》《西游记》等书，而且学业有成离开古义堂之后，始终未曾终止白话小说的阅读。陶山南涛在自叙中也说：

> 往年，余友尝有松峡秦虞臣（按：即松室松峡）、玖珂德济（按：即朝枝玖珂）者，夙服华学，染通声音，且好读野史小说，其平生之柬帖应酬辄于是，坐谈谐谑辄于是，非敢衒奇淫僻者，要之习惯熏陶也。时冕（按：即陶山南涛）弱冠，兄事二子，乃亦诱掖冕从事于斯，始觉有资于读书。①

据此看来，古义堂中的白话小说读者，除了芥川丹丘序言中提到的田中大观之外，另有松室松峡、朝枝玖轲，而"诱掖冕从事于斯"，更是汉学塾中罕见的现象，此前看到的是雨森芳洲、荻生徂徕等深通唐话的儒者，勉励后学勿要过分沉迷于"俗书"中："老拙自少贪多务得，经史子集非不涉猎，所读小说亦不下四五十部。年将八十，自视欲然，真古人所谓非不栩然大，终无所用也！请二位勿为泛听。"②

如果说陶山南涛感兴趣的还是《水浒传》中的白话词汇，那么古义堂门人田中大观已开始关注白话小说的作者、名物与本事。《大观随笔》中谈论《通俗三国志》译者、引证罗贯中生平、探索小说中"徐娘"意旨、考查《照世杯》书名本事，已经超出了唐话学。享保以后，文人学者对白话小说本身的探讨日渐增加，进而影响到本土的小说创作，江户时期最成熟的小说形式读本的开创者之一都贺庭钟正是古义堂的再传弟子，中村幸彦在《古义堂的小说家们》一文中对此已经探讨，笔者不再赘述。

总之，经过萱园与古义堂两个儒学派系有意无意的努力，白话小说已经进入儒者的视野，江户初期那种私人化的阅读方式也有所

---

① 《唐話辞書類集》第3集，第5页。
② 雨森芳洲：《橘窗茶話》，载《日本随笔大成》第2期第7卷，第365—366页。

改观,共同阅读白话小说成为文人交往的重要途径。随着读者的增加、稗官大家的出现,白话小说不再是难登大雅之堂的消遣读物,逐渐成为严肃的评论与模仿对象,以至于催生出模仿白话小说的读本。反映到文学思潮上,在崇古重雅的"风雅论"之外,也出现了崇新重俗的"清新论"主张,为小说、戏剧、俳谐、狂歌等通俗文艺张本。此后,白话小说的阅读与接受呈现出迥然相异的景观,直到集大成者曲亭马琴的出现。

(三) 马琴的小说沙龙:以《水浒后传》为中心

伊藤东涯于元文元年(1736)去世,而曲亭马琴小说创作的旺盛时期大体是在文化元年(1804)之后,其间的六十余年正是文人广泛阅读、创作小说的阶段,尤其是宝历(1751—1764)到宽政(1789—1800)的三十余年,此前此后均未出现大批文人集中关注并亲手创作小说的现象。这一时期陆续涌现出都贺庭钟、平贺源内、上田秋成、大田南亩、伊丹椿园、森岛中良等文人型小说家,日本近世小说史上成就卓著的作者至少半数出自这六十余年。白话小说的阅读也方兴未艾,都贺庭钟、上田秋成等人均曾评论过白话小说,他们留下的文字成为小说批评史上弥足珍贵的资料;私人藏书渐成规模,文人书斋中大都能发现白话小说的影踪,无论是所谓"唐本"还是日文翻译的"通俗本"。宝历在小说史上的意义,或许相当于中国的嘉靖。

但是,就白话小说的阅读而言,这六十年更像是个过渡时期。严格意义上的文人更重视普遍的人文素养,经史子集、诗文书画均有涉猎,而并不以小说创作见长,也往往不会满足于专精小说,平贺源内、上田秋成、大田南亩、森岛中良等均身兼多能,他们在白话小说上投注的精力既不如曲亭马琴,恐怕也难以比肩古义堂门下的陶山南涛、松室松峡等人。本书并不试图面面俱到,更愿通过几个侧面,展示出江户时期白话小说阅读形式的演变,而古义堂之后最有代表性的小说读者,正是曲亭马琴。目前中日学术界对马琴的研究已是汗牛充栋,但主要关注马琴读本与中国小说的源流关系,以及马琴的改写中透露出的小说观念,而马琴具体的白话小说阅读较少纳入研究视野。

为曲亭马琴撰写传记的学者麻生矶次称"马琴是凭借一支笔维持生计的作家,虽然也有卖药、管理土地等杂项收入,但只是零零星星,泷泽家的生活大体依赖稿费。虽非大富大贵,也能维持常见的体面。可以说,马琴是靠写作过着普通人生活的第一位作家"[1],不同于此前的都贺庭钟、上田秋成等文人,小说阅读与创作既是他的兴趣,也是职业。他的读本广泛取材于中国小说,自己也不吝于在评论中承认这一点,如《复仇奇谈稚枝鸠》的自评中说"息津复仇之五人斫者,撮合翻案唐山稗史《石点头》之《允婚烈女剙仇》一编也"[2],《月冰奇缘》第八回自评"抑佳人冤魂逢情郎之事,见于唐山小说,并非新奇,然此回作者故意蒙混看官,用心匪浅"[3],《标注园雪前编》自评"仿唐山稗史之例,配以鳌头略评"[4],他还藏有《平山冷燕》《红楼梦》《三国志演义》《西游记》《照世杯》《石点头》《水浒传》《隋史遗文》《醉菩提》等多种白话小说。[5]

除去个人收藏,更重要的是曲亭马琴还在殿村篠斋、小津桂窗、木村默老(所谓"马琴三友")等文人共同体之间借阅、传抄白话小说,并交流体会、互相品评。据《马琴日记》天保三年十月十三日"大阪河内屋茂兵卫来信,十月五日差飞脚出发,八日后抵达,今日午后送来。上月十六日寄书予彼,此番为回信也。《平妖传》并《十二楼》《西山物语》,装船运来"[6],天保五年四月二十九日记载:

---

[1] [日] 麻生磯次:《滝沢馬琴》,吉川弘文館1987年版,第1—2页。

[2] [日] 神谷勝広、早川由美編:《馬琴の自作批評》,汲古書院2013年版,第158页。

[3] [日] 神谷勝広 早川由美編:《馬琴の自作批評》,第174页。

[4] [日] 神谷勝広 早川由美編:《馬琴の自作批評》,第189页。

[5] [日] 服部仁:《馬琴所蔵本目録(一)》,收入 [日] 服部仁編《馬琴研究資料集成》第5卷,クレス出版2007年版,第125—164页。

[6] [日] 柴田光彦新訂増補:《曲亭馬琴日記》第3卷,中央公論新社2009年版,第225页。

"晚七时许，伊势松坂殿村佐六寄两纸包，由飞脚问屋送来。（中略）另一包为唐本小说《两交婚传》八册一帙、《隔帘花影》八册一帙。此等典籍，前番书信曾提及，遂允借也，即为此包。共寄来两包。《两交婚》为《平山冷燕》后编，《隔帘花影》为《金瓶梅》后编，二者均珍本也"①，仅此两条记载就涉及《平妖传》《十二楼》《两交婚》《隔帘花影》《平山冷燕》《金瓶梅》六种小说。笔者查考《曲亭马琴日记》，其中记载与殿村篠斋互相借阅传抄的小说计有《镜花缘》《今古奇观》《金兰筏》《金圣叹本水浒传》《唐本金瓶梅》《三遂平妖传》《好逑传》《五虎平西前传》《五虎平南后传》《后西游记》《五凤吟》《人中画》《续西游记》《两交婚传》，与小津桂窗互相借阅传抄的小说有《三国志演义》《三遂平妖传》《八洞天》，与木村默老互相借阅传抄的小说有《水浒后传国字评》《续西游记》《后西游记国字评》《三遂平妖传》《拍案惊奇》。

　　以上只是从《曲亭马琴日记》中检得的白话小说借阅记录，《马琴书翰集》中收录的书信也多次与殿村篠斋、小津桂窗等知交谈到白话小说，限于篇幅不再一一摘录。如此频繁的小说借阅，可见四人对白话小说喜爱之深。书信中不只涉及借阅，还广泛讨论了小说的人物、情节、表现手法；为了读到某种罕见小说，马琴甚至不惜长年累月地辗转抄录，比较版本优劣、校对文字差异。马琴之前很少有人耗费大量时间抄录白话小说，将版本意识带入白话小说阅读更属罕见，他对《水浒后传》的持续关注与精心评论，尤其展示出白话小说在文人共同体中的价值。

　　天保二年（1831）马琴完成《水浒后传批评半闲窗谈》，对这部小说详加评论，并将其赠与小津桂窗。这是江户时代仅有的几部白话小说评论之作，早稻田大学图书馆藏有四种写本，可惜目前为止始终未有正式的排印整理本，只有序言未附标点的鹈月洋翻刻本，读起来颇为不便。书前有措辞优雅的日文自序，笔者试以文言翻译如下：

---

① ［日］柴田光彦新訂增補：《曲亭馬琴日記》第 4 卷，第 225 页。

明雁宕山樵有《水浒后传》，予不曾得闻是书。享和二年夏，游历京都、浪速。不意于尾张名古屋旅亭得阅某子藏本，甚为惊异。仅抄录回目，以备遗忘，遂赴浪速。某日，与马田老人（原注：医者，名昌田）叙谈，偶论此书。马田老人盛言《水浒后传》其本有二，一为天花翁所作，乡居时二者均曾经眼。遍寻京都、浪速书肆，知其名者亦寡，终无缘得见。

历廿余载，文政十年春，吾友伊势松坂之篠屋主人（原注：殿村氏，号筱斋）浪速逆旅之际，购得雁宕山樵之《水浒后传》。书为旧本，字多磨灭，又兼破裂，难以终卷者夥矣。听闻京都儒生山胁翁藏有善本，遂经医师秋岩主人借得，校雠补写，每叶加衬，修复脆旧唐纸，重施装订，遂成全璧。筱屋主人披阅未几寄来，倩予一抒愚见，实为我道中人也。想交游之情，似渴甚而遇醴泉，行事如此，予之欣然可知也。

乙丑年，《水浒后传》舶来，去年正月中旬送抵。尚古堂今已荒芜，时闻其藏有此书，急欲购得。遣人往求，浪花书肆报称均已售罄。七月中旬购得，然价已腾贵。

开卷阅览，实乾隆年（原注：三十五年）蔡昊再评翻刻本，多有误写谬刻，为最下之劣本。幸有筱屋主人惠借原本，因欲校订。此前著述尚未功成，今载二月下旬暂为搁笔，日夜校订点裁，四月六日校完。遂欲将原本送还旧主，而忽忽三载，不能无所酬报也。故略施拙评，谨博一笑。

马田氏所见天花翁《水浒后传》究为何本？询来人，竟不闻藏者谁何，梦魂难至也。天花翁虽撰稗史，却非佳作。此《后传》，今唐国有耶无耶？颇欲一询。

天保二年辛卯夏四月七日　著作堂主人灯下识。①

---

① ［日］曲亭馬琴：《半間窓談（翻刻）》，《国文学研究》1952年第6期。

马琴在名古屋偶见《水浒后传》之事另见于享和二年（1802）所撰随笔《羁旅漫录》，卷上第二十八话"绘卷物　附《水浒后传》目录"中有《水浒后传》全四十回目录及人物名单，文中称"名古屋广小路秤座守随藏书中，有《水浒后传》十卷，主人秘不示人。予就柳下亭，抄写目录"①，与该序所述一致。从享和二年（1802）见到此书，到天保二年（1831）从殿村篠斋处借得原本并完成校订训点，时间已过去29年，期间先后与秤座守随、马田老人、殿村篠斋、儒生山胁翁、书肆尚古堂主人等五人谈论此书，并借阅、购买或抄录了秤座守随所藏十卷本、殿村篠斋所购劣本、儒生山胁翁所藏善本、自浪花（难波）书肆所购蔡昊再评翻刻本等四个版本，为回报殿村篠斋的慷慨赠阅，还将这部白话小说评点相赠，也就是《水浒后传批评半闲窗谈》。读到这篇序言之前，笔者未曾见到有人为阅读白话小说花费如此之多的时间、精力与金钱。

序言中所谓"文政十年春，吾友伊势松坂之篠屋主人浪速逆旅之际，购得雁宕山樵之《水浒后传》"，也与马琴书信中的记载相符。文政十年（1827）三月二日，马琴在给殿村篠斋的书信中提到"去秋，听闻于大阪购得《水浒后传》。此本虫损，缺两三卷，幸于缺本处添写，可予增补。小生曾于尾阳披阅《后传》，并叙天花翁所作之委细，同庆此珍本。《后传》今世间稀有，既已入手，无论如何知晓其价值。托可靠之人，尽快缮写，完成后可无虞矣"②，由此得知殿村篠斋在大阪所购《水浒后传》不仅如《半闲窗谈》序言中所述文字漶漫，还是缺少两三卷的残本。即便如此，马琴看到此本后仍因读到小说珍本而欣喜雀跃。

但是，马琴未能始终保有《水浒后传》。天保六年（1835）他的独子宗伯英年早逝，迫于生计，第二年不得不卖掉部分藏书，其

---

① 《日本随笔大成》第1期第1卷，第189—195页。
② ［日］曲亭馬琴：《馬琴書翰集　翻刻篇》，天理大学出版部1980年版，第22页。

中就包括这部校订训点后的《水浒后传》。或许小津桂窗得知了马琴售书的消息，请他寄一份待售书目，于是天保七年（1836）十月六日马琴给小津桂窗寄去售书清单，其中赫然便有"金壹两贰分《水浒后传》"①。小津桂窗可能购买了马琴的部分藏书，包括这部《水浒后传》。到此为止《水浒后传》已非马琴之物，但马琴失去的又何止是这一部小说。

天保二年，马琴完成《半闲窗谈》之后赠与殿村篠斋，第二年的天保三年（1832）马琴给小津桂窗写信称"拙著《水浒后传评》，篠斋送来，并加裱装。此前书信中，篠斋详述表装之破损，遂如此也"②，显然殿村篠斋又将《半闲窗谈》还给马琴，还修补了破损之处。就在卖掉《水浒后传》的一年之后，天保八年（1837）八月十一日，马琴又在给殿村篠斋的信中提到：

> 去秋中，将拙藏本转让桂窗子，其中《江户总鹿子》为不足一册之珍本。然桂子归乡后，不意于书肆购得此书，遂返归拙藏。今无可替代者，遂试言奉上《水浒后传》拙评本。桂子大喜，称此为海内孤本珍书，信抵速速送来。六月中寄出，因前番书物之故略有延迟，此番随信交与飞脚。《后传》拙评，时时披阅，诚为生平之慰，故深为惋惜。今琴岭（按：即马琴之子宗伯）不在，无人过目，无所托付。同好中桂窗时值壮年，当久为秘藏，故不得已而出手。③

从信中透露的信息来看，天保七年小津桂窗买去的马琴藏书中除去《水浒后传》外，另有一部珍本《江户总鹿子》，后来却又从书肆买到一部，遂将原本归还马琴。马琴为酬谢，就将殿村篠斋五

---

① ［日］曲亭馬琴：《馬琴書翰集　翻刻篇》，第359页。
② ［日］曲亭馬琴：《馬琴書翰集　翻刻篇》，第84页。
③ ［日］曲亭馬琴：《馬琴書翰集　翻刻篇》，第393页。

年前重加裱装并返还的《半闲窗谈》又转赠小津桂窗。由于两年前痛失爱子，一个月前长女夫婿又猝然离世，生平藏书乏人托付，无奈之下只能或售或赠，坐视其散去。就在同一天，马琴也给小津桂窗寄信一封，其中提到：

> 拙评《水浒后传》，奉命寄出。此外并无写本，诚海内孤本也。忙中戏笔，其评虽不值一哂，非无敝帚自珍之慨。若不好俗语小说者，恰如对牛弹琴，入目亦难解也。残年老朽，夜半梦醒，聊以自慰也，身后将堕鱼蠹之腹欤？君春秋正富，志同道合，若入归尊府，长相珍藏，乃可心安矣。果如所命，甚合本意，诚为万幸也。①

马琴对这部《半闲窗谈》颇为爱重，情难舍弃，信中"残年老朽，夜半梦醒，聊以自慰也，身后将堕鱼蠹之腹欤"之语，出自晚年丧子、失明的老人之口，令人不胜唏嘘。这部《半闲窗谈》迭经周转，最后又回到马琴身边，或许差可慰藉病心。天保十一年（1840）十二月一日，马琴向殿村篠斋倾诉"《水浒后传评》之事，托付著作堂。原本转让桂窗子，故与其相商，桂窗子此前曾有抄录，承蒙惠赐，遂拜领。另，此番可与桂窗子略叙寒暄"②，不知殿村篠斋出于对《半闲窗谈》的欣赏，还是借口阅读，向小津桂窗索回书稿，以安马琴之心。

围绕《水浒后传》与《水浒后传半闲窗谈》，曲亭马琴、殿村篠斋、小津桂窗三人之间鱼雁频传，借阅、抄录、购买、评点，几乎书籍流通中的各个环节都曾在这部小说的阅读中上演，此前很少有文人学者为阅读一部白话小说花费如许气力，更少有哪个文人群体愿意倾注如此心血。到了江户晚期，白话小说已成为曲亭马琴身

---

① ［日］曲亭马琴：《马琴书翰集 翻刻篇》，第401页。
② ［日］曲亭马琴：《马琴书翰集 翻刻篇》，第690页。

边的文人共同体中难以分割的一部分。

小结

江户时期，白话小说的阅读呈现出比较明显的阶段特征。江户前期直到正德、享保之际，白话小说的阅读风气尚未形成，虽然有林罗山、梦梅轩章峰、清池以立等人阅读《剿闯小说》《三国演义》等历史小说，但读者还没有明确的文体意识，其他类型的白话小说很少进入文人视野。这一时期的白话小说阅读主要是私人化的，文人学者之间很少分享白话小说的阅读经验，它们还没有进入公共的话语空间。到了正德、享保时期，经过萱园与古义堂两个儒学派的努力，白话小说的读者越来越多，江户初期那种零散的阅读方式逐渐改观，共同阅读白话小说成为文人交往的重要途径。随着读者的增加、稗官大家的出现，白话小说不再是难登大雅之堂的消遣读物，逐渐成为严肃的评论与模仿对象，以至于催生出模仿白话小说的读本。

江户后期，曲亭马琴大量收藏、阅读白话小说，他与殿村篠斋、小津桂窗三人围绕《水浒后传》与《水浒后传批评半闲窗谈》的借阅、抄录、购买、评点活动，展现出白话小说阅读的新面貌，此前很少有文人学者为阅读一部白话小说花费如许气力，更少有哪个文人群体愿意倾注如此心血。从江户初期到江户后期，白话小说逐渐从个人零散的阅读，转变为文人群体日常生活中难以分割的一部分。

第 二 章

中国小说的阅读与训点

第一节　为阅读小说正名

一　"怪谈"的兴起：江户前期小说的传奇趣味与文体自觉

室町以后传入的文言小说，对日本文学影响最大的恐怕就是《剪灯新话》，自20世纪20年代开始中日两国学术界多有关注，直到目前仍是比较文学研究中的热点，尤其是最早的翻案作品《伽婢子》。不过，现有研究大多立足于文本对比分析翻案方法，除了《伽婢子》之外，其他翻译或翻案作品较少纳入视野。以《剪灯新话》为代表的"怪谈"小说为什么在江户初期突然流行，它与此前《今昔物语集》《宇治拾遗物语》翻译借鉴的志怪小说有何不同，对本土小说的发展产生了何种影响？本小节尝试探讨这些问题。

（一）江户初期前后《剪灯新话》的传入、收藏、和刻、翻译与翻案

日本学者藤井乙男最早关注《剪灯新话》在日本的流播，他认为这部小说是在天文年间（1532—1555）传入日本，[1] 并没有给出

---

[1] ［日］藤井乙男：《支那小説の翻訳　剪燈新話と伽婢子》，载《江戸文学研究》，内外出版株式会社1921年版，第96页。

具体理由，大概是因为《奇异杂谈集》中《金凤钗记》的译文里称"新渡《剪灯新话》一书，收集奇异故事"①，而《奇异杂谈集》成书于天文年间。后来泽田瑞穗发现禅僧景徐周麟的《翰林葫芦集》卷三有诗名《题鉴湖夜泛记》，称"银河刺上鉴湖舟，月落天孙窃夜游。又恐虚名满人口，牛郎今有辟阳侯"②，根据前后数首诗的落款考证此诗写于文明十四年（1482），而文明七年（1475）曾有遣明船入华，于是推测《剪灯新话》可能是那次遣明船所购，或由赴日商贾携去。③ 后来入明禅僧策彦周良的《初渡集》卷下天文九年（1540）十月十五日记载"拂晓祝圣药师如来，午时收小菓合菊一个，又收剪灯新余话二册表装"④，可见天文年间《剪灯新话》再次从中国传入日本。后来丰臣秀吉分别于1592—1593年、1597—1598年两次出征朝鲜，又从朝鲜传入林芑集释的《剪灯新话句解》，此后日本即以此为底本，在庆长、元和年间（1596—1624）以活字翻刻，又于庆安元年（1648）雕版刊行。

《剪灯新话》传入日本后读者甚众，仅从藏书目录入手考察即可见一斑。江户幕府的开创者德川家康于元和二年（1616）去世，此前曾将个人藏书分赐尾张、纪伊、水户三家大名，其中尾张藩所得赐书中就有朝鲜本《剪灯新话》两册，⑤ 直到宽永年间尾张藩书籍目录中还有"《剪灯新话》二册"⑥。江户时期朱子学的开创者林罗山（1583—1657）也曾收藏、阅读《剪灯新话》，日本国立公文书

---

① 载［日］高田衞校注《江戸怪談集》上，岩波書店1989年版，第255页。
② ［日］上村観光編：《五山文学全集》第4卷，思文閣1973年版，第108页。
③ ［日］沢田瑞穂：《剪燈新話の舶載年代》，《中国文学月報》1938年第35号。
④ 《大日本仏教全書》116，大日本仏教全書発行所1922年版，第108页。
⑤ ［日］川瀬一馬：《駿河御譲本の研究》，載《日本書誌学之研究》，大日本雄弁会講談社1943年版，第653页。
⑥ ［日］名古屋市蓬左文庫監修：《尾張徳川家藏書目録》第1卷，ゆまに書房1999年版，第64页。

馆现存林氏藏书中就有他手校手跋的朝鲜刊本《剪灯新话句解》。[①]江户时期书肆出售的典籍目录中也频繁出现《剪灯新话》，宽文年间（1661—1673）的《和汉书籍目录》[②]、宽文十年（1670）的《增补书籍目录》[③]、宽文十一年（1671）的《增补书籍目录》[④]、延宝三年（1675）的《古今书籍题林》[⑤]、元禄五年（1692）的《广益书籍目录》[⑥]中都曾著录《剪灯新话》，可见其流播之广。

《剪灯新话》的翻译与翻案作品，先后有《奇异杂谈集》（传为中村氏作，或成书于天文年间，首刊于贞享四年）、《灵怪草》（池田委斋作，成书于庆安年间，仅存抄本）、《怪谈全书》（林罗山作，成书于宽永末年，首刊于元禄十一年）、《伽婢子》（浅井了意作，首刊于宽文六年）。

《奇异杂谈集》是近世怪谈小说的滥觞，全二卷，共收录39则故事，内容多为中日两国的怪异或往生故事，还从《剪灯新话》中翻译了《金凤钗记》《牡丹灯记》《申阳洞记》三篇小说。现存多种抄本，最早的贞享四年（1687）刊本序言中称"昔江州佐佐木屋形木下中村氏丰前守者，其裔某所撰，录唐土本朝怪异之说，以遗后人"，很多学者据此推断该书于天文年间由中村丰前守之子所撰，但长泽规矩也认为《奇异杂谈集》翻译的《金凤钗记》《牡丹灯记》《申阳洞记》来自庆长（1596—1615）以后和刻的《剪灯新话句解》，不可能成书于天文年间，[⑦]而中村幸彦采取较为折中的态度，认为《奇异杂谈集》或许大部分内容成书于天文年间，后人根据

---

① 〔日〕土屋裕史：《当館所蔵林羅山旧蔵書（漢籍）解題1》，《北の丸：国立公文書館報》2015年第47期。
② 〔日〕斯道文庫编：《江戸時代書林出版書籍目録集成》第1册，第36页。
③ 〔日〕斯道文庫编：《江戸時代書林出版書籍目録集成》第1册，第81页。
④ 〔日〕斯道文庫编：《江戸時代書林出版書籍目録集成》第1册，第132页。
⑤ 〔日〕斯道文庫编：《江戸時代書林出版書籍目録集成》第1册，第183页。
⑥ 〔日〕斯道文庫编：《江戸時代書林出版書籍目録集成》第1册，第266页。
⑦ 〔日〕長沢規矩也：《怪談全書・奇異雜談集についての疑問》，载《長沢規矩也著作集》第5卷，汲古書院1985年版，第407—410页。

《剪灯新话句解》补入了《金凤钗记》等三篇译文。①

整个江户时期《灵怪草》始终未曾刊行，向来少人关注。该书为怪谈小说集，不分卷，共十四篇，最后八篇《滕穆醉游聚景园记》《翠翠传》《牡丹灯记》《爱卿传》《绿衣传》《渭塘奇遇记》《申阳洞记》《太虚司法传》译自《剪灯新话》。现存吉田幸一藏抄本、加州大学伯克利分校图书馆藏抄本各一部，序言中称"先是，委斋翁得于见闻而有耳娱目悦之话，则信笔以倭字记之，又旁及中华事，简积而为堆。余辑而编次之，名以'灵怪草'。（中略）委斋姓池田讳正氏，余之莫逆之交也，而今则亡矣"②，据此推断《灵怪草》作者名池田委斋。另有延宝五年（1677）意谆跋，第四篇《舟头喜兵卫传》末尾称"庆安元年（1648）听闻此事"③，据此推断可能成书于庆安年间（1648—1652），而庆安元年《剪灯新话句解》刚刚雕版刊行，池田委斋很可能根据新刊本翻译而成。

元禄十一年（1698）《怪谈全书》首刊时注明作者为林罗山，此时距他去世已有 41 年，林春斋为父亲整理的《编著目录》中有"《怪谈》二卷，宽永（1624—1644）末年幕府御不例时应教献之，为被慰御病心也"④，可知成书于宽永末年。但《怪谈全书》是否为《编著目录》中的《怪谈》，长泽规矩也、泽田瑞穗、中村幸彦、太刀川清、黄昭渊等人多有争议，现在已基本确定这部书为林罗山所撰，可能经过后人整理。该书共五卷，从《后汉书》《吴越春秋》《搜神记》《幽冥录》等汉籍中选择 32 则神怪故事译为日文，其中包括《剪灯新话》中的《金凤钗记》。林罗山的文集中有篇《剪灯

---

① ［日］中村幸彦：《肥前島原松平文庫紹介（抄）》，载《中村幸彦著述集》第 14 卷，中央公論社 1983 年版，第 417 页。

② ［日］長谷川強编：《靈怪草》，古典文庫 1987 年版，第 361 页。该书为加州大学伯克利分校图书馆三井文库所藏抄本的影印、排印本。

③ ［日］長谷川強编：《靈怪草》，第 417 页。

④ 《羅山先生詩集》下卷附录卷四，第 58 页。

新话跋》，称"壬寅之冬十月初五，于旅轩灯下而终朱墨之点"①，此处"壬寅"当为庆长七年（1602），可见他最迟在这一年已读过《剪灯新话》。

《伽婢子》由净土宗僧人浅井了意所作，首刊于宽文六年（1666），大概距离成书不久。该书十三卷，收录怪谈小说68篇，其中有18篇取材于《剪灯新话》，其他诸篇也多来自《剪灯余话》《诺皋记》《灵鬼志》《博物志》《剑侠传》等传奇志怪小说。与《奇异杂谈集》《灵怪草》《怪谈全书》不同，《伽婢子》并非翻译，而是将《剪灯新话》中的人物、背景等转换到日本，即所谓翻案作品。除此之外，浅井了意还撰有翻案小说《狗张子》，广泛取材于《续玄怪录》《宣室志》《博异志》等传奇小说。

表1　　　　　　　　江户初期前后《剪灯新话》的传播

类型	来源/书名	作者/藏者	时间	翻译/翻案	篇目	备注
传入	翰林葫芦集	景徐周麟	1475		《鉴湖夜泛记》	明刊本
	初渡集	策良周彦	1540			明刊本
	朝鲜之役	丰臣秀吉	1592—1593 1597—1598			朝鲜本
收藏	骏河御让本目录	德川家康	1616			分赐尾张藩
	尾张藏书目录	尾张藩主	1624—1644			
	林罗山旧藏书	林罗山	1657之前			
	和汉书籍目录	书肆	1661—1673			
	增补书籍目录	书肆	1670			
	增补书籍目录	书肆	1671			
	古今书籍题林	书肆	1675			
	广益书籍目录	书肆	1692			

---

① 《罗山先生文集》下卷，第199页。

续表

类型	来源/书名	作者/藏者	时间	翻译/翻案	篇目	备注
和刻	剪灯新话句解		1596—1624			活字本
	剪灯新话句解		1648			雕版
翻译/翻案	奇异杂谈集	中村某	1532—1555？	翻译	《金凤钗记》《牡丹灯记》《申阳洞记》	
	灵怪草	池田委斋	1648—1652	翻译	《聚景园记》《翠翠传》《牡丹灯记》《爱卿传》《绿衣传》《渭塘奇遇记》《申阳洞记》《太虚司法传》	
	怪谈全书	林罗山	1624—1644？	翻译	《金凤钗记》	
	伽婢子	浅井了意	1666之前	翻案	除《富贵发迹司》《鉴湖夜泛记》外其他18篇	共18篇

（二）中国怪谈趣味的变迁：从志怪到传奇

志怪小说在日本的流播并非始于江户初期，平安末期成书的《今昔物语集》震旦部就已从《三宝感应要略录》《冥报记》《弘赞法华传》《孝子传》中取材，[①] 翻译改写其中的因果神异故事，不过这些汉籍除《冥报记》外均非小说，而13世纪前叶成书的《宇治拾遗物语》又大量取材于《今昔物语集》，翻译改写方式也大体相同。日本最早的佛教故事集《日本灵异记》约成书于9世纪初，上卷序文中称"昔汉地造《冥报记》，大唐国作《般若验记》，何唯慎乎他国传录，弗信恐乎自土奇事。粤起目瞩之，不得忍寝；居心思之，

---

① ［日］小峯和明：《今昔物語集の形成と構造》，笠間書院1985年版，第19页。

不能默然。故聊注侧闻，号曰'日本国现报善恶灵异记'，作上中下叁卷，以流季叶"①，作者自称受到志怪小说《冥报记》的影响才撰写《日本灵异记》。

成书于镰仓时期的《唐物语》将萧史与弄玉、李夫人返魂香、望夫石传说、西王母向汉武帝献天桃等27则中国故事译为歌物语形式的日文，配有大量和歌。原书未注明出处，很多见于《蒙求》与《白氏文集》，据日本学者小林保治研究，可能还从《博物志》《幽明录》等文言小说中取材。②

江户之前"怪谈"小说的传播大多依托于佛教信仰，《今昔物语集》全书分天竺、震旦、本朝三部分，天竺部分基本全为佛陀行迹、本生故事或因果弘法，震旦与本朝部分也将题为"佛法"的数卷置于最前。《日本灵异记》在序言中明确声称"我从所闻，选口传、傥善恶、录灵异，愿以此福施群弥，共生西方安乐国矣"③，《宇治拾遗物语》虽非旨在宣教，但仍有半数内容事关佛法，只有《唐物语》信仰痕迹较淡。它们取材的《冥报记》《博物志》《幽明录》等志怪小说本身就以粗陈梗概为主，不少故事还是从《蒙求》中转引。

值得注意的是，尽管《游仙窟》早在奈良时期就已传入日本，山上忆良天平五年（733）撰写的《沉疴自哀文》中就曾引用《游仙窟》，《和汉朗咏集》《唐物语》等书中也多次提及，《源氏物语》中也曾引用《长恨歌传》《李娃传》《任氏传》《章台柳传》《周秦行纪》等唐代传奇，但笔者查考平安以后、江户之前的典籍，发现有关唐传奇的收藏、阅读与翻案甚为罕见，与魏晋志怪小说相比处于相对遗忘的状态。据成书于9世纪末的《日本国见在书目录》记载，此时传入日本的汉文小说多为《汉武帝故事》《搜神记》《续齐

---

① ［日］出雲路修校注：《日本霊異記》，岩波書店1996年版，第201—202页。
② ［日］小林保治：《唐物語全釈》，笠間書院1998年版，第303—307页。
③ ［日］出雲路修校注：《日本霊異記》，第297页。

谐记》《灵异记》《列仙传》等魏晋志怪，唐传奇仅《游仙窟》一种。① 或许由于《日本国见在书目录》成书距离唐传奇盛行期不远，书籍传播有一定的时间差。到了平安末期藤原通宪（1106—1160）的《通宪入道藏书目录》中仍以《西京杂记》《十洲记》《搜神后记》之类魏晋小说为主，唐传奇依然只有《游仙窟》一种。②

生活在平安末期、镰仓初期的僧人信阿曾撰有《和汉朗咏集私注》，广泛征引和汉典籍注释《和汉朗咏集》。这部书的成书时间尚有争议，大体是在应保年间（1161—1163），距离《源氏物语》的成书（学术界公认紫式部在1120年前后去世）至少已有40年。笔者根据日本学者枥尾武的调查，③ 整理出其中引用的汉文小说，计有《汉武故事》《汉武内传》《语林》《神仙传》《世说》《西京杂记》《山海经》《搜神记》《续齐谐记》《孙氏志怪》《灵鬼志》《列仙传》《录异传》《游仙窟》14种，除《游仙窟》之外均为魏晋小说，而且绝大多数为志怪题材。尽管不久之前撰成的《源氏物语》已引用《长恨歌传》《李娃传》《任氏传》等多部唐传奇，证明这些作品早已传入日本，但无一出现在《和汉朗咏集私注》中。

据传室町时期公卿一条兼良（1402—1481）撰有随笔《语园》二卷，辑录神鬼怪谈与世俗轶事，所引汉籍大多注明出处。该书首刊本卷末有"桃华老人撰，宽永四年（1627）丁卯秋七月既望刊之"，"桃华老人"为一条兼良自号，早期写本均未注明作者，因此部分学者对一条兼良之说尚存疑，不过根据刊刻时间判断最晚至江户初期也已成书，与《剪灯新话》的传入大体同时。该书引用的汉文小说计有《世说》《神仙传》《明皇杂录》《开元遗事》《列仙传》

---

① [日]藤原佐世：《日本国見在書目録》，载《続群書類従》第30辑下，続群書類従完成会1928年版，第31—50页。
② [日]藤原通憲：《通憲入道藏書目録》，载《群書類従》第28辑，続群書類従完成会1959年版，第545—555页。
③ [日]枥尾武：《和漢朗詠集私注引用漢籍考》，《成城国文学論集》1982年第14辑。

《类说》(《卖油翁》《艾子杂说》)《西京杂记》《太平广记》(骑鹤上扬州事)八种,① 虽然有《明皇杂录》《开元遗事》《艾子杂说》之类唐宋典籍,但均为笔记小说,并无传奇在内,相反,《神仙传》《列仙传》等魏晋志怪仍在引用之列。

从镰仓到室町时期,明显取材于唐传奇的作品只有作者不详的《李娃物语》,成书时间也难以详考,大体是在室町时期,青木正儿称其为最早完整取材于中国故事的翻案小说。② 它将《李娃传》的背景改为日本后光严天皇时期,将常州刺史荥阳公之子改为萨摩守护之子中将安则,故事情节、人物形象与语言几乎忠实照搬原书,不过其中少涉神怪,而且此后直到浅井了意的《伽婢子》为止,笔者尚未查到其他以中国小说为蓝本的翻案作品。

但是到了江户初期,怪谈趣味突然发生了改变。一方面有《伽婢子》《狗张子》根据《剪灯新话》《剪灯余话》《宣室志》等有传奇色彩的文言小说翻案改写,另一方面在一条兼良的《语园》刊行后半个世纪,《伽婢子》的作者浅井了意即编纂了《新语园》。天和二年(1682)首刊的《新语园》前有延宝九年(1681)自叙,称"尝一条禅阁,博识恰闻,缀异邦之事实,为和字之语话,而布艺园,以授童稚。拟联句俳谐之警作,为初学之诱唱,名曰《语园》,盖小说语林之属类也"③,显然是有意模仿《语园》,但二者所引汉籍却颇有差异。花田富二夫曾整理过《新语园》引用的汉籍,其中小说有《汉武故事》《拾遗记》《搜神记》《续搜神记》《世说新语》《洛阳伽蓝记》《洞冥记》《幽明录》《神仙传》《续齐谐记》《北梦琐言》《云溪友议》《明皇杂录》《逸史》《酉阳杂俎》《南唐近事》《青琐高议》《飞燕外传》《杨妃外传》《甘泽谣》《丽情集》《宣室

---

① [日]吉田幸一编:《語園》,古典文库1978年版,据宽永古活字版影印。

② [日]青木正儿:《国文学と支那文学》,载《青木正儿全集》第2卷,春秋社1970年版,第368页。

③ [日]浅井了意:《新語園》,载《假名草子集成》第40卷,東京堂出版2006年版,第129页。

志》等数十种。一方面《语园》引用过的《世说新语》《神仙传》《明皇杂录》等继续出现在《新语园》中,另一方面大量引用《飞燕外传》《杨妃外传》《甘泽谣》《丽情集》《宣室志》等传奇小说。平安末期以来的四百年中,唐传奇几乎首次成批出现,可见小说趣味的转移。

浅井了意的《新语园》并非孤立存在,比他大29岁的林罗山于宽永末年完成的《怪谈全书》①,卷一《淳于棼》注出《大槐宫记》,即唐传奇中的《南柯太守传》;《欧阳纥》注出《江总白猿传》,为唐传奇中的名篇。

卷二《李琯》注出《说渊》,即郑还古《博异志》中的《李黄》;《姚生》注出《说渊》,即郑权《三女星精》;《润玉》注出《说渊》,即《异闻集》中的《感异记》;《中山狼》注出《说海》,即马中锡《中山狼传》;《鱼服》注出《说海》,即李复言《续玄怪录》中的《薛伟》。

卷三《袁氏》注出《太平广记》,即裴铏《传奇》中的《孙恪传》;《虮蜉》注出《说海》,即李玫《纂异记》中的《徐玄之》;《聂隐娘》注出《太平广记》;《张遵言》注出《说渊》又见《太平广记》,即郑还古《博异志》中的《张遵言》。

卷四《郭元振》注出《说渊》又见《唐人小说》,即牛僧孺《玄怪录》中的《郭代公》;《侯元》注出《说渊》,即皇甫枚《三水小牍》中的《侯元传》;《金凤钗》注出《剪灯新话》,即《剪灯新话》中的《金凤钗记》。

卷五《三娘子》注出《说海》,即薛渔思《河东记》中的《板桥三娘子》;《薛昭》注出《说渊》,即裴铏《传奇》中的《薛昭传》;《巴西侯》注出《说渊》,即张读《宣室志》中的《张鋋》。

《怪谈全书》全五卷共收录32则故事,其中17篇为传奇小说,

---

① 本书所用的《怪談全書》为《假名草子集成》第20卷排印本,東京堂出版1991年版。

超过所有篇目的一半，这与《今昔物语集》《宇治拾遗物语集》《日本灵异志》《唐物语》中几乎不引唐传奇的现象恰成对比。由此看来，自平安末期到江户初期的四百年中，无论翻译改写、私人藏书、笔记注释，传奇小说均极罕见，而魏晋志怪却频繁见于记载。到了江户初期，无论是随笔杂著中的引用还是翻译与翻案，唐以后的传奇小说正取代魏晋志怪，成为"怪谈趣味"的主流，至少已与魏晋志怪双峰并立；《奇异杂谈集》《灵怪草》《怪谈全书》《伽婢子》对《剪灯新话》的翻译与改写并非特例，而与宏观趋势的演进保持一致。那么，这种现象的发生对日本文坛产生了何种影响？

（三）走向写实的"怪谈"：近世小说的起点

江户初期对传奇小说的翻译与翻案，和平安末期以来借鉴魏晋志怪小说的《今昔物语集》《日本灵异记》等有何不同？笔者以为最明显的两点就是作者意识的出现与写实倾向的增加。

关于作者意识的增强，一方面是序跋中自我指涉成分的增加，另一方面体现在对小说辞藻的留意与赏玩。《今昔物语集》《宇治拾遗物语》均为卷帙浩繁的巨著，作者博涉和汉典籍，当为文化程度较高的文人或僧侣，但两书均无序跋，至今难以确证作者为谁。《唐物语》篇幅较小，但作者与成书年代仍难以详考。《日本灵异记》上卷正文前有序，其中称"然景戒秉性不儇，浊意难澄。坎井之识，久迷大方。能巧所雕，浅工加力。恐寒心旨，患于伤手。此亦昆之一砾，但以口说不详，忘遗多矣。不升贪善之至，僄示滥竽之业。后生贤者，幸勿嗤嗤焉"[①]，虽然提到撰写《日本灵异记》的宗旨并故作谦辞，但内容均为警示世人、弘扬佛法，作者几乎未曾将个人性情带入序言与正文中。

而《奇异杂谈集》序言中明确称"昔江州佐佐木屋形木下中村氏丰前守者，其裔某所撰，录唐土本朝怪异之说，以遗后人"，同时《灵怪草》序跋兼有，不仅明确交代作者的名字，也详述了成书经

---

① ［日］出雲路修校注：《日本霊異記》，第202页。

过,序言中称:

> 先是,委斋翁得于见闻而有耳娱目悦之话,则信笔以倭字记之,又旁及中华事,简积而为堆。余辑而编次之,名以"灵怪草"。昔时为人遭借而失其旧稿,属者肥牧政贞公欲见之,多方求之而得一本,乃命侍坐者写之,赐其副于余。余也喜璧之完而珠之还,袭韬而藏焉。委斋姓池田讳正氏,余之莫逆之交也,而今则亡矣。①

笔者在日本文学中,首次看到谈鬼说异的作品,如此细致地讲述自身的成书与传播过程,其中透露出的正是对写作本身的珍视,而这种珍视此前很少公开书写到作品中。《灵怪草》首先由池田委斋记录耳目见闻,经作序者(懒斋)整理、编次、定名,后来在借阅过程中遗失,肥牧(肥前藩主)辗转得到一本后令人抄录,并将副本转赠懒斋;多年之后知交故去,在追忆中勘定亡友之作。不仅如此,跋语中还提到"阿爷辑而编次之,名曰《灵怪草》,为之序焉,于是命予为跋"②,即序跋作者为父子两人,均与池田委斋熟识。序跋不仅说明《灵怪草》的主旨与内容,更一再回溯作者与写作本身,并称"钱塘瞿宗吉之所编《剪灯新话》盛行于时,而广西李昌期之所编《剪灯余话》相继行于世,其记神怪灵异之丛谈,文藻秾丽,甚可喜矣","予就翻阅之,与瞿李之所编,虽其制作之美盖弗类,而为世之鉴戒,则有一揆者,寔是同日之谈也"③,即《灵怪草》不像《日本灵异记》那样"口说不详,忘遗多矣",为了避免遗忘而撰写,更将目光转移到"神怪灵异"背后的辞藻文字,不仅关心写什么,也自觉到怎么写,并与典范性的《剪灯新话》《剪灯余话》

---

① [日]長谷川強編:《靈怪草》,第361页。
② [日]長谷川強編:《靈怪草》,第514页。
③ [日]長谷川強編:《靈怪草》,第514页。

对话、竞争，这种意识在《日本灵异记》的作者身上极少看到。虽然此后类似的序跋写法成为一种模式，但刚刚出现时的意义不可忽视。

由于《怪谈全书》是在林罗山去世四十余年后才首次刊刻，刊本中并无序跋，但林春斋为父亲整理的《编著目录》中将其著录在案，并称撰写的缘起为"宽永末年幕府御不例时应教献之，为被慰御病心也"①。《编著目录》中另有同类著作《禁中故事》，注称"宽永年中，廷臣来江户，时屡访之。闻其所谈，有可以为证，则笔记之"②；国文学研究资料馆藏《狐媚抄》写本末尾有识语"右一册依钧命抄出献之，夕颜巷"，夕颜巷正是林罗山的别号。由此可见作者意识在林罗山父子身上也有明显的体现，哪怕是《怪谈全书》《狐媚抄》之类怪谈故事也留下清晰的写作痕迹。

浅井了意的《伽婢子》作者意识更为明显，该书共有两篇序言，分别是宽文六年（1666）正月瓢水子松云处士日文自序和同年同月的云樵汉文序。瓢水子松云处士即作者浅井了意，云樵的真实身份学术界尚未探明，但从日期来看第二篇序极有可能是受浅井了意所邀而作。自序中引述《易》《书》《诗》《春秋》，一再声称谈论"怪力乱神"的正当性，这种辩护之词来自《剪灯新话》序言，并非首创。接着回顾日本的怪谈传统，称"中有花山法皇《大和物语》、宇治大纳言《拾遗物语》，此外自《竹取》《宇津保》俊景卷，均道诡怪奇特之事，难以数计"，自己却并非延续这一脉络，而是另起炉灶，"然此《伽婢子》非征诸远古，掇集近闻，录而成篇"③，即有意拒绝此前的传统。云樵的汉文序如同《灵怪草》跋语一样称道文辞之美，"言辞之藻丽也、吟咏之繁华也，脍炙人口者，不可胜言焉"，并呼应着浅井了意"掇集近闻"的自序，称"《伽婢子》之

---

① 《羅山先生詩集》下卷附錄卷四，第58頁。
② 《羅山先生詩集》下卷附錄卷四，第62頁。
③ ［日］松田修等校注：《伽婢子》，岩波書店2001年版，第9—10頁。

为书，言粗新奇、义极浅近，怪异之惊耳、滑稽之说人，寐得之醒焉，倦得之舒焉"①。两篇序言比《奇异杂谈集》和《灵怪草》更进一步，展示出浅井了意身为作者的自我标榜，这种强烈的性情更是以前的"怪谈"作品中少见的。

《伽婢子》并非作者意识的终点，这种趋势持续发展下去。到了都贺庭钟根据"三言"翻案的《古今奇谈英草纸》，其序言已近乎诡诈。该书有宽延己巳年（1749）都贺庭钟以"千阁主人"为名撰写的序，杜撰出"近路""千里"两人，与"千阁主人"共同品评《英草纸》，与贬低其价值的"方正先生"对立。文中称"近路、千里二主人，自余记事时即为竹马之交，互相鞭策，晨昏更替，去留形影不离。身世亦与余同，皆为一亩之民，忙于耕作，但在雨日之暇，时常书此草子以代同社中之茶话，乃其本意。从未指望藏之名山以待后世，惟借其一抒义气"②，其实"十千阁""近路行者""千里浪子"均为都贺庭钟别号，他故意化身三人，为了突出自己的桀骜不驯，并借此彰显《英草纸》不同于"城市""风雅君子"的别趣，其个性意识分外明显。

都贺庭钟的弟子上田秋成根据"三言"、《剪灯新话》等翻案撰成《今古怪谈雨月物语》，正文前有明和戊子年（1768）剪枝畸人序，其中提到罗贯中因作《水浒传》三世生哑儿、紫式部因作《源氏物语》一旦堕恶趣，但自己执意继其后，"余适有鼓腹之闲话，冲口突出。雉雏龙战，自以为杜撰。则摘读之者，固当不谓信也。岂可求丑唇平鼻之报哉"③，所谓恶报已然不萦于怀，其清高孤傲距离"后生贤者，幸勿嗤嗤焉"的景戒，已不可同日而语。

从《今昔物语集》到《奇异杂谈集》，从《奇异杂谈集》到《伽婢子》，再从《伽婢子》到《雨月物语》，怪谈作者的个性越来

---

① ［日］松田修等校注：《伽婢子》，第11页。
② 李树果译：《日本读本小说名著选》上编，天津人民出版社2005年版，第3页。
③ 李树果译：《日本读本小说名著选》上编，第117页。

越强烈,其中伴随着对辞藻的欣赏追求以及文体上的自觉。从另一个角度来说,怪谈小说的写实倾向也越来越明显。

所谓"写实"很难有客观标准,为了便于比较,不妨从《剪灯新话》的《牡丹灯记》中选择写实性较强的恋人初次相见为例,分析《奇异杂谈集》《灵怪草》《伽婢子》各自如何翻译、改写,然后比较此前的御伽草子与此后的浮世草子、读本小说如何处理类似的场景。《牡丹灯记》中乔生初见符丽卿时有一段颇为出神的描写:

> 十五夜,三更尽,游人渐稀。见一丫鬟,挑双头牡丹灯前导,一美人随后,约年十七八,红裙翠袖,婷婷嫋嫋,迤逦投西而去。生于月下视之,韶颜稚齿,真国色也。神魂飘荡,不能自抑,乃尾之而去,或先之,或后之。①

《奇异杂谈集》将其译为《姊魂托妹身　与夫订鸳盟》,相应段落的日译回译为中文如下:

> 夜已过半,道无行人,唯见月明。一童鬟,肩悬双头牡丹灯先导,窈窕美女随后,西行。乔生见之,意不由主。遂出行,近观,超绝之美女也。年约十七八,朱裙翠袖,缓步而行。体态优雅,诚为倾国之色也。②

译文字数与原文相差无几,但省略了原文的"乃尾之而去,或先之,或后之",删掉这一句对情节影响不大,但乔生初见符丽卿时不由自主、神魂颠倒的情态就难以想象。在近代尊重原文的翻译观念普及之前,文学作品的翻译常会删改原文,甚至以成功的再创造为荣,此事不能苛责译者;而在难以传达原文意趣时,首先删掉与情节无

---

① 周夷校注:《剪灯新话》,古典文学出版社1957年版,第52页。
② [日]高田衛校注:《江戶怪談集》上,第272页。

关的场景描写也是普遍采用的做法,但这也是评判小说优劣的关键因素之一。可以看出《奇异杂谈集》近似逐句翻译,已殊为难得,但重故事轻情境,不太重视艺术效果的传达,日本学者山口刚称"不能说《奇异杂谈集》作者没有翻译诗词的笔力,但无论译或不译,似乎没有劳神的必要,惟有讲述不可思议之事,是其所愿"①,虽然他谈的只是诗词,对场景描写恐怕也是一样。

《灵怪草》相应的译文为:

> 夜已阑,观灯者渐稀。时总角女鬟,持花形双头牡丹灯立于前,一女随后,过乔生门前。年可十七八,朱裙翠袖,遍身绮罗,体态婀娜。未敢冒然近前,风情似难举步。男子月下审视,髫龄容色,世间无此美人。心往神驰之际,尾随而行,时前时后。②

《灵怪草》基本保留了原文的内容,也译出了乔生"尾随而行,时前时后"的情态,更添加了原文没有的"未敢冒然近前,风情似难举步"。从后文来看,符丽卿本存引诱乔生之意,加上这一句后,符丽卿故作矜持的媚态烘托得更加传神,译文超出了原文的艺术效果,比《奇异杂谈集》的翻译更胜一筹。

《伽婢子》相应段落的翻案为:

> 十五日夜已阑,游玩者稀。万籁俱寂时,一美人年可二十,令十四五许女童持锦绣牡丹花灯,迤逦而过。明眸宛似芙蓉,体态婀娜胜杨柳,眉黛如月发如漆,明艳不可方物。荻原月下见之而思:"真天女下凡游人间,龙宫佳丽出海隅,可慰也,诚

---

① 《怪談名作集》,日本名著全集刊行会1927年版,第42页。
② [日]長谷川強编:《霊怪草》,第459页。

非凡俗。"魂飞心动，身不由己，神驰目眩，随后而行，时前时后。①

由于《伽婢子》是翻案而非翻译，作者有一定的创作自由，不能以是否完整传达原文意旨作为评判标准。翻案文字仍大体遵循《牡丹灯记》原文，只是另加了很多浮艳的修饰词，如"明眸宛似芙蓉""眉黛如月发如漆""天女下凡游人间，龙宫佳丽出海隅"之类。在《伽婢子》之前怪谈小说大多简短质拙，正是从江户初期开始，在传奇小说的影响下繁词丽藻逐渐进入怪谈中。当创作者文体意识初萌、试图彰显个性时，往往从描绘性的诗词文藻入手，传奇小说对志怪小说的改进之一就是诗词与服饰、外貌等描写成分的增加，而镰仓时期的《唐物语》就已为返魂香、望夫石、西王母之类故事配上和歌，《伽婢子》的尝试或许与此类同。

写实性的增加正是《灵怪草》《伽婢子》超越《今昔物语集》《宇治拾遗物语》之处，他们为近世文学做出的贡献之一也便是提升了小说的写实性。《今昔物语集》与《宇治拾遗物语》并不以爱情故事见长，《伽婢子》之前御伽草子类小说曾书写过爱情，如果比较这些小说中恋人初遇的描写，《伽婢子》中的写实性将会更突出。御伽草子中的《一寸法师》是较为有名的婚恋故事，其中写到一寸法师与宰相女儿相恋的过程：

> 如此岁月迁延，一寸法师年已十六，而身材如故。时宰相有女，年方十三，美姿容。一寸法师见而相思，心回百转，欲为妻室。②

讲到婚恋，既无小儿女的患得患失，也无相思中的牵肠挂肚，往往

---

① ［日］松田修等校注：《伽婢子》，第 78 页。
② ［日］藤井紫影校订：《御伽草纸》，有朋堂书店 1915 年版，第 265 页。

直奔主题。这种粗糙的处理方式显非写实,叙述的重点也不在男女情爱,而是出身低微的一寸法师娶到宰相女儿的发迹谈。成形较早的《浦岛太郎》写到浦岛太郎与乙姬的相识相爱:

> 浦岛太郎日暮而归。次日出海往钓,遥见海上浮来小船,怪之,驻足而观。见孤身美人,随波摇荡,渐至太郎所立之地。(中略)女子遂曰:暮宿一树之阴,渴饮一河之水,此皆两世之缘,况远踏鲸波,遥送故土。若有宿缘,何可自苦?请结鸳盟,旦暮同居,如是云云。①

浦岛太郎将乙姬送归故土,于是乙姬顺便提出结姻之请,与《一寸法师》对婚恋的处理同样粗糙。可以看出,怪谈故事中涉及爱情时,写实性往往较差,而江户中后期上田秋成写作《雨月物语》时,对恋爱中情态的描写又分外传神,其中固然有"三言"与《剪灯新话》原文的细致精妙,但《雨月物语》增添了原文没有的很多细节,这种写实性的来源之一恐怕正是江户初期传奇小说的熏陶,正如日本学者山口刚所言:"若天文年间此书(按:即《剪灯新话》)未传至日本,江户时代新怪谈的黎明恐怕不会那么早便开启。"②

小结

早在江户时期以前,《剪灯新话》就已通过入华的商贾僧侣或征韩的丰臣秀吉传入日本,很快和刻刊行,并被幕府将军、林罗山等人收藏阅读,还陆续出现《奇异杂谈集》《灵怪草》《怪谈全书》《伽婢子》等翻译或翻案之作。虽然早在奈良时期《游仙窟》《长恨歌传》《任氏传》等唐传奇就已传入日本,并出现在山上忆良、紫式部等人笔下,但从平安后期开始其影响逐渐淡化,日本文人学者广泛征引的神怪小说往往是《汉武故事》《搜神记》《神仙传》等魏

---

① [日]藤井紫影校訂:《御伽草紙》,第277—279页。
② 《怪談名作集》,第29页。

晋志怪，除《游仙窟》之外其他传奇小说极少见于记载。而江户初期《伽婢子》《怪谈全书》等作品大量取材于《剪灯新话》《剪灯余话》《南柯太守传》《宣室志》等传奇小说，标志着中国小说在日流播的新纪元。

传奇小说的传入，对日本近世小说影响深远。不同于《今昔物语集》《日本灵异记》等取材于魏晋志怪的作品，《奇异杂谈集》《伽婢子》之类翻译或翻案之作中作者意识日益增强，既在序跋中流露出越来越多的个人性情，也伴随着对辞藻的赏鉴以及文体上的自觉。同时，怪谈小说不再像御伽草子一样停留在离奇故事的讲述，而是在叙事中描摹人情世态。以恋爱故事中的男女邂逅为例，从《一寸法师》《浦岛太郎》到《灵怪草》《伽婢子》，服饰、外貌、场景等非情节的描写逐渐增加，怪谈小说中的写实性日益增强。

二 《小说字汇》的时空坐标：白话小说传播方式的扩展

江户中后期大量白话小说传入日本，并催生了文人的翻案仿作热潮，近世最为成熟的小说形式读本正是通过借鉴模仿中国白话小说才逐渐确立。读本与汉文原作的比较研究一直是备受瞩目的学术热点，但白话小说流播中的诸多细节尚未引起研究者的足够关注，比如小说中触目皆是的白话词汇如何寻找合适的日语表达、译为日语的白话词汇对本土小说产生了何种影响、日本文人怎样将白话小说融入日常的文化生活？

本小节以宽政三年（1791）刊行的《小说字汇》为例，探讨江户中后期白话辞书的编纂、这些辞书在白话小说流播中的功用以及白话词汇对日本小说的影响。

（一）《小说字汇》与白话辞书编纂方式的演变

《小说字汇》首刊于宽政三年（1791），编者为秋水园主人，真实身份不明。封面正中大书"画引小说字汇"，右栏题曰"秋水先生《小说字汇》，广便于检阅。四方君子从其法以索之，则若指诸掌，照彰而明矣，诚文海之南针也"，强调《小说字汇》作为辞书的便利之处。署名"芦屋"的"题小说字汇首"称：

> 象胥氏之书，用字使事，好颠倒是非、巧玩文字；其若盗贼为忠义、淫亵为逸韵，苟不讲其学，则不能读其书。我邦译其书者若干种，初学或读其所译之书，而不能读舶来无译者，其学渐以废置，不亦艺林之阙事耶？是所以有《小说字汇》也。

芦屋认为《小说字汇》的价值在于帮助日本文人阅读舶载小说，尤其是尚无日文译本者。题首后有天明甲辰（1784）秋水园主人凡例，起首就称"此书按笔画索引，辑录熟字、虚字、助字等，附加译文，以便初次阅读小说者"，再次强调其工具书性质。由此看来，到宽政年间白话小说的阅读已渐成风气，以至于秋水园主人特意编纂辅助性的白话辞书，并在封面、题首、凡例中强调它编排合理、便于查找。

凡例后特意注明援引书目，包含 160 种汉籍，大多为白话小说，但错讹颇多，如将《归莲梦》写作《归梦莲》、将《炎凉岸》写作《炎冷岸》、将《玉楼春》重出并分别写作《五楼春》《王楼春》、将《定情人》写作《定人情》、将《耳谈》写作《耳譚》，将《遍地金》写作《偏地金》、将《怀春雅集》写作《怀春怀集》、将《生绡剪》写作《生绢剪》、将《女开科传》写作《女开料传》、将《情梦柝》写作《情梦折》、将《绣屏缘》写作《绣屏椽》、将《雅笑篇》重出三次分别写作《雅笑编》《雅笑篇》《雅叹篇》。这些错讹似乎并非手民误植，而是编者对所列书目并不了解或未曾亲览，由此看来书中的词汇也不太可能直接引自白话小说。

该书正文前有笔画索引，从 1 画到 28 画共收录汉字 1827 个；正文中每个汉字下收录以该字起头的词汇，注明日语译法，共含词汇 4673 个，[①] 鸟居久靖曾指出正文颇多瑕疵，如字词重复著录、

[①] 汉字与词汇的数量据鸟居久靖统计，参见［日］鸟居久靖《秋水園主人小説字彙をめぐつて：日本中国語学史稿之二》，《天理大学学报》1955 年第 6 期。

同一汉字正体异体并立、错字频出等,字汇也绝大多数抄录此前的辞书。① 从援引书目与正文的谬误来看,该书内容与封面、题首、凡例中的宣言相距甚远,并非用心之作,白话辞书的编纂也并非始于秋水园主人,但无论从编排顺序、词汇来源还是对白话小说的关注来说,《小说字汇》都是对此前白话辞书编纂经验的总结与提升。

江户前期大致有三个群体精通汉语白话,分别是明清之际赴日避乱的华人如朱舜水、陈元赟,长崎唐通事如上野玄贞、林道荣、卢草拙等,以及黄檗宗僧人如独湛、悦峰之类,其中系统编纂白话教材者主要是唐通事群体。但在正德、享保年间(1711—1724)唐通事出身的冈岛冠山赴江户向荻生徂徕等人传授唐话之前,白话影响力仅限于长崎译官,首先面向唐通事以外的文人群体编纂白话辞书的正是冈岛冠山,而且早期的辞书并没有辅助小说阅读的明确目的,只是随着白话小说的流行,专门的小说辞书才逐渐出现,其间的演变趋势比较明显。越到江户后期,白话辞书愈多,笔者不务求全,谨将代表性的白话辞书整理如下:

表2　　　　　　　　江户时期编纂的白话辞书

序号	书名	卷数	编者	首刊/成书时间	收藏者	备注
1	唐话纂要	六卷	冈岛冠山	享保元年(1716)		
2	唐话类纂	二卷写本	冈岛冠山	享保九年(1724)②	长泽规矩也旧藏	
3	唐音雅俗语类	五卷	冈岛冠山	享保十一年(1726)		
4	唐译便览	五卷	冈岛冠山	享保十一年(1726)		

---

① [日]鸟居久靖:《秋水園主人小説字彙をめぐつて:日本中国語学史稿之二》。
② 参见[日]石崎又造《近世日本に於ける支那俗語文学史》,弘文堂书房1940年版,第96—102页。

续表

序号	书名	卷数	编者	首刊/成书时间	收藏者	备注
5	唐语便用	六卷①	冈岛冠山	享保二十年（1735）		
6	俗语译义	三卷写本	留守希斋	延享元年（1744）	早稻田大学图书馆	有延享元年凡例
7	忠义水浒传解	第一至十六回	陶山南涛	宝历七年（1757）		
8	金瓶梅译文	不分卷写本	冈南闲乔	宝历十四年（1764）前	古城贞吉旧藏	
9	忠义水浒传抄译	第十七回至百二十回写本	陶山南涛	明和三年（1766）前	长泽规矩也旧藏	
10	俗语解	八卷写本	泽田一斋？②	天明二年（1782）前	国立国会图书馆	
11	中夏俗语薮	五卷	冈崎元轨	天明三年（1783）		
12	怯里马赤	不分卷写本	冈七助③	天明四年（1784）前④	长泽规矩也旧藏	

① 按：封面与序言均题为"唐语便用"，正文题为"唐话便用"。

② 学术界对于《俗语解》的编者仍存疑。国立国会图书馆所藏写本有"泽田氏记"朱印，为泽田一斋手泽本。石崎又造推测泽田氏或为此书作者，但未下断语（《近世日本に於ける支那俗語文学史》，第155页）。此书笔者未见，明治时期市川清流曾校订《俗语解》写本，编成《雅俗汉语译解》，于1878年刊行。入矢义高认为"《雅俗汉语译解》殆存《俗语解》原貌，未曾大改"，载佐伯富编《雅俗汉语译解》，同朋舍出版部1976年版，第2页。或可据此窥测《俗语解》内容。

③ 长泽规矩也所藏《怯里马赤》写本末有"冈七助编纂"朱字，但长泽氏在《唐话辞书类集》第1集影印本的解题中提到，此行朱字与本文笔迹有异，著者可能并非冈七助。但天明四年（1784）出版的鸟山石丈《水浒传抄译》第十七回"闲常"的注释中明确提到"余乡人冈七助辑中华古今俗字为一帙，名之为《怯里马赤》"，鸟山石丈是冈七助同乡，所言具有一定可信性。鸟居久靖进一步认为冈七助就是曾翻译《金瓶梅》与《连城璧》的冈南闲乔，参见鸟居久靖《日人编纂中国俗语辞书的若干について》，《天理大学学报》1957年第8期。

④ 参见[日]鸟居久靖《日人编纂中国俗语辞书的若干について》。

续表

序号	书名	卷数	编者	首刊/成书时间	收藏者	备注
13	忠义水浒传抄译	第十七至三十六回	鸟山石丈	天明四年（1784）		
14	小说字汇	不分卷	秋水园主人	宽政三年（1791）		有天明四年（1784）凡例
15	南山俗语考	五卷附录一卷	岛津重豪	文化年间（1804—1818）		有明和四年（1767）识语
16	胡言汉语	不分卷写本	远山荷塘①	天保二年（1831）前	长泽规矩也旧藏	
17	徒杠字汇	五卷	金内格三	安政七年（1860）		

早期的白话辞书未曾摆脱唐通事实用性的会话色彩，无论《唐话纂要》《唐话类纂》《唐音雅俗语类》《唐译便览》《唐语便用》均详注语句读音，同时不说明词汇的来源；从成书于延享元年（1744）的《俗语译义》开始，白话辞书不再标注读音（除《南山俗语考》，这部书由地处西隅的萨摩藩主编纂，远离文化中心，目的在于培养译官），但大多数会说明词汇的来源，无论是像《俗语译义》《俗语解》《胡言汉语》《徒杠字汇》那样在词汇后随文标注，还是如《小说字汇》在正文前列出"援引书目"，白话小说出现的

---

① 《胡言汉语》的作者向有争议。青木正儿在《伝奇小説を講じ月琴を善したる遠山荷塘が伝の箋》中引《荷塘道人圭公传碑》，称远山荷塘曾向译官周某学习唐话，并有一部未脱稿的《胡言汉语考》，青木认为这就是长泽规矩也所藏《胡言汉语》，参见《青木正儿全集》第 2 卷，春秋社 1970 年版，第 287—293 页。石崎又造也持此见，并详考远山荷塘生平，参见《近世日本に於ける支那俗語文学史》，第 396—403 页，长泽规矩也对此存疑。虽然现存《胡言汉语》写本并无序跋识语等可确证作者的信息，但根据远山荷塘曾学习唐话并谚解校注《西厢记》《琵琶记》的经历，将《胡言汉语》的著作权归于他或无不妥。

频率越来越高。

自宝历七年（1757）陶山南涛所编《忠义水浒传解》的刊行开始，白话辞书编纂方式有了显著的改进，服务于白话小说阅读的倾向越来越明显，这与宝历年间在白话小说传播史上的分水岭特征非常一致。此前的《俗语译义》中所引主要是《左传》《通鉴纲目》《史记争议》《程子遗书》《朱子文集》《李退溪集》之类经史文集以及《辍耕录》《五杂俎》《酉阳杂俎》之类文言小说，并无一部白话小说；而《俗语解》引书中出现《今古奇观》《金瓶梅》《古今小说》《警世通言》《醒世恒言》《拍案惊奇》《女仙外史》《西洋记》之类白话小说，尽管在引书总量中并不占主流。到了《小说字汇》，尽管并非直接引用，但"援引书目"中大多数已是白话小说，显示编者心目中小说成为白话词汇的最重要来源，甚至出现专注于某部小说的白话辞书，冈南闲乔的《金瓶梅译文》、鸟山石丈的《忠义水浒传抄译》均属此类。

可以看出相对清晰的演化趋势，即白话辞书逐渐从口头走向案头，从实用性的会话技能走向文学性的阅读辅助，取材范围也从日常生活场景逐渐变成白话小说原作。作为第一批学习白话的文人，荻生徂徕的蘐园群体对白话小说多有轻视，连带对冈岛冠山等唐话之师颇有微词，荻生徂徕在《送野生之洛序》中称"予始之得崎人苏山鞍生，次之得东野藤生。（中略）其学大抵主《水浒》《西游》《西厢》《明月》之类耳，鄙琐猥亵，牛鬼蛇神，口莫择言，惟华是效。其究也，必归乎协今古、一雅嗲，以明声音之道乃止耳"①，认为《水浒》《西游》之类白话小说"鄙琐猥亵"，虽可以之为唐话教材，却不值得深究。而陶山南涛在白话辞书《忠义水浒传解》的自叙中称：

往年，余友尝有松峡秦虞臣、玖珂德济者，夙服华学，染

---

① 《徂徕集》卷十，元文元年序刊本。

通声音，且好读野史小说，其平生之柬帖应酬辄于是，坐谈谐谑辄于是，非敢衒奇淫僻者，要之习惯熏陶也。①

其中透露出对白话小说的热衷，所谓"平生之柬帖应酬辄于是，坐谈谐谑辄于是"，已与冈岛冠山时期大相径庭。对比最明显的是徂徕学出身的儒者平贺中南，天明甲辰（1784）为鸟山石丈《忠义水浒传抄译》撰写的序言，其中提到"人之处世，所乐多矣。然愈老愈乐，莫如读书焉。而其最悦心者，又莫如小说"②，研精徂徕学的平贺中南，对小说的态度与徂徕截然相反，可见从正德、享保之际到天明年间这半个世纪中风气的转移。

将《小说字汇》置于从《唐话纂要》到《徒杠字汇》的白话辞书编纂史来看，这部粗糙之作正反映出白话小说由衰转盛的过程。一方面是白话辞书编纂技术的日益成熟，从"二字话""十字已上话""常言""长短话"之类的字数排序（《唐话纂要》《唐话类纂》《唐语便用》），到按日语译文而非汉语词汇的首字母顺序编排（《唐译便览》《中夏俗语薮》），再到以汉语词汇的首字母顺序排序（《怯里马赤》）；从笼统的词头笔画排序（《胡言汉语》）到正文前附上笔画索引（《小说字汇》），从兼收"雅语""俗语"（《唐话纂要》《唐语便用》）到专门的白话辞书（《俗语解》《中夏俗语薮》《南山俗语考》）。另一方面，舶载小说的数量在宝历时期（1751—1764）剧增，而在《小说字汇》得以刊行的宽政三年（1791）之前，虽然曾训点或翻译过《水浒传》《肉蒲团》《西游记》《好逑传》《醉菩提》《照世杯》《龙图公案》以及"三言二拍""通俗二十一史"等作品，③ 但自宝历前后开始，文人大量阅读白话小说，现有译本难以满足需求，迫切需要培养出不依赖译本的白话阅读能力。

---

① 《唐話辞書類集》第 3 集，第 5 页。
② 《唐話辞書類集》第 3 集，第 51 页。
③ 参见［日］石崎又造《近世日本に於ける支那俗語文学史》附录二，第 414—443 页。

(二) 文人视野中的白话辞书

《俗语解》《小说字汇》等辞书的出现，增强了文人的白话阅读能力，在很大程度上改变了白话小说的传播方式。一般认为享保十三年（1728）冈岛冠山训点《忠义水浒传》前二十回的刊行，催生了白话小说训点、翻译的热潮。如果以《小说字汇》刊行的宽政三年（1791）为界，那么从享保十三年（1728）到宽政三年（1791）这53年中，日本共训点、翻译白话小说20部次。从宽政三年（1791）到幕末（1868）的77年中，日本共训点、翻译白话小说10部次，[①] 正好是前53年的一半。之所以出现这种悬殊之别，固然与江户后期危机意识的增强以及白话小说热潮的逐渐冷却有关，但更重要的是经过《小说字汇》等白话辞书以及早期译本的熏陶，文人可以直接阅读白话小说，不再全然依靠训点或翻译本，像曲亭马琴之类未接受过唐话训练的文人，能够大量收藏、阅读、翻案白话小说，这在宽政之前是很少见的。

安永八年（1779）读本小说家伊丹椿园在其所著《唐锦》的题辞中说到："近来，冈岛、陶山、冈等诸名士深好小说，博通俚言俗语，译解明畅，无所残留，往昔所无也。于是海内靡然耽玩中华小说，暨偶撰本邦小说者，事属新奇，而文辞至拙。文辞稍可读者，一一迻译中华小说，更无足备识者之观也。余深好此道，然疏于汉文，更不通和文"[②]，虽然安永八年以前已刊行了都贺庭钟、上田秋成、建部绫足等读本作者的《英草纸》《繁野话》《雨月物语》《西山物语》等小说名著，但处于模仿、探索阶段的本土读本大多稚拙，文人嗜读的仍是"中华小说"，而冈岛（冠山）、陶山（南涛）、冈（白驹）等人译解的白话小说远不能应对靡然耽读之势。自称"深

[①] 训点、翻译白话小说数量的统计据石崎又造《近世日本に於ける支那俗語文学史》附录二，第414—443页。

[②] [日] 高田衛監修：《江戸怪異綺想文芸大系》第2卷，国書刊行会2001年版，第554—555页。

好此道"的伊丹椿园却"疏于汉文",他的《唐锦》中不乏以白话小说为底本的翻案之作,但基本都是已有训译本的《水浒传》《警世通言》之类。面对着白话小说的阅读渴望与白话能力不足之间的落差,不只伊丹椿园一人为此苦恼,直到40年后曲亭马琴仍在随笔《玄同放言》(1818—1820年刊)中无奈地说:"现今唐山小说,若不解俗语,不易读懂。虽云好之,多耗时日于穿凿字义,罕有细品趣味巧拙者。"①

为弥补缺憾,热衷于白话小说的文人经常收藏、阅读、品评白话辞书,锻炼白话阅读能力,并在随笔书信中留下众多考证白话语义的文字,这种案头白话与初学唐话的萱园学人着重会话能力大不相同。

江户后期最有代表性的文人恐怕就是大田南亩(1749—1823)与曲亭马琴(1767—1848),两人均对中土风物颇为钟情,并有小说作品传世。大田南亩的藏书目录中有"《译家必备》一卷,写;《译官杂字簿》一卷,写;《诸史夷语解》二卷,写;《南山俗语考》五卷 萨藩"②等多种白话与翻译辞书,还有"《小说奇言》五本,《小说精言》四本,《小说粹言》四本"③,即从"三言二拍"中选篇和刻的"小说三言",以及《水浒传》《肉蒲团》之类白话小说。④而曲亭马琴收藏的白话辞书为数更多,见于其藏书目录的就有:

《俗语解》四册⑤

---

① 《日本随筆大成》第1期第5卷,第260页。
② 《大田南畝全集》第19卷,岩波書店1989年版,第388页。
③ 《大田南畝全集》第19卷,第431页。
④ 《大田南畝全集》第19卷,第429、430页。
⑤ [日]服部仁编:《馬琴研究資料集成》第5卷,クレス出版2007年版,第146页。

《金瓶梅译文》写本　二册①
《小说字汇》一册②
《水浒传解》自初回至十七回　一册③
《水浒传抄》写本　一册④

文政七年（1824）他在给小泉苍轩的信中还提到"搜集唐山俗字者，品类繁多：《俗语解》写本、《俗语薮》板本、《小说字汇》板本、《水浒传抄译》板本、《水浒传解》写本板本，此外当有若干"⑤，可见除藏书目录中的五种之外，还曾收藏《中夏俗语薮》；而且不只刊本，连罕见的写本辞书也用心搜集。天保三年（1832）马琴向小津桂窗介绍所得各种辞书时称：

《水浒传解》小刻一册，初篇陶氏著；《水浒传抄译》二编，鸟山左大夫著。均属上佳，《俗语筌蹄》更无胜之者。此二编版木烧毁，难得一见。老拙宽政中勉力购得，出价拾贰匁。然亦不能稍无差失，故眉批愚见。《水浒传解》百二十回写本，此中有冈岛冠山解，亦有冈白驹解。老拙昔年曾藏，后思错谬颇多，无用武处。白驹之作甚善，然无可如何矣。《小说字汇》，文化中购读，然一无用处，早已更换他本。此书所引典籍颇难取信，编者恐非亲览抄录。俗语无数，仅此小册难称人意，去之不碍，存之无用。⑥

---

① ［日］服部仁编：《馬琴研究資料集成》第5卷，第153页。
② ［日］服部仁编：《馬琴研究資料集成》第5卷，第155页。
③ ［日］服部仁编：《馬琴研究資料集成》第5卷，第157页。
④ ［日］服部仁编：《馬琴研究資料集成》第5卷，第157页。
⑤ ［日］柴田光彦、神田正行编：《馬琴書翰集成》第1卷，八木书店2002年版，第165页。
⑥ ［日］柴田光彦、神田正行编：《馬琴書翰集成》第2卷，第64页。

从这封信中可以看出，马琴自宽政年间（1789—1801）就在搜求白话辞书，与其小说创作几乎同步，除去至今仍极为罕见的《怯里马赤》写本，当时主要的白话辞书已收藏殆尽。他对各种辞书详为比勘，细辨优劣，信中所述《小说字汇》的粗陋之处颇为精当。笔者曾统计《舶载书目》中著录的小说典籍，《小说字汇》"援引书目"中的白话小说多于宽保元年（1741）到宝历四年（1754）之际传入日本，距离马琴搜求白话辞书的宽政年间不过40年左右，如果对白话小说没有博览之功，恐怕不易分辨《小说字汇》"所引典籍颇难取信，编者恐非亲览抄录"。

马琴为购买《水浒传解》与《水浒传抄译》费银12匁，而根据天保二年至天保三年（1831—1832）的《新渡唐本市控账》，商船载来的汉籍中《禅真后史》售价为7匁、《十二楼》10匁、《女仙外史》13匁、《封神演义》15匁、《红楼梦》25匁。① 天保七年（1838）马琴出售部分藏书，其中《今古奇观》与《拍案惊奇》的售价均为"金二朱"②，也就是银7匁左右。《水浒传解》与《水浒传抄译》总共110页左右，本身又是和本，价格却与《女仙外史》《封神演义》之类长达百回的舶来汉籍差相仿佛，虽是"版木烧毁"的罕见本，其珍异程度竟与舶来小说比肩，可见白话辞书需求之盛。

另一位读本小说家石川雅望曾撰有《通俗醒世恒言》，并根据《醒世恒言》《拍案惊奇》《女仙外史》创作《近江县物语》《飞驒匠物语》《天羽衣》等翻案小说，③ 他在随笔《梦醒遣怀》卷一的"净"条中提到："《俗语薮》将'净'训为'どうけ'，大谬矣。净为戏场武生，关云长等均为净角。清康熙帝座右有一联，云'莽

---

① 全文收入《彌吉光長著作集》第3卷，日外アソシエーツ1980年版，第269—290页。
② ［日］柴田光彦、神田正行编：《馬琴書翰集成》第4卷，第226页。
③ 见任清梅《近世読本における中国古典小説の受容：都賀庭鐘と石川雅望の読本を中心に》，博士学位论文，早稻田大学，2014年。

操丑净',可知矣。"① 所谓《俗语数》,即冈崎元轨所编《中夏俗语薮》,可见他曾读过这部白话辞书。该随笔卷一另有一条"《演义三国志》九十五回武侯弹琴退仲达事"②,一条"《水浒传》事"③,结合辞书《俗语数》的引文,可以想见石川雅望阅读白话小说的方式。

和马琴齐名的小说家山东京传本不擅长白话,其创作也多取材于歌舞伎、净琉璃等日本剧作,与曲亭马琴频频翻案白话小说迥异。即便如此,他的随笔《骨董集》中有条"提灯再考",考证《朝野群载》《下学集》《埃壤抄》等书中的"挑灯"一词,称"《唐话纂要》卷五有'挑灯',唐音 tyochin 本指灯笼,移至此处"④,可见他也曾关注过白话与白话辞书《唐话纂要》。甚至同一时期的天台僧人慈延也在随笔《邻女晤延》"忘八"条中写道"唐山俗语,称无赖之狡黠为乌龟忘八。(中略)遂将青楼妓馆称为忘八馆,此忘八唐音为 wang。都下训斥厮仆,呼为 watsuwa,同为忘八转换唐音"⑤,所谓"乌龟忘八"很可能是白话小说中的词汇,而作为僧人、歌人的慈延不太可能直接阅读白话小说,很可能是从白话辞书中间接阅得。

总之,白话辞书的编纂大大便利了小说的阅读,并使白话小说的翻案不再依托于训点或翻译本,有机会直接取材于汉文原作。伊丹椿园、曲亭马琴、石川雅望、山东京传等读本作家均曾用心收藏、阅读《唐话纂要》《俗语解》《中夏俗语薮》《小说字汇》《金瓶梅译文》《水浒传解》等白话辞书,以此作为阅读小说的辅助工具,并在随笔杂谈中品评辞书优劣、考证白话语义或指正训释错误。

(三)白话词汇在日本小说中的投影

白话辞书的流行以及文人白话阅读能力的提升,相应地会在日本小说的创作中留下痕迹。江户后期读本、洒落本、滑稽本中频繁

---

① 《日本随筆大成》第 3 期第 1 卷,第 173 页。
② 《日本随筆大成》第 3 期第 1 卷,第 159—160 页。
③ 《日本随筆大成》第 3 期第 1 卷,第 173—174 页。
④ 《日本随筆大成》第 1 期 15 卷,第 537 页。
⑤ 《日本随筆大成》第 2 期 13 卷,第 446 页。

出现白话词汇，此前的小说作品中比较罕见；很多文人甚至从事白话小说的创作，近年来学术界对日本汉文小说的整理与研究颇见成效，却较少集中关注这一现象。

江户前期虽然已有取材于汉文小说的翻案之作，如假名草子《伽婢子》《狗张子》、浮世草子《和汉乘合船》等，但主要根据的是《博异志》《神异经》《剪灯新话》等文言小说，基本没有受到白话影响。白话小说的翻案热潮始于都贺庭钟创作的《英草纸》读本，其中已将"九霄云里"①"娇声婉转""偷汉恶事""羞惭满面"等白话词汇原样引入日语，此后上田秋成的《雨月物语》中也出现"歇息"②"只薄酒一杯""卑吝贪酷"等来自白话小说的词汇，但二人均较为克制，未曾频繁照录白话原文。将大量白话词汇引入日本小说的，正是用心搜集、阅读白话辞书的曲亭马琴。他经常直接抄录白话词句，然后标上既非训读也非音读的假名，近似于以译文为白话词汇注音。

以刊行于文化五年（1808）的《赖豪阿阇梨怪鼠传》为例，与曲亭马琴的《椿说弓张月》《南总里见八犬传》等读本名作相比，这部小说抄录白话词汇的现象并不突出。即便如此，仍大量出现"忽地"③"俄顷""异口同音""焦躁""月旦评""通宵""款待""侥倖""点头""固辞"等日文中原本没有的白话词汇，词汇旁标注的假名全非音读，均是相应的日文翻译，假名与白话词汇之间没有必然的联系，而且往往来自此前的小说译本或白话辞书。如"忽地"旁标注的是"にわか"，意为突然，如果不注出假名，读者很难理解白话词汇的语义。这种将白话词汇日文化的努力别出新意，

---

① 《日本古典文学全集》48，小学馆1973年版，第99页。下面三词均出自《英草纸》，为避繁琐，不再出注。

② 《日本古典文学全集》48，第353页。下面两词均出自《雨月物语》，为避繁琐，不再出注。

③ 《曲亭馬琴集》上，国民图书1927年版，第410页。下面九词均出自《赖豪阿阇梨怪鼠传》，为避繁琐，不再出注。

此后直到明治时期平冈龙城、幸田露伴等人翻译《西游记》《水浒传》时，仍常采用类似方式处理白话词汇。

除了与白话小说关系密切的读本，江户中后期其他类型的小说也经常借用白话词汇。滑稽本作者十返舍一九并不热衷于白话小说，但文化十年至十一年（1813—1814）刊行的小说《浮世床》中仍大量充斥白话词汇，如"一屋无猫，老鼠走白昼"① "忽地梵天国""毕竟是如何""童颜鹤发""杀风景""一座皆绝倒""话说""看一看""闲话休提""却说""浪浪跄跄""话分两头"等。白话词汇不仅是《浮世床》中带有异国情调的点缀，"毕竟是如何""话说""闲话休提""却说""话分两头"等说书套语甚至成为叙述方式的构成部分，并对此后的小说创作影响深远，以至于明治时期坪内逍遥称"以近来所有刊行的小说、稗史，如果不是马琴、种彦的糟粕，就大多是一九、春水的模仿品"②。

天明五年（1785）刊行的洒落本《和唐珍解》，其作者唐来参和不以白话小说的阅读与翻案见长，但身处白话盛行之际难免受到感染，《和唐珍解》不止借鉴白话词汇，还出现大段大段的汉语白话，直似明清时期的世情小说，原文（而非笔者译文）如下：

> 李蹈天："你们可回去。"从者："领旨。"秃："明朝早些来，我在这里等候。快些去了，不可路上住脚。"③
> 这般殷勤，折煞俺也。④
> 那个四角酒快些将来。⑤

---

① 《日本古典文学全集》47，小学馆1971年版，第268页。下面11词均出自《浮世床》，为避烦琐，不再出注。
② ［日］坪内逍遥：《小说神髓》，刘振瀛译，上海译文出版社2010年版，第3页。
③ 《近代日本文学大系》第11卷，国民图书1927年版，第347页。
④ 《近代日本文学大系》第11卷，第349页。
⑤ 《近代日本文学大系》第11卷，第350页。

我等两人老早到这里等候先生，先生却如何怎地来迟了？①

并不精擅白话的唐来参和，却能在以日文书写的洒落本中插入大段白话，而且颇为晓畅、并无明显语病，如果没有白话辞书的辅助恐怕很难做到。

都贺庭钟、上田秋成、十返舍一九、唐来参和等小说家仅仅是在日文小说中插入白话词汇或白话段落，随着舶载小说的增加以及白话辞书的刊行，更有很多文人纯以汉文创作白话小说。江户时期的白话小说创作始自冈岛冠山的《太平记演义》，此后百余年中作者频现，仅在笔者有限的视野中就有十种，分别如下：

表3　　　　　　　江户时期日本文人创作的白话小说

序号	书名	卷/回数	作者	首刊/成书时间	语例	备注
1	太平记演义	五卷三十回	冈岛冠山	享保四年（1719）	话说后醍醐帝在位时；且说是时四境七道；不知后事如何，且听下回分解②	
2	琼浦佳话	四卷写本	郑郁文	享保年间（1716—1736）③	话说长崎地名原来叫做琼浦，这地方风水景致虽是可玩，只是西国里头一个偏僻的所在④	早稻田大学图书馆藏本

---

① 《近代日本文学大系》第11卷，第356页。
② 王三庆等主编：《日本汉文小说丛刊》第1辑第4册，台北学生书局2003年版，第221—222页。
③ 作者与成书时间据石田義光《小说琼浦佳话解题》，東北大学附属図書館：《図書館学研究報告》1968年第1期。
④ 《琼浦佳话》卷一，早稻田大学图书馆藏写本。

续表

序号	书名	卷/回数	作者	首刊/成书时间	语例	备注
3	平安花柳录	不分卷写本	松室松峡（1692—1747）①	延享四年（1747）前	些赚得了米钱出去；吃些钱粮的人，也爱着他每②	
4	列妇匕首	不分卷	刘图南	宽延三年（1750）	二人说话之间，忽然吞的一声响；才放声大哭道③	
5	小说白藤传	不分册	井上兰台④	宝历年间（1751—1764）		
6	演义侠妓传	二回	泽田一斋（1701—1782）⑤	天明二年（1782）前	若及到着那男子妇人动了欲念的时节；到了这田地；按下闲话，却说本话⑥	
7	本朝小说	不分卷	川合仲象	宽政十一年（1799）	石川携尼远远的归，原氏喜喜的迎接问故；天杀的贱畜，是千鸟，是万鸟⑦	

---

① 《平安花柳録》原题"要窝先生选，快活道人纂定"，宗政五十绪考证作者为松室松峡，生卒年为1692—1747，见《日本近世文苑の研究》，未来社1977年版，第171—181页。

② 参见［日］宗政五十绪《日本近世文苑の研究》，第179页。

③ 参见《中村幸彦著述集》第7卷，中央公论社1984年版，第64页。

④ 《小说白藤传》原题"玩世教主撰，金峨道人阅"，中野三敏认为作者是井上兰台，见［日］中野三敏《近世新畸人伝》，岩波书店2004年版，第73—74页。

⑤ 《演义侠妓传》原题"乌有道人撰"，中村幸彦认为作者实为泽田一斋，见《中村幸彦著述集》第7卷，第72页。

⑥ 《中村幸彦著述集》第7卷全文影印，第100页。

⑦ 王三庆等主编：《日本汉文小说丛刊》第1辑第4册，台北学生书局2003年版，第125、135页。

续表

序号	书名	卷/回数	作者	首刊/成书时间	语例	备注
8	国姓爷	第三回	周文二右卫门	文化三年（1806）前	话说老一官既已再来唐山；看见城门紧闭，只摆着强弩硬弓炮石①	收入大田南亩文化三年所编《钻故纸》
9	忠臣库	全十回	鸿蒙陈人重译	文化十二年（1815）	这一本所说的是海东国有一位判官；四民偃服，不在话下；却说相州府镰仓县鹤冈地方	有乾隆五十九年（1794）题辞
10	仙台萩演义零本	仅存一回	铃木白藤②	文政六年（1823）前（大田南亩卒年）	只听得簌簌地响处，跳出一只如豕大一般黄鼠；男之助慌忙叫到：兀那撮鸟休走③	收入大田南亩《一话一言》卷三十二

从表中可以看出，宝历（1751—1764）之前的白话小说作者如冈岛冠山、郑郁文、刘图南均都出身唐通事，仅有《平安花柳录》的作者松室松峡并非唐通事，但陶山南涛在《忠义水浒传解》的自叙中提到"往年，余友尝有松峡秦虞臣（按：即松室松峡）、玖珂德济者，夙服华学，染通声音，且好读野史小说，其平生之柬帖应酬辄于是，坐谈谐谑辄于是"④，可见松室松峡长期钻研白话，并且能以唐音会话，仅从白话素养来说与唐通事并无本质区别。而宝历以后的白话小说作者中，既有周文二右卫门之类的唐通事，又有井上兰台、川合仲象、铃木白藤等儒者，还有泽田一斋这样的书肆主人。

---

① 参见《中村幸彦著述集》第7卷，第94页。
② ［日］大田南亩《一话一言》所引《仙台萩演义零本》末尾称"白藤庵主戏撰"，森润三郎认为作者是幕府书物奉行铃木白藤，见［日］森润三郎《红叶山文库と書物奉行》，昭和书房1933年版，第654页。
③ 《日本随笔大成》别卷4，吉川弘文馆1978年版，第394、395页。
④ 《唐话辞书类集》第3集，第5页。

之所以出现这种现象，恐怕既关系到舶载小说数量与文坛风气的变迁，也与白话辞书的编纂密不可分。

宝历之前唐话辞书种类较少且流通不广，具备白话阅读与创作能力的主要是唐通事。而宝历之后《忠义水浒传解》《忠义水浒传抄译》《金瓶梅译文》《俗语解》《中夏俗语薮》《小说字汇》等以小说为主要对象的白话辞书日渐增多，甚至《俗语解》可能就是白话小说《侠义演妓传》的作者泽田一斋所编，即便没有系统学习汉语白话，仍能通过训译小说与各种辞书掌握白话创作能力。流风所及，即便以文言汉语创作小说的文人，也喜欢在作品中插入白话词汇以示标榜，如幕末文人依田学海撰有汉文小说《谭海》，虽然全篇以文言写成，却在个别段落插入白话，如卷二《夫妻并命》中有一处描写"小竹假母嗜酒贪利，溪壑难盈，屡来骂夫妻，且窃谓小竹曰：'权的脱腰奴耳！何不决绝，使阿母吃一杯美酒'"[1]，评点者特意指出"故用俗语写出逼肖，纸上咄咄有骂詈声"[2]。

小结

自享保元年（1716）开始，江户时期日本文人编纂了多种白话辞书。以宝历七年（1744）《忠义水浒传解》的刊行为界，这些辞书的编纂方式发生了明显的改变，从口头走向案头，从实用性的会话技能走向文学性的阅读辅助，取材范围也从日常生活场景逐渐变成白话小说原作，伊丹椿园、曲亭马琴、石川雅望、山东京传等读本作家均曾用心收藏、阅读这些白话辞书。它们的出现增强了文人的白话阅读能力，在很大程度上改变了白话小说的传播方式，使宝历以后嗜爱中国小说的文人可以不再依靠训译本，能够直接阅读白话小说。

随着白话辞书的流通以及文人白话阅读能力的提升，日本小说中频繁出现白话词汇，曲亭马琴的读本甚至直接抄录白话语句，并

---

[1] 《日本汉文小说丛刊》第 1 辑第 4 册，第 196 页。
[2] 《日本汉文小说丛刊》第 1 辑第 4 册，第 198 页。

附上既非训读也非音读的假名,将汉文白话日语化,就连洒落本、滑稽本等不以翻案为主的小说都经常插入白话词汇或段落,"话说""闲话休提""却说""话分两头"等说书套语也进入了日文小说中,更有很多文人亲自创作白话小说。如果说宝历以前白话小说作者大都出身唐通事,那么宝历以后普通儒者也开始借助白话辞书,撰写汉文小说。在《忠义水浒传解》《俗语解》《小说字汇》等辞书的影响下,白话小说的传播途径大为拓展。

第二节 训点:阅读边界的扩展

一 另类的翻译:训读与白话小说的传播

江户时期传入日本的汉文小说数量庞大且善本颇多,学术界对此早有关注,《古本小说丛刊》《古本小说集成》《明清善本小说丛刊》等影印资料广泛收录日本藏本。但江户文人阅读小说的方式极少进入研究视野,尤其是对日本文学影响深远的白话小说。《古本小说丛刊》所收日本延享元年抄录的《新民公案》,《明清善本小说丛刊》所收《评点五色石》、和刻本《剪灯新话句解》都附有日式训点,但研究者往往只关注小说正文,对训点信息置若罔闻。由于现代日本的白话小说阅读早已放弃了训读,很多学者甚至将其视为信息闭塞时代落后的阅读方式;同时,现代汉学区别于传统时代的标志之一便是按照中国的发音、语法阅读汉籍,而不再像平安末期到江户时代那样,通过训点将汉文转换为日语的表达习惯,因此日本学术界也较少探讨江户时期的白话训点。然而,如果不是以今论古,而是立足于白话小说的传播史,那么训读确曾产生过不可忽视的影响,甚至整个江户时代白话小说的和刻、翻案、翻译均受其笼罩,本小节便探讨训点在白话小说传播过程中发挥的功用。

(一)介于原文与翻译之间的训读

奈良、平安时期,大量遣隋使、遣唐使到中国学习典籍文化。

由于年代久远，在没有录音技术的时代语音难以留存，现在很难确考当时日本文人阅读汉籍的方式，但很可能是按照中国的发音来阅读《白氏文集》《文选》等深受平安文人喜爱的典籍。① 到了平安时代中后期，由于唐末五代的战乱等原因，日本不再派出遣唐使，于是中日文化交流暂时告一段落，日本文人逐渐在汉译佛经的影响下，以训读方式阅读中国诗文，② 将汉文转化为日语，这种方式一直持续到明治时期。

以汉语为母语的学者完全可以直接阅读汉文典籍，而不必通过训读的转化，因此国内学术界很少关注汉籍的训读。以"训读"检索国家图书馆的中文藏书，仅有日本学者山田孝雄所著《由日文训读传下来的汉语语法》的中文译本一种。在笔者有限的视野中，目前系统介绍训读方式的论文，也只有孙廷举的《汉文训读规则简介》③ 和林全庄的《日本的训点符号与中国古文的训读》④ 两篇。前者仅有一页、不足千字，后者虽然介绍了返点、送假名、重读文字等训读中常用的符号，但主要根据日文辞书中的语例片段，而非和刻汉籍中的原文，更非完整的训读文章。从镰仓到江户时期，不同文人对同一诗文的训点往往大相径庭，甚至创造出各种秘传符号，如果不结合特定训点者的具体文章，往往难以体现训读的原始面貌。

江户时期最为盛行的诗文总集之一便是《古文真宝》，此书室町初期传入日本，盛行于五山僧侣间，⑤ 临济禅僧笑云清三曾加训点，

---

① 藤堂明保、铃木直治、金文京均持此说，见［日］藤堂明保《漢語と日本語》，秀英出版1969年版，第306页；［日］铃木直治《中国語と漢文：訓読の原則と漢語の特徵》，光生館1975年版，第4—5页；［韩］金文京《漢文と東アジア：訓読の文化圏》，岩波书店2010年版，第42页。

② 金文京首先提出训读受佛经汉译的影响，见《漢文と東アジア：訓読の文化圈》，第21—38页。

③ 孙廷举：《汉文训读规则简介》，《日语学习与研究》1985年第2期。

④ 林全庄：《日本的训点符号与中国古文的训读》，《解放军外语学院学报》1991年第2期。

⑤ ［日］桂五十郎：《漢籍解題》，明治书院1905年版，第543页。

并于江户初期的庆长年间刊行。日本早稻田大学藏有一部刊本，名为《魁本大字诸儒笺解古文真宝后集》前十卷，中有庆长十九年（1614）跋语。该书卷六收有王安石《读孟尝君传》，笔者按照原书的训点，整理成方框中的文字。

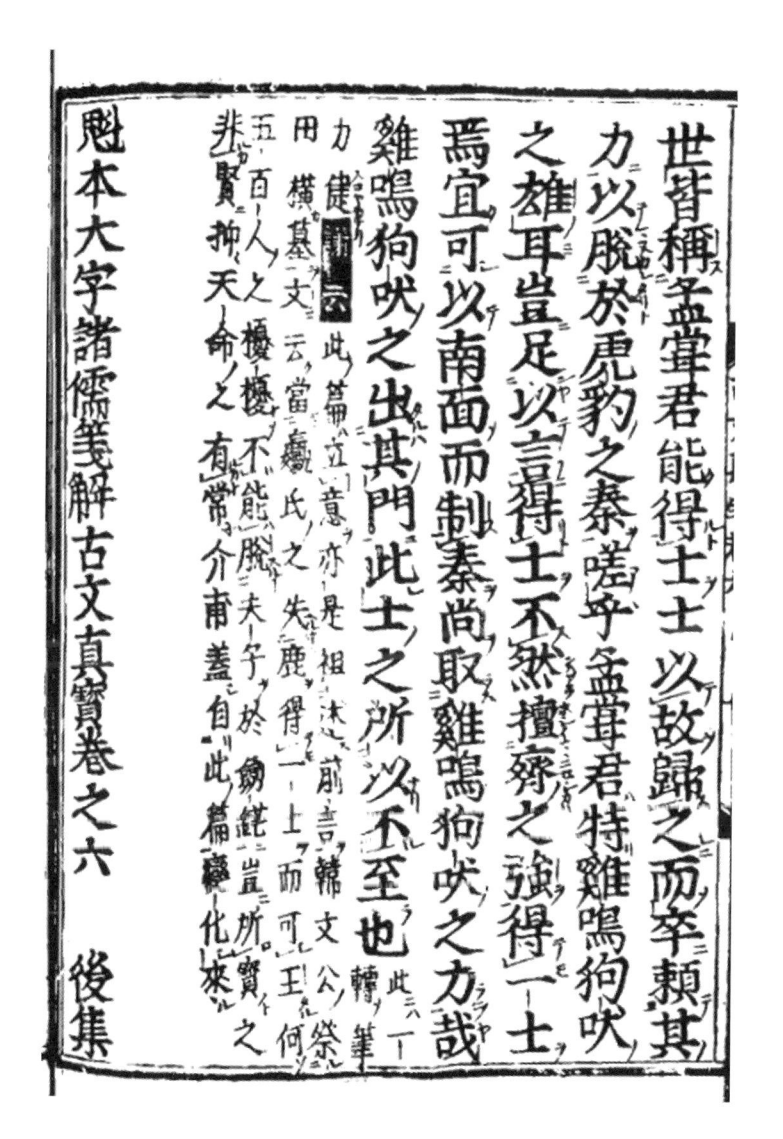

图 1　庆长十九年跋刊本《魁本大字诸儒笺解古文真宝后集》

笑云清三为汉文施加了大量训点符号，以此颠倒语序、注明读音，将汉文转化为日文。以第一句"世皆称孟尝君能得士，士以故归之"为例，"世"与"皆"之间的连接符号"‐"表明两字连读。"称"右下角所附的片假名"ス"表明"称"的读音为音读的"ショウス"，而不是"トナフ""タタフ"等其他常用读音。"称"左下角所附的数字"二"表明读完"世‐皆"之后跳过"称"字，直接阅读"孟尝君能得士"，而"得"字左下角标有"一"，表明读完"得"之后再返回阅读左下角标有"二"的"称"字。同时，"得"与"士"之间附加的"レ"表示两字颠倒阅读，而"士"右下角的"ヲ"是宾格的语法标志，表明"士"为"得"的宾语。

世‐皆稱ス二孟嘗君能得一レ士ヲ，士以テ故ヲ歸スレ之ニ，而シテ卒ニ賴テ二其力ニ一，以テ脫二於虎‐豹之秦ヲ一。嗟‐乎！孟嘗君ハ特リ雞‐鳴狗‐吠之雄耳，豈ニ足ンヤ二以言フニ一レ得リト士ヲ？不スレ然，擅ホシイママニセンカハ二齊之強ヲ一，得テモレ一士ヲ焉，尚ヲ取ラム二雞‐鳴狗‐吠之力一秦ヲ，尚ヲ取ラム二雞‐鳴狗‐吠之力一，宜ク可シ二以南‐面シテ而制スレ秦ヲ，哉ヤ？雞‐鳴狗‐吠之出タルハ二其ノ門ニ一，此レ士之所ニ以ナリル不レ至ラ也。

接下来"以"字左下角的"レ"表明颠倒"以"与"故"的顺序，"以"右下角的"テ"意味着"以"的读音为"モッテ"，"故"右下角的"ヲ"表明"故"为"以"的宾语。"归"左下角

的"レ"表示颠倒"归"与"之"的顺序，右下角的"ス"表明"归"的读音为"キス"，而非另一种读音"カヘル"。"之"右下角的"レ"不同于附在"得""以"等汉字左下角的"レ"，不表示颠倒语序，而是指"之"的读音为"コレ"。"之"右下角的另一个片假名"ニ"是表示动作对象的格助词，大约相当于汉语中的"于"。笔者将训读中的片假名转换为常用的平假名，把"世皆称孟尝君能得士，士以故归之"的训读改写为完整的日文（日本称之为"書き下し"），便是：

世皆 孟嘗君 は能く士を得ると 稱す。士故を以てこれに
よみなもうしょうくん　　よ　し　う　　しょう　　しゆえ　もっ　こ
帰す。
き

这种改写很少真正出现在和刻本中，但江户时期经过训练的读者看到《古文真宝》中的训点，便能将其转化为相应的日文，并以这种方式朗读出来。从中可以看出，训读的特征便是基本保留原文所有的汉字，只不过通过汉字左下角的"レ""一""二"等特殊符号颠倒语序，将"主—谓—宾"结构的汉文转换为"主—宾—谓"结构的日文，通过汉字右下角的"ス""レ"等片假名为汉字注明日文发音，同时以汉字右下角的"ヲ""ニ"等格助词标明汉字词在日文中的语法特征。如果按照笑云清二的训点，将《读孟尝君传》完整地改写为日文，便是：

世皆 孟嘗君 は能く士を得ると 稱す。士故を以てこれに
よみなもうしょうくん　　よ　し　う　　しょう　　しゆえ　もっ　こ
歸す。而て卒に其の 力 に頼て`以て虎豹の秦を脱
き　し　つい　そ　ちから　よっ　もっ　こひょう　しん　ぬ
がれたりと。嗟呼`孟嘗君 は特り雞鳴狗吠の雄耳。豈以て士
あゝ　もうしょうくん　ひと　けいめいくべい　ゆうのみ　あにもっ　し
を得たりと言ふに足らんや。然らずんば、齊の強を 擅
え　　　　い　　た　　　　しか　　　　　　せい　きょう　ほしいまま

にせんかは、一士を得ても、宜しく以て南面して秦を制すべし。尚ほ雞鳴狗吠の力を取らむや。雞鳴狗吠の其の門に出たるは、此れ士の至らざる所以なり。

在一代代文人学者的实践下，每个汉字的训读方式大体固定下来；而脱离口语的汉语文言，其语义与语法在较长的时期内比较稳定。同时，训读后采用的也是古典日语的词汇与语法，从平安时代直到明治年间少有变化，因此两种语言的转化比较容易实现。直到现在，日本刊行汉文典籍时，仍以训读方式将汉文转化为日文，并把汉文原文与改写后的日文并列或附在正文之后，甚至干脆只保留改写后的日文、省去汉语原文。岩波书店出版的《新日本古典文学大系》与小学馆出版的《新编日本古典文学全集》是目前最为通行的两种古典文学总集，二者均以训读方式改写汉文，比如前者收录的《日本灵异记》将原文附在全书末尾，而后者收录的《日本书纪》将原文与训读文并列。

训读能以最简便的方式将汉文日语化，既避免了直接阅读汉籍的困难，也省去了和汉翻译的负担，由此大大便利了汉籍的阅读与传播，金文京称："为外语文章附加记号、调换顺序，变成本国语来读，至少现今为止，除日本的汉文训读外并无他例。"[①] 然而，训读在最大程度保持原文的同时，也为阅读增加了障碍，如《读孟尝君传》中"虎豹之秦""鸡鸣狗吠""南面制秦"的训读"虎豹の秦""雞鳴狗吠""南面して秦を制す"只是为汉字附上日文发音，并未解释为何称秦为"虎豹"、"鸡鸣狗吠"的语法结构、"南面"除了方位之外的引申义以及动词"制"的具体含义，尤其是最后一

---

① ［韩］金文京：《漢文と東アジア：訓読の文化圏》，第13页。

点。汉籍训读中经常出现"音读汉字＋ス"的形式，只是表明该汉字的语法特征（动词），而不揭示任何含义，仅在《读孟尝君传》中就有"稱す""歸す""制す"三种。

如果说"虎豹""南面""称""归""制"等均为日文常用汉字，即便不注明词义读者也能理解，那么笑云清三训点的《古文真宝后集》卷一收录了《渔父辞》，其中的"安能以身之察察，受物之汶汶者乎"训为"安んぞ身の察察たるを以て`物の汶汶たるのを受けんや"，恐怕读了训点仍不懂"察察""汶汶"具体何指。卷一还收录《阿房宫赋》，其中的"蜀山兀阿房出"训为"蜀山兀として阿房出づ"，究竟何为"兀"也难以索解。

江户时期就已出现对训读的批评声音，如荻生徂徕就指出颠倒顺序、添加假名的方式容易扭曲原文意旨，"信乎，和训之名为当，而学者宜或易于为力也。但此方自有此方言语，中华自有中华言语。体质本殊，由何吻合？是以和训回环之读，虽若可通，实为牵强"①，此后放弃训读、直接用中国发音阅读汉籍的"汉文直读论"不绝如缕，直到明治、大正时期重野安绎、青木正儿等人一再倡导，汉文直读才逐渐与训读并行于世。但直到今天，训读仍是日本学术界阅读中国诗文的主要方式之一，甚至研究论著也往往要附上原文的训读。

如果说古典诗文的训读虽然存在一定缺陷，但仍不失为理解汉籍的重要途径，那么小说、戏曲之类俗文学的训读就更为复杂了。由于白话与文言无论词汇还是语法都存在明显差异，以文言汉语为对象的训读很难适用于俗文学，但江户时期仍大量出现白话小说的训读。

---

① ［日］荻生徂徕：《訳文筌蹄》，载《荻生徂徕全集》第5卷，河出書房新社1977年版，第17页。

(二) 训读白话小说的尝试

早在江户初期便有白话小说传入日本,据东北大学狩野文库所藏《御文库目录》的记载,宽永十六年(1639)之前幕府收藏的白话小说就已近十种,① 宽永二十年(1643)去世的天台僧天海藏有《大宋中兴通俗演义》《金瓶梅词话》《拍案惊奇》《李卓吾先生批评三国志》《三国志传评林》等十余部白话小说。② 但是,江户前期白话小说的读者较少,除了林罗山、中江藤树、清池以立、长崎一鹗等少数人之外,普通文人很少将其纳入阅读视野,直到正德、享保之际在荻生徂徕唐话学的影响之下,白话小说的阅读风气才扩展到普通文人中,并陆续出现白话小说的和刻与翻译。

江户时期最早和刻的白话小说是享保十三年(1728)京都林九兵卫刊行的《李卓吾先生批点忠义水浒传》第一至十回,施训者为荻生徂徕唐话学的老师冈岛冠山,其中一部现存于东京大学东洋文化研究所。以第二回"王教头私走延安府 九纹龙大闹史家村"为例,其中有一段汉文原文是:

> 这高俅,我家如何安着得他?若是个志诚老实的人,可以容他在家出入,也教孩儿们学些好。他却是个帮闲的破落户,没信行的人。亦且当初有过犯来,被开封府断配出境的人。倘或留住在家中,倒惹得孩儿们不学好了。待不收留他,又撇不过柳大郎面皮。

冈岛冠山训点后便如图2所示:

---

① [日] 大庭脩:《東北大学狩野文庫架蔵の旧幕府御文庫目録》,《関西大学東西学術研究所紀要》1970年第3辑。

② [日] 長沢規矩也:《日光山天海藏主要古書解題》,日光山輪王寺1976年版。

第二章　中国小说的阅读与训点　237

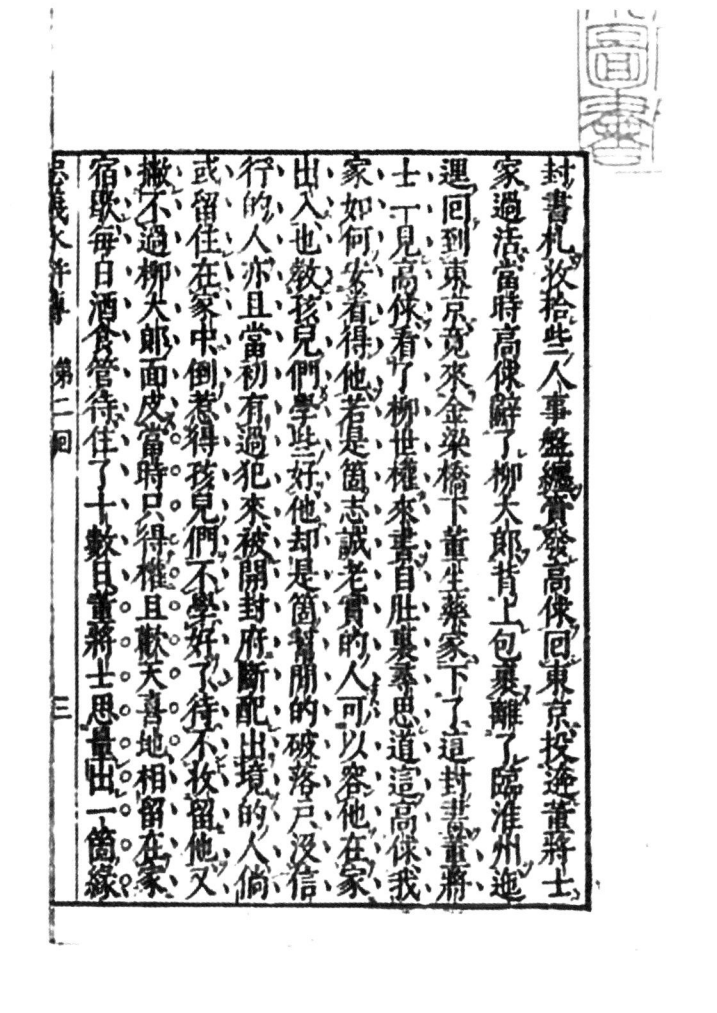

图 2　享保十三年刊《李卓吾先生批点忠义水浒传》第二回

按照前文所述规则，笔者再将训读后的汉文转化为日文，便是：

　　　　こ　こうきゅう　わ　　け　いずくん　かれ　あんちゃく　え　　かれ　もしこれ　か
　　這の高俅、我が家如何ぞ他を安着し得ん。他は若是箇の
しせいろうじつ　ひと　　　　もっ　かれ　ゆる　いえ　あ　　しゅつにゅう　べしなり
志誠老實の人ならば、以て他を容し家に在りて出入す可也。
がいじ　たち　　　さ　よし　まな　し　　　　かれ　かえってこれ　か　ほうかん
孩兒の們をして些の好を學ば教めん。他は却是箇の幫閒の

破落戸、信行没人。亦且當初過犯有り來（？）、開封府に斷配し境を出さるる人。倘或留住し家中に在らば、倒て孩兒の們を惹き得゛好を學ばじん（？）。他を收留せざらんと待ば、又柳大郎の面皮を撇し過ぎず。

訓読后的白话小说虽然能让不懂白话的读者了解大意，但以文言为基础的训读一旦施用在白话上总有龃龉之处，即便是唐通事出身的冈岛冠山也在所难免，这段文字中便多有体现。

第一，"我家如何安着得他"中"安"与"着"之间附有连读符号"－"，表示两个汉字组成一个单词，按照音读训为"あんちゃく"。实际上，"着"虽然在文言文中经常作为动词使用，训读为"ちゃく"或"つく"，但此处并非动词而是表示"合适、值得"的助词，这种用法不见于文言文，因此冈岛冠山训读为动词并不恰当。

第二，"亦且当初有过犯来"中的"来"，冈岛冠山并未施加任何训点，不知是将其作为文言中的动词，还是略过不读。如果作为动词则与实际不符，这里的"来"只是个助词，表示曾经发生某事。如果略去不读，就违背了尽量保留原文的原则。

第三，"倒惹得孩儿们不学好了"中的"了"，冈岛冠山训为拨音"ン"，无论从语法还是词义上都讲不通，不知所据为何。他编纂的《字海便览》卷二收录"作弄了"一词，训读为"作弄し了る"[1]，"放过了"一词训读为"放過し了る"[2]、"轻忽了"一词训

---

[1]［日］冈岛冠山：《字海便覽》卷二，载古典研究会编辑《唐話辞書類集》第14集，汲古書院1973年版，第306页。

[2]［日］冈岛冠山：《字海便覽》卷二，第317页。

读为"輕忽し了る"①、"耗了精神"一词训读为"精神を耗し了る"②，显然倾向于将"了"训读为"了る"，即表示终止、完成的动词，但这里的"了"不同于文言文，只是表示确定某种状态的语气助词，而非动词。

第四，"待不收留他"中的"待"，冈岛冠山训读为"待ば"，即表示等候的动词，实则此处的"待"仍不同于文言，只表示想要、将要，并没有等候的意思。到了大正时期幸田露伴翻译的《水浒传》中将"待"译为"待れば"更贴近词义，但这已是翻译，传统上"待"字并无这一训读方式。

除了语法的差异，白话词汇也与文言颇有不同，如"老实""帮闲""破落户""断配""面皮"等均为白话词汇，文言中很少见到，而冈岛冠山只是按照汉字的音读施训，读者即便能够照此朗读，仍不易理解词汇的真实含义，所谓"撇不过面皮"更会令人费解。通过上述片段可以看出，《水浒传》即便经过冈岛冠山的训点，对很多读者来说仍难以理解。这不是冈岛冠山白话知识的欠缺，而是以文言为对象的训点扩展到白话时不得不面对的困境，其他白话小说的训点基本都存在类似的问题。

据长泽规矩也整理的《和刻本汉籍分类目录》，江户时期和刻白话小说只有《水浒传》《阐娱情传》《肉蒲团》《照世杯》《王阳明靖乱录》《杜骗新书》6 种，③ 如果再加上从三言二拍中选刻的《小说精言》《小说奇言》《小说粹言》，总共也只有 9 种，而和刻文言小说却有 40 种以上（由于文言小说边界比较模糊，很难得出精确的

---

① ［日］冈岛冠山：《字海便覽》卷二，第 321 页。
② ［日］冈岛冠山：《字海便覽》卷二，第 334 页。
③ ［日］長沢規矩也：《和刻本漢籍分類目録》增補補正版，汲古書院 2006 年版，第 220—221 页。

数字）。江户中后期白话小说的阅读、翻案蔚然成风，其流行程度并不在文言小说之下，但和刻数量之所以如此悬殊，主要原因之一恐怕正是训读白话小说的困难。

除了白话与文言的区别导致训读的部分失效之外，训读所使用的文言日语恐怕也导致了白话小说难以找到合适的日文表达。中国正式的白话文运动直到 20 世纪初才由胡适、陈独秀等人倡导，但早在唐五代时期就已出现白话形式的变文，宋元话本、明清章回小说均为白话文学，中国白话小说的传统源远流长。但日本直到明治时期才出现言文一致的口语体小说，在此之前文学作品一直用所谓"文语"撰写，模仿《水浒传》《警世通言》等白话小说的上田秋成、曲亭马琴等文人，使用的小说语言一直是文言日语，而非当时的口语。在明治之前，只有净琉璃戏曲、滑稽本或人情本小说中的部分对话是口语，而小说戏曲中的描述部分始终是文语。坪内逍遥在近代日本第一部小说理论著作《小说神髓》中称"使用俗语来描写作品中人物的对话是可以的，至于叙述部分（在我国俗语进行一次大改良之前），是不可以用俗语来写的。因为我担心这样会有碍于我国物语的进步"①，"在俗语中七情六欲都丝毫不加粉饰地显现出来，而在雅言中则七情六欲都是经过粉饰再表现出来的，所以总不免有几分失真"②，江户时期不止"雅语"小说难以细致入微地描摹人情世态，以"雅语"为基础的训读也很难贴切地传达白话原意。

天保四年（1833）曲亭马琴在给殿村篠斋的信中提到"上月初旬，戏笔销夏，《水浒传全书》天降石碣以后，自七十二回至七十六回一册，详加训点。（中略）儒者所点，仅附返点，疏于施训，故虽点仍难解"③，天保四年之前和刻的《水浒传》只有冈岛冠山训点本，初编前十回于享保十三年（1728）刊行，二编第十至二十回于宝历九

---

① ［日］坪内逍遥：《小说神髓》，第 111 页。
② ［日］坪内逍遥：《小说神髓》，第 114 页。
③ ［日］柴田光彦、神田正行编：《馬琴書翰集成》第 3 卷，第 83 页。

年（1759）刊行，曲亭马琴的藏书目录中恰有这前后两编，① 所谓"儒者所点，仅附返点，疏于施训，故虽点仍难解"很可能是指冈岛冠山训点的《水浒传》，"虽点仍难解"也切中了该训点本的要害。持有这种看法的不止曲亭马琴一人，冈崎信好在《中夏俗语薮》的序言中也说"夫俗语者，诸夏之俚辞，而虽小夫贱隶亦所恒言也。然其语有古近，其字有难易，而弗可解者不为不多矣。（中略）冈玉成（笔者按：即冈岛冠山）为之杰，而所著数书，犹未免隔靴搔痒之訾也"②，可见冈岛冠山白话训点中的缺陷早已引起江户文人的关注，而此后和刻白话小说为数甚寡，恐怕也与训点白话的困难有关。

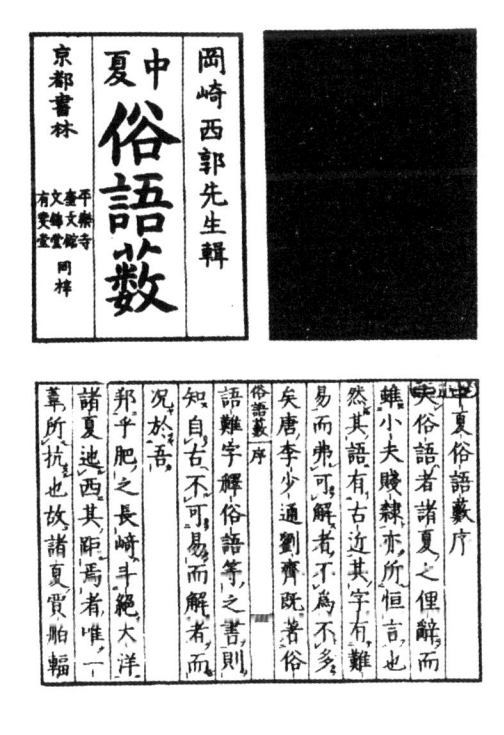

图3　天明三年刊《中夏俗语薮》

① ［日］服部仁：《马琴所藏本目录（一）》，第157页。
② ［日］冈崎信好：《中夏俗语薮序》，载《唐话辞书类集》第14集，第1—2页。

（三）训读影响下的白话小说翻译与汉文小说

训点、和刻小说是为了便于阅读，但经过训点之后仍有大量词汇不易理解，随之出现很多辅助性的白话辞书，其中专门解释《水浒传》语汇的就有冈白驹的《水浒传译解》、陶山南涛的《忠义水浒传解》、穗积以贯的《忠义水浒传语解》、作者不明的《忠义水浒传语释》、作者不明的《水浒传字汇外集》、石丈乌山的《忠义水浒传抄译》等数种。以前文引用的《水浒传》第二回中的"他却是个帮闲的破落户"为例，《水浒传译解》对训读中语意不明的"破落户"解释为"ナラズモノ、シンダイツブシタモノ"①（无赖、倾家荡产者），而长泽规矩也收藏的《忠义水浒传语释》将"破落户"解释为"ヤクタイナシ"②。陶山南涛的《忠义水浒传解》称"破落户"是指"家業ヲツトメヌナラズ者也"（不理家业的无赖），③并将"帮闲"解释为"タイコモツナリ。幫ハ手ツドフ也、閑ハヒマナルムダナコト、タイコモチハヒマナムダコトヲトリモツユヘ幫閑ト云"（溜须拍马，"帮"是帮助，"闲"指空闲无聊。溜须拍马即迎合闲中无聊，故称之为"帮闲"）。总之，各种辞书均对《水浒传》中难以理解的白话词汇予以解释，在一定程度上弥补了训读的不足。

训读由于受到传统成规的限制，很难自由地为白话词汇添加注释，而白话小说的翻译却能在一定程度上超越这一局限，为难解的白话词汇寻找对应的日文。江户时期中国小说的译本经常冠以"通俗"或"国字解"之名，以示不同于本土小说。具体到《水浒传》的翻译，则有署名冈岛冠山的《通俗忠义水浒传》上编［宝历七年（1757）刊］、中编［安永元年（1772）刊］、下编［天明四年（1784）刊］和署名丢甩道人的拾遗编［宽政二年（1790）刊］。目

---

① ［日］冈白驹：《水滸伝訳解》，载《唐話辞書類集》第13集，第17页。
② 载《唐話辞書類集》第13集，第340页。
③ ［日］陶山南涛：《忠義水滸伝解》，载《唐話辞書類集》第3集，第15页。

前学术界针对冈岛冠山是否真为《通俗忠义水浒传》的作者仍有争议，"丢甩道人"的身份也难以确证，但"通俗本"刊行于冈岛冠山训点的和刻本之后、而且受到和刻本的影响当无异议。《水浒传》第二回"这高俅，我家如何安着得他……"一段的译文位于《通俗忠义水浒传》上编卷一，名为"王教头私走延安府"：

此高俅ト云者ハ、聞及ヒシ 破落戸(ナラズモノ) ナリ。況ヤ 當初(マヘカタ) 過犯(ットニソムクコト)有テ、斷配(ツイホウ) ヲ被ムリシ者ナリ。如此(カヤウノ) 者ヲ吾家ニ留置ナバ、決シテ孩兒們(コトモラ) ヲ 悪事(アクジ) ニ(二) 誘引(イウイン) スベシ。然シ柳世權カ方ヨリ偏ニ委託(タノミ)來リタレハ、辭退スルコトモナリカタシ。①

（笔者回译：此高俅者，听闻为破落户。况且当初亦有过犯，曾被断配。如此之人留置吾家，定然引诱孩儿们作恶。然而柳世权偏来请托，难以辞退。）

从这段译文可以看出其中包含浓重的训读气息，如"破落户""当初""过犯""断配""孩儿们"均为白话原文，日文中并没有类似的表达，但翻译时仍予以照录。如果采用现代的翻译方式，只需把这些词汇转换成相应的日文即可，完全没必要保留读者根本看不懂的原文，但训读影响下的翻译却不避繁琐。只不过翻译者为这些词汇附加的假名却与训读大相径庭，不再是汉字的音读，而是日语意译。如"破落户"上方所附的"ナラズモノ"（汉字写作"成ラズ者"，即无赖），正与前述冈岛冠山《水浒传译解》中的注解完全相同，是纯粹的日文单词，而非训读中的音读"ハラクコ"。同样的，"当初"上方附加的假名是"マヘカタ"（汉字写作"前方"，即此前），而非训读时的音读"トウショ"；"过犯"上方附加的假名是"ハットニソムクコト"（汉字写作"法度ニ背く事"，

---

① 《通俗忠義水滸伝》上編卷之一上，載《近世白話小説翻訳集》第6卷，汲古書院1987年版，第46—47頁。

即违背法度之事),而非训读时的音读"カハン";"断配"上方附加的假名是"ツイホウ"(汉字写作"追放",即流放),而非训读时的音读"ダンパイ";"孩儿们"上方附加的假名是"コトモラ"(汉字写作"子供等",即孩子们),而非训读时的音读"ガイジノタチ"。

虽然同样是在白话旁附上假名,但训读时附加的假名只是音译,并不解释词义。如果以英文翻译比方,训读就像在英文"bourgeois"上方以汉字注明"布尔乔亚",没有学习过英文的读者即便看到汉字,依然不懂原词的意义;而"通俗本"的翻译就像在英文"bourgeois"上方以汉字注明"中产之家",读者即便没有学过英文,也能了解大意。二者形式相仿,实质不同,后者大大便利了读者的阅读,于是随着"通俗本"的出现,和刻本逐渐被取而代之。如果说江户时期和刻的白话小说只有 7 种,那么"通俗本"白话小说则可多达数十种。据谭汝谦主编《日本译中国书综合目录》记载,1660 年到 1867 年日本共翻译中国文学类书籍 88 种,[①] 而仅白话小说就有 28 种,分别是《通俗平妖传》《通俗女仙传》《觉世名言》《通俗汉楚军谈》《金瓶梅译文》《通俗今古奇观》《通俗金翘传》《国字演义医王耆婆传》《通俗孝肃传》《明清军谈国姓爷忠义传》《通俗南北朝军谈》《通俗北魏南梁军谈》《肉蒲团》《通俗皇明英烈传》《通俗列国志前编十二朝军谈》《通俗列国志前编武王军谈》《通俗列国志吴越军谈》《连城璧》《通俗两国志》《通俗两汉纪事》《通俗西游记》《通俗三国志》《通俗醒世恒言》《通俗赤绳奇缘》《通俗西湖佳话》《通俗小说奇事》《通俗醉菩提全传》《通俗隋炀帝外史》,[②] 其中《水浒传》翻译 16 次,《西游记》翻译 7 次,《三国演义》翻译 4 次。白话小说翻译本的种数是和刻本的 4 倍,如果按照

---

① 谭汝谦主编:《日本译中国书综合目录》,香港中文大学出版社 1981 年版,第 43 页。

② 谭汝谦主编:《日本译中国书综合目录》,第 261—364 页。

种次计算，差距肯定更明显。

从训读到翻译，白话小说的接受形式在承续中又有发展，造成的直接后果之一便是大量白话词汇进入日语，日本文人创作的汉文小说频繁使用白话词汇。仍以《水浒传》第二回"这高俅，我家如何安着得他……"这段仅含101个汉字的文字为例，其中包含的白话词汇有"破落户""帮闲""老实""孩儿""了""不过""面皮"等七个。在享保十三年（1728）冈岛冠山训点的《水浒传》刊行之前，除长崎唐通事与黄檗宗僧人之外，普通的文人极少接触汉语白话，甚至通晓白话的荻生徂徕、雨森芳洲等人，其汉文著作仍以典雅的文言为主，几乎看不到白话词汇的踪迹。但此后撰写的汉文小说中，上述七个白话词汇已屡见不鲜。

1."破落户""帮闲"：

田中从吾轩《警醒铁鞭》[明治十九年（1886）刊行]："有那新闻记者，赋性轻浮，一个个都破落户子弟，其言行似帮闲一般，又有些文字，央他来怎生？"①

菊池纯《奇文观止本朝虞初新志》[明治十六年（1883）刊行]："帮闲与雏妓挑一星，乍为了童所夺。"②

依田百川《谭海》[明治十七年（1884）刊行]："而俳优声妓帮闲浮浪之徒，莫不出入其斗者。"③

石川鸿斋《夜窗鬼谈》[明治二十二年（1889）刊行]："问其业，曰：帮闲也。"④

2."老实""孩儿""了"

尚冈木一贯孟恕《困谈》[文政七年（1824）刊行]："总嫁念

---

① [日]田中从吾轩：《警醒铁鞭》，载《日本汉文小说丛刊》第1辑第4册，台北学生书局2003年版，第194页。

② [日]菊池纯：《奇文观止本朝虞初新志》，载《日本汉文小说丛刊》第1辑第1册，第315页。

③ [日]依田百川：《谭海》，载《日本汉文小说丛刊》第1辑第2册，第354页。

④ [日]石川鸿斋：《夜窗鬼谈》，载《日本汉文小说丛刊》第1辑第2册，第137页。

是老实，曰：明夕复来偿之。"①

观益道人《如是我闻》[天保年间（1830—1844）撰]："客僧某老实，或可使摄行，乃相与推之。"②

藤井淑《当世新话》[明治八年（1875）刊行]："起来卸服脱衣，解佩除袴，拥抱小孩儿一般。"③

冈岛冠山《唐话纂要》[享保元年（1716）刊行]："但恨连丧几个儿女，而止留此一个孩儿。"④

蓝泽南城《啜茗谈柄》[文政十年（1827）自序]："你看世间，能言舌辩之僧，白日登坛说法，骗了愚爷愚姆，只贪得钱粮了。"⑤

依田百川《谈丛》[明治三十三年（1900）刊行]："假使曙山没了手脚，不得登场演伎，而非不能吃着人也。"⑥

3."不过""面皮"

冈岛冠山《太平记演义》[享保四年（1719）刊行]："正成躲避不过，早被一箭射中左臂。"⑦

三木贞一《新桥八景色佳话》[明治十六年（1883）刊行]："红姐便喜事，奴家却看不过梅大爷归日，红姐、大爷鹈鹈鲽鲽之模样哩。"⑧

---

① [日]高冈木一贯孟恕：《困谈》，载《日本汉文小说丛刊》第1辑第5册，第426页。
② [日]观益道人：《如是我闻》，载《日本汉文小说丛刊》第1辑第5册，第460页。
③ [日]藤井淑：《当世新话》，载《日本汉文小说丛刊》第1辑第1册，第132页。
④ [日]冈岛冠山：《唐话纂要》，载《日本汉文小说丛刊》第1辑第5册，第14—15页。
⑤ [日]蓝泽南城：《啜茗谈柄》，载《日本汉文小说丛刊》第1辑第1册，第38页。
⑥ [日]依田百川：《谈丛》，载《日本汉文小说丛刊》第1辑第3册，第61页。
⑦ [日]冈岛冠山：《太平记演义》，载《日本汉文小说丛刊》第1辑第4册，第269页。
⑧ [日]三木贞一：《新桥八景色佳话》，载《日本汉文小说丛刊》第1辑第5册，第188页。

依田百川《谭海》[明治十七年（1884）刊行]："癞疾人摸得最妙，面皮光滑，手足拘挛。"①

冈岛冠山《太平记演义》[享保四年（1719）刊行]："而必容我先死，将我面皮剥去，耳鼻割下，使人不得认我首级可矣。"②

从上述语例可以看出，白话词汇已成为日本汉文小说中的有机构成，哪怕是以文言撰写的小说仍大量插入白话词汇，而不顾及两种语体的兼容性。经过训读—翻译—汉文小说的层层演进，白话小说逐渐融入日本的语言与文学中，以训读起始的白话小说传播逐渐走向成熟。再次以"破落户"为例，《通俗水浒传》中将其译为"ナラズモノ"（无赖），而现代日语中"ナラズモノ"的汉字表达既可写作"成らず者"，也可直接写作"破落户"，由此一例可见白话词汇一步步进入日语的路径。

虽然自冈岛冠山训点的《水浒传》以后，和刻白话小说仅有寥寥数种，但受其影响的翻译以及汉文小说创作仍在一定程度上遵循着训读方式。到了明治、大正时期"言文一致"的呼声越来越强烈，近代作家尝试摆脱古典日语，以口语体撰写散文小说，与此同时也逐渐出现口语体的白话小说翻译。一般认为，最早以口语体日文翻译白话小说的是佐藤春夫，他在大正十一年（1922）发表了口语体的《百花村物语》和《花与风》，前者源自《今古奇观》卷八"灌园叟晚逢仙女"，后者源自该卷入话，不过二者均是从《今古奇观》的德语译本转译而成。此后由汉学家宫原民平主导的《支那文学大观》以现代日语翻译中国小说戏曲，于是训读以及训读式的"通俗本"逐渐退出了中国白话小说的翻译，现代日语成为白话小说的主要甚至唯一载体。③

---

① ［日］依田百川：《谭海》，载《日本汉文小说丛刊》第1辑第2册，第233页。
② ［日］冈岛冠山：《太平记演义》，载《日本汉文小说丛刊》第1辑第4册，第290页。
③ ［日］勝山稔：《訓読と近代の知の回廊》，载［日］中村春作等编《続訓読論》，勉誠出版2010年版，第339—365页。

小结

　　从平安后期直到明治时期，训读一直是日本文人阅读汉籍的主要方式，通过添加返点、送假名等特殊符号，颠倒汉文语序，将其转化为日文。到了江户时期，大量白话小说传入日本，冈岛冠山、冈白驹等通晓唐话者开始用传统的训读方式刊行白话小说。但由于文言与白话的区别，以及明治以前日文口语未曾发展为书面用语，以古典日语为基础的训读很难完整施用在白话小说中，以至于训点后仍有很多内容难以索解，往往需要白话辞书的辅助。

　　受训读影响，白话小说的翻译日益盛行，整个江户时期将近三十种白话小说被译为日文。这种翻译借鉴了训读的语法与词汇，同时大量保留白话原文，并附加意译式的日文假名。通过这种训读式的翻译，很多白话词汇逐渐被日本文人所熟知，并频繁出现在他们撰写的汉文小说中。经过训读—翻译—汉文小说的层层演进，白话小说日益融入日本语言与文学中，大大促进了白话小说的传播与接受。直到大正时期，佐藤春夫、宫原民平等人倡导以现代日语翻译白话小说，训读才逐渐退出历史舞台。

二　风月堂的"俗趣"：白话小说阅读风气的扩展

　　江户前期阅读白话小说的日本文人屈指可数，从宽保到宝历年间（1743—1758）京都书肆风月堂从"三言二拍"中选择部分篇目，陆续刊行了《小说精言》《小说奇言》《小说粹言》和刻"小说三言"，由此开启了白话小说阅读的热潮，并相继出现都贺庭钟、上田秋成、森岛中良等翻案大家，江户文学景观焕然一新。目前中日学术界对"小说三言"的研究已屡见不鲜，与翻案小说相关的论著也频繁出现，但刊刻"小说三言"的风月堂却极少进入学术视野中。根据铃木俊幸编撰的《近世近代初期书籍研究文献目录》，截止到2014年日本仅有桥口侯之介一人撰文介绍风月堂,①内容也极为简略。实际上除了"小说三言"之外,风月堂还刊行了《通俗隋炀帝外史》《通俗赤绳奇缘》等白话小说译本以及《画引小说字汇》之类的白话辞书,在白话小说传播史上发挥着举足轻重的作用,但这些刻本甚至全未出现在《庆长以来书贾集览》《德川时代出版者出版物集览》等重要的版刻辞书中。本小节试图从出版文化史的角度,考察风月堂在白话小说接受史上的地位。

(一) 风月堂刊刻白话小说的缘起

风月堂名为风月庄左卫门,是贯穿整个江户时代的书肆,其名最早见于宽永四年(1627)刊行的《长恨歌传》,刊记中有"宽永四年五月吉辰二条通观音町风月宗知刊行"②,"风月宗知"即风月堂的创立者,可见其以刊行文言小说起家,此后又于宽永十六年(1639)刊行《开元天宝遗事》。③ 据森润三郎《考证学论考》,风月庄左卫门"本姓泽田氏,先祖宗智宽永年间定居于京都二条通衣棚东,代代以书籍印行贩卖为业。据其出版物之堂皇,可知为关东关西间屈指可数之大书肆,因之与大家鸿儒往来"④。矢岛玄亮的《德川时代出版者出版物集览》著录风月堂与风月孙助(风月堂在名古屋的分店)刊行的汉籍有:

宽永六年(1629)刊《庄子鬳斋口义》
宽永十一年(1634)刊《三体诗》
宽永十二年(1635)刊《黄山谷诗集》
宽永十五年(1638)刊《孔子家语》
宽永二十年(1643)刊《杜律七言集解》

---

① [日]鈴木俊幸編:《近世・近代初期書籍研究文献目録》,勉誠出版2014年版,第103页。桥口侯之介的文章连载于《日本古書通信》,修订后收于橋口侯之介《和本への招待:日本人と書物の歴史》,角川学芸出版2011年版,第124—131页。
② [日]岡雅彦等編:《江戸時代初期出版年表》,勉誠出版2011年版,第113页。
③ [日]岡雅彦等編:《江戸時代初期出版年表》,第220页。
④ [日]森潤三郎:《考證学論考》,青裳堂書店1979年版,第240页。

宽永二十年（1643）刊《小学集说》

宽永二十年（1643）刊《新刊音释校正标题蒙求》

宽永二十一年（1644）刊《山谷诗集》

宽永二十一年（1644）刊《文章一贯》

正保二年（1645）刊《寿世保元》

正保三年（1646）刊《新镌古今帝王创制原始》

正保三年（1646）刊《延平李先生师弟答问》

庆安元年（1648）刊《文公家礼仪节》

承应二年（1653）刊《野客双书》

承应三年（1654）刊《文选删注》

万治元年（1658）刊《标题注疏小学集成》

宽文九年（1669）刊《东莱先生音注唐鉴》

贞享四年（1687）刊《文选音注》

正德二年（1712）刊《传习录》

享保十年（1725）刊《童子习》

天明七年（1787）刊《白鹿洞书院揭示》

宽政六年（1794）刊《刘向说苑纂注》

文政十一年（1828）刊《文选正文》

这份目录多有遗漏，但可以看出风月堂的汉籍刊刻主要集中在1687年之前，此后虽然仍在刊行新书，但数量锐减，其中关系到上方、江户之间出版业的兴衰递嬗。江户时期所谓"本屋"往往兼营"渡来唐本"的贩卖与典籍和刻，并未形成唐本与和本、出版与售卖之间的明确分工。根据今田洋三的考察，"贞享、元禄时期，江户出版界被京都大书商的分店或者上方的故旧所支配，江户成了坐拥巨量藏板的京都大书商独占的市场"①，自宝历年间开始，江户本地的出

---

① ［日］今田洋三：《江戸の本屋さん：近世文化史の側面》，日本放送出版协会1977年版，第85页。

版业逐渐崭露头角，京都分店日益退出江户市场，同时典籍贩卖在书肆经营中的分量越来越大，到了文化、文政时期（1804—1830）书肆行会几乎成为珍本古书的经销商，① 于是身为京都本屋的风月堂，1687 年之后刊刻少、贩卖多的现象也就可以理解了。

虽然新刊汉籍数量减少，但风月堂也在调整经营方向，第五代主人泽田一斋逐渐将目光转向白话小说。据井上和雄《庆长以来书贾集览》的记载，泽田一斋"名重渊，字文拱，号奚疑斋，传为冈白驹门人，《平安人物志》著录为汉学者，盖以译述中国小说著名也。《小说粹言》之外，另有未刊本若干种，天明二年二月廿四日殁，年八十二"②。天明二年即 1782 年，由此推算泽田一斋生于元禄十四年（1701），并于宝历年间（1751—1764）度过盛年，这一时期正是江户文化的转型之际。此前三十余年，荻生徂徕已在倡导汉文直读，并请唐通事出身的冈岛冠山教授汉语，以白话小说为教材。

虽然徂徕门下不乏耽读《水浒传》《西游记》者，但往往将其作为语言教材，并未意识到白话小说本身的文学价值，荻生徂徕本人在《送野生之洛序》中评论唐话学者安藤东野"其学大抵主《水浒》《西游》《西厢》《明月》之类耳，鄙琐猥亵，牛鬼蛇神，口莫择言，惟华是效"③，可见对白话小说成见颇深。而冈岛冠山于享保九年（1724）结束与荻生徂徕等人的唐话交往，从江户迁到京都之后与冈白驹往来品评《水浒传》，④ 于是将唐话风气带到了京阪之间。与此同时，京都名儒伊藤东涯也与冈岛冠山相识，后者所著的《唐译便览》还有伊藤东涯作于享保十一年的序言，东涯门下还出现陶山南涛、朝枝玖珂、松室松峡三位酷爱白话小说的弟子，与冈岛

---

① ［日］今田洋三：《江戸の本屋さん：近世文化史の側面》，第 149 页。
② ［日］井上和雄：《慶長以来書賈集覽：書籍商名鑑》，高尾书店 1970 年版，第 78—79 页。
③ 《徂徕集》卷十，元文元年序刊本
④ 参见［日］石崎又造《近世日本に於ける支那俗語文学史》，弘文堂书房 1940 年版，第 144 页。

冠山、冈白驹并称"稗官五大家"。此时泽田一斋正生活在京都，作为著名书肆风月堂的传人，可能已经感受到时代风气的转移。享保十三年（1728），同在京都的书肆林九兵卫刊行了冈岛冠山训点的《忠义水浒传》前十回，更早的宝永二年（1705）还刊行了冈岛冠山翻译的《通俗皇明英烈传》，这对泽田一斋来说未尝不是一种启发。

就在林九兵卫刊刻《忠义水浒传》之后15年，风月堂于宽保三年（1743）从《醒世恒言》中选择四篇刊行为《小说精言》，封面左栏称"小说亦一家已，蒴菲胡累于下体。海舶攸贡，年以百往。俚言骇人，微直爰居之钟鼓也。龙洲先生所译，意义涣释，宛乎如面听西人謦欬。粤寿梨枣，以广其传。据此薪之，三隅其庶矣。风月堂主人泽文拱识"①。此前刊刻的汉籍往往只在封面注明作者姓氏，最多只在左栏刻上"某某堂藏板"，即便再添加广告性质的宣传语也很少列出书肆主人之名，而泽田一斋在宣传语后赫然写出姓字"泽文拱"，似乎有意突出"小说亦一家""俚言骇人，微直爰居之钟鼓"的主张，日本学者尾行仍甚至指出"检索书目、年表等书，我国所刊典籍中冠以'小说'之名者，以此三书（按：即《小说奇言》《小说精言》《小说粹言》）为嚆矢"②，可见泽田一斋现身说法、为小说张本的明确意识。封面右栏注明"《小说选言》《小说奇言》《小说恒言》《小说英言》嗣出"，显然一开始便有计划成系列地刊行白话小说。

《小说精言》正文前有冈白驹撰于宽保癸亥（1743）的序言，其中说到"小说者，史之裂也"，然后简要追溯从《燕丹子》《洞冥记》等汉晋志怪到《虬髯客传》《红线传》等唐传奇的文言小说发展史，指出通俗演义始自南宋孝宗以民间奇事奉养太上皇，进而有感于日本文人虽通文言却不懂白话，"独至乎平常俚言，不啻耳之侏

---

① ［日］冈白驹、泽田一斋：《小说三言》，ゆまに書房1986年版，第8页。
② ［日］冈白驹、泽田一斋：《小说三言》，第865页。

离，即载之笔，亦谓之缺舌，惟攻诸象胥，学者不讲"，只有"象胥"即译官精擅唐话，而普通文人"读不能句，实学人之大阙也"①。其中小说史的叙述基本采自中国小说的序跋评语，并无新见，但认为对白话"读不能句"是"学人之大阙"却为人所罕言，此前文人并未将白话小说纳入个人素养中，就像荻生徂徕虽曾学习白话，但旨在用唐音阅读诗文经典，对白话小说的文学价值评价极低。而冈白驹与泽田一斋师徒继冈岛冠山之后将白话小说训点和刻，并严肃地为阅读小说正名，这种取向对白话小说的接受影响深远。

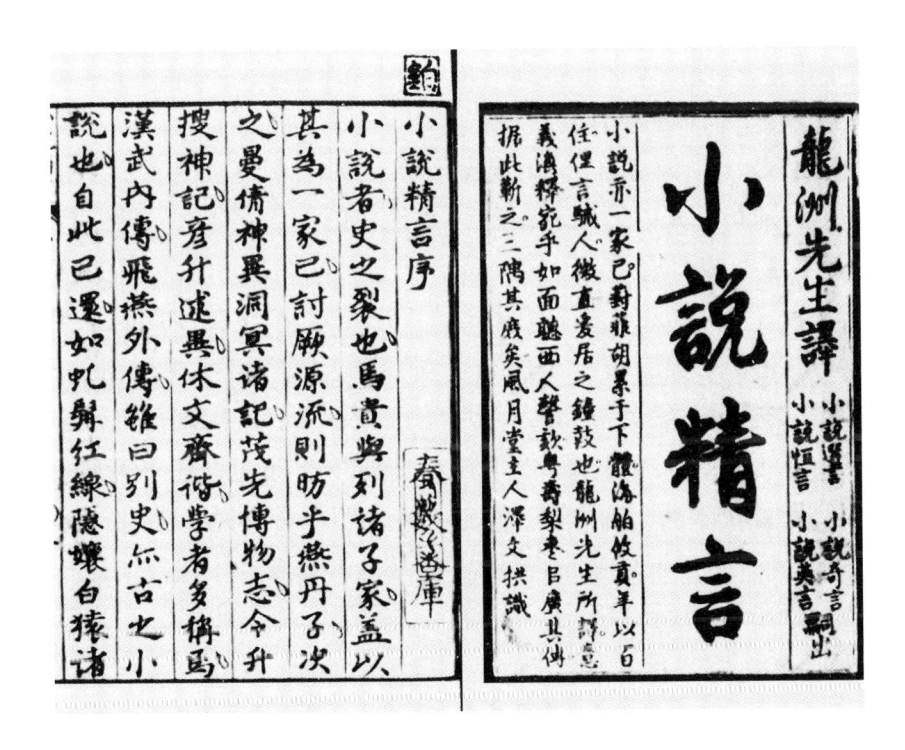

图4　宽保三年刊《小说精言》

在《小说精言》刊行后十年，冈白驹又从"三言"与《西湖佳

---

① ［日］冈白驹、泽田一斋：《小説三言》，第9—13页。

话》中选择五篇，在宝历三年（1753）推出了《小说奇言》，其后五年（1758）泽田一斋继续从《警世通言》与《初刻拍案惊奇》中选择五篇刊行了《小说粹言》。《小说精言》与《小说奇言》均由冈白驹训点，而《小说粹言》的训点者却是泽田一斋。该书正文前有他本人撰写的序言，其中提到"夫君子博学无方，苟有补其道，则诲而究之，况于此耶？余诵习暇日，耽小说家书，赏心触感，随抄随译，装为十回"，延续冈白驹在《小说精言》中的见解，进一步为"君子"阅读"小说家书"的行为辩护。

根据长泽规矩也的《和刻本汉籍分类目录》，江户时期刊刻的白话小说仅有六种，分别为《水浒传》《阃娱情传》《肉蒲团》《王阳明靖乱录》《杜骗新书》《照世杯》。[①] 如果再加上目录中未收的《小说精言》《小说奇言》《小说粹言》总共也只有九种，而泽田一斋一人就刊刻了其中的四种，除"小说三言"之外还有《照世杯》（另有京都书肆日野屋源七刻本），刊行时间为明和二年（1765），训点者为署名孔雀道人的清田澹叟。泽田一斋不止关注白话小说的和刻本，还曾于宝历十年（1760）刊行过近江赘世子（西田维则）翻译的《通俗隋炀帝外史》八卷四十回，一年后再次刊行近江赘世子翻译的《通俗赤绳奇缘》（即《醒世恒言》卷三"卖油郎独占花魁"的日文翻译），风月堂在名古屋的分店风月孙助于文化十一年（1814）刊行了《通俗今古奇观》，从《今古奇观》中选择"庄子休鼓盆成大道""赵县君乔送黄柑子""卖油郎独占花魁"三篇译为日文。

从元禄五年（1692）开始，陆续出现《通俗三国志》《通俗汉楚军谈》《通俗列国志吴越军谈》等十余种历史演义小说的日文译本，但日本文人很少将其视为小说来读，明和七年（1770）刊行的《和汉军书要览》中明确将《通俗十二朝军谈》《通俗周武王军谈》

---

① ［日］長沢規矩也：《和刻本漢籍分類目録》，汲古書院2006年増補補正版，第220—221页。

《通俗吴越军谈》《通俗汉楚军谈》《通俗三国志》等所有翻译作品列入"唐军书之部"①，天保十二年（1841）刊行的《和汉军谈纪略考大成》甚至将《通俗忠义水浒传》《通俗醉菩提》《通俗隋炀帝外史》《通俗西游记》也视为军谈之书收录其中。② 如此一来，在风月堂宝历十一年（1761）的《通俗赤绳奇缘》之前，历史演义以外的白话小说译本只有宝历九年（1759）刊行的《通俗好逑传》，可见风月堂在白话小说翻译热潮中起到的示范作用。

除了白话小说的和刻与翻译，风月堂还刊行了江户时期唯一一部明确以"小说"为题的白话辞书《画引小说字汇》，辞书正文前列出了160多种援引书目，大多数为白话小说。这部《画引小说字汇》成为很多文人案头常备的工具书，大大便利了白话小说的阅读。由于此前已专文探讨，此处不再赘述。

总之，风月堂与白话小说相关的出版活动涉及和刻、翻译与白话辞书，几乎每种出版都能得风气之先，起到引领潮流的作用，对白话小说的传播影响深远，所有的出版物计有以下八种：

  《小说精言》四卷，冈白驹译，宽保三年（1743）
  《小说奇言》五卷，冈白驹译，宝历三年（1753）
  《小说粹言》五卷，冈白驹译，宝历八年（1758）
  《通俗隋炀帝外史》八卷四十回，近江赘世子（西田维则）译，宝历十年（1760）
  《通俗赤绳奇缘》四卷八回，近江赘世子（西田维则）译，宝历十一年（1761）
  《照世杯》四卷四回，清田澹叟译，明和二年（1765）
  《画引小说字汇》，秋水园主人著，宽政三年（1791），京

---

① ［日］吉田一保：《和漢軍書要覽》明和七年刊本，载［日］長沢規矩也、阿部隆一編《日本書目大成》第4卷，汲古書院1979年版，第267—305页。
② ［日］大郷増、牧野善兵衛補、鶴峰戊申校：《和漢軍談紀略考大成》，载［日］長沢規矩也、阿部隆一編《日本書目大成》第4卷，第370页。

都　　风月庄左卫门、大阪称觥堂等合刊

《通俗今古奇观》五卷，淡斋主人译，文化十一年（1814），名古屋　　风月堂孙助

（二）借阅、讲读与版权竞争：风月堂与其他书肆的白话小说因缘

泽田一斋晚年将书肆主人的职务交给孙辈，自己隐居在京都附近的伏见；同时风月堂已在名古屋开设分店，名为风月孙助。现存风月堂第六代主人庄左卫门安永元年（1772）到安永二年（1773）的《日历》[1]，其中详细记载了日常经营活动，是极为罕见的出版史料。此时泽田一斋虽然不再掌管书肆，但《日历》中经常出现"隐居"（即泽田一斋）返回风月堂参与运营，以及遇到重大决策时派人通知"隐居"并征求意见的记载，如安永元年九月十一日"茂左卫门送来重刻账目，原书二册，并信函付予隐居"[2]、九月十四日"松冈陪同隐居，自伏见归宅"[3]、九月十七日"尾州藤屋店文助继承一事，派伊介将书信送予隐居"[4]、九月二十三日"夜，隐居见喜助（笔者按：名古屋店主人），返还黄金三十两，抛售少量古本、唐本、写本"[5]，等等，可见此时风月堂的经营活动仍与泽田一斋密切相关。如果说出版目录只能客观展示风月堂与白话小说的表面关系，那么通过这份《日历》就能深入了解风月堂对白话小说倾注的一片热忱。

据《日历》记载，风月堂与京都其他书肆频繁往来，其中不乏热衷于白话小说者。不同书肆声气相通，在购买、阅读、刊刻时互

---

[1] 该《日历》载［日］《弥吉光长著作集》第3卷，日外アソシエーツ1980年版，第291—383页。
[2] 《弥吉光长著作集》第3卷，第296页。
[3] 《弥吉光长著作集》第3卷，第296页。
[4] 《弥吉光长著作集》第3卷，第297页。
[5] 《弥吉光长著作集》第3卷，第298页。

通有无甚至激烈竞争，为白话小说的传播推波助澜。日本最早刊刻的白话小说是《忠义水浒传》，享保十三年（1728），林九兵卫刊行前十回，宝历九年（1759），林九兵卫、林权兵卫合刊第十一至二十回；天明四年（1784），林权兵卫又刊行了鸟山石丈的《水浒传抄译》；宽政二年（1790），林权兵卫继续刊印《通俗忠义水浒传》卷四十五至四十七以及《拾遗》十卷。[①] 京都书肆林权兵卫一直活跃在《水浒传》的和刻与翻译中，而《日历》中多处记载风月堂与林权兵卫的日常书籍往来，如安永二年二月九日"林权自前川寄来贺年信"[②]、闰三月十三日"和秋平、出云寺、林权三家一起参拜神社"。如果说寄送贺年信与共同参拜神社只是日常生活中的礼尚往来，未必与经营活动有关，那么《日历》中还提到四月二十六日"林权来，谈论彦次郎画谱之事"、四月三十日"林权来，《顾氏画谱》所题字汇除去八种，持来，领受"、七月六日"林权来，赠送《草庐画谱》，以示问候"，显然两家书肆还常有书籍往来。由于现存《日历》涵盖的时间不到一年半，不能完整展现书籍往来的全貌，但林权兵卫《忠义水浒传》的刊行是在《日历》之前13年，《水浒传抄译》的刊行是在《日历》之后11年，有理由相信二人之间谈论白话小说的机会并不算少。除了林权兵卫，《通俗忠义水浒传》前四十四卷的刊行者之一是京都另一书肆菱屋孙兵卫，而《日历》记载安永二年十月十四日风月庄左卫门"持《篆字汇》访菱孙，价百匁"，"菱孙"即菱屋孙兵卫的简称，可见两家书肆也有书籍往来。

如果说风月堂与林权兵卫、菱屋孙兵卫的交往与小说没有直接相关，那么据《日历》记载，他与其他书肆的交往就明确涉及白话小说了。安永元年九月十三日"和田泰顿来，要求返还《水浒传》"，可见风月堂曾向和田泰顿借阅《水浒传》。"和田泰顿"或许

---

① 参见［日］石崎又造《近世日本に於ける支那俗語文学史》附录二，第414—443页。

② 《彌吉光長著作集》第3卷，第327页，下文均出自该《日历》，为避繁琐，不再出注。

是京都书肆主人，具体身份已难以查考，但由此不难想见白话小说在书肆之间的流通途径。安永二年二月二十一日提到"素纯返还《水浒传》八册"，可知风月堂后来很可能获赠或购入一部《水浒传》，以至于"素纯"还曾向其借阅。闰三月二十九日"太田丈助入来，水浒传终日"，四月一日"太田水浒（传）四回半场迄"，安永二年十一月二十七日"长昔来，自第七（回）始《水浒》至暮"，文中提到的"太田丈助""长昔"不知是何人，从"半场"来看"太田丈助"可能是《水浒传》的讲授者，收录在《唐话辞书类集》中的《忠义水浒传解》《忠义水浒传抄解》《水浒传批评解》《水浒传记闻》之类语释与批评之书正是此类讲读活动的记录，由此可见《水浒传》在京都书肆之间流播之深广。

风月堂收藏、阅读或计划刊行的白话小说尚不止《水浒传》，《日历》安永二年二月五日条还提到"向武嘉返还《观善冤家》《论衡》"，所谓"观善冤家"当是"欢喜冤家"的误写或整理者的误录。"武嘉"即武村嘉兵卫，为京都著名书肆，据《德川时代出版者出版物集览》记载，并未从事与白话小说相关的出版活动，借阅《欢喜冤家》很可能只是出于个人兴趣，也可从中看出白话已流行于京都书肆，无论是否刊行与之相关的典籍，很多书肆都曾阅读。《日历》闰三月十三日条还记载"《肉蒲团》二册，一册借予武新"，"武新"可能是京都另一家书肆，但具体身份难以查考。

京都诸书肆为避免重版、类版书的刊行，曾结成类似行会组织的"仲间"或"组"，各书肆刊行新书之前需要向"组"提交类似出版申请的证文，现存《京都书林行事上组诸证文标目》就是此类证文的汇集，其中提到宝历七年（1757）十二月风月庄左卫门曾申请刊行《连城璧》，[①] 虽然最终未曾刊出，但日本国学院大学图书馆金田一纪念文库现存泽田一斋翻译的《连城璧》写本一册（据国文

[①] 《京都書林行事上組諸証文標目》，载［日］彌吉光長《未刊史料による日本出版文化》第7卷，ゆまに書房1992年版，第22页。

学研究资料馆的"日本古典籍综合目录"），很可能就是证文中提到的白话小说译本。据现存另一种出版史料《京都书林仲间上组济帐标目》的记载，宝历十二年（1762）风月堂还与日野屋源七围绕《照世杯》发生版权争议，所谓"风月与日野屋源七商谈未果，告知风月，向源七提起诉讼"①，各书肆努力将利润丰厚的小说出版纳入自己囊中。

（三）藏书、贷本与学士评林：风雅堂与文人"俗趣"的养成

风月堂与京都诸书肆之间围绕白话小说展开的借阅、讲读与版权竞争，在很大程度上扩大了白话小说的影响。而江户时期的书肆主人与文人学者往来频繁，他们通过出版物与个人交往，逐渐将白话小说的阅读推广到文人群体中，在诗文书画等传统的"雅"文学之外，"俗趣"也成为文人修养的一部分。荻生徂徕的再传弟子汤浅常山在随笔《文会杂记》中引述赤松沧州之言称"京师有书肆名风月堂，通俗语，将伊吕波等妇人之物施于小说，并加刊藏"②，水户藩士小宫山昌秀也在随笔《枫轩偶记》中称"京都书肆大家，为茨城与风月"③。风月堂在文人中的声誉日隆，正与其白话小说出版活动有关，"小说三言"、《照世杯》《通俗隋炀帝外史》《通俗今古奇观》等日益成为文人之间交流"俗趣"的共同话题，被不断地品评与收藏。江户时期重要的小说批评家胜部青鱼在《剪灯随笔》中提到"卖油郎之事，初见于《小说奇言》，此外出于《赤绳奇缘》，详

---

① 《京都書林仲間上組済帳標目》，载［日］彌吉光長《未刊史料による日本出版文化》第1卷，ゆまに書房1988年版，第276页。
② ［日］湯浅常山：《文会雑記》，载《日本随筆大成》第1期第14卷，第311页。
③ ［日］小宮山昌秀：《楓軒偶記》，载《日本随筆大成》第2期第19卷，第33页。

见《今古奇观》"①，风月堂刊行的《小说奇言》与《通俗赤绳奇缘》均为其案头读物。曲亭马琴天保三年十二月八日给小津桂窗的信中说："《小说奇言》《小说精言》《小说粹言》《照世杯》，有助于小说阅读。训点颇有瑕疵，无可无不可"②，虽然对其训读有所不满，但"小说三言"正是他接触"三言二拍"的起点。就连国学者喜多村信节也在随笔《嬉游笑览》中考证"厕"字时引用《照世杯》，称"汉土，厕中用纸为粗纸，《照世杯》'穆家新坑'条，建厕写报条时称'本宅愿贴草纸'，将江户之'すきがへし'（笔者按：废纸回收）叫作草纸"③。

曲亭马琴作为酷爱中国小说的读本作家，其藏书中自会有"小说三言"等风月堂和刻的白话小说，而狂歌师与剧作者大田南亩也收藏了"《小说奇言》五本、《小说精言》四本、《小说粹言》四本"④，风月堂的出版逐渐使白话小说成为文人的日常读物之一。不仅如此，三河国渥美郡设有羽田文库，以神官羽田野敬雄的藏书为主，《羽田文库藏书目录》中仍能发现《小说精言》《小说奇言》《小说粹言》，⑤ 以神官而收藏白话小说，更可见风月堂对白话小说传播的贡献。由于汉籍刊本价格昂贵，江户后期租书店性质的贷本屋在书籍流通中的地位越来越重要，现存江户后期贷本屋鸣雁堂的藏书目录，其中就有风月堂刊行的《（通俗）隋炀帝外史》《（通俗）

---

① ［日］勝部青魚：《剪燈隨筆》卷三，載［日］森銑三等編《隨筆百花苑》第6卷，中央公論社1983年版，第296頁。

② ［日］柴田光彦、神田正行編：《馬琴書翰集成》第2卷，八木書店2002年版，第276頁。

③ ［日］喜多村信节：《嬉遊笑覽》卷一上，載《日本隨筆大成》別卷7，吉川弘文館1979年版，第107頁。

④ 见《南畝文庫藏書目》，載［日］浜田義一郎等編《大田南畝全集》第19卷，岩波書店1989年版，第431頁。

⑤ ［日］藤井隆編：《近世三河・尾張文化人藏書目録》第2卷，ゆまに書房2005年版，第172頁。

赤绳奇缘》，①而另一著名贷本屋名古屋的大野屋惣兵卫的藏书目录中，依然有《小说奇言》《小说精言》《照世杯》《通俗今古奇观》《通俗隋炀帝外史》《通俗赤绳奇缘》等风月堂和刻与翻译的白话小说。②贷本屋服务对象几乎是特定区域的所有读者，由其藏书目录可以窥见普通人的阅读兴趣，正是风月堂将白话小说扩展到芸芸众生的阅读视野中。

就在风月堂《日历》之前四年即明和五年（1768），大阪书肆万兵卫刊行了一部《三都学士评林》，——评判江户、京都、大阪著名的经学家、诗文家与书法家，序言中称"三都主人谁？四桥先生是也。先生十五入京师，穷古义学。二十游东都，周旋萱园芝门之位。三十归浪华，攘臂诗骚之间。于其文才虽亡史腐令，非所敢抗也。顷仿许氏癖，评三都学士。品其撰也，通雅俗，令观者一唱三叹。呜呼，如此编，纵孔夫子再生东方，不能间然耳"③，四桥先生的真实身份难以详考，但其经历却是典型的文人风范：少年继承京都古义堂与江户荻生徂徕的儒学，成年后在大阪逍遥于诗骚之间，兼通雅俗，后又评骘三都文人。书末注明，这次评判会的"头取连名"即裁判是"大阪兼葭堂、京都风月堂、江户平贺源内"，三人中只有风月堂为纯粹的书肆老板，而兼葭堂与平贺源内均是文坛英秀。更为重要的是，评判中一再强调融合雅俗，对缺乏"俗趣"者评价颇低，如评大阪诗文家鸟山右内，"（头取）此先生颇知时趣，正中大阪人下怀，有风调，故雅俗共赏，蒸蒸日上"④，经学家篠田德庵"（头取云）今为大阪宋学家，而广受俗人推崇"⑤，书法家陇

---

① ［日］繁原央：《翻刻鸣鴬堂藏书目录》，《常葉国文》1993年第18期。
② ［日］柴田光彦编：《大惣藏書目録と研究》索引篇，青裳堂书店1983年版，第139、188—189页。
③ ［日］四橋先生：《三都学士評林叙》，载［日］中野三敏编《江戸名物評判記集成》，岩波书店1987年版，第73页。
④ ［日］中野三敏编：《江戸名物評判記集成》，第79页。
⑤ ［日］中野三敏编：《江戸名物評判記集成》，第80页。

阳"（头取）陇阳子之事，当地之人，无论雅俗均知"①，同时对大阪另一位书法家高丽东斋的评判是"（瑕疵）持身过雅，俗人难赏"②。

"过雅"成为瑕疵，不通俗趣者受到指责，而裁判之一便是不久前刚刚刊行《小说精言》《小说奇言》《小说粹言》《通俗隋炀帝外史》《通俗赤绳奇缘》与《照世杯》的风月堂主人，在此之前连"小说"二字都未曾出现在刊本封面上。风月堂通过自己的出版活动，以及与书肆、文人的交流，逐渐使"俗趣"成为众多文人的基本素养之一。如果没有他，江户后期的白话小说传播史恐怕会大大改写。

（四）风月堂与孤本小说《照世杯》《连城璧》关系的推测

根据长崎书记官登记的材料整理而成的《舶载书目》详细著录了元禄七年（1694）到宝历四年（1754）之间中国商船载入日本的汉籍，其中元禄八年著录《照世杯》一部四本，元禄十三年（1700）著录"连城璧全集同外编集十二本"。笔者查找江户时期中日书籍贸易资料，发现《商舶载来书目》也著录《照世杯》于元禄八年③、《连城璧》于元禄十三年④传入日本，与《舶载书目》的记载一致，此外未发现其他记录。虽然现存书籍贸易资料并不完备，不能据此判断《照世杯》与《连城璧》各自仅有一部传入日本，但舶载次数较少当为事实。

据大塚秀高《增补中国通俗小说书目》记载，目前《照世杯》

---

① [日] 中野三敏编：《江户名物评判记集成》，第81页。
② [日] 中野三敏编：《江户名物评判记集成》，第81页。
③ [日] 大庭脩：《江户时代における唐船持渡书の研究》，关西大学东西学术研究所1967年版，第733页。
④ [日] 大庭脩：《江户时代における唐船持渡书の研究》，第687页。

《连城璧》的刻本仅有孤本收藏于日本佐伯文库，① 笔者查考江户时期各种书籍贸易资料，并未发现这两部小说再次传入日本的记载。而刊刻"小说三言"的京都书肆风月堂，与另一书肆日野屋源七分别翻刻了《照世杯》，并曾围绕《照世杯》发生版权争议，前文已有所述。宝历三年（1753）风月堂刊刻的《小说奇言》在"嗣刻预告"中赫然有《连城璧》与《照世杯》在内，虽然《连城璧》未真正付梓，但前文已谈到宝历七年（1757）风月庄左卫门曾向书林仲间申请刊行《连城璧》，而且《典籍作者便览》记载风月堂主人泽田一斋曾撰有《连城璧》的译文，② 日本国学院大学图书馆金田一纪念文库也藏有泽田一斋翻译的《连城璧》写本一册，可见风月堂至少曾亲眼见过《照世杯》与《连城璧》两部现为孤本的话本小说集。如果《舶载书目》著录的《照世杯》与《连城璧》正是今天佐伯文库收藏的存世孤本，它们又是怎样与风月堂联系到一起的？

主持刊刻"小说三言"的风月堂第五代主人泽田一斋晚年隐居于伏见，前文所述《日历》详细记载了书肆的日常经营活动，其时佐伯藩主派人常驻荒川，代为选购汉籍，而风月堂《日历》中频繁出现"往荒川，写唐本售卖价格，后返"③ "向荒川递送经解书价"④ "持书赴荒川后还"⑤ "往荒川，出示《本草针线》二册"⑥ "赴荒川，为《广群芳谱》之事"⑦ 之类的记载，显然佐伯藩与风月堂往来频繁。而佐伯文库的创立者、丰后佐伯藩主毛利高标生于宝历五年（1755），两年前《连城璧》《照世杯》就已出现在《小说奇

---

① ［日］大塚秀高：《增補中國通俗小說書目》，汲古书院1987年版，第31—32、34页。
② 参见［日］石崎又造《近世日本に於ける支那俗語文學史》，第436页。
③ 《彌吉光長著作集》第3卷，第322页。
④ 《彌吉光長著作集》第3卷，第335页。
⑤ 《彌吉光長著作集》第3卷，第355页。
⑥ 《彌吉光長著作集》第3卷，第339页。
⑦ 《彌吉光長著作集》第3卷，第362页。

言》嗣刻预告中，显然并非是佐伯文库首先购入这两部小说，再借与风月堂阅览。更大的可能是风月堂首先购入《连城璧》与《照世杯》准备翻刻，后来辗转卖予佐伯文库。风月堂购买《连城璧》《照世杯》的时间难以详考，但早在元禄十二年（1699）风月堂便已刊行汉文辞典《熟字便览》，序言中提到编纂此书的宗旨是"冀得其万一脍炙人口者，而便于乡里村巷之蒙童"①，虽然只是蒙学著作，但书中大量收录"土馒头""牸鼻裈"之类俗语，而此时风月堂主人并非刊刻"小说三言"的泽田一斋，或许是他的父辈或祖辈，可见风月堂对白话的关注由来已久，很可能正是在元禄年间《照世杯》《连城璧》等话本小说刚刚传入时便即购入，随着唐话风气逐渐转移到京都，泽田一斋计划将其翻刻出版。

除了这两部小说，梅木幸吉整理的《佐伯文库藏书目》中还有《西湖佳话》《古今小说》，②伊藤漱平还从其他书目中探得佐伯文库藏有《警世通言》《拍案惊奇》《二刻拍案惊奇》，③除《醒世恒言》之外，风月堂所刊"小说三言"的底本均见于佐伯文库。虽然尚无证据证明这些小说与风月堂的关系，但结合佐伯藩与风月堂的书物往来，并不排除以下可能：风月堂首先购入这些白话小说，以此为底本刊行"小说三言"，并将其赠送或转卖给佐伯藩主。考虑到《西湖佳话》与《连城璧》著录在元禄十三年《舶载书目》的同一页，而且笔者调查书籍贸易资料，发现整个江户时期《西湖佳话》仅有三次著录，除元禄十三年的《西湖佳话》之外，另有元禄十三年的《商舶载来书目》④、天保十五年的（1845）《见账》。⑤前者几乎可以断定与《舶载书目》元禄十三年的著录属于同一部书，而后者则是在145年后的江户末期。如果风月堂曾购入《连城璧》并转

---

① ［日］梅隐老夫：《熟字便览》叙，元禄十二年风月堂刻本。
② ［日］梅木幸吉：《佐伯文库の藏書目》，梅木幸吉1984年私人版，第184页。
③ 《伊藤漱平著作集》第4卷，汲古书院2009年版，第330页。
④ ［日］大庭脩：《江户时代における唐船持渡书の研究》，第734页。
⑤ ［日］大庭脩：《江户时代における唐船持渡书の研究》，第598页。

售予佐伯藩，那么同时购入并转售《西湖佳话》也是符合情理的推测。

小结

风月堂是江户时期京都著名的书肆，其刊刻活动主要集中在元禄元年（1688）之前。随着唐通事出身的冈岛冠山离开荻生徂徕的萱园，唐话风气逐渐转移到京都，同时伊藤东涯的古义堂门下陆续出现众多稗官小说大家，同在京都的风月堂逐渐感受到时代风气的转变。第五代主人泽田一斋曾拜冈白驹为师，学习唐话、研读白话小说，并从宽保三年（1743）开始将出版的目光转向白话小说，陆续刊行《小说精言》《小说奇言》《小说粹言》《通俗隋炀帝外史》《通俗赤绳奇缘》《照世杯》《画引小说字汇》《通俗今古奇观》等典籍，涉及白话小说的和刻、翻译与白话辞书，并通过序跋一再为阅读白话小说正名，对白话小说的传播影响深远。

除了自身的出版活动，风月堂还与林九兵卫、菱屋孙兵卫等白话小说的刊行者往来密切，并与其他京都书肆频繁借阅、讲读《水浒传》《欢喜冤家》《肉蒲团》等小说作品，甚至围绕《照世杯》的版权向同行发起诉讼，大大促进了白话小说在书肆间的流通。随着小说版刻事业的发展，风月堂在文人中日益赢得声誉，"小说三言"、《通俗赤绳奇缘》等典籍也被广泛收藏与品评。他甚至与木村蒹葭堂、平贺源内等主流文人评判三都学士，使"俗趣"逐渐成为文人的基本素养之一，大大促进了江户后期白话小说的传播。

目前《照世杯》与《连城璧》的刻本均仅有孤本藏于佐伯文库，现存书籍贸易资料中也仅有一次舶载记录。风月堂曾刊行《照世杯》，并向书林仲间申请刊行《连城璧》。虽然刊行未果，但风月堂主人泽田一斋的《连城璧》译文仍存于国学院大学图书馆，可见风月堂主人曾阅览过《照世杯》与《连城璧》。据风月堂《日历》记载，佐伯藩主经常从风月堂购买典籍。综合各种线索，很可能是风月堂首先购入《照世杯》《连城璧》，并转售予佐伯藩。果真如此，就丰富了这两部孤本小说的流播史。

第 三 章

中国小说的翻译与评点

第一节　翻译与文人读者的形成

一　通俗军谈与翻译小说的兴起

中国白话小说的发展与其在日本的翻译传播路径极为相似。自嘉靖元年刊行《三国志通俗演义》之后，至万历时期近百年中历史演义独擅胜场，相继出现20余部作品刊行于世，自春秋到明代的历史几乎都被纳入通俗叙事中。与此相应，自《通俗三国志》付梓的元禄二年到《明清军谈国姓爷忠义传》刊行的享保十年，36年中日本恰也出版了20部"通俗军谈"，而此时其他类型白话小说的流播近似空白。在中日两国的文学史叙述中，"通俗演义"或者"军谈"往往被视为初始阶段的小说作品，尚未摆脱口传特征，是文人独立创作之前的过渡。目前中日学术界很少关注元禄、享保之际大量涌现的历史小说译本，大部分"通俗军谈"连底本都未查明，德田武称之为"近乎尚未开拓的未知森林"[①]，直到现在从日本的学术论文数据库CiNii检索"通俗军谈"，结果仍寥寥可数。然而，这些"通俗军谈"读者之广泛、影响之深远超乎想象，它们几乎构建了江户

---

① ［日］德田武：《日本近世小説と中国小説》，青裳堂書店1987年版，第14页。

文人的观念地层。本小节就试图探讨"通俗军谈"出现的原因，及其反映出的中国小说在日流播情况。

（一）通俗军谈反映出的白话小说流播形态

元禄二年（1689）至元禄五年（1672），京都书肆吉田三郎兵卫陆续刊行了《通俗三国志》五十卷，目录前有落款为"湖南文山"的序言，其中称"暇日本于东原罗贯中之说，参考陈寿之传而讲演文义，分为五十卷，目之曰《通俗三国志》。始于汉建宁，终于晋大康。虽俚词蔓说不足以发蕴奥，要使幼学易解焉而已"，湖南文山或许是译者笔名，其身份向有争议，德田武认为可能是《通俗汉楚军谈》的两位译者梦梅轩章峰、称好轩徽庵，[①] 而中村幸彦查找禅林资料后认为可能是天龙寺僧文礼周郁、兰室玄森，[②] 但二者均是猜想，并无可靠的证据，湖南文山很可能不是主流文人。刊行者吉田三郎兵卫也并非知名书肆，贞享二年（1685）、宝永二年（1705）刊行的京都地志《京羽二重》均详细注明当时的"唐本屋"或"书物屋"，但都未收录吉田三郎兵卫。[③] 据《德川时代出版者出版物集览》的记载，吉田三郎兵卫最早的出版物是元禄二年（1689）的《新撰公家要览》，与《通俗三国志》的首刊同年，最晚的出版物是正德六年（1716）的《通俗续三国志》。[④] 前后活动时间不到30年，很可能是成立不久的书坊。

由于译者与刊行者均寂寂无闻，《通俗三国志》的出现很可能是一次偶然的尝试，但明显得到了读者的积极反馈，以至于同类作品源源不断地涌现出来。从元禄二年（1689）到享保十年（1725），

---

① ［日］德田武：《通俗三国志の訳者》，载《日本近世小説と中国小説》，青裳堂书店1987年版，第62—69页。
② ［日］中村幸彦：《通俗物雑談》，载《中村幸彦著述集》第7卷，中央公論社1984年版，第292—294页。
③ 元禄版、宝永版《京羽二重》均收入［日］野間光辰编《新修京都叢書》第2卷，臨川書店1969年版。
④ ［日］矢島玄亮：《德川時代出版者出版物集覽》，德川時代出版者出版物集覽刊行会1976年版，第259页。

短短36年中翻译出版的历史演义小说竟有20种，分别如下：

表1　　　　　　　　　　通俗军谈书目

序号	书名	译者	刊刻时间	书坊
1	通俗三国志	湖南文山	元禄五年	京都　吉田三郎兵卫
2	通俗汉楚军谈	梦梅轩章峰 称好轩徽庵	元禄八年	京都　吉田四良右卫门
3	通俗唐太宗军鉴	梦梅轩章峰	元禄九年	京都　栗山伊右卫门 川胜五郎右卫门
4	通俗两汉纪事	称好轩徽庵	元禄十二年序	?
5	通俗吴越军谈	清池以立	元禄十六年	大阪　吉文字屋市兵卫 播磨屋九兵卫等
6	通俗战国策	毛利贞斋	宝永元年	京都　上村四郎兵卫
7	通俗武王军谈	清池以立	宝永元年序	大阪　吉文字屋市兵卫 播磨屋九兵卫等
8	通俗南北朝梁武帝军谈	长崎一鹗	宝永二年	京都　出云寺和泉椽
9	通俗北魏南梁军谈	长崎一鹗	宝永二年	京都　出云寺和泉椽
10	通俗皇明英烈传	冈岛冠山	宝永二年	京都　川胜五郎右卫门
11	通俗唐玄宗军谈	中村昂然	宝永二年	京都　植村藤右卫门
12	通俗五代军谈	毛利贞斋	宝永二年	京都　荒川源兵卫
13	通俗列国志前编十二朝军谈	李下散人	正德二年	大阪　敦贺屋九兵卫
14	通俗续后三国志前编	马场信武	正德二年	京都　中川茂兵卫
15	通俗续三国志	中村昂然	正德六年	京都　额田胜兵卫
16	通俗续后三国志后编	马场信武	享保二年	京都　中川茂兵卫
17	通俗宋史太祖军谈	松下端亨	享保四年	大阪　柏原屋清右卫门
18	通俗两国志	入江若水	享保六年	京都　蓍屋勘兵卫
19	通俗台湾军谈	萍水散人	享保八年	京都　蓍屋勘兵卫
20	明清军谈国姓爷忠义传	鹈饲信之	享保十年	京都　中村进七 田中庄兵卫

这些"通俗军谈"的译者，如梦梅轩章峰、称好轩徽庵、清池以立、

毛利贞斋、长崎一鹗、李下散人、中村昂然等人大都文名不盛，甚至连生平经历都难以详考，与《通俗三国志》的译者湖南文山甚为相似。除京都的出云寺和泉橡、菁屋勘兵卫以及大阪的敦贺屋九兵卫等少数几家老牌书坊，其他刊行者也跟吉田三郎兵卫一样声名不隆，《通俗唐太宗军鉴》的刊行者栗山伊右卫门只有两种典籍见于记载，[1]《通俗续三国志》的书坊额田胜兵卫仅有三种典籍见于记载。[2]这与嘉靖、万历年间的历史演义颇为相类，即由下层文人编纂、新兴书坊刊刻，甚至同一作者的作品可以分散在不同书坊刊行。如梦梅轩章峰、称好轩徽庵合译的《通俗汉楚军谈》由吉田四良右卫门刊行，两人另一部译作《通俗唐太宗军鉴》由栗山伊右卫门等刊行；中村昂然的《通俗唐玄宗军谈》由植村藤右卫门刊行，而《通俗续三国志》却由额田胜兵卫刊行。

这20部通俗军谈涵盖的范围自春秋战国到明清易代，将有文字记载的中国历史囊括殆尽，到了近代早稻田大学出版社曾以"通俗二十一史"为名，将其中绝大多数作品铅印出版。由于众多书坊参与其中，难以统一规划，当时未必有贯通整部历史的意识，但书坊之间的激烈竞争让后来者努力发掘、翻译前人未曾染指的作品，于是逐渐形成上下连贯的完整体系。这些通俗军谈的底本大都是《三国志通俗演义》《西汉通俗演义》《唐国志传》《春秋列国志传》《大宋中兴通俗演义》等白话小说，刊行时间也往往集中在嘉靖、万历年间，距离在日本的翻译出版有百年左右的时间差。在没有公共图书馆的江户前期，如果连不知名的译者与书坊都能接触到这些历史演义，可以想象这一百年中传到日本的白话小说数量庞大。能否根据现有资料，找到"通俗军谈"底本的购买或收藏记录？

目前江户时期最完整的书籍贸易资料是《舶载书目》，但著录时

---

[1] ［日］矢岛玄亮：《德川时代出版者出版物集览》，第91页。
[2] ［日］矢岛玄亮：《德川时代出版者出版物集览》，第187页。

间的上限是元禄七年（1694），享保十年（1725）以前《舶载书目》著录的历史演义只有《隋史遗文》与《后三国石珠演义》两种，与数量众多的"通俗军谈"颇不相符。要么是《舶载书目》有大量遗漏，要么这些历史演义是在元禄七年之前传入日本。由于从元禄七年（1694）到享保十年（1725）只有短短31年，长篇"通俗军谈"的翻译与雕版印行需要一定的周期（比如《通俗三国志》仅雕版刊行就花了三年时间），而且江户前期赴日商船载书较少已是学术界的共识（如大庭修就曾做过详细调查①），显然第二种可能性更大。如果调查江户初期的藏书目录，便能发现历史演义小说的不少记载：

1. 日本东北大学狩野文库收藏的《御文库目录》逐年著录幕府收藏的汉籍，其中见于宽永十五年（1638）之前的历史演义便有《列国传》《武穆演义》《英武传》《唐书演义》四种，宽永十六年（1639）到承应二年（1653）又有《孙厌（按：原文如此）演义》《黄（按：原文如此）明英烈传》《隋唐传》《英雄谱》《岳王志传》五种。②

2. 现存元禄元年（1688）幕府御用书商唐本屋清兵卫的书籍目录，其中有"军书"《梁武帝传》《英雄谱》《三国志传》《三国志演义》《续三国志演义》、"易历杂"《云合奇踪》。③

3. 日光山轮王寺保存的天台僧天海（1643年去世）藏书中，有《新刊大宋中兴通俗演义》《李卓吾先生批评三国志》《新锓全像大字通俗演义三国志传》《新刻皇明开运辑略武功名世英烈传》四部历史演义。④

4. 宽永年间（1624—1644）尾张藩的藏书目录中有《两汉传

---

① ［日］大庭修：《江户时代中国典籍流播日本之研究》，戚印平等译，杭州大学出版社1998年版，第28—42页。

② ［日］大庭脩：《東北大学狩野文庫架蔵の旧幕府御文庫目録》，《関西大学東西学術研究所紀要》1970年第3辑。

③ ［日］大庭脩：《元禄元年の唐本目録》，《史泉》1967年第35、36期。

④ ［日］長沢規矩也：《日光山天海蔵主要古書解題》，日光山輪王寺1976年版。

志》《全汉志传》《三国志传》《列国志》,① 宽永元年（1624）尾张藩主还曾将《全汉志传》《两汉传志》《三国志传》三部历史演义借给后水尾天皇阅览,② 可见历史演义甚至曾深入宫廷。

江户时代初期出版方兴，图书流通颇为不便，同时自庆长六年（1601）到元禄二年（1689）江户、京都屡次发生地震火灾,③ 大量藏书付之一炬（如林罗山的藏书多数毁于1657年的江户大火），因此现存藏书目录极为罕见。笔者仅见的四种藏书目录均载有多种历史演义，四者合并几已拼凑出完整的"通俗二十一史"系列。可以想象元禄之前传入日本的演义小说数量庞大，上自天皇、将军，下至文人、僧侣，读者广泛，甚至名不见经传的底层文人、新兴书坊也能通过各种途径接触到小说原本，将这些文白夹杂的历史演义翻译出版，并颇受汉文水平不高的普通读者欢迎，以至于众多书坊竞相梓行。由于元禄之前书籍贸易资料匮乏，这些历史演义的汉籍藏书与通俗译本成为考察江户前期白话小说流播史的重要依据。

（二）从文人到普通民众：读者视野中的通俗军谈

湖南文山在《通俗三国志》的序言中称"虽俚词蔓说不足以发蕴奥，要使幼学易解焉而已"，看似明清时期历史演义的序跋中常见的套语，实则彰显出思想观念的变迁。在江户时期以前，宫廷物语的作者与读者往往集中在文人群体中，甚至明确将不懂"风雅"或"物哀"者排除在外，而镰仓、室町时期《平家物语》《一寸法师》之类军记或御伽草子大多源自口头说唱，经常贴近甚至俯就大众的日常生活。自觉地将文人传统中的知识与思想传达给普通读者，以

---

① 尾张藩《御書籍目録》（宽永目录），载《尾張德川家蔵書目録》第1卷，ゆまに書房1999年版，第96页。

② 尾张藩《禁中ヘ御借シノ御書籍之覚》，载《尾張德川家蔵書目録》第1卷，第271页。

③ 参见［日］遠藤元男《近世生活史年表》，雄山閣出版1995年版。据此书记载，从庆长六年到元禄二年的八十余年中，仅江户、京都两地由地震引发的大火就不下十次，动辄"城内，町家全部烧毁"，"市街大半烧毁"，"大名宅邸二十余家尽数烧毁"，损失惨重。

对话的姿态宣扬某种世俗的道德教化,这种观念可能直到江户时代才集中出现。在"通俗军谈"之前,只有介于小说与随笔之间的假名草子采取过类似的态度,即浅井了意在《新语园自叙》中所谓"为庸蒙一端之晓谕"①。随着宽永以后雕版事业的繁荣,越来越多的文人开始以对话、启蒙的姿态,为文人世界之外的读者写作,通俗军谈的译者或书坊主人往往在序言中流露出极为相似的观念,即以通俗易懂的语言教化童蒙,称好轩徽庵在《通俗两汉纪事叙》中提到翻译的主旨是"庶观之者劝善惩恶,而为修身正心之一助",中西兵在《通俗列国十二朝军谈序》中也说"编之以次第,作之以和语,则至于晚读之士、童蒙之辈,必有立志,此亦教导之一术也",清池以立在《通俗列国志自序》中同样称"欲使幼学之徒,尽知当时之事迹也"。

之所以选择历史演义作为通俗读物,与江户时期官私教育中对中国历史的重视密切相关。宝永七年(1710)正当通俗军谈方兴未艾之际,一代名儒贝原益轩刊行了《和俗童子训》,这可能是日本最早系统阐述教育理念的著作,其中明确提到"经书之余,当读和汉之史,贯通古今。不通古书,则生而无用"②;同时,就在《通俗三国志》刊行的同一年,长崎儒者西川如见完成《町人囊》(元禄五年自序),书中详细阐释商人的立身处世之道,其中指出町人要读书,"儒书十三经注解数百卷,诸子百家注数千卷,历史数千卷,其评释详注达数万卷"③。这两部著作面向的是童子与商人而非文人,但均强调要阅读中国史。昌平学、藩校等幕府或各藩的官学,以及寺子屋、私塾等向普通民众开放的学校均常以《十八史略》作为教

---

① [日]浅井了意:《新語園自叙》,载《假名草子集成》第40卷,東京堂出版2006年版,第129页。

② [日]貝原益軒:《和俗童子訓》卷三《読書法》,载《益軒全集》卷3,益軒全集刊行部1911年版,第203页。

③ [日]西川如見:《町人囊》,载《日本思想大系》59,岩波書店1975年版,第167页。

科书之一，截止到通俗军谈开始流行的元禄五年《十八史略》已刊行四次，[1] 直到庆应三年（1867）尾张藩校明伦堂为诸生制定读书进度，将整个学习过程详定为五个等级，仍将《十八史略》列为初级读本，[2] 可以说十八史略是江户时期接受初等教育的士农工商各阶层的入门读物，成为大部分读书人的中国史启蒙书。《十八史略》对中国历史的记载极为简略，而《通俗三国志》《通俗两国志》等通俗军谈正补充了未曾详述的历史细节，比如《十八史略》对三国史事的记载不足五千字，与《通俗三国志》大量趣味横生的故事大相径庭。对有志于诗文学问的人来说，通俗军谈也构成从《十八史略》到《史记》《汉书》《资治通鉴》等正史的过渡。江户中期儒者江村北海曾在京都讲学，他在《授业编》中提到：

> 世上有所谓通俗之物，《汉楚军谈》《三国志演义》之类也。童蒙素读余暇，杂涉以遣怀，于日后读史助益颇多。[3]

所谓"童蒙素读"的著作中往往便有《十八史略》，这段话正说明《汉楚军谈》《通俗三国志》等"通俗之物"在求学路上的承上启下作用。江村北海并非孤例，江户后期的儒者大江玄圃在《问合早学问》中论到读书门径时，也提到《通俗三国志》等书对汉学的辅助作用，所谓：

> 若有志于学问，当先专心研读假名军书或《通俗三国志》

---

[1] 参见［日］長沢規矩也《和刻本漢籍分類目録》，第73页；另据矢岛玄亮《德川时代出版者出版物集览》对田中理兵卫刊行《十八史略》时间的著录。四次刊印分别是：正保五年（1648）、庆安元年（1648）、万治二年（1659）谷冈七左卫门刊、万治二年（1659）田中理兵卫刊。

[2] ［日］長友千代治：《明倫堂読書階級》，载《近世の読書》，青裳堂書店1987年版，第412页。

[3] ［日］江村北海：《授业编》卷二，载《江户时代支那学入门书解题集成》第3集，汲古書院1975年版，第290页。

之类。多读通俗之物，熟记文字，此后当可阅读《蒙求》《史记》之类。《蒙求》《史记》等大致读完，当读四书五经。如此力行，渐可读书矣。①

笔者调查常见的几种藩校藏书目录，发现其中均有《通俗三国志》之类通俗军谈，结合江村北海与大江玄圃二人的说法，这些藏书可能正是藩校学子的学问阶梯。如宽文九年（1669）松平忠房受封为岛原藩主，生前广泛收集和汉典籍，成为"松平文库"的奠基者；此后建立藩校"稽古馆"，并将文库藏书作为藩校教科书，现存《肥前岛原松平文库目录》中就有《通俗三国志》《通俗续三国志》《通俗后续三国志后编》《通俗宋史太祖军谈》《通俗列国志吴越军谈》五部通俗军谈。② 同时，米泽藩校兴让馆的藏书目录中也有《吴越军谈》《汉楚军谈》《三国志》三部通俗军谈。③

江户时期一些地方民众曾留下藏书目录、日记等与日常生活有关的资料，他们并非真正意义上的文人，只不过早年在寺子屋、私塾等学校中接受过一定的教育，日后以商业或医术立身，但其阅读经历中经常留下通俗军谈的痕迹。现存摄津国尼崎藩南野村医师笹川家享保末年藏书目录，目录分15番共收录典籍162部，其中第12番就是《武王军谈》《吴越军谈》《玄宗军谈》三部通俗军谈。目录中并无四书五经、《史记》《汉书》《资治通鉴》等汉籍，④ 可见笹川很可能只接受过初等教育，尚不具备直接阅读汉文经史的能力，只能通过历史演义的日文翻译来了解中国历史。

---

① ［日］大江玄圃：《問合早学問》卷上《学问捷径》，载《江戸時代支那学入門書解題集成》第4集，第19页。
② 《肥前岛原松平文库目录》，岛原公民馆1961年版，第167—168页。
③ ［日］岩本笃志编：《米沢藩興讓館書目集成》第1卷，ゆまに書房2009年版，第197—198页。
④ 参见［日］横田冬彦《日本近世書物文化史の研究》，岩波書店2018年版，第64页。

另有河内国柏原村肥料商人三田家元禄九年（1696）至享保二十一年（1736）的藏书目录，其中记载三田曾以12匁购买《汉楚军谈》一部十五册，同时曾花6匁购入《平家物语》一部十二册。①有朋堂书店分别于1926年、1927年以类似版式先后刊行《通俗汉楚军谈》与《平家物语》，前者正文为725页、后者为616页，《通俗汉楚军谈》篇幅略长于《平家物语》，但价格却是后者的两倍。二者当时均被视为军谈类读物，只不过一为中国一为日本，而中国历史演义的译本售价大大高于日本同类著作。该目录还记载一部《古今和歌集》的价格是1匁2分，一部《通俗军谈》相当于十部《古今和歌集》。据《日本米价变动史》记载，享保元年（1716）1石米的价格是67匁，②则一部《通俗汉楚军谈》的售价相当于0.18石米。幕府每天为下级武士支付的禄米是5合，③日本的度量体制1石相当于1000合，那么购买一部《通俗汉楚军谈》付出的代价相当于一个武士36天的口粮，通俗军谈书价之昂贵可想而知。生活在畿内乡村的医生、商人本无阅读历史演义的必要，但仍不惜花费巨资购入，可见普通读者对通俗军谈嗜爱之深，短短三十余年中众多书坊竞相刊印也并非事出无因。

由于通俗军谈价格高昂，而且对主流文人来说它们只是通向经史之学的桥梁，虽然少年时代曾广泛阅读，但学问成熟之后往往将其视为浅薄之作，因此很少在著作中引用、评论，其个人藏书中也极少保存这类典籍，以至于通俗军谈的影响往往受到忽视。实际上，文人或识字的农商阶层大多通过贷本屋的租赁接触《通俗三国志》等书籍。江户后期两个典型的贷本屋大惣屋与鸣雁堂分处尾张国与骏河国，均与江户相距不远，直到明治时期坪内逍遥、水谷不倒等学者还曾到大惣屋阅览小说。两家贷本屋都大量收藏通俗军谈，所

---

① ［日］長友千代治：《河内柏原三田家蔵書籍関係資料》，载《近世の読書》，第420—450页。
② ［日］中沢弁次郎：《日本米価変動史》，明文堂1933年版，第220页。
③ ［日］稲垣史生：《時代考証事典》，新人物往来社1971年版，第57页。

谓"通俗二十一史"近乎全备,① 这在一定程度上替代了个人藏书。除了通俗军谈,《太平记》《太阁记》等所谓"日本军谈"也往往通过贷本屋流通到普通读者手中,和汉军谈甚至是贷本屋的主营方向之一,极大地扩展了这类典籍的阅读范围。不仅如此,江户还有以和汉军谈为底本讲述历史征战故事的艺人,其中的佼佼者马场文耕、志道轩等经常出现在文人笔下,江户后期文坛巨擘平贺源内还专门撰有《风流志道轩传》,对其舌耕生涯颇为倾倒,甚至虚构出志道轩借助仙人赠送的羽毛扇游历唐土(中国)后宫的故事。稍早于平贺源内的儒者新井白娥在宝历六年(1756)刊行的随笔《牛马问》中提到"近年江户,处处谈论、讲释通俗军书"②,"通俗军书"即《通俗三国志》之类历史演义。寺门静轩在《江户繁昌记》中记载幕末书林盛况,称江户城中"读本肆十六、借本户八百。此其大略,至其子其孙,不易算数云"③,即仅江户一地借本户(贷本屋)就多达八百家,还不算"子孙"即散处各地的分店。书中还提到坊间杂艺,"小戏场、善眄人(按:即魔术戏法)、说史、滑稽,挟道售技"④,所谓"说史"即讲述和汉历史、军谈故事的说唱艺人。由此观之,通俗军谈的传播方式并不止于私人购买,贷本屋、坊间说唱都在很大程度上扩展了《通俗三国志》等的受众,其实际影响很可能远远高于现存文字资料的记载。

(三)通俗军谈与小说观念的变迁:文体特征与虚构意识

在通俗军谈出现之前,日本很少完整意义上的长篇小说。虽然早在平安时期就已根据民间传说或宫廷见闻写成《竹取物语》《源

---

① [日]柴田光彦:《大惣蔵書目録と研究》本文篇,青裳堂書店1983年版;[日]繁原央:《翻刻鳴鳳堂蔵書目録》,《常葉国文》1993年第18期。

② [日]新井白娥:《牛馬問》卷三,载《日本随筆大成》第3期第10卷,第253页。

③ [日]寺門静軒:《江戶繁昌記》,载《新日本古典文学大系》第100卷,岩波書店1989年版,第480页。

④ [日]寺門静軒:《江戶繁昌記》,第484页。

氏物语》《大和物语》等早期的物语小说，但所谓长篇大都近似将短篇故事缀而成编。虚构一个环环相扣的长篇故事，这种能力往往很晚才出现，且频繁借助于通俗讲史，不止日本如此。中国长篇小说的雏形是南宋时期刊行的《大唐三藏取经诗话》，上距成熟的志怪、志人小说《搜神记》与《世说新语》均在 700 年以上。《取经诗话》之后的白话长篇为元刊全相平话五种，均据坊间讲史整理而成；而嘉靖元年首部成熟的长篇小说《三国志通俗演义》刊行之后，紧接着便是自嘉靖到万历年间绵延近百年的历史演义热潮，与此同时，文人独立创作长篇作品的能力也逐渐增强，历史演义在中国通俗小说的发展中曾扮演过中转站功能。陈大康曾高度评价熊大木编纂的历史演义系列小说，认为这种现象的产生原因在于"通俗小说既是精神产品又是文化商品这双重品格的矛盾统一"，历史演义填补了通俗小说兴起之际由供需失衡产生的空白。[1]

日本小说的演进方式与中国颇为相似，平安以后《源氏物语》《狭衣物语》之类宫廷物语逐渐衰落，而镰仓、室町时期描写历史征战的《保元物语》《平家物语》《太平记》等军记物语日益盛行，直到《通俗三国志》刊布的元禄年间，《平家物语》《太平记》仍是流行的大众读物，并与中国历史演义的"通俗本"并称为"和汉军谈"。享保十四年（1729）京都书林永田调兵卫刊行的《新撰书籍目录》，首次在典籍分类中增加"通俗书"子目，位于"军书"之后。此时元禄、享保之际最后一部通俗军谈《国姓爷忠义传》已问世四年，《新撰书籍目录》似乎是对历史演义翻译风潮的总结。"通俗书"子目中著录典籍 21 部，其中除《通俗忠义水浒传》以及重出的绘入平假名本《通俗汉楚军谈》之外，其他均为前述通俗军谈。[2]在书籍目录中为新刊典籍增设新目，这种做法显示通俗军谈作为独

---

[1] 陈大康：《明代小说史》，人民文学出版社 2007 年版，第 256 页。
[2] 《新撰書籍目録》卷三，载［日］斯道文库编《江戶時代書林出版書籍目録集成》第 2 册，第 124—125 页。

立文体受到书林的认可,直到享保后期,翻译成日文的汉籍仍以历史演义独领风骚。

　　作为最早译为日文的白话小说,日本文人对其认识也经历过一番曲折。元禄初年刚刚刊行之时,就连译者也很少意识到历史演义是不同于野史杂传的虚构文体,甚至经常根据正史纠正其中脱离史实的部分。湖南文山在《通俗三国志序》中称自己翻译的方式是"本于东原罗贯中之说,参考陈寿之传",梦梅轩章峰在《通俗汉楚军谈序》中也说自己是"考诸史小说,著《通俗汉楚军谈》十五卷",清池以立在《通俗列国志自序》中称翻译的主旨是"非敢献奇搜异,盖欲使幼学之徒,尽知当时之事迹也",源忠孚在《宋元军谈序》中特意指出"余取正史,撮其大略,译以国字",各位序作者一再声称翻译时参照正史,以求征信。据德田武的考证,这些并非虚言,《通俗吴越军谈》与《通俗两汉纪事》均曾根据正史删改小说中的失实之处。① 最甚者为大盐逊翁《通俗五代军谈序》,其中明确提到:

　　　　顷阅世上流行通俗之书,多造旧史不载之人,间架虚无缥缈之事,一时悦览者之意,只顾一己射利,广播诡诞,益增暗昧之愚,堪叹也。此虽似小事,实以己朦而引众朦之大害也。且圣人不语乱,如此,予不可为也。②

严厉批评了通俗军谈中的幻诞无稽之处,并声明自己与流行做法不同,"今予所记,蹈空者一毫莫加,读者幸勿狐疑云尔",这种态度显然是将《通俗五代军谈》作为历史而非小说,翻译的目的在于史实普及与道德教化,而非通过在历史境遇中体贴人情来陶冶情操。

---

　　①　[日] 德田武:《中国講史小説と通俗軍談》,载《日本近世小説と中国小説》,第9—61页。
　　②　[日] 早稲田大学編輯部編輯:《通俗二十一史》第3卷《通俗五代軍談序》,早稲田大学出版部1912年版,第2—3页。

德田武认为，后期的通俗军谈为增加感染力，曾对原文做某些艺术化处理，但举出的例证大多属于文字修辞或衔接性的故事碎片，而非人物性情或情节单元的明显改写。

通俗军谈流行的后期，从享保年间开始幕臣、藩士逐渐不再是儒者唯一向往的立身之途，以荻生徂徕门下的服部南郭为典型，"文人"的身份意识日益明显，诗文、书画甚至小说正在成为新的兴趣选择。[1] 与这一进程相伴，文人的小说观念也有了一定的转变。如果通俗军谈的译者尚未明确认识到历史演义的文体特征，那么已有不少读者意识到通俗军谈与历史著作的区别。江户中后期的女国学者只野真葛在随笔《独考论》中谈到《通俗三国志》，"玄德访孔明之事，《三国志演义》创设也，亦见于《通俗三国志》，童稚女子均可读。然此为虚言，陈寿所著《三国志》，《蜀书》之《先王传》与《诸葛亮传》均无此事。唐土演义之书，虚实相间，幻设而作，并无佐证"[2]，她已然意识到中国的历史演义"虚实相间，幻设而作，并无佐证"，尽管未必完全认同这种做法。而稍晚于她的若樱藩主池田定常却明显赞同在历史演义中虚构情节的做法，他的随笔《思出草》卷三同样评论《通俗三国志》，认为"《通俗三国志》者，将彼邦《演义三国志》改为我邦通俗之作，虽为无用之书，诚为巧构也。至于《续三国志》《后续三国志》，却杂以实事，故了然无趣"[3]，即《通俗三国志》胜于《续三国志》《后续三国志》之处正在于巧妙的虚构，后二者拘泥于史实，反而降低了演义小说本身的趣味性。对虚构的认可，意味着历史演义的坐标止在远离历史、靠近小说，随着观念的变迁，读者也就可以不再将其视为增长见闻的普及读物，

---

[1] [日]中村幸彦：《文人服部南郭》，载《中村幸彦著述集》第1卷，中央公论社1982年版，第126—154页。

[2] [日]只野真葛：《独考论》，载[日]森銑三等监修《新燕石十种》第3卷，中央公论社1981年版，第323页。

[3] [日]池田定常：《思ひ出草》卷三，载[日]森銑三等编《随笔百花苑》第7卷，中央公论社1980年版，第174页。

或者如江村北海所言"于日后读史助益颇多"的学问门径，而是小说创作中可资借鉴的先导之作。

通俗军谈的流行，将大量历史人物与故事原型带到普通读者面前，以至于哪怕基本未受中国小说影响的浮世草子之类本土化的小说，也经常借历史演义中的人物或情节引起读者的共鸣，甚至直接以通俗军谈为基础翻案改写。元禄十六年（1703）刊行的浮世草子《好色败毒散》中形容松源善于谋利，就称其为"真是当今的兵法、商人里的孔明"①，这种精明多智的孔明形象很可能来自不久之前刊行的《通俗三国志》。天明八年（1788）去世的儒医胜部青鱼在《剪灯随笔》中评论《通俗三国志》，便意识到其对孔明形象的改造，所谓"《通俗三国志》者，演义之假名译本也。欲言孔明奇妙，掺入种种事。（中略）纵非孔明，亦不要此小聪明，小说之虚妄也"②，作者与读者的共同记忆中文学化的孔明多半受到通俗军谈的影响。

正德三年（1713）刊行的浮世草子《通俗诸色分床军谈》处处模仿元禄八年（1695）付梓的《通俗汉楚军谈》，将秦末刘邦、项羽之争改写为京都妓院里高惣（日语中与"高祖"谐音）与香宇（与"项羽"谐音）的争风吃醋；高惣有下属长次郎（张良）、勘七（韩信）、宗三（曹参）等人，香宇手下有左吉（钟离眛）、半藏（范增）等人，亦全然模仿《汉楚军谈》的人物设置。浮世草子从角色到读者均以町人为主，这种戏谑化的翻案之作，只有对《汉楚军谈》有所了解才能欣赏，由此也可推想通俗军谈盛行于町人中。

如果说《好色败毒散》《通俗诸色分床军谈》等浮世草子还只是偶尔提到个别人物或流于表面地戏谑模仿，那么都贺庭钟、上田秋成、伊丹椿园等早期的读本小说三大家已经开始从整体构思与人

---

① ［日］夜食時分：《好色败毒散》卷之一，载《新編日本古典文学全集》65，小学館 2000 年版，第 32 页。

② ［日］勝部青魚：《剪燈随筆》卷之三，载［日］森銑三等编《随筆百花苑》第 6 卷，第 293 页。

物性格上全面模仿白话小说。伊丹椿园在随笔《椿园杂话》中称述自己早年的阅读经历，提到"予幼时好读草纸物语，今年近三十，嗜读小说野史之癖不改。于书肆探求古藏，抑闻清舶新载书目，必求之。（中略）或问予曰：罗贯中著《三国志演义》《忠义水浒传》，二书专于唐土耽玩可矣。我邦始读者寡，冈岛冠山子译为通俗小说，并加板行，遂盛行俗世"①，他未曾系统学习过唐话，早年直接阅读白话小说恐怕比较困难，当时喜爱的"草纸物语"虽未列出详细目录，但若涉及白话小说，恐怕相当一部分仍是通俗军谈。值得注意的是，文中已将《三国志演义》与《忠义水浒传》并列为通俗小说，尽管一者"七分事实、三分虚构"，一者大部分情节并无史实根据，仅仅出于世代的增饰。

考虑到江户后期主流的小说形式为读本，而大量读本又是将白话小说翻案为日本的历史故事，那么对历史演义文体特征的揭示，以及对虚构历史情节的认可，正为读本小说的翻案创作提供了可能性。活跃于文化、文政时期（1804—1830）的读本小说大家曲亭马琴频繁采用白话小说的故事原型，这已是学术界普遍认可的事实，但目前研究者关注较多的是马琴小说对《水浒传》《平妖传》《女仙外史》《今古奇观》等作品的翻案，它们绝大多数是在享保十年（1725）以后、通俗军谈逐渐淡出读者视野之时才流行于文人间。由于马琴小说中的杰作多为鸿篇巨制，故事素材的来源往往比较多元，其中《水浒传》《平妖传》等提供的大多是整体的叙事框架与人物关系，而通俗军谈的影响主要局限在情节或对话的片段。如果不熟悉通俗军谈的具体内容，进而未曾详细比勘，通常难以察觉到二者之间的关联，麻生矶次、中村幸彦、德田武等前辈学者对此多未加详考，以至于目前论及读本的来源时，往往忽略了通俗军谈这一小说类型，正是它曾为上自文人、大名，

---

① ［日］伊丹椿園：《椿園雑話》，载［日］森銑三等编《随筆百花苑》第 5 卷，第 260—261 页。

下至町村农商提供了广阔的阅读空间,并深刻影响了从浮世草子到读本的内容形态。

小结

从元禄到享保短短的三十余年,日本翻译、刊行了20部通俗军谈,绝大多数是明末历史演义的日文翻译。由于元禄之前中日书籍贸易的相关记载较少,从江户开府到通俗军谈开始流行的元禄初年,80多年中白话小说在日传播的详情仍有待考察,而通俗军谈的出现说明这一时期至少有近20部历史演义曾传到日本,为深入研究这一时期的中日书籍交流提供了很好的参照。这些通俗军谈刊行之后广受欢迎,从幕府、各藩的官学诸生到偏僻町村的商人医师中都有读者。当世儒者曾将其视为经史学问的辅助读物,部分下层商人甚至不惜花费巨资购买、收藏通俗军谈。除了私人购买阅读,作为公共图书馆的贷本屋也大量收藏成套的通俗军谈,并通过紧密的经营网络将其影响力扩展到更多的人群中,同时说唱艺人还以通俗讲史的方式向不识字的普通民众传播通俗军谈中的人物、故事,以至于它们成为上下各阶层共同的历史记忆。

最后一部通俗军谈刊行后不久,书肆就已在《书籍目录》新设"通俗物"这一子目,将其视为独立的文体。但早期的译者并未明确意识到通俗军谈的文体特征,经常在序言中强调"参照正史""蹈空者一毫莫加",并在实际的翻译中删改脱离史实的内容。随着享保时期文人身份意识的强化,诗文小说逐渐成为新的兴趣认同,通俗军谈中的虚构成分受到越来越多的认可,以至于若樱藩主池田定常认为《通俗三国志》的佳处正在于"巧构",而拘泥于史实的《续三国志》《后续三国志》"了然无趣"。江户后期盛行的读本小说,大多数都是将中国白话小说翻案为日本历史故事,而对虚构历史情节的认可,正为其提供了可能性。

二 稗史以为恒言:石川雅望与江户后期的白话小说翻译

江户时期白话小说的翻译大致可分为两个阶段,分别是《通俗三国志》《通俗汉楚军谈》之类历史演义独领风骚的享保之前，与三言二拍、《西湖佳话》《西游记》等世情、神魔小说盛行于世的享保之后。两个阶段的白话小说翻译，无论题材、译者还是对日本文学的影响均截然不同。为什么享保前后翻译小说会出现从历史演义到世情、神魔题材的转变？当时的小说观念发生了怎样的变迁？这些白话小说又如何进入文人群体的阅读体验中？本小节即以《通俗醒世恒言》的作者石川雅望为例，探讨这些问题。

（一）石川雅望与小说翻译中的文人参与

石川雅望（1754—1830）是"天明狂歌"的代表作者，对狂歌的盛行居功甚伟，也是江户后期文人的典型。他出身于江户町家，世代以经营旅馆为生，与上一代文人服部南郭（1683—1759）、祇园南海（1677—1751）、柳泽淇园（1704—1758）相比身份低微，终生保持在野身份。身后留下的著作多达43种，[①] 既有《源氏物语》《徒然草》的评注，也有中国小说的翻译，还有狂歌、物语、随笔等多种文体，可谓艺兼多能。文政十三年（1830）石川雅望去世之后，其子石川清澄所立的碑文简述其生平，称道：

> 君讳雅望，字子相，姓石川氏，号六树园，又号五老斋，名蛾术，江户人。君天资聪敏、才藻优赡，学莫所不窥，尤覃思和歌，格调俊迈，词彩粲烂，一时专门名家皆出于其下风。四方赞谒乞业者不可胜数，海内推之为一世宗盟焉。其所著之书数十种，正梓布世，如《源注余滴》《雅言集览》，所尤致思也。足以观其洽闻博览之学，笔锋超伦之文矣。文政庚寅闰三月廿四日罹病而卒，享年七十八，葬于浅草正觉寺子院哲相院，

[①] 参见［日］中根肃治《慶長以来諸家著述目録　小説家・和学家之部》，クレス出版1994年版，第3—5页。

法谥曰六树院台誉五老居士。①

碑文附有石川雅望的代表性著作，计《飞驒匠物语》《近江县物语》《通俗排闷录》《しみのすみか物语》《都の手ぶり》《梅が枝物语》《あづまなまり》《补吉原十二时》八部。石川雅望生平有两部译作，即《通俗排闷录》与《通俗醒世恒言》，前者的底本是清孙洙的文言小说《排闷录》，后者则是从《醒世恒言》中选择《小水湾天狐遗书》《施润泽滩阙遇友》《吴衙内邻舟赴约》《一文钱小隙造奇冤》四篇译为日文。石川清澄在碑文中仅列《通俗排闷录》而不提《通俗醒世恒言》，或许也认为后者仅是游戏之作，无关宏旨。

石川雅望生于宝历三年（1754），而最后一部"通俗军谈"《国姓爷忠义传》刊行于享保十年（1725），此后白话小说通俗译本的刊行几乎出现三十余年的空白，直到宝历七年（1757）署名冈岛冠山的《通俗忠义水浒传》才得以刊行，紧接着《通俗西游记》（1758）、《通俗好逑传》（1759）、《通俗醉菩提全传》（1759）、《通俗赤绳奇缘》（1761）等白话小说的译作纷纷出现。从宝历七年（1757）到文化十一年（1814）《通俗今古奇观》的刊行，57 年中先后出现 23 部通俗译本，与从元禄二年（1689）到享保十年（1725）的 36 年中出现 20 种"通俗军谈"形成鲜明对比。在《国姓爷忠义传》以后，"通俗军谈"类作品仅有享和二年（1802）刊行的《通俗两汉纪事》一种，而且很可能是此前译本的重刊，除此之外再无新的通俗军谈问世。虽然《通俗隋炀帝外史》与《通俗明皇后宫传》近似于历史演义，但内容已侧重宫闱艳情，而非军国征战。由此看出，享保、宝历之际，日本对白话小说的接受发生了根本性的转变。

---

① 《戯作者小伝》，载［日］森銑三等监修《燕石十種》第 2 卷，中央公論社 1979 年版，第 32—33 页。

表2　　江户后期白话小说翻译书目

序号	书名	译者	刊刻时间	书坊
1	通俗忠义水浒传（前44卷）	冈岛冠山	1757	江户　川六左卫门 京都　菱屋孙兵卫等
2	通俗西游记　初编	口木山人（西田维则）	1758	京都　新屋平次郎等
3	通俗好逑传	栗原主信	1759	大阪　河内屋喜兵卫
4	通俗醉菩提全传	碧玉江散人（三宅啸山）	1759	京都　西村平八
5	通俗隋炀帝外史	近江赘世子（西田维则）	1760	京都　风月堂庄左卫门等
6	通俗赤绳奇缘	近江赘世子（西田维则）	1761	京都　钱屋三郎兵卫
7	通俗医王耆婆传	都贺庭钟	1762	浪华　称觥堂、扬芳堂
8	通俗金翘传	西田维则	1763	大阪　藤屋弥兵卫等
9	通俗孝肃传	纪泷洲	1770	江户　须原屋茂兵卫 京都　梅村三郎兵卫等
10	通俗明皇后宫传	自辞矛斋蒙陆	1771	江户　小石川雁义堂
11	通俗西游记　后编	石磨吕山人	1784	京都　丸屋市兵卫等
12	通俗西游记　三编	石磨吕山人	1786	京都　山田屋宇兵卫等
13	通俗醒世恒言	逆旅主人（石川雅望）	1789	京都　武村嘉兵卫
14	通俗女仙传	三宅啸山	1789	京都　林伊兵卫
15	通俗忠义水浒传（45—47卷、拾遗）	丢甩道人	1790	京都　林权兵卫等
16	通俗西游记　四编	尾行贞斋	1795	浪华　丹波屋治兵卫等
17	通俗西游记	尾行贞斋	1798	大阪　盐屋平助
18	通俗平妖传	本城维芳	1802	京都　田中左卫门
19	通俗两汉纪事	称好轩徽庵	1802	大阪　涩川清右卫门

续表

序号	书名	译者	刊刻时间	书坊
20	通俗西湖佳话	苏生道人（十时梅崖）	1805	大阪　敦贺屋九兵卫 尾张　永乐屋东四郎等
21	画本西游全传　初编	口木山人（西田维则）	1806	江户　松本平助等
22	通俗今古奇观	淡斋主人	1814	名古屋　风月堂孙助
23	新编水浒画传　初编	泷泽马琴 高井兰山	1814	江户　万筴堂

　　介于最后一部通俗军谈与此后第一部白话小说译本《通俗水浒传》之间的三十多年中，先后出现《小说精言》（1743）、《小说奇言》（1753）、《肉蒲团》（1757，申请刊刻）、《小说粹言》（1758）几种和刻白话小说。虽然和刻不同于翻译，但在当时的文人看来，二者之间差别并不明显，而江户时期白话小说的翻译往往接近于汉文训点的日语改写。冈白驹、泽田一斋训点的"小说三言"，开启了白话小说传播从历史演义到世情题材的变迁，此后涌现的《通俗赤绳奇缘》（《卖油郎独占花魁》的译名）、《通俗醒世恒言》《通俗今古奇观》均是"三言二拍"的选译本。除了题材的变迁，尤为明显的是译者身份的差异。

　　通俗军谈的译者湖南文山、梦梅轩章峰、清池以立、长崎一鹗等大多在文学史上寂寂无闻，除了历史演义的翻译外几乎没有其他著作存世，甚至生平经历都难以稽考。而冈白驹曾为锅岛藩主侍从，在京都讲授儒学，除《小说精言》《小说奇言》外另有《周易解》《左传觿》《诗经毛传补义》《孟子解》《史记觿》《皇朝儒臣传》等经史著作十余种。[①] 此后白话小说的译者大多是知名文人，或者另有

---

① ［日］中根粛治：《慶長以來諸家著述目錄　漢學家部》，クレス出版1994年版，第181—182页。

所长，不专以白话小说翻译名世。翻译《西游记》《金云翘传》《卖油郎独占花魁》的西田维则另有讲授和汉文法的《奚疑字例》，编有汉文笑话集《巷谈奇丛》以及李义山《杂纂》的译解。[①] 翻译《醉菩提》《女仙外史》的三宅啸山曾为皇族公卿儒学侍讲，兼擅俳谐，有个人句集与俳论著作。《通俗西湖佳话》的译者十时梅厓是知名儒者与南画家，早前求学于京都古义堂，后为长岛藩儒官，身后有《先游诗草》《顾亭书画谱》等著作六种。[②]《通俗医王耆婆传》的译者都贺庭钟、《新编水浒画传》的译者泷泽马琴与高井兰山都是江户后期著名的读本作家，《通俗醒世恒言》的译者石川雅望为"天明狂歌"的代表，已不需赘述。

宝历以后的白话小说译者，除去身份不明的栗原主信、纪泷洲、自辞矛斋蒙陆、石磨吕山人、丢甩道人与淡斋主人之外均为一代英杰，其中甚至有都贺庭钟、石川雅望、曲亭马琴之类文坛巨擘，而大田南亩、皆川淇园分别为《通俗醒世恒言》与《通俗平妖传》作序，显示出白话小说逐渐进入主流文人的视野。之所以出现这种现象，与文化风气的转变不无关联。

从享保年间开始，文人的身份意识逐渐自觉，诗文书画等原本作为儒学辅助的艺术门类日益独立出来，并出现服部南郭、祇园南海等不入仕途而以诗画陶冶性情、互通声气的文人群体。在世俗的学问与功名之外，开始用汉诗、和歌等认真经营私人的精神生活。在诗文书画之外，部分文人也将目光转向了白话小说。皆川淇园《书通俗平妖传首》中称："余与弟章幼时尝闻家大人说《水浒传》第　回魔君山幽将出世之事，而心愿续闻其后事，而家大人无暇及之。余兄弟因读其书，枕籍以读之，经一年后，粗得通晓其大略"[③]，他生于享保十九年（1734），所谓"幼时"正值享保、宝历

---

① 《日本古典文学大辞典》第4卷，岩波書店1984年版，第589页。
② ［日］中根粛治：《慶長以来諸家著述目録　漢学家部》，第112—113页；《日本古典文学大辞典》第4卷，第475页。
③ ［日］中村幸彦編：《近世白話小説翻訳集》第5卷，第7—8页。

之际,此时《水浒传》已经进入文人家庭,而其父接触《水浒传》的时间可能更早。接着说"及十八九岁,得一百回《水浒传》,读之。友人清君锦(按:即清田儋叟,曾训点《照世杯》)亦酷好之,每会互举其文奇者,以为谈资。后又遂与君锦竞共读他演奇小说,如《西游》《西洋》《金瓶》《封神》《女仙》《禅真》等诸书,无不遍读,而皆谓其制构有所穷,而不耐久观也"[1],十八九岁即宝历元年或二年,其弟富士谷成章为著名国学者,此时白话小说已经成为文人群体共同的阅读体验。

皆川淇园并非孤例,与都贺庭钟、上田秋成齐名的读本作家伊丹椿园,在随笔《椿园杂话》中回忆早年的读书经历时提到"予幼时好读草纸物语,今年近三十,嗜读小说野史之癖不改。于书肆探求古藏,抑闻清舶新载书目,必求之"[2],他的生年不详,但去世于天明元年(1781),可能生于元文、宽保年间(1736—1744),所谓幼时也或在宝历前后,紧接着说到"予家有《平妖传》(中略)若译为国字,则可至二十卷。搜奇探怪,趣味横生,不在《三国志》《水浒传》之下。此书世间稀有,博览小说之人亦未睹,求观者众。欲译以行世,而汲汲于生业,不得其暇。犹记《醒世恒言》序中言,此书享誉唐土云云",可见此处所谓"小说野史"并非特指文言小说,而是包括《平妖传》《三国志演义》《水浒传》《醒世恒言》之类白话小说。

白话小说翻译的高潮是在宝历之后,但从皆川淇园与伊丹椿园的例子可以看出,随着阅读趣味的扩展,享保、宝历之际白话小说已经进入文人视野,从而开启了宝历以后文人的白话小说翻译之风。这种现象并非日本所独有,中国白话小说经过嘉靖、万历时期书坊主或底层文人的历史演义创作热潮,随后便有汪道昆为《水浒传》

---

① [日]中村幸彦编:《近世白話小説翻訳集》第5卷,第8—9页。
② [日]伊丹椿園:《椿園雜話》,森銑三等编:《随筆百花苑》第5卷,中央公論社1982年版,第260—261页。

撰序、谢肇淛替《金瓶梅》作跋,李贽、袁宏道、陈继儒、汤显祖、董其昌、沈德符、金圣叹等均参与到白话小说的阅读、传抄、评点或改编中。随着晚明文人对性灵、真趣等个人领域的关注,阅读稗官小说成为区别于"褒儒俗士"(谢肇淛《金瓶梅跋》)的重要标志,而李贽、袁宏道、金圣叹在江户后期也有取代李攀龙、王世贞,成为文坛新秀之势。

(二)从征实劝善到崇俗尚奇:译本序跋中体现的小说观念变迁

部分通俗军谈与宝历以后的世情、神魔小说译本附有序跋,介绍小说内容、翻译缘起等,虽然形式相仿,透露出的小说观念却颇不相同。通俗军谈序言中往往强调参照正史、"蹈空者一毫莫加",以及劝善惩恶、"修身正心之一助",即崇实与教化。而宝历以后翻译小说序跋虽然也不无"箴之坐右、以警旦暮"(《通俗隋炀帝外史序》)之类言辞,但关注点却逐渐转移到文辞之美、叙事之奇等小说修辞以及故事背后的趣味与寄托上,同时也不再强调启蒙妇孺,却更倾向于文人化的匠心与深情。

宝历以后翻译的小说,最接近于通俗军谈的就是《通俗隋炀帝外史》。其底本为《隋炀帝艳史》,虽然仍是帝王传记,却花费大量笔墨描写日常起居与宫廷秘闻,处于历史演义与世情小说之间。烟水散人在译本序言中一方面称"此书本于《隋炀帝纪》"[①],又指出"间以当时野史稗乘,敷衍而润饰之",对不一定符合史实的增饰并无微词。同时,既强调"名教之所系、风化之所资"等通俗军谈序作者一再谈及的劝惩意旨,又注目于"世态之所迁、人情之所驱",对无关军政要略的世俗情态充满兴致。现代批评家往往区分两种类型的小说,即以故事为中心的通俗小说和以人物或日常生活为中心的文人小说。中国小说的题材也大体经历过从仙方异域、历史征战

---

① [日]中村幸彦编:《近世白話小說翻訳集》第 1 卷,汲古書院 1985 年版,第 357 页。

到世态人情的变迁，而文人更看重的也往往是描摹人心、勾画世情的小说。从通俗军谈中的历史启蒙意识，到对《通俗隋炀帝外史》中世态人情描写的欣赏，体现出文人的介入对小说观念的影响。

都贺庭钟在《通俗医王耆婆传》序言中称"裝中藏《耆婆演义》，视之非肆中物。世既有《柰女经》，号称安世高译者，大者同彼，而演义过半。僧飞锡通，贫家作译"①，《通俗医王耆婆传》正文与《柰女经》颇有差异，而《耆婆演义》不见于著录。如果是已经散佚的白话小说，则都贺庭钟的译本可能是考察《耆婆演义》原书内容的唯一线索。序言中还提到：

> 稗官小说萤火之光也，宜乎其能近取譬也。而比其萤火之光者，盖取其幽微可怜乎？罗贯中氏始作演义以来，明之巨公往往用余力于此。假遗文、托外传，作者日竞。但为其言也常言俚语，所以易于彼而难于此。虽有一二入肆者，犹未洽能见采玩。今也文化渐靡，反以彼为易，至令家诵户传，亦壮哉时也矣。②

认为小说贵在"近取譬"与"幽微"，即描摹身边之事与有所寄托，与《通俗隋炀帝外史》序言中的"世态之所迁、人情之所驱"颇为相似，而"明之巨公往往用余力于此"也很可能意指文人参与白话小说的创作与评点，他已经注意到晚明时期白话小说在士大夫阶层中的流播。尤其值得注意的是，所谓"为其言也常言俚语，所以易于彼而难于此""今也文化渐靡，反以彼为易，至令家诵户传"，显示出经过通俗军谈等训点、翻译小说的熏陶之后，白话阅读逐渐流行于文人之间。江户时期的文人学者初次接触白话小说时，往往难

---

① 京都大学文学部国語学国文学研究室编：《京都大学蔵大惣本稀書集成》第3卷，臨川書店1994年版，第3页。
② 京都大学文学部国語学国文学研究室编：《京都大学蔵大惣本稀書集成》第3卷，第3页。

以理解其中的俚言俗语，直到宽政三年（1791）刊行的《小说字汇》题首仍称"象胥氏之书，用字使事，好颠倒是非、巧玩文字。（中略）我邦译其书者若干种，初学或读其所译之书，而不能读舶来无译者"①，即普通读者只能通过日文译本间接了解白话小说，而难以阅读商船载来的汉文原著。都贺庭钟的序言落款日期为宝历己卯即1759年，在《小说字汇》题首之前三十余年，所谓"今也文化渐靡，反以彼为易，至令家诵户传"若非夸张，便是特指文人阶层而非普通读者。即便如此，仍反映出时至宝历，白话小说的传播范围大大扩展，每年都有一部白话小说的译本得以刊行。

如果说烟水散人、都贺庭钟还只是含混地谈论小说的价值与流播，三宅啸山则在《通俗女仙传序》中表现出明显的小说比较意识，其中提到"稗官者流，所谓四大奇书，《演义三国志》《水浒传》《西游记》《金瓶梅》是也。《三国》者推演正史，颇系实事。《水浒》者愤宋朝当道奸党无君，《西游》者以神道游戏示世态。《金瓶梅》者不厌猥杂醒俗士，异曲同工，无以加焉"②。四大奇书作为王世贞、冯梦龙、李渔等频繁采用的称谓，寄寓了对白话小说的激赏，经此之后逐渐成为江户后期文人间共相品评的对象；此时除《金瓶梅》之外，其他三部小说均已译为日文，而大致在宝历年间去世的冈南闲乔很可能是于《通俗女仙传》刊行后不久撰成《金瓶梅译文》（原文难解词句的日译，仅存抄本），从而使四大奇书均有译文存世。文政十四年辛卯（1831），曲亭马琴在翻案之作《新编金瓶梅》的自叙中也提到"唐山书贾，以《金瓶》与《水浒》《西游》《三国演义》并称四大奇书，顾文之佳妙，猥亵颇称时好"③，"四大

---

① ［日］古典研究会编辑：《唐话辞书类集》第15集，古典研究会1973年版，第1页。
② ［日］中村幸彦编：《近世白话小说翻译集》第3卷，汲古书院1985年版，第7页。
③ ［日］曲亭马琴作，若山正和编：《新编金瓶梅》上，下田出版2009年版，第4页。

奇书"已经成为白话小说佼佼者的代称，推波助澜者正是三宅啸山。

三宅啸山还称"吕逸田之作《女仙外史》也，标明初建文事，以泄人心之公愤，实而虚、虚而实，体裁、用意超逸独造，不可端倪也"①，不再停留于对白话小说内容与道德观念的揭示，兼有体裁、用意的赏鉴，显示出对小说文体自身的关注。传统的文学史叙述往往将文体与修辞论的出现作为文学自觉的标志之一，这意味着文学不再被视为某种观念系统的载体，而是具有独立特征与内在价值。盛行于元禄到享保之际的通俗军谈，无论序作者还是译者，更倾向于将其视为历史启蒙与道德教化的工具，除了通俗易懂之外，很少谈论白话小说或历史演义不同于野史杂传的文体特征，而三宅啸山不仅盛赞《女仙外史》的体裁、用意，甚至称"加之其行文波澜照应，镜花水月，有顺有逆，殆若河源不可溯穷也，赏之为出乎四大奇书之上，亦宜矣"②，虽然"出于四大奇书之上"的溢美之词不一定妥当，但将"行文"作为评价标准之一，与重其意却不赏其文的烟水散人《通俗隋炀帝外史》序相比已更进一步。除了翻译之外，三宅啸山还从《十二楼》《情史类略》等小说集中翻案，并撮录中日奇闻撰成《和汉嘉话宿直文》，自称卢门者在序言中同样称"其为书也，纪以和字，而谈言之美、叙事之审也，虽施罗之徒乎，不多让焉"③，与"行文波澜照应，镜花水月，有顺有逆，殆若河源不可溯穷也"正如出一辙，反映出三宅啸山在翻译与创作中自觉的艺术追求。

与三宅啸山类似，皆川淇园也在《书通俗平妖传首》中提到"后又遂与君锦竞共读他演奇小说，如《西游》《西洋》《金瓶》《封神》《女仙》《禅真》等诸书，无不遍读，而皆谓其制构有所穷，而不耐久观也。最后得《平妖传》，读之，其奇百出，可以与《水

---

① ［日］中村幸彦编：《近世白話小說翻訳集》第 3 卷，第 7—8 页。
② ［日］中村幸彦编：《近世白話小說翻訳集》第 3 卷，第 9 页。
③ 《日本随筆大成》第 3 期第 10 卷，吉川弘文馆 1977 年版，第 278 页。

浒》雁行矣"①，强调的仍是"制构"之"奇"而非存正史之真或得教化之正。除了《通俗平妖传》，皆川淇园还曾为谢肇淛著、三宅啸山训点的文言小说《麈余》撰序，对该书的品评依旧是"其事与文多奇隽可喜，闲时一读，令人思涉奇境，目悦于华藻，则未必不可把玩也"②，二人相似的见解可能正是来自以小说为桥梁的日常交往。

宽政庚戌年（1790）大田南亩曾受石川雅望之托，为其《通俗醒世恒言》撰序。这篇简短的序言虽然早于皆川淇园的《书通俗平妖传首》七年，却可视为宝历以后白话小说翻译观念的代表，全文为：

> 子相（按：石川雅望字子相）不尝六籍之糟粕，而涉猎稗史；不勤千秋之事业，而放歌夷曲。既于世无不阅，亦于世无所求。偶读《醒世恒言》，译以国字，曰止儿啼。予读之，恍如不假象胥而晤言于一堂，不出户庭而苇航于万里也。其可怪可悦，可以惩恶，可以劝善者，岂啻止儿啼哉，亦足以裨世教也。夫雷同剿说以称经生，割裂补缀以列文人者，于世何益矣！果哉子相，降志辱气，舍彼取此。稗史夷曲以为恒言者，抑醒世之意乎？无乃玩世之徒乎？③

大田南亩称石川雅望"不尝六籍之糟粕，而涉猎稗史；不勤千秋之事业，而放歌夷曲。既于世无不阅，亦于世无所求"，即放弃了经史学问与世俗前途，而专注于稗史（小说）、夷曲（狂歌），这种态度很少见于享保之前，却盛行于宝历到宽政间的三十余年

---

① ［日］中村幸彦编：《近世白話小説翻訳集》第5卷，第8—9页。
② ［日］高橋博巳编集：《淇園文集》，ぺりかん社1986年版，第135页。
③ ［日］中村幸彦编：《近世白話小説翻訳集》第4卷，汲古书院1985年版，第7—9页。另见浜田义一郎等编《大田南畝全集》第18卷，岩波书店1988年版，第546页。

中，正值翻译小说大量刊布之际。石川雅望在跋语中自称翻译的目的是"聊解大意，以止儿啼"①，虽然大田南亩引申为"惩恶劝善"，但对一个不求功名仕进、在俗趣中追求逍遥自适的文人来说，恐怕前者才发自本心，而劝惩之辞更像是对明清小说序跋的模仿。

"不假象胥而晤言于一堂"，即不借助唐话译官却能品评白话小说。这既是大田南亩的夫子自道，恐怕也符合石川雅望的翻译经历。如果说早期训点、翻译白话小说的冈岛冠山、冈白驹、陶山南涛等人还曾熟习唐话，那么宝历以后的西田维则、三宅啸山、曲亭马琴等人大都没有唐话学习经历，主要是通过唐话辞书、已有的小说译本，再结合汉文训读经验翻译《西游记》《隋炀帝艳史》《醒世恒言》等白话小说，陶山南涛讥之为"推量俗语"，认为"盖俗语多有转来之义，不解此意而臆断以读，可笑之甚。盖欲通俗语，当通华音、博览小说，一一熟加玩味，进而晓畅文字训诂，三者缺一难可"②，尽管在唐话大家看来颇多谬误，但已成为文人接触白话小说的主流方式。与陶山南涛相比，三宅啸山、石川雅望等人更像基于趣味的业余翻译。

"夫雷同剿说以称经生，割裂补缀以列文人者，于世何益矣"似乎是针对当时的两类文人学者而有的放矢。前者大概指向尊经弘道、发脱离实际之宏论的朱子学者，后者很可能是追摹李攀龙、王世贞的荻生徂徕后学，研习模仿古文辞却往往碎裂章句、辞气轻浮。二者虽然也常互相攻讦，但均与"稗史夷曲"等俗文学颇不相得。大田南亩强调石川雅望"降志辱气，舍彼取此"，刻意与另外两种人保持距离，这恐怕也是耽读白话小说者比较普遍的行事风格。

---

① [日] 中村幸彦编：《近世白話小說翻訳集》第4卷，第239页。
② [日] 古典研究会编辑：《唐話辞書類集》第3集，汲古書院1970年版，第11页。

序言以"稗史夷曲以为恒言者，抑醒世之意乎？无乃玩世之徒乎"终篇，既暗合"醒世恒言"的书题，又在一问中寄寓着个人的选择。对"于世无所求"者而言，何必自苦以醒世？在狂歌小说中逍遥度世，可能是更符合个人性情的生活态度。虽然其他序作者没有明显表露出类似观念，其他译者作为"玩世之徒"也不如石川雅望典型，但宝历以后这种态度是很普遍的。不同于元禄到享保之际通俗军谈的译者，他们很少在小说中追问军国大事，也不太承担劝善惩恶的道德责任，却更看重小说对日常世态人心的描摹，以及文辞叙事中的奇警之趣。江户时期可能首次出现这种文人群体，比石川雅望年长21岁的国学者伴蒿蹊名之为"畸人"，并特意撰写《近世畸人传》。他在序言中称：

> 或才艺绝人，而不求售于世，土木形骸，朴野如愚。或经术吏才，取仕于封君，而行藏不拘以规矩。夫谓之独行乎？曰非也。称之卓行乎？曰非也。其人固非四科之属，其行不可以一端指名。不得已，而强题之曰畸人。畸者何？曰：畸者奇也。其间有儒而奇者，有禅而奇者，有武弁而医流、而诗歌书画杂伎家而奇者，要皆为奇所掩。①

涉猎稗史、放歌夷曲者并非近世唯一的"畸人"，但这种生活态度正与"畸人"若合符节。由于《近世畸人传》的作者伴蒿蹊与《续近世畸人传》的作者三熊花颠均年长于石川雅望二十余岁，没能将石川雅望载入畸人行列，但宝历以后翻译白话小说的，正是这样一群近似"畸人"的文人。

（三）石川雅望的小说沙龙

《通俗醒世恒言》刊行于宽政二年（1790），牌记中称"《后编

---

① [日]宗政五十绪校注：《近世畸人伝·续近世畸人伝》，平凡社1972年版，第3页。

通俗醒世恒言》三十六种近刻"①，而石川雅望在跋语中称 "《醒世恒言》木多磨灭不可读者，今略读其可读者而译以国字"，《后编通俗醒世恒言》预定的译者很可能也是他本人。跋语落款日期为"宽政乙酉初秋"②，即宽政元年（1789），石川雅望时年36岁，正值盛年。此后，他于文化五年（1808）刊行的读本《天羽衣》正是由《醒世恒言》中的《陈多寿生死夫妻》《徐老仆义愤成家》以及《两县令竞义婚孤女》的入话翻案而成。③ 同年刊行的《近江县物语》也取材于《醒世恒言》中的《闹樊楼多情周胜仙》，④ 虽然《后编通俗醒世恒言》36种未能如约刊行，但时隔多年完成这部小说的翻案之作，也在某种程度上一偿夙愿。

此前，他已完成多部狂歌集与黄表纸，成为"天明狂歌"的代表之一，并结识大田南亩、唐衣橘洲、森岛中良、山东京传、朱乐菅江、平秩东作等终生至交，同时与江户书商茑屋重三郎诗酒唱和，⑤ 正是后者刊行了他的《通俗醒世恒言》《近江县物语》《古今狂歌袋》等重要作品。⑥ 此时可能只有与曲亭马琴的交往尚未开始，但马琴在天保四年（1833）的书信中称"《醒世恒言》，四十年前借览六树园（按：即石川雅望）藏本，此后未见，故已忘其大概"⑦，从天保四年逆推四十年便是宽政五年（1793），即《通俗醒世恒言》刊行后三年。其中森岛中良、石川雅望、山东京传、曲亭马琴都有白话小说的翻译或翻案之作，其他的如大田南亩、朱乐菅江、平秩

---

① ［日］中村幸彦编：《近世白話小説翻訳集》第4卷，八木書店2003年版，第240页。

② ［日］中村幸彦编：《近世白話小説翻訳集》第4卷，第239页。

③ 参见任清梅《近世読本における中国古典小説の受容：都賀庭鐘と石川雅望の読本を中心に》，博士学位论文，早稲田大学，2014年，第136—145页。

④ 参见任清梅《近世読本における中国古典小説の受容：都賀庭鐘と石川雅望の読本を中心に》，第107—111页。

⑤ 参见粕谷宏纪《石川雅望研究》，角川書店1985年版。该书为石川雅望年谱。

⑥ 参见铃木俊幸《蔦重出版書目》，青裳堂書店1998年版。

⑦ ［日］柴田光彦、神田正行编：《馬琴書翰集成》第4卷，第11页。

东作也都有洒落本或黄表纸等小说创作。他们以身为幕臣的狂歌师大田南亩为中心，交往酬答二十余年，成为江户后期典型的文人群体。

南亩沙龙的主人大田南亩虽然没有白话小说的翻译或翻案之作，但其藏书目录中有《水浒传》《肉蒲团》两部白话小说以及《小说精言》《小说奇言》《小说粹言》之类和刻小说，① 也是石川雅望翻译或翻案白话小说的忠实读者。他在文化五年十二月的《调布日记》中写道："自晨至午，于南轩下曝背，此际心绪之烦乱已抛诸脑后，读六树园所著《斐陀匠物语》"②，所谓"斐陀匠物语"即《飞驒匠物语》。第二年他又在《玉川砂利》中称"予平生碌碌，无暇阅读近来流行之小说。读六树园所撰《近江县物语》，知其非俗流。去年十二月末，于八幡冢村读《飞驒匠物语》，今载二月廿日于柴崎村芍药亭读《濡衣草纸》。寻常训读牵强附会，赏鉴颇劣，而此书自序言之议论起，其趣味为俗流所不及"，石川雅望以白话小说为依据的翻案作品几乎读尽，而"寻常训读牵强附会，赏鉴颇劣"是指石川雅望的小说以典正的"雅文"为主，不同于掺入唐话俗语的和汉混淆文体。

《醒世恒言》的翻译，可能正是缘于南亩沙龙中的雅聚。大田南亩在随笔《一话一言》中提到"天明八年春，与诸子共立译文之会，假名译写孟子之文，标注本文，以为文章习练"③，天明八年即1788年，时值石川雅望翻译《醒世恒言》的前一年，他也参加了这次雅聚。《一话一言》还引用了会中的一段译文，即《孟子》中的"宋人有闵其苗之不长而揠之者，茫茫然归。谓其人曰：今日病矣，予助苗长矣。其子趋而往视之，苗则槁矣"，译文则近似纯粹的日文意译，少有训读气息，在江户时期的汉籍翻译中颇为难得。很可能是这次翻译经历，促成石川雅望着手翻译《醒世恒言》；译成后请大田南亩撰

---

① 《大田南畝全集》第 19 卷，岩波书店 1989 年版，第 429—431 页。
② 《大田南畝全集》第 9 卷，岩波书店 1987 年版，第 116 页。
③ 《日本随筆大成》别卷 1，吉川弘文馆 1978 年版，第 211 页。

序，也像是对译文之会的追念。曲亭马琴称宽政五年（1793）前后石川雅望藏有《醒世恒言》原书，可能便是翻译时的底本。

早于译文之会两年，即天明六年（1786）四月二十日，同属南亩沙龙的乌亭焉马举办首次"咄会"（按：日文中"咄"有故事、笑话之意），大田南亩、朱乐菅江、石川雅望、森岛中良、狂歌堂真颜等名流均曾与会。此后每月之会成为定例，咄会并非定下价格、招揽听众，而是同好相聚，轮流讲述。① 虽然没有留下确切的文字记录，但这种轮流讲故事的"咄会"，多半附有时下翻译或翻案小说的品评，或许也是翻译《醒世通言》的契机之一。

南亩沙龙中的森岛中良曾将《醒世恒言》中的《钱秀才错占凤凰俦》翻案为读本《月下清谈》，于宽政十年（1798）刊行，但跋语落款日期为宽政丁巳（1797）年，其中提到"九月十日夜，独坐窗前。（中略）时书林何某来访，言及明春发兑物语，请予为编。年深情笃，难以拒却。（中略）历二日，十二日夜脱稿"②，即《月下清谈》的写作从1797年9月10日到12日，在石川雅望的《通俗醒世恒言》刊行七年后。笔者尚未查到二人谈论《醒世恒言》的记载，但同属南亩沙龙，晤谈机会颇多。早在天明二年（1782）三月大田南亩为母举办六十寿宴之时，狂歌、小说界知名文人汇聚一堂，寿宴经办人便为石川雅望，宴后由其编成《狂文狂歌老莱子》，集中收录了万象亭（森岛中良）的狂歌，③ 可见二人早在《通俗醒世恒言》刊行之前八年便已有交往。

天明七年（1787），森岛中良以"竹杖为轻"之名刊行黄表纸《面向不背御年玉》，讲述渡日唐人面向不背之玉的故事，其中有名为河童者在江户小传马町投宿，实际就是石川雅望经营的旅店所在地。店主人名叫"七兵卫"，也与石川雅望同名。二人之间还有一番

---

① ［日］粕谷宏纪：《石川雅望研究》，第56页。
② ［日］青木正児校註：《通俗古今奇観附月下清談》，岩波书店1932年版，第173页。
③ ［日］粕谷宏纪：《石川雅望研究》，第34—36页。

对话，七兵卫称"汝非天王之子，幸何如之"云云。① 让知交好友以真实的姓氏与职业出现在小说中，这种不无戏谑的做法也体现出二人不同寻常的情谊。同年，石川雅望编纂的《天明新镌百人一首古今狂歌袋》刊行，大田南亩作序，其中收录了森岛中良的戏文，②在琴瑟往还中透露出南亩沙龙的文人雅趣。

石川雅望与曲亭马琴的交往可能源于《醒世恒言》的借阅，但二人对小说语体的见解分歧较大。石川雅望擅长模仿《源氏物语》《枕草子》等古典雅文，曲亭马琴却主张"稗史野乘描写人情，若不凭借俗语，难有成就"③，并点名批评"六树园撰《都手风》《吉原十二时》，追摹《源氏物语》之文，状写今世情事。当时颇受爱玩，然此等文章，仅绘古时景致，未能摄情尽趣，难得笔致，遂不行于世"④，因此两人直接的交往很少见于记载，主要是南亩沙龙中的群体雅集。据大田南亩的随笔《细推物理》记载，享和三年（1803）闰正月廿五日"会马兰亭。狂歌堂真颜、山东京传、曲亭马琴、乌亭焉马、吾友轩米人等来。六树园五老、岛田氏之女、为川氏亦来。今日狂歌命题而作，当以六树园压卷"⑤，这次集会两人均在列，但石川雅望的狂歌才能胜过曲亭马琴。就个人气质与文学观念而言，大田南亩显然更近于石川雅望，而与晚一辈的曲亭马琴颇有差异。文化三年（1806）七月，他在书信中提到"本庄中之乡、大泽右京兆之别墅，近藤重藏寓居也。（中略）前述诸客列席其中：京传、马琴、饭盛、马兰亭、唐画人芙蓉（阿波之臣）、柳桥歌妓阿增。（中略）席上信笔撰狂文一篇，诗作八体，五古、七古、五七律、五排律、五七绝、六绝"，这次雅集曲亭马琴、石川雅望（饭

---

① 《近代日本文学大系》第12卷，国民图书1927年版，第629页。
② ［日］粕谷宏纪：《石川雅望研究》，第70—71页。
③ ［日］曲亭馬琴：《本朝水滸伝を読む：并批評》，载服部仁编《馬琴研究资料集成》第3卷，クレス出版2007年版，第319页。
④ ［日］服部仁编：《馬琴研究资料集成》第3卷，第322页。
⑤ 《大田南畝全集》第8卷，岩波书店1986年版，第351页。

盛）也均与会，但马琴以小说名世，汉诗和歌非其所长，南亩沙龙中少见身影或许也正为此。无论如何，二人在南亩庭中见面机会当不在少。

天保二年（1831）刊行的《通俗西游记》第五编，译者为岳亭丘山，又名岳亭定冈。他虽未入南亩沙龙中，但狂歌传自石川雅望，而且二人之间往来频繁。文政五年（1822）刊行的《六树园月次狂歌合兼题》，其中的插画正是岳亭定冈所作。[①] 文政六年（1823）刊行的《狂歌三十六歌仙》由石川雅望作序，书中插画亦出自岳亭定冈手笔。[②] 文政七年（1824）岳亭定冈所撰《狂歌现在奇人谭》得以刊行，序作者也是石川雅望。由此看来，白话小说的两位译者情兼师徒，常有文字往来，白话小说的阅读与翻译很可能也是日常交流的话题之一。

总之，南亩沙龙中的大田南亩、森岛中良、曲亭马琴均参与到白话小说的收藏、翻译或翻案中，他们与石川雅望往来密切，甚至共同分享着《醒世恒言》的阅读体验。《通俗醒世恒言》的出现并非偶然，围绕石川雅望的文人群体在雅集酬唱中，也推动了白话小说的传播。

小结

江户时期白话小说的翻译有两次高潮，分别是元禄到享保年间的历史演义小说（通俗军谈）与宝历到文化年间的世情、神魔小说。两次高潮在译者、小说观念、文人对翻译小说的态度等方面都大不相同。通俗军谈的译者大多默默无闻，宝历以后的小说译者却有不少知名文人，他们没有受过系统的唐话训练，往往通过阅读和刻或翻译小说，再结合汉文训读经验，以"推量俗语"的方式翻译白话小说。随着译者身份的变迁，译本序跋中体现的小说观念也逐渐从征实劝善转化为崇俗尚奇，淡化军政大事、关注世态人心的描摹，

[①] ［日］粕谷宏纪：《石川雅望研究》，第278页。
[②] ［日］粕谷宏纪：《石川雅望研究》，第282页。

并对小说的文体意识有了一定的自觉，看重辞藻与叙事。这种转变伴随着文人对学问、仕途的相对豁达，对个人生活的经营，也就是所谓的"畸人"心态。

宝历以后白话小说翻译热潮的出现并非偶然，以石川雅望的《通俗醒世恒言》为例，他翻译这部小说的契机来自南亩沙龙中的译文之会。同一群体中的大田南亩曾经收藏舶载白话小说及其和刻本，也是石川雅望翻案小说的忠实读者。森岛中良将《醒世恒言》翻案为《月下清谈》，曲亭马琴是江户后期最著名的白话小说读者与翻案作家，向石川雅望学习狂歌创作的岳亭丘山又是《西游记》的译者，这些人在日常的雅集酬唱中频繁往来，使白话小说深深融入南亩沙龙群体中，从而体现出白话小说在文人共同体中传播的典型样态。

第二节　评点与传统小说观念的兴衰

一　清田儋叟、曲亭马琴与金圣叹的交锋：江户时期白话小说批评的路径

自万历十九年万卷楼刊行《三国志通俗演义》之后，书坊为招揽读者，新刊通俗小说往往附有评点，甚至不惜假托杨慎、李贽、汤显祖、钟惺等人之名。享保以后，这些小说大量传入日本，不少作品被翻译成日文，促进了江户中后期读本小说的兴起。由于语言与文学传统的限制，江户文人接受白话小说颇为不易，如果说白话辞书和日文译本在一定程度上克服了语言上的困难，那么评点便起到了衔接两种文学传统的桥梁作用，并催生了日本本土的白话小说批评。目前日本学术界对江户时期文学批评的研究大都集中在和歌、俳谐、歌舞伎等文体上，谈到小说批评也往往只限于《源氏物语》《伊势物语》等所谓古典物语的评注，除中村幸彦、滨田启介等少数学者之外，汉文小说批评的研究仍有待开拓，很多批评资料尚未校注整理。日本文人的批评是白话小说流

播过程中自然伴生的现象，对其进行梳理与考察，便于借助异域之眼反观明清评点者们忽视的问题，也能借此思考中日小说批评史上某些共同的发展路径。

（一）文人与小说家：儋叟与马琴的小说批评之路

中国白话小说的历史可以上溯到敦煌变文，但直到明代嘉靖甚至万历以后才真正以刊本形式产生持续的影响力。最早刊行的历史演义小说往往以"新刊校正""按鉴批评""全相评林""增补评校"等相标榜，大多还附有序跋。尽管水平参差不齐，直到万历三十八年（1610）容与堂本《李卓吾先生批评忠义水浒传》才出现比较成熟的小说评点，但批评本身仍是白话小说不可分割的一部分。这些白话小说在明清之际传入日本，元禄到享保年间甚至有二十种左右被翻译为"通俗军谈"，其中《通俗三国志》的底本为建阳吴观明刊《李卓吾先生批评三国志》、《通俗列国志》底本为姑苏龚绍山刊《新镌陈眉公先生批评春秋列国志》、《通俗列国志十二朝军谈》底本为余象斗三台馆刊《刻按鉴通俗演义列国前编十二朝》，① 这些历史演义均附有训点，但通俗军谈的译者大多只翻译小说正文，最多模仿底本的序跋，对评点往往视若无睹。

最后一部通俗军谈《明清军谈国姓爷忠义传》刊行于享保十年，三年后京都书肆林九兵卫出版了冈岛冠山训点的《忠义水浒传》前十回，底本为李卓吾批评百回本，可能是近似芥子园刻本的某个版本。② 和刻本对评语做了大量的增删改动，并删去了所有回末总评，似乎并不重视托名李贽的评点，后来署名冈岛冠山的《通俗忠义水浒传》于宝历七年（1757）刊行，仍未保留原书的评点。最早翻刻的白话小说为倚翠楼主人训点的《觉后禅》，刊行于宝永二年

---

① ［日］德田武：《日本近世小説と中国小説》，青裳堂书店1987年版，第15页。
② ［日］石崎又造：《近世日本に於ける支那俗語文学史》，弘文堂书房1940年版，第89页。

(1705),虽然在一定程度上保留了底本中的回末评,但仍有所删减。①

江户时期翻刻的白话小说,完整保留底本评点的似乎只有明和二年(1765)刊行的《照世杯》,它不仅未大量删减原书的评点,反而增加了日文眉批以及卷一目录前的《读俗文三则》。训译、评点及《读俗文三则》的作者均为清田儋叟,除此之外,他还评点、讲授过《水浒传》,根据《太平广记》《柳毅传》翻案创作《中世二传奇》并施以评点,他的出现标志着江户时期白话小说流播的转折点。除了《水浒传》之外,曾被评点的白话小说还有《水浒后传》《三遂平妖传》《后西游记》,这三部小说的评点者均为曲亭马琴。评点往往需要依托于小说原本,清代后期逐渐出现随笔、杂纂性的白话小说批评专书,形式上已近似现代的文学批评,大体同时,江户时期也出现了曲亭马琴的《水浒后传批评半闲窗谈》。清田儋叟在曲亭马琴成年之际离世,两人前后相继,批评的风格也颇有差异,共同使江户时期的白话小说批评逐渐确立并成熟。

清田儋叟享保四年(1719)生于京都,② 时值白话小说逐渐流行之际;逝世于天明五年(1785),恰逢白话小说的阅读、翻案逐渐由博雅的文人转向专业小说家之时。其父为汉学名家,担任越前藩儒官,长兄是继承父业的儒者锦里,次兄是诗文大家江村北海,曾撰有《日本诗史》,本人亲炙于汉诗名家梁田蜕岩,并与国学者富士谷成章交好。中村幸彦曾将近世文人的特征概括为以诗义为业、出入多种艺术、反世俗性的高自标榜、放荡的奇人行为等几点,③ 这些在清田儋叟身上都有所体现。他的一生几乎与"文人"这一特殊阶

---

① 石昌渝主编:《中国古代小说总目》(白话卷):《肉蒲团》条,山西教育出版社2004年版,第283页。

② 据[日]中村幸彦在《隱された批評家》中推算,《中村幸彦著述集》第1卷,中央公論社1982年版,第211页。

③ [日]中村幸彦:《近世文人意识的成立》,《中村幸彦著述集》第11卷,中央公論社1982年版,第376页。

层的活跃时期重合，就白话小说的阅读、批评而言，也呈现出典型的文人特色。他在《孔雀楼集》自序中称"平生所嗜唯书，最竭力于经史，有所发明，官职地理之书，亦颇攻之。文则最嗜《尚书》《周官》《左氏》《班椽》，诗则始作嘉靖七才体，亡几厌之。作陈无己、作徐文长、作袁中郎、作钟惺，亦皆厌之而去"①，主要精力在于经史学问与诗文创作，是典型的儒者或文人作风，并不以小说家自诩，而汉诗追摹对象一再转移，也显示出文人常有的自我期许。

清田儋叟曾模仿袁宏道、钟惺的诗风，《孔雀楼文集》中有一篇《复梁蜕岩先生书》，其中提到"《钟伯敬集评》，辱褒一得，如得珪璧"②，可见他还曾评点钟惺文集。很多白话小说冠有托名袁宏道的序言或托名钟惺的评点，明末金阊书业堂刊行的《东西汉全传》甚至同时有袁宏道序与钟伯敬评，③清田儋叟对白话小说的兴趣很可能受到袁、钟二人影响。此外，清田儋叟还与兄长门下的皆川淇园交好，后者也酷爱小说，《淇园文集》卷七收录《书金圣叹水浒传》，追溯早年阅读《水浒传》的经历时提到"余因别购一本，出与君锦（按：即清田儋叟）读之。君锦之嗜乃亦太甚，则亦为持去。既而君锦事剧缠，五稔间乍北乍东，凡百皆废然，其行橐中二帙独块然云"④。皆川淇园还曾为本城维芳翻译的《通俗平妖传》撰序，其中称述与清田儋叟共同阅读白话小说的经历，"后又遂与君锦竞共读他演奇小说，如《西游》《西洋》《金瓶》《封神》《女仙》《禅真》等诸书，无不遍读，而皆谓其制构有所穷，而不耐久观也。最后得《平妖传》，读之，其奇百出，可以与《水浒》雁行矣"⑤，由此看

---

① 该自序不见于《孔雀楼文集》刊本，而书于清田儋叟所藏《贯华堂本水浒传》，现藏于东京大学东洋文化研究所。参见《中村幸彦著述集》第 1 卷，第 213—214 页。

② 《孔雀楼文集》卷七，林伊兵衛，安永三年刊本。

③ 孙楷第：《中国通俗小说书目》（外二种），中华书局 2012 年版，第 158 页。

④ [日] 高橋博巳編集：《淇園文集》，ぺりかん社 1986 年版，第 227 页。

⑤ [日] 中村幸彦編：《近世白話小説翻訳集》第 5 卷，汲古書院 1987 年版，第 8—9 页。

来，清田儋叟其道不孤，而是与身边的文人共同阅读，接触的白话小说也远远不止《水浒传》与《照世杯》两种。他的《孔雀楼笔记》中还提到：

> 予弱冠时，（中略）彼时《水浒传》传本甚少，一日见下村氏，借其所藏之本三年有余。（中略）此后得北地某贵人藏本、皆川伯恭（按：名皆川淇园）藏本、胜子云（按：名菱屋茂兵卫）藏本，如取之外府。予千命薄万命薄，只书籍一事，当有天幸。①

一部《水浒传》阅读三年，清田儋叟对白话小说用心之深前所罕见，同时在文人群体中辗转借阅，互通有无，仅此《水浒传》便已涉及皆川淇园、北地某贵人、菱屋茂兵卫等多人。甚而不止借阅共读，他还亲加批点、聚徒讲授，曾在他门下问学多年的高田润在《孔雀楼笔记》序言中称："仆辈受业之书，曰《书经》《论语》《史记》《通鉴三编》《明纪事本末》《韩文》《历代小史》及《鹤林玉露》《辍耕录》《五杂俎》《水浒传》诸书，清先生皆为之校雠批评者。乃诸友之书，有无相通借而誊录焉"②，清田儋叟同时讲授经史与《水浒传》，而且并非当做唐话教材，而是关注其文学价值，这种现象也是世所罕见的。

曲亭马琴与清田儋叟均广泛涉足白话小说，但无论家庭出身、文艺修养还是存世著作，二者都相差悬殊。曲亭马琴出生的明和四年（1767），江户小说的阵地已由京都、大阪转移到江户，他便出生在江户。其父是旗本（直属将军的武士）松平信成的用人，在武士阶层中身份低微，与主流文人少有交集，自己又是家中第五子，仕途无望。他曾像江户中后期低级武士出身的众多庶子一样学习儒学、

---

① ［日］中村幸彦等校注：《近世随想集》，岩波书店1965年版，第317页。
② ［日］中村幸彦等校注：《近世随想集》，第264页。

医学，但均半途而废，未曾完整接受汉学教育，甚至连婚姻都不如意，不得已迎娶经营木屐的孀妇。清田儋叟交往的是梁田蜕岩、江村北海、皆川淇园、富士谷成章等知名文人，而曲亭马琴的知交多为狂歌、俳谐、黄表纸、洒落本等通俗文艺作者，最著名的"马琴三友"木村默老、殿村筱斋、小津桂窗，要么同样是低级武士，要么是富商，要么是不知名的国学者，均非主流文人。曲亭马琴生平撰写的著作，基本都是读本、合卷、俳书、随笔，没有经史笺注或结集的汉诗汉文，仍与清田儋叟大相径庭。如果说清田儋叟是以文人、儒者面目出现在江户文学史上，那么曲亭马琴就是专业的小说家，在笔耕之外少有其他谋生途径，麻生矶次甚至称他是"靠写作过着普通人生活的第一位作家"①。

曲亭马琴的日记与书信详细记载了日常的读书生活，但现存《曲亭马琴日记》最早只能上溯到文政九年（1826），虽然其中大量记载了白话小说的阅读、训点活动，但此时马琴已年近花甲，其小说创作的盛期已过。而现存马琴书信中年代可考的是享和二年（1802），其小说创作渐渐步入正轨。笔者查考马琴书信，最早谈到白话小说的是文化十二年（1815）给黑泽麿的书信，其中谈到"唐土小说有二义，《水浒传》人作也，《三国志演义》则以天作为人作者。自此而下，《隋史遗文》《五代演义》及其他诸演义，叙事过详，举帝系、列传，正其年月、姓氏，意在补史之阙文"②，显然在此之前已经读过不少白话小说。曲亭评点过的几部白话小说，《水浒后传批评半闲窗谈》作于天保二年（1831），《续西游记国字评》作于天保四年（1833），《后西游记国字评》作于同年。如此密集地评点白话小说，态度之严谨不同于清田儋叟在自己收藏的贯华堂本《水浒传》上信笔涂抹，或者如《水浒传批评解》一般随口讲述、

---

① ［日］麻生磯次：《滝沢馬琴》，吉川弘文館1987年版，第1—2页。
② ［日］柴田光彦、神田正行编：《馬琴書翰集成》第1卷，八木书店2002年版，第15页。

门人笔录。曲亭马琴的评点并非像金圣叹、张竹坡那样，以眉批、夹批、回前回末总评的形式附在小说原文上，而是独立成文，摆脱了具体语境的限制，能够统筹思考整部小说的情节、人物与思想内涵，甚至就某些抽象的问题深入探讨。

　　清田儋叟虽然大量阅读白话小说，但并未高估小说的价值。他在《题水浒传图》中提到"《水浒传》者，通俗之书，且专说诈伪机谋，不可以为训。（中略）其篇章、字法极精密，注意于斯，可以长才识。若夫作文借其字句语势，为害还多，能读《水浒》者自能辨之"①，认为白话小说具有赏心悦目的娱乐功能，但其中记载的往往是悖逆凶杀，江湖社会的残忍狡诈并非君子行径。高田润笔录整理的《水浒传批评解》引用金圣叹所谓"明圣人之教者，其书有之；叛圣人之教者，其书亦有之。审天子之令者，其书有之；犯天子之令者，其书亦有之"，清田儋叟评曰"《水浒传》即叛书、犯书"；金圣叹称"徒知有才者始能安字，而不知古人用才，乃绕乎安字以后，此苟且与慎重之辩也"，清田儋叟评曰"慎重二字作文大本领"，高田润进一步解释为"撰野史小说及通俗书，用意必当慎重"②，无论清田儋叟在《水浒传》上下了多少功夫，他始终认为这部小说离经叛道，进而对稗官小说的创作提出了严格要求。《水浒传批评解》还记载，清田儋叟讲到四十五回时，相交多年的师长梁田蜕岩去世，他在这一回的批语中称"梁蜕岩既没，臣质亡矣。呜呼！《水浒传》一玩弄书，有无何妨，唯是予《史记》、予《通鉴》，高山流水，更属何人"③，自我期许史大的是笺汪《史记》《资治通鉴》，评点《水浒传》不过是一时戏笔。

　　曲亭马琴对小说倾注的热情远非清田儋叟所能比，由于长期执笔创作，他对白话小说有更多的同情，对小说的价值也有更广泛的

---

① 《孔雀楼文集》卷五，安永三年林伊兵衛刊本。
② ［日］古典研究会編輯：《唐話辞書類集》第 3 集，汲古書院 1970 年版，第 354—355 页。
③ ［日］古典研究会編輯：《唐話辞書類集》第 3 集，第 548 页。

认可。文化五年（1808）刊行的《巷谈坡隄庵》附言中称"戏作原以寓言为宗，若非引古书以叙事实，亦是好事之一癖，古人批小说动辄附会史传，非弄假成真之类也"①，认为小说不同于存真的史传，假虚幻之事而有所寄托，自有其独特的价值。这种认可，表现之一就是对版本的重视。清田儋叟阅读白话小说时很少体现出明确的版本意识，他看重的是小说内容，至于不同版本之间的文字差异，只要无关大局，可置之不论；而马琴的随笔、书信中频繁考索小说版本，早稻田大学现存曲亭马琴收藏的《明板水浒后传序评》，天头有大量校勘评点，比较不同版本的文字差异，他还在《半闲窗谈》序言中详述了辗转二十多年抄录、借阅、购买《水浒后传》的经历。

总之，清田儋叟与曲亭马琴，一为文人一为小说家，性情学养各不相同，其小说批评也随之呈现出不同的面貌，这既影响到二人对金圣叹的评价，也使他们在解读小说的道德主题时各有侧重。

(二) 清田儋叟对金圣叹的迎与拒

尽管二人对白话小说的评价有所不同，但均曾执笔评点，而明清之际声誉最隆的评点家便是金圣叹，清田儋叟、曲亭马琴均在与其对话的过程中确立自己的评点风格。清田儋叟的《题水浒传图》提到"金人瑞作之评，号称精详，然而桃花村失诸眉睫，浔阳楼还道村失诸正鹄；柴进贵人，下之井底；李逵鄙夫，入之云中，亦不辨阙漏多矣"②，《水浒传批评解》进一步解释为"《礼》云女子十五及笄、二十而嫁，《周礼》称仲春桃之有华，正婚姻之时。元明之时女子十五六而嫁，桃花村老人之女，十九岁仍未嫁，株守古礼也"③。这段评语对应于《水浒传》金圣叹评本第四回，鲁智深在桃花村巧遇刘太公，从小霸王周通手中救下刘太公之女，原文中刘太公称"老汉止有这个小女，今年方得一十九岁"，金圣叹评曰"六

---

① 《中村幸彦著述集》第1卷，第296页。
② 《孔雀楼文集》卷5，安永三年林伊兵卫刊本。
③ 《唐话辞书类集》第3集，第351页。

字奇文，写尽庄汉懵懂"①，似乎暗讽刘太公之女年长未嫁，而刘太公本人又混沌不觉。刘氏之言随口而出，女儿十九未嫁可能别有缘由，未见得是拘守二十而嫁的古礼，金圣叹的评点并未"失诸眉睫"，恐怕是清田儋叟求之过深。

"浔阳楼还道村失诸正鹄"大概是指第三十八回"浔阳楼宋江吟反诗　梁山泊戴宗传假信"和第四十一回"还道村受三卷天书　宋公明遇九天玄女"，认为金圣叹对宋江的用心险恶揭露不足。金圣叹竭力指称《水浒传》中宋江的阴鸷狡诈之处，本有脱离原文、任性发挥之嫌，而清田儋叟认为金的发掘仍不充分，显然是沿着钩隐抉微的方向越走越远。所谓"柴进贵人，下之井底；李逵鄙夫，入之云中，亦不辨阙漏多矣"，《水浒传批评解》第五十三回"入云龙斗法破高廉　黑旋风下井救柴进"再次重申此意，称"一百八人中，柴进最贵，李逵最贱。最贱者腾云，最贵者入井。盖说贵贱苦乐，无常易数，非止两旋风之谓，圣叹不得其二"，认为原作暗寓富贵荣辱变幻难测的哲理，金圣叹褒柴贬李正是不明书中深意。平心而论，富贵人柴进陷入井中却得贫贱的李逵相助，仅从这一情节很难看出世事无常的大道理，清田儋叟据此指责金圣叹不解微言大义，难以服人。

《水浒传批评解》对金圣叹的评骘为数甚众，而且多为否定之辞，虽然个别指正不无道理，但总体而言多是误解或穿凿之言，颇有与金圣叹寻衅之意。如第三回"赵员外重修文殊院　鲁智深大闹五台山"，鲁智深酒醉回寺，与拦截的众僧大打出手，"指东打西，指南打北，只饶了两头的"，金圣叹在这一句后评论道："如此叙事匆忙中，偏有此精细手眼，真是奇才"②，认为小说特意点出鲁智深对两头边缘之处的僧人饶过不打，既符合打斗现场的实情，也可理解为他在盛怒中仍有几分慈悲宽恕之念。而《水浒传批评解》特意

---

① 陈曦钟等辑校：《水浒传会评本》上，北京大学出版社1981年版，第127页。
② 陈曦钟等辑校：《水浒传会评本》上，第120页。

点出这句评语，称"圣叹误。只饶了两头的，即只饶恕生有两颗头颅之人，正是说一个都不饶。若如评语所述，则是指发髻结于两处之孩童"①，清田儋叟认为"两头"不是指空间处所的两端，而是指生有两颗头颅的人，这种理解严重偏离了原文，明显是故意与金圣叹作对。

第十八回"林冲水寨大并火　晁盖梁山小夺泊"，金圣叹在回前总评中称"晁盖等不过五人，再引十数个打鱼人，而写来便如千军万马，奔腾驰骤，有开有合，有诱有劫，有伏有应，有冲有突。凡若此者，岂谓当时真有是事，盖是耐庵墨兵笔阵，纵横入变耳"②，清田儋叟却批道"当时真有此事，圣叹误"③；第二十五回"偷骨殖何九送丧　供人头武二设祭"，武松将西门庆摔下楼去，原文称他"头在下，脚在上，倒撞落在当街心里去了。跌得个发昏章第十一"，金圣叹评道"独恨大雄氏之言，亦被盲僧分章裂段，真发昏章第十一也"④，认为佛祖说法被后世僧人碎裂章句，属于鲁莽昏聩之举，而清田儋叟在金批之后又称"人将谓卿说唐诗，亦发昏章第十一，圣叹唐诗堕拔舌地狱"⑤，对金圣叹的不满由小说延及唐诗评点，用词已近乎谩骂。第二十八回"施恩重霸孟州道　武松醉打蒋门神"，施恩向武松讲述蒋门神夺地打人之事，武松说"小管营不要文文诌诌，只拣紧要的话直说来"，金圣叹批道"每叹古今奏疏，悉是文文诌诌，不拣要紧说话直说出来，殊不足当武松一抹也"⑥，清田儋叟却反批"圣叹不要文文诌诌"⑦。第四十五回"病关索大翠屏山　拚命三火烧祝家店"，金圣叹在回前总评中称"前有武松杀奸夫、淫妇

---

① 《唐話辞書類集》第 3 集，第 370—371 页。
② 陈曦钟等辑校：《水浒传会评本》上，第 342 页。
③ 《唐話辞書類集》第 3 集，第 418 页。
④ 陈曦钟等辑校：《水浒传会评本》上，第 507 页。
⑤ 《唐話辞書類集》第 3 集，第 448—449 页。
⑥ 陈曦钟等辑校：《水浒传会评本》上，第 540 页。
⑦ 《唐話辞書類集》第 3 集，第 453 页。

一篇，此又有石秀杀奸夫、淫妇一篇，若是者班乎？曰：不同也"①，清田儋叟却针锋相对地说"既写一武松，而又写一石秀，极容易之事，所谓作文顺法，圣叹误矣"，以作文见长的他发此言论，若非故自标榜便难以理解。类似诚心与金圣叹作对的评点不计其数，"圣叹误""评未是""好笑""唧哝""轻薄""嫌嫌"之类用语屡见不鲜，大部分只是两三字的酷评，并不说明理由。

尽管清田儋叟表面看起来与金圣叹格格不入，但在近乎苛刻的指责背后，两人却多有相近之处。一方面二者都带有强烈的文人性情，任性使气，攻击一点不及其余，往往将主观偏见推向极端；另一方面，在重要的小说观念上也颇有重合。清田儋叟训点的《照世杯》，目录前有自撰的《读俗文三条》，其中提到"俗文之书虽多，若能通读《水浒传》，其余则势如破竹。（中略）浔阳楼反书、还道村玄女，均出自宋吴二人密谋诡计，读者或被作者哄过。其余，文面之外另有深义奥旨者甚多，彼金人瑞亦不晓桃花村意旨"②，其中的文字与观念均袭自金圣叹。《第五才子书读法》中称"《水浒传》章有章法，句有句法，字有字法。人家子弟稍识字，便当教令反复细看，看得《水浒传》出时，他书便如破竹"③，从浔阳楼题反诗、还道村遇九天玄女中读出宋江、吴用的机心，也始自金圣叹。最后所谓"彼金人瑞亦不晓桃花村意旨"，便是前文提到的"桃花村老人之女，十九岁仍未嫁，株守古礼也"，明显是厚诬之辞。清田儋叟暗中袭用金圣叹的说辞在先，却用穿凿附会的解读方式指责金圣叹曲解了原文。《水浒传批评解》着力于在金圣叹未注意之处，进一步揭露宋江的伪善，如第十九回"梁山泊义士尊晁盖　郓城县月夜走刘唐"，吴用对晁盖道："兄长不必忧心，小生自有摆划。宋押司是个仁义之人，紧地不望我们酬谢"，金圣叹未曾批注，清田儋叟却适

---

① 陈曦钟等辑校：《水浒传会评本》下，第853页。
② ［日］清田儋叟施訓：《照世盃》，ゆまに書房1976年版，第13页。
③ 陈曦钟等辑校：《水浒传会评本》上，第17页。

时指出:"咄咄!吴用失言。宋江为贪污之人,宋江欺世人太甚,及至瞒过吴用"①。第二十一回"阎婆大闹郓城县 朱仝义释宋公明",杀阎婆惜事发,知县派朱仝捉拿宋江,朱仝轻易找到宋江的藏书之处,并称宋江一日酒中提及家中佛堂下有地窖,清田儋叟便批道"一日酒中,鬼哭,宋江疑李逵之根"②,讽刺宋江表面仁义,心有城府。

　　清田儋叟其他借鉴金圣叹之处颇多,如《水浒传批评解》评第四十四回"杨雄醉骂潘巧云 石秀智杀裴如海",裴如海与杨雄之妻潘巧云偷会,让胡头陀借报晓之名窥伺传信,裴如海提前吩咐头陀如何行事,清田儋叟评曰"头陀一段只可略叙影写,此处详述,殊觉费目"③,认为事前既已交代机谋详情,胡头陀又一一照做,同一件事不必叙述两次,确有见地,不过金圣叹已做过类似评点。比如紧接着下一回潘巧云偷情事发,杨雄逼问丫头迎儿,迎儿招认详情时提到"娘子许我一副钏镯,一套衣裳",金圣叹批曰"所许前略此补",迎儿提到"又与我几件首饰,教我对官人说石叔叔把言语调戏一节,这个我眼里不曾见,因此不敢说",金圣叹又批曰"补前所无,又说得好",接着潘巧云招认"也是前两三夜,他先教道我如此说",金圣叹继续批曰"补文中之所无"④,金圣叹一再指出潘巧云与迎儿、石秀的诸般纠葛都是事发后补叙,这样一来避免了前后重复叙述的弊端。清田儋叟延续这种思路,认为裴如海将偷情计划提前讲出,徒费笔墨。

　　除了《水浒传批评解》,清田儋叟还曾为翻案小说《中世二传奇》撰序,德田武认为该书作者与评点者均为清田儋叟,⑤ 书中有一段评语称"唐土有谚神龙见首不见尾,作文亦当如此。然此类书,

---

① 《唐話辞書類集》第 3 集,第 425 页。
② 《唐話辞書類集》第 3 集,第 436 页。
③ 《唐話辞書類集》第 3 集,第 530 页。
④ 陈曦钟等辑校:《水浒传会评本》下,第 859—860 页。
⑤ [日]清田儋叟施訓:《照世盃》,第 465 页。

与纪实之书另有心得，有草蛇灰线之谓。且文字笔法，寓言之书与纪实之书均有照应配合，毫厘不爽，毫厘不忒"①。以文法论小说并非金圣叹首倡，袁无涯刊本中已有过大量尝试，并提出"叙事养题""逆法离法"之类命题，但集大成者正是金圣叹，而且"草蛇灰线"也首见于金圣叹的《读第五才子书法》，清田儋叟明显是从金圣叹处借用。

总之，清田儋叟的小说批评往往是在与金圣叹的对话中展开的，他提出的重要命题如《水浒传》文字背后的隐微、宋江饰仁义而藏诡诈、小说叙事的详略安排与文法的伏脉照应，大都是在金圣叹基础上的发挥。他的《水浒传批评解》一再指斥金氏之非，实际上却难以摆脱其阴影的笼罩；他努力试图超越金圣叹，为了标新立异甚至不惜强作解人，但始终未能独辟蹊径。他将小说评点带入文人视野，亲自批抹、讲解《水浒传》，中村幸彦称他"恐怕是日本将小说作为小说来读的第一人，也是值得关注的小说家"②。他主要的批评之作是写在贯华堂本《水浒传》上的评语，以及由门人高田润根据口头讲述抄录整理的《水浒传批评解》，二者均未刊行于世，因此江户后期的读本小说家很少受到清田儋叟的影响。笔者查考曲亭马琴的书信、日记，其中居然全未提及清田儋叟。以马琴见识之广仍不知《水浒传批评解》的存在，可见他在江户时期便少有知音。但作为白话小说评点的始作俑者，他的尝试却非常值得关注。

（三）曲亭马琴与金圣叹的道德难题

清田儋叟训点的《照世杯》刊行于明和二年（1765），《水浒传批评解》抄本并未注明日期，但第四十五回、四十九回的评语落款均为明和戊子（1768），第六十七回评语落款为明和己丑（1769），《水浒传》的评点很可能正是在这两年前后完成，而《中世二传奇》

---

① ［日］清田儋叟施訓：《照世盃》，第404页。
② 《中村幸彦著述集》第1卷，第230页。

刊行于安永癸巳（1773）。曲亭马琴白话小说批评的第一次尝试是文化二年（1805）刊行的《新编水浒画传》目录前的《译水浒辩》，随后是文政元年（1818）刊行的随笔《玄同放言》卷三收录的长文《诘金圣叹》，接下来便是天保二年（1831）完成的《水浒后传批评半闲窗谈》、天保四年（1833）完成的《后西游记国字评》与《三遂平妖传国字评》，可以说其白话小说批评也与金圣叹密切相关。清田儋叟训点的《照世杯》与曲亭马琴的《新编水浒画传》相隔40年，这也是白话小说对日本文学影响日深的时期。随着《水浒传》《小说精言》《小说奇言》《小说粹言》《照世杯》《西游记》等白话小说的和刻或翻译，日本文人逐渐意识到其文学价值，并出现众多的模仿之作，都贺庭钟、上田秋成、伊丹椿园、森岛中良等读本小说大家均活跃于这一时期。

  虽然翻案之作层出不穷，但模仿的对象大多限定在已被和刻、翻译的白话小说，或者《剪灯新话》《酉阳杂俎》之类文言小说。与此前的伊藤东涯、陶山南涛、清田儋叟等文人相比，直接阅读白话小说原文者可能正在减少，针对白话小说的评论也更为罕见，下一代儒者已很少主动谈论白话小说。这一时期的白话小说评论大多是通俗译本的序言，如明和戊子（1769）朴庵高硕的《通俗孝肃传序》、安永九年（1780）沧浪居主人的《通俗女仙传序》、宽政庚戌（1790）大田南亩的《通俗醒世恒言序》、宽政丁巳（1797）皆川淇园的《书通俗平妖传首》、文化二年（1805）十时梅厓的《通俗西湖佳话序》，这些序言大都就事论事，篇幅较短，并未就若干重要问题展开讨论。随着宽政年间（1789—1800）的出版管制与政治改革，上田秋成、石川雅望、大田南亩、森岛中良等人相继放弃了读本创作，此后小说阵地逐渐由博雅的文人转移到町人及下层武士出身的专业小说家身上，[①] 他们大多缺乏上田秋成等人的汉学素养，读本、合卷的翻案对象也日益集中到歌舞伎、净琉璃等本土文艺上，江户

[①] 《中村幸彦著述集》第4卷，第355页。

后期留下白话小说批评之作的,似乎只有曲亭马琴及其知交故旧了。

曲亭马琴的《新编水浒画传》是应书肆之邀而译的,在此之前,宝历七年(1757)已经刊行了署名冈岛冠山的《通俗水浒传》(前四十四回),后来板片烧毁,到了文化年间刊本已难得一见。马琴在正文前的《译水浒辩》中详述翻译、刊刻的经过,比较新旧译本的差异,还对《水浒传》的作者、版本、人物原型等做了一番考索。文中引用金圣叹《第五才子书读法》所谓倒插法、夹叙法、大落墨法等文法命题,称"和汉文章虽异,仅承其意而译之"①,即翻译过程中借鉴了金圣叹的评点,滨田启介调查樱山文库所藏马琴手泽本《忠义水浒传》(和刻本),发现上面多处摘录金圣叹评语,②可见"承其意"并非虚言。他引用《西湖游览志》《续文献通考》考证小说作者,引《宋史》辨析宋江三十六人事迹,重要的是对金圣叹的批评,笔者试译为中文:

> 余谓:圣叹原锦绣才子,然译以国字时,其批注却无用处。且以余浅见,圣叹外书有可取处,有不可取处。呜呼,试举二三言之。其评小说,每引圣教经传,是余难苟同之一也。彼又评《三国志》,称吾谓才子书宜以《三国志演义》为第一,至评《水浒传》,又谤毁《三国志》《西游记》,此其二也。他还称《水浒传》不言鬼神怪异,是笔力胜人之处。《水浒传》岂不言鬼神怪异事?洪信开石碣走百八魔君、宋公明遇九天玄女受天书,是未曾有怪异邪?此其三也。他又称《史记》与《水浒传》不同,施耐庵尤一肚皮宿怨,后又道不知此书作者胸中有何等冤苦,必设一百八人,此其四也。如此辩论不定,又论

---

① [日]曲亭馬琴、髙井蘭山訳:《水滸伝》第1卷,国民文庫刊行会1912年版,第5页。
② [日]浜田啓介:《近世小説の水滸伝受容私見:新編水滸画伝と馬琴の金聖歎批判》,载《近世小説・営為と樣式に関する私見》,京都大学学術出版会1993年版,第251—252页。

百八人之贤愚，过于弄假成真。况贯华堂藏《古本水浒传》所称施耐庵自序之类，疑是圣叹伪作。何出此言？余自其《西厢记外书》看破也。不及抄录其文，若欲知，可看其书。虽如此，圣叹外书并非不可取。①

曲亭马琴对金圣叹的指责多有不合理之处，滨田启介已有所考辨。②如称他"评小说，每引圣教经传"并不符合事实，金圣叹评点《水浒传》时很少大段引用儒家经典；金圣叹未曾评点过《三国演义》，说他认定才子书以此书为第一，不知何据。"《水浒传》不言鬼神怪异"云云，出自《读第五才子书法》，原文是"《水浒传》不说鬼神怪异之事，是他气力过人处。《西游记》每到弄不来时，便是南海观音救了"③，不言鬼神显然是在与《西游记》比较的语境下说的，虽然"不言"二字有失严谨，但以此攻评似也不妥，这与清田儋叟《水浒传批评解》中的过激之言颇为相似。但对金圣叹的其他指责却有理据，他在《读第五才子书法》中称"施耐庵本无一肚皮宿怨要发挥出来，只是饱暖无事，又值心闲，不免伸纸弄笔，寻个题目，写出自家许多锦心绣口，故其是非皆不谬于圣人。后来人不知，却是《水浒》上加'忠义'字，遂并比于史公发愤著书一例，正是使不得"④，但楔子的回前总评中却又说"今一百八人而有其人，殆不止于伯夷、太公居海避纣之志矣。大义灭绝，其何以训？若一百八人而无其人也，则是为此书者之设言也。为此书者，吾则不知其胸中有何等冤苦而为如此设言"⑤，虽然前者旨在反驳托名李贽的评点所谓"忠义"之说，后者意欲

---

① ［日］曲亭馬琴、高井蘭山訳:《水滸伝》第 1 卷，第 7—8 页。
② 浜田啓介:《近世小説の水滸伝受容私見：新編水滸画伝と馬琴の金聖歎批判》。
③ 陈曦钟等辑校:《水浒传会评本》上，第 17 页。
④ 陈曦钟等辑校:《水浒传会评本》上，第 15 页。
⑤ 陈曦钟等辑校:《水浒传会评本》上，第 38 页。

强调作者有所寄托，并非徒发空言，但前后矛盾的两种言论不能并存。如果梁山众豪并非"忠义"，作者的寄托究竟何在？金圣叹致力于揭批宋江的伪诈与李逵的纯真，但百回本后三十回详述了宋江等人为家国天下的征战牺牲，这些不能以伪诈解释，只有删掉后三十回，将小说终止在梁山聚义才能保持"伪诈"之说的统一性，而假称古本、腰斩原著、伪造施耐庵自序，正是曲亭马琴对金圣叹的另一种指责。

由此看来，曲亭马琴在翻译《水浒传》时也试图对金圣叹的评点做出回应，尽管存在着一定的误读，不过不同于清田儋叟，他努力为自己的质疑寻找文献依据，而不是任性使气。他提到了金圣叹总结的各种文法命题，但并未深究，直到天保六年（1835）在《八犬传》第九辑中帙附言中提出主客、伏线、衬染、照应、反对、省笔、隐微等稗史七法则，才将文法完整地引入读本小说中，不过大都是将金圣叹的草蛇灰线、绵针泥刺、横云断山之类说法改头换面而已，并不是主要的理论贡献。他看到了金圣叹在解读小说主题时存在的自相矛盾，以及为了自圆其说而采取的伪造删减，但并未进一步寻求符合情理逻辑的解读方式，但这成为他接下来二十多年中持续探索的主题。

13年之后，他在长文《诘金圣叹》中除去重申旧题之外，也开始思考金圣叹对宋江、李逵截然相反的评价，并深入探讨小说的道德深度。他指出："抬举李逵、独责宋江，以此为作者主旨，难以苟同。《宋史》所云淮南盗宋江虽有罪责，《水浒传》中宋江并无深憎之处。他避罪贼寨、凌驾大威、掠夺财宝、屠杀行人，若以此为罪，则李逵有何好？（中略）若责宋江、罪宋江，则两贼之奸邪愚恶，不言而喻"①，论到恶行，宋江与李逵不相上下，甚至李逵犹有过之，不能因为后者对罪恶不加掩饰，便出于"天真烂漫""朴诚""真率"等审美原则无视其杀人放火的残暴行径，

---

① 《日本随笔大成》第1期第5卷，吉川弘文馆1975年版，第251—252页。

但如何为小说寻找统一的道德主题？金圣叹删改后的《水浒传》以洪信误开石碣走妖魔始，以忠义堂石碣受天文终，结构上更为对称，但他意识到"始自洪信披石碣放魔君，一百零八豪杰出现；后石碣天降、收回魔君，宋江等一百零八贼，回归本然之善，为国讨贼锄奸，至此匠心方半，未必以石碣天降结局"①，梁山诸人从普通百姓到落草为寇、杀官造反只走完了一半路程。小说不能仅仅描写盗贼的堕落行凶经历，哪怕是有人格魅力、值得同情的盗贼，还要提供弃恶向善的救赎之路。他对第七十回石碣天降做出了创造性的解读，认为这象征着梁山众豪人性里的恶已被收走，从此开始回归本然的善。这种解读不一定符合小说原意，但却赋予了一定的道德深度，尽管《诘金圣叹》中点到即止，并未展开论述，但已经为后来"初善中恶后忠"的解读方式奠定了基础。

除了道德主题的探索，《诘金圣叹》还思考了小说中的虚构问题，曲亭马琴引用了谢肇淛《五杂俎》所谓小说"须是虚实相半，方为游戏三昧之笔；亦要情景造极而止，不问其有无也"的观点，这是明代批评家对虚构问题最有价值的思考之一。他进而评论道："陈寿志中，三国本纪、列传纷纭，一朝难以通览。至《演义》，话说三国君臣终始，如解梦丝、置棹杌，其才若不优异，世上难有之事也，惟《三国演义》并非自作者胸臆生出，而为天授，自然之妙多。《水浒传》自作者肚里生出，为人作，其才杰出。（中略）《西游记》尤妙作也，然其事过于怪诞，丝毫不写情致，其书不出《水浒》《三国演义》之右，为此之故也"②，所论并非独唱，明清之际已有类似看法，但出之于日本小说家，或许尚是首次。

《诘金圣叹》之后13年，金圣叹又完成了《水浒后传》的批评之作《半闲窗谈》，并非以序跋或评点方式附于小说原文之上，而是由57条评语单独组成，这种批评方式在中国直到清代后期才

---

① 《日本随筆大成》第1期第5卷，第251页。
② 《日本随筆大成》第1期第5卷，第260页。

出现，大体与曲亭马琴同时，《半闲窗谈》的出现标志着江户时期白话小说批评的成熟。蔡元放在《水浒后传读法》中提到此书胜过《水浒传》，原因在于"前传所写杀人之事，固有死当其罪者，却亦有无辜枉死，令人可怜者：如秦明之家眷、瓦官寺之老僧"①，笔端直指梁山诸人的残忍好杀，曲亭马琴正面回应这一指责，提出《水浒传》有三层深意：

> 宋江以下一百零八名好汉，自出生至各自生事，均为一般善人。既出事，落草梁山，文弱者奸智残忍，勇悍者不仁暴行，无不似恶魔。便是石碣走魔君，缘应此报。即如宋江，亦不能无魔行也。又，所谓替天行道，皆是魔心大言，不可深信。于是石碣天降，其过世罪业，无意中解脱，洗心革面，遂成忠臣义士。故一百零八人，有初善中恶后忠三等。不以此心读《水浒》，不明作者深意，爱之而不悟，讥之愈益不悟。彼金瑞不醒，漫评《水浒》，不当之处颇多。②

至此，马琴对《水浒传》中梁山好汉的罪恶做出了能够自圆其说的解读，也对金圣叹的评点给予了比较完满的反馈。他认为诸人落草之后的恶行既对应着洪信误放妖魔，也是他们无奈之下逃离文明社会、进入梁山江湖后的人性沉沦，而石碣天降在象征意义上使过往的罪恶得以解脱，从而实现了梁山诸人的救赎，招安以后的征战四方也就有了道德向善的可能。容与堂、袁无涯刊本的评点在一定程度上称许了梁山人物"替天行道"的宗旨，连带着对众人杀人放火等人性恶的方面也默许了。而金圣叹一意揭露宋江的虚伪、梁山的阴暗残忍，为了道德解释的统一性，便删掉了

---

① 黄霖、韩同文选注：《中国历代小说论著选》上，江西人民出版社2000年版，第426页。
② ［日］曲亭馬琴：《半閑窗談》，《国文学研究》1952年第6期。

梁山众人回归文明社会、实现个人救赎的可能性。曲亭马琴在《译水浒辩》中就对金圣叹的评点提出了质疑，但并未找到替代性的解读，直到《半闲窗谈》才得以实现。这种解读不一定符合小说原意，也可能有悖于现代的批评观念，但在他的时代，却是比较合情合理的。

除了《水浒传》道德主题的探索，《半闲窗谈》还分析了《水浒后传》中的伏线、虚构、人物性格、续书的写法等，由于篇幅较长，与《诘金圣叹》相比更为深入细致，但这些问题并未超出金圣叹的言说范围。《半闲窗谈》之后两年，马琴又完成了《三遂平妖传国字评》与《续西游记国字评》，这两部小说与《水浒传》并无直接关系，此时马琴也已建构起自己的批评空间，不用再借助与金圣叹的对话来展开思考。直到明治时期，坪内逍遥在《小说神髓》中否定马琴的小说创作与小说观，积极引进西方文学，从而开启了新的时代。

小结

江户时期大量白话小说传入日本，随之而来的还有金圣叹、毛宗岗、李渔等人的小说评点。虽然元禄到享保之际众多历史演义小说被译为日文，白话小说的读者也日渐增加，但日本文人长期忽视小说中附加的评点，直到清田儋叟训点翻刻的《照世杯》基本保留原有的评点，他本人也与门生故旧一起阅读、评点、讲授《水浒传》，评点才正式进入文人视野。

清田儋叟在《水浒传批评解》中频频提及金圣叹，很多时候甚至故意针锋相对。他一方面极力指斥金圣叹评点之非，试图有所超越，另一方面又暗中借鉴金氏的小说观念，甚至是具体的评点用词，体现出面对金圣叹时的焦灼无奈。作为文人，他的自我期许集中在经史笺注与诗文创作上，白话小说只是闲中把玩、信笔涂抹，却为江户时期打开了小说批评之门。

在清田儋叟之后虽然读本小说兴起，但白话小说的阅读与批评均日渐衰落，宽政以后撑起一片天地的只有曲亭马琴。不同于清田儋叟之类博雅的文人，他是专业的读本作家，以小说的阅读与创作为业，而最重要的几部批评作品几乎都是在与金圣叹的对话中展开思考的。他很早就对金圣叹盛赞李逵、贬斥宋江的评点方式有所不满，对他伪造古本、腰斩原著的做法不以为然，并致力于探索《水浒传》的道德主题，以便为梁山人物杀人放火受招安的经历做出具有道德统一性的解释。他在晚年完成《水浒后传》的批评之作《半闲窗谈》，使白话小说批评首次摆脱了原作附庸的地位，成为独立自主的著作，并在其中提出梁山人物"初善中恶后忠"的解读方式，标志着白话小说批评的成熟。

二 从齐贤到田能村竹田：江户时期文言小说评点的轨迹

传统的小说评点对象大都是白话作品，尤其是明代万历以后刊行的通俗小说。虽然考证源流时往往上溯到刘辰翁的《世说新语》评点，承其余绪者也多有其人，仅明代就有六十余种文言小说评点本，[①] 但在小说史上的影响与白话小说评点不可同日而语。中日之间一衣带水，江户时期中国典籍大量东传，其中《夷坚志》与《霍小玉传》还曾引起日本僧侣或文人的关注，并被评点刊刻，成为罕见的几部文言小说评点之作，通过它们可以考见汉籍在日本的流播方式，以及日本对文言小说的再阐释。

（一）《夷坚志和解》：佛教说话与文言小说的交叉点

张伯伟在《评点溯源》中认为章句义疏、诗文评注、科举程文、禅宗评唱均对评点产生了深远影响，[②] 除科举程文之外，其他批评形式均随汉籍传入日本，并对其批评意识产生了或大或小的影响，其中僧侣的作用尤为明显。早期志怪小说有相当一部分出

[①] 董玉洪：《明代的文言小说评点及其理论批评价值》，《明清小说研究》2010年第3期。

[②] 张伯伟：《评点溯源》，载章培恒、王靖宇主编《中国文学评点研究》，上海古籍出版社2002年版，第1—54页。

于僧道之手，而日本自平安时期以后，僧侣一直是汉学修养深厚的文化精英，文言小说的传播带有浓厚的释家辅教色彩，《沙石集》序言中所谓"狂言绮语幻诞之言，缘此以传佛法妙道；世间浅近卑贱之事，取譬以导空门深义"①。平安时期就有《汉武帝故事》《搜神记》《续齐谐记》《灵异记》《列仙传》等志怪小说传入日本，见于《日本国见在书目录》，《冥报记》《孝子传》《三宝感应要略录》等以教化为宗的著作也被日本僧侣广泛阅读，并被《今昔物语集》《宇治拾遗物语》《打闻集》等以故事宣教的著作引录翻译。

志怪小说以叙事为主，笔录者少予置评，但日本僧侣在引录翻译时，经常会在文末添加教化或宣验性的评论。如《今昔物语集》卷六《震旦安乐寺惠海画弥陀像生极乐语第十六》出自国内已亡佚的《三宝感应要略录》卷上第十二《隋安乐寺释惠海图写无量寿像感应》②，近似逐句翻译而略有删节，但正文后多出"世人闻此，必将尊其为往生极乐之人，口耳相传欤"，虽非严格意义上的评点，却是对故事的主观评价，《今昔物语集》震旦部多以类似方式结篇。个别篇目文末评语较长，近似白话小说的回末总评，如卷七《震旦僧行宿太山庙诵法华经见神语第十九》③出自《冥报记》卷上《隋大业客僧》，讲述以前寄宿于泰山神庙庑下者大多横死，而某僧夜宿时不但毫发无伤，还在庙神引导下见到火狱中的同学，并书写《法华经》予以救拔。正文近似逐句翻译，但文末多出"以此思之，不意与神交谈之僧，亦可敬。以前来庙中者如何不能生还，唯有此僧受神敬重、救同学出苦难，并安然返回，此事将口耳相传欤"。

平安时期以后，佛教说话集的编纂源源不断，说话集的文末附

---

① ［日］小岛孝之校注：《沙石集》，小学馆2001年版，第19页。
② ［日］小峯和明校注：《今昔物語集》2，岩波書店1999年版，第44—45页。
③ ［日］小峯和明校注：《今昔物語集》2，第122—125页。

第三章　中国小说的翻译与评点　323

评也有所增加，除了教化或宣验之外，有的还选录与正文类似的故事。成书于镰仓时期的说话集《撰集抄》文末评论篇幅甚至超过正文，如卷六《玄奘之事》正文为玄奘西行求法故事，文末评论却说"故此大和国奈良时太子，长冈亲王为皇储时……"① 讲述日本类似的西行求法故事，篇幅约为正文两倍。到了江户时期，说话集的编撰、刊行仍不绝如缕。随着战乱结束、承平之世到来，幕府为限制基督教的传播，宽永年间颁布"宗门改"制度，规定所有百姓必须成为某个寺院的檀越，僧侣们弘教之心更炽，佛教说话集中的议论色彩日渐浓厚。以翻案《剪灯新话》著称的僧人浅井了意还曾撰有《戒杀放生物语》，广泛取材于《迪吉录》，而且往往在每则故事后附有或长或短的评论。宽文年间刊行的《因果物语》、元禄年间刊行的《善恶报故事》正文之后均附有评论，② 尽管并未大量取材于汉籍，但作为释家辅教之书体制逐渐完备，文末评论逐渐成为说话集中的有机构成部分，内容上也在弘教之外更多地讲述同类故事，评论的着眼点不再是佛法说教，开始关注故事本身的思想内涵，在这种趋势下出现了僧人齐贤翻译、评点的《夷坚志和解》。

《夷坚志和解》向有贞享三年（1686）、元禄三年（1690）、元禄五年（1692）等各种版本著录，但周以量考证认为该书元禄六年（1693）首次刊行，此前的版本并不存在。③ 全书八卷，元禄六年刊本正文后有贞享三年译者齐贤跋语，称：

> 太岁季春，从东海归京师，接旧识丁草庵，而煮茶之次，读宋朝洪迈所纪《夷坚志》，每章评其始末而示焉。此将欲教昏愚入乎道之所致，更无他已。于兹有一俗士谓予曰：冀令师

---

① ［日］西尾光一校注：《撰集抄》，岩波书店1970年版，第161页。
② 分别收入高田衛编《江户怪谈集》上册、中册，岩波书店1989年版。
③ 周以量：《近世日本における中国小説の流布と受容：太平広記と夷堅志を中心に》，博士学位論文，東京都立大学，2000年，第165页。

劳其手软，顷所谈书义，以和字志于纸而赐则足矣。所以然，我时会邻家男女族，换于寻常戏论杂话，则可也乎。吁，俗士所愿，亦为使童蒙诱于道，则是本予所志也，何让之有？即卒尔。摘数十章，染毫以与焉。

如果跋语可靠，那么《夷坚志和解》原是齐贤在亲朋聚会时的谈资，后应人所请译为日文，旨在教化童蒙，与之前的佛教说话集本质上并无不同，不过明确表示以汉籍"和解"作为弘教手段，这种态度却是此前罕见的。江户时期以前的说话集即便译自汉籍，也往往并不注明出处，而且大多改换篇名，如《平家物语》卷九、《宇治拾遗物语》卷十三均引录《冥报记》卷下"唐韦庆植"条，但前者更名为"震旦韦庆植杀女子泣悲语"[①]，后者更名为"某唐人，不知亲女转生为羊而杀之事"[②]，更淡化了翻译色彩。直到战国后期至江户初期相继出现《语园》《新语园》《怪谈全书》等文言小说的翻译作品集，在标题下或篇末详细注明出处，翻译观念才逐渐深入人心。这些翻译之作大都近似逐句直译，态度比较严谨，但都是纂集多种文言小说，而且极少附有评点。相对完整地翻译一部文言小说并施加真正意义上的评点，始作俑者正是齐贤。

齐贤的生平不详，近雅散人在序言中称其为"予方外故旧"，认为他的评点旨在"论其趣"，"令人感发其善心，惩创其恶志"，看似兼具趣味与教化，不同于纯粹的宣教作品，但对"趣"的掘发远不如对因果的说教。评点可能并非自己突发奇想，其翻译的底本便是钟惺评点的《新刻增补夷坚志》，全书将洪迈原著分为尽忠、不忠、孝子、孝妇等139类，总计565则，齐贤从中选录29类93则。钟惺评点多为简短的眉批，而齐贤评点几乎全为文末总

---

① ［日］小峯和明校注：《今昔物語集》2，第207页。
② ［日］小林保治、增古和子校訂：《宇治拾遺物語》，小学館1996年版，第409页。

评，往往篇幅冗长，仅有 9 则故事未附评点。他经常引用钟惺的评语，或加批驳，或表赞同，但以前者为主，二人的评点形成微妙的呼应关系，显示出迥然相异的风格。

《新订增补夷坚志》卷二孝子类"鱼筒饷母"全文仅六十余字，讲述杜孝于成都买鱼事母，盛入竹筒顺江漂至巴郡家中，妻子见竹筒知是丈夫所寄，便烹烩奉姑。钟惺在眉批中称"妙在妇识之"，似乎对故事的可信性略有质疑。齐贤在文末的评点中却说"钟惺评妙在妇识之，杜孝诚未曾明示鱼以奉母，妻却知夫为母寄，凡虑有所不及。全为道之至极而有妙应，尤可信也"，认为夫妻并未约定却心有灵犀，乃是出自道德的神秘感应，反而更加可信。这种态度明显立足于弘教立场，并未顾及叙事上的伏脉呼应。卷三不孝类"褚大震死"讲述船夫褚大事母不孝，天神假托船客痛斥其非，并以天雷震死。故事简短，并无深致，但褚大在天神表明身份后仍称"便是天神也，还钱乃可去"，市侩口吻栩栩如生，钟惺评道："一语毕见其憨"，主要着眼于人物刻画的高妙。齐贤却称"罪恶之报往往现于来生，然不孝逆子现身必遭天雷震击，其验甚多。若听此言，便不可轻忽因果报应之理"，关注的仍是故事的教化色彩。卷二孝妇类"丰城孝妇"条讲灾年一家逃难，丈夫嫌母老病，不愿带同出逃，妻子不忍抛弃。最后丈夫为虎所食，妻子因孝心感天得银一笏，免于灾荒之苦。原文写小儿向母亲转述眼前所见，"恰到此处，被一黄黑斑牛吃去林中矣"，钟惺评"称虎为牛，宛是稚子口吻"，齐贤引钟惺评语称"二子幼龄未曾见虎，称之为斑牛"，也对这一句称赞有加，但更加看重的是"彼民弃母之心天道不容，遂为虎所食，诚所当然。妻子不与邪见，孝心纯粹，立得福报，最可为鉴"，与钟惺立场颇有不同。

钟惺评点受限于眉批形式，大多只针对只言片语，时而将注意力从故事内容转移到遣词造句的匠心，发现细节上的传神之笔。个别评点文字较长，不只是"事奇""语有针线""藻艳委宛"等评点家常有的用词，还曾另叙他事以与本文对照。卷三不孝类

"要二逆报"讲述村民要二因母亲误摔幼子,将其骗至无人处图谋杀害,却被天雷震死。钟惺并未针对人物、情节或文章用词加以评点,而是提到"一翁训孙,令跪雪中。其子外归,见之即解衣亦跪雪中。翁惊问其故,曰尔冻我儿,我冻尔儿。痴愚事于此两见",这种评点方式比较新颖,钟惺只是偶一为之,齐贤却频繁使用。同一则"要二逆报",《夷坚志和解》文末的评语便以"本朝近来有与此颇相类之事"开头,讲述美浓国老翁将幼孙遗落田间,致其落水而死,其子又为子报仇持斧杀父,误中神社木柱,斧柄与手粘结不能分,于是不得不终生持斧柄。齐贤可能是从钟惺眉批中得到启发,用同类故事作为评点,也可能是借鉴佛教说话集的评点传统,在齐贤之前《撰集抄》已有过类似的尝试,但将其大规模运用也是起自《夷坚志和解》。

乍看之下以宣教为宗的评点与文学意义上的批评相距甚远,很多荒诞粗糙的故事往往因为叙因果、重教化受到连篇累牍的称许,《夷坚志》中难得一见的婉转笔墨经常被钟惺特意点出,却很少引起齐贤的注意。但佛家立场只是一种思想倾向,如果不为儒佛各家预设高低,那么志怪小说本有"发明神道之不诬"的一面,齐贤与众多极力宣扬孔孟之道的评点家并无本质上的不同,而尤其值得关注的是其评点文字的增加,以及对和汉典籍的频繁引用。《夷坚志和解》中附有评点的故事共有84则,其中33则评语篇幅长于正文,卷三今生冤报类"沙门手刃行童今生得报事"评语多达两千余字(按日文字符统计),几乎成为长篇论文,文中讲述伊势国类似的故事,夹有因果报应的说教。明清时期白话小说的评点虽也有篇幅较长的回前回末总评,但两千余字的评语实属罕见。齐贤的很多长篇评语已不再停留在佛理的简单说教上,而是融入世俗智慧,分析人情物理。

《新订增补夷坚志》卷二十见怪不怪类收录的四则故事,讲述正道直行者物怪不能伤,其中"王直夫"条在《夷坚志和解》中译为"魑魅妖怪难以惑人事",齐贤在文末的大段评语中引《周礼》《淮南子》《说文》解释鬼魅由来，接着说道：

> 魑魅向王直夫所言，引孔圣语"如色厉内荏"，小人不知养浩然之气，无知、无仁、无勇。不正其心，一念妄动，觳觫畏怖，遂有乱生。传闻或惑身为恼，或惑意为伤，甚至于死。如王直夫之刚正者，彼又何以惑之？

评点还讲述某书生夜宿荒亭，受蝎、鸡、猪三怪所扰却不为所动，天明掘地除怪的故事。齐贤未明言出处，实际出自《搜神记》卷十八"安阳亭书生"。最后评道"即便一书生，只要正心明智，鬼怪亦不能为障，何况得佛法至道者。世人受狐狸捉弄、为天狗所惑者，皆不正也"，虽然仍归结于佛法，但已不止将故事作为宣教工具，对名物典故和人物性情都有所关注，与明清时期的小说评点已颇为接近。《夷坚志和解》卷四贪谋报应类有一则"无道贪人之物死后变牛事"，原为《新订增补夷坚志》卷十六"直塘风雹"条，讲述富农张三八以不义起家，长子死后转生为牛，次子继续作恶，被风雷卷去家财、折断臂膀。齐贤在文末评语中讲述唐贞元年间戴文贪利虐民，死后转生为牛，胁下详注姓名。其子为遮羞，抹去牛身姓字，并状告邻人诬蔑，但当众验证时，胁下姓名再次出现。齐贤称出自《变化记》，实则引自《古今事文类聚》后集卷三十九，注出《变化记》，早在《夷坚志和解》成书之前的宽文六年（1666），《事文类聚》便已由京都书肆和刻刊行。

《搜神记》《事文类聚》均为文言小说大宗，《夷坚志和解》虽然主观上是作为宣教之书翻译的，但齐贤也是在与中国文言小说的传统对话，并将源自佛教说话集的评点引入文言小说，而且在评点的篇幅与形式上都有改进增益，结果贴近了明清的小说评点。《夷坚志和解》得以评点、刊刻的贞享、元禄年间，金圣叹、毛宗岗等人的小说评点尚未受到日本文人的关注，甚至白话小说本身的读者也大多是长崎的唐通事群体。《夷坚志和解》刊行的前一年,《三国演义》的日文译本《通俗三国志》刚刚由京都书肆付梓,译者是与齐贤同为僧侣的湖南文山,从此历史演义小说才真正进入日本文人的视野。在齐贤撰写《夷坚志和解》跋语的前一年,《肉蒲团》以《觉后禅》之名和刻出版,大体保留了原有的评点而有所删减,直到明和戊子(1768)年才出现日本文人评点的白话小说,即清田儋叟的《水浒传批评解》,距离《夷坚志和解》的刊行已有75年。由此可见,齐贤的《夷坚志》评点在江户时期中国小说批评中具有示范性的开拓意义。

(二)《风竹帘前读》:从僧侣到文人的坐标转换

《夷坚志和解》之后多部白话小说在日本和刻出版,笔者曾将宝永二年(1705)到明和七年(1770)作为江户时期小说和刻的第二阶段,名之为白话小说的兴盛期。这一时期文言小说的刊刻也并未中止,但影响力已大不如白话小说,而且评点始终未能成为文言小说和刻本的有机组成部分。在齐贤之后佛教说话集仍层出不穷,正文后附加评语者也并不罕见。仅以《丛书江户文库》中的《佛教说话集成》[①]为例,其中收录的佛教说话集就有多种附带评点,如元文二年(1737)刊行的《新选发心传》、宝历六年(1756)刊行的《灵魂得脱篇》、宝历十一年(1761)刊行的《西院河原口号传》、天明八年(1788)刊行的《善恶业报姻缘集》,但说话集作者或评点者抱持的态度往往是"不为文作,不加修饰,盖欲用以自警与童蒙而易喻"[②]"习善戒恶,总以洗心革面,为庸夫愚妇辈口称念佛之便"[③]"以经论所说,合因缘实理以论定"[④],宣教色彩日浓,汉籍引录逐渐减少,评点也大都围绕因果经论展开,

---

[①] [日]西田耕三校订:《仏教説話集成》全2册,国书刊行会1990年、1998年版。
[②] [日]唯阿性均:《新選発心伝序》,载《仏教説話集成》第2册,第250页。
[③] [日]直指:《霊魂得脱篇引》,载《仏教説話集成》第2册,第328页。
[④] [日]採璞:《近代見聞善悪業報因縁集引》,载《仏教説話集成》第2册,第472页。

很少关注世事人情。在笔者有限的视野中,《夷坚志和解》之后再未出现以文言小说为主、附有评点的佛教说话集。

从享保年间开始,随着服部南郭、祇园南海、彭城百川、宫崎筠圃等人的活跃,不同于传统儒者的文人逐渐成为新的身份选择。[①]原本作为儒者修养之一的诗文书画从经史附庸中独立出来,很多人开始经营私人的生活趣味与精神世界,唐土风物与汉文小说也日益流行。像江户前期浅井了意、铃木正三、元政、大潮、万庵那种以诗文小说创作名世的僧人越来越少,从儒者中分化出来的文人成为时代潮流的引领者。具体到小说的翻译与批评,元禄到享保之际历史演义小说的翻译热潮中,《通俗三国志》《通俗汉楚军谈》《通俗唐太宗军鉴》《通俗两汉纪事》的译者梦梅轩章峰、称好轩徽庵均为禅僧,《通俗战国策》《通俗五代军谈》的译者毛利贞斋也先为僧后还俗,其他译者大多生平不详,即便如此,僧人在白话小说翻译中的作用已可见一斑。但享保以后翻译刊行的《通俗西游记》《通俗好逑传》《通俗醉菩提全传》等世情或神魔小说,译者队伍中却不闻有僧侣。

享保尤其是宝历以后,为小说作序跋题记的文人越来越多,如大田南亩的《通俗醒世恒言序》、皆川淇园的《书通俗平妖传首》、十时梅厓的《通俗西湖佳话序》。同时,伊藤东涯的《秉烛谈》《盍簪录》、胜部青鱼的《剪灯随笔》、田中大观的《大观随笔》、清田儋叟的《孔雀楼笔记》、伊丹椿园的《椿园杂话》等随笔中均曾评骘中国小说,都贺庭钟、三宅啸山、石川雅望等知名文人还曾分别留下《通俗医王耆婆传》《通俗女仙传》《通俗醒世恒言》等小说翻译之作,但无论序跋题记还是随笔翻译中的小说评论,大都仅是只言片语,序跋中还加入很多应酬之语,未曾就情节、人物等话题深入探讨,直到文化庚午(1810)年跋刊的《风竹帘前读》。

---

① [日]中村幸彦:《近世文人意識の成立》,载《中村幸彦著述集》第 11 卷,中央公論社 1982 年版,第 378 页。

《风竹帘前读》封面右栏题署"绣匣第八读　唐霍小玉传",左栏注明"竹田庄藏板"。竹田庄为江户后期文人、南画家田能村竹田斋号,卷末有"绣匣十读目次",即:

梅影楼东读　　江采苹传
牡丹亭北读　　杨贵妃传
佩刀腰下读　　谢小娥传
执拂案边读　　红拂妓传
乞食墙头读　　妓李娃传
遗书褥底读　　刘无双传
月花梯后读　　步非烟传
风竹帘前读　　霍小玉传
蠹窗奇艳读　　梁皇后传
练带悲辛读　　萧皇后传

每部小说均以女子为名,其中"江采苹传"可能是宋代传奇《梅妃传》,"杨贵妃传"即陈鸿《长恨歌传》,"红拂妓传"即杜光庭《虬髯客传》,"梁皇后传"很可能是指《杂事秘辛》,"萧皇后传"或为《大业拾遗记》。以上十种均为传奇小说,他本计划"逐次上梓,贻诸海内有心之人,以为贤贤易色、劝善惩恶之种子云",但目前仅见第八种《风竹帘前读》,或许其他九种未曾付梓。即便如此,此举仍意义深远。

自平安到江户初期,文言小说的流播始终以志怪或笔记为主,传奇小说极少受到关注。虽然江户初期《剪灯新话》《剪灯余话》曾被翻译或翻案,但并未改变传奇小说不受重视的局面。以和刻为例,整个江户时期有57部文言小说曾被翻刻出版,但绝大多数都是魏晋志怪或唐以后的笔记小说,除《霍小玉传》之外传奇小说仅有《长恨歌传》《游仙窟》《剪灯新话》《剪灯余话》《会真记》等极为有限的几部得以和刻。这虽与传奇小说篇幅较短、难以单篇行世有关，而且《事文类聚》《太平广记》两部和刻类书中均包含相当数量的传奇作品，但传奇小说对江户文人的影响不如笔记小说，却是显而易见的。文言小说读者大多是受教育程度较高的文士，其中寓劝诫、广见闻、资考证的笔记小说，其作者或读者往往以学者或儒生为主，而以文采与意想见长的传奇小说，作者或读者大多是以诗文自诩的才子，《阅微草堂笔记》与《聊斋志异》、纪昀与蒲松龄的分歧便是两种小说风格的典型体现。而中日语言文化的差异，导致白话小说在日本文人眼中并非浅薄之作，反而显得"搜奇探怪，趣味横生"①，自享保年间文人意识产生之后，日本文人的小说阅读以"三言二拍"、《水浒传》《好逑传》等白话体为主（或者白话小说的日文译本）。整个江户时期，传奇小说的阅读、翻译或翻案并未如历史演义、世情神魔等白话小说那般成为某一阶段的主流，田能村竹田的"绣匣十读"很可能是唯一一次成规模的传奇小说翻刻活动。

《风竹帘前读》正文前有"山阳外史"手书的绝句："三尺乌孙几断肠，海山消息两茫茫。风帘竹动无人到，恨杀题诗李十郎"，描绘霍小玉在病中焦急等待李益的场景。"山阳外史"即赖山阳，江户后期著名文人与学者，也是田能村竹田生平至交，田能村竹田《自画题语后编》中曾称"予资性迂阔，僻爱绘事，苦辛从事，殆五十岁。画里所得之消息，知者唯山阳一人，故平生称为画中知己第一"②，而赖山阳评田能村竹田"人痴、情痴、面目痴、笔墨痴，痴中藏黠，人不能觉"③，也当为知人之论。竹田早年知好色而慕少艾，享和二年（1802）26岁时在给诗文名家大窪诗佛的信中称"夜半酒醒梦回际，挑灯读《西厢记》《牡丹亭还魂记》，未尝释卷浩叹才难情难也"④，甚而言之"东西两都文章巨公、风流教主，若白

---

① ［日］伊丹椿园：《椿园雑話》，载［日］森銑三等编《随笔百花苑》第5卷，中央公論社1982年版，第261页。

② 《田能村竹田全集》，国書刊行会1916年版，第276页。

③ ［日］中村真一郎：《頼山陽とその時代》，中央公論社1971年版，第175页。

④ 《田能村竹田全集》，第330页。

傅，若髯苏，若钱宗伯、毛大可、冒辟疆者，不知几数十百家，而若樊素、朝云、柳姬、曼殊、董小白者，能得一人否？乃是大都下名门里，不可谓决无有也，有则君必知之，知则为之立传，而贻诗若文于不朽，零香余芳赖有存焉"①，恳请大窪诗佛为才女名媛立传，以广传芳泽。不知大窪诗佛是否令其如愿，八年之后田能村竹田便自己执笔施训、评点《霍小玉传》，实现了多年夙愿。

在翻刻《霍小玉传》之前，田能村竹田已经接触过中国的戏曲评点，文化二年（1805）他在给友人的书信中称"大阪典籍浩繁，（中略）《西厢记》颇有趣，有六才子注释，遂借此注本。注者，评而已，奇妙之物"②，显然已读到金圣叹评点的《西厢记》。他一再强调的"毕竟多情""小玉情真""以多情引此遗恨"等，恐怕也曾受到金圣叹的影响。《读第六才子书西厢记法》第六十七条便是"《西厢记》必须与美人并坐读之。与美人并坐读之者，验其缠绵多情也"③，第二本第四折唱道"那是娘机变，如何妾脱空，他由得俺乞求效鸾凤"，金圣叹评曰"九字，便是九点泪，便是九点血。双文之多情，双文之秉礼，双文之孝顺，双文之爽直，都一笔写出来"④，第三本第三折总评中称"《西厢》如此写双文，便真是不惯此事女儿也。夫天下安有既约张生而尚瞒红娘者哉？真写尽又娇稚、又矜贵、又多情、又灵慧千金女儿，不是洛阳对门女儿也"⑤。金圣叹强调崔莺莺之多情，而田能村竹田也强调霍小玉之多情，两相对照，恰成默契。

《风竹帘前读》的评点有眉批、夹批与文末总评，此前齐贤的《夷坚志和解》评点关注小说的思想意蕴与宣教效果，清田儋叟的

---

① 《田能村竹田全集》，第 330—331 页。
② 参见［日］德田武《田能村竹田風竹簾前読の成立とその水準》，《明治大学人文科学研究所紀要》1994 年第 36 期。
③ 陆林辑校整理：《金圣叹全集》第 2 卷，凤凰出版社 2008 年版，第 865 页。
④ 陆林辑校整理：《金圣叹全集》第 2 卷，第 985 页。
⑤ 陆林辑校整理：《金圣叹全集》第 2 卷，第 1018 页。

《水浒传批评解》侧重故事的反讽意味与文章技巧，而田能村竹田却一再揭示李益言行中透露出的浮薄性情，以及霍小玉多情生悲的遗恨，将其上升为人生在世无可奈何的悲剧命运，这种态度以前曾在诗文中有所流露，但凭此解读小说在江户时期很可能是初试。同时，他也摆脱了简单的道德评判，对人性的弱点以及情境限制下不得已的选择多有体谅。

小说开篇称李益"少有才思，丽词佳句，时谓无双"，夹批曰"才思亦可憎，结做许多冤业"，眉批也称"益之矜张浮薄、玉之慧性多情及鲍娘之便僻、净持之老媚，笔下悉开生面"。

鲍十一娘向李益介绍霍小玉"不邀财货，但慕风流"，李益听后"神飞体轻，引鲍手且谢曰：一生作奴，死亦不惮"，竹田又以"浮薄"两字作旁评，眉批中继续说道"李生言死如此容易"。

李益前往霍小玉处之前"浣衣沐浴，修饰容仪，喜跃交并，通夕不寐"，夹批仍是"浮薄"，眉批继续道"至引镜自照，益之浮薄既极"。

李益中进士后，父母为其另聘高门，他"自以孤负盟约，大愆回期，寂不知闻，欲断其望"，夹批"浮薄更加强忍"。

评点中共有五次提到李益的浮薄，似乎责之已深，但田能村竹田并未如很多评点家一般凭借简单的道德是非论断人物，即便对李益也颇有恕辞。霍小玉得知李益另娶之后，竭尽所能谋求一见，而李益"自以愆期负约，又知玉疾候沉绵，惭耻忍割，终不肯望"，眉批中称"惭耻忍割，实是可憎。虽然，益之本性固不甚恶，但因无所止定，一愆其期，再负其约，于是遂生大隙而至此极，古人慎几于微，戒哉"，他认为李益不肯见霍小玉，乃是因为辜负已深，因惭愧而不得不疏远，并非本性残忍，这种见解切合人情。明清之际的《水浒传》评点经常纠结于宋江等人是否"忠义"，执着于脸谱化的道德评断，直到卧闲草堂评本《儒林外史》才对胡屠户、严氏兄弟等人表面上的恶行抱持同情与悲悯，"特其气质如此，是以立言如此耳。细观之，原无甚可恶也"①，"严老大不过一混账人耳，岂必便是毒蛇猛兽耶"②。不将负面人物丑角化并施以简单粗暴的道德谴责，而是为其行为逻辑做出符合人情的解释，并揭示出具体情境下不得不然的无奈以及普遍的人性缺陷，田能村竹田的评点显示出难得的睿智与成熟。

针对霍小玉，评点多次强调她因爱而生的悲剧。李益的浮薄心性主要通过夹批或简短的眉批加以揭示，而霍小玉的多情之扰却多次以大段眉批详加分析，如：

> 盖玉之所以致误，实因知诗矣。近有一女子作诗云：少陵犹谓文憎命，何况诗词属妇人？噫，有才无貌谓之璞玉，无才有貌谓之泥塑。才貌并兼，千古难事。非小玉，则吐出此语不得也，吐出亦唯虚大。
>
> 汉武一代英主，乃云欢乐极兮哀情多，符玉斯语。余尝谓非聪明女儿，则欢亦不欢，悲亦不悲。
>
> 玉既熟益之为人，故谋后日极是明晰，可谓情事两尽者也。虽然，闺阁内兼以情爱因循，一日不遂，其谋卒饮终天不灭之遗恨，悲哉！
>
> 语语切实，语语悲愤，语语涕泣，语语多情，且及此颠沛之际，犹言绮罗管弦，亦休这个风流，透骨涵髓。

虽然霍小玉的悲惨结局由李益直接造成，但田能村竹田并未将爱情悲剧归结为李益的负心，他对乐极生悲、多情惹得多忧等人生长恨的揭示远胜于对李益的谴责。文末附有长篇总评，进一步提出"益固中人，故以才思受此罪过。玉亦中人，故以多情引此遗恨。当时倘使益与玉为个愚夫愚妇，便当笑笑嘻嘻，没齿无怨也"，将爱情中

---

① 王丽文校点：《卧闲草堂评本儒林外史》，岳麓书社 2008 年版，第 26 页。
② 王丽文校点：《卧闲草堂评本儒林外史》，第 48 页。

的苦难视为中人不得不承受的代价,而非竭尽心智便能克服或避免的对象,这种认识已颇为深刻,中国的小说批评可能直到王国维的《红楼梦评论》才出现类似透彻的观念,但已是将近百年之后。田能村竹田的《风竹帘前读》,标志着江户文人小说评点所能达到的高度。

小结

文言小说早在奈良、平安时期便已传入日本,但早期留下批评文字的主要是僧侣。《今昔物语集》《宇治拾遗物语》《撰集抄》等佛教说话集大量引录、翻译《冥报记》《孝子传》《三宝感应要略录》等汉籍,并在文末添加或长或短的评语。到了江户时期,说话集评语的篇幅大大增加,除了强调思想内涵与宣教效果,还讲述与正文类似的故事,僧人齐贤的《夷坚志和解》延续了这种传统并有所增益,他撰写的评语有三分之一以上篇幅超过正文,最长的一篇甚至多达两千余字。除了增加字数,他还多次引用《搜神记》《事文类聚》等文言小说集,在宣教之外也对人物形象有所关注,无意中拓宽了小说评点的路径。

齐贤之后佛教说话集更加注重宣教色彩,僧侣在文言小说流播中的地位有所下降,自享保年间开始文人成为新的承担者。他们为汉文小说撰写序跋,在随笔中评骘,或者直接参与到翻译与翻案中来,但限于形式,并未就若干重要问题深入探讨。田能村竹田筹划翻刻的"绣匣十读"包含十部传奇小说,使得平安时期以来传奇小说读者群与影响力落后于笔记小说的局面有所改观。他在《霍小玉传》的评点中摆脱了简单粗暴的道德评判,将霍小玉的爱情悲剧归结为多情的苦难,并将其升华为中人不得不面对的人生困境,从而使得江户时期的小说评点迈上了新台阶。

第 四 章

中国小说的翻刻与选编

第一节 和刻中国小说种类及趣味的变迁

中日之间保持着千余年的典籍往来，自清末民国以来众多文史学者赴日访书，杨守敬、董康、马廉、傅芸子、王古鲁等均曾于东瀛得见珍稀古籍，孙楷第根据访书经历编撰的《日本东京所见小说书目》《中国通俗小说书目》已成为小说研究者的案头必备之作。日本的版刻源远流长，现存最早的出版物甚至早于中国，但国内学者访求的基本都是中土刊本或日本古抄本，和刻汉籍很少进入访书者的视野，甚至日本学者也不太看重宽永之后的雕版汉籍，至今旧书店里和刻本价格之低廉令人惊异，相关的研究也不多。著名文献学者川瀬一马甚至说大正、昭和时期汉文科学生宁愿阅读上海印刷的白文汉籍，也不使用和刻本，因为其中的训点多有讹误。① 如果不停留于版本价值的考量，而是从文学尤其是小说流播史的角度反观和刻汉籍，将会打开新的天地。

日本现存最早的印刷物是神护景云四年（770）的《百万塔陀

---

① ［日］川瀬一馬：《入門講話日本出版文化史》，日本エディタースクール出版部1983年版，第200页。

罗尼经》，此后版刻事业不绝如缕。根据吉泽义则的《日本古刊书目》，[①] 庆长八年（1603）江户开府之前日本共刊行了五百部左右的典籍，其中大部分是佛典，汉文小说只有《冷斋夜话》一种。江户以前典籍刊刻往往由寺庙承办，印数有限，直到丰臣秀吉征朝，将活字与大量汉籍带到日本，版刻才重开生面，中国小说的和刊本也日渐增多。目前中日学术界对江户时期和刻本的研究与整理仍较为有限，除去宽永以前的古活字本以外受到的关注较少，只有长泽规矩也、矢野玄亮、井上隆明、高桥智等少数学者做过综合性的调查研究。

笔者根据长泽规矩也的《和刻本汉籍分类目录》、矢野玄亮的《德川时代出版者出版物集览》、井上隆明的《近世书林板元总览》、冈雅彦等编撰的《江户时代初期出版年表》等资料，整理出自庆长八年（1603）到庆应三年（1867）刊行的中国小说，总计66种。其中文言小说有57种，白话小说只有《肉蒲团》《水浒传》《小说精言》《小说奇言》《小说粹言》《照世杯》《阃娱情传》《杜骗新书》《王阳明先生出身靖乱录》9种，这与中国小说对江户文学的影响颇不相称。江户初期《剪灯新话》《剪灯余话》曾经对《伽婢子》《狗张子》之类假名草子产生过重要影响，江户中后期《板桥杂记》与《笑林广记》曾对洒落本和日本笑话的盛行有推波助澜之功，但白话小说对江户小说的影响之深，文言著作难以望其项背。之所以出现影响力与刊刻数量的失衡，既关系到传统上对稗官野史的歧视、普通读者白话阅读能力的低下，也与白话小说训点和刻的困难密不可分，前文《训读与白话小说的传播》已有所涉及，此处不再赘述。

江户时期的汉籍刊刻不仅数量庞大，而且呈现出较为明显的阶段特征。川濑一马将江户时期出版文化分为承应以前（1603—1654）无训点古活字本为主的初期、明历到元禄年间（1655—1703）附训刻本为主的盛期、宝永到宽政十年间（1704—1798）出版文化向町

[①] ［日］吉沢義則：《日本古刊书目》，帝都出版社1984年版。

人世界与大众方向扩展的中期，以及宽政十一年至庆应三年（1799—1867）官板与木活字本盛行的末期四个阶段。① 具体到中国小说的刊刻，则与版刻总体的演进趋势同中有异。虽然活字与雕版的区别对中国小说的和刻流播有一定的影响，但并非决定性的因素，相比之下典籍的内容更为重要。笔者认为，江户时期中国小说的刊刻，大致可以划分为江户开府到宝永元年（1603—1704）的前期、宝永二年（1705）至明和七年（1770）的中期、明和八年（1771）到庆应三年（1867）的后期三个阶段，下面分别介绍各个阶段小说和刻的特点。

一　江户开府到宝永元年（1603—1704）：承上启下的过渡阶段

文禄元年（1592）丰臣秀吉出征朝鲜，第二年战事稍歇、引兵回国，同时将朝鲜的典籍与活字带到日本，并将部分所得献给后阳成天皇，同一年天皇便以朝鲜活字刊行了《古文孝经》，由此拉开了古活字本的序幕。宝永元年（1704）之前，共刊行中国小说24种，按时间先后分别为：

《长恨歌传》《开元天宝遗事》《冷斋夜话》《剪灯新话句解》《鹤林玉露》《列仙全传》《列仙传》《辍耕录》《游仙窟》、合刊的《列女传　续列女传》《五杂俎》《草木子》《小窗别纪》《琅琊代醉编》、合刊的《博物志　续博物志》《神异经》《听雨纪谈》《西京杂记》《剪灯余话》《世说新语补》《杂纂》《酉阳杂俎》《群碎录》、合刊的《搜神记　搜神后记》

24种均为文言小说。此前数百年中，文言小说只有《冷斋夜话》得以翻刻，而江户前期百年中就有24种刊行于世，这一阶段无论在日本出版史还是文言小说流播史上，都具有承上启下的特征。

---

① ［日］川瀨一馬：《入門講話日本出版文化史》，第187—193页。

（一）文言小说从私下阅读到公开刊刻

这些小说并非刚刚传入日本，以前十种为例，《源氏物语》曾经引用《长恨歌传》与《游仙窟》，《日本国见在书目录》中著录了"《列仙传》三卷　刘向撰"[①]、"《列女传》十五卷　刘向撰　曹大家注"[②]，入明僧策彦周良在《初渡集》记载，嘉靖十八年（1539）七月九日，"又得《鹤林玉露》四册，全其价二匁"[③]，室町时期一条兼良（1402—1481）的随笔《语园》曾经引用《列女传》《开元天宝遗事》与《列仙传》。[④] 京都禅僧瑞溪周凤在《善邻国宝记》中记录了中、日、朝三国的外交往来，其中提到成化十一年（1475）日本遣史入明，获赠典籍文物，但返回时遇盗被劫，于是再次上书请赐书籍，目录中就有"《类说》全部、《百川学海》全部"[⑤]，这两部书已将宋前文言小说囊括殆尽。前十种文言小说，只有《剪灯新话句解》《辍耕录》与《列仙全传》传入日本不久。

自平安至镰仓、室町时期，文言小说曾是公卿、僧侣文化修养的一部分，平安后期左大臣藤原赖长曾在《台记》中记载自己的日常起居，于康治二年（1143）九月二十九日回顾往昔的读书经历，整理既读书目，总数多达1030卷，其中就包括保延五年阅读的《西京杂记》二卷、《洞冥记》四卷、《列仙传》二卷、《续齐谐记》三卷，保延六年阅读的《汉武故事》二卷、《拾遗记》十卷，[⑥] 平安时期公卿贵族的读书生活由此可见一斑。到了镰仓、室町时期，五山僧侣的阅读范围不止于佛典，他们对小说也倾注了一片热忱。瑞溪

[①] 参见［日］長沢規矩也、阿部隆一編《日本書目大成》第1卷，汲古書院1979年版，第20页。

[②] 参见［日］長沢規矩也、阿部隆一編《日本書目大成》第1卷，第20页。

[③] 参见［日］仏書刊行会編纂《大日本仏教全書》116，大日本仏教全書発行所1922年版，第17页。

[④] ［日］吉田幸一編：《語園》，古典文庫1978年版，第16—17、35、38页。

[⑤] ［日］田中健夫編：《善隣国宝記　新訂続善隣国宝記》，集英社1995年版，第198—200页。

[⑥] 《增補史料大成》23，臨川書店1965年版，第98—100页。

周凤的日记《卧云日件录》经常有阅读《湖海新闻》《春渚纪闻》《百川学海》《类说》的记载,僧侣之间也常以中国故事为交谈话题,如宝德元年(1449)十月二日"长照竺华来访,话次及柳文裂裳裹足之语,竺华曰:出于《太平广记》,盖墨子事也。又,裂裳裹足之语,同出于《太平广记》东方朔故事也"①。尽管如此,江户之前刊行的汉籍却以佛典与经史、诗文集为主,文言小说几乎不见踪影。当时能够阅读汉文者人数较少,汉籍的流通范围很小,往往局限于彼此熟识的小群体,借阅或传抄就能大体满足阅读需求,五山僧侣虽然曾把《古文尚书孔子传》《春秋经传集解》《寒山诗》② 等少数知名外典付梓,却很少将私下阅读的文言小说刊行于世。

到了江户之前的战国时期,町人在战乱中逐渐崛起,江户初期识字的文化阶层至少已经扩展到了上层町人,③ 比如这一阶段著名的"嵯峨本"就是由町人中的富商角仓素庵主持刊印。刊刻《长恨歌传》的风月宗知、刊刻《长恨歌传》《鹤林玉露》的林甚右卫门、刊刻《剪灯新话句解》的仁左卫门等都出身町家,此时汉籍的读者已经不再局限于公卿、僧侣。随着活字印刷技术的传入与阅读需求的增加,刊刻与传抄一起成为典籍流通的重要方式之一。将少数知识精英私下阅读的典籍公开刊行,这在汉籍流播史上意义深远。

(二)刊行者、印数、训点等方面承上启下的特征

此时刊行的文言小说,既延续了五山刊本的某些特征,又有江户时期的特色。五山本绝大多数为佛典,汉籍外典的刊刻较晚,数量也少,长泽规矩也认为直到延文四年(1359)春屋妙葩刊行《诗法源流》,外典的版刻才逐渐兴起,④ 上距《百万塔陀罗尼经》的刊

---

① [日]瑞谿周鳳:《臥雲日件錄拔尤》,岩波書店1961年版,第42页。
② [日]吉沢義則:《日本古刊書目》,第104、107、108页。
③ [日]林屋辰三郎:《上層町衆の系譜:京都に於ける三長者を中心に》,载《伝統の形成》,岩波書店1988年版,第109—133页。
④ [日]長沢規矩也:《和漢書籍の印刷とその歴史》,吉川弘文館1952年版,第120页。

行近六百年，而且大多不附训点，显然以精通汉文的人为预期读者。其雕版常采用捐资、募集人力的方式，"普请学徒、拮据经营"①、檀越"施财命工刊行"②"捐资刊行"③之类词句屡见于刊记，出版很少出于商业目的。这种"拮据经营"的版刻，印本想必不多。《增注唐贤三体诗注》明应版覆刻本中甚至提到"阿佐井野宗祯赎以置之于家塾也，欲印折之辈，以待方来矣"④，即书板收藏于阿佐井野氏家塾，需要此书者需自行刷印。而江户初期，在天皇支持的敕版以及德川家康授意的伏见、骏河版之外，还出现大量以营利为目的的书肆，如几乎活跃于整个江户时期的风月堂、吉文字屋市兵卫、前川源七郎，甚至还有很多直接冠以"唐本屋"之名的书肆，而且附加训点的刊本越来越多，此后几乎成为江户时期和刻本的通行做法。川濑一马认为古活字本每次组版，一般只能印刷数十部，⑤再次刷印时必须重新组版，在很大程度上限制了典籍的大量流通。到了宽永以后，雕版逐渐取代活字本，成为主流的刊刻方式，刷印部数明显增加，而且板木经常在不同书肆间买卖流通、多次刷印，典籍的流通速度大大增加，比如《长恨歌》自宽永四年（1624）由风月宗知雕版以来，至少三次刷印，仅仅在庆安二年（1650）以前，板木就先后流入妇屋林甚右卫门、仁左卫门、西村又左卫门之手。《开元天宝遗事》自宽永十六年（1639）由田原仁左卫门开板后，也迭经刷印，板木先后流入唐本屋吉左卫门、钱屋仪兵卫之手。

以《冷斋夜话》为例，这部小说现存五山刊本与江户初期刊本，但版本形态却同中有异。

---

① 《春秋经传集解》正中二年刊记，见《国书刊行会出版目录：附日本古刻书史》，国书刊行会1909年版，第49页。长泽规矩也对该本存疑，参见《和漢書籍の印刷とその歷史》，第119页。

② 《蒲室集》室町本刊记，见［日］吉沢義則《日本古刊書目》，第177页。

③ 《增注唐贤绝句三体诗注》明应甲寅刊记，见［日］吉沢義則《日本古刊書目》，第249页。

④ ［日］吉沢義則：《日本古刊書目》，第249页。

⑤ ［日］川瀬一馬：《入門講話日本出版文化史》，第170页。

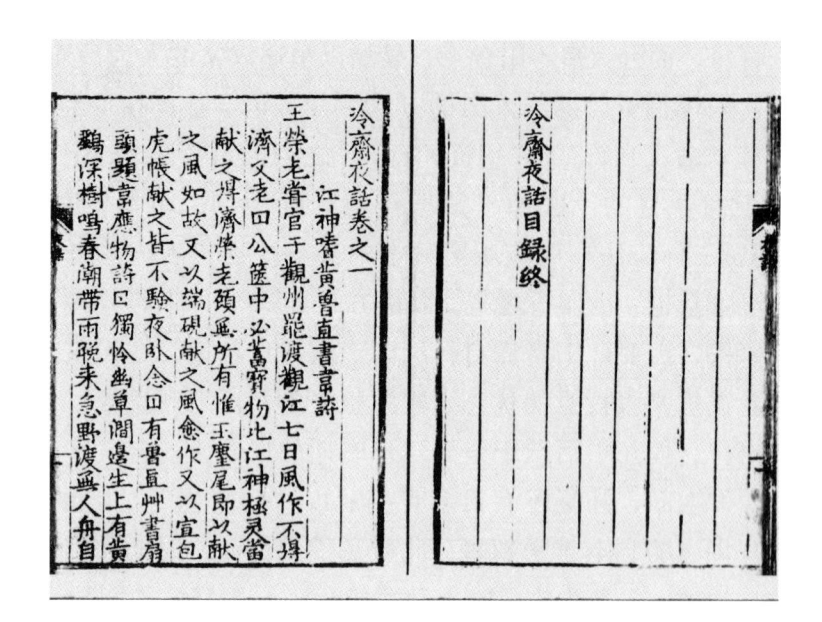

图1　日本国会图书馆藏《冷斋夜话》五山刊本

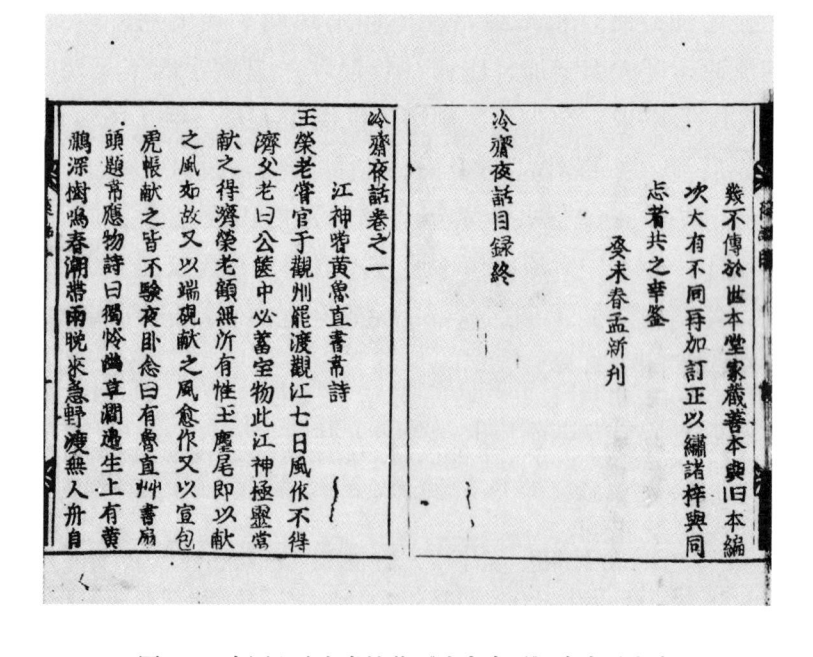

图2　日本国立公文书馆藏《冷斋夜话》宽永活字本

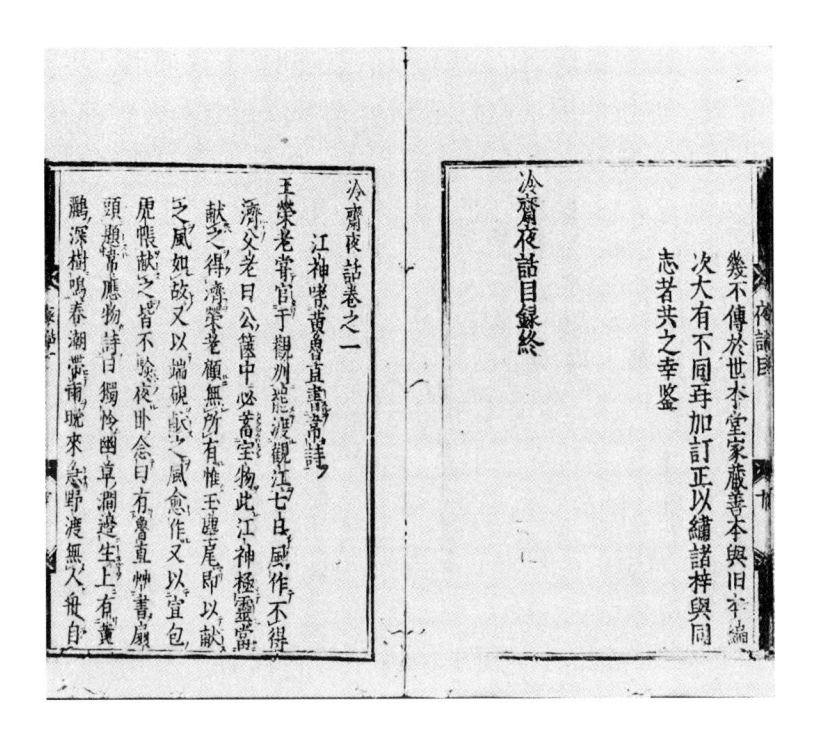

图3 日本国立公文书馆藏《冷斋夜话》正保刊本

  《冷斋夜话》的五山刊本为雕版印刷，无刊记，无训点。除国会图书馆之外，德富苏峰的成篑堂另藏一本，《成篑堂善本书目》著录为"《冷斋夜话》，十卷，宋释惠洪撰。南北朝刊本，左右双边，九行十八字。卷末有'明德辛未'朱笔识语"[1]，明德辛未即1391年，由此判断《冷斋夜话》刊于1391年之前；卞东波进一步比勘了五山刊本、国家图书馆所藏元刻本残卷，认为五山本的底本是元刻本。[2]此后的宽永活字本与正保刊本，延续了五山本的行款，即半叶九行，行十八字，正文第一行顶格，第二行低一格，标题再低二格。宽永

---

[1]　[日]蘇峰先生古稀祝賀記念刊行会編：《成篑堂善本書目》，民友社1932年版，第114页。

[2]　卞东波：《〈冷斋夜话〉日本刊本考论》，载《宋代诗话与诗学文献研究》，中华书局2013年版，第31—33页。

活字本与五山本相比取消了界行，而正保刊本不仅取消了界行，还附加了训点。界行的取消降低了刊刻成本，五山本大多都有界行，到了江户初期却屡次出现无界行的刊本，如庆长年间活字本《长恨歌传》、庆安元年刊《剪灯新话句解》、庆安元年刊《鹤林玉露》、宽永十六年刊《开元天宝遗事》、承应元年刊《辍耕录》、承应二年刊《列女传》、江户初期无刊记本《游仙窟》，宽文元年刊《五杂俎》、元禄十年刊《酉阳杂俎》、延宝三年刊《琅琊代醉编》、元禄二年刊《听雨纪谈》、宽文十年刊《小窗别纪》、贞享五年刊《神异经》、元禄三年刊《西京杂记》、元禄十二年刊《搜神记　搜神后记》，可以说这一阶段刊刻的文言小说绝大多数都无界行。此后很多书肆延续这种做法，江户中后期无界行的刊本比比皆是，与五山本形成鲜明对比。

　　五山刊本少有训点，而正保刊本《冷斋夜话》附有训点，这种做法也具有承上启下的意义。自平安中期以后，训点逐渐成为日本文人阅读汉籍的主要方式，不止佛典，还及于儒家经典与文学著作。[①] 但汉籍刊本不附训点，而是由公卿、僧侣等读者在白文本上自施训点，这种做法往往限于少数精英。将私家秘传的训点公开化，让汉文水平不高的普通读者也能通过名家的训点、相对轻松地阅读汉籍，极大地促进了汉籍的流播，江户前期刊行的 24 种文言小说大都附有训点，到了江户中后期，附加训点几乎成为和刻本的普遍特征，而风气的转变正在这一阶段。

　　与此同时，刊刻的商业色彩越来越浓厚，同一典籍甚至出现内容、行款、版面大小各不相同的版本。宽文时期（1661—1672）的《和汉书籍目录》，收录此前刊行的典籍，其中"外典"部分以《四书集注》起始，这部书竟还有"小本""道春点""无点""头书""白文""假名付""或问""略图解"八种不同版本，"无点""白

---

① ［韩］金文京：《漢文と東アジア　訓読の文化圏》，岩波书店 2010 年版，第 59 页。

文"或许在一定程度上延续了五山本的传统,而"小本""假名付""或问""略图解"很可能面向文化水准不高的普通读者,这种做法显然出自商业考虑,虽然该目录未注明典籍价格,可以想象小本价格低于其他版本,以便迎合不同层次的读者。此后,天和元年刊行的《书籍目录大全》标注了典籍的价格,《四书》白文价格为四匁,而大字本高达八匁,是前者的两倍,带有平假名的版本更为九匁。这种现象很少出现在五山版中。与经史相比,文言小说的读者较少,有限的读者难以形成复杂的市场分化,即便如此,《列女传》仍有"假名"版本,显示出文言小说正在进入普通读者的阅读视野。

二 宝永二年至明和七年(1705—1770):白话小说的兴盛期

宝永二年(1705),名为"青心阁"的书肆刊行了《肉蒲团》,这是江户时期首部白话小说和刻本。明和七年(1770),《江湖历览杜骗新书》刊行,它几乎是最后的白话小说刊本,此后只有年代不明的《王阳明先生出身靖乱录》。除《靖乱录》之外,江户时期所有的白话小说刊刻活动都集中在这 65 年中。这一时期新刊了 19 种中国小说,其中文言作品 11 种,按时间顺序分别是:《西厢会真记》《述异记》、合刻的《汉武帝内传 穆天子传》《世说新语》《拾遗记》《皇明世说新语》《开卷一笑》《文海披沙》《梅雪争奇》《千百年眼》《笑府》;白话作品 8 种,按时间顺序分别是:《肉蒲团》《水浒传》《小说精言》《小说奇言》《小说粹言》《照世杯》《闹娱情传》《杜骗新书》。

这一时期的小说刊刻既延续了宝永之前的传统,以坊刻为主、多为雕版、附有训点、往往取消界行、同种小说不同版本并存,同时也出现新的特征。

(一)几与文言小说平分秋色的白话小说热潮

如果说前一时期刊行的《长恨歌传》《开元天宝遗事》《剪灯新话》《列女传》还曾影响到同期假名草子的创作,以至于《伽婢子》《狗张子》《新语园》《鉴草》《和汉贤女物语》等假名草子均曾取材于这些文言小说，那么这一时期新刊的文言小说大多并未对日本小说产生明显的影响。之所以刊刻这些汉籍，往往是看重其"文辞流丽、识见高迈、义论精确"①"奇说快语，易以悦人"②，即文章修辞与议论见识，而非其中的故事。元禄己巳（1689）年，一代名儒伊藤东涯在《西京杂记》的跋语中称"今国家修右文之政，学士家竞蓄异书"③，文人涉猎稗史笔记往往出于好奇，逐渐失去了江户前期那种模仿翻案的意识，阅读文言小说只是博闻多识的象征。相形之下，白话小说的和刻却主要着眼于故事人情与通俗趣味。冈白驹在《小说精言序》中追溯小说之史，认为自《燕丹子》至《白猿传》为"史之流亚"，而南宋孝宗以民间故事奉养太上皇，于是通俗演义开始盛行，这本是明清小说序跋中常见的说法，本身不足为奇，却是首次出现在江户文人笔下。他认为通俗演义的特征是"小事不足以动听，即衍而广志，引而伟之，机杼缘饰，遂成一场奇闻矣；或快人情所欣，或泄众心所愤，无聊之极思"④，即叙事曲折与通达人情，这种态度适与前一时期云樵在《伽婢子序》中所谓"言粗新奇、义极浅近，怪异之惊耳、滑稽之说人、寐得之醒焉、倦得之舒焉"⑤ 形成呼应，只不过此时谈论的对象已经转移到白话小说。

这种态度并非冈白驹所独有，《照世杯》和刻本正文前有清田儋叟的《读俗文三条》，指出"俗文之书虽多，若善读《水浒传》，其余势如破竹"⑥，认为白话小说自有其文体特征与叙事传统，不同于

---

① ［日］幡文华：《文海披沙序》，载［日］長沢規矩也编《和刻本漢籍随筆集》第5集，古典研究会1972年版，第1页。
② ［日］清田儋叟：《千百年眼序》，载［日］長沢規矩也编《和刻本漢籍随筆集》第5集，第113页。
③ ［日］伊藤東涯：《跋西京雑記》，载［日］長沢規矩也编《和刻本漢籍随筆集》第13集，第39页。
④ ［日］冈白驹：《小説精言序》，载《小説三言》，ゆまに書房1976年版，第9—11页。
⑤ ［日］松田修等校注：《伽婢子》，岩波書店2001年版，第11页。
⑥ ［日］德田武编：《照世杯》，ゆまに書房1976年版，第13页。

文言笔记的阅读，如若熟习《水浒传》，就可通读其他白话小说。他还指斥金圣叹评点之非，认为"金人瑞不识桃花村名义，柴进是《水浒》中第一富贵、第一斯文之人，却贬入井底；李逵是《水浒》中第一贫贱、第一粗鲁之人，竟捧至天上，论有不及"①，认为金圣叹所谓柴进除好客之外别无所长、李逵性情天真烂漫并不符合实际。见解的是非暂且不论，至少是从人物、情节角度分析小说，而非仅止于修辞议论，并热衷于追究"文外之深义奥旨"，刊刻白话小说的目的正在于此。

如果说前一时期正值假名草子盛行之际，那么这一时期对应的日本小说形式就是读本。正如《伽婢子》《新语园》等假名草子曾取材于《剪灯新话》《开元天宝遗事》，这一时期的《英草纸》《雨月物语》也频繁取材于《警世通言》《喻世明言》等被和刻的白话小说，而文言小说日益成为文人素养的一部分，逐渐失去了对日本小说演进的推动力。

（二）和刻小说中序跋的增加

宽永以前的古活字本，大多既无序跋亦无刊记，甚至难以判断刊刻年代。部分刻本有刊记，篇幅较长，注明典籍内容、历代传承或刊刻缘起，在某种程度上发挥着序跋功能，如庆长敕版《新刊锦绣段》，刊记中称"锦绣段者，东阜天隐之所编，而未有刊行。兹悉取载籍文字，镂一字于一梓，棋布诸一版，印一纸才改棋布，则渠禄亦莫不适用此规模。顷出朝鲜，传达大听，乃依彼样俾丁模写焉"②，庆长敕版《劝学文》刊记为"命丁每一梓镂一字，棋布之一版印之。此法出朝鲜，甚无不便，因兹摸写此书"③，元和七年（1621）《新雕皇朝类苑》的刊记更是多达五百余字。具体到文言

---

① ［日］德田武编：《照世杯》，第13—14页。
② ［日］冈雅彦等编：《江户时代初期出版年表》，勉诚出版2011年版，第5—6页。
③ ［日］冈雅彦等编：《江户时代初期出版年表》，第6页。

小说，元和八年（1622）刊《开元天宝遗事》亦有刊记，称"此一策，中院黄门赐之，亦不意之荣也。登时信笔以涂朱正讹子洛中远望台下，壬戌四月二十又八日"①。类似刊记在五山本中频频出现，注明捐资之人、雕版之苦以及虔诚奉佛之心，典型的如室町刊本《李善注文选》的刊记："《文选》之板，世鲜流布，童蒙不便之。福建道兴化路莆田县仁德里人俞良甫，顷得大宗（按：原文如此）尤袤先生之书，于日本嵯峨自辛亥四月起刀，至今苦难始成矣。甲寅十月谨题。"②但宽永之后，长篇刊记渐少，邀请当世名家为和刻汉籍撰写序跋者日多。林罗山文集中有《题开天遗事后》"元和八年，中院黄门命工刻《开元天宝遗事》，以赐一部于余，盖自石川主殿监而达来。点涂旁侧，时风叶满庭，随扫而有焉。文字之改正，亦然乎。九月二十六日"③，显然是题写在元和刊本《开元天宝遗事》之后，但手书于私人藏书上，并非应书肆之请、书后上板。

属于前一时期的元禄三年（1690）刊《西京杂记》有伊藤东涯跋语，但在笔者有限的视野中，和刻小说的序言首见于本期的开山之作，即宝永二年（1705）刊《肉蒲团》的倚翠楼主人序，此后小说序跋屡见不鲜，有些刊本甚至序跋不止一篇。文言小说中，宝历刊《文海披沙》除明刊本原序外，另有幡文华序、洞津鱼目道人序；明和四年（1767）刊《千百年眼》有清田儋叟序，后印本有皆川淇园序；属于下一时期的宽政序刊《麈余》分别有皆川淇园序、三宅芳隆序，天明二年（1782）刊《唐国史补》分别有龙公美叙、井上金峨序、汤浅元祯跋。白话小说中，宽保三年（1743）刊《小说精言》有冈白驹序，明和二年（1765）刊《照世杯》有相当于序言的清田儋叟《读俗文三则》，宝历十三年（1763）刊《阃娱情传》有

---

① ［日］冈雅彦等编：《江户时代初期出版年表》，第85页。
② ［日］吉泽义则：《日本古刊书目》，第194页。
③ ［日］京都史蹟会编：《羅山先生文集》下卷，平安考古学会1918年版，第640页。

华阳教人序。很多序跋摆脱了应酬之作的敷衍气息，认真探讨小说的文体特征、叙事技巧，并与明清的评点形成互动，本身就有较高的理论价值，这与前一时期不附序跋的小说刊本形成鲜明对比，体现出在阐释中接受中国小说的努力。

（三）中国小说在书籍目录中的变迁

早期幕府与诸藩的藏书目录较为零乱，往往按照书籍、假名或者六十四卦的次序分类，如广储小说的尾张藩，宽永年间藏书目录按照"一番""二番"之类的数字序号分类，庆安四年（1651）藏书目录不加分类，① 宽政年间《御文库书籍目录》笼统地分为经、史、子、集四类，却不设子目。② 同样的，高田藩榊原家元禄十二年（1699）改定的《御书物虫曝账》以六十四卦分类。③ 此后随着中日书籍贸易日益密切，明清目录学著作传入日本，其中《四库全书总目提要》的载入对日本目录学影响深远。元治元年（1864），幕府开始整理红叶山文库的藏书，历经两年至庆应二年（1866）完成，即所谓"元治增补御书籍目录"，正文前有"重订目凡例十则"，其中第一条称"今重订宝库书目，其体例多据乾隆《四库全书总目》。其子目，则参考诸目而有增删"④，但增删并不多，基本照搬《四库总目》的分类方式。具体到小说类，则分"杂事""异闻""琐语"三类，与《四库总目》全同，这便是江户时期目录学发展的终点。但是，这种分类方式很晚才出现，笔者查考江户时期中日书籍贸易

---

① ［日］名古屋市蓬左文库监修：《尾張徳川家蔵書目録》第1卷，ゆまに書房1999年版。
② ［日］名古屋市蓬左文库监修：《尾張徳川家蔵書目録》第6卷，ゆまに書房1999年版。
③ ［日］浅倉有子、岩本篤志编：《高田藩榊原家書目史料集成》第1卷，ゆまに書房2011年版。
④ ［日］小川武彦、金井康编：《徳川幕府蔵書目》第1卷，ゆまに書房1985年版，第13页。

资料，发现《四库全书总目提要》最早见于天保十五年（1844）见账，① 此时江户时期已进入尾声。而且，整个江户时期，书肆藏板目录与文人藏书目录很少使用经史子集的四部分类，如大田南亩的《南亩文库藏书目录》汉籍部分按照日文假名的伊吕波顺序排名，② 曲亭马琴的《曲亭藏书目录》也采用相同的分类方式。③

由于公私藏书目录后出转精，早期的目录常被取代或弃置，完整保存不同年代藏书目录者极为少见。同时，江户时期文人学者大多认为和刻小说没有版本价值，很少将其纳入私人收藏，在目录分类上的变迁便难以呈现。但江户时期的书肆经常以《和汉书籍目录》《新版书籍目录》《增补书籍目录》等名义整理既刊典籍，以便招揽顾客，现存不同年份较为完整的书籍目录，庆应义塾大学斯道文库曾将现存书籍目录影印出版，名之为《江户时代书林出版书籍目录集成》。④ 考察不同书籍目录分类方式的变迁，便可窥见和刻小说在典籍目录上的呈现。

现存最早的书籍目录是宽文年间（1661—1673）刊行的《和汉书籍目录》，目录中除去"天台""法相""律"等佛典之外，汉籍仅有"外典""诗并联句""字集""历书""军书""医书"六种。如果忽略实用性的"历书""军书""医书"，实际只有三类。其中"外典"下有《辍耕录》《鹤林玉露》《开元遗事》《剪灯新话》《冷斋夜话》《列仙传》《焦氏笔乘》《游仙窟》等文言小说，但与《近思录》《传习录》《阳明文录》等理学著作并列，并未另设子目，显然尚未明确意识到这些典籍的文体特征，仅以"外典"涵盖各种野

---

① ［日］大庭脩：《江戸時代における唐船持渡書の研究》，関西大学東西学術研究所1967年版，第599页。
② ［日］浜田義一郎等编：《大田南畝全集》第19卷，岩波書店1989年版，第347—442页。
③ 《近世書目集》，日本古典文学会1989年版，第185—263页。
④ ［日］斯道文庫编：《江戸時代書林出版書籍目録集成》全4册，井上書房1962—1964年版。下文所引各目录均出自该书，不再一一注出。

史、笔记、志怪、传奇。

此后宽文十年（1670）刊《增补书籍目录》已经没有笼统的"外典"类目，除去实用性的"历书""军书""医书"，共有"儒书""文集并书简""诗并联句""韵书并字书"四类，与《和汉书籍目录》相比，将"外典"变更为"儒书"，并将文集与书简从外典中分立出来单列一目，分类更为合理。同时，"儒书"下另有"经书""历代"（按：即史书）、"理学""道书"（收录老子、庄子、列子、荀子、孔丛子、扬雄等人的著作）、"传记""故事"六个子目。今天视为文言小说的典籍，收录在"传记"与"故事"子目中，前者下有《列仙传》，后者下有《开元天宝遗事》《剪灯新话》《冷斋夜话》《五杂俎》《长恨歌传》《辍耕录》《山海经》《小窗别纪》《草木子》。此外，"理学"子目下有《焦氏笔乘》与《续博物志》，"文集并书简"中有《游仙窟》，延续平安以来的传统，将《游仙窟》与《白氏文集》归入一类。这种分类方式显示出，当时尚无抽象的"子部小说"观念。

延宝三年（1675）刊《古今书籍题林》不再将"文集书简""历代""传记""故事"等作为子目列到"儒书"名下，而是将"儒书并经书""文集并书简""历代并传记""故事""诗并连句"并列立目，同时新增"杂书"，将《剪灯新话》从"故事"调入"文集"中，与《游仙窟》并列。在"故事"中新增《博物志》，而以前隶属"经书"的《困学纪闻》、隶属"故事"的《辍耕录》《冷斋夜话》、隶属"理学"的《鹤林玉露》《焦氏笔乘》均归入"杂书"下。由此看来，此时已用"杂书"涵盖不以辞藻见长的笔记杂谈，并将偏重文采的传奇归入"文集"类，此后文言小说在书籍目录中的位置逐渐固定下来，直到最后一部书籍目录并无大的调整，主要的变动都集中在白话小说中。

从元禄五年（1692）到享保十年（1725），日本陆续翻译刊行了20部历史演义小说。与此相应，享保十四年（1729）京都书林永田调兵卫刊行的《新撰书籍目录》首次在典籍分类中增加"通俗书"子目，位于"军书"之后，距离最后一部通俗军谈《国姓爷忠义传》的刊行只有四年，《新撰书籍目录》似乎是对历史演义翻译风潮的总结。"通俗书"子目中著录典籍21部，除《通俗忠义水浒传》以及重出的绘入平假名本《通俗汉楚军谈》之外，其他均为前述通俗军谈。在书籍目录中为新刊典籍增设新目，这种做法显示通俗军谈作为独立文体受到书林的认可。虽然含混的"通俗书"首先意指这些著作是汉籍的日译，并不包含明确的文体意识，但距离目录学对小说的认可又近了一步。

宝历四年（1754）刊《新撰书籍目录》新设"小说"类目，收录《太平记演义》《通俗忠义水浒传》《小说精言》《开口新语》《小说奇言》《小说粹言》《列妇匕首》《建橐余话》《开卷一笑》九种典籍，至此小说才作为正式的名称出现在目录学中，而且收入其中的大都是白话小说。尾行仭认为，《小说精言》是日本首次刊刻的以"小说"为名的典籍，[①] 可见这一概念自宽保三年（1743）公开出现，到最后成为目录学上新的类目，中间只经过11年。

明和九年是本期之后的第二年，这一年刊行的《大增书籍目录》"小说"类目下收录《小说粹言》《肉蒲团》《春灯闹》《照世杯》《忠义水浒传》《忠义水浒传解》《通俗水浒传》《通俗醉菩提全传》《通俗隋炀帝外史》《通俗锦香亭》《通俗孝肃传》《通俗金翘传》《通俗好逑传》《通俗医王耆婆传》《西游记》《西游劝化抄》《幻缘奇偶》《赤绳奇缘》《解人颐广集隽》《鸡窗解颐》《艺圃鸡助》《连城璧》，将白话小说的和刻本、翻译本并列收入"小说"门下，显示出翻译本的"通俗"特征不再重要，白话小说作为完整的门类呈现在书籍目录中，书籍目录中的小说部分就此稳定下来。

三 明和八年到庆应三年（1771—1867）：众声喧哗的时代

自明和七年《杜骗新书》刊行之后，白话小说的和刻陷入低

[①] ［日］冈白驹、沢田一斋施訓：《小説三言》，第865页。

谷，此后直到江户时代结束，新刊白话小说只有《王阳明先生出身靖乱录》一种，其他均为文言小说，这与当时传入日本的白话小说数量颇不相称。仅以宽政三年（1791）刊行的辞书《小说字汇》为例，其"援引书目"中就包含百余种白话小说，芦屋在《题小说字汇首》中称"象胥氏之书，用字使事，好颠倒是非、巧玩文字"[①]，为了便于阅读白话小说才编纂这部辞书，可见白话小说的阅读仍颇成气候，但真正付梓的却仅有一部。这一时期总共刊行了 23 部中国小说，除《靖乱录》之外，其他 22 部文言小说按首刊顺序分别是：

《解人颐广集隽》《板桥杂记》《古今谚》《圣师录》《唐国史补》《古今谚补》《蔬果争奇》《麈余》《今世说》《东坡先生志林》《风竹帘前读》（霍小玉传）《山海经》《智囊》《虞初新志》《世说笺本》《续齐谐记》《檐曝杂记》《笑林广记》《癖颠小史》《南北史续世说》《唐世说新语》《太平清话》

与此前两个时期相比，这一时期呈现出几个明显的特征。

（一）题材的多元化与小众化

前两个时期刊刻的文言小说多为名家名作，宝永元年（1704）之前刊行的《剪灯新话》《剪灯余话》《开元天宝遗事》《列女传》等曾对假名草子的发展有推动之功，宝永至明和年间刊刻的文言小说虽未对日本小说产生明显的影响，但《会真记》《述异记》《汉武帝内传》《世说新语》《拾遗记》等仍属文言小说中的杰作，而这一时期首刊的却多是平庸之作。《蔬果争奇》《檐曝杂记》《麈余》等虽不乏奇趣，但在明清时期并非上乘佳作。同时，《解人颐广集隽》《古今谚》《笑林广记》《癖颠小史》等滑稽谐谑之作往往出自游戏笔墨，玩世之态多而讽世之意少；石崎又造认为安永（1772—1780）

[①] ［日］古典研究会编：《唐話辞書類集》第 15 集，汲古書院 1973 年版，第 1 页。

以后是江户笑话的黄金时期,① 与汉文小说的兴盛颇有关联。与前两个时期相比,这一阶段刊刻的文言小说显得杂乱无章,并未形成某种题材的翻案风潮。

之所以出现类似情况,恐怕与中日书籍贸易的频繁及舶来汉籍价格的降低有关。汉籍的和刻正在一定程度上弥补舶载唐本的不足,但江户后期随着运载书籍的清代商船越来越多,获取普通汉籍的难度降低,即便是僻处三河国的吉田藩,藩主家臣松坂重赐(1805—1870)的私人藏书中都有《五杂俎》《鹤林玉露》《焦氏笔乘》《世说新语补》等常见的文言小说。② 与此同时,舶来汉籍的价格大大降低。由于江户时期书籍价格少见于记载,长时段比较几种汉籍的售价颇为困难。大庭修曾调查过天保十四年(1843)到安政六年(1859)《康熙字典》在长崎的最终购买价格,从天保十四年的230匁开始几乎一路下降,安政五年(1858)降至最低点74.6匁,仅剩1/3。③ 在这种情况下,书肆往往倾向于刊刻珍稀汉籍,而非常见版本,文人也乐读罕见之书以自矜识广,所谓"君子不由,所以学贵博也"④。奇书异典的搜求经常伴随着版本的鉴识校勘,不仅关注汉籍的内容,也对底本有所选择,奥山翼在《檐曝杂记序》中就略述四卷与六卷本,认为"前四卷瓯北生前所自订,而后二卷系殁后,其子弟搜索零碎笔记以足成者,无疑矣"⑤,这种意识是前两个时期少见的,刊刻《笑府》《板桥杂记》《檐曝杂记》《癖颠小史》的庆元堂主人松泽老泉甚至留下《经籍答问》《汇刻书目外集》等版本

---

① [日] 石崎又造:《近世日本に於ける支那俗語文学史》,弘文堂書房1940年版,第350页。
② [日] 藤井隆監修:《近世三河・尾張文化人蔵書目録》第4卷,ゆまに書房2005年版,第298—299、306页。
③ [日] 大庭脩:《古代中世における日中関係史の研究》,同朋舎1966年版,第355页。
④ [日] 井上金峨:《書国史補首》,載[日] 長沢規矩也編《和刻本漢籍随筆集》第5集,第3页。
⑤ [日] 長沢規矩也編:《和刻本漢籍随筆集》第9集,第179页。

目录学著作，以至于今田洋三曾说，文化、文政时期（1804—1829）的书肆逐渐失去了进取意识，沦为珍本古书的经销商。①

（二）刊刻者身份的多元化与小说阅读中的深情

江户初期的活字本有天皇敕版，德川家康授意的伏见、骏河官版，直江兼续、小濑甫庵、角仓素庵（所谓嵯峨本）等人的家刻版，但汉文小说往往由商业化的书肆刊刻，官版与家刻版非常少见。而这一时期刊行的文言小说不乏官版、家刻版，其中天保二年（1831）的《世说新语》、天保三年（1832）的《南北史续世说》《唐世说新语》、庆应元年（1865）的《太平清话》、刊年不详的《智囊》均为官版，文化七年（1810）跋刊本《风竹帘前读》为田能村竹田的家刻本，书后还附有"绣匣十读目次"②，即梅影楼东读《江采蘋传》、牡丹亭北读《杨贵妃传》、佩刀腰下读《谢小娥传》、执拂案边读《红拂妓传》、乞食墙头读《妓李娃传》、遗书褥底读《刘无双传》、月花梯后读《步非烟传》、风竹帘前读《霍小玉传》、蜃窗奇艳读《梁皇后传》、练带悲辛读《萧皇后传》，称"以上十种，逐次上梓，贻诸海内有心之人，以为贤贤易色、劝善惩恶之种子云"，显然是提前谋划的刊刻活动。目前仅见《风竹帘前读》，或许其他九种未能付梓，但此前哪怕商业书肆也少见如此庞大的文言小说刊刻计划。

川濑一马将宽政十一年（1799）作为江户时期出版文化的分界点之一，认为从这一年开始幕府大量刊刻以教科书为主的汉籍，为了削弱地方势力也奖励各藩开展版刻事业，同时私塾的兴盛导致教学用书的家塾版纷纷涌现。③官版小说虽然此前较为罕见，但所刊典籍除字体端止、版式严整外，内容上与坊刻并无根本区别，而田能村竹田的《风竹帘前读》却展示出不同以往的新面貌。他不仅训点、刊刻了这部传奇小说，还以眉批、夹批形式加以评骘，是整个江户

---

① ［日］今田洋三：《江戸の本屋さん：近世文化史の側面》，第149页。
② 《风竹帘前读》文化七年刊，竹田庄藏板，今藏东京大学东洋文化研究所。
③ ［日］川瀬一馬：《入門講話日本出版文化史》，第232—234、237页。

时期汉文小说刊本中少见的做法。他在跋语中说：

> 阿戎曰：圣人忘情，最下无情，情之所钟，正在我辈。所谓我辈者，中人也。夫中人之处世，最可为难。风花雪月，诱引乎前；笑啼离合，跟随乎后。实是愁之泽、恨之丛，而是非得失之所凑合也。益固中人，故以才思受此罪过。玉亦中人，故以多情引此遗恨。当时倘使益与玉为个愚夫愚妇，便当笑笑嘻嘻，没齿无怨也。噫！今也，吾曹亦复中人，欲启手启足，快瞑我目，不知何方则可。

此前的序跋大多强调小说增广见闻、辅助经史的功用，"说鬼谈怪亦何伤乎"[①] 的猎奇趣味，或者谈论其文体特征、叙事技巧，很少将个人性情融入序跋中，而田能村竹田关注的却是《霍小玉传》对"中人"多情悲剧的揭露。早年他就曾在给名儒大窪诗佛的信中自述"夜半酒醒梦回际，挑灯读《西厢记》《牡丹亭还魂记》，未尝释卷浩叹才难情难也。（中略）知则为之立传，而贻诗若文于不朽；零香余芳，赖而有存焉"[②]。后鳏居京都，有人劝其纳妾，他却应以天下无才色兼备佳人，将一片深情寄予小说戏曲的阅读中。他刊刻这部小说并非旨在营利，而是少数志趣相投者品评鉴赏。

倾慕小说中才女佳人的并非田能村竹田一人，早于他的《风竹帘前读》跋语七年，山崎兰斋也在《板桥杂记序》中称颂青楼名媛"一肌一容，极艳尽冶，一事一物，风流萧洒，实欲界之别境也"，认为世人不能赏其美质，"不知而恶之者，非固则陋也；知之而戒之者，可以为博物君子矣"[③]。同一时期秦鼎在《今世说序》中讲述某老翁晚年丧妻，请子女为其聘邻家少女，后相携终老，接着谈到

[①] ［日］三宅芳隆：《塵余叙》，载長沢規矩也编《和刻本漢籍随筆集》第4集，第259页。
[②] 《田能村竹田全集》，国書刊行会1916年版，第330页。
[③] 《板桥杂记》享和三年江户和泉屋庄治郎刊本，今藏早稻田大学图书馆。

"今余校《今世说》，客举此事而戏曰：子辈常好读奇书，书中有德有才，新知之乐，必有似此父，其新已嘉，其旧如之何？余笑而不答。虽然，吾欲与若书终身者，宁止一百岁"①。三人不约而同地谈及文言小说中的佳人，强调阅读中的情感经历而非学识积累，正反映出江户后期小说阅读从公共修养向私人空间的回归。

小结

江户时期中国小说的刊刻蔚为大观，二百多年中至少有57种文言小说、9种白话小说得以翻刻，不同年代小说的刊刻呈现出一定的阶段性特征。

江户开府到宝永元年（1603—1704）版刻方兴，此前丰臣秀吉征朝，将大量汉籍与活字带到日本，引发了宽永之前活字印刷的热潮。这一时期具有承上启下的过渡性，大量文言小说得以公开刊行，逐渐改变了五山时期互相传抄、私下阅读的局面。除了禅僧以外，天皇、幕府、富商均参与到版刻事业中，汉籍的读者也不再局限于公卿、僧侣，随着活字印刷技术的传入与阅读需求的增加，刊刻与传抄一起成为典籍流通的重要方式。此时的小说以坊刻为主，多为雕版、附有训点、往往取消界行、同种小说不同版本并存，呈现出不同以往的新面貌，对整个江户时期的小说刊刻影响深远。

宝永二年至明和七年（1705—1770）是第二个阶段，这六十多年中白话小说的刊刻蔚然成风，除了《靖乱录》之外，所有的白话小说均首刊于这一时期。同时，早期刊本序跋、刊记难得一见的情况有所改观，聘请当世名家撰写序跋逐渐成为通行做法，很多序跋摆脱了应酬之作的敷衍气息，认真探讨小说的文体特征、叙事技巧，并与明清的评点形成互动，本身就有较高的理论价值。随着小说刊本的增加，书籍目录也逐渐从笼统的"外典"中分化出"传记""故事""通俗书""小说"等新的分类，文言与白话小说作为独立的门类，相对稳定地呈现在书籍目录中。

---

① ［日］長沢規矩也编：《和刻本漢籍随筆集》第13集，第173页。

明和八年到庆应三年（1771—1867）是最后的分期，随着中日书籍贸易的频繁以及舶来汉籍价格的降低，中国小说的获取日益便利，于是书肆倾向于刊刻罕见珍本而非常见典籍，题材的选择也更趋多元化。到了宽政年间，幕府与诸藩热衷于典籍刊刻，私塾的兴盛也带来家刻本的繁荣，这一时期出现不少官版与家刻文言小说。与此同时，文人序跋也较少强调学识积累与猎奇趣味，转而将个人性情融入其中，小说阅读逐渐从公共修养回归到私人空间。

第二节　丛书、类书与中国小说选编

一　江户时期文言小说的流播方式：对类书、丛书的考察

江户时期是中国小说在日流播最为繁荣的时代，无论阅读、翻刻还是对日本文学的影响，都超过此前的五山时期与此后的明治、大正时期，目前学术界的研究主要集中在白话小说以及《剪灯新话》《剪灯余话》《板桥杂记》等明清时期的文言作品，唐前小说较少进入研究视野，而《神异经》《拾遗记》《搜神记》等志怪小说，江户文人的随笔、书札中颇多引用，但这些小说的流播方式尚未引起学术界的足够关注。本小节试图考察和汉类书在文言小说传播中发挥的作用。

（一）公私藏书中文言小说形态的变迁

自奈良时代起，文言小说的流入、抄录与阅读源远流长。由于早期文献缺乏，具体的汉籍阅读活动难以详考，虽然文集、日记、物语中时见文言小说的引用，但记录的往往只是阅读之一角。如果将目光转向公私藏书，考察目录中文言小说的形态，便能在一定程度上追溯文言小说收藏与阅读方式的变迁，以及江户时期在文言小说流播史上的意义。

日本现存最早的藏书目录是正仓院文书中的《写章疏目录》，末尾落款日期为奈良时期的天平二十年（748）六月十日。正仓院作为

东大寺仓库，展现出寺庙与皇室的收藏规模。该目录不按典籍内容分类，而是以"柜"为标准，目前仅存第四柜至第九柜，并非完整的东大寺藏书。目录中包含佛典 128 部、外典 42 部，其中有《经典释文》《政论》《许敬宗文集》《庾信集》等见于《旧唐书·经籍志》的典籍，但无一部文言小说。① 虽然现存目录具有一定的偶然性，但在版刻未兴、唐本难求的时代，寺庙首先收藏佛典与子史、文集也在情理之中。

宽平三年（891）前后撰成的《日本国见在书目录》，集中体现了平安初期宫廷藏书的规模。该目录大体按经史子集顺序共设 40 个子目，著录典籍 1579 部。② 其中"起居注家"下有《穆天子传》六卷，"旧事家"中有《汉武帝故事》二卷、《西京杂记》二卷，"杂传家"有《汉武内传》二卷、《神仙传》廿卷、《搜神记》卅卷、《搜神后记》十卷、《冥报记》十卷、《续齐谐记》三卷、《汉武洞冥记》四卷、《灵异记》十卷、《列仙传》三卷，"土地家"有《山海经》廿一卷、《神异经》一卷、《十洲记》十卷，"杂家"有《博物志》十卷，"小说家"有《笑林》三卷、《燕丹子》一卷、《世说》十卷、《志林小说》十卷、《小说》十卷。这些小说分处诸家，很可能是以写本单行。

由于唐前文言小说种类庞杂，且大多篇幅较短，以一己之力难以穷搜博览，即便宫廷藏书也仅有二十余部，难称大观。平安末期，公卿藤原通宪以藏书丰富著称，《通宪入道藏书目录》也按柜著录典籍，③ 共 170 柜，现存 82 柜，约为藏书总量的一半。其中有《西京杂记》一卷、《十洲记》一卷、《搜神后记》九卷（缺三卷）。以通

---

① 参见［日］和田萬吉《日本文献史序说》，青裳堂书店 1983 年版，第 25—31 页。

② 参见孙猛《日本国见在书目录详考》上卷，上海古籍出版社 2015 年版，第 3—24 页。

③ 载［日］長沢規矩也、阿部隆一编《日本書目大成》第 1 卷，汲古书院 1979 年版，第 45—57 页。

宪入道搜罗之能，仅得如此几部，可见文言小说流播之难。在没有公共图书馆的时代，虽然文人间可借阅传抄，但私人藏书大体对应着藏主的阅读量。

到了镰仓时期，渡宋禅僧圆尔辨圆将大量汉籍带到日本东福寺普门院，但现存《普门院经论章疏语录儒书等目录》中无一部文言小说。① 圆尔辨圆于弘安三年（1280）去世，此前《太平广记》《绀珠集》《类说》《百川学海》《事文类聚》均已成书，而且很可能曾刊布于世。虽然藤原孝范（1158—1233）的《明文抄》、仙觉（1203 年生）的《万叶集注释》曾引用《太平广记》，② 但日本文人很少收藏、阅读《太平广记》《类说》等书，文言小说的阅读恐怕始终以单行写本为主。

在笔者有限的视野中，《类说》等杂纂之书最早载入日本的记录，见于兼任幕府外交顾问的临济禅僧瑞溪周凤的《卧云日件录拔尤》。书中提到宝德元年（1449）九月十八日，"天英西堂，持《百川学海》两册来见借，此书永享初来自大明者也。或曰：此书全部未来，盖三分之一也，不知实尔乎"③，瑞溪周凤多年执笔外交文书，熟知舶载汉籍之事，如果此处所言为确，则《百川学海》残本曾于永享初年（永享始于 1429 年）传入日本，这部《百川学海》，"予住鹿苑院时，借一册来，而后每每借一两册看之"。《卧云日件录拔尤》宽正五年（1464）七月十四日条又提到，"荫凉箴首座（按：隶属于京都相国寺）来问，就渡唐，自公方（原注：足利义政）将乞书籍，有可录呈其名之命，不知日本未渡书，纵虽先来，最希有者，何书可录呈耶？予曰：当加思惟耳。后便记十五部送

---

① 载严绍璗《汉籍在日本的流布研究》，江苏古籍出版社 1992 年版，第 43—45 页。
② 周以量：《近世日本における中国小説の流布と受容：太平広記と夷堅志を中心に》，博士学位论文，東京都立大學，2001 年，第 21—23 页。
③ ［日］瑞谿周鳳：《臥雲日件録拔尤》，岩波書店 1961 年版，第 41 页。

之"①，即幕府将军足利义政即将派遣使臣赴明，同时索要典籍，询问瑞溪周凤哪些书未曾传入日本，瑞溪周凤拟出的 15 部书中便有《百川学海》《类说》，或许正因十余年前见到的《百川学海》并非全帙，意在补足。

杂纂之书将数十甚至上百种文言小说汇为一编，极大地便利了文言小说的获取与阅读。江户时代之前虽然也有广录文言小说的类书、丛书传入日本，但见于记载者较少。嘉靖以前中国版刻未盛，刊本数量有限、价格高昂。而嘉靖以后，随着阅读需求的增加、印刷技术的进步，大量典籍得以刊行，到了明末书价只有明初的 1/4 左右。② 此前编纂的《太平广记》《绀珠集》《类说》《百川学海》《事文类聚》《说郛》等有了价格更为低廉的刊本，同时出现了《汉魏丛书》《津逮秘书》《天中记》《虞初志》《古今说海》等重新纂集之作。这些著作大多刊行于万历至崇祯年间，对应于日本的江户初期。明末出版业的兴盛、江户初期承平偃武与书籍贸易的频繁，导致日本公私藏书中的文言小说面貌也大为改观。

宽文丙午（1666）年，幕府儒官、林家学塾第二代主人林鹅峰为和刻本《事文类聚》撰序时提到：

> 载籍极博，总言之则经史子集，分言之则几千万卷。保寿如筴铿、惜阴如陶侃，不易辙见焉。然得其要领，则可触类推通乎！是以历代诸家撮四库之书，有类编制撰。（中略）诚是入学之径庭、驰场之辔衔也。③

---

① ［日］瑞谿周鳳：《臥雲日件録抜尤》，第 156 页。
② ［日］井上进：《中国出版文化史》，李俄宪译，华中师范大学出版社 2015 年版，第 181 页。
③ ［日］林鵞峰：《书新刊事文类聚后》，《新编古今事文類聚前集》，宽文六年京都八尾勘兵卫友久刊本。

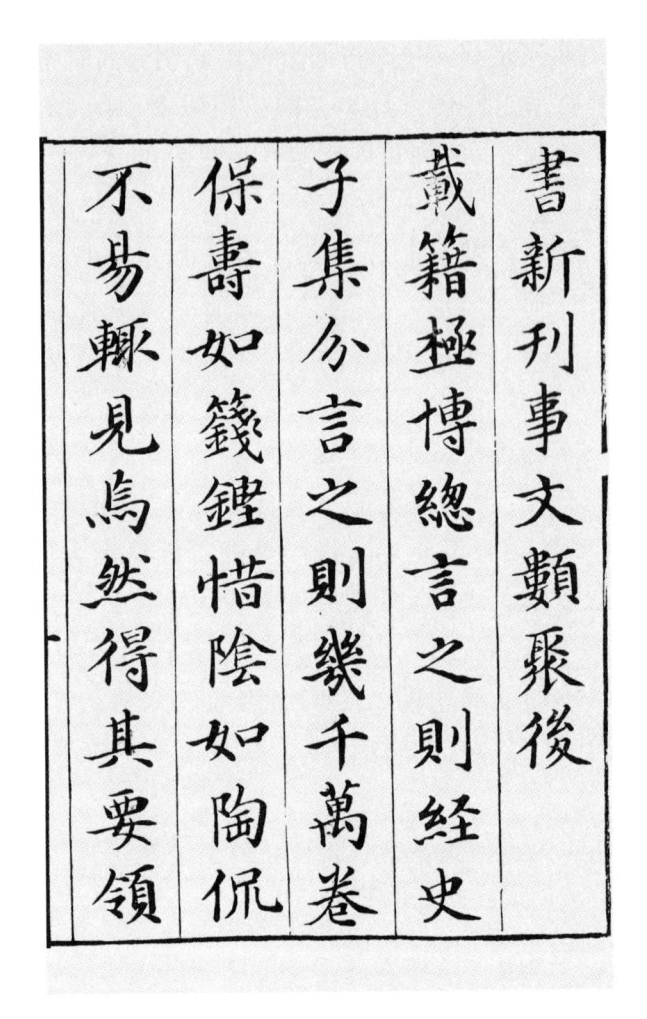

> 書新刊事文頖聚後
> 載籍極博總言之則経史
> 子集分言之則幾千萬卷
> 保壽如籯鏗惜陰如陶侃
> 不易輒見烏然得其要領

图 4　宽文六年刊《事文类聚》林鹅峰序

所谓"入学之径庭、驰场之辔衔"的称誉，意味着典籍收藏与阅读方式的改变。从逐册寻访、辗转抄录到类书、丛书的纂集汇刻，"分言之几千万卷"的载籍能够一举而得，内容统括经史子集四部。林鹅峰还提到，其父林罗山"少时一览之，壮年再见，滴朱全部"，将《事文类聚》通读两遍，他自己"未弱冠，依先考之劝，读过一遍，仅记千之一，犹觉益于考事，便于缀文"，父子两人均从类书进入汉学门庭。江户时期文人藏书中，以文言小说著称的丛书、类书屡见不鲜。

国立公文书馆现存林罗山藏书中就有《百川学海》《古今说海》《太平广记》《五朝小说》,①他在随笔《梅村载笔》中谈论四部典籍,提到的"类书"就有《太平广记》《事文类聚》《类说》《百川学海》《古今说海》《汉魏丛书》。②比林罗山年长一辈、情兼师友的藤原惺窝在书籍往还的信函中也谈到"《本草纲目》全六帙、《杨文靖》全三册还了。昨者匆匆归,意根如薤本。且又《事文类聚》可求之而已"③,对《事文类聚》颇为留意。

除了林家父子,诸藩大名的藏书目录中也不乏纂集之作。文政年间,松山藩振兴学政,曾聘请另一位饱学的林家塾长林述斋为藩校子弟撰写读书指南,弟子佐藤坦编为《初学课业次第》,并在识语中提到"公之意盖不过揭初学标的,故所载目次率从简省耳。若谓书亦仅仅止此,则非公之所以望多士也"④,即林述斋所列只是简化的书目,作为初学者的基础读物,而补遗中就包括《津逮秘书》《唐宋丛书》《汉魏丛书》《正续秘笈》《百川学海》《事文类聚》《说海》《说郛》《续说郛》等多种类书或丛书,⑤囊括了大部分同类著作。《初学课业次第素读》子部特举《汉魏丛书》,称"此书分经翼、别史、子余、载记四部,故非仅子类。但读此书,则古书当读者颇完备,无须别举书目"⑥,显有以《汉魏丛书》作为汉学阶梯之意。

普通学子难以购置卷帙浩繁的唐本,但大名与藩学藏书中却屡

---

① [日] 土屋裕中·《当館所藏林罗山旧藏書漢籍解題1》,《北の丸:国立公文書館報》2015年第47期。
② 《日本随筆大成》第1期第1卷,吉川弘文館1975年版,第34—35页。
③ 《藤原惺窝集》上卷,国民精神文化研究所1938年版,第280页。
④ [日] 長沢規矩也编:《江戸時代支那学入門書解題集成》第2集,汲古書院1975年版,第166页。
⑤ [日] 長沢規矩也编:《江戸時代支那学入門書解題集成》第2集,第191—193页。
⑥ [日] 長沢規矩也编:《江戸時代支那学入門書解題集成》第2集,第227—228页。

见不鲜。其中大名藏书往往世代增补，家学绵延；到了江户后期，藩校也在一定程度上成为藩内的公共图书馆。大名与藩校收藏的《太平广记》《汉魏丛书》《津逮秘书》，将文言小说的阅读扩展到众多大名子孙与藩士中。作为"御三家"之一的尾张家，早在元和三年（1617）的藏书目录中就有《事文类聚》，为德川家康去世后的"骏河御让本"①，宽永年间的藏书目录中有《汉魏丛书》《学海》《唐人小说》《宋人小说》《百川学海》《古今说海》《太平广记》。与林家交好的高田藩榊原家，宝永四年（1707）的藏书目录中就有《事文类聚》《古今说海》两种杂纂之作。② 彦根藩于宽政十一年（1799）设立藩校稽古馆，后改名弘道馆，③ 现存《彦根藩弘道馆藏书目录》中赫然有《汉魏丛书》《太平广记》《百川学海》。米泽藩于安永四年（1775）筹建藩校兴让馆，此后一直延续到明治四年（1871）废藩置县，现存米泽藩《官库御书籍目录》中亦有《事林广记》《事文类聚》两部类书。④

德山藩初代藩主毛利元次酷爱典籍，现存其《御书籍目录》有宝永五年（1708）自序，其中提到"待之书籍，非敌于邺家万分之一，欲贻之永世千子万孙，垂范于来者。继吾志，空者可补，有者莫耗，曰孝之一事"⑤，以祖训立言，命后代珍视典籍，以延家祚。他的藏书中有《古今事文类聚》（和刻）、《津逮秘书》（崇祯刊本）、《说郛》（顺治刊本）、《太平广记》（许自昌刊本）、《汉魏丛书》（清刊本）、《五朝小说》（明刊本）、《百川学海》（明刊本）、

---

① ［日］名古屋市蓬左文库监修：《尾張德川家藏書目録》第1卷，ゆまに書房1999年版，第36页。
② ［日］浅倉有子、岩本篤志编：《高田藩榊原家書目史料集成》第1卷，ゆまに書房2011年版。
③ ［日］朝倉治彦监修：《彦根藩弘道館書籍目録》，ゆまに書房2005年版，第375—377页。
④ ［日］岩本篤志编：《米沢藩興讓館書目集成》第1卷，ゆまに書房2009年版。
⑤ ［日］上村幸次编：《毛利元次公所藏漢籍書目》，德山市立图书馆1965年版，第2页。

《事林广记》(和刻本)、《天中记》《古今说海》(嘉靖刊本),明清时期广录小说的类书、丛书基本都入藏宝库。他还郑重告诫"为人不学问、不察人之艰难、不通下情,如禽兽;有位有禄不学,尸位素餐;有官不学,如楚冠;庶人不学尸行,如锦绣于牛马"[①],对拥书不读的后辈痛加诋斥。

在汉学日盛的江户时期,引领典籍收藏与阅读风潮者并非个别大名与藩校,天皇、幕府便致力于《太平广记》《事文类聚》《百川学海》之类大型类书或丛书的收藏。根据东北大学狩野文库所藏《御文库目录》记载,早在宽永十五年(1638)之前,幕府就藏有《汉魏丛书》《太平广记》,[②] 此后类书与丛书的购置屡见不鲜,如宽永十九年(1642)新购入《说郛》,正保二年(1645)购入《唐宋丛书》,承应元年(1652)购入《虞初志》《津逮秘书》,延宝七年(1679)购入《曾公类说》。《幕府书物方日记》宽保四年(1744)五月十五日条还记载"去亥闰四月,自林大学头处借得《百川学海》九十六册一笘,今日返还大学头,来信请取"[③],林大学头为幕府儒官,江户中后期世代掌管幕府官学昌平黉。幕府书库向林家借阅整套《百川学海》,历经一年抄校或阅览完毕,如此规模的典籍借阅在江户之前实属罕见,但在江户时期却屡见于记载。

曾经担任幕府"书物奉行"(幕府文库管理员)的近藤正斋在《好书故事》中提到:延宝五年(1677)闰十二月五日,幕府向禁中(即天皇)进献书籍六种,分别是《册府元龟》《稗海》《正百川学海》《续百川学海》《广百川学海》《三才图会》,[④] 不知这次进献是出于天皇令旨还是幕府自愿,六种典籍均在百卷以上。宽保四年

---

① [日]上村幸次编:《毛利元次公所藏汉籍书目》,第2—3页。
② [日]大庭脩:《東北大学狩野文庫架蔵の旧幕府御文庫目録》,《関西大学東西学術研究所紀要》1970年第3期。
③ [日]東京大学史料編纂所編纂:《幕府書物方日記》18,東京大学出版会1988年版,第50页。
④ 《近藤正斋全集》第3卷,国书刊行会1906年版,第162—163页。

幕府之所以向林大学头借阅《百川学海》，可能正是因为书库收藏的《百川学海》已经进献天皇。除了幕府献书之外，宫廷还从其他途径得到不少丛书或类书。庆安二年（1649）前后抄录的《禁里御藏书目录》，著录有《事文类聚》《百川学海》《类说节要》《事林广记》《太平广记》《天中记》六部类书或丛书，[①] 将唐前文言小说囊括殆尽。

总之，从奈良到江户时期，日本公私藏书中的文言小说景观发生了明显改观。从此前稀少零散的单行写本到江户时期卷帙浩繁的纂集汇刻，上自天皇、幕府，下至儒官、大名与藩校，只要藏书文库稍具规模，《太平广记》《百川学海》《事文类聚》等类书、丛书几乎成为必备之典。藏书形态的变迁，不仅意味着文言小说典籍的获取更为便捷，也对江户文人日常的阅读生活影响深远。

（二）汇刻书目考、小说和刻与翻译观念的自觉：类书与丛书的延长线

类书、丛书的传入，引起日本文人对明清时期汇刻典籍的强烈关注，虽然天皇、幕府、大名等上层精英大量购置《太平广记》《事文类聚》等大型类书，但普通读者无此财力；而众多汉学者亟欲探究各种纂集之作收录的书目，既以之作为访书、读书的指南，也借此了解明清版刻的进展。

元禄十二年（1699）京都儒者一色时栋编纂刊行了《二酉洞》，按经、史、子、集、杂、续六类，著录各种汇刻汉籍所收的书目与作者。一色时栋称"此书元欲藏家塾，课诸生，始无意梓行，一落于好事者之手，遽登梨枣"[②]，即该书是根据他在家塾督刻诸生的经历编纂而成。松崎祐在序言中称"天下图籍极博，而经史子集、百

[①] 《大東急記念文庫善本叢刊　近世篇》第 11 卷書目集 1，大東急記念文庫 1977 年版。

[②] ［日］一色时栋：《凡例四则》，《二酉洞》，元禄十二年博古堂刊本，早稻田大学图书馆藏。

家杂说无不载焉。读者不解，则恐有冥行尸趋、终身不能出正路，随而荆棘塞绝也"①，显然有学问导引之意。该书经、史、子三类总共只收录12部典籍，杂类却收书20部，包括《汉魏丛书》《唐宋丛书》《津逮秘书》《正说郛》《续说郛》《百川学海正编》《百川学海续编》《百川学海广编》《正秘笈》《续秘笈》《广秘笈》《五朝小说》《稗海》《续稗海》，这些纂集之作均大量收录文言小说。一色时栋将其作为家塾教材，松崎祐还告诫"夸多务博者，考此读彼犹可也，勿赖知二酉书目徒不读矣"，希望《二酉洞》读者不只停留在目录之学，更要阅读其中的典籍。不知其他家塾或藩校是否采取类似的教学方式，至少《二酉洞》的刊行大大促进了文言小说的流播。

《二酉洞》刊行之后似乎影响颇深，宽延四年（1751）向荣堂主人又编纂刊行了《唐本类书考》，旨在补订《二酉洞》的缺漏。他在《类书考题言》中称：

> 近年明清之书抵崎港者，部数真堪恒河沙数。然余幼龄游京师，遂改业书肆，今二十余年矣。因遍搜博览海内流布之丛书，注明书目、卷数、编者姓名，久欲辑录《类书考》一部。前此一色时栋虽编有类书目录，然疏略未备，（中略）余读之，矢志补全。②

从享保到宝历时期，清代商船载入的汉籍数量大增，与一色时栋生活的元禄时期已不可同日而语。和《二酉洞》相比，《唐本类书考》增加了《古今说海》《七种争奇》《历代小史》《古今逸史》等几部作品，时而在目录中注明"《二酉洞》阙部"。到了文政年间，江户

---

① ［日］松崎祐：《二酉洞引》，《二酉洞》，元禄十二年博古堂刊本，早稻田大学图书馆藏。
② ［日］向荣堂主人：《類書考題言》，载《唐本類書考》，宽延四年山田三郎兵衛刊本，日本国立国会图书馆藏。

书肆庆元堂继续刊行《汇刻书目外集》，比《唐本类书考》又多出《事林广记》《知不足斋丛书》《龙威秘书》《剪灯丛话》《历朝杂说》《小说十三种》等多部。① 在汉学者、书肆的共同努力下，广收文言小说的类书、丛书成为江户时期文人阅读生活中的有机组成部分，也大大加速了文言小说的流播。

江户初期随着和平时代的到来，幕府奖励学问，教育逐渐普及，识字率持续增加。虽然《太平广记》《百川学海》《事文类聚》等大型类书、丛书已经传入日本，但仍难以满足阅读需求。文禄庆长之役中，丰臣秀吉将朝鲜汉籍与活字印刷术带回日本，随后版刻事业迅速发展。最初刊刻的大多是《四书》《周易》《文选》《蒙求》《古文真宝》等脍炙人口的汉籍，但随着主流刊本由活字转向雕版，和刻典籍逐渐增加，将各种书籍纂集汇刻逐渐成为新的选择，如佛典中的《禅林类聚》（1613 年刊）、《法苑珠林》（1621 年）、天海版《大藏经》（1648 年完成）、铁眼版《大藏经》（1681 年完成），医籍中的《证类备用本草》（1603 年），宋代典籍中的《新雕皇朝类苑》（1621 年刊），尺牍中的《书叙指南》（1649 年）② 等。具体到与小说有关的类书、丛书，较早便是宽文六年（1666）京都书肆八尾勘兵卫刊行的《新编古今事文类聚》。

林鹅峰在《书新刊事文类聚后》中比较几种类书的异同，称"就中卷帙之堆（按：原文如此），无若《太平御览》《文苑英华》者。《御览》精于考事而漏诗文，《英华》富于诗文而阙考事，唯祝氏《类聚》并取事文，兼备二美，诚是入学之径庭、驰场之辔衔也"③。三部类书均成书于宋代，但《事文类聚》在日流播远迟于前两种类书，直到江户初期才异军突起。如果说"诗文"代表传统的

---

① ［日］松澤老泉编：《彙刻書目外集》，载［日］弥吉光長校《松沢老泉资料集》，青裳堂書店 1982 年版，第 245—441 页。
② 参见［日］岡雅彦等编《江戶時代初期出版年表》，勉誠出版 2011 年版。
③ 《新编古今事文類聚前集》，宽文六年八尾勘兵衞友久刊本，早稻田大学图书馆藏。

汉学修养，那么"考事"则在某种程度上更贴近小说，颇合于江户风貌。《事文类聚》的刊行引领了时代潮流，此后陆续刊刻了多种与小说关联密切的类书或丛书，宽文十年的《增补书籍目录》特意设置"故事"子目，统括以故事为主、具有汇编性质的典籍，德田武曾名之为"中国故事集"①，笔者稍加整理计有：

1. 正保三年（1646）刊《书言故事大全》
2. 宽文六年（1666）之前刊《金璧故事》
3. 宽文九年（1669）刊《日记故事大全》
4. 宽文九年（1669）刊《劝惩故事》
5. 延宝二年（1674）刊《君臣故事》
6. 宽文九年（1669）刊《邹鲁故事》
7. 延宝六年（1678）刊《古今事类全书》
8. 天和二年（1682）刊《故事必读成语考》
9. 元禄十二年（1699）刊《事林广记》
10. 正德六年（1716）刊《艺林伐山故事》
11. 文政六年（1823）刊《虞初新志》

这些典籍大多作为蒙学著作，以汇刻方式向初窥门径者指示进阶之途，所谓"俾后学一批阅问，端绪易求，疑义不滞"②。

元禄五年的《广益书籍目录》中，与《书言故事》等并列的还有《语园》《新语园》《汉语大和故事》，③这些"故事"书体现出

---

① [日]德田武：《中国故事集の盛行とその影響》，载《近世近代小说と中国白话文学》，汲古书院2004年版，第20—51页。

② 《书言故事大全》序，载《和刻本类书集成》第3辑，上海古籍出版社1990年影印版，第3页。

③ [日]斯道文库编：《江户时代书林出版书籍目录集成》第1集，井上书房1962年版，第268—269页。

类书、丛书的舶载与和刻影响之下，文言小说传播的另一个侧面。不同于《书言故事》《劝惩故事》之类和刻汉籍，《语园》等书是从各种子史著作或类书、丛书中选录故事性强的篇目译为日文。仅以江户初期为例，这一时期刊刻的日译中国故事集，对江户时期影响较大的就有：

宽永四年（1627）刊　据传一条兼良撰《语园》
万治二年（1659）刊　浅井了意撰《勘忍记》
万治三年（1660）刊　辻原元甫撰《智惠鉴》
宽文十二年（1672）刊　浅井了意撰《新语园》
元禄七年（1694）刊　宫川道达撰《训蒙故事要言》
元禄十一年（1698）刊　林罗山撰《怪谈全书》

日译中国故事集的集中涌现，与江户初期《太平广记》《事文类聚》等类书的流播关系密切，其中《语园》《新语园》《怪谈全书》详细注明故事来源，引书中经常出现《事文类聚》《类说》《太平广记》《说海》《天中记》等类书，尚纲闲斋在《新语园叙》中更是明确提到"凡所刊行于世，《韵府》《类聚》等书，包宇宙之广，括事物之繁，往往流布（之）属，不可胜计焉"[①]。如果说《事文类聚》《书言故事》《虞初新志》等和刻汉籍主要面向通晓汉文者，那么《语园》《新语园》将文言小说读者扩展到了没有汉文修养的普通读者中。除了读者范围的扩展，更重要的是，这些著作体现出中国小说流播史上"翻译"观念的产生与发展。

虽然早在奈良、平安时期就有大量汉籍传入日本，但由于中日两国语言文字的历史渊源，日本文人往往直接阅读汉文原典或训读后的汉籍，很少将汉籍译为日文。江户之前受文言小说影响的日文著作，最典型的就是成书于平安时期的《今昔物语集》与《唐物

---

① 《假名草子集成》第 40 卷，東京堂出版 2006 年版，第 128 页。

语》，前者屡次取材于《冥报记》《孝子传》，后者却受到《列仙传》《博物志》《长恨歌传》的深远影响，两书中引录的文言小说往往近似转述、改写，而非逐句翻译。比如《今昔物语集》卷九《震旦隋代李宽依杀生得现报语第二十六》取材于《冥报记》卷下《隋李宽》，[1] 但二者内容有明显差异。《冥报记》原文仅有简短的两句话：

> 隋上柱国蒲山惠公李宽，性好田猎，常养鹰数十。后生一男，口为鹰嘴，遂不举之。[2]

而《今昔物语集》转述时多有增饰，笔者将其回译为汉文便是：

> 往昔，震旦隋朝有上柱国蒲山惠公李宽。性好田猎，常以饲鹰为业。养鹰数十只，昼夜朝暮残杀生灵为务。未几，妻有身孕，满月后待产，生下一子。见其子之口，却为鹰嘴。父以为残疾，遂不举而弃之。众人传言，此为多年杀生，依咎得报，故生鹰嘴男子。[3]

从《冥报记》的 37 字到《今昔物语集》的百余字（考虑到中日的语言差异，日文原文篇幅更长），内容几乎增加了三倍。《今昔物语集》的作者似乎并没有"翻译"观念，只是以便于日本读者理解的方式转述《冥报记》中的故事，为增强宣教色彩，添加了"昼夜朝暮残杀生灵"的细节与"众人传言，此为多年杀生，依咎得报，故生鹰嘴男子"的教化内容，类似做法在《今昔物语集》中屡见不鲜。

如果《今昔物语集》只是在《冥报记》原有的故事框架中稍作

---

[1] 参见［日］小峯和明校注《今昔物語集》2，岩波書店 1999 年版，第 223 页。
[2] 方诗铭辑校：《冥报记　广异记》，中华书局 1992 年版，第 52 页。
[3] ［日］小峯和明校注：《今昔物語集》2，第 223—224 页。

增饰，那么《唐物语》第十一则《萧史弄玉携凤双飞》就是对《列仙传》风格意境的根本改变。《列仙传》原文为：

> 萧史者，秦穆公时人也。善吹箫，能致孔雀白鹤于庭。穆公有女字弄玉好之，公遂以女妻焉。日教弄玉作凤鸣，居数年，吹似凤声，凤凰来止其屋，公为作凤台，夫妇止其上，不下数年。一日，皆随凤凰飞去，故秦人为作凤女祠于雍宫中，时有箫声而已。①

笔者将《唐物语》第十一则回译为汉文，并将其中的和歌以五言诗体译出，即为：

> 从前秦穆公有女，名为弄玉。心底清莹，宛若秋月无痕，世事不萦于怀。又有乐人，名为萧史。月色清冷，天欲破晓之际，箫声凄凄，无限伤感。弄玉心为之动，上前倾诉衷肠。世人怪而责之，弄玉不以为苦，但同赴台上，吹箫望月，别无所念。有鸟名凤凰，飞来聆听箫声。月渐西沉，近傍山棱，心意澄澈。萧史、弄玉相携飞入穹庐。
>
> （和歌）冰心谁似月，竟有追云人。
>
> 心意澄澈，竟能凌空御风，诚为难得。又，钟情箫声，忘却世人毁谤，追念风雅之心，不由人倾慕。②

《唐物语》仅仅借用了《列仙传》的故事梗概，却将萧史、弄玉改编为平安后期宫廷女性，甚至令其吟诵和歌，完全脱离了中国文化语境。《唐物语》几乎每篇都附有和歌，杨贵妃、王昭君、卓文君、绿珠、武则天等文言小说中常见的人物，已近似《源氏物语》《狭

---

① 王叔岷：《列仙传校笺》，中华书局 2007 年版，第 80 页。
② ［日］小林保治编：《唐物语全釈》，笠间书院 1998 年版，第 74 页。

衣物语》等平安文学中的女主人公。

《今昔物语集》与《唐物语》已在某种程度上接近文言小说的翻译，但在江户时期以前仍属罕见，更常见的做法是将文言小说中的人物、朝代、地点均改换到日本（如《李娃物语》与《李娃传》），或者仅借鉴文言小说中某个片段而忽略整体框架（如《源氏物语》对《长恨歌传》的改写）。总之，江户时期之前文言小说流播中并未出现"翻译"意识的自觉，这种观念可能直到江户初期浅井了意的《新语园》《堪忍记》、林罗山的《怪谈全书》等才开始出现。

文言小说翻译的滥觞可能是宽永四年（1627）刊行的《语园》，全书分上下两卷，上卷收录中国故事97则，下卷收录114则，绝大多数故事标题下注明出处，引录较多的是《事文类聚》《列女传》《开元遗事》《说郛》，但据花田富二夫考证，《语园》全部故事均来自《事文类聚》。[1] 每则故事近似汉文原著的逐句日译，少有增饰，与《今昔物语集》《唐物语》颇不相同。

该书早期刊本并未注明作者，据传为一条兼良所著，但学术界向有争议，渡边守邦甚至认为林罗山可能参与其中，[2] 倘若所考为确，则浅井了意与林罗山几乎成为江户初期文言小说翻译的先驱。浅井了意的《新语园》《堪忍记》、林罗山的《怪谈全书》均与《语园》的翻译风格相似，尊重原文、少做增删。浅井了意在《新语园自叙》中称："尝一条禅阁，博识洽闻，缀异邦之事实，为和字之语话，而布艺园，以授童稚。拟联句俳谐之警作，为初学之诱唱，名曰语园，盖小说语林之属类也"，他明确意识到《语园》用"和字之语话"翻译"小说语林之属类"[3]，而且"本牒二卷，皆置出证，

---

[1] ［日］花田富二夫：《仮名草子研究：説話とその周辺》，新典社2003年版，第28页。

[2] ［日］渡边守邦：《語園考》，载《古活字版伝説：近世初頭の印刷と出版》，青裳堂書店1987年版，第116—142页。

[3] 《假名草子集成》第40卷，東京堂出版2006年版，第129页。

寔是细钩钓深之谓乎",态度严谨,并非随性转述,显现出翻译意识的自觉,并体现在自己的翻译实践中。英国学者科尔尼奇曾称林罗山"并未使用训读体日语,这种文体源自汉籍,采取'有限翻译'的训读技巧,保留原有词汇,但重新组织文本,添加助词与返点符号"①,虽然他关注的主要是林罗山谚解本《贞观政要》《三略》《性理字义》而非文言小说翻译。其实,这种翻译方式并非林罗山所独有,而是同一时期浅井了意、辻原元甫等人共享的做法。

江户时期白话小说的翻译始于元禄五年(1692)《通俗三国志》的刊行,从元禄五年(1692)到享保十年(1725)先后翻译了20部历史演义小说,同时从宝历七年(1757)到文化十一年(1814)先后翻译了23部世情、神魔等题材的白话小说。虽然两次白话小说的翻译热潮极为醒目,但元禄五年并非汉文小说翻译的起点,在此之前还有一次文言小说的集中翻译,并且奠定了元禄以后白话小说翻译的基本格局,即大体遵循逐句翻译的原则。与后两次白话小说翻译热潮类似,这次文言小说的翻译也集中在宽永到元禄的几十年中。虽然翻译作品不如后两次之多,但在《太平广记》《事文类聚》等类书的影响之下,《语园》《新语园》《堪忍记》《怪谈全书》均带有纂集特色,篇目较多,元禄以后很少再出现同等规模的文言小说翻译。与后来的白话小说翻译相比,元禄之前的文言小说翻译较少受到学术界的关注,但若考察江户时期汉文小说翻译的产生与发展,应该充分肯定这次文言小说翻译的价值。

小结

中国文言小说在日本的传播大体经历过两个阶段,即以单行写本为主的平安、镰仓与室町时期,以及以类书或丛书形式为主的江户时期。从公私藏书来看,江户以前公卿、僧侣很少收藏文言小说,

---

① Peter Kornicki, "Hayashi Razan's Vernacular Translations and Commentaries", *Towards a history of translating*, Edited by Lawrence Wang-chi Wong, Hong Kong: Research Centre for Translation, Chinese University of Hong Kong, 2013, p. 194.

有限的藏本也多是单行写本。随着嘉靖以后汇刻典籍的增加、书价的明显下降以及中日书籍贸易的繁荣，江户时期天皇、幕府、大名与儒官的藏书目录中经常出现《太平广记》《事文类聚》《百川学海》《津逮秘书》等大型类书或丛书，这对日本文人的阅读生活以及文言小说的在日流播影响深远。

由于类书、丛书的大量传入，日本文人对明清时期汇刻典籍的兴趣渐增，并相继出现《二酉洞》《唐本类书考》《汇刻书目外集》等详细著录类书、丛书子目的著作，将《古今说海》《说郛》《津逮秘书》等纂集之作中的文言小说一一列出，部分家塾还以之作为授课教材，大大扩展了文言小说的阅读边界。同时，随着阅读需求的旺盛，日本书肆也陆续刊行了多种故事类书作为蒙学读物。

江户时期以前虽然有不少文言小说传入日本，但文人阅读的往往是汉文原典或训读后的汉籍，极少出现文言小说的翻译。平安时期取材于文言小说中的两部经典作品《今昔物语集》与《唐物语》均对原文做了较大的增删润饰，《唐物语》甚至让杨贵妃、王昭君、卓文君等人吟诵和歌，文言小说主人公大多改编得更符合日本传统的审美观。随着文言小说汇刻本的增加，浅井了意、林罗山等知识精英开始以《事文类聚》《太平广记》等类书为底本，将文言小说逐句翻译为日文，直到这一时期小说翻译意识才逐渐自觉，并为此后两次白话小说的翻译热潮奠定了基础。

二　选编、汇刻与白话小说的传播："小说三言"下的观念变迁

"三言二拍"早在宽永年间（1624—1643）便已传入日本，并见于幕府、尾张藩、轮王寺等文库的藏书目录，上距《二刻拍案惊奇》的刊行最多只有十年，但很长时间并未受到日本文人的关注。直到1743—1758年，从"三言二拍"与《西湖佳话》中选编而成的《小说精言》《小说奇言》《小说粹言》相继由京都书肆风月堂和刻出版，才在短期内引起众多的翻案与翻译作品，中间经历了百余年的沉寂。为什么宽保、宝历年间突然出现"小说三言"的刊刻，是什么契机触发的？它的刊行，除了带动"三言二拍"的翻案、翻译之外，对白话小说的流播与小说观念的变迁有何影响？本小节便试图探讨这些问题。

（一）话本小说集的舶载与收藏

话本小说的传统源远流长，但直到明代嘉靖年间《清平山堂话本》《熊龙峰刊小说四种》的出版，才逐渐受到文人关注，而天启、崇祯年间"三言二拍"的编刊，带动了话本小说集的刊刻潮流。自天启至弘光、隆武年间，相继出现20种话本集，收录作品400余篇，[①] 其中《孔淑芳传》（《熊龙峰刊小说四种》所收）《清平山堂话本》《喻世明言》《醒世恒言》《拍案惊奇》《鼓掌绝尘》均见于江户初期幕府的《御文库目录》，[②] 可见中日书籍贸易中不乏话本小说的身影；但江户初期文人的文集、书信中极少提及这些小说集，它们几乎未产生任何影响。由于话本小说以白话为载体，普通文人若无特殊训练很难读懂，而且17世纪初日本刚刚结束百余年的战乱，汉文学者大多致力于诗文创作或儒学重建，少有精力顾及稗官小说。

话本小说得以传播的首要契机，便是幕府与儒官对唐话的关注。幕府要员中首先对白话产生兴趣的，是深受第五代将军德川纲吉信任的侧用人（即最高级侍从）柳泽吉保，他因参禅而接近黄檗宗，后者直到江户初期才由明僧隐元隆琦传入日本，长期保持明代宗风，以渡日华僧为住持，并坚持用汉语诵祷。由于柳泽吉保的带动，上自幕府将军下到柳邸儒官均热衷于学习唐话，甚至以唐音讲述《诗经》《大学》等儒家经典；随着唐话教师冈岛冠山享保年间由江户迁居京都，逐渐将唐话风气带到京阪一代。石崎又造、奥野佳代子等日本学者对此所论甚详，毋庸赘述。值得注意的是，唐话在柳泽

[①] 陈大康：《明代小说史》，人民文学出版社2007年版，第544—545页。

[②] ［日］大庭脩：《東北大学狩野文庫架藏の旧幕府御文庫目録》，《関西大学東西学術研究所紀要》1970年第3期。

府的流行与清代话本小说集的大量刊刻与舶载大体同时，也正值日式话本"御伽草子"编刊之际，中日两国短篇小说集的整理与出版，共同推动了"小说三言"的出现。

元禄元年（1688），柳泽吉保升任德川纲吉侧用人，宝永六年（1709）德川纲吉去世，柳泽吉保随之失势而隐居，离开了政治舞台。[①] 在此期间，荻生徂徕、安藤东野、鞍冈苏山等唐话学中的活跃人物均成为柳泽吉保儒臣。而由明入清，话本小说集的刊刻屡见不鲜，这种趋势到康熙前期逐渐式微，雍正年间现知仅有两种拟话本新作。[②] 康熙皇帝在位 61 年，若将其前后两分，则康熙三十年（1691）正值日本元禄四年，与柳泽吉保、荻生徂徕等人开始学习唐话大体同时。从顺治到康熙年间，有《清夜钟》《无声戏》《十二楼》《觉世名言》《豆棚闲话》《飞英声》《都是幻》《换嫁衣》《移绣谱》《醉醒石》《五色石》《八洞天》《照世杯》《珍珠舶》《人中画》《西湖佳话》等数十种话本小说集得以编撰刊行，[③] 其中绝大多数作品刊行地集中在苏州、杭州、金陵三地，毗邻赴日商船的出发地宁波港。

江户前期清代商船频繁往来于日本海，清初刊刻的白话小说也在书籍贸易中有所体现。日本东北大学所藏幕府《御文库目录》逐年著录宽永十六年（1639）到享保七年（1722）新购入的汉籍，并将宽永十五年之前的汉籍入藏年代统一著录，这份目录可以在一定程度上反映江户前期舶载汉籍的变迁。如前所述，明末编刊的《清平山堂话本》《喻世明言》《醒世恒言》《拍案惊奇》《鼓掌绝尘》等话本小说集均见于《御文库目录》，但自明历三年（1657）之后购入的白话小说剧减，此后只有宽文八年（1668）购入过《喻世明言》，直到元禄六年（1693）停止了话本小说集的购买，未曾著录

[①] ［日］大石慎三郎：《元禄時代》，岩波書店1993年版，第136—137页。
[②] 张俊：《清代小说史》，浙江古籍出版社1997年版，第172页。
[③] 文革红：《清代前期拟话本小说版本总表》，载《清代前期通俗小说刊刻考论》，江西人民出版社2008年版，第715—722页。

任何一部白话小说。从 1657 年到 1693 年白话小说的传入似乎中止了，这一现象颇堪玩味。

明清之际中土士人为避战乱大量西迁，并将晚明风气带到日本。据木宫泰彦统计，享保八年之前流寓日本的僧人，仅见于记载者就多达 63 人，① 其中悦山、悦峰等人还曾与柳泽吉保交流唐话。除了僧侣之外，还有不少文人赴日，如明遗民朱舜水、书法家高天漪、知名学者陈元赟等。晚明小说盛行，迁居日本的禅僧文人虽然本身不一定研读小说，但晚明与江户初期均崇尚百科杂学，陈元赟还曾携带《袁中郎集》赠给日本诗僧元政。② 袁中郎对明末白话小说的流行颇有推动之功，如果陈元赟所携为通行的崇祯年间佩兰居刻本，则卷二十一、卷二十四分别收有袁中郎与董其昌、谢在杭谈论《金瓶梅》的尺牍，元政当有所察觉。朱子学者林罗山藏有《东游记》《春秋列国志》等白话小说，③ 也与陈元赟往来酬唱。陈氏元和五年抵达长崎，两年后与林罗山相见，《罗山先生诗集》卷四十七还收有《和陈诗》一首。④ 明历三年（1657）之前白话小说频繁见于《御文库目录》，甚至上自儒者林罗山、下至天台僧人天海等均热衷于收藏白话小说，这可能与中日文人的密切交往有关：赴日华人所操的正是本土唐音，近似白话小说使用的语言。

早期赴日华人所受限制较少，可以相对自由地往来，或在亲友家投宿。但随着时间推移，幕府对华人的限制增加，宽文六年（1666）规定唐人必须居住在指定的宿町。后来为避免与当地人的矛盾以及走私贸易，元禄二年（1689）建成唐人坊，禁止华人私自外

---

① ［日］木宫泰彦：《日中文化交流史》，胡锡年译，商务印书馆 1980 年版，第 684—692 页。
② ［日］木宫泰彦：《日中文化交流史》，第 704 页。
③ ［日］土屋裕史：《当館所蔵林羅山旧蔵書（漢籍）解題 1》，《北の丸：国立公文書館報》2015 年第 47 期。
④ ［日］京都史蹟会编纂：《羅山先生詩集》下卷，平安考古学会 1920 年版，第 89 页。

出。① 于是赴日唐人逐渐与日本文人互相隔绝，能够接触唐人、唐话的只剩下长崎译官与黄檗宗僧人，中日两国文学的互通渠道也日趋狭窄，清初大量刊刻的白话小说慢慢淡出了日本文人的视野。直到柳泽吉保、荻生徂徕等人再次向长崎译官、黄檗宗僧人学习唐话，白话小说才重新受到关注。

（二）回归经史的冈白驹与日本"话本"的编刊

宽保三年（1743）风月堂刊行了《小说精言》四卷，从《醒世恒言》中选录《十五贯戏言成巧祸》《乔太守乱点鸳鸯谱》《张淑儿巧计脱杨生》《陈多寿生死夫妻》四篇，封面左栏注明"龙洲先生译，《小说选言》《小说奇言》《小说恒言》《小说英言》嗣出"。宝历三年（1753），风月堂再次刊行"嗣出"的《小说奇言》五卷，从《警世通言》中选录《唐解元玩世出奇》，从《醒世恒言》中选录《刘小官雌雄兄弟》《钱秀才错占凤凰俦》，从《古今小说》中选录《滕大尹鬼断家私》，从《西湖佳话》中选录《梅岭恨迹》，另附"嗣刻小说《小说粹言》《小说奇观》《连城璧》《小说选言》《小说恒言》《照世杯》"。

龙洲先生即冈白驹，石崎又造认为他很可能与荻生徂徕一样师从冈岛冠山学习唐话，至少曾受其影响。② 唐话风气从江户转移到京都、大阪之后，他成为上方首屈一指的白话小说大家；而风月堂与冈白驹的相遇，也在此前不久。《小说精言》刊刻之前两年，宽保元年（1741）风月堂已刊行了冈白驹校定的《补注孔子家语》，封面左栏有泽田一斋识语，其中提到"享保乙卯春，初谒龙洲先生"，即泽田一斋在享保乙卯（1735）首次会见冈白驹，并随其学习唐话、阅读小说。江户时期书坊主大多寂寂无名，虽然后期有庆元堂主人松泽老泉之类旁究经史者，但兼通白话、能够训点话本小说的，除风月堂主人泽田一斋，笔者未闻有他。

---

① ［日］木宫泰彦：《日中文化交流史》，第661—662页。
② ［日］石崎又造：《近世日本に於ける支那俗語文学史》，第145页。

自《小说精言》《小说奇言》刊刻之后，冈白驹似乎兴趣他移，此后极少染指于小说，以至于"小说三言"最后一部《小说粹言》不得不由泽田一斋亲自施训刊行，查考当时的记载，其中缘由似可隐约推见。江村北海在《日本诗史》中评论冈白驹，称"一旦投刀圭而来于京师，专以儒行。是时京师已有悦传奇小说者，千里（按：即冈白驹）兼唱其说，都下群然传之，其名噪于一时，千里于是不复作诗人。或乞诗，则辞以不能，于是人人谓千里文而不诗。其实非也"①。在江村北海看来，以儒生面目示人的冈白驹却致力于训刻小说，甚至不惜牺牲正统学问汉诗，难免惹人非议。《日本诗史》刊于明和八年（1771），凡例中称早在明和三年（1766）便已着手编撰；虽然成文上距《小说奇言》的刊刻晚13年，但其中的评骘之言可能早已在文人群体中流传。

冈白驹性情褊急，心胸殊不宽广，《先哲丛谈》记载他对太宰春台增注《孔子家语》与服部南郭校刻《蒙求》多有诋毁，并亲加笺注，试图压倒二人。② 他曾有意校勘《春秋左传集解》，宝历年间门下弟子那波鲁堂不告师而完成《集解》校勘，冈白驹一怒之下将其逐出门墙，七八年不通音信。与那波鲁堂交好的江村北海曲言说合，冈白驹不仅不稍加收敛，反而变本加厉称"若那波生不入吾门墙，难糊口于讲业，则可出入于吾厨下，与奴仆为伍"③，导致师徒彻底反目。冈白驹不止痛恨那波鲁堂，似乎对江村北海尤其深含敌意，或许正与江村北海对其专唱小说的评价有关。无论如何，冈白驹在《小说奇言》刊行之后，似乎放弃了小说的阅读训点，将精力转移到经史学问上，此后直到明和四年（1767）去世，其间撰写、笺注或校勘的均是《荀子觿》《春秋左氏传觿》《史记觿》《政字说》《孟子解》《助辞译通》《魏武帝注孙子》等正统的经史子类著作，他的

---

① 《新编日本古典文学大系》65，岩波书店1991年版，第500页。
② ［日］原念斋：《先哲丛谈》，有朋堂书店1920年版，第446—447页。
③ ［日］东条琴台：《先哲丛谈后编》，东学堂1892年版，第210页。

"小说家"形象逐渐淡化。

宝历八年（1758），原本"嗣刻"的《小说粹言》五卷正式刊行，不过首卷注明的却是"平安奚疑主人译"而非"龙洲先生"，奚疑主人即泽田一斋。《小说粹言》从《警世通言》中选录《王安石三难苏学士》《吕大郎还金完骨肉》，从《初刻拍案惊奇》中选录《转运汉巧遇洞庭红》《包龙图智赚合同文》《怀私怨狠仆告主翁》，书后所附嗣刻书目是《小说奇观》《西游记》《连城璧》《照世杯》。

《小说奇言》所附"嗣刻小说"多达六种，其中以"小说"为名的就有四种，风月堂筹备的似乎是比"小说三言"远为庞大的刊刻计划。除去真正付刻的《小说粹言》之外，《小说奇观》《小说恒言》题名明显借鉴了《今古奇观》与《醒世恒言》，很可能是继续从"三言二拍"中选录部分篇目加以训点翻刻。但冈白驹兴趣逐渐转移，元禄十年（1697）出生的泽田一斋①到了宝历八年已是61岁，渐入晚年，早年的刊刻计划似乎也不得不有所收缩，《小说粹言》的嗣刻书目中已经没有《小说恒言》与《小说选言》，保留下来的《小说奇观》最终也未能如愿刊出。

"小说三言"选录的"三言二拍"与《西湖佳话》均为话本小说中的杰作，源头可以追溯到僧侣与民间艺人的俗讲或说书。与源远流长的文言小说相比，话本小说对人情世态体贴入微的描写十分引人注目。泽田一斋在《小说粹言》自序中称"爰变稗官小说，乃写出枫宸秀巷、以至三家村中，容膝支颐、鹑居菌集，极细极精处、异样奇特事，遂出正史外，别为镜花水月三昧"②，"三言二拍"吸引泽田一斋的正是琐细的现实描写。中国自从两汉之际、日本自从平安后期言文分离，书面语言逐渐脱离口语，叙事文学的写实性逐渐降低。与"小说三言"的刊刻大体同时，日本也出现了对口头叙

---

① ［日］寺田贞次：《京都名家墳墓録》称泽田一斋"重渊，姓泽田氏，字文拱，号奚疑斋。元禄十年辛巳岁二月十九日生，天明二年壬寅岁二月二十四日终，享年八十有二"，参见［日］尾形仍解说《小说三言》，ゆまに書房1976年版，第892页。

② ［日］尾形仍解说：《小说三言》，第482页。

事文学的整理，即所谓"御伽草子"。江户初期可能就曾以"御伽草子"指代室町时期以娱乐为目的的短篇故事，但或如《清平山堂话本》之前的宋元说话一样仅以单篇流传，直到江户中期大阪书坊涩川清右卫门以"御伽文库"为名，将23篇故事汇集刊刻，才逐渐成为正式的文类专名。藤井乙男从纸质样式推测"御伽文库"很可能刊行于享保、元文之际（1716—1740），① 与《小说精言》的刊刻大体同时而稍早。

"御伽草子"与"小说三言"看似分属和汉两家，实则刊刻书肆多有交叉。据《德川时代出版者出版物集览》，《御伽文库》的刊行者涩川清右卫门屋号为柏原屋，堂号为称觥堂，除《御伽文库》之外还曾于宝历十年（1760）刊行《通俗宋史军谈》，宝历十二年（1762）刊行《国字演义医王耆婆传》，明和八年（1771）刊行都贺庭钟训译的《四鸣蝉》（用汉语白话将日本戏剧改编为明清传奇），②对中国通俗小说与戏曲颇多关注。"小说三言"刊行之后，首先引起都贺庭钟的翻案之作《英草纸》《繁野话》，成为江户后期读本小说的鼻祖，而这两部小说也均由涩川清右卫门刊刻；江户后期白话辞书的代表作《小说字汇》，甚至由涩川清右卫门与风月堂等几家书肆合刊。风月堂与称觥堂在和汉短篇小说的整理刊刻中居功甚伟，二者经营范围又多有重合，这种现象促使日本文人开始思考中日叙事文学的文体特征，并对小说观念的变迁产生了明显影响。

（三）"小说三言"冲击波：江户中后期小说观念的变迁

尾形仂认为，"小说三言"是日本首次出现以"小说"为名的出版物。③ 此前虽然已有《西京杂记》《搜神记》《续齐谐记》《世

---

① ［日］藤井乙男：《御伽草子》，载《藤井乙男著作集》第4卷，クレス出版2007年版，第326页。

② ［日］矢岛玄亮：《德川時代出版者出版物集覽》，德川時代出版者出版物集覽刊行会1976年版，第57页。

③ ［日］尾形仂解说：《小説三言》，第865页。

说新语》等魏晋志怪志人小说以及《游仙窟》《李娃传》《任氏传》等唐代传奇流入日本，但文人大多按照目录学称之为"杂史""杂传"或"子部小说"，并未出现统摄性的文体术语。随着《五朝小说》《顾氏文房小说》等大型丛书的出现，"小说"逐渐从目录学上的子部一家，演化为外延更广、内涵也更笼统的专名，将目录学上隶属于史部传记类的《列女传》、子部道家类的《神仙传》、子部杂家类的《春渚纪闻》、集部文评类的《本事诗》等均列入其中。这种超越目录学的丛书编纂方式，在某种程度上体现了不同门类文言著作在叙事上的共性，相对而言更接近今天的小说观念，目前各种文言小说总目提要往往将上述作品收录其中。《五朝小说》与《顾氏文房小说》早在江户初期便已传入日本，幕府《御文库目录》宽永十六年之前便已著录《唐人小说》《宋人小说》，庆安四年（1651）又新增《顾氏文房》。[①] 元禄十二年（1699）一色时栋编纂《二酉洞》，详细记载各种丛书所收书目，便将《五朝小说》列入其中，进一步普及了超越传统目录学的"小说"意识。但是，这种观念并未受到日本文人的广泛关注，享保（1716—1735）之前有关文言小说的评论较少。

与文言小说相比，白话小说的阅读与批评更为罕见。幕府《御文库目录》正保二年（1645）新增《剿闯小说》、万治元年（1658）新增《醋葫芦小说》，《罗山先生诗集》卷三十二还提到"余读《剿闯小说》，惊明室之大乱，虽似杞天之忧、不关吾事，然作律诗一首以叹之，且命向阳、考槃二子并书其尾"[②]，似乎林罗山父子曾集体阅读《剿闯小说》，但这部以"小说"为名的作品并未引起林氏父子对白话小说何以为"小说"的思考。自元禄五年（1692）到享保十年（1725），陆续出现《通俗三国志》《通俗汉楚军谈》《通俗唐太宗军鉴》等二十部左右通俗军谈，将《三国志演义》《春秋列国

---

① ［日］大庭脩：《東北大学狩野文庫架蔵の旧幕府御文庫目録》。
② ［日］京都史蹟会编纂：《羅山先生詩集》上卷，第 360 页。

志》《大宋中兴通俗演义》等翻译为日文，但译者往往以"军书""军谈"称呼原作，很少有人想到这些历史演义可以与《搜神记》《李娃传》等文言之作置于同一术语下等而视之。

宽保三年（1743）《小说精言》的刊刻，将白话撰写的叙事作品直接冠以"小说"之名，并在封面醒目之处注明另有《小说选言》《小说奇言》《小说英言》《小说恒言》嗣刻，"小说"一词逐渐涵盖了新近传入日本的《照世杯》《连城璧》《西湖佳话》《拍案惊奇》等白话作品，甚至此前被视作"军谈"的《三国志演义》《水浒传》《英烈传》也重新归入"小说"中，这种观念的变迁意义深远。"小说"作为目录学中子部之下的一家，向来便统括了《搜神记》《述异记》《世说新语》之类文言笔记，而《五朝小说》《顾氏文房小说》等丛书又将《虬髯客传》《白猿传》《杨太真外传》等唐宋传奇列入"小说"名下，文言小说的"小说"身份已大体确定。将"小说"外延扩展到白话作品，使其超越语体差异，转而突出叙事文学的文体特征，这种意识非常重要。此后"小说"一词经常出现在江户文人笔下，甚至超越文言与白话、中国与日本，成为通用的文学术语，并以此为出发点，探讨中日叙事文学的源流演变。

兼通朝汉口语的雨森芳洲晚年撰有随笔《橘窗茶话》，国立公文书馆所藏写本有"延享丁卯（1747）冬十月"翠岩承坚序，上距《小说精言》的刊刻四年。书中谈论自己学习唐话、阅读白话小说的经历，提到"我东人欲学唐话，除小说无下手处。然小说还是笔头话，不如传奇直截平话，只恨淫言亵语不可把玩"[1]，"学唐话者朝夕诵习可也，若要做文字，当由小说，此亦不可废也"[2]，雨森芳洲通晓口语，称"唐话"著作为"小说"未必受到"小说三言"的直接影响，但"小说三言"推动了白话小说的流行，《橘窗茶话》的撰写适逢其时，虽然未曾像冈白驹、泽田一斋那样明确地揄扬白话

---

[1] 《日本随筆大成》第2期第7卷，吉川弘文馆1994年版，第365页。
[2] 《日本随筆大成》第2期第7卷，第401页。

小说，但风云际会下也成为白话之作"小说"身份的见证。

"小说三言"刊行之后，伊丹椿园是翻案仿作的先驱之一，他在随笔《椿园杂话》中称"予幼时好读草纸物语，今年近三十，嗜读小说野史之癖不改。于书肆探求古藏，抑闻清舶新载书目，必求之。（中略）或问予曰：罗贯中著《三国志演义》《忠义水浒传》，二书专于唐土耽玩可矣。我邦始读者寡，冈岛冠山子译为通俗小说，并加板行，遂盛行俗世"①，此前视作"军谈"的《三国志演义》《忠义水浒传》，如今已改称"小说"；同时，他在翻案作品《唐锦》的题辞中提到"近来，冈岛、陶山、冈等诸名士深好小说，博通俚言俗语，译解明畅，无所残留，往昔所无也，于是海内靡然耽玩中华小说"②，冈岛冠山、陶山南涛、冈白驹均为唐话大家，伊丹椿园称其"甚好小说"，显然指的是《水浒传》《喻世明言》《西湖佳话》之类白话作品。

中国白话小说源自宋元说书，最早详述说书家数的是耐得翁《都城纪胜》与吴自牧《梦梁录》，但自"小说三言"刊行以来，大多数文人往往随之称呼《今古奇观》《照世杯》《西湖佳话》等为"小说"，却少有人考辨源流。江户时期《都城纪胜》《梦梁录》二书未曾翻刻，较为罕见，但江户后期兼通和汉的考证学者喜多村筠庭却曾读到《都城纪胜》，并在随笔《嬉游笑览》中摘录了其中关于说话四家的记载，称：

> 《古杭夜游录》（按：当为"古杭梦游录"，《都城纪胜》别称）谓：说话有四家；一曰小说，谓之银字儿，如烟粉、灵怪、传奇、公说，案（按：原文如此）皆是搏拳提刀赶棒及发迹变态之事。说铁骑儿，谓士马金鼓之事。说经，谓演说佛书。说

---

① ［日］伊丹椿園：《椿園雜話》，載［日］森銑三等编《随筆百花苑》第5卷，中央公論社1982年版，第260—261页。
② 載［日］高田衛監修：《江戸怪異綺想文芸大系》第2卷，国書刊行会2001年版，第554—555页。

参，谓参禅。说史，谓说前代兴废战争之事。又，《尧山堂外记》称：杭州男女瞽者多学琵琶，唱古小说平话云云。另《秋坪新语》谓沧州赵商玉善说平话，俗名江湖者是也云云。近似今所谓谈议、说法、讲释、浮世物之类。①

这段记载极少引起明清文人学者的注意，直到1923年鲁迅撰写《宋民间之所谓小说及其后来》②，考辨民间源流而引述《都城纪胜》《梦梁录》中的相关记载，学术界才逐渐重视"说话四家"的区别，日后成为治白话小说史者必引的材料，并因四家的具体所指争议至今。喜多村筠庭读《都城纪胜》时对"说话四家"颇为留意，并引用《尧山堂外纪》《秋坪新语》加以佐证，这份用心殊为难得，以日本"谈议"（按：当为"谈义"）、说法、讲释比拟说话也颇有见识。同时，和汉比较的思路有助于认识小说的文体与叙事特征，并对日本小说史的梳理多有助益，采取类似做法的不止喜多村筠庭一人。

江户后期著名的读本小说家森岛中良在《凩草纸》序言中称"《剪灯新话》同《续话》二书，国字译为《御伽婢子》。《古今小说》《今古奇观》《警世通言》《拍案惊奇》四部书，拔萃而成《英》《繁》两书。此三书为御伽草子父母，其作意之奇、作文之妙，每见如新，读者持书不知餍"③，其中提到的四部书均为"小说三言"所取材，他认为《御伽草子》《英草纸》《繁野话》三书为御伽草子鼻祖，这种观念并不足取，因"御伽草子"发源于室町时期，只不过到了享保、元文之际才由大阪书肆涩川清右卫门以"御伽文库"名义汇编刊刻，但将《今古奇观》等与"御伽草子"并列却符合实情，二者分别是中日两国短篇小说由说话走向案头的标志。

---

① 《日本随筆大成》别卷9，吉川弘文館1979年版，第463页。
② 1923年12月1日首刊于《晨报五周年纪念增刊》，后收入《鲁迅全集》第1卷，人民文学出版社2005年版，第150—164页。
③ [日]石上敏校訂：《森岛中良集》，国書刊行会1994年版，第144页。

翻阅江户中后期随笔，以"小说"指称中国白话小说及《英草纸》《椿说弓张月》等读本者比比皆是，毋庸赘引。值得注意的是，"小说三言"之后刊行的读本、滑稽本、合卷等日本小说经常模仿《古今小说》《今古奇观》《拍案惊奇》的命名方式，如《英草纸》的全称为"古今奇谈英草纸"，《繁野话》的全称为"古今奇谈繁野话"，此外诸如《古今化物评判》《古今百马鹿》《古今杂谈集》《开卷惊奇侠客传》《郭中奇谈》《月冰奇缘》《奇谈园之梅》《残灯奇谈案机尘》等屡见不鲜。

如果说江户前期评价某人耽读稗官野史，往往意味着批评与规劝，那么随着"小说三言"的刊行，白话小说日益成为文人标榜俗趣、张扬性灵的工具，公开阅读、谈论白话小说便不再是不务正业，有时候甚至成为众人皆醉我独醒的标志。与曲亭马琴并称读本小说两大家的山东京传著有随笔《近世奇迹考》，听两楼主人在序言中称许他"平生喜著小说野史，以鄙俚之言，善述人间常情，使虚如实无如有。又使读者，乍喜乍忧，不知手舞足蹈焉。是以无远近，无上下，莫不知醒醒而悦之者"[①]。专业小说家的出现是江户后期的典型特征，柳亭种彦、十返舍一九、为永春水等人均专事滑稽本、合卷、人情本等所谓"戏作"的创作，并不像江户前中期假名草子、浮世草子或早期读本的作者那样兼具学者身份，或者如冈白驹摇摆于白话小说与经史学问之间，最终放弃了白话小说。有些人甚至延续明清时期李贽、张竹坡、金圣叹、毛宗岗等人的传统，亲自评点白话小说，如曲亭马琴评点《金瓶梅》《三遂平妖传》《水浒后传》《后西游记》，木村默老评点《金瓶梅》《后西游记》《三遂平妖传》。总而言之，"小说三言"的刊刻既扩展了"小说"一词的传统内涵，也为阅读白话小说正名，使其可以公开讲述、评论，甚至小说写作成为新的职业选择。

---

① 《日本随筆大成》第 2 期第 6 卷，第 254 页。

小结

明末清初之际是话本小说发展的黄金时期，保留至今的话本小说集大多编纂或刊刻于这一时期，而"三言二拍"、《清平山堂话本》早在江户初期便已传入日本。随着幕府对外政策日趋保守，中日文化交流的机会逐渐减少，不通唐音的日本文人难以阅读白话小说。直到元禄以后热衷于学习唐话的幕府显宦柳泽吉保执掌权柄，日本文人才重新燃起对白话小说的兴趣。同时，顺治到康熙年间刊行了数十种话本小说集，并有《照世杯》《连城璧》《西湖佳话》《醒世恒言》等多种运到日本，为"小说三言"的刊刻奠定了基础。

"小说三言"中的前两部均由冈白驹施训，时人对这种专注于稗官小说、荒废儒生正业的做法有所指摘，性情褊急又争强好胜的冈白驹此后放弃了白话小说，将主要精力集中到《左传》《孟子》《荀子》等正统著作的校对与笺注中，于是风月堂主人泽田一斋不得不亲自训译《小说粹言》，原本庞大的出版计划因之中断。与此同时，大阪书肆称觥堂也开始了日本说话文学的整理与刊刻，而且除所谓"御伽草子"之外，还染指于白话小说翻译、翻案作品的刊行，并曾与风月堂联袂刊行白话辞书《小说字汇》，显示出和汉文学齐头并进的发展。

随着"小说三言"的刊刻，"小说"观念发生了很大改变。以前作为目录学术语的"小说"往往仅指隶属于子部的异闻杂纂，《五朝小说》《顾氏文房小说》之类丛书在一定程度上扩展了"小说"的边界，但仍只统括文言作品；而"小说三言"首次以正式出版物形式，将《警世通言》《西湖佳话》之类话本集归入"小说"中，使得这一概念超越了语体差异，凸显了叙事作品的文体特征。影响所及，江户中后期以"小说"指代《三国演义》《水浒传》《今古奇观》几乎成为通行做法，部分文人还引述《都城纪胜》中"说话四家"的记载，对"小说"追本溯源，并尝试进行和汉文学的比较。"小说三言"的盛行，改变了世人对小说阅读的偏见，江户后期不乏以小说明志者，甚至出现了专业性的小说家，小说观念大为改观。

余 论

中国小说在日流播的近代转型：
以文求堂为例

中国古典小说在日本的传播并不限于江户时期，江户末期日本开始了现代的学术转型，传统上作为文人趣味和茶余谈资的小说戏作逐渐纳入研究视野，出现了比较规范的批评论著。据笔者不完全统计，自明治到昭和前期（1868—1945），共有165篇中国小说研究的论文正式刊登在期刊杂志上，其中明治到大正（1868—1926）的58年间就有49篇，很多论文可能是对相关小说的首次研究，比如狩野直喜的《水浒传》研究、盐谷温的"三言二拍"研究、小川琢治的《山海经》与《穆天子传》研究、久保天随的《剪灯新话》研究、神田喜一郎与吉田幸一的《游仙窟》研究、辛岛骁的金圣叹研究、入矢义高的话本研究、长泽规矩也的通俗小说版本研究、麻生矶次的中日小说比较研究等均取得了令人瞩目的成就。这些仅仅是单篇论文，还不包括小说研究专著以及文学史中的小说部分，中国早期的小说研究对之也多有借鉴。由于地震、火灾、战争及发行量等诸种因素的影响，这段时期的资料已较为罕见，目前中日两国学术界编纂论文索引或者研究综述时，经常以战后（1945年）为界，在此之前的研究成果难免受到忽视，明治到大正年间尤其明显。仅以京都大学"支那学会"1920年创办的《支那学》杂志为例，在1947年停刊之前总共刊发过400余篇学术文章，其中多有与中国小说有关者，作者也往往是相关领域的英杰，学术价值颇高，但由于停刊较早，国内图书馆罕见收藏，日本公私藏书机构所藏也多不全。日本弘文堂书店曾影印出版，但印数很少，很可能只有300部。

除了古典小说研究的个案，近代日本学人的文献整理与学术方法也曾对民国时期的中国小说研究产生深远影响，博文馆、有朋堂先后推出《汉文丛书》，以现代铅印方式整理汉籍，内阁文库、尊经阁文库、静嘉堂文库、东洋文库等大型藏书机构均在一定程度上向中国文学研究者开放，孙楷第、王古鲁、傅芸子等均曾赴日本公私文库访求小说，而盐谷温、笹川种郎、宫原民平等人的中国小说史著作也对民国时期小说史的编撰具有重要的启发意义，中日学者对此中详情多有考索。其实，即便是传统上以出版贩卖汉籍为业的古本屋，到了明治、大正时期以后也面目一新，文求堂、松云堂、弘文庄等近代书肆成为学术史上不可忽略的存在，很多名家硕儒甚至与书肆主人谈文论艺、诗酒遣怀，笔者便以文求堂与近代小说研究的史事钩稽，作为本书的结尾。

文求堂是近代日本著名的书店，其地域涵盖中日两国，时间跨越半个多世纪，它大量贩卖与出版汉文典籍，泽被学林。书店老板田中庆太郎精于版本鉴识，又熟稔近代学术，既延续了江户时代本屋珍视稀见汉籍的传统，又能审时度势，广为梓行中日学者的研究著作，对近代中国学的发展居功甚伟。

一　公共图书馆与出版业的现代转型

文人学者对典籍的需求自古皆然，但传统时代尚未出现精细的学术分工，知识群体阅读的典籍有较为清晰的边界，大都集中在经典化的经史诗文。同时，江户时代并无全民性的公共图书馆，虽然幕府、藩校、寺院等藏有一定数量的典籍，但读者限定在较小的范围中，不对外开放，典籍的获取方式大多以个人购买或朋友间的借阅传抄为主，文人学者经常苦于典籍难求，尤其是舶来汉籍，即所谓"唐本"。

文政八年（1825），中国商船"德泰号"在奔赴长崎时突遇风暴，漂流至远州，船上清客曾对随船护送的日本儒生说"我邦典籍虽富，迩年以来装至长崎，已十之七八"①，研究者常引这句礼仪性的恭维之词，说明江户时期舶载汉籍之广，但即便所说属实，真正有机会阅读这些典籍的人恐怕仍有限。天保三年（1832），酷爱白话小说的曲亭马琴在给书友殿村篠斋的信中说："日前，大阪河茂两度来访，听闻《平山冷燕》《醒世恒言》《同通言》《连城璧》等之事，此种书，近来一向所无，即便预订，亦无由得之，其价不定。如此，仓促难购。"②但仅据《舶载书目》记载，1741年之前《平山冷燕》已传入四次，尾张藩宽永年间的《御文库目录》、1735年之前完成的《大观随笔》、1758年刊行的《小说粹言》都提到了《警世通言》。虽然这些小说早已传入日本，但直到天保年间，连博闻交广的曲亭马琴也难以得见《平山冷燕》与《警世通言》。

不止白话小说，江户时期连知识阶层广泛阅读的经史著作都甚为稀少。根据田中庆太郎的回忆，"现在哪里都有的《旧唐书》，以前（按：即明治年间）由于版本流传不多，像德川中期以后的新写本，都是卖给公卿贵族的，相当珍贵"③，其他不太常见的典籍，也往往藏于秘阁，普通人难得一见，荻生徂徕甚至抱怨"如果只把书收藏在书库中，无人查看使用，就如同收藏着废物堆，让虫蛀后再扔掉，非常可惜"④。当时虽然偶有松下见林、河村瑞贤等富裕町人以及犀代弘贤等低级幕臣公开个人藏书，允许外人借阅，⑤但实属例

---

① ［日］松浦章编：《江戸時代漂着唐船資料集　2　文政九年遠州漂着得泰船資料》，関西大学出版部1986年版，第504页。

② 《馬琴書翰集　翻刻篇》，天理大学出版部1980年版，第62—63页。

③ ［日］田中庆太郎：《汉籍书店的变迁》，载［日］高田时雄、刘玉才整理《文求堂书目》第16册，国家图书馆出版社2015年版，第441—462页。

④ ［日］荻生徂徕：《政谈》，龚颖译，中央编译出版社2004年版，第220—221页。

⑤ ［日］石见尚：《図書館の時代》，論創社1980年版，第257—258页。

外，而且往往难以持久，文库随其身殁而废，藏书也很快散佚。明治以后废藩置县，在崇尚西学、兴办新式教育的背景下，此前束之高阁的旧藩典籍大量流失，曾参与佐仓藩政的西村茂树称"废藩之时，朝廷有命关闭诸藩学校，教育界一时暗无天日。其后政府设置文部省，建议创设大、中、小学校，旧时诸藩学校藏书，多由地方官没收出卖，以供新学校费用。（中略）故旧藩士等上诉县厅，称书籍不应收为官有，却置若罔闻，书物已封装，运出东京而售"①。

由于开放性的藏书机构较为少见，书肆便在典籍传播中发挥着重要的功用。江户时期越往后专营汉籍的书肆越少，兼营和汉书籍似乎成为主流，甚至贩卖丝绸织物的"吴服屋"或医方药材的"药种屋"也在正业之外出售典籍。江户末期文求堂刚刚创业时，虽然以经营皇家典籍为主，但"实际上只要是古书就都经营"②。到了近代以后，各种公共图书馆相继建立，典籍流通的范围才逐渐扩大。

明治五年，现在吉川弘文馆的前身近江屋半七建议设置收费的简易图书馆③，可称公立图书馆的滥觞。同年，文部省博物局下设书籍馆，接管旧大学（由江户时期的昌平黌、藩书调所与医学校合并而成）等藏书，数量颇为可观，并向全民开放，按典籍珍异程度收费。④ 此后，各种公立图书馆陆续开设，其中广储小说的内阁文库初创时仅对内阁官员开放，1907年开始对"身份确定的有志者且有调查资格，或经与此相当的人介绍，可以阅览典籍"⑤，因收集中国典籍而享有盛誉的东洋文库也于1924年成立。同时，东京大学、京都大学、东北大学、早稻田大学等学校附属的图书馆也相继完备，各

---

① ［日］西村先生伝記編纂会：《泊翁西村茂樹伝》上卷，日本弘道会1933年版，第366页。
② ［日］田中庆太郎：《汉籍书店的变迁》，第442页。
③ ［日］竹林雄彦：《近世日本文库史》，大雅堂1943年版，第80—81页。
④ ［日］竹林雄彦：《近世日本文库史》，第114—115页。
⑤ ［日］国立公文書館编：《内閣文庫百年史》，汲古書院1986年增補版，第14页。

图书馆陆续编纂完成藏书目录,如 1883 年刊行《东京图书馆和汉书分类目录》,1890 年刊行《内阁文库图书目录》,1891 年刊行《帝国大学图书馆和汉书目录》,1894 年刊行《东京专门学校图书室目录》,1914 年刊行《东北帝国大学图书馆和汉书目录》,1916 年宫内省图书寮刊行《帝室和汉图书目录》,1924 年发行《东洋文库展观书目》,为学术研究提供了极大的便利。

随着图书馆的成立与藏书目录的编纂,典籍逐渐成为公共的知识财富,而不只是少数精英独占的资源,这大大促进了近代学术的发展,当时很多人已经意识到典籍获取日益便利带来的知识解放。1915 年创刊的《典籍》杂志,第一号就刊文称内阁文库"继承幕府旧藏、和汉及交往初期之洋书,锦绣斐然,洵为典籍之珍宝;而向为官厅所用,拒绝公开,墨守官僚之风。去年十月始陈列部分珍本,以供纵览,寻于今年四月重开。较之过去,大有进展,是须赞赏"①,青木富太郎在《东洋学的成立及其发展》中称:"东洋文库搜集的相关典籍,为世界第一,堪称我学术界的骄傲。其设立对日本东洋学,尤其中国史学研究的进展,可说有莫大的贡献"②,德富苏峰看到图书寮的汉籍善本书目后,称"愿焦思苦虑,收拾人间散落之善本珍籍,相信此等机会,自今而后绝不在少。苟得其人,机遇即在眼前"③,长泽规矩也在《蓬左文库观书记》中称"曩阅《舶载书目》""又睹佐伯文库藏书目录""顷读书于静嘉堂文库""翌早至名古屋,赴德川邸(按:即蓬左文库)"④,这种阅读经历是江户时期绝大多数文人学者不可能有的。

虽然很多图书馆仍只对部分会员或学者开放,但公共图书馆的

---

① 《三種の古書展覧会》,载[日]朝倉治彦監修《典籍関係雑誌叢書》第 1 卷,ゆまに書房 1997 年版,第 73 页。

② [日]青木富太郎:《東洋学の成立とその発展》,蛍雪書院 1940 年版,第 171 页。

③ [日]德富苏峰:《典籍清話》,ゆまに書房 1993 年版,第 122 页。

④ 载刘倩编《马隅卿小说戏曲论集》,中华书局 2006 年版,第 116—119 页。

建立，在很大程度上改变了江户时期较为狭窄的书籍传播形态，也呼应着阅读风气的转变。田中庆太郎称明治时期"与学术性的书籍相比，更重视面向文人趣味的书籍。因此，印谱之类的书受到广泛的重视"①，随着近代学术的确立，类似的情况逐渐改观，江户时期浸淫于诗文书画中的知识群体逐渐分化，文人与学者日益成为不同的身份。与此相应，趣味与学术两种阅读方式的界限也开始明朗，江户时期兼营和汉书籍且混合经史子集的本屋，到了明治时期逐渐分流，新成立的出版社要么像有朋堂、春阳堂、富山房等以古今文艺作品为主，要么像民友社、博文馆②以及早稻田大学出版部等以学术著作为主，这就是文求堂创业时的背景。

二 介于"中国通"与汉文学者之间的田中庆太郎

新式文求堂书店创立于 1901 年，位于日本近代第一所高等学府东京大学旁边，主人是田中庆太郎，开业伊始便以输入唐本为主。时值近代化的邮政事业蒸蒸日上之际，两年后中日两国商订代寄邮件暂行章程、互相传寄总包运费合同及代寄包裹暂行章程，规定"凡有日本邮局交到华局之总包，华局允照联邦运费寄至中国境内之各日本邮局，其华局交到日局之总包，亦允一体收入寄递无异"③，

---

① ［日］田中庆太郎：《汉籍书店的变迁》，第 443 页。
② 美国学者 Giles Richter 对博文馆做过专门研究，将其视为日本最早的现代出版社，认为"博文馆可能是最重要的案例，展示出明治中期，企业家如何将日本出版业化作文化与意识形态变动的强力传声筒，这种变动在战前日本史上扮演着枢纽型的角色"，Giles Richter, "Entrepreneurship and culture: The Hakubunkan publishing empire in Meiji Japan," in *The History of the Book in East Asia*, ed., Cynthia Brokaw and Peter Kornicki, Farnham: Ashgate, 2013, p. 602。
③ 交通铁道部交通史编纂委员会：《交通史邮政编》第 4 册，交通铁道部交通史编纂委员会 1930 年版，第 1413 页。

江户时期仅以中国商船为中介、介于合法与非法之间的书籍贸易逐渐终止，运输成本降低，时效性增强，整体的贸易形式大为改观。

作为旧书店的文求堂，其源头可以追溯到江户后期田中庆太郎的祖父在京都开设的书肆，名为田中屋治兵卫，堂号就是文求堂。主要经营皇家典籍，刊行典籍见于著录的只有讲述陶器制作工艺的《乐烧秘囊》和佐久间象山的《象山先生遗墨集》，[①] 明治三十年（1897）前后迁往东京。田中庆太郎是第三代主人，青年时曾游学东京，1900年毕业于东京外国语学校清语学科别科，与近代书志学名家岛田翰是同学。他于1908—1911年间在北京营业，孙殿起在《琉璃厂小志》中提到"日本东京文求堂书店主人田中庆太郎，清光绪末叶，每年必至我国北京，搜罗书画法帖一次或两次"[②]。1934年曾有人在日本《书志学》杂志的《质疑应答》栏目中问道："作为专攻汉文者，想直接购读中国的书籍杂志，关于手续与选择方式，请赐教"，另有人问"请教出售上海书籍的日本书店"，长泽规矩也合并回答，称：

> 首先，日本输入、贩卖新刊典籍的书店，专业者大抵应当知晓的两家是东京市本乡区本乡二丁目二号的文求堂书店、京都市寺町通丸太町南的汇文堂书店。文求堂更为宏大久远，而汇文堂也是直接输入，时有文求堂未到之书。另外，汇文堂除去完整的书目，还隔月发行名为"册府"的新刊书籍杂志目录，连杂志的内容目录与本国新刊中国学关系书目都载录于内，若想订购小册子或杂志，求助于汇文堂更为便利，文求堂没有杂志订购业务。如果是一般的新刊书，订购者可就近选择；大部头、价格高昂的典籍，仍以文求堂较为完备。[③]

---

① ［日］井上隆明：《近世書林板元總覽》，青裳堂书店1981年版，第345页。
② 孙殿起：《琉璃厂小志》，北京古籍出版社1982年版，第371页。
③ 《書誌学》1934年第2卷第5号。

当时日本最有名的两家汉籍书店就是京都的汇文堂与东京的文求堂，他们已成为汉文学者购买书刊、了解学术动态的必到之处。地处首都的文求堂尤其经常出现在中国学家笔下，对明治、大正时期求学于东京大学汉文学科的学生来说，闲暇时去文求堂观书成为求知与消遣的重要途径。蒙元史家箭内亘"发放奖金时，前往文求堂或琳琅阁（按：东京大学附近的另一家汉籍书店），购买实用书，诚为乐事"①，对清史大家和田清来说"汇文堂、文求堂等的目录上应有尽有，总之，寻常之处没有的书籍，那儿也有藏本，与学问无关的大众杂志也是琳琅满目"②，精于小说戏曲的长泽规矩也称"文求堂是享誉世界的古书肆，学生时代，颇有凛然难犯之感"③。连京都大学出身的神田喜一郎也与田中庆太郎交情甚笃，二人之间鱼雁频传，神田喜一郎称文求堂为"真正的本屋"④；同为京都大学出身的吉川幸次郎，1937年赴东京，日记中也频繁出现往文求堂访书的记载，"十四日，晴。（中略）到文求堂，子祥（按：即田中庆太郎）不在，晤乾郎（按：田中庆太郎长子），为研究所购数种，又自留新文学书数册"⑤，"十五日，阴。（中略）午后三时，辞图书寮，往文求堂，子祥在家，云同行反町有《周易疏》旧抄本残卷。余大喜，求一观，子祥即遣价取来"⑥。此前此后，恐怕很少汉籍书店能像文求堂一样在学者中享有如此声誉。

之所以出现这种现象，与书店主人田中庆太郎的学识品性以及前文所述书籍流通方式的近代转型有关。田中家三代经营书店，关于典籍的版本源流自有家学传承。更重要的是，他是近代早期少有

---

① ［日］東方学会编：《東方学回想 2》，刀水書房2000年版，第71页。
② ［日］東方学会编：《東方学回想 5》，刀水書房2000年版，第25页。
③ 《長沢規矩也著作集》第6卷，汲古書院1984年版，第66页。
④ ［日］東方学会编：《東方学回想 5》，第212页。
⑤ ［日］吉川幸次郎：《吉川幸次郎全集》第18卷，筑摩書房1970年版，第536页。
⑥ ［日］吉川幸次郎：《吉川幸次郎全集》第18卷，第537页。

的既通汉学又懂汉语之人。田中庆太郎毕业于东京外国语学校，他很少谈及少年的求学经历。明治、大正时期高等学府中汉学与汉语分属两种体系，[1]东京大学、京都大学等国立大学主要以训读方式讲授、研究汉籍，很少设置汉语会话课程，仓石武四郎曾经抱怨"汉文老师或许汲汲于伦理道德的说教，但对汉语的教授是否热心，恐怕大有疑问"[2]。如此一来，东京大学毕业的盐谷温、笹川种郎等中国文学研究者并不能以汉语对话，他们与中国学者的交往途径主要是笔谈，而培养汉语会话能力的东京外国语学校类似职业院校，很少讲授汉学知识，毕业生也不能参加文官考试。两种教育模式的区别，反映出与中国相关的知识仍处于割裂状态。田中庆太郎毕业后立志经营中国书籍，为此向岛田翰咨询，得到的回答是先读森立之的《经籍访古志》与刘歆的《移让太常博士书》，[3]可见当时对经史目录之学了解较少。东京外国语学校并不以传授学问为宗旨，后来对版本目录的熟识可能主要是靠自学。

掌握汉文会话对田中庆太郎的书店事业助力甚大，他在北京生活的三年中广泛结识琉璃厂、隆福寺等地的书店老板与伙计，并与中国学者频繁往来。关于后者不懂口语的汉文学者也能做到，但只有通晓口语才能接触社会底层的普通人，除了文人雅好的版本目录之学，还能深入了解书籍印刷、贩卖、利润、行情等诸多细节，通过这些建构起文求堂庞大的汉籍王国。孙殿起称田中庆太郎"其于书肆交易最密者，琉璃厂文友堂、隆福寺文奎堂。并经常托文友堂代搜《永乐大典》，每册现银壹百圆，购去数十册，并介贵阳陈崧山田皮藏明版书数十箱，其中明人集类居多数，全部捆载而去"[4]，后

---

[1] ［日］安藤彦太郎：《中国语与近代日本》，卞立强译，北京大学出版社1991年版，第3—4页。
[2] ［日］仓石武四郎：《仓石武四郎著作集》第1卷，くろしお出版1981年版，第273页。
[3] ［日］田中庆太郎：《汉籍书店的变迁》，第446页。
[4] 孙殿起：《琉璃厂小志》，第371页。

来长泽规矩也到上海访求线装古籍与近代木刻本,仍觉察到书店老板与田中庆太郎的情谊,称"最活跃的是中国书店金氏,位于西藏路大庆里,初次访书者难得找寻。店主的父亲名叫吉石,与吴昌硕等人为友。现任店主颂清屡携书画古籍来日,因此和文求堂主人交情匪浅"①。

同时,他与董康、郭沫若等人的关系不像内藤湖南与罗振玉、王国维等的交往那样以论学笔谈为主,在礼尚往来之外私交甚笃。董康先后数次赴日,几乎每次都由田中庆太郎代为安排衣食住行,《书舶庸谈》中屡次出现"齿痛甚,诣田中托购药。田中为购阿龙内尔,药性剧烈,药店谆嘱每日至多服四粒"②"晚得田中覆函,谓前之汇款多五百圆,虑余旅费不充,特预计以备不时之需,后日可从他款扣还。殷殷之意,固可感也"③"田中馈我白菜煮鸡,回寓与同人共飨之"④"田中导余等至服部时计店,为玉姬(按:董康夫人)镶白金钻石指环,继至三越购物,即在七楼午餐"⑤之类的记载。田中庆太郎连董康的止痛药、旅费、饮食以及董夫人的首饰等都细心置办,对二人的照顾可说无微不至。董康赴日原为访书,因此从文求堂大量购置典籍,仅据《书舶庸谈》的记载,就有《雍大记》《明初四杰集》《乐府珊珊集》《大日本史》等多部,而且董康赴东洋文库、宫内厅图书寮、东京大学等处访求古籍均由田中庆太郎作陪,与石田干之助、盐谷温、内藤湖南、大审院部长松冈义正、驻日公使蒋作宾等人会晤时也都是田中引导。

郭沫若寓居东京时也与文求堂交往甚密,田中庆太郎不计利润

---

① [日] 长沢规矩也:《中华民国书林一瞥》,载《长沢规矩也著作集》第6卷,第20—21页。
② 董康:《书舶庸谈》,中华书局2013年版,第67页。
③ 董康:《书舶庸谈》,第137页。
④ 董康:《书舶庸谈》,第208页。
⑤ 董康:《书舶庸谈》,第318页。

为他刊行《金文丛考》《两周金文辞大系》《卜辞通纂》《古代铭刻汇考》《殷契粹编》等甲骨金石学著作,郭沫若的生活起居甚至亲朋故旧在东京的生计都向田中庆太郎求助。1931年9月20日,郭沫若在给田中的书信中称"顷颇欲决心于中国文学史之述作,拟分为三部,商周秦汉为一部,魏晋六朝隋唐为一部,宋元明清为一部。期于一二年内次第成书。此书如成,需要必多。特憾家计无着,不识有何良策见教否"①,实际是求田中慷慨解囊。不到两个月,11月10日再次寄信称"妻弟佐藤俊男顷日来京求职,兹特专诚介绍,如有方便,尚乞加以提挈是幸"②,是则妻弟的工作也在请田中庆太郎安排。第二年7月21日,郭沫若又在书信中说"天气太热,头脑颇昏聩,恐弟亦已有硬化症候。老兄既能论断,有法疗治乎"③;1933年4月26日,郭沫若在信中提到"日昨蒙以嫂夫人名义惠赠衣类多件,颇觉惶恐。衣既裁成,却则不恭,谨拜领。厚谊徐图后报"④,田中夫妇体谅到郭沫若悬处域外的不易,从探病到衣食多方照拂,如果彼此语言不通,此等生活细节恐怕难以兼顾。

田中庆太郎是近代日本最早掌握汉语口语者之一,其经历却并不具有典型性。当时通汉语者大多以"中国通"著称,如同在东京外国语学校读书且创立善邻学院的宫岛大八、曾翻译《呐喊》《彷徨》《金瓶梅》的井上红梅、与北洋各系相交颇广的谍报人员坂西利八郎、军人出身后又从文的长野朗等。用日本学者相田洋的话来说,他们"大半没有学历,在内地也没有像样的工作,走上任性而为之路。因此颇受学术界轻贱,几乎不被正眼看待。当然,中国通们也有责任,他们不懂学问之道,不过靠卖文糊口,经常率尔操觚,

---

① 马良春、伊滕虎丸主编:《郭沫若致文求堂书简》,文物出版社1997年版,第249—250页。
② 马良春、伊滕虎丸主编:《郭沫若致文求堂书简》,第251页。
③ 马良春、伊滕虎丸主编:《郭沫若致文求堂书简》,第255页。
④ 马良春、伊滕虎丸主编:《郭沫若致文求堂书简》,第276页。

乱写杂文"①，因此出路较为狭窄，只能从事汉语教育、中国文艺风俗的介绍、军政情报的收集或政治时事的评论等具体事务，像田中庆太郎这样经营汉籍书店的并不多。明治、大正时期，学院派的中国学家关注的是古典世界，或许出于兴趣也对现实中国有所了解，但并不认为这是正式的研究对象，像内藤湖南那样心系清末民国时局并且写作《中国论》等政论者很少见。可以说，田中庆太郎将近代日本有关中国的两种知识融为一体，既像"中国通"一样精擅口语、了解近代中国的风土人情，又通晓汉文学者的经史目录之学，对传统的金石书画等文人艺术熟稔于心，还撰有《羽陵余蟫》之类书志学论著。如果说前者成全了他的汉籍经营，那么后者造就了他在学术圈的声誉，学者们更欣赏的正是他在经史版本上的眼光与学识。

与田中庆太郎有所交往的学者，经常称赞他的典籍之学，内藤湖南说："今日东京学者，其古籍鉴别能力达到文求堂程度者，绝无一人"②，以书志学见长的长泽规矩也称"庆太郎是前辈的前辈（或许称为'前辈'更恰当），承蒙他多方指教书治学知识。单就书志学而言，从他那里所学的还要胜过大学老师。大至中国学各方面的学问，大学老师们未曾传授、或者自己也不懂的，他也不吝赐教"③，川濑一马也说："我对文求堂的田中庆太郎深怀敬意，他远比大学的中国学老师了解汉籍，通晓中国文化，汉语也颇为精通"④。能够得到内藤湖南、长泽规矩也、川濑一马等学术巨擘的称许，对一个书店老板来说实非寻常。

---

① ［日］相田洋：《シナに魅せられた人々：シナ通列伝》，研文出版2014年版，第3页。
② ［日］内藤湖南：《目睹書譚》，载《内藤湖南全集》第12卷，筑摩书房1970年版，第249页。
③ 《長沢規矩也著作集》第6卷，第66页。
④ ［日］川瀬一馬：《日本における書籍蒐蔵の歴史》，ぺりかん社1999年版，第161页。

内藤湖南藏有一部北宋刊本《史记集解》残卷，后被认定为"日本国宝"，就是通过田中庆太郎以1500元巨资购得。[1] 不止是从文求堂购入汉籍珍本，中日学者的随笔或彼此间书信往来时，它也是时常提及的话题。内藤湖南在《蒙文元朝秘史》一文中提到："近年，得顺德李文田蒙文《元朝秘史》原本，据以作《秘史》注，自陆润庠序中见洪钧《元史译文证补》，去年文求堂从北京携此书来，闻说已归市村瓒次郎收藏，未得寓目之机"[2]；董康1933年赴日后在日记中写道"归途经文求堂，见万历刻《明初四杰集》首二册，以二百五十圆购之，余在北京文友堂，属其即时寄东"[3]，看来《明初四杰集》是董康在北京文友堂书店购得，但人在东京又急于一观，于是托田中庆太郎代为收存；1934年6月2日鲁迅给郑振铎的信中称："去年底，先生不是说过，《十竹斋笺谱》文求堂云已售出了么？前日有内山书店店员从东京来。他说他见过，是在的，但文求老头子惜而不卖，他以为还可以得重价。又见文求今年书目，则书名不列在内，他盖藏起来，当作宝贝了。"[4]

内藤湖南与稻叶岩吉、狩野直喜、铃木虎雄等学界挚友的书信中谈论文求堂之处尤多。或许因为身在京都，不能及时阅览文求堂新到汉籍，遂与同好频繁探询，以免珍本落入他人之手，同时也在书籍信息的交流中品骘人物，倾诉研究心得。1908年，内藤湖南给稻叶岩吉寄信称"白鸟博士（按：即白鸟库吉）购入《四体清文鉴》，其热心可称学术界佳话，但此书于北京并非珍异，小生亦藏一部，文求堂书价为北京三倍矣"[5]，谈到自己的购书经历，不无得意之情。1913年，内藤湖南在给狩野直喜的信中恳求道："文求堂称，

---

[1] 严绍璗：《汉籍在日本的流布研究》，江苏古籍出版社1992年版，第293页。
[2] 《内藤湖南全集》第12卷，筑摩书房1970年版，第149页。
[3] 董康：《书舶庸谈》，第208页。
[4] 《鲁迅全集》第13卷，人民文学出版社2005年版，第132页。
[5] 《内藤湖南全集》第14卷，筑摩书房1976年版，第457页。

(午后)一时,《味经室遗著》已奉赠阁下,若不急用,可否转予小生?此为近世公羊学元祖,故颇欲一观。自文求所得《圣武记》确为初版,初、二、三(三版存两种)版渐皆搜全,每版均有异处,初版万勿弃置。自播磨屋闻听文求有《献征录》,持出,价可八折,小生自己购去"①,既透露出珍本为朋友所得、急欲一览的迫切心情,也有购得《圣武记》全璧的欣然自得,更兼初闻稀书、恐落入他人之手的忧虑。同年,内藤湖南寄书铃木虎雄,称"若有暇,恳请抄送文求掘出之明末记录四册(署名顾亭林)"②,似乎此书已经被铃木虎雄买走。

最有意味的是1913年给稻叶岩吉的书信,称"归宅,阅《东亚研究》,有市村器堂君(按:即市村瓒次郎)对《国榷》与《枣林杂志》之介绍。后者已载于张氏《适园丛书》,市村君似不知更无珍本,而《国榷》可称必读之书,见于文求之《陈田搜集明人书》,务请一阅。若有善本,急欲借抄。若文求堂不售,此外别无途径"③,关于《枣林杂志》的版本,市村瓒次郎略有失考,同时日本似乎缺乏《国榷》的善本,仅文求堂存有一部。

介于"中国通"与汉文学者之间的田中庆太郎,既赢得了书肆同仁的信任,又受到内藤湖南、长泽规矩也、川濑一马等知名学者的推崇,他的文求堂甚至成为两京学者津津乐道的共同话题,长泽规矩也不无夸张地说:"当时甚至已有公认,从京都或地方奔赴东京的学者,先去文求堂了解东京现状是最好的预习功课。在那儿有机会拜见地方前辈,恭聆教益。就此而言,那是我辈的一间中国学教室,而且不仅不用支付学费,反倒过蒙款待。"④

---

① 《内藤湖南全集》第14卷,第499页。
② 《内藤湖南全集》第14卷,第496页。
③ 《内藤湖南全集》第14卷,第500页。
④ 《長沢規矩也著作集》第6卷,第66页。

三 作为公共图书馆的文求堂：
以小说收藏为中心

  文求堂之所以能被中国学家交口称赞，除了主人卓越的文史版本知识外，也与近代初期学术风气的变迁与典籍收藏的滞后性有关。随着新式大学的建立和西方文学观念的引进，小说逐渐受到学术界的重视，所谓"古今欧洲诸邦小说家往往身为学者，于社会中杰出超群，有名之大家不胜枚举"①，因此极力呼吁小说的创作与研究。具体到中国小说，虽然自森槐南在东京大学讲授汉唐小说、翻译《鹤归楼》《水浒后传》等，逐渐开始受到研究者的重视，但自江户时期以来，阅读白话小说大多为了学习汉语白话或出于文人趣味，很少有人用心收藏白话小说典籍，即便是伊藤东涯、大田南亩、曲亭马琴等酷爱白话小说的文人，其藏书也随其身殁而散佚。前文述及明治以后东京图书馆、内阁文库、宫内厅图书寮、东洋文库等公共图书馆逐渐建立，其藏书目录也相继编纂完成，学者有机会利用其中丰富的汉籍藏书从事研究，但具体到白话小说，公共图书馆与大学图书馆中的收藏均极为有限，很难支撑起方兴未艾的学术研究。

  上述图书馆中最早完成藏书目录整理的是东京图书馆，1883年刊行的《东京图书馆和汉书分类目录》中汉书门小说类共收录白话小说16部，② 分别是：《演义三国志》《精绘图像梁武帝西来演义》《通俗演义禅真逸史》《绣像隋史遗文》《新注绿牡丹全传》《绣像南宋志传》《绣像北宋志传》《精忠演义说岳全传》《千古奇谈好逑传》

---

① ［日］无名氏：《政事に関する稗史小説の必要なるを論ず》，载［日］吉田精一、浅井清編《近代文学評論大系 1》，角川書店1971年版，第21页。
② 《東京図書館和漢書分類目録》，東京図書館1883年版，第409—410页。

《水浒后传》《绣像西游真诠》《皇明云合奇踪》《新史奇观演义全传》《绣像真本八美图》《绣像双珠凤全传》《绣像今古奇观》。两年后编成的《东京图书馆和汉书分类目录　后编》中汉书门小说类收录白话小说12部,[①] 分别是《封神演义》《绣像说唐全前传》《杨家府世代忠勇演义志传》《增补平妖传》《西游记》《绣像水浒传》《女仙外史》《红楼梦补》《青楼梦》《醒世恒言》《拍案惊奇》《杜骗新书》。先后两次刊行的藏书目录,总计收录白话小说仅28部。东京图书馆成立时便是国立图书馆,其藏书体现了中央政府所掌握的典藏规模,其中白话小说的收藏如此之少,这就是森槐南、盐谷温等早期研究者面临的典籍现状。

　　1934年刊行的《尊经阁文库汉籍分类目录》,白话小说收录在"宋元明清百家类一"下的"四　平话演义之属",共有14部作品,[②] 分别是:《新镌陈眉公先生批评春秋列国志传》《新镌京本校正通俗演义按鉴全像三国志传》《新镌重订出像注释西晋志传通俗演义题评》《新镌东西晋演义》《镌杨升庵批点隋唐两朝史传同附录》《新镌出像补订参采史鉴唐书志传通俗演义题评》《新编五代史平话》《精镌合刻三国水浒全传》《新镌李氏藏本忠义水浒全书》《第五才子书施耐庵水浒传》《新刻全像音诠征播奏捷传通俗演义》《近报丛谈平虏传》《古今小说》《无声戏小说》。作为最大藩府加贺前田家的文库,尊经阁几乎是江户时期大名藏书所能达到的极限,其中收录的小说也仅有十余部。

　　与东京图书馆、尊经阁文库等公私文库相比,大学图书馆收藏的白话小说更是相形见绌。1893年刊行的《帝国大学图书馆和汉书分类目录》仅收录白话小说5部,[③] 分别是《今古奇观》《五虎平西前传》《演义三国志》《说岳全传》《水浒传》。1894年编纂的《东

---

① 《東京圖書館和漢書分類目録　後編》,東京圖書館1885年版,第265—266页。
② 《尊経閣文庫漢籍分類目録》,尊経閣文庫1934年版,第404—405页。
③ 《帝国大学図書館和漢書分類目録》,帝国大学図書館1893年版,第202—203页。

京专门学校藏书目录》将文学作品收录在第九类"教育　文学及语学"下，其中无一部白话小说。① 1914 年刊行的《东北帝国大学图书馆和汉书目录》，第四门"语学　文学"下的汉文学类共收录汉籍 67 部，仍无一部白话小说。② 直到 1931 年刊行的《早稻田大学图书馆和汉图书分类目录》，③"文学之部"下收录的白话小说才达到 46 部，但其中不少是民国以后铅印的标点本。

正是在这种情况下，文求堂从中国大量购入白话小说，并向两京学者逐年赠送《文求堂书目》，孙殿起不无遗憾地说："旧本小说曲谱，亦多为他人购去。至我国商务印书馆以及各图书馆，购买志书、小说、曲谱者，皆在其后。"④

《文求堂书目》中著录的白话小说数量相当可观，⑤ 由于书目卷帙浩繁，笔者仅以 1914 年《东北帝国大学图书馆和汉书目录》编成之前为例，考察田中庆太郎的白话小说收藏：

> 1901 年《文求堂发兑唐刻书目》：收录白话小说 15 部，分别是《今古奇观》《两汉演义》《三国志》（毛宗岗评）《水浒传》《绣像水浒传》《绣图增像水浒传》《红楼梦》《绣像西游记》《西湖佳话》《儿女英雄传》《争春园全传》《女仙外史》《儒林外史》《绣像金石缘》《绘图醒世姻缘》
>
> 1901 年 9 月《文求堂书目》：收录白话小说 2 部，分别是《艳史》《金瓶梅》

---

① ［日］石山昭次郎：《翻刻東京專門學校藏書目録》，早稻田大学图书馆 1972 年版。
② 《東北帝国大学図書館和漢書目録》，東北帝国大学図書館 1914 年版，第 54—56 页。
③ 《早稻田大学図書館和漢図書分類目録　六》，早稻田大学图书馆 1931 年版，第 132—145 页。
④ 孙殿起：《琉璃厂小志》，第 371 页。
⑤ 以下所引《文求堂书目》均收入［日］高田时雄、刘玉才整理《文求堂书目》全 16 册，国家图书馆出版社 2015 年版，不再一一注明。

1903年10月《文求堂书目》：收录白话小说1部，为《隋炀帝艳史》

1907年3月《文求堂发卖书目》：收录白话小说13部，分别是《女仙外史》一百卷，《三国志演义》，《南史演义》三卷，《北史演义》六十四卷，《隋唐演义》一百回，《满汉合璧金瓶梅》一百回，《今古奇观》四十卷，《隔帘花影》四十八回，《林兰香》六十四回，《儿女英雄传》，《铅印红楼梦》，《石印演义三国志》，《石印聊斋志异图咏》

1909年9月《文求堂新古唐本书目》：收录白话小说6部，分别是《绘图两晋演义志传》十二卷，《今古奇观》四十卷通行本，《燕山外史》八卷，《红楼梦》一百二十回通行本，《品花宝鉴》六十回，《隋炀帝艳史》四十卷巾箱本

1910年9月《文求堂新古唐本书目》：收录白话小说11部，分别是《红楼梦评赞》不分卷，《西游记》一百二十回，《第九才子书》十回，《八美图》二十三回，《十美图》四十四回，《前七国孙庞演义》二十回，《残唐五代传》二卷，《好逑传》十八卷，《风筝误》六卷，《飞龙全传》十二卷，《常言道》四卷

1911年9月《文求堂新古唐本书目》：收录白话小说3部，分别是《巾箱本三才子书玉娇梨》二十卷，《石印演义三国志》，《石印聊斋志异图咏》

1911年11月《文求堂唐本书目》：收录白话小说2部，分别是《三国志通俗演义》残本二卷，明初刊，黑口本，现存卷七卷八；《红楼幻梦》二十四回

1913年春《文求堂唐本书目首附藏书纪要》：收录白话小说1部，为《满汉合璧第一奇书》

1913年4月《文求堂唐本书目》：收录白话小说2部，分别是《第一才子书三国志》一百二十回，《新刊京本全像列国志演义》八卷，明刊本上栏有图，极古雅

1913年6月《文求堂唐本书目》：收录白话小说9部，分别是《禅真逸史》四十回，《满洲汉字合璧金瓶梅》一百回原刊本，《旧抄本满汉合璧温凉盏传》不分卷，《拍案惊奇》三十六卷，《雪月梅传》十卷，《绮楼重梦》四十八回，《平金川》三十二回，《五才子书施耐庵水浒传》七十五卷贯华堂刊本，《西游原旨》一百回

从《文求堂书目》的著录中可以看出，田中庆太郎收集白话小说并非如江户时期的本屋那样着眼于文人赏玩，而是具有明确的版本意识，比如1901年同时购入《水浒传》的三种版本，分别是《水浒传》《绣像水浒传》《绣图增像水浒传》。又比如他前后购入毛宗岗评本《三国志》《三国志演义》《石印演义三国志》《三国志通俗演义》残本二卷（按：所谓"明初刊"可能是误判）、《第一才子书三国志》等多个版本；1930年刊行的《文求堂善本书目》还将其收藏的两种版本列为善本，分别是：明弘治刊《三国志通俗演义》二十四卷、明万历辛卯书林周曰校刊《全像三国志通俗演义》十二卷。田中庆太郎似乎对文求堂收藏的《三国演义》版本颇为自负，还曾抽印过《古本三国志演义》，连中国学者都曾获赠，1926年10月21日鲁迅日记中记载"收日本文求堂所赠抽印《古本三国志演义》十二叶，淑卿转寄"[1]。

在公私文库与大学图书馆所藏通俗文学非常有限的前提下，很多研究者转向文求堂访求小说戏曲或委托其代为收购。长泽规矩也的书斋名为"双红堂"，源自他最得意的收藏，即1925年从琳琅阁购入的宣德十年刊本《新编金童玉女娇红记》（一名"双红传"）[2]，除此之外另藏有一部崇祯刊本《新镌节义鸳鸯冢

---

[1] 《鲁迅全集》第15卷，第641页。
[2] ［日］長沢規矩也：《わが蒐書の歴史の一斑：戯曲小説書を中心に》，载《東京大学東洋文化研究所藏雙紅堂文庫分類目録》，東京大学東洋文化研究所1961年版，第67—75页。

娇红记》，也是双红堂文库中的珍本，此本即从文求堂购得。①他在1934年完成《最近十年间我国发现的中国戏曲小说研究资料》②一文中，还将《娇红记》作为重大发现列入其中，1932年长泽规矩也又从文求堂购得《钟伯敬先生批评三国志》。③他在晚年将大量小说戏曲藏书捐赠给东京大学东洋文化研究所，1961年东京大学东洋文化研究所为庆祝创办二十周年，特将双红堂文库中的部分珍本展出，其中就有从文求堂购入的这部《钟伯敬先生批评三国志》，《展观目录》称"《三国志》明刊本于本国（按：指中国）传本甚少，我邦却存有二十种，此为其中之一，不闻有他本"。

《三遂平妖传》向有二十回本与四十回本两种，金陵世德堂刊行的二十回本为原刻本，冯梦龙根据二十回本增补而成四十回本。二十回本目前仅存两部，分别藏于北京大学图书馆与天理大学图书馆；世德堂原刻本流入天理大学的经历颇为曲折，与文求堂关系密切。天理大学图书馆曾从田中庆太郎处购得《永乐大典》多册，④是文求堂的常客。据长泽规矩也的记载：

　　天理图书馆所藏二十回本《三遂平妖传》，为富冈文库旧藏。往年核查该库，售书时予询文求堂田中庆太郎价值几何，得知与马廉旧藏（北京大学图书馆所藏）同版，别无传本，且同为清修本。时彼购去，予暂借，详查校对，读毕问是否售卖，云欲收藏

---

① ［日］長沢規矩也編：《東京大学東洋文化研究所藏雙紅堂文庫分類目錄》，第73页。
② ［日］長沢規矩也：《最近約十年間我国で発見された支那戯曲小説研究の資料》，《長沢規矩也著作集》第1卷，汲古書院1982年版，第162页。
③ ［日］長沢規矩也：《わが蒐書の歴史の一斑》，《長沢規矩也著作集》第6卷，第175页。
④ 参见［日］富田昇《近代日本汉籍的输入：通过文求堂·田中庆太郎的引入事业》，载王勇主编《书籍之路与文化交流》，上海辞书出版社2009年版，第264—298页。

此书，遂呈赠《三遂平妖传国字解》，以为借阅之礼。①

富冈文库的主人是明治、大正时期书画家富冈铁斋与执教于京都大学文学院的富冈谦藏父子，后来文库中的藏书经拍卖而流出。长泽规矩也看到该库藏有《三遂平妖传》，遂向田中庆太郎探询其版本价值。田中庆太郎知其与马廉所藏《平妖传》同为天壤间仅存，于是在长泽规矩也之前购买了这部小说，且不愿即刻出售。后来不知出于什么原因，将其转卖给天理图书馆。这部小说几经辗转，至今保存在天理图书馆。以长泽规矩也对小说的鉴识之精，居然向田中庆太郎请教《平妖传》的版本价值，继而被他捷足先登，与这一珍本失之交臂，而田中庆太郎对马廉藏书的熟识更殊为难得。

长泽规矩也还提到另一次被田中庆太郎抢先的经历。他在1929年10月阅览村口书店书目时，发现"其中多载小说戏曲，颇为惊异，急忙奔赴书店，（中略）于是从剩下的书中选购百元以内者十部。书是从大河内家流出，其中有孤本三部，连书目之类的小册子都著录着，对我辈而言颇具魅力。文求堂的田中先生，受董康所托买了一部《鸳鸯冢》，相当于这十部书的价格"②，"大河内家"大概是指上野国高崎藩藩主家，末代藩主大河内辉声酷爱典籍，与驻日公使何如璋等交往频繁，大河内家的藏书辗转流入村口书店。董康委托田中庆太郎购买的《鸳鸯冢》，当指《娇红记》，《书舶庸谈》中提到1927年3月15日阅览久保天随藏书，其中有孟称舜《贞文记》传奇，董康写道"传奇惟此记及余所藏《节义鸳鸯冢娇红记》演申纯王娇娘事"③，则此《节义鸳鸯冢娇红记》可能就是田中庆太郎从村口书店购得，而长泽规矩也因为迟到一步，未能得此珍本。

---

① ［日］長沢規矩也：《馬琴旧蔵：〈平妖传〉について》，《長沢規矩也著作集》第5卷，汲古書院1985年版，第412页。
② ［日］長沢規矩也：《学書言志軒随筆》，载《長沢規矩也著作集》第6卷，第79页。
③ 董康：《书舶庸谈》，第83页。

虽然文求堂广储善本，田中庆太郎又以其学识折服过众多汉学名家，地处东京大学之侧的文求堂几乎成为学术界的公共图书馆，但田中本人极少以学者自居，始终坚持商人本色，经营汉籍的目的仍是营利而非追求风雅。明治、大正时期敦煌经卷、甲骨文字、小说戏曲等新开拓的研究领域，田中都曾得风气之先，却始终不对任何领域加以钻研，而是在某个学科初露头角之时审时度势，大量购入研究所需的典籍（如殷墟甲骨、敦煌文书、珍本小说、《永乐大典》等），甘为"公共图书馆"。这关系到现代教育体系与学术分工的建立。明治以后虽然仍有幸田露伴等少数人持守着江户意气，但那种博雅通识的文人越来越少，近代书商也不再像江户后期庆元堂主人松泽老泉、万笈堂主人英平吉等人那样，试图侧身于学者之列。随着近代中国学逐渐确立，普遍的人文素养不再是学者的理想，实证求真、分科治学成为学术常态，在帝国大学或早稻田、庆应义塾等私立学府接受规范的学术训练几乎成为学者的必由之路，时代越往后推移这种趋势越明显。

附录 1

《舶载书目》著录小说编年

元禄七年（1694）

1. 《关帝全集》一套十本　江南刘思敬辑　实录一篇　胡琦编
2. 《绣刻春容》（按：或当为《绣谷春容》）　一套八本　起北赤心子辑　万历年丁酉作
3. 《病逸漫记》陆钛鼎仪撰
4. 《新倩藉》（按：或当为《新倩籍》）　吴郡徐祯卿撰
5. 《檐曝偶谈》元庆记
6. 《宝椟记》阳山顾氏
7. 《彭文宪公笔记》
8. 《遣愁集》　部八本　古吴张晋候纂辑
9. 《历朝杂说》一部二十本

其中收录的小说有：

　　（1）《桂苑丛谈》冯翊子伏撰

　　（2）《广客谈》

　　（3）《友念谈丛》（按：当为《友会谈丛》）

　　（4）《渔樵闲话》东坡居士

　　（5）《襄阳耆旧传》襄阳守延陵吴琚

（6）《西征石城记》

（7）《冀越集》

（8）《江海歼渠记》长洲祝允明

（9）《开颜集》周文玘

（10）《避戒夜话》吴真石茂良大初

（11）《苏谈》杨循吉君谦父

（12）《真复哈密国主记》太子大传钧阳马文升（按：当为《复哈密国王记》太子太傅钧阳马文升）

（13）《吴中旧事》郡人陆辅之友仁

（14）《石田杂记》长洲沈周

（15）《明皇十七事》太尉李德裕

（16）《寇莱公遗事》

（17）《平江纪事》建德总管郡人高德基

（18）《中朝故事》朝议即尉迟偓

（19）《摭言述妓馆五段事》

（20）《读书笔记》吴下祝允明

（21）《杜阳杂编》进士武功苏鄂德祥

（22）《闲燕常谈》

（23）《天隐子》唐司马承祯

（24）《绿珠内传》南齐校正

（25）《莘野纂闻》吴郡伍余福君求□□（按：此二字漶漫难辨）父

（26）《正统北狩事》杨铭自叙

（27）《白獭髓》清何张仲文

（28）《江涯异人录》丹阳吴淑

（29）《蓠胜野闻》东阳散人徐祯卿

（30）《东方朔神异经》

（31）《否泰录》永新刘定之

（32）《云仙散录》

　　　　（33）《清夜录》堪隐俞文豹
　　　　（34）《陶朱新录》
　　　　（35）《贾氏谈录》张洎
10. 《征应录》一部二本共七卷
11. 《隋史遗文》一部十二本十二卷　崇祯癸酉之刊行

元禄八年（1695）

1. 《广清记》一部四本　吴宁野　王经倩纂
2. 《照心镜》一部二本　宋法家公案集
3. 《平妖传》一部十本　作者不详
4. 《醉春风》二本
5. 《留人眼》六本
6. 《移绣谱》二本　春台纸上之内也
7. 《照世杯》四本　酌元亭主人编次
8. 《玉楼春》一部六本　龙兵日云道人编
9. 《何氏语林》一部十二本三十卷　何良俊撰并注

元禄十二年（1699）

1. 《兰雪堂古事苑》一部八本十二卷　饶安邓志谟景南编辑
2. 《劝善感应书全集》一部八本八卷　西蜀李昌龄传　思明郑清之赞　钱塘干玉阶补
3. 《西湖志》一部八本廿六卷（志八卷　志余十八卷）
4. 《容膝居杂录》一部三本六卷　昆山葛芝龙仙著
5. 《古事苑》一部六本　饶安邓志谟景南编　康熙庚午刻本
6. 《四奇诗九木四生传》二本（按：此书未注明作者，无解

题，不见于其他书目著录，从书名看或为白话小说）

元禄十三年（1700）

1. 《西湖佳话》一部六本十六卷　别首卷一册有图　古吴墨浪子搜辑
2. 《连城璧全集同外编集》共十二本　觉世稗官编次　右小说话正集十二回　外编六卷
3. 《都是幻》一部四本　萧（按：或当为潇）湘迷津渡著
4. 《后三国石珠演义》一部八本三十回　梅溪遇安氏著
5. 《新镌批评绣像四才子传》（平山冷燕）一云《四才子书》一部六本十二回
6. 《换锦衣》（按：或当为《换嫁衣》）二本六回　迷津渡者编次
7. 《倒鸾凤》全六回
8. 《移绣谱》二本六回
9. 《错鸳鸯》全六回
10. 《十二峰》四本十二回　心远主人
11. 《锦香亭传》四本十六回　古吴素庵主人
12. 《玉楼仙史》
13. 《故事统宗》一部十本十卷　翰林修撰李廷机考正　白萃后学丘宗孔增释　序　万历乙未紫溪苏浚　故事也
14. 《神仙三传》一部二本共十卷　朝请郎前行溧水县令　沈汾撰

元禄十四年（1701）

1.《开卷一笑》一部六本十四卷　李卓吾编次　笑笑先生增订　哈哈道王（按：或当作"士"）校阅

2.《西湖志》一部八本［志四本　至湖（按：或当作"余"）四本］共五十卷（志廿四卷　志余廿六卷）钱塘田汝成辑撰

3.《二眉故事》四本共二十卷　古闽犹龙余应乱纂辑　云间眉公陈继儒参订

元禄十五年（1702）

1.《快书》一部十二本五十卷　练江闵景贤士行纂　古吴周元昌伯生订

元禄十六年（1703）

1.《天花藏》四本四卷二十四回　又题合刻天花藏才子书　又题潇洒文章　又题新刻天花藏批评平山冷燕

2.《画图缘传》一部四本十五回

3.《水浒后传》一部八本四十回　古宋遗民著　雁荡山樵评

宝永四年（1707）

1.《济颠大师全传醉菩提》四本共廿四回　西湖墨浪子偶拈

2.《绣像曲头陀传》一部四本三十六回　西野道人参定　头陀传新本　又曰新镌绣像　西湖香婴居士重编　鸯水紫髯道人评阅　一名《济公全传》

3.《五叶弘传》六本廿三卷　唐终南山沙门道宣述　清南山狱兜率　祖沙门和安盘石氏辑

宝永六年（1709）

1.《山海经释笺》四本十八卷　别图一卷　康熙己巳新镌　玉台重梓　河东郭璞景纯著传

宝永七年（1710）

1.《汉魏丛书》
2.《百川学海》
3.《唐宋丛书》
4.《说苑》
5.《秦汉逸书》
6.《唐类函》
7.《太平广记》
8.《说郛全书》
9.《玉海》
10.《秦汉逸书》二本　其中收录的小说有：
　　（1）《述异记》梁乐安任昉著　程荣校
　　（2）《神异经》汉平原东方朔著　同一卷
　　（3）《别国调（按：或当为"洞"）冥记》汉汝南郭宪著　同一卷

(4)《赵飞燕外传》汉潞水伶玄著　同一卷

(5)《商子》秦卫人公孙鞅著　同十五卷一本

11.《说苑》四本二十卷　汉沛群（按：或当为"郡"）刘向著　明新安程荣校

12.《汉魏丛书》序万历壬辰　东海屠隆纬真　其中收录的小说有：

(1)《穆天子传》六卷　晋郭璞著　序　至正十年王渐玄翰

(2)《西京杂记》六卷　晋丹阳葛洪集　序　明吴郡黄省曾撰

(3)《说苑》十卷　记于前

(4)《神异记》

(5)《洞冥记》

(6)《述异记》已上三部记于《秦汉逸书》下

(7)《王子年拾遗记》十卷　晋陇西王嘉著　梁兰陵萧绮录

(8)《赵飞燕外传》一卷　记于《秦汉逸书》下

13.《唐类函》一部百本二百卷　序目别卷　一部八十本二百卷　序目别卷

14.《唐宋丛书》其中收录的小说有：

(1)《楚史梼杌》一卷　无名

(2)《本事诗》一卷　唐孟启传

(3)《松漠纪闻》一卷　宋洪浩

(4)《教坊记》一卷　唐崔令钦

(5)《续博物志》一本十卷　晋李石

(6)《神僧传》四本九卷　无名

(7)《例（按：或当为"列"）仙传》二卷　汉刘向

(8)《西京杂记》一本六卷　汉刘歆

(9)《赵后外传》一卷　汉伶玄

（10）《迷楼记》一卷　无名

　　（11）《穆天子传》已上一本六卷　郭璞注　荀勖序

　　（12）《六朝事迹编类》二本一卷　宋张敦颐自序

　　（13）《博物志》一本十卷　晋张华

　　（14）《华阳国志》四本十二卷　晋常璩著　大防微仲序

　　（15）《山海经》二本十卷　晋郭璞　有序

　　（16）《十洲记》一卷　汉东方朔撰

　　（17）《越绝书》已上一本十卷（按：以下文字漶漫难辨）

　　（18）《续齐谐记》一卷　梁吴均撰

　　（19）《集异记》一卷　唐河东薛用弱

　　（20）《洛阳伽蓝记》五卷　魏杨衒之序　自撰

　　（21）《吴越春秋》六卷

　　（22）《高士传》三卷　晋皇甫谧自序

　　（23）《剑侠传》已上一本四卷　无名

　　（24）《汉武故事》一卷　汉班固

　　（25）《海山记》一卷　无名

　　（26）《开河记》已上一本一卷　无名

　　（27）《拾遗记》二本十卷　晋王嘉撰　梁萧绮录　序萧绮

15.《说郛》天台陶宗仪纂　姚安陶珽重辑

16.《正续太平广记》

正德元年（1711）

1.《西湖游览志》十六本（内志六本　余十本）五十卷（志廿四卷　余二十六卷）钱塘田汝成辑撰　自序　嘉靖二十六年

正德二年（1712）

1. 《皇明表忠记》五本十卷　附一卷　南史钱士升论次
2. 《古今逸史》二十四本二百二十三卷　新安吴中珩　明吴管校　其中收录的小说有：
　　（1）《博物志》十卷　晋张华
　　（2）《拾遗记》十卷　晋萧绮
　　（3）《山海经》十八卷　晋郭璞
　　（4）《洛阳伽蓝记》五卷　后魏杨衒之
　　（5）《教坊记》卷（按：卷数脱落）唐崔令钦撰
　　（6）《穆天子传》六卷　晋郭璞注
　　（7）《西京杂记》六卷　汉刘歆撰
　　（8）《汉武故事》一卷　汉班固著
　　（9）《赵石（按：或当为"后"）外传》一卷　汉伶玄
　　（10）《海山记》一卷
　　（11）《迷楼记》一卷
　　（12）《开河记》一卷
　　（13）《六朝事迹编类》二卷　宋张敦颐
　　（14）《晋史乘》一卷
3. 《仙佛奇踪》
4. 《说郛》
5. 《唐类函》
6. 《小本坚瓠集》共六十八本六十八卷　长洲石农褚人获学稼纂辑　表题云四雪草堂坚瓠集　清软堂（按：原文漶漫难辨）藏板
7. 《仙佛奇踪》
8. 《仙佛奇踪》四本八卷　初还道人辑　本书无此题号　表题有之　本衙藏板　内附长生真诠、无生秘史

正德三年（1713）

1. 《说郛》
2. 《太平广记》
3. 《唐类函》
4. 《水浒传》
5. 《第一奇书金瓶梅》
6. 《女仙外史》
7. 《女仙外史六奇书》二十本一百回
8. 《彭城张竹坡批评金瓶梅第一奇书》二十四本　一百回

正德四年（1714）

1. 《仙佛奇踪》四部

享保四年（1719）

1. 《五色线集》

享保九年（1724）

1. 《演义》江上缪尊素漫志
2. 《西游真诠》壹部二套廿本　山阴悟一子陈士斌允生甫诠解
3. 《唐类函》六套六十本二百卷　明东吴俞安期汇纂　同郡徐

显卿校订（按：此条文字漶漫难辨）

享保十年（1725）

1. 《西游记》一部二套
2. 《忠义水浒传》二部各二套
3. 《笑林广记》一部四册
4. 《新镌笑林广记》四本十二卷　康熙癸未年编次　征远堂游戏主人纂辑　粲然居士参订

享保十一年（1726）

1. 《忠义水浒传》百卷二套二十本
2. 《西游真诠》四部各二套二十册
3. 《拍案惊奇》壹部十本

享保十二年（1727）

1. 《七国孙庞斗志演义》壹部一套十本
2. 《隋史遗义》壹部四套　世（按：或当为"十"）二本
3. 《南宋志传》壹部一套十本　研石山樵订正　织里畸人校阅
4. 《北宋志传》壹部一套十本
5. 《叙锲南宋传志演义》壹部一套十本　癸巳长至涩雪斋叙
6. 《列国志》壹部四套四十本
7. 《隋唐五代史传》壹部一套四本　贯中罗木（按：或当作"本"）编辑　卓吾李贽批评　书林挹奎楼刊

8.《大雅堂英雄传》壹部一套八本　李卓吾先生批评　知非道人阅

9.《绣像英烈传》壹部四套廿四本　徐文长先生编辑　载道堂梓行

10.《三国志演义》壹部二套廿本　江上缪尊素漫志

11.《续三国志》壹部四套世（按：或当为"十"）二本　万历岁次己酉嘉平月谷且

12.《新镌绣像圈点秘本玉娇梨》壹部五册　金闾拥万堂梓　荑秋（按：或当为"荻"）散人编次

13.《平山冷燕》壹部四册　绘像才子书天花藏原本平山冷燕本衙藏板　此书无绘像

14.《批评绣像和本两交婚》壹部六本　本衙藏板

15.《又一夕话》五本

16.《一夕话》六本

享保十三年（1728）

1.《锦香亭小传》一部八本

2.《收（按：或当为"快"）士传》一部八本　五色石主人新编

3.《新编凤凰池续四才子书》一部十六本

4.《西周生辑著醒世姻缘传》一部十八本

5.《李卓吾先生原评西游记》一部二十本

享保十六年（1731）

1.《四雪草堂坚瓠集》全部六套　长洲石农褚人获学稼纂辑

2.《三山会馆□□（按：此处两字漶漫难辨）天后显圣录》一部一本二卷　雍正三年春仲重刊　板藏本宫

享保十九年（1734）

1.《说铃》
2.《名山藏》壹部四套廿八本二百五卷

元文元年（1736）

1.《四大奇书》二部一部各二套　廿四本六十卷　圣叹外书毛声山第一才子

元文五年（1740年）

1.《东周列国志》白下蔡昇元放甫评点　二套廿本五十四卷

宽保元年（1741年）

1.《女仙外史》一部十六本
2.《五才子水浒传》一部二套廿本
3.《东游记》一部十本
4.《窦大师全书》二部各八本（按：未见其他书目著录，从书名看或为小说）
5.《欢喜冤家》二部各八本

6.《水浒传》一部二套二十本

7.《东西汉传》二部四套

8.《水浒传》二部四套

9.《西游记》二部四套

10.《封神传》二部四套

11.《欢喜冤家》二部各八本

12.《女仙外史》一部十六本

13.《续证道书东游记》一部十本

14.《封神演义》二部四套各二十四本

15.《西游真诠》二部四套各二十四本

16.《东西汉通俗演义》一部二套十六本

17.《第五才子书水浒传》（有注）一部二套二十本

18.《忠义水浒全书》（无注）一部二套二十本

19.《三国志通俗》

20.《水浒传》

21.《三国志》圣叹外书毛声山评三国志第一才子书　尊贤堂藏板　卷首有图　壹部二套二十四本六十卷

22.《水浒传》圣叹外书施耐庵先生水浒传绣像第五才子书　越胜堂藏板　壹部二套二十四本七十五卷

宽保二年（1742）

1.《中山传信录》

宽保三年（1743）

1.《警世通言》八本

2.《天花才子评点绣像传奇后西游记》十本　本衙藏板

宽延四年（1751）

1.《名山藏》一部四套四十本
2.《汉魏丛书》一部十套八十本
3.《说郛》一部二十套二百本
4.《唐类函》一部六套六十本
5.《何氏语林》一部一套十二本
6.《情史》二部各二套二十本
7.《新世弘勋》二部各一套四本
8.《水浒传》廿四部各二套十二本
9.《金瓶梅》十一部各二套（四部各廿四本　七部各二十本）

宝历四年（1754）

1.《绣像梦月楼》槜李烟水散人编次　壹部六本
2.《天花藏秘本麟儿报》新编绣像批评小说麟儿报　壹部四本
3.《烟水散人编桃花影》壹部四本　畹香斋梓
4.《绣榻野史》江篱馆校　壹部四本
5.《步月主人订两交婚》壹部四本
6.《步月主人订蝴蝶媒》南岳道人编　青溪醉客评　华文堂藏板　壹部四本
7.《步月主人订终须梦》弥坚堂主人编次　壹部四本
8.《大明崇祯传定鼎奇闻》蓬蒿子编　姑苏稼史轩梓　壹部四本
9.《鹏鹦斋评阅浓情快史》嘉禾餐花主人编次　西湖鹏鹦居士

评阅　壹部四本　有思堂藏板

10.《引凤箫》枫江半云友辑　鹤阜芰俗生阅　壹部四本

11.《晚翠堂批评玉楼春》龙邱白云道人编辑　颖水无缘居士点评　焕文堂梓行　一部二本四卷

12.《天放道人编次杏花天》古棠天放道人编次　本衙藏板　曲水白云山人批评　一部四本四卷

13.《步月主人订五凤吟》云间嗤嗤道人编著　古越苏潭道人鉴定　一部四本四卷

14.《步月主人订画图像》益智堂藏板　一部二本四卷

15.《步月主人订情梦拆》惠水安阳酒民著　萃文堂刊　西山灌菊散人评　一部四本四卷

16.《青心才人编次金云翘》圣叹外书　贯华堂梓行　一部四本四卷

17.《步月主人订玉支矶》天萃藏主人述　萃文堂刊　一部四本四卷

18.《烟霞逸士编次巧联珠》得月楼藏板　一部四本四卷

19.《如莲居士编次说唐后传》尚友斋梓行　一部八本内《小英雄传》二本二卷　《薛家府传》六本六卷

20.《女开科传》何必居梓行　一部四本

21.《西湖渔隐主人编醒世第一书贪欢报》《新镌绣像古本欢喜冤家》赏心亭梓　一部六本

22.《锦江亭》岐园藏板　一部四本

23.《清隐先生编次绣像风流小说肉蒲团》一部四本

24.《天花藏四才子书平山冷燕》启盛堂梓　一部四本

25.《李卓吾先生评三国志》书林天德堂梓行　一部六本

26.《憺漪子评绣像真诠西游记》怀新楼梓行　一部六本

27.《步月主人订凤箫媒》素位堂藏板　一部二本

28.《墨憨斋评绣像传奇石点头》金阊叶敬池梓　一部八本

29.《苏庵主人编次归莲梦》得月楼藏板　苏庵主人新编　白香

居士校正　一部四本

30.《济颠大师全传醉菩提》本衙藏板　一部四本

31.《汉魏丛书》其中收录的小说有：

　　（1）《穆天子传》晋郭璞注　六卷

　　（2）《西京杂记》晋葛洪集　六卷

　　（3）《说苑》汉刘向著　二十卷

　　（4）《神异记经》汉东方朔著　一卷

　　（5）《洞冥记》汉郭宪著　四卷

　　（6）《述异记》梁任昉著　二卷

　　（7）《王子年拾遗记》晋王嘉著　梁萧绮录　十卷

　　（8）《飞燕外传》汉伶玄著　一卷

附录 2

江户时期中国小说翻刻书目

目录以长泽规矩也著《和刻本汉籍分类目录增补补正版》为本，根据其他各种目录加以整理。标准如下：

1. 原则上将同一小说不同的和刻本并列一起，并按最早的和刻时间为不同小说排序。

2. 各目录对同一小说版本的著录若有明显差异，则以脚注形式注出。

3. 对刊行者作简单注释，如该刊行者另刊有其他汉籍，则择要列入。

4. 补充《和刻本汉籍分类目录》中刊行时间、刊行者的缺漏，纠正个别错误，增加《和刻本汉籍分类目录》中未加著录的小说版本。

参考文献如下：（左侧为脚注中的简称）

1.《右文故事》：载《近藤正斋全集》第 2 卷，国书刊行会 1906 年版。

2.《好书故事》：载《近藤正斋全集》第 3 卷，国书刊行会 1906 年版。

3.《庆长集览》：［日］井上和雄编：《增訂慶長以來書賈集覽》，高尾书店 1970 年版。

4.《内阁目录》：《改訂内閣文庫漢籍分類目錄》，内阁文库 1971 年版。

5.《德川集览》：［日］矢島玄亮：《德川時代出版者出版物集覽》，万葉堂書店 1976 年版。

6.《京大人文研目录》：《京都大学人文科学研究所漢籍目録》，京都大学人文科学研究所 1979 年版。

7.《考证学论考》：［日］森潤三郎：《考證学論考》，青裳堂書店 1979 年版。

8.《板元总览》：［日］井上隆明：《近世書林板元總覽》，青裳堂書店 1981 年版。

9.《东大东文研目录》：《東京大学東洋文化研究所漢籍分類目録》，汲古書院 1981 年版。

10.《活版目录》：［日］多治比郁夫、中野三敏編：《近世活字版目録》，青裳堂書店 1989 年版。

11.《汉文学事典》：［日］近藤春雄：《日本漢文学大事典》，明治書院 1994 年版。

12.《东大综合目录》：《東京大学綜合図書館漢籍目録》，東京堂出版 1995 年版。

13.《经籍访古志》：載《和漢名著解題選》，ゆまに書房 1996 年影印本。

14.《官版书籍解题》：載《和漢名著解題選》，ゆまに書房 1996 年影印本。

15.《书志学辞典》：［日］片桐洋一等編：《日本古典籍書誌学辞典》，岩波書店 1999 年版。

16.《和本目录》：［日］長沢規矩也：《和刻本漢籍分類目録》，汲古書院 2006 年増補補正版。

17.《年表》：［日］岡雅彦等編：《江戸時代初期出版年表》，勉誠出版 2011 年版。

18.《出版事典》：［日］稲岡勝監修：《出版文化人物事典》，日外アソシエーツ株式会社 2013 年版。

19.《元正总览》：［日］市古夏生編：《元禄・正徳　板元別出版書總覽》，勉誠出版 2014 年版。

序号	书名	作者	校点者	卷数	刊刻时间	公历	刊行者
1	长根歌传一卷 附长根歌 琵琶行①	唐 陈鸿 白居易		一卷	庆长八年②	1603	丁庵
	长根歌传一卷 附长根歌 琵琶行	唐 陈鸿 白居易		一卷	元和刊（覆古活）	1615	
	长根歌传一卷 附长根歌 琵琶行	唐 陈鸿 白居易		一卷	宽永四年印	1624	京都 风月宗知
	长根歌传一卷 附长根歌 琵琶行	唐 陈鸿 白居易		一卷	宽永刊		
	长根歌传一卷 附长根歌 琵琶行	唐 陈鸿 白居易		一卷	后修		
	长根歌传一卷 附长根歌 琵琶行	唐 陈鸿 白居易		一卷	宽永二十年	1643	京都 风月宗知
	长根歌传一卷 附长根歌 琵琶行	唐 陈鸿 白居易		一卷	后印		京都 风月宗知

① 《年表》仅录为"长根歌•琵琶行"。
② 《年表》《和本目录》仅录"庆长刊"，《年表》录为庆长八年正月中旬左右，无刊记，丁庵刊，第16页。《名文故事》卷十六"庆长敕版考"中收录此书，称"此本无雕刻日期，序跋，世传后阳成天皇敕版"。

附录2 江户时期中国小说翻刻书目　431

续表

序号	书名	作者	校点者	卷数	刊刻时间	公历	刊行者
	长恨歌传一卷 附长恨歌 琵琶行 野马台	唐 陈鸿 白居易		一卷	后印		妇屋林甚右卫门①
	长恨歌传一卷 附长恨歌 琵琶行 野马台	唐 陈鸿 白居易		一卷	正保二年	1646	京都 妇屋林甚右卫门
	长恨歌传一卷 附长恨歌 琵琶行 野马台	唐 陈鸿 白居易		一卷	后印		京都 妇屋林甚右卫门
	长恨歌传一卷 附长恨歌 琵琶行 野马台	唐 陈鸿 白居易		一卷	庆安元年	1648	京都 仁左卫门②
	长恨歌传一卷 附长恨歌 琵琶行 野马台	唐 陈鸿 白居易		一卷	后印		京都 西村又左卫门③
	长恨歌传一卷 附长恨歌 琵琶行 野马台	唐 陈鸿 白居易		一卷	刊本（庆安三年印）	1650	

① 妇屋林甚右卫门，位于京都三条通菱屋町，除《长恨歌传》外，另刊有《增注唐贤绝句三体诗法》（宽永六年，见《板元总览》第507页。
② 仁左卫门，位于京都三条道，除《长恨歌》外，另刊有《剪灯新话》（庆安元年）、《蠹海集》（正保中），见《德川集览》第178页。
③ 西村又左卫门，位于京都寺町誓愿寺前，除《长恨歌》外，另刊有《安乐集》（明历元年），见《德川集览》第185页，《板元总览》第451页。

续表

序号	书名	作者	校点者	卷数	刊刻时间	公历	刊行者
2	开元天宝遗事①	五代 王仁裕			元和八年	1622	
	开元天宝遗事	五代 王仁裕		开元一卷天宝遗事二卷	宽永十六年	1639	京都 田原仁左卫门②
	开元天宝遗事	五代 王仁裕		开元一卷天宝遗事二卷	庆安印		
	开元天宝遗事	五代 王仁裕		开元一卷天宝遗事二卷	后印		京都 田原仁左卫门
	开元天宝遗事	五代 王仁裕		开元一卷天宝遗事二卷	后印		京都 唐本屋吉左卫门③
	开元天宝遗事	五代 王仁裕		开元一卷天宝遗事二卷	后印		京都 钱屋仪兵卫④

① 据《年表》补，无刊记，有识语：此一策／中院黄之亦不意之荣也登时信笔以涂末正耽于洛中远望台下／壬戌四月二十又八日。第85页。

② 《和本目录》著录为"风月宗智"。田原仁左卫门，名道住，堂号为文林轩，最初位于京都二条通鹤屋町，除《开元天宝遗事》外，另刊有《山谷诗集》《诗人玉屑》（宽永十六年）、《祖庭事苑》（正保四年）、《中庸集略》（正保四年）等，见《德川集览》第147—148页，《板元总览》第346—347页。

③ 唐本屋吉左卫门，即吉村吉左卫门。近世中期位于京都堀川通佛光寺下町，堂号梅花书堂，梶川氏，除《开元天宝遗事》外，另刊有《杂纂》（元禄二年）、《孟浩然诗集》（元禄三年）等。

④ 钱屋仪兵卫，堂号德川氏，先后位于京西堀川通高辻、堀川通西吉永町，除《开元天宝遗事》外，另刊有《新编医学正传》《医学或问》（天和二年），见《德川集览》第130页，《板元总览》第332页。

续表

附录2 江户时期中国小说翻刻书目 433

序号	书名	作者	校点者	卷数	刊刻时间	公历	刊行者
3	冷斋夜话①	宋 释惠洪		十卷	宽永二十年	1643	
	冷斋夜话	宋 释惠洪		十卷	正保二年	1645	京都 林甚右卫门
	冷斋夜话	宋 释惠洪			宽文六年印	1666	京都 上村次郎右卫门②
	冷斋夜话	宋 释惠洪			后印		江户 须原屋伊八③
	冷斋夜话	宋 释惠洪			宽文六年④		大阪 吉文字屋市兵卫⑤
	冷斋夜话	宋 释惠洪			后印		
	冷斋夜话	宋 释惠洪			文化三年印	1806	
	冷斋夜话（萤雪轩丛书之九）	宋 释惠洪			刊		活板

① 《和本目录》不载，据内阁文库藏本补。此本十卷，目录后有"癸未春孟新刊"识语。《年表》著录此版本，并引述川濑一马看法，认为"癸未春孟新刊"有五山本。第256页。

② 上村次郎右卫门，《和本目录》作"上村次良右卫门"，位于京都二条通乌丸西入侧玉屋町，除《冷斋夜话》外，另刊有《学范》(明历二年)、《小学句读》(宽文五年)、《冰川子诗式》(万治三年)等，见《德川集览》第30页。

③ 须原屋伊八，又称须原屋伊八郎，北泽氏，江户书商，堂号为青黎阁，除《冷斋夜话》外，另刊有《韩内翰香奁集》(文化八年)、《熙朝乐事》(安永元年)、《桂海虞衡志》(文化九年)等大量汉籍，见《德川集览》第117—119页。

④ 《和本目录》著录为"后印"，乌氏，椎号醉雅子，醉雅胧月，堂号为定荣堂，先位于大阪顺庆町五丁目，心斋桥筋安土町，净觉町，心斋桥筋南四丁目，除《冷斋夜话》外，另刊有《春秋春王正月考》(元禄十年)、李攀龙《唐诗选》(宽政九年)、《板元总览》第84—85页。

⑤ 吉文字屋市兵卫，《和本目录》著录为"宽文六年"，见《德川集览》第236页。

434　中国古典小说在日本江户时期的流播

续表

序号	书名	作者	校点者	卷数	刊刻时间	公历	刊行者
4	剪灯新话句解	朝鲜 尹春年 撰（沧州）	林芑（垂胡子）订	四卷	庆安元年	1648	京都 仁左卫门
	剪灯新话句解	朝鲜 尹春年 撰（沧州）	林芑（垂胡子）订	四卷	后印		京都 井筒屋六兵卫①
	剪灯新话句解	朝鲜 尹春年 撰（沧州）	林芑（垂胡子）订	四卷	后印		京都 林正五郎②
5	新刊鹤林玉露	宋 罗大经		三集各六卷（版心作十八卷）	庆安元年	1648	京都 林甚右卫门③
	新刊鹤林玉露	宋 罗大经			宽文二年	1662	京都 中野市卫门④

① 井筒屋六兵卫，先后位于京都二条通荻屋町西入、一条通新町西入、二条通柳马场西入，除《剪灯新话句解》外，另刊有《孝经大义》《贞享五年》《绝句三体诗法》等，见《德川集览》第16页，《板元总览》第41页。
② 林正五郎，除《剪灯新话句解》外，另刊有《三字经批注》《享保十三年》《全文抱朴子》《元禄十三年》，见《德川集览》第200页。
③《德川集览》著录为"林甚右卫门"，第200页。
④ 中野市右卫门，名道伴，堂号为丰雪斋，京都书肆鼻祖，兼擅儒学，宽永七年点校刊行《伤寒六书》，元和、宽永间曾刊行古活字本。除《新刊鹤林玉露》外，另刊有《尺牍双鱼》（承应三年）、《人天眼目》（承应三年）、《武经开宗》等，见《考证学论考》第242页，《庆元集览》第60页，《德川集览》第172页。

附录2　江户时期中国小说翻刻书目　435

续表

序号	书名	作者	校点者	卷数	刊刻时间	公历	刊行者
6	(有像)列仙全传	明 王世贞编 汪云鹏校			覆明刊本		
	(有象)列仙全传①	明 王世贞编 汪云鹏校		九卷	庆安三年②	1650	京都 藤田庄右卫门③
	(有像)列仙全传	明 王世贞编 汪云鹏校		九卷	后印		京都 秋田屋平左卫门④
	(有像)列仙全传	明 王世贞编 汪云鹏校		九卷	宽政三年修	1791	大阪 柳原喜兵卫⑤等

① 《和本目录》作"有像",恐误,原书作"有象"。
② 《德川集览》著录为庆安二年,第212页下。国文研藏本刊记为"庆安三年岁次庚寅 季秋初六日刊行/寺町通三条上町 藤田庄右卫门",第442页。
③ 藤田庄右卫门,或与藤田斋安为同一人,除《列仙全传》(承应二年),另刊有《四书集注钞》(承应二年,见《庆长集览》第82页。
④ 秋田屋平左卫门,山本氏,立于京都寺町通蛸药师下(圆福寺前町),与武村市兵卫,村上勘兵卫,八尾甚四郎兵卫四郎店联称"法华宗门书堂",除《列仙全传》,另刊有《汉礼》"宝历十三年",《吕氏春秋》等,见《德川集览》第4页,《板元总览》第25页。
⑤ 柳原喜兵卫,又称河内屋喜兵卫、柳原氏,书肆名积玉圃。除《列仙全传》,另刊有《搜神记》(宽政八年以后印)、《易经本义》(宽政元年)、《史记》(宽政十二年序)等,有《积玉圃藏版目录》(上野图书馆纪要三,1957年)。见《德川集览》第67—68页,《板元总览》第203—204页。

436　中国古典小说在日本江户时期的流播

续表

序号	书名	作者	校点者	卷数	刊刻时间	公历	刊行者
6	（有像）列仙全传	明 王世贞编 汪云鹏校		九卷			大阪 柳原喜兵卫等
	列仙传二卷同考异一卷	汉 刘向撰	冈田挺之校		宽政五年刊	1793	名古屋 片野东四郎①
	列仙传二卷同考异一卷	汉 刘向撰	冈田挺之校		宽政六年印	1794	名古屋 永乐屋东四郎等
	列仙传二卷同考异一卷	汉 刘向撰	冈田挺之校		宽政六年印（后修）		刊记书林第一行"河内屋八兵卫"的"八兵卫"改刻为"喜兵卫"
	列仙传二卷同考异一卷	汉 刘向撰	冈田挺之校		宽政八年印	1796	名古屋 片野东四郎等
	列仙传二卷同考异一卷	汉 刘向撰	冈田挺之校		明治三十五年印	1902	名古屋 梶田勘助
7	辍耕录	元 陶宗仪		三十卷	承应元年	1652	京都 须磨勘兵卫中野是准②
	辍耕录	元 陶宗仪		三十卷	后印③		
	辍耕录	元 陶宗仪		三十卷	后印		京都 须磨勘兵卫④
	辍耕录	元 陶宗仪		三十卷	文政六年印	1823	大阪 河内屋⑤

① 片野东四郎，又称永乐屋西四郎，堂号为东璧堂，位于名古屋本町通七丁目玉屋町，为万松风月堂别家，见《板元总览》第114页。
② 中野是准，除《辍耕录》外，另刊有《法句譬喻经》《明历三年》、《维摩诘所说经无我疏》《承应二年），见《德川集览》第173页。
③ 早大藏本刊记为："承应元壬辰暮冬吉旦／书林。"
④ 须磨勘兵卫，位于京都富小路三条上西侧，除《辍耕录》外，另刊有《酉阳杂俎》，见《板元总览》第563页。
⑤ 据《德川集览》，第94页中。

附录2 江户时期中国小说翻刻书目　437

续表

序号	书名	作者	校点者	卷数	刊刻时间	公历	刊行者
8	游仙窟	唐 张鷟			江户初刊		
	游仙窟	唐 张鷟			庆安五年印①	1652	京都 中野太良左卫门②
	游仙窟③	唐 张文成		五卷	元禄三年刊	1690	大阪 贯器堂重之④
	游仙窟钞⑤	唐 张鷟		五卷	元禄三年刊	1690	江户 玉岩堂和泉屋金右卫门⑥
	游仙窟钞⑦	唐 张鷟		二卷	元禄三年序	1690	京都 藤井利八⑧
	游仙窟	唐 张鷟		二卷	昭和二年影印醍醐寺所藏康永三年钞本	1927	古籍保存会

① 国文研藏本刊记为："庆安五壬辰岁孟春吉旦/中野太良左卫门 开板。"
② 中野太良左卫门，位于京都寺町通五条上，见《板元总览》第426页。
③ 据《德川集览》补，第"6页下"。
④ 《德川集览》著录为"二版 田中清三郎"。
⑤ 据《德川集览》补。
⑥ 玉岩堂和泉屋金右卫门，太田氏，堂号为玉岩堂，位于江户两国横山町三丁目，东叡山御用，水户御藏板颁行书林。加贺文库藏有《玉岩堂制本颁行书目》，收书三百余种。除《游仙窟》外，另刊有《櫅曝杂记》（文政十二年）、《精刊唐末千家联珠诗格》（文化元年），见《板元总览》第70页。
⑦ 据《德川集览》补，第211页下。
⑧ 藤井利八，堂号为松山堂，文化十三年刊元木阿弥《俳谐饶舌录》始用"松山堂"号。除《游仙窟钞》外，明治年间刊有《情史钞》《板桥杂记》，见《德川集览》第211页。

438　中国古典小说在日本江户时期的流播

续表

序号	书名	作者	校点者	卷数	刊刻时间	公历	刊行者
8	游仙窟	唐 张鷟			昭和二十九年影印 真福寺所藏文和钞本	1954	贵重古籍刊行会
9	新刻古列女传 新续列女传	汉刘向撰 明胡文焕校（续）明黄希周等	返送	八卷 三卷	承应二、三年刊①	1653 1654	京都 小岛弥左卫门②
	新刻古列女传 附新续列女传③	汉刘向撰 明胡文焕校（续）明黄希周等		八卷 三卷	承应二年	1653	新续列女传 承应二年 大阪伊丹屋善兵卫等刊本 新续列女传 承应三年 大阪伊丹屋善兵卫等刊
	新刻古列女传 新续列女传④	汉刘向撰 明胡文焕校（续）明黄希周等	返送		后印		京都 上村次郎右卫门

① 静冈县图书馆藏本刊记为："承应二年癸巳八月吉日/室町通鲤山町小岛弥左卫门/板行"。按《年表》将"鲤山町"著录为"鲤山町"。
② 《庆长集览》著录为"小岛孙左卫门"，《和本目录》《庆长集览》著录为"小岛弥左卫门"，位于京都室町通鲤山町，见《庆长集览》第32页。
③ 据东洋文库所藏汉籍分类目录，《德川集览》"伊丹屋善兵卫"名下有此本。
④ 《德川集览》"上村次郎卫门"名下著录有"刘向列女传五卷 承应三年"，而不是上村次郎右卫门，第30页。

附录2 江户时期中国小说翻刻书目 439

续表

序号	书名	作者	校点者	卷数	刊刻时间	公历	刊行者
9	新刻古列女传 新续列女传	汉刘向撰 明胡文焕校(续)明黄希周等	返送		后印		京都 水玉堂葛西市郎兵卫①
	新刻古列女传 新续列女传	汉刘向撰 明胡文焕校(续)明黄希周等	返送		后印		大阪 上田卯兵卫②
	新刻古列女传 新续列女传	汉刘向撰 明胡文焕校(续)明黄希周等	返送		宝历十二年印	1762	大阪 上田嘉向堂
	新刻古列女传 新续列女传	汉刘向撰 明胡文焕校(续)明黄希周等	返送		后印		
	新刻古列女传 新续列女传	汉刘向撰 明胡文焕校(续)明黄希周等	返送		明治印		

① 水玉堂葛西市郎兵卫,即梅村市郎兵卫,位于京都寺町五条桥洁,除《古列女传》外,另刊有《千字文》(宝永元年),见《板元总览》第100页。
② 上田卯兵卫,又称和泉屋卯兵卫,堂号为嘉向堂,位于大阪心斋桥北诘,见《德川集览》第17—18页。

440　中国古典小说在日本江户时期的流播

续表

序号	书名	作者	校点者	卷数	刊刻时间	公历	刊行者
9	参订刘向列女传	刘向撰 松元荻江校		三卷	明治十一年	1878	东京 万青堂别所平七①
	列女传 知不足斋丛书本	明汪道昆撰 仇英画			大正十五年	1926	东京 图本丛刊会 影印
10	五杂俎	明 谢肇淛撰		十六卷	宽文元年	1661	
	五杂俎	明 谢肇淛撰		十六卷	后印		
	五杂俎	明 谢肇淛撰		十六卷	宽政七年修	1795	京都 松梅轩中川藤四郎②等
	五杂俎③	明 谢肇淛撰		十六卷	宽政七年	1795	京都 丁子屋庄兵卫④

① 万青堂别所平七,又称岛屋平七,别所氏,堂号为万世(青)堂,位于江户神田通新石町,汤岛松住町,昌平桥外明神下,见《板元总览》第295页。
② 松梅轩中川藤四郎,堂号为文林堂,先后位于京都堀川通六角下,寺町通佛光寺北角,除《五杂俎》外,另刊有《小学集注》《元禄七年》《楚辞灯》(宽政十年),见《庆长集览》第60页,《德川集览》第169页。
③ 据《德川集览》朴,第152页。
④ 丁子屋庄兵卫《板元总览》作丁子屋庄兵卫,小林氏,堂号为瑞书堂,位于京都井通鱼棚上,同通言踏屋町下东,为西本愿寺御用书林,见《德川集览》第152页,《板元总览》第381页。

附录2　江户时期中国小说翻刻书目　441

续表

序号	书名	作者	校点者	卷数	刊刻时间	公历	刊行者
10	五杂俎	明　谢肇淛撰		十六卷	宽政七年修文政五年印	1822	大阪　前川源七郎①等
	五杂俎	明　谢肇淛撰		十六卷	宽政七年修后印		大阪　秋田屋太右卫门②等
11	草木子	明　叶子奇		四卷	宽文九年	1669	京都　妇屋仁兵卫③
	草木子	明　叶子奇		四卷	后印		
12	小窗别纪	明　吴从先撰施沛等校		四卷	宽文十年刊	1670	京都　风月堂
13	琅嬛代醉编	明　张鼎思撰陈性学等校		四十卷	延宝三年	1675	
	琅嬛代醉编	明　张鼎思撰陈性学等校		四十卷	后印		

① 前川源七郎，又称河内屋源七郎，堂号为文荣堂，位于大阪心斋桥通北久宝寺町北人斋马町，除《五杂俎》外，另刊有《山海经》《清嘉录》《天保八年》等，见《德川集览》第69页。《板元总览》第205页。
② 秋田屋太右卫门，田中氏，堂号为荣荣堂，先后位于大阪心斋桥筋安堂寺町南人，心斋桥通北二丁目，除《五杂俎》外，另刊有《菜根谭》《文政五年序》《新增唐贤三体诗法》（安政三年）、《楚辞灯》（文政七年序）等，见《德川集览》第3页。
③ 《德川集览》著录为"京都　麸屋仁兵卫"，第216页。《板元集览》认为是同屋异名，第508页。

续表

序号	书名	作者	校点者	卷数	刊刻时间	公历	刊行者
14	续博物志	题晋李石			刊		
	续博物志	题晋李石			延宝二年印？	1674	
	续博物志	题晋李石			后修		大阪 西河堂池内八兵卫①
	博物志十卷 续博物志十卷	晋张华撰 宋周日用注②（续）宋李石		十卷 十卷	天和三年印	1683	京都 伏见屋藤右卫门③
	博物志十卷 续博物志十卷	晋张华撰 宋周日用注④（续）宋李石		十卷 十卷	后修		
	博物志十卷 续博物志十卷	晋张华撰 宋周日用注⑤（续）宋李石		十卷 十卷	后修		大阪 柳原喜兵卫

① 西河堂池内八兵卫，除《续博物志》外，另刊有《楚辞灯》（宽政十年），见《板元总览》第62页。
② 《和本目录》误录为"宋周日注"。
③ 伏见屋藤右卫门，又称植村藤右卫门，书肆名锦山堂，玉枝轩，位于京都堀川通高辻上，堀川佛光寺下西侧，除《博物志》外，另刊有《述异记》（宽延二年）《晏子春秋》（元文元年）《贾子新书》（宽延三十二年）《放翁诗话》（文化十年）等，见《德川集览》第30—31页，《板元总览》第515页。
④ 《和本目录》误录为"宋周日注"。
⑤ 《和本目录》误录为"宋周日注"。

附录2 江户时期中国小说翻刻书目　443

续表

序号	书名	作者	校点者	卷数	刊刻时间	公历	刊行者
15	神异经	题汉东方朔			贞享五年刊	1688	京都 中村孙兵卫
	神异经	题汉东方朔			后印		京都 河南四郎右卫门①
16	新刻听雨纪谈	明都穆撰 胡文焕校			元禄二年	1689	京都 志水长兵卫② 久保田长兵卫
17	西京杂记	旧题 晋葛洪撰 明程荣校		六卷	元禄三年	1690	京都 唐本屋又兵卫③
	西京杂记	旧题 晋葛洪撰 明程荣校			后印		江户 须原屋市兵卫
	西京杂记	旧题 晋葛洪撰 明程荣校			后印		

① 河南四郎右卫门，堂号为英华堂，位于京都堀川通佛光寺下，另有河南四郎兵卫，堂号、地址均同，或为同一家。除《神异经》外，另刊有《枕山楼课儿诗话》（元文四年）、《罗湖野录》等，见《德川集览》第75页、《板元总览》第214页。
② 即大船屋长兵卫，位于京都。除《新刻听雨纪谈》外，另刊有《和汉初学便览》（元禄八年），见《元正总览》第135页。
③ 唐本屋又兵卫，位于京都堀川。除《西京杂记》外，另刊有《文章欧冶》（元禄元年）、《辟疆园杜诗批注》（元禄六年），见《德川集览》第165页。

续表

序号	书名	作者	校点者	卷数	刊刻时间	公历	刊行者
	西京杂记	旧题 晋葛洪撰 明程荣校			宽政八年印	1796	川口宗兵卫等①
	西京杂记	旧题 晋葛洪撰 明程荣校			后印		河内屋茂兵卫
18	剪灯余话	明 李昌祺撰 刘子钦编		七卷	元禄五年刊	1692	京都 林九兵卫③
	剪灯余话	明 李昌祺撰 刘子钦编		七卷	后印		京都 河南四郎右卫门
	(李卓吾批点)世说新语补	明 何良俊撰 李贽评 王世贞校 张文柱注		二十卷	元禄七年修	1694	
19	(李卓吾批点)世说新语补	明 何良俊撰 李贽评 王世贞校 张文柱注		二十卷	后印		京都 林九兵卫

① 《德川集览》著录为"大阪 铃木七右卫门"。

② 河内屋茂兵卫,冈田氏,堂号群玉堂(宝)堂,群玉堂,位于大阪心斋桥筋。除《西京杂记》外,另刊有《王心斋先生全集》(嘉永元年)、《王阳明文粹》(文政十一年)等,见《板元总览》第213页,《德川集览》第73页。

③ 林九兵卫,文会堂堂主,名义端,号九成,号大端,伊藤仁斋门人,为浅井了意遗稿《大张子》撰序付梓。宝永二年刊行《通俗唐玄宗军谈》,除《剪灯余话》外,另刊有《通俗皇明英烈传》,元禄九年后刊刻大盛,见《元正总览》,第435页。

附录2 江户时期中国小说翻刻书目 445

续表

序号	书名	作者	校点者	卷数	刊刻时间	公历	刊行者
19	（李卓吾批点）世说新语补	明 何良俊撰 王世懋批 王世贞编 张文柱注	户崎允明（淡渊）校	二十卷 附释名	安永八年刊	1779	京都 林九兵卫①
	（李卓吾批点）世说新语补	明 何良俊撰 王世懋批 王世贞编 张文柱注	户崎允明（淡渊）校		后印		
	（李卓吾批点）世说新语补	明 何良俊撰 王世懋批 王世贞编 张文柱注	户崎允明（淡渊）校		后印		京都 石田治兵卫②
	杂纂 正编、次编、续编各一卷	（正）唐李商隐 （次）宋王君玉 （续）宋苏轼		正编、次编、续编各一卷	元禄八年刊	1695	京都 吉村吉左卫门
20	杂纂次编 杂纂三续 杂纂四续各一卷	（正）唐李商隐 （次）宋王君玉 （三）宋苏轼 （四）明黄允交			宝历十二年刊	1762	京都 玉树堂唐本屋吉左卫门

① 《德川集览》著录为"前川六左卫门"崇文堂"，第226页。
② 石田治兵卫，又称升屋治兵卫，位于京都一条大宫西入町，除《世说新语补》（宽政五年）《贾子新书》《文中子中说》（安永七年）等，见《德川集览》第9页。

续表

序号	书名	作者	校点者	卷数	刊刻时间	公历	刊行者
	杂纂一卷 又续 三续新续 广杂纂各一卷	唐李商隐撰 （续）宋王君玉 （又）宋苏轼 樱桃 （三）明黄允交 （新）清韦光黼 （广）清顾禄			文久元年序刊	1861	
	酉阳杂俎二十卷 续集十卷 津逮秘书本	唐段成式撰 明毛晋校		二十卷、十卷	刊		
21	酉阳杂俎二十卷 续集十卷 津逮秘书本	唐段成式撰 明毛晋校			元禄十年印	1697	京都 井上忠兵卫[1]等
	酉阳杂俎二十卷 续集十卷 津逮秘书本	唐段成式撰 明毛晋校			后印		京都 弘简堂须磨勘兵卫
22	群碎录 续说郛本 书麓蹕旻第三种	明 陈继儒			元禄十一年	1698	

[1] 井上忠兵卫，位于京都寺町通五条上，宣风坊。名实氏，号秋闲，刊行汉籍以佛典为主，见《元正总览》第77页。

附录 2　江户时期中国小说翻刻书目　447

续表

序号	书名	作者	校点者	卷数	刊刻时间	公历	刊行者
23	搜神记 搜神后记 津逮秘书本	旧题 晋干宝撰 明胡震亨、毛晋校（后）旧题晋陶潜		二十卷/十卷 大本九册	元禄十二年	1699	京都 井上忠兵卫、林正五郎
	搜神记 搜神后记 津逮秘书本	旧题 晋干宝撰 明胡震亨、毛晋校（后）旧题晋陶潜		二十卷/十卷	宽政八年以后印	1796—	大阪 河内屋喜兵卫
	搜神记 搜神后记 津逮秘书本	旧题 晋干宝撰 明胡震亨、毛晋校（后）旧题晋陶潜			后印		堺 北村佐兵卫①
	搜神记 搜神后记 津逮秘书本	旧题 晋干宝撰 明胡震亨、毛晋校（后）旧题晋陶潜			后印		
	搜神记 搜神后记 津逮秘书本	旧题 晋干宝撰 明胡震亨、毛晋校（后）旧题晋陶潜			文化三，正以后印	1806—	大阪 加贺屋善藏②

① 北村佐兵卫，即北村佐平，位于泉州堺府汤浅屋山之口町，大寺南卿门内，除《搜神记》外，另刊有《韩非子解诂》，见《板元总览》第234 页。

② 加贺屋善藏，吉田氏，十肆名松根堂，先位于大阪心斋桥通安土町，北久太郎町五丁目（宽政），北久太郎町五丁目（享和），净觉町（文政），除《搜神记》外，另刊有《近思录》（文化九年）、《万物造化论》（文化九年），见《德川集览》第 52—53 页，《板元总览》第 163—164 页。

续表

序号	书名	作者	校点者	卷数	刊刻时间	公历	刊行者
24	肉蒲团（觉后禅）			四卷二十回	宝永二年刊	1705	青心阁
	肉蒲团（觉后禅）			四卷二十回	后印		
	肉蒲团（觉后禅）		倚翠楼主人点	四卷二十回	明治刊		
	肉蒲团（觉后禅）		倚翠楼主人点	四卷	宝永二年	1705	
	肉蒲团（觉后禅）			四卷二十回	明治二十五年刊	1892	中川佐吉
25	西厢会真记 蒲东崔张珠玉诗集附录	唐 元稹		诗集二卷 会真记一卷	正德三年刊	1713	坂村上清三郎 江户升屋五郎右卫门①
26	述异记	旧题 梁任昉撰 明商浚校		二卷	享保元年刊	1716	美浓屋又右卫门② 京川胜五郎右卫门③

---

① 《和本目录》不载刊行者，《内阁目录》著录为"蒲东崔张珠玉诗集（洪武三十年一天顺四年）二卷附西厢会真记一卷 明 张楷（附）唐元稹 正德三刊"，第346页。《京大人文研目录》有"蒲东崔张珠玉诗集二卷附西厢会真记一卷 明 张楷撰 附录唐 元稹撰 昭和四十年本 所用东京内阁文库藏正德三年大坂村上清三郎等刊本景照"，第498页。升屋五郎右卫门，川胜氏，位于江户日本桥南一丁目，见《德川集览》第227页。

② 美浓屋又兵卫，江户书商，见《德川集览》第235页上。

③ 川胜五郎右卫门，堂号为荚松轩，位于江户日本桥南一丁目，见《庆长集览》第86页。

附录2　江户时期中国小说翻刻书目　449

续表

序号	书名	作者	校点者	卷数	刊刻时间	公历	刊行者
	述异记	旧题 梁任昉撰 明商濬校		二卷	宽延二年印	1749	京都 植村藤右卫门①
	述异记	旧题 梁任昉撰 明商濬校		二卷	宝历三年修	1753	大阪 浅野弥兵卫②
	述异记	旧题 梁任昉撰 明商濬校 高盂彰修		二卷	安永四年修	1775	大阪 浅野弥兵卫
27	李卓吾先生批点忠义水浒传 引首,第1—10回	旧题 宋施耐庵撰 元罗贯中编			享保十三年刊	1728	京都 林九兵卫
	李卓吾先生批点忠义水浒传 引首,第1—10回	旧题 宋施耐庵撰 元罗贯中编			后印		
	李卓吾先生批点忠义水浒传 第11—20回	旧题 宋施耐庵撰 元罗贯中编			宝历九年刊	1759	京都 林权兵卫③ 林九兵卫

① 植村藤右卫门,又称状见屋藤右卫门,堂号为锦山堂,玉枝轩,先后位于京都堀川通高辻上,堀川佛光寺西下侧,除《述异记》外,另刊有《晏子春秋》(元文元年),《贾子新书》(宽延三十二年),《放翁诗话》(文化十年)等,见《德川集览》第30—31页,《板元总览》第515页。
② 浅野弥兵卫,又称藤屋弥兵卫,堂号为星文堂,位于大阪高丽桥一丁目。除《述异记》外,另刊有《康熙字典》(安永九年),《周易句解》(宝历九年)等,见《德川集览》第5—6页。
③ 林权兵卫,即吉野屋权兵卫,又称芳野屋,堂号为文泉堂,位于京都柳马场二条下町,以伊藤东涯著述为中心,大量刊刻古义堂典籍,见《书志学词典》,第593页。

续表

序号	书名	作者	校点者	卷数	刊刻时间	公历	刊行者
	李卓吾先生批点忠义水浒传合印第 1—20 回	旧题 宋施耐庵撰 元罗贯中编			?		京都 林权兵卫
	评论出像水浒传四卷 11 回 附水浒译文	清 金唧评	高知（平山）点		文政十二序刊	1829	江戸 万笈堂① 庆元堂②
	评论出像水浒传四卷 11 回 附水浒译文	清 金唧评	高知（平山）点		明治印		大阪 青木嵩山堂③
28	小说精言		冈白驹	四卷	宽保三年刊	1743	京都 风月堂庄左卫门
29	汉武帝内传附刻本	题 汉班固撰	大神贯道校		延享四年刊	1747	京都 田中市兵卫④

① 万笈堂，江戸书肆，主人为和泉屋平吉，位于江戸神田锅町喜兵卫店，除《评论出像水浒传》外，另刊有《绘本水浒传》，见《德川集览》第 232 页，《板元总览》第 76 页。《经籍访古志》附言称"近日书估具鉴识者，前有庆元堂泉庄，后有万笈堂英遵，每获古本，必携行以鬻与好古之士，诸家藏书之之富，二人之力居多焉"，第 4 页。

② 庆元堂，江戸书肆，主人为和泉屋庄次郎，又称松泽老泉，名麦，字士眉，号戒杨。老泉晚年号庆元堂，亦为堂名，受教于近世考证学大家吉田篁墩。文政五年亀田鹏斋《泰樱稻粱辩》中载有藏板目录，见《考证学论考》第 242—243 页。

③ 青木嵩山堂，主人名青木恒三郎，书肆名嵩山堂，活跃于京都二条通柳马场西入。除《汉武帝内传》外，另刊有《弇州山人四部遗稿》（延享五年）、《韩非子》（延享三年）、《古文尚书》（宽延四年）等，见《德川集览》第 230—231 页，《庆长集览》第 88 页。

④ 田中市兵卫，即丸屋市兵卫，书肆名田鹏文堂，位于京都新寺町半兵卫店，下谷广德寺前通南稻荷町。初代名庄八，二代以后袭用庄次郎名。书肆先后位于江戸浅草十轩寺町半兵卫店，新寺町本立寺门前，下谷广德寺前通南稻荷町。初代名庄八，二代以后袭用庄次郎名。文政五年大正五年关闭，见《出版事典》第 4 页。

续表

序号	书名	作者	校点者	卷数	刊刻时间	公历	刊行者
	汉武帝内传 穆天子传附刻本	题 汉班固撰	太神贯道校		后修		
	穆天子传六卷 汉武帝内传 飞燕外传各一卷①	晋郭璞注 明汪订 际订 （汉）题汉伶玄 固 （飞）题汉伶玄		六卷	延享四年刊	1747	京都 田中市兵卫②
	穆天子传六卷 汉武帝内传 飞燕外传各一卷	晋郭璞注 明汪订 际订 （汉）题汉伶玄 固 （飞）题汉伶玄		六卷	明和三年印	1766	江户 伏见屋善六③等
	穆天子传六卷 汉武帝内传 飞燕外传各一卷	晋郭璞注 明汪订 际订 （汉）题汉伶玄 固 （飞）题汉伶玄			后印		
30	世说逸	宋刘义庆撰	冈井孝先（廉洲），大冢孝绰校	一卷（长目无德田补）	宽延二年	1749	江户 前川六左卫门④

---

① 《德川集览》著录为"汉武帝内传 飞燕外传 杂事秘辛"，第231页上。
② 《德川集览》著录为：土屋市兵卫（田中氏），第230页下。
③ 伏见屋善六，江户书肆，堂号为大观堂，主人先称并河（川）氏，后称植村氏。除《穆天子传》外，另刊有《论语集解义疏》（宽延二年），见《板元总览》第514—515页。
④ 前川六左卫门，江户书商，堂号为崇文堂，除《世说逸》外，另刊有《元明史略》（宝历元年）、《楚辞》（宽延三年）等，《德川集览》第225—226页中。

续表

序号	书名	作者	校点者	卷数	刊刻时间	公历	刊行者
	世说新语	宋刘义庆撰 梁刘孝标注 刘辰翁评		三卷	天保二年刊	1831	官版①
	世说新语	宋刘义庆撰 梁刘孝标注（附）未 汪藻		三卷同叙录二卷	昭和四年刊	1929	影末 育德财团
31	拾遗记 古今逸史本	符秦 王嘉撰 梁 萧绮编 明吴绾校		十卷	宝历二年	1752	京都 灵兰轩上板勘兵卫② 华文轩中西卯兵卫③
32	小说奇言		冈白驹	五卷	宝历三年	1753	京都 风月堂庄左卫门
33	皇明世说新语	明 李绍文		八卷	宝历四年	1754	京都 万屋仁右卫门
	皇明世说新语	明 李绍文		八卷	明和八年印	1771	京都 菊屋喜兵卫④

① 见于《官版书目解题》子部，见《解题丛书》第260页。
② 灵兰轩上板勘兵卫，又称耆屋勘兵卫，姓上坂氏，堂号为灵兰轩，除《拾遗记》外，另刊有《韩文公论语笔解》（明和八年），见《德川集览》第239页。
③ 华文轩中西卯兵卫，又名中西华文轩，加贺屋卯（字）兵卫，姓中西氏，堂号为华文堂，除《拾遗记》外，另刊有《化书》（宝历十年）、《步天歌》（宽政九年），见《德川集览》第171页。
④ 菊屋喜兵卫，今井氏，堂号为菊秀轩，位于京都寺町通松原下町，见《德川集览》第78页。

附录2 江户时期中国小说翻刻书目　453

续表

序号	书名	作者	校点者	卷数	刊刻时间	公历	刊行者
34	开卷一笑	明 李贽		原存一卷（卷二）	宝历五年	1755	大阪 杨芳堂 大贺惣兵卫 称觥堂 涩川清右卫门①
35	小说粹言		泽田一斋	五卷	宝历八年	1758	京都 风月堂庄左卫门
36	文海披沙	明 谢肇淛撰		八卷	宝历九年	1759	京都 唐本屋吉右卫门②
	文海披沙	明 谢肇淛撰		八卷	后印		
	诸道人批评第二种快书	酌元亭主人		四卷	宝历十二年③	1762	大阪 和泉屋卯兵卫
37	照世杯		孔雀道人点	四卷	明和二年	1765	京都 日野屋源七④

---

① 称觥堂涩川清右卫门，又称冲原屋清右卫门，涩川氏。除《开卷一笑》外，另刊有《三国志》（宽文八年）、《明清斗记》等，见《德川集览》第56—57页，《板元总览》第178页。

② 唐本屋吉右卫门，堂号为玉树堂，位于京都西堀川通佛光寺下町，除《文海批沙》外，另刊有《孝经注疏》（宽政二年）、《唐诗鼓吹》（元禄二年）、《孟浩然诗集》（元禄三年），见《德川集览》第165页。

③ 《和本目录》不载刊年，《东北大学所藏和汉书古典分类目录》作宝历十二年。

④ 《和本目录》不载刊行者。日野屋源七，除《照世杯》（宝历八年）外，另刊有《茶董》（宝历八年），见《德川集览》朴，据《德川集览》第206页。

续表

序号	书名	作者	校点者	卷数	刊刻时间	公历	刊行者
38	梅雪争奇	明 邓志谟（武夷蝶庵主）编	新井佑登（白蛾）校	三卷	明和元年	1764	大阪 星文堂藤屋孙兵卫① 梧桐馆吹田屋多四郎②
	梅雪争奇	明 邓志谟（武夷蝶庵主）编	新井佑登（白蛾）校	三卷	文政六年印	1823	大阪 冈田群玉堂河内屋茂兵卫
39	千百年眼	明 张燧撰 范明泰校		十二卷	明和四年	1767	若狭 扩充堂③
	千百年眼	明 张燧撰 范明泰校		十二卷	后印		京都 海老屋善等
40	笑府	明 冯梦龙（墨憨斋主人）		二卷	明和五年刊	1768	京都 圆屋清兵卫 文台屋多兵卫④
	笑府⑤	明 冯梦龙（墨憨斋主人）		五卷	明和五年刊	1768	江户 和泉屋庄次郎

① 《和本目录》作"星文堂藤屋孙兵卫"，据《庆长集览》《德川集览》改。
② 梧桐馆吹田屋多四郎，大阪书商，位于大阪高丽桥一丁目，见《板元总览》第 317 页。
③ 《德川集览》《板元总览》均著录为"若狭"。扩充堂或许是吹田传右卫门堂号，但尚无确切证据。
④ 文台屋多兵卫，堂号为二酉堂，除《笑府》外，另刊有《华严经搜玄记》，见《板元总览》第 535 页。
⑤ 据《德川集览》补，第 252 页中。

附录2 江户时期中国小说翻刻书目　455

续表

序号	书名	作者	校点者	卷数	刊刻时间	公历	刊行者
	笑府	墨憨斋编				1768	京都　山田茂助①
	笑府	明　冯梦龙（墨憨斋主人）		二卷	弘化三年以后印	1844—	京都　菱屋孙兵卫②
	笑府	明　冯梦龙（墨憨斋主人）		二卷	明治十六年刊活板	1873	森仙吉
	删笑府	风来山人删译			明和六年以后印③	1769	
	删笑府	风来山人删译			安永五年印	1776	
	删笑府	风来山人删译			明治印		东京　武田传右卫门　大川锭吉④
41	闽娭情传	闽　徐昌龄			宝历十三年刊	1763	江户　小川彦九郎　川庄七⑤

① 山田茂助，堂号为圣华号，位二京都寺町通四条上大文字町西侧中程，家号带屋，见《板元总览》《料理山海乡》有其藏板目录，藤井氏，堂号为五车楼，位于京都御幸町通御池下东侧，除《笑府》外，另刊有《张船山诗草》（嘉永元年），《古今谚》（安永六年）等，见《德川集览》第252页，《板元总览》第636页。

② 菱屋孙兵卫，藤井氏，堂号为五车楼，富生堂，位于京都御幸町通御池下东侧，除《笑府》外，另刊有《江湖历览杜骗新书》（弘化三年），《古今谚》（安永六年）等，见《德川集览》第205页，《板元总览》第495页。

③ 《和本目录》称"末见"，不逮刊年。东北大学藏有明和六年序刊本。明和六年序本或为最早的刻本。

④ 大川锭吉，又称大川屋锭吉，堂号为聚英堂，最初位于江户深川西町，是浅草著名贷本屋，见《板元总览》第140页。

⑤ 《德川集览》著录为"小川正七"，第48页。

456　中国古典小说在日本江户时期的流播

续表

序号	书名	作者	校点者	卷数	刊刻时间	公历	刊行者
	闺娱情传	明 徐昌龄			明和六年印	1769	江户 小川正七 小川彦九郎①
	闺娱情传	明 徐昌龄			明治刊(木活)		京都 圣华房
	闺娱情传一卷 附大东闺语	明徐昌龄			明治刊(活版)		
	江湖历览杜骗新书	明 张应俞	五濑量贞训译②		明刊③	1770	
42	江湖历览杜骗新书	明 张应俞			文政元年印	1818	京都 五车楼菱屋孙兵卫
	江湖历览杜骗新书	明 张应俞			弘化三年印	1846	京都 菱屋孙兵卫
43	解人颐广集隽	清 胡澹庵撰 钱德苍重编			明和七年序刊	1770	大阪 丹波屋半兵卫④

① 《和本目录》不载刊行者,《德川集览》"小川正七"条下有"闺娱情传(如意君传)徐昌龄　明和六年",第48页;"小川彦九郎"条下亦同,第50页。
② 据《东大东文研目录》补。
③ 东大东文研有明和七年刊本,弘化三年京都菱屋孙兵卫印。
④ 丹波屋半兵卫,堂号为玉笥堂,位于大阪心斋桥南诘一丁目,长堀心斋町,除《解人颐广集隽》外,另刊有《比丘尼传》(天明三年),藏板目录载于《大乘成业》,见《板元总览》第375页。

附录2 江户时期中国小说翻刻书目　457

续表

序号	书名	作者	校点者	卷数	刊刻时间	公历	刊行者
44	板桥杂记三卷 杂记五种卷一	清 余怀		三卷①	刊(木活)		采珍堂②
	板桥杂记	清 余怀撰 山崎长卿(兰斋)译		二卷	明和九年刊	1772	大阪 碛砾堂甲谷佐兵卫
	唐土名妓传 板桥杂记题本	清 余怀撰	山崎长卿(兰斋)译 [ ]孝宽点	二卷	文化十一年修	1814	江户 庆元堂和泉屋庄二郎③
	唐土名妓传 板桥杂记题本	清 余怀撰	山崎长卿(兰斋)译 [ ]孝宽点	二卷	后修		
	唐土名妓传 板桥杂记改题本	清 余怀撰 山崎长卿(兰斋)译	[ ]孝宽点	二卷	文政四年印	1821	江户 须原屋茂兵卫④
	唐土名妓传 板桥杂记改题本	清 余怀撰 山崎长卿(兰斋)译	[ ]孝宽点	二卷	明治印		东京 松山堂藤井利八

① 《和本目录》不载卷数,据公文书馆藏本朴。
② 《和本目录》不载卷数,公文书馆藏本封面有"采珍堂藏"。采珍堂不见于《板元总览》《德川集览》《庆长集览》。
③ 庆元堂和泉屋庄二郎,即利泉屋庄次郎。
④ 须原屋茂兵卫,北畠氏,堂号为千钟房,位于江户日本桥南一丁目,除《板桥杂记》外,另刊有《嘉定屠城纪略》(天保五年)、《说苑》(宽文八年)、《群书治要》(宽政三年)等,见《德川集览》第121—126页。

续表

序号	书名	作者	校点者	卷数	刊刻时间	公历	刊行者
45	古今谚一卷附一卷	明 杨慎编 孙宗吾校		一卷附一卷	安永六年刊	1777	京都 菱屋孙兵卫等
46	圣师录	清 王言撰	藤嘉言钞		天明元年刊①活字	1781	
47	唐国史补	唐 李肇撰	龙公美（草户）校	三卷	天明二年 覆明汲古阁本	1782	京都 柏屋喜兵卫等②
48	古今谚补（正编卷末为补，本文为汉籍）	明 杨慎编	菅敬胜编		天明四年刊	1784	江户 小林新兵卫③等
49	蔬果争奇	明 邓志谟（竹溪风月主人）		三卷	天明七年刊	1787	
	蔬果争奇	明 邓志谟（竹溪风月主人）		三卷	文政十二年印	1829	京都 文晓堂林喜兵卫④

① 《和本目录》"天明元"后有问号，当是存疑之意。关西大学长泽文库藏此版本，有辛丑（天明元年）序。
② 《德川集览》著录为：京都薯屋宗八[神先氏 向松（林）堂]引自东北大学《狩野文库目录》，除此藏本外，京大人文研，一桥大学，关西大学藏本均著录为"柏屋喜兵卫"。
③ 小林新兵卫，又称须原屋新兵卫，名高英，堂号为高山房，位于江户日本桥通二丁目，堂号为救生但倲所起，服部南郭等汉学者著作多由其刊行，见《庆长集览》第42页。
④ 文晓堂林喜兵卫，先后位于京都三条通高仓西入，同通堺町东南角。除《疏果争奇》（天保十五年）外，另刊有《茶经》（天保十五年），《千金方》（宽政十一年），见《庆长集览》第73页，《德川集览》第199页，《板元总览》第472—473页。

附录2 江户时期中国小说翻刻书目　459

续表

序号	书名	作者	校点者	卷数	刊刻时间	公历	刊行者
	疏果争奇	明 邓志谟（竹溪风月主人）		三卷	后印	1830	京都 弘文堂
	疏果争奇			三卷	嘉永四年修	1851	大阪 菅乃屋梅介 藤屋善七①
	麈余	明 谢肇淛撰	三宅芳隆（啸山）点	二卷	宽政元年刊	1789	京都 菱屋孙兵卫等
50	麈余	明 谢肇淛撰	三宅芳隆（啸山）点	二卷	文政元年以后印	1818—	京都 菱屋孙兵卫
	麈余	明 谢肇淛撰	三宅芳隆（啸山）点	二卷	弘化三年以后印	1846—	京都 菱屋孙兵卫
51	今世说	清 王晫		八卷	享和三年刊	1803	名古屋 片野东四郎等②
52	东坡先生志林	宋 苏轼		五卷	文化六年 木活	1809	下总 洼木氏息耕堂③

① 《和本目录》不载刊行者，《德川集览》"大阪 菅乃屋梅介"与"大阪 藤屋善七"条目下均有此版本。藤屋善七，北尾氏，堂号为春星堂，长泽规矩也《和刻本汉籍随笔集》第十三集，长泽解题称其为"享和三年尾张片野东四郎等刊本"。
② 《德川集览》"梶川七郎兵卫"条目下有《今世说》八卷 清王阜 享和三年，第54页。本书收录于长泽规矩也《和刻本汉籍随笔集》，第115、215页。
③ 洼木氏息耕堂，位于下总，筑《东坡先生志林》外，另刊有《孝经》（文化元年），见《德川集览》（文化元年），第133页。

460　中国古典小说在日本江户时期的流播

续表

序号	书名	作者	校点者	卷数	刊刻时间	公历	刊行者
53	东坡先生志林	宋 苏轼			文化九年朴史苏文忠公传附末	1812	江户 西宫弥兵卫①等
54	风竹斋前读（按：即霍小玉传）		田能村孝宪训点②		文化七年朴③	1810—	竹田庄
	山海经	晋 郭璞注 明 蒋应镐画		十八卷	刊本		大阪 前川文荣堂
	山海经	晋 郭璞注 明 蒋应镐画		十八卷	一八七四圆寺		
	山海经	晋 郭璞注 明 蒋应镐画		十八卷	后印		大阪 河内屋吉兵卫④
	山海经	晋 郭璞注 明 蒋应镐画		十八卷	文化八年	1811	

① 西宫弥兵卫，号米口翁，德平，堂号为北林堂，除《东坡先生志林》外，另刊有《东大东文忠公传》（享保十四年）、《齐家要宝》（享保二十年），见《德川集览》第446页，《板元总览》不载训点者，据《东大东文研目录》第180—181页。
② 《和本目录》不载训点者，据《东大东文研目录》补。
③ 《和本目录》不载刊年，东大东文研藏有文化七年版本。
④ 河内屋吉兵卫，浅井氏，堂号为龙章堂，位于大阪衣人桥一丁目，除《山海经》外，另刊有《小学绀珠》（文政十年）、《孟子外书》（享和二年），《德川集览》66—67页。

附录 2　江户时期中国小说翻刻书目　461

续表

序号	书名	作者	校点者	卷数	刊刻时间	公历	刊行者
	山海经	晋 郭璞注 蒋应镐画		十八卷	明治三十五年印	1902	名古屋 文光堂梶田勘助
55	海外奇谈忠臣库①	清 鸿蒙陈人		十回	文化十二年	1815	京都 观成堂
	日本忠臣库(海外奇谈)	清 鸿蒙陈人译	懒所点	十回	文化十三年刊	1816	
	日本忠臣库(海外奇谈)	清 鸿蒙陈人译	懒所点	十回	明治印		东京 河内屋文助等
	智囊	明 冯梦龙		二十八卷	刊(官版)		
56	智囊	明 冯梦龙	猪饲彦博编	十卷	文政四年	1821	京都 楠见甚右卫门
	智囊	明 冯梦龙	猪饲彦博编		后印		京都 津逮堂大谷仁兵卫等
	智囊	明 冯梦龙	猪饲彦博编		后印		京都 楠见甚右卫门
	智囊	明 冯梦龙	猪饲彦博编		后印		京都 大谷津逮堂吉野屋仁兵卫
	智囊	明 冯梦龙	猪饲彦博编		明治八年印	1875	京都 大谷仁兵卫

① 《和本目录》不载,据《德川集览》补,第 77 页。

续表

序号	书名		作者	校点者	卷数	刊刻时间	公历		刊行者
57	虞初新志二十卷 补遗一卷	明	张潮编	荒井公廉点	二十卷	文政六年刊	1823	大阪	冈田仪助等①
	虞初新志二十卷 补遗一卷	明	张潮编	荒井公廉点	二十卷	后印		大阪	河内屋源七郎等
	虞初新志二十卷 补遗一卷	明	张潮编	荒井公廉点	二十卷	嘉永以后印		大阪	近江屋平助② 河内屋德兵卫③
	虞初新志二十卷 补遗一卷	明	张潮编	荒井公廉点	二十卷	后印		大阪	近江屋平助等
	虞初新志二十卷 补遗一卷	明	张潮编	荒井公廉点	二十卷	后印		河内屋	河内屋茂兵卫等
	虞初新志二十卷 补遗一卷	明	张潮编	荒井公廉点	二十卷	明治印		大阪	冈田茂兵卫
	虞初新志二十卷 补遗一卷	明	张潮编	荒井公廉点	二十卷	明治印		大阪	前川文荣堂
58	世说笺本		秦鼎		二十卷	文政九年	1826	沧浪居	
	世说笺本		秦鼎		二十卷	后印		大阪	河内屋茂兵卫
	世说笺本		秦鼎		二十卷	后印		名古屋	永乐屋东四郎等
	世说笺本		秦鼎		二十卷	天保六年序刊	1835—	名古屋	美浓屋伊六等④

① 《德川集览》著录为"江户 须原屋茂兵卫",第122页。

② 近江屋平助,位于大阪心斋桥筋备后町角,升屋町,除《虞初新志》外,另刊有《孝经大义》(嘉永四年,见《德川集览》第44页,《板元总览》第138页。

③ 河内屋德兵卫,中岛氏,堂号为抱玉堂,位于大阪心斋桥筋备后町南入,除《虞初新志》(嘉永四年),另刊有《纲鉴易知录》,注杜少陵绝句》等,见《德川集览》第72页,《板元总览》第210页。

④ 美浓屋伊六,三轮氏,堂号为静观堂,位于名古屋小牧町,见《板元总览》第594页。

附录2 江户时期中国小说翻刻书目　463

续表

序号	书名	作者	校点者	卷数	刊刻时间	公历	刊行者
59	续齐谐记	梁 吴均撰	源弘叔校		文政九年跋刊 木活字	1826	铃木氏
60	檐曝杂记	清 赵翼		四卷	文政十二年	1829	江户 和泉屋金右卫门等
	檐曝杂记	清 赵翼		四卷	后印		江户 菅屋源七①
	檐曝杂记	清 赵翼		四卷	天保十二年印	1841	
61	译解笑林广记	清 游戏主人编	远山圆陀（一喙道人）点	二卷	文政十二年刊	1829	江户 玉名堂和泉屋金右卫门
	译解笑林广记	清 游戏主人编	远山圆陀（一喙道人）点	二卷	后印		江户 和泉屋金右卫门
62	僻颜小史	明 闻道人撰 黄石公评②		一卷	天保二年刊	1831	大阪 不自欺斋京屋二郎等③
63	南北史续世说（续世说新语）	明 李崐撰 明俞安期校		十卷	天保三年	1832	官版④

① 菅屋源七，堂号为向荣堂，位于江户马喰町三丁目，见《德川集览》第235页。
② 《东大综合目录》著录为："明 华淑撰 明 袁宏道评"。
③ 《德川集览》著录为"江户 和泉屋庄次郎"，《东大综合目录》称"天保二年" 江户和泉屋庄二郎等刊 大坂文会堂不自欺斋后印本。有明治三十九年八月十二日我端老翁迈加末笔识语"，第377页。
④ 见于《官版书籍解题》子部，《解题丛书》第217页。

续表

序号	书名	作者	校点者	卷数	刊刻时间	公历	刊行者
64	唐世说新语	唐 刘肃		十三卷	天保三年	1832	官版①
65	古今谚一卷附一卷	明 杨慎编 孙宗吾校		一卷附一卷	弘化三年以后印	1846	
66	皇明大儒王阳明先生出身靖乱录	明 冯梦龙		三卷			弘毅馆
	皇明大儒王阳明先生出身靖乱录	明 冯梦龙		三卷	庆应元年印	1865	江户 冈村屋庄助②
	皇明大儒王阳明先生出身靖乱录	明 冯梦龙		三卷	后印		
	皇明大儒王阳明先生出身靖乱录	明 冯梦龙		三卷	明治印		大阪 冈岛真七③
	皇明大儒王阳明先生出身靖乱录	明 冯梦龙		三卷	明治印		大阪 青木嵩山堂
67	太平清话	明 陈继儒撰	大岛文校	二卷	庆应元年	1865	官版
	太平清话	明 陈继儒撰	大岛文校		明治印，人昌平丛书		

① 见于《官版书籍解题》子部，但著录为三卷，见《解题丛书》第216—217页。
② 冈村屋庄助，堂号为尚友堂，先后位于江户下谷御数寄屋町又次郎下谷地借，池之端仲町，除《皇明大儒王阳明先生出身靖乱录》外，另刊有《小学绀珠》（文政十年），见《板元总览》第47页。
③ 冈岛真七，冈岛氏，河内屋，见《德川集览》第45页。

附录 3
江户时期白话小说翻译书目

序号	书名	译者	刊刻时间	书坊
1	通俗三国志	湖南文山	1692	京都 吉田三郎兵卫
2	通俗汉楚军谈	梦梅轩章峰 称好轩徽庵	1695	京都 吉田四良右卫门
3	通俗唐太宗军鉴	梦梅轩章峰	1696	京都 栗山伊右卫门 川胜五郎右卫门
4	通俗两汉纪事	称好轩徽庵	1699 序	
5	通俗吴越军谈	清池以立	1703	大阪 吉文字屋市兵卫 播磨屋九兵卫等
6	通俗战国策	毛利贞斋	1704	京都 上村四郎兵卫
7	通俗武王军谈	清池以立	1704 序	大阪 吉文字屋市兵卫 播磨屋九兵卫等
8	通俗南北朝梁武帝军谈	长崎一鹗	1705	京都 出云寺和泉椽
9	通俗北魏南梁军谈	长崎一鹗	1705	京都 出云寺和泉椽
10	通俗皇明英烈传	冈岛冠山	1705	京都 川胜五郎右卫门
11	通俗唐玄宗军谈	中村昂然	1705	京都 植村藤右卫门
12	通俗五代军谈	毛利贞斋	1705	京都 荒川源兵卫

续表

序号	书名	译者	刊刻时间	书坊
13	通俗列国志前编十二朝军谈	李下散人	1712	大阪 敦贺屋九兵卫
14	通俗续后三国志前编	马场信武	1712	京都 中川茂兵卫
15	通俗续三国志	中村昂然	1716	京都 额田胜兵卫
16	通俗续后三国志后编	马场信武	1717	京都 中川茂兵卫
17	通俗宋史太祖军谈	松下端亨	1719	大阪 柏原屋清右卫门
18	通俗两国志	入江若水	1721	京都 菁屋勘兵卫
19	通俗台湾军谈	萍水散人	1723	京都 菁屋勘兵卫
20	明清军谈国姓爷忠义传	鹈饲信之	1725	京都 中村进七 田中庄兵卫
21	通俗忠义水浒传 （前44卷）	冈岛冠山	1757	江户 川六左卫门 京都 菱屋孙兵卫等
22	通俗西游记 初编	口木山人 （西田维则）	1758	京都 新屋平次郎等
23	通俗好逑传	栗原主信	1759	大阪 河内屋喜兵卫
24	通俗醉菩提全传	碧玉江散人 （三宅啸山）	1759	京都 西村平八
25	通俗隋炀帝外史	近江赘世子 （西田维则）	1760	京都 凤月堂庄左卫门等
26	通俗赤绳奇缘	近江赘世子 （西田维则）	1761	京都 钱屋三郎兵卫
27	通俗医王耆婆传	都贺庭钟	1762	浪华 称觥堂、扬芳堂
28	通俗金翘传	西田维则	1763	大阪 藤屋弥兵卫等
29	通俗孝肃传	纪泷洲	1770	江户 须原屋茂兵卫 京都 梅村三郎兵卫等
30	通俗明皇后宫传	自辞矛斋蒙陆	1771	江户 小石川雁义堂
31	通俗女仙传	三宅啸山	1772	京都 林伊兵卫

附录3 江户时期白话小说翻译书目 467

续表

序号	书名	译者	刊刻时间	书坊
32	通俗西游记 后编	石磨吕山人	1784	京都 丸屋市兵卫等
33	通俗西游记 三编	石磨吕山人	1786	京都 山田屋宇兵卫等
34	通俗醒世恒言	逆旅主人（石川雅望）	1790	京都 武村嘉兵卫
35	通俗忠义水浒传（45—47卷、拾遗）	甩甲道人	1790	京都 林权兵卫等
36	通俗西游记 四编	尾行贞斋	1795	浪华 丹波屋治兵卫等
37	通俗西游记	尾行贞斋	1798	大阪 盐屋平助
38	通俗平妖传	本城维芳	1802	京都 田中左卫门
39	通俗两汉纪事	称好轩徽庵	1802	大阪 涩川清右卫门
40	通俗西湖佳话	苏生道人（十时梅厓）	1805	大阪 敦贺屋九兵卫 尾张 永乐屋东四郎等
41	画本西游全传 初编	口木山人（西田维则）	1806	江户 松本平助等
42	通俗今古奇观	淡斋主人	1814	名古屋 风月堂孙助
43	新编水浒画传 初编	泷泽马琴 高井兰山	1814	江户 万笈堂

附 录 4

《元账》《见账》《落札账》中的小说书价

序号	书名	语体	册数	时间	账目类型	价格（匁）	册均价（匁）	米价（匁/石）	册价折米（石）
1	龙图公案	白话	6	1844	元账	7.8	1.300	80	0.016
2	水浒传	白话	32	1847	元账	15	0.469	90	0.005
3	绿野仙踪	白话	24	1849	元账	3	0.125	90	0.001
4	夜谭随录	文言	12	1842	元账	10	0.833	80	0.010
5	姑妄听之	文言	4	1850	元账	3	0.750	100	0.008
总数/加权平均			78			38.8	0.497		0.006（日制）
									0.010（中制）
1	今古奇观	白话	6	1843	见账	20	3.333	80	0.042
2	贪欢报	白话	6	1843	见账	15	2.500	80	0.031
3	今古奇观	白话	8	1844	见账	14	1.750	80	0.022
4	西湖佳话	白话	4	1844	见账	6.3	1.575	80	0.020
5	广博物志	文言	36	1843	见账	81.5	2.264	80	0.028
6	世说新语补	文言	8	1843	见账	13	1.625	80	0.020

附录4 《元账》《见账》《落札账》中的小说书价

续表

序号	书名	语体	册数	时间	账目类型	价格（匁）	册均价（匁）	米价（匁/石）	册价折米（石）
7	夜谭随录	文言	6	1843	见账	25.8	4.300	80	0.054
8	谐铎	文言	6	1844	见账	6.5	1.083	80	0.014
总数/加权平均			80			162.1	2.026		0.028（日制）
									0.049（中制）
1	今古奇观	白话	12	1843	落札账	20	1.667	80	0.021
2	贪欢报	白话	6	1843	落札账	15	2.500	80	0.031
3	袖珍金瓶梅	白话	24	1843	落札账	35	1.458	80	0.018
4	东周列国志	白话	24	1844	落札账	27.3	1.138	80	0.014
5	今古奇观	白话	12	1844	落札账	15.6	1.300	80	0.016
6	西湖佳话	白话	4	1844	落札账	6.3	1.575	80	0.020
7	袖珍今古奇观	白话	8	1844	落札账	11	1.375	80	0.017
8	龙图公案	白话	6	1845	落札账	7.8	1.300	85	0.015
9	西游记	白话	20	1860	落札账	21.5	1.075	120	0.009
10	广博物志	文言	36	1843	落札账	81.9	2.275	80	0.028
11	世说新语补	文言	8	1843	落札账	13	1.625	80	0.020
12	夜谭随录	文言	12	1843	落札账	25.8	2.150	80	0.027
13	容斋五笔	文言	8	1844	落札账	45.6	5.700	80	0.071
14	谐铎	文言	4	1844	落札账	5.6	1.400	80	0.018
15	谐铎	文言	6	1844	落札账	6.5	1.083	80	0.014
16	太平广记	文言	8	1845	落札账	45.6	5.700	85	0.067
17	智囊补	文言	6	1845	落札账	26	4.333	85	0.051
18	子不语	文言	24	1860	落札账	10	0.417	120	0.003
总数/加权平均			228			419.5	1.840		0.021（日制）
									0.037（中制）

附 录 5

宽文六年前输入日本的中国小说目录

序号	书名	语体	版本	卷/回数	册数	林罗山藏书	御文库目录	天海藏	骏河御让本	宽文书籍目录
1	白眉故事	文言			10		√			
2	百川学海	文言	明刊		33	√				
3	新刊官板批评正百将传	文言	明万历序刊		5	√				
4	稗存	文言			5		√			
5	稗海	文言	明刊		100	√				
6	避暑漫录	文言					√			
7	宾榻悠谈	文言			2		√			
8	草木子	文言			2		√			
9	初潭集	文言	明万历刊（后印）		8	√				
10	春渚纪闻	文言	江户初写		1	√				
11	辍耕录	文言			16					√
	辍耕录	文言					√			
	南村辍耕录	文言	江户初写 林罗山手校手跋本		8	√				

续表

序号	书名	语体	版本	卷/回数	册数	林罗山藏书	御文库目录	天海藏	骏河御让本	宽文书籍目录
12	灯前夜话	文言			2					√
13	鼎录	文言					√			
14	读书故事	文言			4		√			
15	鼎刻江湖历览杜骗新书	文言	明张怀耿刊本 林罗山手校本 江户初写		2	√				
16	耳谈	文言			3		√			
	新刻耳谈	文言	明万历三十刊（余泗泉·后印）		3	√				
17	新刻续耳谭	文言	明万历三十一序刊		6	√				
18	二侠传	文言			3		√			
19	凤洲笔记	文言			16		√			
20	绀珠集	文言			5		√			
21	皋北琐录	文言					√			
22	亘史外记	文言					√			
23	新镌孤树哀谈	文言	明万历二十九刊（宗文书舍）		5	√				
	孤树哀谈（按：原作"孤树里谈"）	文言					√			
24	古今奇闻	文言					√			
25	古今说海	文言	明嘉靖二十三序刊		20	√				

续表

序号	书名	语体	版本	卷/回数	册数	林罗山藏书	御文库目录	天海藏	骏河御让本	宽文书籍目录
26	鼓掌绝尘	文言					√			
27	故事白眉	文言					√			
28	故事皇眉	文言					√			
29	广百川学海	文言	明刊		32	√				
30	广博物志	文言					√			
31	广列仙传	文言	明万历十一序刊		4	√				
	广列仙传	文言					√			
32	广谐史	文言	明万历四十三序刊		10	√				
	广谐史	文言					√			
33	广艳异诵	文言					√			
34	鬼国源流	文言					√			
35	国色天香	文言					√			
36	汉魏丛书	文言					√			
37	何氏语林	文言			6		√			
38	红拂传	文言					√			
39	狐媚丛谈	文言	林罗山手校本		2	√				
	狐媚丛谈	文言					√			
40	花鸟争奇	文言	明萃庆堂刊		2	√				
41	花阵绮言	文言					√			
42	皇明公案传	文言					√			
43	鸡肋集	文言			20		√			

附录5　宽文六年前输入日本的中国小说目录　473

续表

序号	书名	语体	版本	卷/回数	册数	林罗山藏书	御文库目录	天海藏	骏河御让本	宽文书籍目录
44	剪灯新话	文言			4					√
	剪灯新话	文言	朝鲜版		2				√	
	剪灯新话	文言	朝鲜版		1		√			
	剪灯新话句解	文言	朝鲜刊林罗山手校手跋本		1	√				
45	剪灯余话	文言	或为元和活字本	5卷				√		
	剪灯余话	文言	明成化二十三刊（双桂堂）		1	√				
46	见闻纪训	文言					√			
47	见闻搜玉	文言			4		√			
48	戒庵漫笔	文言					√			
49	金壁故事	文言			1		√			
	金壁故事	文言			5					√
50	金陵琐事	文言			8		√			
51	津逮秘书	文言			229		√			
52	镜古录	文言			4		√			
53	开卷一笑	文言			5		√			
	开卷一笑	文言	明刊		6	√				
54	廿元大宝遗事顾氏文房	文言			10		√			
	开元遗事	文言			1					√
55	孔淑芳传	文言					√			
56	琅琊代醉编	文言	明万历二十五序刊，林罗山手校手跋本		20	√				

续表

序号	书名	语体	版本	卷/回数	册数	林罗山藏书	御文库目录	天海藏	骏河御让本	宽文书籍目录
57	冷斋夜话	文言			5					√
	冷斋夜话	文言	宽永二十刊古活		3	√				
58	李卓吾先生批点四书笑	文言	江户初写林罗山手校本		1	√				
59	历朝故事	文言					√			
60	列女传	文言			12					√
	列女传	文言	明万历十五年刊		3				√	
	列女传	文言					√			
	古今烈女传	文言					√			
	假名列女传	文言			8					√
	新镌增补全像评林古今列女传	文言	明万历十五年金陵唐富春刊	8卷				√		
61	列仙传	文言	元和、宽永间活字本	2卷				√		
	列仙传	文言			8					√
	列仙传	文言	宽永刊古活		1	√				
	列仙传	文言					√			
62	六研斋笔记（原作"六砚齐笔记"）	文言			4		√			

续表

序号	书名	语体	版本	卷/回数	册数	林罗山藏书	御文库目录	天海藏	骏河御让本	宽文书籍目录
63	梅雪争奇	文言			1		√			
64	名山记	文言					√			
65	冥通记	文言			1		√			
66	蓬窗日录	文言			8		√			
	蓬窗日录	文言	明万历十八序刊		8	√				
67	骈志	文言			10		√			
68	奇女子传	文言			4		√			
69	前定录	文言					√			
70	清赏录	文言					√			
71	清异录	文言					√			
72	情史类略	文言					√			
73	劝惩故事	文言					√			
74	群谈采余	文言					√			
	群谈采余	文言	明万历二十序刊		10	√				
	日记故事	文言					√			
75	新镌徽郡原板校正绘像注释便览兴贤日记故事	文言	明万历三十九刊（黄正甫）		1	√				
76	洒洒篇	文言			4		√			
77	山海经	文言	明万历二十八刊（格古斋）		1	√				
	山海经	文言					√			
78	山水争奇	文言	明刊（萃庆堂）		2	√				

续表

序号	书名	语体	版本	卷/回数	册数	林罗山藏书	御文库目录	天海藏	骏河御让本	宽文书籍目录
79	赏心编	文言					√			
80	王子年拾遗记	文言					√			
81	世说新语	文言					√			
82	是路录	文言					√			
83	书言故事	文言			12					√
	书言故事	文言					√			
84	说郛	文言					√			
85	说类	文言	明刊		10	√				
	说类	文言					√			
86	四友斋丛说	文言					√			
87	宋人小说（原作"宗人小说"）	文言					√			
88	搜神记	文言					√			
	新刻出像增补搜神记	文言	明刊（唐氏富春堂）		3	√				
89	搜神秘览	文言	江户初写		1	√				
90	太平广记	文言	明刊 林罗山手校本		52	√				
	太平广记	文言					√			
	太平广记钞	文言	明天启六年序 大来堂刊	80卷				√		

附录5 宽文六年前输入日本的中国小说目录 477

续表

序号	书名	语体	版本	卷/回数	册数	林罗山藏书	御文库目录	天海藏	骏河御让本	宽文书籍目录
91	唐才子传	文言	室町刊		3	√				
	才子传	文言			7					√
92	唐人小说	文言					√			
93	唐世说新语	文言			2		√			
94	唐宋丛书	文言					√			
95	棠阴比事	文言			3					√
	棠阴比事	文言	朝鲜刊本林罗山手校手跋本元和五写		1	√				
96	听子	文言					√			
97	童婉争奇	文言	江户初写林罗山手校本		1	√				
98	统宗故事	文言					√			
99	王叔度外史	文言			2		√			
100	问奇一脔	文言			6		√			
101	吴越春秋	文言					√			
102	五朝小说	文言	明刊		24	√				
103	五杂俎	文言	明刊		15	√				
	五杂俎	文言					√			
104	西湖游览志	文言	明万历序刊		16	√				
	西湖游览志余	文言					√			
	西湖余志	文言					√			
105	仙佛奇踪	文言			5		√			

续表

序号	书名	语体	版本	卷/回数	册数	林罗山藏书	御文库目录	天海藏	骏河御让本	宽文书籍目录
106	小窗（别纪自纪艳纪）	文言			别纪4 自纪4 艳纪6		√			
	小窗异记	文言					√			
	小窗自纪	文言	明刊		20	√				
107	小学绀珠集	文言					√			
108	笑林合意编	文言					√			
109	笑林评	文言					√			
110	效颦集	文言	明宣德七年序朝鲜版		1				√	
111	续百川学海	文言	明刊		31	√				
112	雪庵清史	文言					√			
113	雪窗谈异	文言					√			
114	艳史	文言			8		√			
115	艳异编	文言					√			
116	燕居笔记	文言					√			
117	药房偶记	文言			2		√			
118	野记朦搜	文言			6		√			
119	野客丛书	文言			12					√
120	野谈	文言			4		√			
121	新镌全像一见赏心编	文言	明刊（萃庆堂）		2	√				
122	夷坚志	文言			10		√			
	新编分类夷坚志	文言	明嘉靖二十五序刊（清平山堂）		10	√				

续表

序号	书名	语体	版本	卷/回数	册数	林罗山藏书	御文库目录	天海藏	骏河御让本	宽文书籍目录
123	疑狱集	文言	江户初写林罗山手校本		1	√				
124	艺林伐山（原作"稽林伐山"）	文言		4/2		√				
125	异林	文言			1	√				
126	益智编	文言			10	√				
127	桯史	文言	明刊	4		√				
	桯史（按：原作"程史"）	文言					√			
128	游仙窟	文言			1					√
129	酉阳续集	文言			2		√			
	酉阳杂俎	文言	朝鲜版		2				√	
	酉阳杂俎	文言			1		√			
130	鱼仓故事	文言			5		√			
131	虞初志	文言					√			
132	玉壶冰	文言					√			
133	玉堂丛语	文言	明万历四十六序刊（曼山馆）	4		√				
134	玉匣记	文言					√			
135	寓言外史	文言					√			
136	越绝书	文言			2		√			
137	云林遗事	文言					√			

续表

序号	书名	语体	版本	卷/回数	册数	林罗山藏书	御文库目录	天海藏	骏河御让本	宽文书籍目录
138	章台柳传	文言					√			
139	珍珠船	文言					√			
140	智囊	文言			7/8		√			
141	自警编	文言					√			
142	新镌批评出像通俗奇侠禅真逸史	白话	明刊本	8卷40回				√		
142	新镌批评出像通俗演义禅真逸史	白话	明崇祯二年序方氏峥霄馆刊	10卷60回				√		
143	新镌陈眉公先生批评春秋列国志传	文言	明刊（龚绍山）	12		√				
144	醋葫芦小说	白话			4	√				
145	新刊八仙出处东游记	白话	明刊（余文台）	2	√					
	武穆演义	白话					√			
146	新刊大宋中兴通俗演义	白话	明万历中仁寿堂刊双峰堂后印本	10卷				√		
	岳王志传	白话			8		√			
147	新编东渡记	白话	明崇祯八年序苏州万卷楼刊本	20卷100回				√		

附录5　宽文六年前输入日本的中国小说目录　　481

续表

序号	书名	语体	版本	卷/回数	册数	林罗山藏书	御文库目录	天海藏	骏河御让本	宽文书籍目录
148	列国传	白话					√			
	列国志	白话	明万历三十四年刊		8				√	
149	封神演义	白话			20		√			
150	剿闯小说	白话			2		√			
151	金瓶梅	白话			21		√			
	新刻金瓶梅词话	白话	明刊本	100回				√		
152	新刊皇明诸司廉明奇判公案	白话	江户初写林罗山手校本		2	√				
153	两汉传志	白话	明万历三十三年刊		3				√	
154	六国平话（原作"六国平语"）	白话					√			
155	罗汉传	白话					√			
156	新刻名公神断明镜公案	白话	明刊（王氏三槐堂）		1	√				
157	拍案惊奇	白话	明崇祯中安少云尚友堂刊	40卷					√	
	拍案惊奇（原作"柏案惊奇"）	白话			2		√			
158	盘古志传	白话			2		√			
159	平妖传	白话			8		√			

续表

序号	书名	语体	版本	卷/回数	册数	林罗山藏书	御文库目录	天海藏	骏河御让本	宽文书籍目录
160	清平山堂	白话					√			
161	全汉志传	白话	明万历十六年刊		2				√	
162	人物演义	白话			6		√			
163	李卓吾先生批评三国志	白话	明刊本	120回				√		
163	新锓全像大字通俗演义三国志传	白话	明福建刘龙田乔山堂刊	20卷附1卷				√		
163	三国志传	白话	明万历十九年刊		6				√	
163	三国志传	白话	明万历三十三年刊		10				√	
163	三国志通俗演义	白话	明万历刊		9				√	
164	京本增补校正全像忠义水浒志传评林	白话	明万历二十二年余象斗双峰堂刊	25卷				√		
164	水浒全传	白话					√			
165	水晶灯	白话					√			
166	隋唐传	白话					√			
167	孙庞演义（原作"孙厌演义"）	白话			4		√			
168	唐传	白话					√			
169	唐书演义	白话					√			

续表

序号	书名	语体	版本	卷/回数	册数	林罗山藏书	御文库目录	天海藏	骏河御让本	宽文书籍目录
	西洋记	白话					√			
170	新刻全像三宝太监西洋记通俗演义	白话	明末覆明刊写刻本	20卷100回				√		
	西游记	白话					√			
	鼎镌全相唐三藏西游传	白话	明刊本	10卷				√		
171	全像西游记	白话					√			
	唐传西游记	白话	明刊本	20卷100回				√		
	新刻出像官板大字西游记	白话	明万历刊后修本	20卷100回				√		
172	新镌国朝名公神断详刑公案	白话	明万历中潭阳刘太华明德堂刊	8卷				√		
173	醒世恒言	白话					√			
174	阳明出身录	白话			3		√			
175	皇明英烈传（原作"黄明英列传"）	白话					√			
	新刻皇明开运辑略武功名世英烈传	白话	明万历刊本	6卷首1卷				√		
	英武传	白话					√			
176	英雄谱	白话			11		√			
177	玉娇梨集	白话			4		√			

参考文献

一　目录、索引、年表、辞书类

1. ［日］長沢規矩也、阿部隆一編：《日本書目大成》全4卷，汲古書院1979年版。
2. ［日］長沢規矩也：《和刻本漢籍分類目録》，汲古書院2006年増補補正版。
3. ［日］長沢規矩也：《日光山天海蔵主要古書解題》，日光山輪王寺1966年版。
4. ［日］長沢規矩也編：《江戸時代支那学入門書解題集成》全4集，汲古書院1975年版。
5. ［日］朝倉治彦監修：《彦根藩弘道館書籍目録》，ゆまに書房2005年版。
6. ［日］川越泰博編：《東洋学著作目録類総覧》，沖積舎1980年版。
7. ［日］大庭脩：《江戸時代における唐船持渡書の研究》，関西大学東西学術研究所1967年版。
8. ［日］大庭脩編：《舶載書目》全2冊，関西大学東西学術研究所1972年版。
9. ［日］大塚史学会高師部会編：《邦文歴史学関係諸雑誌東洋史

論文要目》，大塚史学会高師部会 1936 年版。

10. ［日］大塚秀高：《江戸時代いおける漢籍の流伝：佐伯文庫を例に》，平成十三年—平成十四年度科学研究費補助金研究成果報告書 2003 年版。

11. ［日］大塚秀高編著：《中国通俗小説書目》，汲古書院 1987 年版。

12. ［日］島原公民館図書部編：《肥前島原松平文庫目録》，島原公民館 1961 年版。

13. ［日］稲垣史生：《時代考証事典》，新人物往来社 1971 年版。

14. ［日］東洋史研究論文目録編集委員会編：《日本における東洋史論文目録》全 4 册，日本学術振興会 1964—1967 年版。

15. ［日］多治比郁夫、中野三敏編：《近世活字版目録》，青裳堂書店 1990 年版。

16. ［日］岡雅彦等編：《江戸時代初期出版年表》，勉誠出版 2011 年版。

17. ［日］関儀一郎、関義直編：《近世漢学者伝記著作大事典》，関義直 1966 年版。

18. ［日］桂五十郎：《漢籍解題》，明治書院 1905 年版。

19. ［日］国立国会図書館図書部編：《国立国会図書館蔵書目録大正期》第 4 編芸術・言語・文学，国立国会図書館 1999 年版。

20. ［日］国立国会図書館図書部編：《国立国会図書館蔵書目録明治期》書名索引，国立国会図書館 1955 年版。

21. ［日］吉沢義則：《日本古刊書目》，帝都出版社 1933 年版。

22. ［日］京都大学附属図書館編：《京都大学蔵大惣本目録》全 3 册，京都大学附属図書館 1988—1990 年版。

23. ［日］井上和雄編：《増訂慶長以來書賈集覽》，高尾書店 1970 年版。

24. ［日］井上隆明：《近世書林板元總覽》，青裳堂書店 1981 年版。

25. ［日］鈴木俊幸編：《蔦重出版書目》，青裳堂書店1998年版。

26. ［日］鈴木俊幸：《近世・近代初期書籍研究文献目録》，勉誠出版2014年版。

27. ［日］梅木幸吉：《佐伯文庫の蔵書目》，梅木幸吉1984年私人版。

28. ［日］彌吉光長校：《松沢老泉資料集》，青裳堂書店1982年版。

29. ［日］内閣文庫：《内閣文庫漢籍分類目録》，内閣文庫1971年版。

30. ［日］平出鏗二郎：《近古小説解題》，名著刊行会1974年版。

31. ［日］浅倉有子、岩本篤志編：《高田藩榊原家書目史料集成》全4卷，ゆまに書房2011年版。

32. ［日］橋口侯之介：《和本への招待：日本人と書物の歴史》，角川学芸出版2011年版。

33. ［日］斯道文庫編：《江戸时代书林出版书籍目録集成》全4册，井上书房1962—1964年版。

34. ［日］日本古典文学会編：《近世書目集》，日本古典文学会1989年版。

35. ［日］山崎麓：《改訂日本小説書目年表》，ゆまに書房1977年版。

36. ［日］上村幸次編著：《毛利元次公所蔵漢籍書目》，徳山市立図書館1965年版。

37. ［日］矢島玄亮：《徳川時代出版者出版物集覧》，萬葉堂書店1976年版。

38. ［日］市古夏生編：《元禄・正徳板元別出版書總覽》，勉誠出版2014年版。

39. ［日］市古貞次、久保田淳編：《日本文学大年表》，おうふう2002年版。

40. ［日］市古貞次等監修：《日本古典文学大辞典》全6卷，岩波書店 1983—1986 年版。

41. ［日］水谷不倒：《选择古书解题古板本解题》，中央公論社 1974 年版。

42. ［日］斯文会编：《日本漢学年表》，大修館書店 1977 年版。

43. ［日］蘇峰先生古稀祝賀記念刊行会编：《成簣堂善本書目》，民友社 1932 年版。

44. 孙楷第：《中国通俗小说书目外二种》，中华书局 2012 年版。

45. ［日］太田為三郎编：《日本随筆索引》，岩波書店 1926 年版。

46. ［日］太田為三郎编：《続日本随筆索引》，岩波書店 1932 年版。

47. ［日］藤井隆编：《近世三河·尾張文化人蔵書目録》第 2 卷，ゆまに書房 2005 年版。

48. ［日］天理大学附属天理図書館编：《古義堂文庫目録》，八木書店 2005 年版。

49. ［日］小川博編輯：《日本訳中国書綜合目録》，香港中文大学出版社 1981 年版。

50. ［日］小川武彦、金井康编：《德川幕府蔵書目》全 10 卷，ゆまに書房 1985 年版。

51. ［日］野間光辰：《初期浮世草子年表》，青裳堂書店 1984 年版。

52. 于式玉编：《日本期刊三十八种中东方学论文篇目附引得》，燕京大学图书馆引得编纂处 1933 年版。

53. ［日］早稻田大学図書館编：《明治期刊行物集成文学言語総目録》全 2 册，雄松堂出版 1996 年版。

54. ［日］彰考館：《彰考館図書目録》，彰考館文庫 1918 年版。

55. ［日］中根肃治：《慶長以来諸家著述目録小説家·和学家之部》，クレス出版 1994 年版。

二　小说、文集类

1. ［日］浜田義一郎編：《大田南畝全集》第 19 卷，岩波書店 1989 年版。
2. ［日］柴田光彦、神田正行編：《馬琴書翰集成》全 7 卷，八木書店 2002—2004 年版。
3. ［日］柴田光彦新訂增補：《曲亭馬琴日記》全 5 卷，中央公論新社 2009—2010 年版。
4. ［日］柴田光彦編：《馬琴評答集》全 5 卷，早稲田大学出版部 1988—1991 年版。
5. ［日］長谷川強編：《霊怪草》，古典文庫 1987 年版。
6. ［日］德田武、横山邦治校注：《繁野話》，岩波書店 1992 年版。
7. ［日］德田武編：《照世杯》，ゆまに書房 1976 年版。
8. ［日］東京大学史料編纂所編：《幕府書物方日記》全 18 卷，東京大学出版会 1964—1988 年版。
9. ［日］高橋博巳編：《淇園文集》，ぺりかん社 1986 年版。
10. ［日］高田衛等校注：《本朝水滸伝》，岩波書店 1992 年版。
11. ［日］高田衛監修：《江戸怪異綺想文芸大系》第 2 卷，国書刊行会 2001 年版。
12. ［日］古典研究会編：《唐話辞書類集》第 3 集，汲古書院 1970 年版。
13. ［日］吉田幸一、平沢五郎：《唐镜本文篇》，古典文庫 1965 年版。
14. ［日］今中寛司、奈良本辰也編：《荻生徂徠全集》第 5—6 卷，河出書房新社 1977 年版。
15. ［日］近藤正斎：《近藤正斎全集》全 3 冊，国書刊行会 1895 年版。

16. 〔日〕京都大学文学部国語学国文学研究室編:《大惣本稀書集成》第 3 卷,臨川書店 1994 年版。
17. 〔日〕京都史蹟会編:《羅山先生詩集》全 2 卷,平安考古学会 1920—1921 年版。
18. 〔日〕京都史蹟会編:《羅山先生文集》全 2 卷,平安考古学会 1918 年版。
19. 〔日〕寛永寺編:《慈眼大師全集》全 2 册,寛永寺 1916 年版。
20. 〔日〕李树果译:《日本读本小说名著选》全 2 编,天津人民出版社 2005 年版。
21. 〔日〕林春勝、林信篤編:《華夷変態》全 3 册,東洋文庫 1958—1959 年版。
22. 〔日〕林鵞峰:《国史館日録》全 4 卷,続群書類従完成会 1997—1999 年版。
23. 〔日〕林羅山、室鳩巣:《林羅山・室鳩巣》,日本図書センター 1979 年版。
24. 〔日〕林羅山:《徒然草野槌》,国学院大学出版部 1909 年版。
25. 〔日〕浅井了意:《新語園》全 2 册,古典文庫 1981 年版。
26. 〔日〕浅井了意全集刊行委員会編:《浅井了意全集仮名草子編》全 5 册,岩田書院 2007—2015 年版。
27. 〔日〕青木正児:《青木正児全集》第 2 卷,春秋社 1970 年版。
28. 〔日〕青木正児校註:《通俗古今奇観附月下清談》,岩波書店 1932 年版。
29. 〔日〕曲亭馬琴:《新編金瓶梅》全 2 卷,下田出版 2009 年版。
30. 〔日〕曲亭主人編訳:《新編水滸画伝》全 4 册,有朋堂書店 1913—1914 年版。
31. 〔日〕日野龍夫編:《鵞峰林学士文集》,ぺりかん社 1997 年版。
32. 〔日〕瑞谿周鳳:《臥雲日件録抜尤》,岩波書店 1961 年版。
33. 〔日〕山口剛:《山口剛著作集》全 6 册,中央公論社 1972 年版。

34. ［日］上田秋成全集编集委员会编：《上田秋成全集》全 12 卷，中央公論社 1990—1995 年版。

35. ［日］神谷胜広编：《和制類書集》，国書刊行会 2001 年版。

36. ［日］神谷勝広、早川由美编：《馬琴の自作批評》，汲古書院 2013 年版。

37. ［日］石上敏校訂：《森島中良集》，国書刊行会 1994 年版。

38. ［日］松田修等校注：《伽婢子》，岩波書店 2001 年版。

39. ［日］太田南畝：《太田南畝集》，有朋堂書店 1913 年版。

40. ［日］藤井紫影校訂：《御伽草紙》，有朋堂書店 1915 年版。

41. ［日］藤原惺窩：《藤原惺窩集》全 2 卷，国民精神文化研究所 1938—1939 年版。

42. ［日］藤原惺窩、林羅山：《藤原惺窩・林羅山》，岩波書店 1975 年版。

43. ［日］田能村竹田：《田能村竹田全集》，国書刊行会 1916 年版。

44. ［日］田中健夫编：《善隣国宝記　新訂続善隣国宝記》，集英社 1995 年版。

45. 王三庆等主编：《日本汉文小说丛刊》全 5 册，台北学生书局 2003 年版。

46. ［日］蝸牛会编：《露伴全集》第 18 卷，岩波書店 1949 年版。

47. ［日］西田耕三校訂：《仏教説話集成》全 2 册，国書刊行会 1990、1998 年版。

48. ［日］新井白石：《新井白石日記》全 2 册，岩波書店 1952 年版。

49. ［日］伊藤漱平：《伊藤漱平著作集》第 4 卷，汲古書院 2009 年版。

50. ［日］早稲田大学编輯部编：《通俗二十一史》全 12 卷，早稲田大学出版部 1911—1912 年版。

51. ［日］长沢规矩也编：《和刻本漢籍随筆集》全 20 卷，古典研究会 1972 年版。

52. ［日］中村幸彦：《近世白话小説翻訳集》全 13 册，汲古書院 1984—1988 年版。
53. ［日］中村幸彦等校注：《近世随想集》，岩波書店 1965 年版。
54. ［日］中嶋隆校訂：《都の錦集》，国書刊行会 1989 年版。
55. ［日］中野三敏編：《江戸名物評判記集成》，岩波書店 1987 年版。
56. ［日］中野三敏等校注： 《寝惚先生文集》，岩波書店 1993 年版。
57. ［日］塚本哲三校訂：《石川雅望集》，有朋堂書店 1915 年版。
58. ［日］佐藤深雪校訂：《山東京伝集》，国書刊行会 1987 年版。

三　研究著作

1. Mary Elizabeth Berry, *Japan in print : information and nation in the early modern period*, University of California Press, 2006.
2. Peter Kornicki, *The book in Japan : a cultural history from the beginnings to the nineteenth century*, Brill, 1998.
3. ［日］奥村佳代子：《江戸時代の唐話に関する基礎研究》，関西大学出版部 2007 年版。
4. ［日］坂巻甲太：《浅井了意怪異小説の研究》，新典社 1990 年版。
5. ［日］浜田啓介：《近世小説・営為と様式に関する私見》，京都大学学術出版会 1993 年版。
6. ［日］浜田義一郎：《大田南畝》，吉川弘文館 1989 年版。
7. ［日］長友千代治：《近世貸本屋の研究》，東京堂出版 1982 年版。
8. ［日］長友千代治：《近世の読書》，青裳堂書店 1987 年版。

9. ［日］長友千代治：《江戸時代の書物と読書》，東京堂出版 2001 年版。
10. ［日］長沢規矩也：《長沢規矩也著作集》第 5 卷，汲古書院 1985 年版。
11. 陈广宏：《中国文学史之成立》，上海古籍出版社 2016 年版。
12. 陈明姿、叶国良编：《日本汉学研究续探：文学篇》，华东师范大学出版社 2008 年版。
13. ［日］池沢一郎：《江戸文人論：大田南畝を中心に》，汲古書院 2000 年版。
14. ［日］川合康三编：《中国の文学史観》，创文社 2002 年版。
15. ［日］川瀨一馬：《日本書誌学之研究》，大日本雄弁会講談社 1943 年版。
16. ［日］川瀨一馬：《入門講話日本出版文化史》，日本エディタースクール出版部 1983 年版。
17. ［日］川瀨一馬：《続日本書誌学之研究》，雄松堂出版 2007 年版。
18. 崔香蘭：《馬琴読本と中国古代小説》，渓水社 2015 年版。
19. ［日］村山吉広：《漢学者はいかに生きたか：近代日本と漢学》，大修館書店 1999 年版。
20. ［日］大高洋司：《京伝と馬琴：〈稗史もの〉読本様式の形成》，翰林書房 2010 年版。
21. ［日］大庭脩：《古代中世における日中関係史の研究》，同朋舎 1966 年版。
22. ［日］大庭脩：《江戸時代における中国文化受容の研究》，同朋舎 1984 年版。
23. ［日］大庭脩：《享保時代の日中関係資料 1》，関西大学出版部 1986 年版。
24. ［日］大庭修：《江户时代中国典籍流播日本之研究》，戚印平等译，杭州大学出版社 1988 年版。

25. ［日］大庭修：《江户时代日中秘话》，徐世虹译，中华书局1997年版。
26. ［日］大庭脩：《漢籍輸入の文化史：聖徳太子から吉宗へ》，研文出版1997年版。
27. ［日］稲田篤信：《江戸小説の世界：秋成と雅望》，ぺりかん社1991年版。
28. ［日］德田武：《日本近世小説と中国小説》，青裳堂書店1987年版。
29. ［日］德田武：《江戸漢学の世界》，ぺりかん社1990年版。
30. ［日］德田武：《近世近代小説と中国白話文学》，汲古書院2004年版。
31. ［日］德田武：《馬琴京伝中編読本解題》，勉誠出版2012年版。
32. ［日］德田武：《秋成前後の中国白話小説》，勉誠出版2012年版。
33. ［日］東方学会編：《東方学回想》全9卷，刀水書房2000年版。
34. ［日］渡辺守邦：《古活字版伝説：近世初頭の印刷と出版》，青裳堂書店1987年版。
35. ［日］服部芙蓉：《漢学解醒》，関田魁一，1882年版。
36. ［日］服部仁編：《馬琴研究資料集成》全7卷，クレス出版2007年版。
37. ［日］福井保：《紅葉山文庫：江户幕府の参考図書館》，郷学舎1980年版。
38. ［日］福井保：《內閣文庫書誌の研究》，青裳堂書店1980年版。
39. ［日］福井保：《內閣文庫本考証》，青裳堂書店2016年版。
40. ［日］冨士昭雄編：《江戸文学と出版メディア：近世前期小説を中心に》，笠間書院2001年版。

41. ［日］岡白駒、沢田一斎施訓：《小説三言》，ゆまに書房1976年版。

42. ［日］高島俊男：《水滸伝と日本人：江戸から昭和まで》，大修館書店1991年版。

43. ［日］高橋智：《海を渡ってきた漢籍：江戸の書誌学入門》，日外アソシエーツ2016年版。

44. ［日］高田衛：《完本上田秋成年譜考説》，ぺりかん社2013年版。

45. ［日］和漢比較文学会：《江戸小説と漢文学》，汲古書院1993年版。

46. ［日］和田萬吉：《日本文献史序説》，青裳堂書店1983年版。

47. ［日］横山邦治：《読本の研究：江戸と上方と》，風間書房1974年版。

48. ［日］横田冬彦：《日本近世書物文化史の研究》，岩波書店2018年版。

49. ［日］磯部彰編：《東北大学所蔵豊後佐伯藩：以呂波分書目の研究》，東北大学東北アジア研究センター2003年版。

50. ［日］吉川幸次郎編：《東洋学の創始者たち》，講談社1976年版。

51. ［日］江上波夫：《東洋学の系譜》全2集，大修館書店1992—1994年版。

52. ［日］今田洋三：《江戸の本屋さん：近世文化史の側面》，日本放送出版協会1977年版。

53. ［韓］金文京：《漢文と東アジア：訓読の文化圏》，岩波書店2010年版。

54. ［日］京都大学文学部編：《京都大学文学部五十年史》，京都大学文学部1956年版。

55. ［日］京都大学文学部国語学国文学研究室：《上田秋成資料集》，臨川書店1980年版。

56. ［日］井上紅梅：《金瓶梅：支那の社会状態》全3卷，日本堂書店1923年版。

57. ［日］井上进著，李俄宪译：《中国出版文化史》，华中师范大学出版社2015年版。

58. ［日］堀勇雄：《林羅山》，吉川弘文館1991年版。

59. 李庆：《日本汉学史》全5册，上海人民出版社2016年版。

60. 李树果：《日本读本小说与明清小说》，天津人民出版社1998年版。

61. ［日］礪波護、藤井讓治編：《京大東洋学の百年》，京都大学学术出版会2002年版。

62. ［日］林复斋等编：《通航一覧》全8卷，国书刊行会1912—1913年版。

63. ［日］鈴木敏也：《近世日本小説史》，目黒書店1920—1922年版。

64. ［日］鈴木虎雄：《支那文学研究》，弘文堂書房1925年版。

65. ［日］鈴木虎雄編：《支那学論叢狩野教授還暦記念》，弘文堂書房1928年版。

66. ［日］鈴木健一：《林羅山：書を読みて未だ倦まず》，ミネルヴァ書房2012年版。

67. ［日］鈴木健一：《林羅山年譜稿》，ぺりかん社1999年版。

68. 刘倩编：《马隅卿小说戏曲论集》，中华书局2006年版。

69. ［日］柳田泉：《幸田露伴》，岩波書店1932年版。

70. ［日］麻生磯次：《江戸文学と中国文学》，三省堂1955年版。

71. ［日］麻生磯次：《江戸小説概論》，山田书院1956年版。

72. ［日］麻生磯次：《滝沢馬琴》，吉川弘文館1987年版。

73. 马兴国：《中国古典小说与日本文学》，辽宁教育出版社1993年版。

74. ［日］彌吉光長：《大坂の本屋と唐本の輸入》，ゆまに書房1988年版。

75. ［日］彌吉光長：《江戸出版史：文芸社会学的結論》，ゆまに書房 1989 年版。
76. ［日］木宮泰彦：《日華文化交流史》，冨山房 1955 年版。
77. ［日］牧野善兵衛：《德川時代書籍考》，ゆまに書房 1976 年版。
78. ［日］平石直昭：《荻生徂徠年譜考》，平凡社 1984 年版。
79. ［日］坪内逍遥、水谷不倒：《列伝体小説史》，春陽堂 1897 年版。
80. ［日］坪内逍遥：《小说神髓》，刘振瀛译，人民文学出版社 1991 年版。
81. ［日］粕谷宏紀：《石川雅望研究》，角川書店 1985 年版。
82. ［日］淇園会編：《柳沢淇園小伝》，淇園会 1907 年版。
83. ［日］前田勉：《近世の読書会：会読の思想史》，平凡社 2012 年版。
84. ［日］前野直彬：《中国小説史考》，秋山書店 1975 年版。
85. ［日］日野龍夫：《徂徠学派：儒学から文学へ》，筑摩書房 1975 年版。
86. ［日］叡山文庫調査会編：《叡山文庫天海蔵識語集成》，叡山文庫調査会 2000 年版。
87. ［日］若木太一等編：《長崎先民伝注解：近世長崎の文苑と学芸》，勉誠出版 2016 年版。
88. ［日］三浦叶：《近世漢文雑考》，三浦叶 1983 年版。
89. ［日］三浦叶：《明治の漢学》，汲古書院 1998 年版。
90. ［日］森川昭編：《近世文学論輯》，和泉書院 1993 年版。
91. ［日］森潤三郎：《紅葉山文庫と書物奉行》，昭和書房 1933 年版。
92. ［日］森潤三郎：《考證学論考》，青裳堂書店 1979 年版。
93. ［日］森田喜郎：《上田秋成文芸の研究》，和泉書院 2003 年版。

94. ［日］山岸徳平：《近世漢文学史》，汲古書院 1987 年版。

95. ［日］山田潤治：《喪われた轍：日本文学史における飜訳文学の系譜》，文藝春秋 1988 年版。

96. ［日］上里春生：《江戸書籍商史》，出版タイムス社 1930 年版。

97. ［日］神谷勝広：《近世文学と和製類書》，若草書房 1999 年版。

98. ［日］神田正行：《馬琴と書物：伝奇世界の底流》，八木書店 2011 年版。

99. ［日］石崎又造：《近世日本に於ける支那俗語文学史》，弘文堂書房 1940 年版。

100. ［日］蒔田稲城：《京阪書籍商史》，出版タイムス社 1928 年版。

101. ［日］笹川種郎：《近世文芸誌》，明治書院 1931 年版。

102. ［日］狩野直喜：《中国学文薮》，周先民译，中华书局 2011 年版。

103. ［日］水谷不倒：《新撰列伝体小説史》，中央公論社 1974 年版。

104. ［日］水田紀久：《近世日本漢文学史論考》，汲古書院 1987 年版。

105. ［日］水田潤：《仮名草子の世界》，桜楓社 1981 年版。

106. ［日］水野稔：《江戸小説論叢》，中央公論社 1974 年版。

107. ［日］水野稔：《山東京伝年譜稿》，ぺりかん社 1991 年版。

108. ［日］松浦章：《江戸時代唐船による日中文化交流》，思文閣出版 2007 年版。

109. 孙猛：《日本国见在书目录详考》（全 3 卷），上海古籍出版社 2015 年版。

110. ［法］泰纳：《文学史の方法》，瀬沼茂樹訳，岩波書店 1953 年版。

111. ［日］藤岡作太郎:《近代小説史》,岩波書店 1955 年版。
112. ［日］藤井乙男:《江戸文学研究》,内外出版株式会社 1921 年版。
113. ［日］藤堂明保:《漢語と日本語》,秀英出版 1969 年版。
114. ［日］拓殖大学創立百年史編纂室編:《宮原民平:拓大風支那学の開祖 6 代学監》,拓殖大学 2001 年版。
115. 王晓平:《近代中日文学交流史稿》,湖南文艺出版社 1985 年版。
116. ［日］武藤長平:《西南文運史論》,岡書院 1926 年版。
117. ［日］小池藤五郎:《山東京伝》,吉川弘文館 1989 年版。
118. ［日］小峯和明:《今昔物語集の形成と構造》,笠間書院 1985 年版。
119. ［日］小高敏郎:《近世初期文壇の研究》,明治書院 1964 年版。
120. ［日］小林保治:《唐物語全釈》,笠間書院 1998 年版。
121. ［日］小林勇:《蝸牛庵訪問記:露伴先生の晩年》,岩波書店 1956 年版。
122. ［日］小泉澂:《頑固漢學者諭迷譚》,吟月閣藏版 1887 年版。
123. ［日］小野則秋:《日本文庫史研究》全 2 卷,臨川書店 1979 年版。
124. ［日］篠田一士:《幸田露伴のために》,岩波書店 1984 年版。
125. ［日］严绍璗:《日本中国学史稿》,学苑出版社 2009 年版。
126. ［日］盐谷温等:《中国文学研究译丛》,汪馥泉译,北新书局 1930 年版。
127. ［日］塩谷温:《天馬行空》,日本加除出版 1956 年版。
128. ［日］塩谷温:《中国文学概論》,講談社 1983 年版。
129. ［日］野村八良:《近古時代説話文学論》,明治書院 1935 年版。
130. ［日］野間光辰編:《新修京都叢書》第 2 卷,臨川書店 1969 年版。

131. ［日］野口武彦：《荻生徂徠：江戸のドン・キホーテ》，中央公論社 1993 年版。

132. ［日］野口武彦：《蜀山残雨：大田南畝と江戸文明》，新潮社 2003 年版。

133. ［日］野田寿雄：《近世初期小説論》，笠間书院 1978 年版。

134. ［日］一色时栋編録：《二酉洞》，武村新兵卫、林九兵卫，元禄十二年版。

135. ［日］宇高良哲編：《南光坊天海関係文書集》，青史出版 2016 年版。

136. ［日］宇野茂彦：《林羅山・（附）林鵝峰》，明徳出版社 1992 年版。

137. ［日］玉林晴朗：《蜀山人の研究》，東京堂出版 1996 年版。

138. ［日］原念斎：《先哲叢談》，有朋堂書店 1920 年版。

139. 章培恒、王靖宇主编：《中国文学评点研究》，上海古籍出版社 2002 年版。

140. ［日］"支那学会"：《支那学》，弘文堂 1969 年版。

141. ［日］紙屋敦之：《江戸時代長崎来航中国船の情報分析》，早稲田大学文学部 2005 年版。

142. ［日］中村春作等編：《続訓読論》，勉誠出版 2010 年版。

143. ［日］中村绫：《日本近世白話小説受容の研究》，汲古書院 2011 年版。

144. ［日］中村幸彦：《近世文芸思潮论》，中央公論社 1982 年版。

145. ［日］中村幸彦：《近世比较文学考》，中央公論社 1984 年版。

146. ［日］中村幸彦：《近世小説史》，中央公論社 1987 年版。

147. ［日］中西牛郎：《支那文明史論》，博文館 1896 年版。

148. ［日］中野三敏：《十八世紀の江戸文芸：雅と俗の成熟》，岩波書店 1999 年版。

149. ［日］重友毅：《日本近世文学史》，岩波書店 1952 年版。

150. ［日］宗政五十緒：《日本近世文苑の研究》，未来社 1977 年版。

151. ［日］宗政五十緒：《近世京都出版文化の研究》，同朋舎 1982 年版。
152. ［日］宗政五十緒校注：《近世畸人伝・続近世畸人伝》，平凡社 1972 年版。
153. ［日］諏訪春雄：《出版事始；江戸の本》，每日新聞社 1975 年版。
154. ［日］佐伯富編：《雅俗漢語訳解》，同朋舎出版部 1976 年版。
155. ［日］佐々木清之丞述：《漢学塾を中心とする江戸時代の教育》，大空社 1998 年版。

四　期刊论文

1. パウル・ペリオ述：《今古奇観に就て》，《斯文》1927 年第 9 編第 4 号。
2. ［日］大庭脩：《東北大学狩野文庫架蔵の旧幕府御文庫目録》，《関西大学東西学術研究所紀要》1970 年第 3 期。
3. ［日］大庭脩：《禁書に関する二，三の資料》，《史泉》1970 年第 40 期。
4. ［日］大庭脩：《内閣文庫の購来書籍目録（翻刻）》，《関西大学東西学術研究所紀要》1968 年第 1 輯。
5. ［日］大庭脩：《元禄元年の唐本目録》，《史泉》1967 年第 35—36 期。
6. ［日］徳田武：《田能村竹田風竹簾前読の成立とその水準》，《明治大学人文科学研究所紀要》1994 年第 36 期。
7. 董玉洪：《明代的文言小说评点及其理论批评价值》，《明清小说研究》2010 年第 3 期。
8. ［日］渡辺刀水：《松沢老泉の堂前隠宅記》，《書誌学》1936 年第 6 卷第 1 号。

9. ［日］繁原央:《翻刻鳴鴈堂蔵書目録》,《常葉国文》1993 年第 18 期。
10. 勾艳军:《日本近世小说观研究》,《明清小说研究》2007 年第 3 期。
11. ［日］溝部良恵:《森槐南の中国小説史研究について：唐代以前を中心に》,《中国研究》2008 年第 1 期。
12. ［日］広庭基介:《江戸時代貸本屋略史》,《図書館界》1967 年第 18 卷第 5—6 号。
13. ［日］花房英樹:《名物六帖の引用書籍について》,《東方学報》1948 年第 16 期。
14. 黄德时:《久保天随博士小伝》,《中国中世文学研究》1962 年第 2 号。
15. 黄霖:《百余年来日本研究中国古代文学记略》,《中国文学研究》2002 年第 6 辑。
16. ［日］近藤杢:《日本近世支那俗文学小史》,東亜研究会 1939 年版。
17. ［日］久保天随:《剪燈新話と東洋近代文学に及ぼせる影響》,台北帝国大学文政学部《文学科研究年報》1934 年第 1 辑。
18. 李群:《近代复古主义思潮与中日文学史写作》,《东方丛刊》2009 年第 3 期。
19. 林全庄:《日本的训点符号与中国古文的训读》,《解放军外语学院学报》1991 年第 2 期。
20. 陆胤:《明治日本的汉学论与近代"中国文学"学科之发端》,《中华文史论丛》2011 年第 2 期。
21. ［日］麻生磯次:《読本の発生と支那文学の影響》,《日本文学研究》1936 年。
22. ［日］鸟居久靖:《秋水園主人小説字彙をめぐつて：日本中国語学史稿之二》,《天理大学学報》1955 年第 6 期。
23. ［日］鸟居久靖:《日人編纂中国俗語辞書の若干について》,

《天理大学学报》1957 年第 8 期。

24. 潘建国：《中国文学史中小说章节的变迁及其意义》，《北京大学学报（哲学社会科学版）》2016 年第 53 卷第 3 期。

25. ［日］前田爱：《出版社と読者：貸本屋の役割を中心に》，《国文学：解釈と鑑賞》1961 年第 26 期。

26. ［日］神田正行：《水滸伝の作者と馬琴：今古独步の作者羅貫中の発見》，《近世文芸》2009 年第 89 卷。

27. ［日］石田義光：《小説瓊浦佳話解題》，東北大学付属図書館《図書館学研究報告》1968 年第 1 期。

28. 孙廷举：《汉文训读规则简介》，《日语学习与研究》1985 年第 2 期

29. ［日］藤井乙男：《支那小説の翻訳：剪燈新話と伽婢子》，《芸文》1912 年第 3 卷第 9 号。

30. ［日］田中浩造：《伽婢子の翻案態度》，《月刊日本文学》1931 年 11 月。

31. ［日］土屋裕史：《当館所蔵林罗山旧蔵書（漢籍）解題 1》，《北の丸：国立公文書館報》2015 年第 47 期。

32. ［日］枥尾武：《和漢朗詠集私注引用漢籍考》，《成城国文学論集》1982 年第 14 辑。

33. ［日］西岡晴彦：《江戸時代渡来漢籍について 1 小説・戯曲》，《法文論叢 文科篇》1978 年第 40 号。

34. 许红霞：《〈普门院经论章疏语录儒书等目录〉中所载书籍传入日本的时间之辨疑》，《普门学报》2006 年第 33 期。

35. ［日］塩谷温：《明の小説三言に就て》，《斯文》1926 年第 8 编第 5、6、7 号。

36. ［日］沢田瑞穂：《剪燈新話の舶載年代》，《中国文学月報》1938 年第 35 号。

37. ［日］齋藤護一：《江戸時代に於ける支那小説翻案の態度》，《国語と国文学》1938 年第 15 卷第 4 号

38. ［日］中村久四郎：《近世支那の日本文化に及ぼしたる勢力影響》，《史学雑誌》1914 年第 25 卷第 2 号至 1915 年第 26 卷第 2 号。
39. ［日］竹下喜九男：《好文大名榊原忠次の交友》，《鷹陵史学》1991 年第 17 期。

五 学位论文

1. Louis Jacques Willem Berger, *The overseas Chinese in seventeenth-century Nagasaki*, Ph. D. dissertation, Harvard University, 2003.
2. William Christopher Hedberg, *Locating China in Time and Space: Engagement with Chinese Vernacular Fiction in Eighteenth-Century Japan*, Ph. D. dissertation, Harvard University, 2012.
3. 边明江：《狩野直喜中国古典小说研究的发轫：成因、特点与危机》，硕士学位论文，北京大学，2014 年。
4. ［日］川上陽介：《近世日本における中国白話文学研究》，博士学位论文，京都大学，2006 年。
5. 勾艳军：《日本近世小说观研究》，博士学位论文，天津师范大学，2008 年。
6. 刘菲菲：《都賀庭鐘における漢籍受容の研究：初期読本の成立》，博士学位论文，名古屋大学，2016 年。
7. 仨清梅：《近世読本における中国古典小説の受容：都賀庭鐘と石川雅望の読本を中心に》，博士学位论文，早稲田大学，2014 年。
8. 汪俊文：《日本江户时代读本小说与中国古代小说》，博士学位论文，上海师范大学，2009 年。
9. 張小鋼：《金聖嘆文学批評の成立》，博士学位论文，名古屋大学，1997 年。

10. 周娜:《山东京传的读本对中国古代文学、文化的接受研究》,博士学位论文,北京外国语大学,2015 年。
11. 周以量:《近世日本における中国小説の流布と受容: 太平広記と夷堅志を中心に》,博士学位论文,東京都立大学,2001 年。

索　引

B

百川学海　144,145,147,339,340,360,361,363-368,375,416,470,478

半闲窗谈　3,16,187,189-192,303,306,308,314,318-321

伯希和　67,89-91

舶载书目　2,4,7,9,51-57,59-64,66,68,74,91,141,163,169,170,221,262-264,269,270,391,393,411

C

长泽规矩也　4-7,12,13,15,18,24,25,52,65,67,69,81,96,109,138,149,195,196,213-215,239,242,254,337,340,341,389,393,395,396,398,400,402,407-409,428

朝枝玖轲　184

川濑一马　69,108,336,337,341,355,400,402

D

大观随笔　72,174,184,329,391

大唐三藏取经诗话　1,21,22,24-28,41,49,277

大田南亩　98,104,137,159,170,185,219,227,260,287,293,294,296-301,314,329,350,403

大庭修　4,6,7,9,11,52,71,76,92,96,101,106,107,127,130,136,137,141,270,354

贷本屋　6,9-11,77,92,150,170,260,261,275,276,282

德川家康　53,69,107,140-142,150,151,156-158,160,161,170,171,194,197,341,355,364

德富苏峰　22-24,28,48-51,343,393

德田武　4,8,19,65,119,174,266,267,278,279,281,302,312,332,346,347,369

荻生徂徕　6,13,14,51,58-60,63-

66,70,73,80,81,91,159,165,169－171,176－181,184,213,216,235,236,245,251,253,259,261,265,279,294,377,379,391

殿村篠斋　79,80,186,187,189－192,240,391

董康　336,398,401,409

都贺庭钟　3,7,12,17－20,66,77,78,80,170,171,184－186,206,218,223,225,248,280,285,287,288,290,291,314,329,382,466

E

二酉洞　366,367,375,383

F

风月堂　72,95,102,103,105,106,124,126,129－131,134,140,248－252,254－265,285,286,341,375,379,381,382,388,466,467

风竹帘前读　328－332,335,353,355,356

服部南郭　81,98,136,139,179－181,279,283,287,329,380

G

伽婢子　12,17,163,193,195,197,198,201,203,205－211,223,337,345－347,386

冈白驹　3,4,12,60,63,64,66,72,73,91,102,103,183,220,242,248,251－255,265,286,294,346,348,379－381,384,385,387,388

冈岛冠山　4,6,12,14,15,51,59－66,169,171,176,178,180,183,213,214,216－218,220,225,227,236,238－243,245－248,251－253,265,268,281,284,285,294,302,315,376,379,385,465,466

高井兰山　138,286,287,467

高山寺　1,21－25,28－37,41－51

古义堂　13,14,18,51,60,63－66,71,73,122,139,169,171,174,176,180－185,192,261,265,287

怪谈　3,12,17,80,148,164,165,167,171,193,195－201,203,205－207,209－211

怪谈全书　17,146,148,166,167,195－198,202,203,205,210,324,370,373,374

H

和刻本汉籍分类目录　2,15,96,149,239,254,337,428

红叶山文库　46,53,54,69,158,160,168,349

湖南文山　174,267－269,271,278,286,328,465

黄檗宗　13,64,70,72,169,213,245,376,379

J

矶部彰　1,8,28,29,31－33,41,50,109

索　引

假名草子　9,120,123,164,173,201,202,223,272,337,345,347,353,370,373,387

剪灯随笔　16,77,80,259,280,329

剪灯新话　3,12,17,18,51,60,117,142,144,148,149,151,155,163,164,173,193－198,200－207,210,211,223,229,314,323,330,337－340,344,345,347,350,351,353,358,386,389,473

江户时代书林出版书籍目录集成　350

皆川淇园　287,288,292,293,304－306,314,329,348

今古奇观　17,59,67,68,73－80,86－91,127－129,132,187,216,221,244,247,254,256,259,261,265,281,284,286,381,385－388,404－406,467－469

今昔物语集　193,198,199,203,206,209,211,322,335,370,371,373,375

金瓶梅　57,59,61,62,78,127－129,132,168,172,179,180,187,214,216,219,222,228,236,244,289,291,378,387,399,405－407,420,425,469,481

金圣叹　3,5,6,83,187,289,301,304,307－321,327,332,347,387,389

警世通言　19,68－70,72－74,77,91,102,216,219,240,254,264,347,379,381,386,388,391,424

骏河御让本　69,107,141,159,160,163,164,170,197,364

L

冷斋夜话　117,144,149,163,337,338,341－344,350,351,474

李渔　3,5,6,17,84,86,88,291,320

连城璧　2,102,214,244,258,262－265,352,379,381,384,388,391,414

鲁迅　1,23,24,26,29,67,386,401,407

M

毛利贞斋　268,269,329,465

名物六帖　64,72,80,182

明惠　23,28－39,41－48,50,51

冥报记　21,42,165,198,199,322,324,335,359,371

N

内阁文库　6,69,70,76,81,84,89,90,127,130,141,143,390,392,393,403

内藤湖南　50,398,400－402

女仙外史　3,57,59,84,127,216,221,281,287,292,404－406,420,423,424

P

拍案惊奇 2,64,67－74,77－79,89,
90,102,127,169,172,182,183,
187,216,221,236,254,264,375－
377,381,384,386,387,404,407,
421,481

坪内逍遥 3,16,17,224,240,275,
320

Q

齐贤 321,323－328,332,335

奇异杂谈集 17,194,195,197,198,
203,206－208,210,211

浅井了意 3,9,12,17,163,173,195,
197,198,201,202,205,206,272,
323,329,370,373－375

青木正儿 7,12,13,17,52,65,67,
201,215,235

清田儋叟 3,16,175,288,301,303－
314,316,317,320,321,328,329,
332,346,348

庆政 36－45

曲亭藏书目录 4,9,74,76,137,350

曲亭马琴 3,4,12,16,17,19,20,62,
66,73,74,76,78－80,91,137,159,
170,171,179,185－187,191,192,
218,219,222,223,228,240,241,
260,281,287,291,294,296,298－
301,303,305－308,313－320,350,
387,391,403

取经诗话 21－29,31－36,41－45,
48,50,277

R

日本国见在书目录 1,199,200,322,
339,359

S

三言二拍 3,18,51,67,68,70－74,
76,77,81,84,86,90,91,217,219,
239,248,260,283,286,331,375,
376,381,388,389

森槐南 81,83,84,91,403,404

山东京传 3,4,12,17,19,20,62,66,
222,228,296,299,387

上田秋成 3,4,17－20,46,62,66,
171,185,186,206,210,218,223,
225,240,248,280,288,314

胜部青鱼 14,16,77,80,175,259,
280,329

石川雅望 221,222,228,282－285,
287,293－301,314,329,467

石崎又造 13,14,59,60,63,64,67,
176,177,213－215,217,218,251,
257,263,302,353,376,379

水浒传 6,12,14,15,18,20,51,57,
59－62,64－66,83,84,103,105,
127－129,151,171,177－184,186,
187,206,214,216－222,224,227－
229,236,237,239－245,247,251,
252,254,255,257,258,265,277,

281,284－288,291,297,302－321, 331,333,337,345－347,352,384, 385,388,389,404,405,407,420, 421,423－425,466－468

水浒传批评解　3,258,306－309, 311－313,316,320,328,333

水浒后传　3,16,83,185,187－192, 303,306,308,314,318－321,387, 403,404,415

松室松峡　64,65,103,169,183－ 185,226,227,251

松泽老泉　104－106,354,379,410

T

太平广记　8,14,57,126,129,132, 145,164,166,201,202,303,331, 340,360,361,363－366,368,370, 374,375,416,418,420,469,476

太田辰夫　25,26,29

唐本屋　9－11,71,92－95,97－110, 114,118,123,125,134,140,267, 270,341

唐话类纂　60,178,213,215,217

唐通事　5,13,59,64,169,171,176, 178,183,213,215,227－229,238, 245,251,265,327

唐物语　165,199,203,209,370,372, 373,375

陶山南涛　12,14,62,64,65,169, 175,183－185,214,216,227,242, 251,294,314,385

藤原通宪　158,170,200,359

藤原惺窝　120,121,138,142,149, 150,152－154,158,170,176,363

天海藏　68－70,97,109,118,141, 159,160,162,163,169,170,172, 236,470－483

田能村竹田　321,330－335,355,356

田中大观　72,91,174,183,184,329

田中庆太郎　390－392,394－402, 405,407－410

通俗赤绳奇缘　77,244,249,254, 255,260－262,265,284－286,466

通俗汉楚军谈　174,244,254,255, 267－269,275,277,278,280,283, 329,352,383,465

通俗军谈　266－282,284,286,289, 290,292,295,300,302,352,383

通俗三国志　80,155,174,175,184, 244,254,255,266－280,282,283, 302,328,329,374,383,465

通俗醒世恒言　77,221,244,283－ 287,293,295,296,298,300,301, 314,329,467

通俗忠义水浒传　15,242,243,255, 257,277,284,285,302,352,466, 467

W

尾张藩　2,68－70,81,91,107,194, 197,270,271,273,349,375,391

文求堂　389－392,394－402,405－410

X

西游记　1,3,22,25,42,57,64,66,78,80,84,127,141,149,164,168,172,177,179－182,184,186,187,217,224,244,251,255,283－285,287,291,294,300,301,303,306,314－316,318,320,329,352,381,387,404－406,421,422,424－426,466,467,469,483

小说粹言　64,66,67,73,76,102,103,124,219,239,248,251,252,254,255,260,262,265,286,297,314,337,345,352,375,379－381,388,391

小说精言　60,64,66,67,72,73,76,102,219,239,248,252－255,260－262,265,286,297,314,337,345,346,348,352,375,379,380,382,384

小说奇言　64,66,67,73,76,77,102,219,239,248,252,254,255,259－263,265,286,297,314,337,345,352,375,379－381,384

小说三言　67,89－91,102,103,219,248,249,254,259,260,263－265,286,375,377,380－382,384－388

小说神髓　3,16,17,224,240,320

小说字汇　9,138,211－213,215－218,220－222,228,229,249,255,265,291,353,382,388

新语园　120,173,201,202,272,324,345,347,369,370,373,374

醒世恒言　72,73,77,89,102,169,216,221,252,254,264,284,288,293－301,376,377,379,381,388,391,404,483

玄奘　25,27－33,35,39,41－43,45,50,323

训读　58,70,85,223,229,230,233－235,237－245,247,248,260,294,297,300,337,370,374,375,397

Y

盐谷温　67,69,73,81－91,389,390,397,398,404

一条兼良　120,172,200,201,339,370,373

伊丹椿园　62,185,218,219,222,228,280,281,288,314,329,385

伊藤东涯　14,51,62,64－66,71－73,80,81,91,122,123,159,169－171,175,180－183,185,251,265,314,329,346,348,403

夷坚志和解　321,323,324,326－329,332,335

游仙窟　5,60,146,149,155,158,172,199,200,210,211,330,338,339,344,350,351,383,389,479

雨月物语　17,206,210,218,223,347

语园　119,120,172,173,200－202,324,339,369,370,373,374

喻世明言 90,347,376,377,385

御伽草子 9,165,207,209,211,271,377,382,386,388

御文库目录 7,9,53 - 55,69,70,107,141,158 - 160,163,164,168 - 170,172,236,270,365,376 - 378,383,391

源氏物语 99,172,199,200,206,277,283,299,301,338,372,373

Z

泽田一斋 3,64,66,73,91,102 - 104,106,124,214,226 - 228,251 - 254,256,258,263 - 265,286,379 - 381,384,388

中村幸彦 4,7,13,14,18,52,64,65,78,81,98,136,139,141,165,167,183,184,195,196,226,227,267,279,281,287 - 289,291 - 296,301,303 - 305,308,313,314,329

佐伯文库 2,8,74,84,262 - 265,393